Heptalogia

FÓSFORO

JON FOSSE

Heptalogia

Tradução do norueguês por
LEONARDO PINTO SILVA

O outro nome

Para Anna

E dar-lhe-ei uma pedrinha branca, e um nome novo escrito na pedrinha, o qual ninguém conhece, senão quem o recebe.

Apocalipse de São João*

Dona nobis pacem.

Agnus Dei

* Tradução da *Vulgata* pelo padre Matos Soares. São Paulo: Paulinas, 1980. (N.T.)

I

E ME PERCEBO DE PÉ olhando para o quadro com duas linhas, uma lilás e uma marrom, que se cruzam bem no meio, uma tela comprida, e reparo que pintei as linhas lentamente numa espessa demão de tinta a óleo, que escorreu, e bem ali na interseção das linhas lilás e marrom a cor resultante ficou muito bonita e a tinta desceu escorrendo, e penso que isso não é um quadro, mas ao mesmo tempo um quadro será, está pronto, não há mais o que fazer, eu penso, e preciso retirá-lo dali, não o quero mais preso ao cavalete, não quero mais olhar para ele, eu penso, e penso que hoje é segunda-feira e penso que devo guardar o quadro junto dos outros que estou pintando mas ainda não terminei, lá estão eles encostados na parede entre a porta do quarto e a do corredor com os caixilhos voltados para fora, debaixo do gancho do qual pende a bolsa a tiracolo de couro marrom, aquela onde guardo um bloco de desenho e um lápis, e então vejo as duas pilhas de pinturas já terminadas junto da porta da cozinha, tenho pronta uma dezena de outras maiores, e mais umas quatro ou cinco pequenas, algo assim, ao todo são catorze pinturas amontoadas em pilhas rentes à porta da cozinha, já que não falta muito para a exposição, a maioria delas são mais ou menos quadradas, como se diz, eu acho, mas ocasionalmente também pinto telas compridas e estreitas e essa com as duas linhas que se cruzam é retangular, como se diz, mas eu não a quero na minha próxima exposição, pois na verdade não gosto nada dessa pintura, e talvez nem seja uma pintura enfim, são só duas linhas, ou quem sabe sou eu que a quero para mim e não desejo vendê-la? pois as melhores pinturas eu prefiro manter comigo e não vender, e talvez esta seja uma delas por mais que eu desgoste do resultado? por mais que seja forçoso admitir que se trata de uma pintura que não deu certo e assim mesmo eu a queira para mim? e não sei afinal por que a quero junto de outras tantas que guardo lá no sótão, dentro de uma caixa, e delas não desejo me desfazer, ou quem sabe, a propósito, quem sabe o Åsleik não queira ficar com essa pintura? sim, para dar de presente de Natal à Irmã? todos os anos, durante o Advento, ele ganha de mim um quadro que dá de presente à Irmã no Natal, e em troca me dá carne e peixe e lenha e mais uma ou outra coisa, e também não se pode esquecer que é ele quem mantém a serventia da minha casa limpa e desobstruída de neve no inverno, o Åsleik sempre faz questão de mencionar isso, e quando lhe conto por quanto vendi uma dessas pinturas em Bjørgvin, o Åsleik diz que custa a entender como podem existir pessoas dispostas a pagar tanto por um quadro, deve ser coisa de quem está nadando em dinheiro, ele diz, e eu digo que compreendo que ele tenha essa impressão, porque também é a minha, e o Åsleik diz que, bem, sendo assim, ele deve mesmo estar fazendo um bom negócio, ele que todos os anos vem dando à Irmã presentes de Natal assim tão caros, ele diz e eu digo sim é verdade e então ficamos calados e logo eu digo que às vezes também dou a ele algum dinheiro pelas costeletas de carneiro salgadas e pelo presunto defumado e pelo peixe seco e pela lenha, e também por desobstruir a neve da serventia de casa, e possivelmente uma sacola de mantimentos comprados em Bjørgvin quando vou às compras por lá, eu digo, e ele diz um pouco constrangido que é verdade, é preciso reconhecer, ele diz e eu penso que nem deveria ter trazido à tona esse assunto, porque o Åsleik não faz questão do dinheiro nem de mais nada, mas o que quero dizer com isso é que tenho meios para me haver, e ele passa necessidades porque mal tem de onde tirar o sustento, e por isso lhe entrego furtivamente algum dinheiro como se ambos nem percebêssemos, e o mesmo faço quando vou às compras em Bjørgvin, neste caso sempre compro algo para o Åsleik, eu penso, pois, se ganho pouco, ele ganha quase nada comparado ao que ganho, eu penso e fico parado olhando para as pinturas prontas empilhadas com os caixilhos que faço à mão voltados para fora, e cada uma delas tem um título pintado em linhas grossas com tinta a óleo preta na face superior do caixilho, e a pintura no alto da pilha que eu admiro neste instante se chama *Vagas em arrebentação*, pois sim, os títulos são importantes para mim, fazem parte da própria pintura, e sempre os escrevo com tinha a óleo preta no alto do caixilho, e os meus caixilhos eu mesmo os faço, sempre os fiz e continuarei fazendo enquanto continuar pintando, eu penso, e penso que na verdade há quadros demais para uma única exposição, mas levo todos comigo e os deixo na Galeria Beyer e sendo assim o próprio Beyer que trate de recolher alguns e armazená-los no salão contíguo à própria galeria, no Banco, como ele chama o depósito onde guarda as pinturas que não são expostas, eu penso e vou novamente admirar a pintura das duas linhas que se cruzam, ambas pintadas a pinceladas largas, pastosas, como se diz, e a tinta a óleo escorreu um pouco e se transformou numa cor estranha na interseção das duas linhas, uma linda cor que não tem nome, como sempre sucede, pois é natural não haver nomes para a infinidade de cores que existem, eu penso e me afasto alguns metros da pintura e fico parado a admirando e então apago a luz e ali permaneço contemplando a pintura no escuro, que lá fora já está um breu, nessa época do ano fica escuro, ou quase escuro, o dia inteiro, eu penso e continuo a admirar a pintura e os olhos já se acostumam à escuridão e consigo enxergar as linhas, vejo onde se cruzam, e percebo que há muita luz na pintura, sim muita luz invisível, e então, só então, eu passo a achar que, sim, trata-se de uma boa pintura afinal, talvez, eu penso, e agora não quero mais olhar para aquela tela, eu penso, mas fico parado olhando para ela mesmo assim, e agora preciso tomar uma atitude, eu penso, e depois olho para a mesa redonda defronte à janela, junto dela estão duas cadeiras, e numa delas, a da esquerda, eu costumava sentar e ainda sento, e na da direita sempre sentava a Ales, pelo menos enquanto viveu, mas ela morreu muito jovem e nem quero pensar nisso, nem na minha irmã Alida, ela também morreu muito jovem e não quero pensar nisso, eu penso e me vejo sentado na minha cadeira olhando fixamente para o lago do Bispado, para o meu ponto de fuga, onde as copas dos pinheiros lá embaixo alcançam o meio da vidraça da janela que se abre em duas, na metade da direita, numa janela que é dividida em duas, e ambas as metades se podem abrir, e cada uma delas é dividida em três segmentos envidraçados, e é no meio deste à direita que as copas dos pinheiros devem estar e eu avisto os pinheiros e com isso consigo divisar as ondas na escuridão e fico ali sentado olhando para as ondas e então me vejo caminhando em direção ao carro estacionado diante da Galeria Beyer, envergando o meu longo sobretudo preto, levando a tiracolo a bolsa de couro marrom, e acabei de passar na Cafeteria, o restaurante do Lar Hotel, mas hoje não estava especialmente com fome, como é de praxe, e por isso não quis almoçar, comi apenas um sanduíche de almôndegas aceboladas, e o dia vai avançando e eu já comprei tudo que tinha para comprar em Bjørgvin, chegou a hora de dirigir de volta para casa, em Dylgja, é uma viagem até longa, eu penso e me acomodo no carro e tiro a bolsa do ombro e a largo no banco do passageiro e dou a partida no motor e logo irei embora de Bjørgvin pelo mesmo caminho que o Beyer me ensinou certa vez há muito tempo, sim, pois foi ele quem um dia me ensinou a chegar a Bjørgvin e a sair de Bjørgvin, foi ele quem me ensinou o trajeto até a Galeria Beyer e a fazer o exato caminho inverso para voltar para casa, eu penso e vou embora de Bjørgvin sentindo aquele agradável torpor que se sente ao volante e me dou conta de que estou passando defronte ao prédio onde o Asle mora, ali na Enseada dos Veleiros, faceando a orla e diante de um pequeno ancoradouro, eu penso e vejo o Asle deitado trêmulo no sofá, o corpo inteiro estremecendo e o Asle pensa mas será que essa tremedeira não vai passar? e ele pensa que ontem à noite ficou largado no sofá, sem disposição sequer de levantar e se despir e ir deitar na cama, e nem mesmo o Brage, o cão, ele levou para passear, e agora o bichinho deve estar apertado, ele pensa, e já não deveria estar tão trêmulo, mas seu corpo inteiro está tremendo, e não só as mãos, o Asle pensa, e pensa que agora precisa levantar e ir até a cozinha tomar um trago para tentar acalmar essa tremedeira porque ontem à noite ele nem a roupa tirou, apenas desabou no sofá, isso mesmo, ele simplesmente ficou prostrado no sofá e adormeceu num estupor, ele pensa e agora permanece ali deitado com o olhar fixo à frente enquanto o corpo não para de tremer, ele pensa, e tudo é, sim, o que é mesmo? um vazio? um nada? uma ausência? sim, sim talvez, sim, talvez uma ausência, ele pensa, e agora precisa beber um bocadinho de álcool para que os piores tremores cedam, o Asle pensa, e depois, depois ele irá sair para então caminhar até o mar sim, o Asle pensa, a única coisa que deseja, a única coisa que quer, é partir, desaparecer, tal como desapareceu a irmã Alida quando ainda era criança, raiou o dia e lá estava ela estendida na cama morta, a Irmã, o Asle pensa e assim também se foi o vizinho, um garoto chamado Bård, que aos oito anos, sem saber nadar, caiu do bote do pai e não conseguiu retornar a bordo nem chegar à terra firme, o Asle pensa, e agora precisa tomar uma providência e levantar e ir até a cozinha e se servir de uma boa dose de aguardente para que os tremores cedam um pouco e ele possa ir pela casa apagando as luzes, todos os cômodos ele irá percorrer para conferir se está tudo em ordem para depois ir embora, trancar a porta ao sair e entrar no mar e ir avançando mar adentro, o Asle pensa, e fica remoendo essa ideia, é a única coisa em que consegue pensar, o pensamento de entrar mar adentro, ele pensa, e desaparecer no mar, no nada das ondas, o Asle pensa, e é esse o pensamento que fica rodopiando em sua cabeça, esse pensamento não o abandona, permanece entranhado ali, pois só esse pensamento, esse único pensamento, lhe parece verdadeiro, todo o resto é uma ausência vazia, uma presença vazia, não, nada é vazio, e mesmo assim na escuridão estão presentes o vazio e todos os outros pensamentos que ele ensaia elaborar e não consegue, por serem por demais pesados, até a ideia de erguer um braço parece pesada demais, e ele percebe que está tremendo, ainda não consegue se mexer e todo o corpo estremece, e por que ele não consegue nem pensar em se pôr de pé? nem levantar a mão? e por que a única coisa em que consegue pensar é ir até o mar? ele quer beber até os tremores diminuírem, depois apagar as luzes da casa, talvez até fazer uma faxina, é necessário, pois deve deixar tudo em perfeita ordem antes de partir, o Asle pensa, e pensa que talvez devesse escrever algo para o Garotinho, o adulto crescido que ele agora é, sim, adulto há bastante tempo, ele que agora mora em Oslo, ou talvez fosse melhor telefonar? mas nem ele nem o Garotinho gostam de falar ao telefone, o Asle pensa, ou quem sabe escrever uma carta para a Liv? eles foram de fato casados por vários anos, mas já faz tanto tempo que se separaram que não restam mais mágoas entre os dois, mas ele não deveria simplesmente ir embora sem se despedir das pessoas, não parece o certo a fazer, se bem que a outra mulher com quem foi casado, a Siv, nela ele não suporta nem pensar, ela simplesmente levou consigo o Menino e a Filha para longe, de repente ela o abandonou, pois é, ele nem cogitava se separar quando ela lhe disse que estava farta daquilo e foi embora levando consigo o Menino e a Filha, que já tinha encontrado uma casa para eles, ela disse e ele ficou sem entender nada, o Asle pensa, e durante um tempo o Menino e a Filha o visitavam em finais de semana alternados, mas a Siv arrumou um novo marido e levou embora o Menino e a Filha e se mudou para um lugarejo qualquer em Trøndelag, de onde vinha o novo marido que ela arrumou, levou as crianças consigo e foi abandonando-o à própria sorte e tempos mais tarde a Siv escreveu exigindo que ele pagasse uma ou outra despesa, e não importava o que ela pedisse ele pagava, contanto que tivesse o dinheiro, ele pensa, mas por que está pensando nisso? o Asle pensa, foi só uma fase e já passou, e agora está tudo certo, tudo foi resolvido, todos os apetrechos de pintura estão no seu devido lugar sobre a mesa, e os quadros estão apoiados na parede com os caixilhos voltados para fora, os pincéis estão limpos e enfileirados um ao lado do outro, ordenados segundo o tamanho, todos foram muito bem limpos com terebintina, e as bisnagas das tintas a óleo também estão dispostas lado a lado, conforme o que resta de tinta em cada bisnaga, cada uma com sua tampa bem rosqueada, e o cavalete está vazio, tudo está bem organizado, tudo está em ordem no seu devido lugar e ele se limita a ficar ali e a tremer e então não consegue pensar em nada, só tremer, e então lhe ocorre novamente levantar e sair e trancar a porta e descer até o mar e avançar mar adentro, mergulhar, ser engolido pelas ondas até que elas arrebentem sobre sua cabeça e o mar o arraste, ele pensa e fica remoendo essa ideia, e fora isso é o nada, fora isso são as trevas do nada, antes como agora, que de relance o atravessam como um clarão e nesse instante, sim, ele é tomado por uma espécie de contentamento e pensa que em algum lugar deve haver um nada vazio, uma luz vazia, e se põe a refletir e se tudo pudesse ser só isso? ele pensa, pudesse ser uma luz vazia, imagine se um tal lugar pudesse existir? no seu vazio, no seu vazio luminoso? no seu nada? o Asle pensa e enquanto pensa nesse tal lugar, que naturalmente não é lugar nenhum, ele pensa, mergulha numa espécie de sono que não é um sono qualquer, mas um movimento corporal em que ele está imóvel, com toda sua tremedeira, pois sim ele ainda está tremendo e tudo pesa o tempo inteiro e ali em algum lugar, sob esse enorme peso, há essa luz incrivelmente leve, sim, como a luz que emana de uma crença, o Asle pensa e eu o vejo deitado ali na sala, ou no ateliê, ou seja lá o nome que se dê àquele recinto, eu penso, ele está deitado num sofá ao longo da janela voltada para o mar e junto ao sofá está uma mesa e sobre ela estão dispostos uns blocos de desenho e alguns lápis, tudo devidamente organizado, uma coisa ao lado da outra, é o quarto dele, o quarto do Asle, só isso, eu penso, e tudo no quarto que lhe pertence está arrumado, e junto da parede está uma grande tela com o caixilho voltado para a parede e vejo que no caixilho o Asle escreveu com tinta preta *Escuridão luminosa*, logo é esse o título da pintura, eu penso e avisto num canto um rolo de tela e noutro as ripas de madeira para fazer as molduras, eu vejo e percebo o Asle deitado ali no sofá do apartamento e seu corpo tremendo, achando que precisa ingerir um pouco de álcool para acalmar essa tremedeira e ele senta e então lá está ele sentado no sofá e agora pensa que precisa acender um cigarro, mas está tremendo tanto que nem consegue enrolar um cigarro, então vai buscar um cigarro pronto do maço que está sobre a mesa e tira um cigarro do maço e o leva à boca e encontra a caixa de fósforos que guarda no bolso da calça, risca um fósforo e de alguma maneira consegue enfim acender o cigarro e dá umas boas tragadas e nem se dá ao trabalho de tirar o cigarro da boca, a cinza que caia onde for, ele precisa mesmo agora é de uma dose de aguardente, o Asle pensa e treme sem parar e consegue enfiar a caixa de fósforos de volta no bolso da calça e se inclina sobre a mesa e cospe no cinzeiro a bituca do cigarro e eu sigo no volante rumando para o norte e penso que tinha que ter dado uma passadinha para ver o Asle, não deveria só ter passado em frente ao apartamento dele, ali na Enseada dos Veleiros, mas se for realmente essa a vontade dele eu não tenho como impedi-lo de se atirar no mar, e avançar mar adentro, se for isso mesmo o que deseja então ele que vá em frente, eu penso enquanto dirijo rumo ao norte e me vejo de pé contemplando o quadro com as duas linhas que se cruzam, e me vejo no meio da cozinha da minha velha casa, pois é uma velha casa com uma velha cozinha, e percebo que tudo está em seu lugar e tanto a mesa como a bancada da cozinha estão organizadas, eu vejo, tudo está bem limpo e arrumado, como deve ser, e me vejo entrando no banheiro e acendendo a luz e ali também tudo está arrumado e limpo, a pia está limpa, o vaso está limpo e eu me vejo perfilado diante do espelho olhando para o cabelo comprido, grisalho e ralo, a barba grisalha por fazer, e passo a mão pelo cabelo e tiro o elástico preto que mantém a mecha presa atrás da nuca e então o cabelo comprido e ralo e grisalho se desprende sobre os meus ombros, cai sobre o meu peito, então corro os dedos pelo cabelo, passo as mechas atrás das orelhas e pego o elástico preto e volto a prender o cabelo rente à nuca e em seguida vou ao corredor e vejo o meu sobretudo preto pendurado ali, há quantos anos eu o tenho, eu penso, desse modo ninguém poderá me acusar de comprar roupas novas sem necessidade, eu penso e vejo muitos cachecóis pendurados num gancho e penso que tenho muitos cachecóis, era o que a Ales costumava me dar de presente de Natal ou de aniversário, eram cachecóis o que eu queria, ela me perguntava o que eu queria ganhar de presente e eu como sempre dizia que queria um cachecol e portanto era o que eu ganhava, eu penso e vou até a sala de estar, ou ateliê, ou seja lá como eu me refira ao cômodo agora, é um pouco de cada, mas eu o chamo de sala de estar e reparo na bolsa de couro marrom pendurada no gancho sobre os quadros que larguei ali, aqueles que não me deixaram inteiramente satisfeito, aqueles que estão entre a porta do quarto e a porta do corredor, e quando saio sempre levo a tiracolo a bolsa de couro marrom e nela carrego um bloco de desenho e lápis, penso eu e vejo que a bolsa está em seu lugar sobre o assento do passageiro e vou dirigindo para o norte e penso que estou feliz de voltar para minha velha casa em Dylgja e me vejo de pé imóvel olhando para a mesa redonda ao lado da janela e para as duas cadeiras vazias ao redor da mesa, e sobre o espaldar de uma das cadeiras está pendurada uma jaqueta de veludo preto, é a que agora estou vestindo, e ali, na cadeira mais próxima do sofá, é nela que costumo sentar, já a Ales sentava na cadeira do outro lado, era a cadeira dela, eu penso e me vejo novamente parado olhando para os quadros com as duas linhas que se cruzam, não gosto de olhar para o quadro, mas é como se fosse obrigado a fazê-lo, eu penso e sigo dirigindo rumo ao norte no escuro e vejo o Asle sentado ali no sofá olhando para alguma coisa sem de fato olhar para nada, e ele treme, estremece, o tempo inteiro ele treme, ele estremece, e está vestido exatamente como eu estou vestido, calça preta e suéter, e no espaldar da cadeira ao lado da mesa está pendurada uma jaqueta de veludo preto exatamente igual à que estou vestindo agora e costumo pendurar na cadeira ao lado da mesa redonda, e o cabelo dele é grisalho, e assim como o meu está preso atrás da nuca por um elástico preto, e há também os pelos grisalhos da barba por fazer, e eu também tenho pelos grisalhos que costumo raspar uma vez por semana, eu penso e vejo o Asle sentado ali no sofá, o corpo inteiro estremecendo, e ele consegue levar a mão ao rosto, e a afasta um pouco de lado, a mão treme e ele pensa que agora por alguma razão ele se sente mais leve e melhor e pensa que deveria comer algo, mas tremendo desse jeito não dá, então é preciso agora mesmo levantar e beber alguma coisa, ele pensa ali sentado no sofá e eu penso que não é possível deixar o Asle sozinho nessas condições, não deveria ter passado em frente à casa dele lá na Enseada dos Veleiros e seguido adiante, porque acontece também de eu ir visitá-lo, e ele agora precisa de mim, eu penso, mas já faz tempo que passei em frente ao prédio onde o Asle mora, e não deveria ter agido assim, não seria o caso de dar meia-volta agora? mas estou tão cansado, eu penso e sigo dirigindo para o norte e na beira da estrada vislumbro uma velha casa marrom em ruínas, e percebo que faltam algumas telhas, e foi lá que a Ales e eu moramos durante um período, eu penso, e parece que já foi há tanto tempo, é como se fosse uma outra vida, eu penso e passo diante da casa e quando percorro mais um trecho avisto a serventia da estrada e faço a transferência e paro o carro e permaneço ali sentado, apenas sentado dentro do carro, sem pensar, sem fazer nada, apenas fico sentado ali e penso por que diabos parei o carro nessa serventia? eu que jamais parei ali, por mais que tenha passado em frente tantas vezes, não, eu tenho é que voltar para casa, até deveria ter dado uma passadinha na casa do Asle, mas agora é tarde demais, eu penso e fico sentado no carro e penso que talvez devesse fazer uma prece e então penso naqueles que se dizem cristãos e dizem, ou pelo menos diziam, que para uma criança ser salva é necessário que tenha sido batizada, e ao mesmo tempo dizem que Deus é onipotente, se é assim por que carecem do batismo? Deus não pode fazer como Lhe apetece? se Ele for realmente onipotente é mesmo possível que por Sua vontade alguns sejam batizados e outros não? é uma insanidade acreditar que o batismo seja necessário para a salvação, aí já é demais, eu penso e percebo minha mente mais aliviada com esse pensamento, com a noção de que é loucura alguns cristãos acreditarem que o batismo seja necessário para a salvação, seja lá o que isso for, que ideia mais estúpida, tão absurdamente estúpida que nem chega a ser ridícula, porque uma estupidez assim tão óbvia não é motivo de escárnio, muito menos a loucura daqueles que se dizem cristãos, a loucura de muitos deles, não de todos, é claro, eu penso, e penso que aqueles que pensam assim não devem ter lá grande consideração por Deus, e penso em Jesus, em como amava as crianças, pois disse que é delas o Reino de Deus, que são elas que pertencem ao Reino de Deus, um pensamento nobre e verdadeiro, eu penso, então por que as crianças deveriam ser antes batizadas para tanto? se elas já pertencem ao Reino de Deus? eu penso, e penso que o batismo, o batismo de uma criança, é um ato bom e digno na concepção dos humanos, mas não para Deus, é para as pessoas que o batismo importa, ou talvez ainda para a igreja, sim, mais para a igreja, entretanto para Deus não é, porque elas, as crianças, já são parte do Reino de Deus, e é preciso que façamos como elas, como crianças inocentes, para podermos entrar no Reino de Deus, conforme dizem as Escrituras, eu penso e penso que não, agora preciso parar com isso, pois até eu estou pensando como um louco e refletindo aqui sobre a loucura dos outros enquanto mal consigo aclarar minhas próprias ideias, eles estão desconexos, uma vez que ninguém carece ser aspergido com água para ser batizado, as pessoas podem muito bem se batizar em si mesmas, no espírito que existe em cada um de nós, no espírito que cada um é e possui, o espírito que cada um possui ao nascer como um ser humano, eu penso, a imensa maioria das pessoas, tanto as que antes viveram como as que ainda vivem, são apenas batizadas em si mesmas, não com água numa igreja qualquer, não por algum padre, elas são batizadas pela alma que receberam e trazem em si, e talvez por meio da conexão com outras pessoas, a conexão que reside no significado, que reside na essência que o significado traz em si, sim, assim como também traz em si a língua que falamos, eu penso, e penso que algumas pessoas são batizadas, ainda crianças ou já adultas, sim, algumas foram purificadas pela água, pela água benta, eu penso, e isso em si é muito bom, mas não é nada além disso, e o batismo de cada indivíduo, cada batismo é único e, segundo o que penso, universal, pois as pessoas, todas elas, estão conectadas, as vivas, as mortas, as que ainda não nasceram, e aquilo que um faz não pode de maneira alguma se distinguir daquilo que faz um outro, eu penso, sim, tal como Cristo viveu, morreu e ressuscitou e permaneceu uno com Deus, como indivíduo humano que era, o mesmo sucede a todas as pessoas, na medida em que são pessoas em Cristo, quer queiram, quer não, unidas a Deus em e por Jesus Cristo, através do Filho de Deus, quer saibam disso, quer não, quer creiam nisso, quer não, é assim que é, essa é a verdade, é o que eu penso e o cristianismo também, e eu mesmo me converti à Igreja católica, algo que jamais teria feito se não fosse pela Ales, já que não compartilho da mesma visão que tem a Igreja católica acerca do batismo, mas jamais me arrependi da minha conversão, eu penso, porque a fé católica tem me dado muito e eu me considero cristão, sim, do mesmo modo como me considero comunista ou ao menos socialista, e todos os dias rezo o rosário à minha maneira, sim, eu rezo várias vezes por dia, e vou à missa sempre que posso, porque também ela, sim, a missa, tem a sua verdade, assim como o batismo tem a sua, de fato, o batismo também tem sua verdade, até ele pode nos conduzir, sim, nos conduzir, a Deus, eu penso, ao Deus da maneira como eu O concebo pelo menos, mas isso também o fazem outros modos de pensar e crer, outros modos de nos voltarmos para Deus com honestidade, quer utilizemos ou não a palavra Deus ou sejamos tão sábios, ou tementes, a ponto de não o fazer ante uma divindade desconhecida, tudo conduz a Deus, e visto assim todas as religiões são a mesma, eu penso, e visto assim religião e arte são uma só coisa, também porque tanto a Bíblia como a liturgia são ficção e poesia e pintura são literatura e teatro e artes plásticas, e assim todas encerram sua própria verdade, pois é óbvio que a arte contém sua verdade, eu penso, mas agora não devo ficar sentado aqui imerso nesses devaneios que me turvam a mente, eu penso, agora preciso seguir dirigindo rumo ao norte para chegar à minha casa em Dylgja, à minha velha e boa casa, agora não posso mais ficar aqui congelando dentro do meu carro, agora preciso dar a partida e dirigir até Dylgja, pois gosto de dirigir, me dá uma certa paz, sou tomado por um torpor, sim, algo que me dá uma certa felicidade, e a ideia de voltar para Dylgja, para a minha boa e velha casa, também me deixa feliz, eu penso, por mais que eu encontre uma casa que ficou vazia depois que a Ales morreu, não, não é verdade, pois ainda que a Ales tenha morrido há muito tempo ela ainda habita a casa, eu penso, e penso que deveria ter arrumado um cachorro, pois sempre gostei de cães, e de gatos também, mas preferia ter um cachorro, que me faria mais companhia do que um gato, eu penso e nisso tenho pensado bastante, mas nunca aconteceu de arrumar um cachorro, não sei bem por que, talvez porque prefira mesmo é ficar sozinho na companhia da Ales? que por mais que tenha morrido ainda está presente, eu penso, ou será que agora eu deveria levar a sério a ideia de arrumar um cachorro para mim? eu penso, mas o Asle tem um cachorro, ele sempre teve um cachorro ao longo desses anos todos, eu penso, e então penso que não deveria apenas ter passado em frente ao prédio onde o Asle mora, na condição em que ele se encontra atualmente, pesado como está, tão oprimido pela rocha que carrega nos ombros, por uma rocha que treme, por uma rocha que está prestes a esmagá-lo contra a terra, eu penso, então deveria dar meia-volta e dirigir até Bjørgvin, eu penso, e então dar uma passadinha no apartamento do Asle, eu penso, porque preciso ajudá-lo a se desvencilhar desse fardo, eu penso e vejo o Asle sentado ali no sofá tremendo sem parar, eu deveria ter tomado o sentido contrário, ele precisa de mim agora, mas estou cansado e quero muito chegar em casa, só quero continuar dirigindo rumo ao norte, chegar em casa, eu que já estive em Bjørgvin e comprei tela para quadros na Papelaria e madeira para os caixilhos na Madeireira, e fiz uma bela compra no supermercado, agora quero voltar imediatamente para Dylgja, eu penso, embora tenha até cogitado ficar em Bjørgvin para a missa vespertina na igreja de São Paulo, mas estava muito cansado, de modo que achei melhor voltar para Bjørgvin no domingo seguinte para a missa matinal, já faz tanto tempo desde a última vez que fui a uma missa que me faria bem estar diante do altar novamente, e aí seria a oportunidade de visitar o Asle, eu penso e o vejo sentado ali no sofá tremendo sem parar, mas já não era o caso de ele se pôr de pé e ir passear com o cão? eu penso e vejo o Brage deitado na soleira da porta esperando para dar uma volta lá fora e o vejo levantar e ir até o sofá e em seguida pular no sofá e deitar no colo do Asle e ficar ali deitado até o próprio cão também estremecer inteiro e o Asle não conseguir se mover, nem disposição de levantar a própria mão ele tem, e não diz palavra, até pronunciar uma palavra qualquer para ele é um esforço imenso, é como se ele padecesse para dizer alguma coisa, ele pensa, mas agora, sim, agora por alguma razão seus pensamentos não se alternam tão rapidamente, já não ficam rodopiando na cabeça, não mais, agora que o cão veio para o seu colo seus pensamentos começaram a fluir, ele pensa

Brage, meu menino, o Asle diz

Meu menino bonzinho Brage, ele diz

e o Asle acaricia o pelo do Brage com a mão trêmula e pensa como pôde lhe ocorrer de se atirar ao mar, quem haveria de tomar conta do cachorro? como pôde realmente pensar em abandonar o cão, o Asle pensa, e agora treme menos, mas ainda treme, seu corpo chacoalha, eu penso, e agora não, não quero mais pensar no Asle, não o quero mais diante de mim, seu cabelo comprido e grisalho, os pelos grisalhos da barba por fazer, não quero mais pensar nele, de nada adianta pensar nele, que é apenas um de muitos nessa mesma situação, ele é sozinho, é um dos muitos que são sozinhos, é um dos muitos artistas, um dos muitos pintores, ele é apenas um dos muitos pintores de quem quase ninguém ouviu falar, exceto os familiares mais próximos e alguns conhecidos da época de colégio, além desses uns poucos colegas, ele não é nem mais nem menos do que qualquer outro artista do gênero, é um entre milhares, não, já não quero mais pensar nele, eu penso, e então novamente penso que deveria ter ido visitá-lo, sozinho do jeito que está, perdido do jeito que está, eu deveria ter ido visitá-lo e o convidado para tomar um trago juntos, quer dizer, ele tomaria um copo de cerveja ou uma dose de uma aguardente qualquer e eu uma caneca de café com leite, já que não bebo mais cerveja, não bebo mais cerveja nem vinho nem destilados, que hoje sou abstêmio, era isso que eu deveria ter feito, porque se o Asle tivesse algo para beber seria mais fácil, ele já teria parado de tremer, teria se acalmado, se tivesse algo para beber o peso diminuiria, a rocha cederia, sim, a rocha talvez levitasse um pouco e deixasse passar um pouco de luz e ar fresco, e então eu poderia levá-lo a um lugar frequentado por outras pessoas, um lugar onde as pessoas vão beber, onde procuram companhia para consolar a alma, era isso que eu deveria ter feito, não deveria simplesmente ter passado em frente à casa dele, mas estacionado o carro, o levado comigo para onde houvesse vida, para despertá-lo para a vida, mas em vez disso continuei rumando para o norte, como se não me preocupasse com ele, como se quisesse me manter à distância, pois não tolero, não suporto a ideia de ver o Asle deitado ali, eu penso e foi por isso que passei em frente ao prédio onde ele mora, lá na Enseada dos Veleiros, como se o Asle fosse um fardo pesado demais, como se a dor ou o sofrimento dele, talvez seja este o termo mais apropriado, me compelissem a seguir dirigindo rumo ao meu destino, não porque eu não desejasse a companhia dele, mas porque, não, já nem sei direito, mas eu quis vir embora, ou talvez tenha pensado que de certa forma pudesse trazer comigo a dor que ele sentia, carregá-la a reboque, arrastá-la comigo caso eu continuasse dirigindo pelo caminho? ou pelo menos é o que penso agora como uma desculpa para não ter ido vê-lo, e em vez disso ter seguido meu rumo, senão por que não fui visitá-lo? por que me acovardei? não consegui partilhar da dor que ele sentia? partilhar desse sofrimento, mas o que quero dizer pensando assim? porque estas não passam de expressões, partilhar dores, partilhar sofrimento, são expressões, como se fosse possível partilhar dores, partilhar sofrimento, eu penso e me vejo sentado no carro contemplando o parquinho à margem da serventia da estrada, onde já não há nenhuma criança brincando, mas, sim, lá no balanço está sentada uma moça de cabelo escuro, e num banco ao lado do balanço está um rapaz, ele tem cabelo castanho meio comprido, veste um sobretudo preto e um cachecol, e já é tardinha ou começo da noite e ele está ali olhando para ela sentada no balanço, e nos ombros leva uma bolsa a tiracolo de couro, e ela tem o olhar fixo à frente, é outono, algumas folhas já começaram a mudar de cor, é a melhor e mais bela estação do ano, eu penso, e a hora mais bela é o crepúsculo, quando a luz se esvai, quando algumas sombras já se insinuam em meio à luz, mas ainda está claro o bastante para que eu possa perceber que o verde de algumas folhas já começou a esmaecer, eu penso, esta é a minha estação, sempre foi, desde que me lembro sempre preferi o outono, eu penso e olho para o rapaz sentado imóvel no banco com o olhar perdido, como se não olhasse para coisa alguma, e olho para a moça sentada no balanço, ela também tem o olhar vago, como se mirasse o nada, e por que estão os dois ali tão imóveis? por que não se mexem? eu penso, ele sentado ali no banco, ela no balanço, os dois apenas sentados ali, e por que ficam apenas sentados ali? por que não conversam? por que estão imóveis, como se figurassem numa paisagem? eu penso, sim, sim, exatamente como se figurassem numa paisagem, numa paisagem que eu poderia pintar, eu penso e sei que este exato instante, esta exata imagem, toda ela ficou gravada na minha mente e jamais se apagará, eu estou até aqui de imagens semelhantes gravadas na mente, milhares, e por causa de um único pensamento, acaso eu veja algo semelhante, ou mesmo sem nenhuma razão aparente, uma dessas imagens pode emergir, e com frequência nas ocasiões e lugares mais estranhos, uma imagem, uma imagem estática que mesmo assim traz em si um movimento, é como se cada uma dessas imagens, cada uma das milhares de imagens que tenho na cabeça ou onde quer que as guarde, dissesse algo, dissesse algo quase incontestável, e mesmo assim não seja possível compreender exatamente o que aquela imagem diz, decerto eu posso supor que a imagem diga isso ou aquilo, claro que posso, e é natural que eu faça assim, e algo daquilo que a imagem diz eu consigo portanto inferir, mas nunca o que ela diz de verdade, pois a imagem não é inteiramente compreensível, é como se não pertencesse exatamente a este mundo, dizem, e, sim, é estranho, quase sobrenatural, pois agora estão sentados ele e ela, os dois que compunham essa tal imagem indescritível que vislumbro dentro de mim, até agora continuo a vê-la na sua inteireza, ele sentado ali naquele banco, ela sentada naquele balanço, como se não pudessem se mexer, como se algo invisível os mantivesse petrificados, e assim eles ficam por um bom tempo, assim parece, sim, eles sentaram como se sempre estivessem sentados ali, durante todo o tempo, para sempre, e ela veste uma saia, uma saia lilás, e a saia se tornou mais escura nessa escuridão que cai, sim, o lilás dá a impressão de ter se tingido de preto, e ele sentado ali naquele longo sobretudo preto, com a bolsa marrom a tiracolo, e seu cabelo castanho e comprido, e uma barba que não se vê no rosto, mas eu não posso apenas ficar sentado assim, eu penso, e penso que eles, que ela e ele, estão ali sentados imóveis, assim como eu, tal como eles eu estou sentado imóvel, e não posso apenas ficar sentado assim no carro, ou as pessoas que passarem dirigindo irão se perguntar por que estou aqui sentado no meu carro, por que não sigo meu rumo, mas nenhum carro passa ao largo, e ainda que alguém passasse não repararia em mim ali parado numa serventia da estrada, teriam antes reparado no casal ali no parquinho e não em mim, mas é certo que não repararam, pelo menos ninguém olhou na minha direção sentado no carro enquanto lentamente cai a noite, ainda está claro, mas a escuridão se infiltra no ar, lentamente, lentamente a escuridão se insinua pelo ar, eu penso ali sentado olhando para o rapaz de sobretudo preto sentado num banco com uma bolsa marrom a tiracolo e para a moça de saia lilás sentada num balanço, porque eles ainda estão lá, imóveis, sim, como se estivessem retratados numa pintura, isso também, mas quando eu me ponho a pintar é sempre uma tentativa de remover essas imagens que ficaram gravadas na minha mente, exatamente como aquela imagem, dele e dela ali sentados, como se tentasse apagá-las, para me ver livre delas, eu imagino que seja por isso que me tornei pintor, por ter em mim tantas dessas imagens, tantas que chegam a me torturar, sim, elas me torturam quando vêm à tona e continuam emergindo, quase como assombrações, em todos os contextos possíveis, e não posso fazer nada para detê-las nem removê-las, a única coisa que me resta é pintar, sim, fico tentado a pintar e me livrar dessas imagens impregnadas em mim, nada além disso, pintá-las uma a uma para que se vão, mas nunca reproduzindo exatamente aquilo que vi e ficou gravado, não, isso já fiz tantas e tantas vezes, pintando apenas aquilo que vi e nada além disso, me limitando nesses casos a copiar a imagem, ou algo parecido, e disso resulta uma pintura ruim, e tampouco me veria liberto da imagem que está dentro de mim e sou tentado a pintar para que desapareça, não, eu preciso retratá-la de um jeito que se torne um pedaço invisível e esquecido de mim mesmo, da minha própria e única imagem, da imagem única que sou e possuo, e disso estou certo, eu possuo essa imagem, uma única imagem, e todas as outras, inclusive as que vejo e se impregnam em mim e não consigo esquecer, têm algo em si que se parece com aquela imagem única que possuo em mim, e não é nada que possa ser visto, mas algo que está naquilo que vejo, que faz com que essa imagem fique gravada em mim, sim, é o que se passa agora neste instante em que estou sentado dentro do carro observando um jovem casal que permanece sentado lá fora, os dois olhando para frente e não um para o outro, sem trocar uma palavra, mas é como se os dois pertencessem um ao outro, como se fossem um só, pois ele não pode ser contemplado sem ela e ela não pode ser contemplada sem ele, o cabelo escuro dela, o cabelo castanho dele, o cabelo comprido dela, o cabelo meio comprido dele, não podem ser dissociados um do outro ali onde estão, e o fato de não se mexerem não é mais estranho do que o fato de eu não me mexer, pois continuo sentado imóvel aqui no carro, por nenhuma razão específica continuo sentado, e por que será? eu penso e então me ocorre a ideia de ir abordá-los, sair do carro e simplesmente caminhar até o casal no parquinho, mas isso é coisa que se faça? os dois devem ser deixados em paz, estão ali sentados numa tranquilidade tão grande e preguiçosa e frágil que não posso perturbá-los, seria muito inconveniente abordá-los, os dois sentados ali tão serenos, tão pacíficos, eu penso, então eu fico sentado no carro, como se não me dispusesse a fazer nada, não conseguisse fazer mais nada, como se estivesse exausto depois de ver o Asle no seu apartamento à beira-mar na Enseada dos Veleiros, depois de ter visto seu corpo tremendo, e como se estivesse exausto depois de ter cumprido meus compromissos em Bjørgvin, eu penso, agora tenho que voltar para casa, chegar na minha velha casa em Dylgja, minha boa e velha casa, pois já estou farto, eu penso e olho para a moça sentada no balanço e o rapaz sentado no banco e ele pensa que, quando era mais jovem, todos os anos, durante o verão, passava algumas semanas na casa dos avós, os pais da mãe, e a casa deles ficava ao lado de um parquinho igual a esse, um parquinho bem pequeno, com um balanço, um banco, uma gangorra e uma caixa de areia, havia uma casa de alvenaria cinza, não tão grande, e o corredor do piso térreo era revestido de lajes, disso ele se lembra bem, e havia o banheiro externo, uma casinha arrimada na casa cinza, cercada de arbustos, e então, perto da casa, um pouco além, ficava o parquinho, e ele costumava brincar naquele parquinho, ele pensa e talvez devesse comentar com ela, mas ela não dá a mínima para essas coisas, os dois estão há muito tempo sentados sem trocar uma palavra, e ele então vai quebrar o silêncio dizendo que quando era pequeno passava temporadas numa casa ao lado de um parquinho parecido com esse, uma casa de alvenaria cinza, ele pensa, já que os dois não podem continuar eternamente sentados ali sem dizer nada, ele pensa

Quando eu era pequeno, ele diz

olhando para ela

Sim, ela diz

olhando para ele e há na voz dela uma espécie de alívio e expectativa e mesmo assim ele fica sentado sem dizer mais nada e ela pergunta o que ele ia falar

E daí quando você era pequeno? ela diz

Pois é, às vezes eu ia para uma casa ao lado de um parquinho bem parecido com esse, ele diz

É, ela diz

É como se fosse o mesmo parquinho, ele diz

É um pouco estranho, ele diz

Para mim é como se fosse o mesmo parquinho, ele diz

Mas então deveria haver uma casa de alvenaria cinza nas redondezas, não é? ela diz

Não, não é o mesmo parquinho, claro que não, ele diz

É só impressão sua então? ela diz

Sim, ele diz

e então eles não dizem nada, e novamente ela fica olhando para frente, e ele fica olhando para frente

Era uma casinha, uma casinha de alvenaria cinza, ele diz

e ela fica sentada no balanço, ele no banco, imóveis os dois sentam assim e não dizem nada e então ela diz que ele cresceu numa chácara, numa chácara ao lado do fiorde das Hordas, uma chácara com pomar, ela diz e ele diz que sim, era isso mesmo e que apenas de vez em quando ficava na casa de alvenaria cinza, era quando iam visitar os pais da mãe, avós dele, pois eles que moravam nessa casinha de alvenaria cinza, ao lado de um parquinho igual a esse, ele diz e eu sei que preciso pintar essa imagem para apagá-la da minha mente, o próximo quadro que vou começar a pintar é o desses dois, vou retratá-los para arrancá-los de dentro de mim, vou pintá-los de acordo com a minha própria imagem interior, pois quando o fizer, e se conseguir, então essa imagem desaparecerá e não me atormentará mais e em vez disso me dará sossego, deixará de me assediar, do contrário, eu sei, essa imagem surgirá na minha mente sucessivas vezes, mas então provavelmente eu já a terei pintado, ou alguma outra imagem parecida, uma semelhante a que estou vendo agora, mas o certo é que devo pintá-la para me livrar dela mais uma vez, devo voltar a pintá-la várias vezes para me ver livre dela, eu penso, mas agora preciso entrar no carro e ir embora, não posso apenas ficar sentado assim no meu carro observando duas pessoas que não sabem que estou aqui sentado as observando, eu penso e um desânimo me assalta, uma tristeza, sim, uma tristeza se abate sobre mim, que vem de lugar nenhum e de todos os lugares, e sinto que a tristeza está prestes a me sufocar, como se eu a inspirasse e não conseguisse expirá-la e eu cerro os punhos e inspiro profundamente e digo para mim Kyrie e expiro devagar e digo eleison, e inspiro profundamente e digo Christe e expiro devagar e digo eleison e repito isso sem parar e a respiração e as palavras fazem com que eu não seja tomado pela tristeza, pelo medo, pelo medo súbito, por essa tristeza que no medo tão bruscamente se apoderou de mim, e agora me domina e transformou aquilo que há em mim num reles nada, mas num nada que ainda está lá, contido, imóvel, que é apenas perceptível no seu movimento sem movimento, então inspiro profundamente e digo para mim Kyrie e expiro devagar e digo eleison, e inspiro no que há de mais profundo em mim, tento inspirar no que há de mais profundo em mim, e inspiro profundamente e digo para mim Christe e expiro devagar e digo eleison, e tento inspirar apenas no que há de mais profundo em mim, na imagem que lá existe e sobre a qual não posso dizer nada, tento respirar no que há em mim, para manter a dor ao largo, ou pelo menos sob controle, de modo que o medo não assuma o comando, de modo que o medo não se apodere de mim, e sinto que a tristeza repentina e o súbito medo que me invadiram vão diminuindo à medida que eu aumento de tamanho e penso que sou totalmente ridículo, qualquer um que me visse agora desataria a rir, pois imagine estar sentado num carro estacionado numa serventia de estrada dizendo Kyrie eleison ou Christe eleison, é motivo de chacota e nada mais, mas podem rir o quanto quiserem, pois isso foi útil! útil! sim, já me sinto mais calmo e volto a olhar para o casal no parquinho e penso que agora é hora de dirigir para casa para a minha esposa e para nosso filho, eles estão em casa me esperando, mas nesse caso devo estar a caminho de Dylgja, mas é esse mesmo o caminho para Dylgja? sim, tenho que dirigir até Dylgja, naturalmente, para onde mais eu poderia ir? e vou para lá encontrar minha esposa e nosso filho, por assim dizer, rever esposa e filho, não, como posso pensar desse jeito? não, agora devo dirigir até Dylgja, para a velha casa onde moro, lá onde vivo sozinho, é assim, e então penso que devo chegar numa casa onde encontrarei minha esposa e nosso filho, e talvez eu desejasse que as coisas fossem assim, do jeito que estou imaginando? talvez preferisse que fosse assim? voltar para casa e rever minha esposa e nosso filho? que não tivesse que encontrar a casa vazia, uma casa vazia e fria? que não tivesse que voltar para o lar onde mora a minha própria solidão? e por isso penso que devo dirigir até em casa, para a minha esposa e o nosso filho, ainda que eu retorne para uma casa vazia, uma casa fria, mas será que eu não deixei um aquecedor ligado? mesmo assim é bom voltar para casa, chegar na minha boa e velha casa, o fato é que não posso ficar sentado assim, no meu carro, parado nessa serventia de estrada, eu penso e olho para o parquinho e já escureceu bastante e vejo que o rapaz já levantou e está parado atrás da moça vestido no seu longo sobretudo preto e segura as cordas que prendem o banco cinza de madeira do balanço e lentamente a puxa para trás

Não, ela diz

Não quero balançar, ela diz

Não sou mais criança, ela diz

e ele solta as cordas e ela balança para frente

Não, pare com isso, ela diz

e ela balança para trás

Pare com isso, pare com isso, ela grita

e ele continua a puxá-la e empurrá-la, mais forte a cada vez, ele a embala com mais força e ela balança para frente e para trás e ele pensa que se ela não quisesse balançar era só fincar os pés no chão e pôr um fim nisso, é simples assim, ela está calçando sapatos, mas ela não detém o embalo

Não quero balançar, ela diz

Por que você está me balançando se eu não quero? ela diz

Não lhe pedi para me balançar, ela diz

Já disse que não quero balançar, ela diz

Não quero balançar, ela diz

Você fica empurrando o balanço como se não desse a mínima para o que eu quero, ela diz

e ele continua a puxá-la e depois empurrá-la e ele pensa por que está fazendo isso? e por que a empurra com mais força a cada vez? a cada vez puxa e empurra o balanço com mais força, para longe dele, e a cada vez ela volta, para ele, e ele volta a empurrá-la, para frente e para trás, para cima e para baixo

Não é por mal, ele diz

e ele a empurra com todas as forças e o balanço sobe alto e ela grita e a saia dela esvoaça, e o cabelo escuro oscila atrás dela, sim, é um grito, ela grita que agora ele pare, ela não está gostando, agora ele tem que parar com isso, ela está com medo, ela está com muito medo, periga até cair do balanço, ela grita, ele tem que parar, agora chega, ela não quer mais

Pare com isso, ela grita

Mas você não está gostando? ele diz

Não, pare já com isso, ela diz

Você está gostando, ele diz

Não, não, ela diz

Claro que está, ele diz

e ela diz não, ela diz imagine se ela cai quando estiver lá no alto, e ele a empurra de novo, com toda a força que tem, e ela é projetada para frente e o cabelo escuro se estende atrás dela, e a saia esvoaça, e ela grita, deixa escapar uma espécie de uivo quando está lá no alto, ela grita ainda mais alto do que antes, e ao descer de volta seu cabelo escuro voa para os lados e depois para frente e ela grita não, não, não faça isso, não estou gostando, estou com medo, por isso pare, pare agora

Mas é claro que você está gostando, ele diz

e quando ela retorna ele a empurra com mais força, mais determinado, lhe dá mais impulso, e ela se projeta para frente, para o alto, e agora já não grita, mas passa a ajudar, quando está no alto ela dobra os joelhos e lança o tronco para frente e o balanço ganha mais velocidade para trás e quando ela retorna ao limite do embalo ela ergue os pés para frente e no mesmo instante ele a empurra nas costas e ela se inclina para frente e a velocidade aumenta, ela consegue ir mais adiante, mais alto, e a cada vez se projeta mais para frente e mais para o alto

Mais rápido agora, ela grita

Mais força, ela grita

Empurre com toda a força que tiver, ela grita

e ela está ofegante e com a voz quase rouca, e ele empurra com todas as forças que tem

Ooh, ela grita

Assim, ela grita

Assim mesmo, com toda a força que tiver, ela grita

e ele pensa que não consegue empurrar com mais força, ele não é mais forte do que isso, e já empurrou o mais forte que conseguiria empurrar, ele começa a ficar cansado, ele pensa

Empurre com mais força, ela grita

e ele não empurra tão forte, mas num ritmo constante, empregando como se a mesma força a cada vez, eles chegaram a um movimento constante, para cima e para baixo, ela continua balançando num vaivém constante e grita que está uma delícia, é muito bom, sente um frio lhe subir o estômago, e ele não deve parar, precisa continuar, precisa ampará-la e depois empurrá-la para frente, agora está ótimo, para frente e para trás sem cessar, ela diz, um pouco mais forte agora, ela diz e então mais uma e outra vez ele tem que dar tudo de si, tudo que consegue reunir de forças para empurrá-la para frente mais vezes, ela diz, mas é como se ela exclamasse com uma voz baixa que sente um calafrio, um calafrio gostoso perpassa seu corpo, o corpo inteiro, mas é desagradável, horrível, assustador, mas também é bom, incrivelmente bom, ela diz numa voz baixa e ofegante

Força, empurre com toda a força que tiver, ela grita

Pode empurrar, ela grita

Só mais algumas vezes e pronto, ela grita

e ele pensa que agora chega, é cansativo ficar assim empurrando, está cada vez mais escuro e no início ela nem queria que ele a embalasse, e agora não quer que ele pare, é assim que são as coisas, ele pensa e recua um pouco e o balanço vem até ele

Empurre mais, empurre nas minhas costas, ela diz e ele recua ainda mais

Não consegue mais? ela diz

e ele a empurra e ela se projeta o máximo que pode, com todas as forças se agarra às cordas e inclina o corpo para trás e quando está lá no alto grita ooh ooh ooh, até voltar ao ponto inicial

Que delícia, ela grita

Quero mais, ela grita

e ele olha para ela e então dá um impulso na direção do balanço e a empurra com toda a força que tem

Siiim, ela grita

e ela continua no ritmo, gritando siiim outra vez e depois dizendo siiim mais baixo

Primeiro você não queria balançar, ele diz

Não tinha coragem, ela diz

E agora não quer parar, ele diz
Não, não, estou gostando disso, ela diz
Mas agora você já balançou demais, ele diz
É muito bom, é uma delícia, ela diz
e o balanço oscila em movimentos mais curtos, para frente e para trás, para cima e para baixo, indo e voltando
Primeiro eu estava com medo, mas depois perdi o medo, ela diz
É assim mesmo, ele diz
Mas foi divertido, ela diz
e o balanço já está parando, mal oscila para frente e para trás num movimento contido e ela diz que quando era criança nunca se atrevia a balançar, era tão assustador, ela achava, ou ela se atrevia, mas quase nada, um pouco adiante, um pouco para trás, e ele diz que talvez não devesse tê-la empurrado tão forte, e ela diz que foi bom assim, ela gostou, até quando disse que não estava gostando ela na verdade estava, ela diz e ele diz que é assim, é assim mesmo, isso de dizer algo e querer dizer outra coisa, até mesmo o contrário, ele diz e ela diz que não sabe se é bem assim, mas com ela, agora depois que balançou, foi isso que aconteceu, ela diz e agora o balanço mal se move para frente e para trás e ele segura firme as cordas e ela interrompe o movimento e ele se posiciona atrás do balanço e a segura firme até ela não se mover mais, então ele fica ali em pé e ela sentada e depois ergue o rosto na direção dele
Foi divertido, ela diz
Sim, mesmo sendo adultos, ele diz
Ou quase adultos pelo menos, ela diz
Um pouco adultos isso sim, ele diz
Um pouco, sim, ela diz
e ele empurra o balanço com cuidado e solta as cordas
Um pouco adultos, ele diz
Um pouco, sim, ela diz
e o balanço continua oscilando para frente e para trás, em movimentos mais curtos, mas ainda para cima e para baixo, lentamente, agora lentamente para frente e para trás
Seja como for, quase adultos, ela diz

Sim, ele diz
e novamente ele agarra as cordas e o balanço para
Mas está escurecendo, ele diz
Ainda tem um pouco de luz, ela diz
Uma última vez? ela diz
e ele novamente segura as cordas e recua arrastando-a consigo, o máximo que pode, ele vai, e então a puxa para cima o máximo que pode e corre para frente e solta o balanço e ela grita, não, não, não assim, não tão forte, não tão depressa, não aguento mais, assim não, ela grita, ooh, não, não, ela grita e ele se afasta do balanço
Assim não, ela grita
Assim é demais, ela grita
Ooh, ela grita
e ele apruma o corpo e olha para ela e a vê indo para frente e para trás, para cima e para baixo, mas cada vez mais devagar, e então ela mesma dá um pouco de impulso ao balanço, para frente e para trás, então a velocidade diminui e o balanço oscila sozinho e ele se afasta ainda mais do balanço
Para onde você vai? ela diz
Para lugar nenhum, ele diz
Mas você está indo na direção do portão, já vai embora? ela diz
Não, não, ele diz
Não vou abandonar você, mas já vai escurecer completamente, já não é hora de ir para casa? ele diz
Espere só o balanço parar, ela diz
e ela põe os pés no chão e se firma e o balanço para totalmente e ela olha para ele e sorri e diz que foi muito divertido, desde que era criança não andava de balanço, ela diz, e naquela época não gostava tanto, era muito acanhada, sempre teve medo de tudo quando era pequena, quando era menina, ela diz
Você não tinha coragem de se balançar? ele diz
Mal e mal, ela diz
Ah é, ele diz
Não, na verdade eu nem me atrevia, e quando arriscava subir num balanço era apenas para mostrar que eu era capaz, ela diz

e diz que era assim quando era criança e os dois ficam em silêncio e então ela pergunta se ele se aventurava a subir no balanço quando era pequeno

Você tinha coragem? ela diz

e ele assente com a cabeça e ela desce do balanço e vai até ele e ele vê que o comprido cabelo escuro dela agora cai sobre os ombros e então ela ergue o rosto na direção dele com os lábios entreabertos e ele aproxima a boca da dela, e os lábios roçam um no outro

Foi um beijo acanhado, ela diz

E ele leva a mão ao cabelo dela, quase encostando, sem bem tocar no cabelo, e então eles estendem os braços e se abraçam e ele então aproxima a mão e alisa o comprido cabelo escuro dela, para cima e para baixo, e ela apoia a cabeça no ombro dele e os vejo ali, imóveis eles parecem ficar ali, como mais uma imagem, como uma das imagens que jamais esquecerei ali estão eles, como uma imagem que irei retratar, vou pintá-los e apagá-los, tal como estão ali irei pintá-los e apagá-los, eu penso, pois agora é como se uma luz irradiasse do lugar onde estão, tão próximos um do outro, como se fossem um só, ali estão eles, como se duas pessoas fossem uma só, sim, juntos eles ficam enquanto cai a noite, e a escuridão cai sobre eles como neve, a escuridão cai floco atrás de floco, mas mesmo assim como um só escuro, um escuro indiviso, não como um escuro em partes, mas como um escuro nevado, e quanto mais escurece mais luz irradia deles, sim, uma espécie de luz emana deles, isso eu posso ver, e por mais que não se possa ver essa luz ela é visível mesmo assim, pois também das pessoas pode emanar luz, especialmente dos olhos, em lampejos, como uma luz brilhante e invisível, mas deles irradia permanentemente uma luz serena que é sempre a mesma luz e não se altera, é como se os dois naquele encontro fossem uma só luz, é essa a luz que provém deles, como um só facho, eu penso, e ele percebe que ela agora é quase apenas luz, é essa a impressão que dá, ele pensa em seu lugar, mas que desvario é pensar desse jeito? ele está ali abraçando uma mulher de carne e osso e então pensa que se trata de uma luz, não é nada sensato pensar assim, ele pensa, se bem que sensato mesmo ele nunca foi, mas é essa a sensação que tem, como se abraçasse uma luz, é muito estranho isso, ele pensa e como pode pensar assim justo quando os dois estão ali se abraçando, ela abraçada a ele, ele abraçado a ela, não, é muito estúpido pensar assim, ele pensa, é simplesmente uma ideia absurda, ele pensa, pois ela não é uma luz, ela é uma mulher de carne e osso, e tem formas de uma mulher de carne e osso, ela não é uma luz, ela é uma mulher, ela é a mulher dele e não uma luz, ele pensa, e vejo que eles se soltam do abraço e se afastam um pouco um do outro e vejo a escuridão crescendo e se propagando um pouco acima deles e então os dois ficam ali, silhuetas destacando-se na escuridão, meio afastados um do outro eles ficam, e aparentam um pouco de cansaço e ele pensa que não adianta pensar que ela é luz, que ideia mais burra, ele pensa, pensamentos assim são inúteis e vazios, ele pensa e a segura pela mão e então eles vão até a gangorra e soltam as mãos e ela senta numa ponta, quase rente ao chão ela senta, roçando nos tufos de grama que despontam do solo cinzento, e então ele vai e abaixa o banco do outro lado e ela ajuda com os pés e ele levanta uma perna sobre a prancha e a empurra para baixo e então monta na gangorra e ela desce até o chão do lado onde está e ela recolhe os pés e fica suspensa em pleno ar

É bom flutuar livre de novo, ela diz

Acho que voltamos a ser crianças, ele diz

Nós dois estamos voltando a ser crianças, ela diz

Eu voltei a ser uma garotinha, seja balançando como antes ou suspensa aqui no ar como agora, ela diz

Todas as crianças gostam de ficar suspensas no ar, ela diz

E todas as crianças adultas também, ele diz

É, talvez, ela diz

Pelo menos nós, ele diz

Pelo menos agora, ele diz

Mas agora estamos falando uma grande bobagem, ela diz

Chego a sentir vergonha, ela diz

e então ele dá um impulso com os pés e se eleva no ar e ela desce até o chão e então dá um impulso com os pés e se eleva no ar e ele desce até o chão

Todo mundo gosta de flutuar, ele diz

e ele atinge o chão e dá um impulso com os pés

E de ser embalado em movimentos ritmados, ele diz

e ela desce até o chão e atinge o chão e então dá um impulso com os pés

Como uma respiração, ele diz

e ele desce até o chão e dá um impulso com os pés

E como um coração batendo, ela diz

e ela desce até o chão e dá um impulso com os pés

Estar no mesmo movimento, ele diz

e ele desce até o chão e dá um impulso com os pés

Estar no mesmo movimento, ela diz

e ela desce até o chão e dá um impulso com os pés

Estar no mesmo movimento, ele diz

e ele desce até o chão e dá um impulso com os pés

Como ondas, ela diz

e ela desce até o chão e dá um impulso com os pés

Como ondas no mesmo mar, ela diz

E ele desce até o chão e dá um impulso com os pés

Como nós dois juntos, ela diz

e ela desce até o chão e dá um impulso com os pés

Como você e eu, ele diz

e ele desce até o chão e dá um impulso com os pés

Como nós, ela diz

e ela desce até o chão e dá um impulso com os pés e então ele cessa o movimento e deixa seu peso manter a gangorra lá embaixo e fica montado no assento com os pés no chão enquanto os pés dela pendem no ar

Assim é como deve ser, ela diz

Desse jeito, ele diz

e então ele dá um impulso com os pés e ela desce e seus pés tocam o chão

Desse jeitinho, ela diz

e dá um impulso com os pés

Desse jeitinho, ele diz

e eles permanecem assim, ele rente ao chão, ela lá no alto

Quando você era pequeno, ela diz

O quê, ele diz

No verão então, quando vocês saíam de férias, você ficava numa casinha de alvenaria, uma casinha cinza, ela diz

Foi o que você acabou de contar, ela diz

Foi, ele diz

Mas você cresceu naquela chácara, com barcos e uma casa de barcos? ela diz

Exatamente, ele diz

E é lá que seus pais ainda moram? ela diz

É, ele diz

E tem o pomar? ela diz

Sim, como eu lhe contei, ele diz

É, ela diz

Sim, várias vezes, ele diz

e os dois ficam sentados sem dizer nada

Por que você está novamente perguntando isso agora? ele diz

Não sei, ela diz

Não, ele diz

Mas será que não podemos ir até lá em breve? ela diz

e ele não diz nada

Visitar os seus pais? ela diz

Não tem vontade? ela diz

Claro que sim, ele diz

e ele fica mudo, como se não quisesse falar sobre isso

Não tem vontade? ela diz

Mas podemos ir assim mesmo, ele diz

É bonito lá, em Barmen, ele diz

E a chácara fica nas margens do fiorde das Hordas, e é muito gostoso navegar pelo fiorde, ele diz

Sim, você mencionou, ela diz

E também que gosta de estar perto do mar, ela diz

É mesmo, sempre gostei, ele diz

e então fazem silêncio e ficam ali sentados

Pois então um dia teremos que ir até lá, ela diz

E seria bom conhecer seus pais, ela diz

Não tenho muito a ver com eles, ele diz
Mas você e sua mãe, ela diz
e se interrompe
Melhor não falarmos sobre isso, ele diz
e voltam a fazer silêncio, e ficam assim sentados por muito tempo e penso por que simplesmente ficam sentados ali? como se petrificados, e parece que ambos olham para o lado, como se mantivessem o olhar fixado em algo próximo, e como conseguem ficar sentados dessa maneira, e por tanto tempo, como é possível, eu penso e então ela olha para ele
Vamos embora então? ela diz
e ele não diz nada e ela pergunta se ele vai voltar a pintar amanhã e ele diz que é bem provável, amanhã como todos os dias, vai sim, desde que ele tinha uns doze anos ou por volta disso não se passou um dia sem que desenhasse ou pintasse, é como se acontecesse de moto próprio, é como se fosse assim, é como se de algum modo a pintura fosse uma extensão dele mesmo, ele diz, e então se corrige dizendo que a fala pareceu exagerada, quer dizer, pintar é só algo que ele faz, sim, todos os dias, quase como um hábito arraigado, ele diz e ela diz que assim seja mas o tom de voz dela soa um pouco aborrecido, eu penso, como se ela não se agradasse totalmente com aquilo que ele diz, e ele diz que o quadro que está pintando atualmente pode até ficar bom, mas é tão difícil acertar, requer uma certa minúcia, pois os detalhes que faltam podem ficar excessivos e arruinar a pintura inteira e depois pode ser inútil tentar recuperar o que havia originalmente de bom na tela, aquilo que a pintura queria dizer, ou o modo como poderia dizer, na verdade ela não poderia dizer nada, pois uma imagem ao mesmo tempo diz e não diz, uma imagem fala em silêncio, sim, expondo aquilo que não se pode dizer, ele diz e eu penso que não, agora tenho que ir, já ficou tarde e está na hora de seguir meu caminho, dirigir no rumo de casa, eu penso e então ela diz que agora escureceu bastante, então talvez eles não devessem ir andando? ela diz e ele diz que é hora de ir sim e pergunta se ela está se sentindo bem suspensa lá no alto, e ela diz que sim, a vista é bonita, embora já tenha escurecido, mas é melhor do que a dele lá embaixo, ela diz, e isso, de que ela tem

uma vista melhor que a dele, não é novidade, ele pode pintar o quanto quiser, esteja claro ou escuro, mas ela sempre enxergará melhor, sim, ela irá captar aquilo que realmente existe, ele apenas vislumbra uma outra imagem, um ou outro detalhe, ela diz, e então ele de repente dá um impulso com as pernas, como se estivesse irritado ou algo assim, eu penso, e ela desce até o chão e dá mais um grito, um grito agudo e baixinho, e ele ergue o pé do chão e levanta e desmonta da gangorra ao mesmo tempo que empurra a gangorra para baixo devagar e ela então senta em segurança no chão e ele vai até ela e estende a mão e ela segura a mão dele e levanta e então os dois ficam ali e penso que agora preciso voltar para casa, logo vai escurecer totalmente e eu aqui olhando para um parquinho onde uma moça e um rapaz estão brincando, como se fossem crianças, e já caiu a escuridão e mal os enxergo direito, ou será tudo isso uma visão que só existe dentro de mim? será que estão ali mesmo? ou será apenas a minha imaginação sugerindo que estão ali? não, claro que não, eu os vi antes, continuo os vendo agora, eu penso, quanto a isso não há dúvidas, mas quem sabe eu não devesse sair e arejar um pouco? respirar um pouco de ar fresco? ir até o parquinho também? eu penso, mas isso não é coisa que se faça, ou é? e se for para fazer o que estou pensando em fazer teria de ser antes de escurecer por completo, eu penso, mas o que há de tão estranho em alguém descer de um carro para caminhar um pouco? pois há uma trilha que desce até o parquinho e passa por ele, ela começa na rodovia e desce até o parquinho e se prolonga pelo alto de um morro, eu estou vendo, e claro que não preciso entrar no parquinho, apenas passar ao largo, só isso, mas ou eu volto para casa ou saio e começo a caminhar já, eu penso e saio do carro e fico observando em volta, na beira da estrada a encosta se eleva, para depois aplainar e continuar escalando a encosta íngreme, e lá, no topo, lá eu enxergo o céu, e as estrelas estão visíveis, brilhando timidamente, e então há a rodovia, uma pista estreita tangenciando o sopé do morro, e em seguida um declive até o parquinho e é por ele que a trilha desce até o parquinho e se prolonga além dele e continua subindo e desaparece num morrote logo atrás, e é estranho, pois até agora não tinha reparado na trilha descendo até o parquinho, que então continua por esse morro atrás do parquinho, eu penso e então fico olhando para o parquinho e me dou conta de que ele e ela estão ali no escuro, mal podem ser vistos, mas vejo que permanecem imóveis e de mãos dadas e foi bom sair do carro e tomar um pouco de ar fresco, e percebo como o ar frio faz bem, me revigora e claro que eu, como qualquer pessoa, deveria poder caminhar por uma simples trilha, eu penso, claro que sim, mas costumo pensar que não tenho direito a nada e por isso fico repetindo as mesmas coisas a esmo, eu penso e então começo a caminhar na direção da trilha e começo a descer, passo pelo parquinho e olho na direção do casal lá no parquinho e me dou conta de que aparentemente não repararam em mim dali de onde estão abraçados, como se fossem uma só pessoa eles ficam onde estão, ele a abraçando, ela o abraçando, e um não pode se discernir do outro, e então eles se soltam e eu a passos curtos vou descendo a trilha

Escureceu bastante, ela diz

Sim, sim, é outono, ele diz

É quase inverno, ela diz

Mas ainda falta um pouco, ele diz

É mesmo, ela diz

Só não fomos na caixa de areia, ele diz

Você acha que deveríamos ir brincar na caixa de areia? ela diz
e pelo tom de voz se revela um pouco surpresa

Sim, sim, por que não? ela diz

Mas vamos nos sujar inteiros, ele diz

E qual o problema? ela diz

Nenhum, talvez, ele diz

Nossas roupas vão ficar sujas, ele diz

e ela diz que eles podem muito bem se despir e então ela tira a jaqueta e puxa o suéter pela cabeça e então fica ali apenas de sutiã e de saia lilás, imagine estar quase nua agora, nesse frio, eu penso e então ela o puxa pelo braço até a caixa de areia e eu caminho lentamente, pé ante pé, descendo a trilha e penso como é possível isso, e vou passar silenciosamente ao lado do parquinho e subir o morro, até o alto, vou ver o que tem do outro lado do morro, e depois darei meia-volta, já deveria estar chegando em casa a essa hora, não vai demorar muito para escurecer totalmente, eu penso e tento não olhar para os dois mas os vejo caminhando juntos até a caixa de areia e parando diante da caixa de areia e então ela estende a jaqueta e o suéter sobre a areia

Pronto, somos de novo crianças, ela diz

E agora vamos fazer o que der na telha, ela diz

Sim, somos crianças, ele diz

Crianças travessas que só fazem o que dá na telha, ela diz deitando na areia, sobre a jaqueta e o suéter, e fica ali deitada só de sutiã e de saia lilás e o cabelo escuro dela se espalha por toda parte e então ela diz que ele tem que tirar a roupa também

Não, não podemos fazer isso, ele diz

Claro que podemos, ela diz

Alguém pode nos ver, ele diz

Está quase um breu completo, ela diz

Vamos lá, ela diz

e então ela tira a saia lilás que está vestindo e diz para ele vir, agora ele tem que ir até ela, porque está sentindo um pouco de frio e ele precisa aquecê-la, ela diz e ele diz que era isso que ele estava dizendo, que está frio demais para tirar a roupa e ela diz venha então, venha então e ele diz não, isso não é coisa que se faça, alguém pode vê-los, ele diz, ela precisa vestir as roupas imediatamente, ele diz e ela diz que está escuro demais, ninguém poderá vê-los, então venha, venha agora, pode vir, ela diz e ele diz que já que ela está insistindo tanto ele é obrigado a fazer o que ela quer, ele diz e então tira a bolsa marrom do ombro e a deixa próximo à caixa de areia e tira o longo sobretudo preto e em seguida deita sobre ela e depois os cobre com o sobretudo, de modo que só o sobretudo está aparente, e isso, não, isso não é coisa que eu tenha que ver, a que eu tenha que ficar assistindo, eu penso, e está mesmo acontecendo de verdade? ou seria tudo isso apenas algo com que estou sonhando? ou não seria algo que tenha se passado comigo mesmo certa vez? não serei eu mesmo ali deitado na caixa de areia, em cima dela, com o longo sobretudo preto nos servindo de coberta? pois não foi exatamente isso que certa vez aconteceu? eu penso, mas seja como for não me cabe ficar assistindo ao que acontece, eu penso e sigo em frente, silenciosamente, tão silenciosamente quanto posso, vou bem devagar percorrendo a trilha e não quero que os dois notem a minha presença, não quero assustá-los, quero deixá-los sozinhos imersos em seu próprio mundo, e agora mal posso ver o sobretudo na caixa de areia, ou será que nem o sobretudo consigo ver? quem sabe tudo isso não passe de imaginação minha? isso não, eu penso, e não devo olhar, não tenho o direito de ficar olhando para aquilo e agora, agora tenho que voltar, agora preciso dar meia-volta e retornar ao meu carro, pois aquilo ali, será que é algo que realmente está acontecendo? ou será algo que eu acho que está acontecendo? a lembrança de um episódio que de fato aconteceu? uma situação em que eu estive envolvido certa vez? e deve ter sido certa vez há muito tempo, pois nem consigo me lembrar, mas serei eu quem está deitado na caixa de areia debaixo do meu longo sobretudo preto? e não é o mesmo sobretudo que estou vestindo? meu bom e velho e longo sobretudo preto? e ela ali deitada debaixo de mim e o longo sobretudo preto nos cobrindo? não sou eu? não somos nós? eu penso, não sou eu em algum momento do passado? ou algo real está se passando bem diante dos meus olhos, ali no parquinho? eu penso e paro e agora escureceu completamente e numa mirada nítida que me permite enxergar no escuro vejo que os dois estão deitados ali na caixa de areia e ouço nitidamente a respiração deles e ouço os mesmos movimentos ritmados, como ondas arrebentando na praia, como se fossem ondas fluindo num constante movimento, indo e voltando, sem cessar, e tudo é um só movimento, uma respiração, um entra e sai, e corações que palpitam, dois corações que batem um contra o outro ali naquela caixa de areia, e o meu próprio coração que bate sem parar, e num movimento incessante, como o quebrar das ondas, subo na direção da rodovia e do meu carro, e lá do parquinho ouço movimentos, movimentos de ondas, indo e voltando, e caminho nesse mesmo ritmo, passo a passo, e agora não devo me virar na direção deles dois, eu penso, e sigo caminhando e então já não ouço mais nenhum ruído da caixa de areia e olho para ele e lá está o rapaz na caixa de areia com as calças arriadas até os joelhos, mas o sobretudo preto ainda está sobre ela e ele segura um balde na mão e enche o balde de areia e então despeja a areia no sobretudo, em cima dela, ele enche e esvazia o balde, ele cobre de areia o sobretudo e a moça, não, não é possível, ele realmente está despejando a areia sobre ela deitada ali debaixo do sobretudo dele com um baldinho que alguma criança esqueceu na caixa de areia e, não, não devo olhar, agora preciso voltar para minha casa em Dylgja, pois não posso ficar assim no escuro olhando para um rapaz em pé junto de uma moça deitada debaixo de um sobretudo preto esvaziando balde atrás de balde no sobretudo, em cima dela, eu penso, mas não consigo desviar o olhar daqueles dois na caixa de areia nem dele despejando balde atrás de balde de areia sobre ela até que ele puxa e abotoa as calças e depois apanha o sobretudo que cobria a moça e a areia cai do sobretudo e ela levanta e apanha as roupas, recolhe o suéter e a jaqueta, sacode a areia das roupas e ele bate a areia do longo sobretudo preto e o veste e então pendura a bolsa a tiracolo de couro marrom no ombro e faz menção de ir andando

Volta aqui, ela diz

e ela olha para ele

Não vá, ela diz

Não vá assim de repente, ela diz

Vem cá, ela diz

e ela lhe estende a mão e ele se aproxima dela e a segura pela mão e então os dois ficam assim por um instante

Vamos? ele diz

Vamos, ela diz

então ela abre os braços e o envolve e o mantém assim e eu dou meia-volta e sigo na direção da rodovia e ela diz meu menininho, meu queridinho, ela diz e ele diz meu amor, meu amorzinho, meu chuchu, ele diz e ela diz que está bem frio e ele diz que sim está mesmo frio, ele está congelando, mesmo já tendo vestido o sobretudo, ele diz, e eu caminho lentamente e tento o máximo que consigo não fazer nenhum barulho e olho novamente para o parquinho e vejo o cabelo comprido e escuro dela, descendo pelos ombros até quase alcançar os quadris, e ele permanece parado ali e seu cabelo castanho meio comprido está completamente bagunçado e desgrenhado enquanto o cabelo dela escorre liso, então ela aproxima o rosto do dele, e a boca da dele e ela o beija na boca e então diz que o sobretudo dele está todo sujo de areia

É verdade, diz ele
e ri um pouco
E nós também, ele diz
Isso porque você despejou vários baldes de areia em cima de mim, ela diz
É, ele diz
Quase me enterrou, ela diz
Foi por pouco, ele diz
e ali eles ficam sem saber direito o que fazer ou dizer
Está um breu, ele diz
E também frio, ela diz
É como eu disse, ela diz
É, ele diz
Precisamos ir para casa, ele diz
e ela assente, e então eles se afastam um pouco e ela olha para ele, e ele olha para ela
Porque você é o Asle, ela diz
E você é a Ales, ele diz
e eles trocam sorrisos, sorriem timidamente um para o outro e ela diz imagine tirar a roupa no escuro e com esse frio todo, ela diz, imagine tirar a roupa e ficar nua no final do outono, nessa escuridão, e nesse frio, e então deitar sem roupa na caixa de areia, ela diz e ele diz, sim, é mesmo e agora precisamos voltar para casa, ou melhor, existem casas e casas, ela diz e ri, mas pelo menos temos um lugar para morar, ela diz, ainda que pareça um lugar prestes a ruir, ele diz, quase um cortiço, ela diz, é mesmo, é quase impossível manter a casa aquecida, ele diz, mas pelo menos é um teto para nos abrigar, ela diz e ele diz que quando chegarem em casa vão bater bem direitinho a areia das roupas e então os dois permanecem de mãos dadas
E se calhar precisaremos lavá-las, ela diz
Ou pelo menos teremos que escovar bem a areia delas, ela diz
Nós somos completamente loucos, ela diz
Não, não somos loucos, ele diz
Imagine se alguém nos visse, ela diz
É, ele diz

Acho que tem um carro ali na serventia da estrada, ele diz
Não, ela diz
Tem sim, ele diz
Está frio e precisamos voltar para casa, ela diz
Sim, para a casa que agora é nossa, ele diz
Deve ao menos estar mais quentinho lá, ela diz
Um pouco, talvez, ele diz
Mas é a casa que temos, ela diz
E que bom que é assim, que tenhamos um lugar para morar, ele diz
E somos nós dois, nós dois temos um ao outro, ela diz
Temos sim, ele diz
e ela ergue o rosto na direção do dele e eles trocam um beijo rápido
Nós temos um ao outro, ela diz
Na escuridão mais profunda, nós temos um ao outro, ele diz
E ficaremos juntos, ela diz
Na saúde e na doença, ele diz
Sempre seremos nós, ela diz
Sempre seremos você e eu, ele diz
O Asle e a Ales, ela diz
A Ales e o Asle, ele diz
Sempre nós, sempre somente nós, você e eu, ela diz
Que assim seja, ele diz
e agora a escuridão é total e eu voltei ao meu carro e sento e fico sentado olhando fixamente para frente e me recosto no espaldar e descanso a cabeça no apoio do assento e olho fixamente para frente e só enxergo a escuridão, somente o escuro negro está diante de mim, só o breu, e penso que estou estacionado na serventia ao lado da casa marrom onde a Ales e eu um dia moramos, e estacionei o carro para fazer uma pausa porque estava cansado, eu penso, e com isso me deu vontade de rezar, pois quase todos os dias eu rezo três vezes uma prece que eu mesmo inventei, de manhã, uma vez no meio do dia, e então à noite, sim, as laudes, ou matinas, como se diz, depois as sextas e depois as vésperas, e para as preces eu recorro a um rosário marrom de madeira, e nele há cinco fileiras de dez contas em cada com uma lacuna entre cada fileira, e por fim há as seções que consistem numa lacuna e uma

conta, uma lacuna e três contas, uma lacuna e mais uma conta e outra lacuna, e da extremidade pende uma cruz, e aonde quer que eu vá sempre o levo pendurado no pescoço, foi a Ales quem me deu esse rosário, foi ela quem me ensinou sobre o rosário, e quando nos conhecemos eu mal tinha ouvido falar na palavra rosário, eu acho, quer dizer, eu escutei essa palavra uma vez e fiquei imaginando o que queria dizer, nesse instante me ocorre, eu acho, mas agora sempre carrego o rosário pendurado no pescoço como uma joia e sempre rezo em voz baixa o Pai-Nosso uma, duas ou três vezes, e todas as preces surgem diante de mim como imagens, não decorei nenhuma delas, mas me lembro delas visualizando-as diante de mim, já que tenho facilidade de visualizar algo que está escrito, mas procuro não agir assim, ou seja, um pouco do que está escrito eu visualizo diante de mim, pois ao contrário das imagens eu posso escolher se quero ou não lembrar de um texto que vi, eu penso, e penso que também costumo rezar três vezes uma Ave-Maria e sempre uma vez Glória ao Pai, e rezo em latim ou na tradução que eu mesmo fiz para o neonorueguês, e isso portanto acaba por alterar ligeiramente a minha profissão de fé, mas também pode ser o Credo, a versão apostólica abreviada, cuja origem é atribuída aos apóstolos, ou então outra semelhante, e nesse caso recito baixinho a oração logo de início, antes do Pai-Nosso, a versão longa do Credo, o Credo Niceno, e dele apenas vislumbro trechos, sim, Luz da Luz, Lumen de Lumine, todas as coisas visíveis e invisíveis, visibilium omnium et invisibilium, e também recito mais adiante a Salve-Rainha ao final e às vezes também procuro ficar completamente em silêncio, não pensar em nada enquanto rezo e me deixo invadir por uma paz, para só então fazer um pedido, mas na maioria das vezes rezo orações intercessoras, rezo pelos outros, quase nunca por algo que tem a ver comigo, a menos que seja algo que eu possa fazer para que venha o Reino de Deus, por exemplo retratar imagens que de alguma forma tenham a ver com o Reino de Deus, e também faço o sinal da cruz antes de começar a rezar e quando termino e digo Em nome do Pai do Filho e do Espírito Santo Amém ou In nomine Patris et Filii et Spiritus Sancti Amen e pela manhã quando rezo uma oração breve, muitas vezes faço só o sinal da cruz, e no meio do dia recito a oração mais longa, e à noite costumo rezar até adormecer entoando a Oração de Jesus e então repito para mim mesmo Senhor Jesus Cristo, pronunciando bem cada sílaba enquanto inspiro profundamente ou expiro lentamente, e o mesmo vale quando digo Tende piedade de mim porque sou pecador, por vezes a fio repito essas palavras, ou digo para mim mesmo Domine Iesu Christe Fili Dei Miserere mei peccatoris sucessivas vezes, respirando fundo, expirando lentamente, mas essa prece quase sempre rezo em neonorueguês, por alguma razão, e então mergulho no sono, eu penso, e adormeço embalado por essa oração ou pela Ave-Maria, eu penso e em todas as minhas preces o que almejo é a paz de espírito e a humildade, eu penso, a paz de Deus, sim, eu penso e alcanço o rosário sob o suéter com ambas as mãos e o puxo sobre a cabeça e então sento com o rosário nas mãos segurando a cruz entre o polegar e o indicador e penso que posso ter adormecido e portanto sonhado, mas não adormeci, eu penso, e tudo é onírico e ao mesmo tempo real, sim, tudo aconteceu tanto no sonho como na realidade e fico ali sentado com o olhar perdido na escuridão, e agora a escuridão é um breu total, não é mais um crepúsculo, e olho para aquele negrume e penso que agora preciso tratar de voltar para casa, mas por quanto tempo estive pensando nisso e mesmo assim ainda continuo sentado aqui no carro? eu penso, e olhando em frente agora enxergo os dois caminhando ao meu encontro como se fosse dia claro, um rapaz com cabelo castanho meio comprido e uma moça com cabelo comprido e escuro, eles despontam na escuridão, é como se uma luz emanasse deles no escuro, é como se um halo de luz os destacasse na escuridão, e sim, como mencionei, eles vêm ao meu encontro, e seus rostos são serenos e silenciosos, e eles estão de mãos dadas, e são como um só, como uma só criatura, eles caminham sem se dar conta nem de mim nem do meu carro, ambos muito absortos pela presença do outro, eles estão um no outro, eles estão presentes um no outro, compartilhando um mundo, e passam ao lado do carro e eu me viro na direção deles no escuro e enxergo tão nitidamente o cabelo castanho meio comprido dele e vejo o cabelo comprido escuro dela, escorrendo pelas costas, e os vejo lentamente desaparecer no escuro e sumir e largo a cruz e penduro o rosário no pescoço e o enfio debaixo do suéter e então me persigno e digo para mim Em nome do Pai do Filho e do Espírito Santo Amém e então dou a partida no carro e penso que isso, não, isso não aconteceu, eu penso e agora devo voltar para casa, eu penso, preciso entrar no carro e rever a minha esposa e o nosso filho, eu penso e manobro o carro da serventia da estrada até a rodovia e penso que deveria ter ido visitar o Asle, que estava tão precisado, deveria ter perguntado a ele se não era o caso de sairmos juntos, como tantas vezes fizemos, deveria tê-lo levado ao Salão dos Drinques e ele então poderia pedir uma cerveja ou alguma aguardente e eu uma caneca de café com leite, ou algo para comer, sim, nós poderíamos fazer uma refeição lá, um prato e uma cerveja para ele e um prato e água para mim, sim, eu larguei totalmente a bebida, pois estava bebendo demais e a Ales não gostava, ela não gostava de me ver embriagado, ou gostava mais de mim quando eu estava sóbrio e por isso pus um ponto final na bebedeira, mas também parei porque nos últimos tempos estava bebendo demais, sim, para ser sincero nos últimos tempos não estava conseguindo mais ficar sóbrio, e pinto mal se não estou sóbrio e nunca senti falta nem de cerveja nem de vinho nem de destilados, mas é claro que tem a ver com ela, a ver com a Ales, sem ela eu jamais teria conseguido me ver livre da compulsão pela bebida, eu penso e agora a Ales está me esperando, ela e o nosso filho, e preciso chegar em casa para vê-los, a minha esposa, o nosso filho, mas o que estou pensando? porque eu moro sozinho, vou voltar para a minha velha casa em Dylgja, lá onde uma vez morei com a Ales, ela que se foi, ela que agora descansa na paz de Deus, eu consigo sentir isso claramente, no meu íntimo, pois ela também descansa dentro de mim, ela que não mais dá seus passos por essa terra mas com quem, ainda assim, posso conversar quando quero, sim, é muito estranho, pois a diferença entre a vida e a morte, entre os vivos e os mortos, não é tão maior do que isso, embora essa diferença possa parecer intransponível, ela não é, porque, é verdade, todos os dias eu converso com a Ales, sim, faço isso quase o tempo inteiro, e conversamos com frequência sem palavras, quase sempre só assim, e é natural que eu sinta a falta dela, mas uma vez que ainda estamos tão próximos um do outro, e uma vez que já não falta tanto para eu mesmo me deslocar ao lugar onde ela se encontra, vou levando a vida como posso, mas sofrendo, perdê-la foi como perder tudo que eu tinha na vida, sim, foi uma perda que quase deu cabo de mim, porém nunca tivemos filhos, éramos apenas nós dois, sendo assim por que acho que voltarei para casa para encontrar a minha esposa e o meu filho? só pode ser porque sou tomado por um torpor quando estou ao volante, e esse torpor evoca esse pensamento, só sei que louco não estou, sei que vou voltar para a minha velha casa, vou para a minha casa em Dylgja, para a minha casa no pequeno povoado de Dylgja, eu penso, na casa onde morei por todos esses anos, sim, eu não era tão velho quando nos mudamos para lá, e a Ales era mais jovem ainda, e ali moramos, nos primeiros anos morei com a Ales e depois foram os anos que vivi sozinho na boa e velha casinha, e é bom, é bom ter uma casa minha, ter um lugar seguro para viver, uma casa em que me sinto seguro, pois eu tenho uma casa antiga e bem sólida, e tenho zelado por ela, sempre que vejo um pedaço do madeirame se deteriorando eu o substituo, já troquei todas as janelas, mas mandei fazer as novas idênticas às antigas, e depois mandei assentar vidraças no interior das guarnições, com uma lâmina extra de vidro de modo a vedar o fluxo das correntes de ar, então agora todas as janelas têm duas vidraças, uma que se abre para fora, outra que se abre para dentro, e então ficou bem mais fácil aquecer a casa depois que essas janelas foram instaladas, mandei fazê-las num carpinteiro que fabrica janelas sob medida, que as faz como nos velhos tempos, e ele fez as janelas exatamente como as antigas, e fui eu quem as instalou, mas não sozinho, pois o Åsleik me ajudou, e sem a ajuda dele eu nunca teria conseguido assentá-las no lugar, com certeza não teria, era trabalho para dois, e juntos demos conta do recado, a primeira janela não ficou boa e precisamos refazer o trabalho, retirar a janela e assentá-la de novo no lugar, mas depois que terminamos a janela ficou justinha no lugar, e com as outras janelas as coisas correram perfeitamente, eu acho, sim, o Åsleik me ajudou muito, ele, ele junto comigo, vale ressaltar, eu penso, e vai ser bom chegar em casa em breve, acender a lareira, preparar uma comidinha, percebi que estou faminto, sim, vai ser realmente bom voltar para a minha boa casa no pequeno povoado de Dylgja, onde só vivem umas poucas almas, boas pessoas, e lá ninguém tranca a porta de casa quando sai, nem mesmo quando viaja, a maioria das que ali vivem ali viveram a vida inteira, e então eu me mudei para lá, ou melhor, nós, a minha esposa e eu, sim eu e a Ales nos mudamos para lá e o fato é que a Ales assumiu a casa depois que a tia dela morreu, a irmã do pai, a velha Alise, não tinha filhos e não tinha herdeiros, e uma vez que não tínhamos uma casa própria e morávamos naquela casa marrom em ruínas, aquela por onde acabei de cruzar, nos mudamos para a velha casa em Dylgja, isso já há muitos anos, eu penso, e lá fixamos residência, eu e a Ales, e então, nem quero pensar nisso, agora não, eu penso e vou seguindo para o norte e acho que gosto de dirigir, desde que não seja na cidade, disso eu não gosto, nessas ocasiões fico ansioso e atarantado e por isso evito dirigir na cidade, quase nunca faço isso, foi o Beyer, o galerista, quem me ensinou o trajeto de ida e volta até a Galeria Beyer, que fica no centro de Bjørgvin, e diante da galeria tem um grande estacionamento e é sempre lá que deixo o carro, por isso lá, na cidade de Bjørgvin, lá eu consigo me deslocar sem problemas, eu acho e já cheguei ao fiorde de Dentro e então começo a me aproximar do fiorde do Bispado e estou muito cansado, mas quando chegar em casa, eu penso, não vai demorar para o Åsleik vir bater na porta, o Åsleik sim, na verdade nunca fui exatamente com a cara dele, mas vai ver que é por isso mesmo que nos damos bem, eu acho, não é sempre fácil compreender o porquê dessas coisas, eu acho, e agora vai ser bom chegar em casa, mas eu não devia apenas ter passado em frente ao apartamento do Asle lá em Bjørgvin, na Enseada dos Veleiros, porque ele não parava de tremer, era melhor ter feito como tantas vezes fiz e ido com ele ao Salão dos Drinques para depois voltar para casa em Dylgja, se bem que é óbvio que ele ficaria muito à vontade sozinho no Salão dos Drinques, certamente algum conhecido apareceria para lhe fazer companhia, e nessa hipótese eu não precisaria ficar com ele o tempo inteiro, ou melhor, eu deveria tê-lo levado ao Pronto-Socorro, embora ele jamais fosse aceitar, não importa o que eu argumentasse, de modo que teríamos ido para o Salão dos Drinques, ele com seu cabelo grisalho comprido e sua barba grisalha por fazer, e eu com o meu cabelo grisalho comprido e minha barba grisalha por fazer, vestindo nossos longos sobretudos pretos, e ambos com o cabelo preso com um elástico atrás da nuca, eu penso

Você parece uma garotinha, o Åsleik diz
Melhor dizendo, uma matrona, ele diz
e não sei o que dizer
Não sou nenhuma matrona, eu digo
Quase isso então, o Åsleik diz
ou talvez eu seja um pouco como uma matrona, não sei, eu penso, mas um pouquinho quem sabe? não seria inteiramente errado dizer que sou, eu penso, ou pelo menos é o que o Åsleik costuma dizer ou então que pareço um sacerdote russo
Você parece um sacerdote russo, ele diz
Por quê? eu digo
Porque sim, você parece um sacerdote russo, ele diz
mas de onde ele tira essas ideias? eu penso, e agora vou dirigindo para a minha casa e os faróis deixam a rodovia bem iluminada e eu olho para frente e vejo o Asle ali sentado no sofá com o Brage no colo e ele pensa que quer levantar e sair e descer até o mar e pensa que todos os quadros que vai levar consigo para a próxima exposição na Galeria Beyer e estão pelo menos prontos, o Asle pensa e pensa que não pode simplesmente ficar sentado assim, ele precisa ir até a cozinha beber alguma coisa, dar fim a essa tremedeira, o Asle pensa e olha para o Brage deitado ali no seu colo e pensa que tem que levar o cão para passear lá fora, faz muito tempo desde que o bichinho saiu pela última vez, ele pensa, e eu penso que agora preciso me concentrar no volante, porque a estrada até Dylgja é estreita e sinuosa, e por mais que eu tenha feito esse percurso inúmeras vezes é preciso dirigir com atenção, eu penso, e vai ser bom voltar para a minha casa, porque eu pertenço àquela casa, tem sido assim, e durante muitos anos a Ales também morou lá, sim, mas então ela morreu, e foi tão repentino, e agora ela se foi, não há mais o que dizer a respeito, eu penso e agora devo me concentrar apenas no volante, dirigindo devagar, limitando meu olhar ao facho de luz que os faróis do carro delimitam e que se alonga pela estrada, embora os faróis também iluminem um recorte da paisagem às margens da estrada, e eu lentamente sigo margeando o fiorde do Bispado, e penso nas tantas vezes que um ou mais de um cervo cruzaram a estrada, ou subitamente apareceram no meio da via, ou vieram saltitando pelo ca-

minho, como se o som do motor e a luz dos faróis passassem despercebidos, como se não os incomodassem, como se já estivessem habituados a eles, como se tivessem se acostumado ao ruído do motor e à luz dos faróis e não se importassem mais com isso mas ao mesmo tempo não atinassem para o perigo de serem atropelados, eu penso e desvio da rodovia e sigo pela estradinha que conduz até a minha casa, que bom, que bom, eu penso, e agora é bom voltar para casa, e a serventia até a casa fui eu que mandei construir, e não faz muitos anos, me custou um bom dinheiro, mas foi realmente uma boa ideia abrir essa estradinha até a entrada da casa e não precisar mais deixar o carro estacionado às margens da rodovia, eu penso, e embora a serventia seja íngreme não vejo problemas em transitar por ela, eu penso e não quero pensar em como era chegar em casa antes, quando ela estava lá, quando a Ales estava lá, quando ela estava lá com seu cabelo comprido escuro, como era bom voltar para casa então, eu penso, mas não quero pensar nisso, e não vou ficar lamentando, eu penso e dou a volta contornando a casa e ali, ali no pátio não é o Åsleik quem está ali? olhe só, é o Åsleik em pessoa, em carne e osso, quem está no pátio, como se tivesse vindo me receber lá está ele, e não deve ter sido uma mera coincidência, isso de ele aparecer justo quando eu chego, eu penso e paro o carro rente ao portão e percebo que fiquei feliz por ver o Åsleik no pátio, mas claro que não é mera coincidência, não é a primeira vez que ele fica zanzando pelo pátio quando retorno de Bjørgvin, então o Åsleik deve estar me esperando no pátio há muito tempo, disso eu tenho certeza, ele deve ter passado um bom tempo sentado no banco encostado ao muro da casa, em seguida deve ter ido esticar as pernas um pouco para depois voltar a sentar no banco, pois eu, como sempre costumo fazer, comprei umas coisinhas para ele no supermercado em Bjørgvin e ele deve estar esperando por essas compras, se bem que ele nunca quer aceitar o que eu comprei, e mesmo assim acaba aceitando, quase a contragosto, e se antes de partir para Bjørgvin eu pergunto se quer que eu lhe compre algo, uma vez que as coisas lá são sempre mais baratas do que no Empório da Baía, ele sempre responde que não é necessário, o pouco de que precisa, ele costuma dizer, consegue comprar no Empório da Baía, sim, na mercearia, se é que se pode chamar assim, mais próxima de Dylgja que temos, e é até conveniente termos esse Empório nas redondezas, do contrário seria preciso fazer um longo deslocamento de carro para comprar as mercadorias mais simples, e nem todos daqui têm carro, ou estão aptos a dirigir, alguns já estão muito velhos, outros jamais tiveram habilitação, e outros não querem dirigir porque nunca estão sóbrios o suficiente para tanto e não dirigem, mas nem todos os que bebem deixam de dirigir, alguns dirigem a despeito da quantidade de álcool que tenham ingerido, mas devagar e com cuidado, eu penso, e penso que o Åsleik veio dizer que demorei muito em Bjørgvin, mas depois que cheguei em Bjørgvin tive tantos compromissos que retardar minha volta para casa foi uma consequência natural, e mesmo que não tivesse nada para fazer em Bjørgvin eu decerto poderia ficar matando o tempo por lá, talvez correndo atrás de um rabo de saia se é que isso é da conta dele, é capaz de ele vir me provocar falando assim e dando umas boas gargalhadas, eu penso e abro a porta do carro

Bem-vindo ao pátio, o Åsleik diz

Não sou eu quem deveria falar isso? eu digo

Ou por acaso você já se apossou da minha casa também? eu digo

Ha! o Åsleik diz

Ha? eu digo

Agora vem você falar desse jeito, ele diz

Como assim? eu digo

Tem o seu e tem o meu, eu digo

Sim, é você com o que é seu e eu com o que é meu, eu digo

É assim que tem que ser, eu digo

Eu tenho minha própria casa, até um pátio eu tenho, então não temos que brigar por causa disso, ele diz

É isso que estou dizendo, eu digo

Mas então por que você disse bem-vindo ao pátio? eu digo

E por que não? o Åsleik diz

Algum problema em falar isso? ele diz

Não é assim que se fala? ele diz

Não é assim que se costuma falar? ele diz

É assim que se diz quando é o seu próprio pátio, então dizemos bem-vindo ao pátio, eu digo e de certa forma é como se eu tivesse um pátio, ainda que não passe de uma casa velha rodeada por rochedos e um charco salpicado por urzes e alguns pinheiros raquíticos

É uma espécie de pátio, o Åsleik diz

Ao menos é uma casa, a minha casa, eu digo

É a sua casa, sim, o Åsleik diz

Sim, a casa é sua, não precisa dizer mais nada, ele diz

Foi isso que eu quis dizer, ele diz

De certa maneira, sim, eu digo

e ficamos em silêncio e então o Åsleik diz que é óbvio que a casa é minha, de quem mais haveria de ser? pois mesmo que eu não tenha nascido e crescido na casa ela pertence a mim, isso ninguém pode negar, por mais que ele se recorde bem da velha Alise que morou nela antes, ele diz

É, eu digo

e calamos

Ela era uma boa pessoa, a velha Alise, o Åsleik diz

Sim, certamente ela era, ele diz

e calamos e então eu digo que a minha esposa, a Ales, tinha esse nome por causa dela, e talvez por isso mesmo a velha Alise quis que a Ales herdasse a casa, eu digo

Sim, eu sei disso, o Åsleik diz

Se bem que não havia herdeiros diretos, já que o marido dela tinha morrido havia muito tempo assim como o irmão, o pai da Ales, também, ele diz

e novamente ficamos em silêncio e então o Åsleik diz que ainda tem uma vaga lembrança dos pais da velha Alise, o que significa que ele mesmo envelheceu um bocado, ele diz, mas na sua memória eles já estavam bem velhinhos, pertenciam a outra era, e parece que sobreviviam com dificuldades, mas o pai, o velho corcunda, sim, ele era velho e mesmo assim conseguia ir remando o próprio bote para fazer compras no Empório da Baía e foi assim até morrer, ele descia até o mar, com as pernas já bem fragilizadas, e saía remando até o Empório, um feito e tanto para um velhinho alquebrado como ele, viu, o Åsleik diz

Com certeza, eu digo

As pessoas eram feitas de aço naquele tempo, o Åsleik diz

Naturalmente, para ele era um esforço, um esforço e tanto, mas quem mais conseguiria trazer comida para casa? e como? ele diz

Então era o jeito, ele diz

e em seguida o silêncio cai e volta a imperar

É mesmo, disso eu me lembro, o Åsleik diz em seguida

E naquela época nem mesmo carros rodavam por essas bandas, imagine, já tinha uma espécie de estrada, mas só cortando povoado, atravessando os terrenos do povoado, uma estrada ligando o povoado ao mundo exterior não tinha, ele diz

e diz que já era homem feito quando abriram a estrada, disso ele se lembra muito bem, e os idosos do povoado, especialmente os mais religiosos, diziam que antes a estrada jamais tivesse sido construída, tamanho o pecado e a maldade que viriam bater às portas depois disso, agora que qualquer um poderia vir de carro até aqui, era o que diziam alguns, por isso era melhor que a estrada jamais tivesse sido construída, mas ela ficou pronta, e com isso Dylgja passou a fazer parte do mundo, e com isso o povoado começou a atrair pessoas como eu, foi uma consequência da abertura da estrada, quer dizer que os mais velhos tinham uma certa razão no que diziam, afinal? pois se qualquer pessoa agora poderia chegar ao povoado, quem seria capaz de garantir que algumas delas não quisessem fixar residência por aqui? ele diz e eu penso que sempre, sempre o Åsleik é desse jeito, desata a falar de uma coisa e envereda por outra, não fecha a boca, matraqueia sem parar, deve ser porque ele passa muito tempo sozinho e não tem com quem conversar e às vezes emenda uma frase na outra, num só fôlego, e discorre sobre qualquer coisa, misturando passado, presente e futuro, e sobre tudo isso eu já o ouvi falar antes, sim, muitas vezes, eu penso

Mas a sua memória não é lá muito boa, ele diz

Não é muito boa? eu digo

e não entendo por que ele disse isso de supetão, como se fosse um detalhe digno de menção justo agora, sem mais nem menos, o Åsleik diz que minha memória não é muito boa, não, eu não sei por que entra ano e sai ano ainda perco tempo com ele, e por que insisto em morar nesse fim de mundo, um lugar que até Deus esqueceu, onde ninguém mais por livre e espontânea vontade deseja viver? eu penso e o Åsleik diz que por sinal eu talvez nem seja o proprietário da casa, já que não consigo nem lembrar do que digo, ou não? naquela outra ocasião eu disse que se ele conseguisse arrastar aquele barco para a água ele até poderia ficar com a minha casa, ou não? ele diz

Mas isso são coisas que se diz só da boca para fora, eu digo

Da boca para fora? o Åsleik diz

Eu consegui arrastar o barco ou não consegui? ele diz

Comigo ajudando você conseguiu, eu digo

Com você ajudando! ele diz

Sim, comigo ajudando! eu digo

Eu arrastei o barco sozinho, ele diz

Não senhor, o barco não se mexeu até eu pôr as mãos nele também, eu digo

Então é desse jeito que você faz, mente para não cumprir o prometido, ele diz

Eu não minto coisa nenhuma, e como não minto estou só dizendo a pura verdade, eu digo

Só dizendo a verdade, é, ele diz

E ainda mais pura, ele diz

O que estou dizendo é um fato, eu digo

e então de repente ficamos em silêncio, os dois calamos, e passamos um tempo assim sem dizer nada

Até que está um dia tranquilo hoje, o Åsleik diz

Está mesmo, eu digo

Até o fim da manhã o mar estava como um espelho, mas então, à tarde, começou a ventar mais, como sempre, ele diz

E o que mais se pode esperar, é final de outono, é assim mesmo, já estamos no Advento, e o mais provável agora é mais um tempo de tempestade do que de calmaria, ele diz

e então ele diz que não perdemos por esperar, antes que nos demos conta a primeira tempestade do ano vai chegar, estranho é que ainda não tenha chegado, ele diz e então ficamos parados sem dizer nada

E em Bjørgvin as coisas correram como de costume? ele diz

Sim, eu digo

e de novo calamos

É bom ir à cidade de vez em quando, eu digo

É verdade, o Åsleik diz

e até cogito perguntar quando foi a última vez que ele esteve em Bjørgvin, mas já fiz essa pergunta tantas vezes antes e ele sempre fica meio ressabiado, retorce o corpo, balança a cabeça, porque a verdade é que ele quase nunca pôs os pés em Bjørgvin, quer dizer, exceto uma vez perdida, há muito tempo e só, então melhor nem mencionar esse assunto, agora não, não seria oportuno, eu penso e de novo cá estamos sem dizer nada

Fico feliz de poder pescar, passar meus dias pescando, o Åsleik finalmente diz

E eu, bem, também tento passar os meus dias como posso, eu digo

É, você e essa sua coisa de pintar, ele diz

É isso, eu digo

Você passa o dia inteiro pintando, ele diz

e eu penso que tudo o que o Åsleik diz ele já disse tantas vezes antes, ele só fica repetindo, vez após vez, mas eu mesmo também já me repeti tanto, vez após vez perguntei ao Åsleik se ele tinha capturado alguma coisa no dia, e uma e outra vez ele respondeu que puxou a rede vazia, ou disse que mal conseguiu puxar a rede até o Barco, ou então disse que conseguiu capturar um peixinho, essas coisas ele fica repetindo, e se por acaso eu lhe mostrar uma tela que pintei ele pode até fazer algum comentário, ou não comentar nada, mas aquilo que diz, quando de fato diz, estranhamente contém uma grande sabedoria, ele sempre repara em algo que eu mesmo não reparei, e então cá nos pegamos nessa nossa conversa fiada, como que para ocupar o tempo discorrendo sobre tudo, sobre cada mínimo detalhe, eu penso, e então ouço o Åsleik voltar a perguntar, como já fez tantas vezes, por que eu pinto, se não me canso de pintar esses meus quadros? agora que passei uma vida inteira pintando, será que não me enfastio disso? não, ele não me entende, sim, para ele isso é incompreensível, ele mesmo nunca conseguiu desenhar as coisas mais simples, e além de pintar as paredes da casa ele nunca se atreveu a pintar nada mais, somente caiar casas e impermeabilizar barcos, nisso aliás ele é muito bom, não há o que reclamar, mas caiar casas e impermeabilizar barcos não conta, ele diz, e eu digo, como sempre, que não sei por que eu pinto esses meus quadros, quer dizer, é para ganhar a vida, eu digo e o Åsleik diz que eu faço essas pinturas desde que era garotinho e então sei bem que ele quer que eu lhe conte que tinha dificuldades em fazer contas quando frequentava a escola e então em vez de fazer contas ficava desenhando nos cadernos de matemática, desenhava o Mestre-Escola e desenhava o colega que sentava na carteira ao lado, desenhava cada um dos colegas de turma, e por que eu fazia isso? eu fazia porque era o que era capaz de fazer! tão simples! eu fazia porque os números não me diziam nada, mas desenhar eu sabia, quer dizer, eu até sabia fazer contas, somar, e sabia subtrair, isso até entrava na minha cabeça, se os números não fossem tão grandes e complicados, naturalmente, mas tudo que tivesse a ver com multiplicação e divisão e porcentagem eu simplesmente não alcançava, mas compreendia a diferença entre números grandes e pequenos, entre somar e subtrair, e assim fui me virando na vida, mais do que isso não precisei, mas fora isso não entendia nada, nada! não entrava na minha cabeça, pois é, pobre do Mestre-Escola, ele se esforçava ao máximo, era até paciente, de verdade, ele tentava o quanto podia me explicar o que era uma multiplicação, e disse que se eu não entendesse teria que aprender, todos tinham que saber multiplicar, ele dizia, ninguém vai se dar bem na vida se não souber, e dizia que dois vezes dois é igual a quatro, ele dizia, dois mais dois é igual a quatro, ele dizia, e eu dizia que estava entendendo, e ele repetia que dois mais dois é igual a quatro e dois vezes dois é igual a quatro, mas se você pegar sete e multiplicar por sete, quanto é? perguntava o Mestre-Escola explicando que eu chegaria ao resultado somando sete mais sete uma vez e depois outra até ter somado sete com sete por sete vezes ao todo e eu fazia assim e chegava ao resultado errado não importava quantas vezes tentasse, sempre errava, mas qual era o resultado, quanto era sete vezes sete, era preciso saber de cor, mas eu não conseguia, não, não conseguia nem mesmo memorizar a tabuada do sete como imagem na minha mente, de resto algo em que sou tão bom, mas não, até isso era impossível para mim, e até hoje não decorei a tabuada do sete, até hoje, e não entendia por que eu sempre calculava errado, era como se o número em algum momento saísse do lugar e o total sempre estivesse errado, para mais ou para menos, eu simplesmente não conseguia acertar e por isso desenhava, porque isso sim eu sabia fazer direitinho, quem quer que fosse eu conseguia desenhar, ou apenas o rosto, ou de preferência uma figura em movimento, uma coisa ou outra, mas o que eu gostava mesmo era de desenhar movimentos, alguém ou alguma coisa se movendo, ou então linhas de certo modo, sim, é difícil entender, e eu mesmo não entendo por que eu gostava tanto e não entendo por que nem como conseguia fazer o que fazia, e já refleti bastante sobre esse tema mas não cheguei a conclusão alguma, eu penso, mas sei que o Åsleik quer que eu lhe conte essa história mais uma vez, ele adora quando eu conto essa história, quando conto que não sabia calcular mas sabia desenhar, ninguém na sala desenhava como eu, absolutamente ninguém, mas tenho a sensação de que não quero contar essa história para o Åsleik mais uma vez, agora não, e na verdade não acho que ele esteja disposto a ouvir também, agora não, ele quer apenas conversar, sobre o assunto que for, e faz muito tempo que não temos novidades para contar, faz tanto tempo que nos conhecemos e nos falamos com tanta frequência, então eu apenas digo que não sei por que eu pinto, e não sei por que faço isso desde jovem, e penso que um dia qualquer tornarei a lhe contar essa história, de que eu desenhava no caderno de matemática em vez de fazer cálculos, mas agora não, e então Åsleik irá dizer que nos estudos ele não era bom em nada, nem em matemática, nem em literatura, nem em redação, e certamente nem em desenho, mas na verdade ele dirá que não era por falta de vontade de ser bom nisso tudo, em todas essas matérias juntas, mas era porque ele tinha tanto medo do Mestre-Escola que esse medo o impedia de fazer qualquer coisa, ele ficava paralisado dos pés à cabeça e mal conseguia pensar, mal conseguia encarar o Mestre-Escola de tão petrificado que ficava e não conseguia fazer nada, ele irá dizer, como sempre diz, eu penso e então digo que eu pinto pela mesma razão que ele pesca

Para passar o tempo, ele diz

Sim, e para ganhar um dinheirinho, eu digo

É verdade, isso também, ele diz
e de novo ficamos um bom tempo em silêncio
É praticamente a mesma coisa, o Åsleik diz
É, eu digo
e eu pergunto ao Åsleik se ele não quer entrar em casa um instante e ele diz que sim, talvez fosse uma boa ideia, por que não? ele diz e eu vou e abro o bagageiro do carro e o Åsleik diz, como sempre, que eu tenho um carro espaçoso e prático, embora seja pequeno o carro tem mais espaço do que aparenta, ele diz e então eu entrego para ele um rolo de tela e ele põe o rolo debaixo do braço e vai e abre a porta da frente de casa, que eu nunca deixo trancada, nunca mesmo, ninguém em Dylgja tranca a porta de casa, sempre foi assim e sempre será, e do maleiro do teto eu desamarro um grosso feixe de ripas de pinheiro de uns três metros de comprimento que uso para fazer caixilhos e entro em casa e o Åsleik já acendeu a luz do corredor e deixou o rolo de tela no cantinho ao lado da porta da sala e eu ponho as ripas de madeira bem do lado, e mais tarde vou carregar o rolo e as ripas para o sótão, porque é lá num dos quartos do sótão que eu guardo tudo de que preciso para pintar, eu penso e vou até a sala e acendo a luz e sinto o frio me abraçar
A sala está congelando, eu digo
e o Åsleik entra na sala
É verdade, ele diz
Acendo a lareira? ele diz
e então digo que seria bom, e então vou buscar as compras no carro, eu digo e vejo o Åsleik ir até a lareira e se agachar e segurando uma acha de lenha na mão olhar para mim e dizer sabe de onde vem essa lenha? e eu digo que sim, sei muito bem, e sou muito grato por toda a lenha que ele providencia para mim, eu digo e vejo o Åsleik empilhar a acha de lenha e os gravetos na lareira, preparar tudo, desde as aparas às toras maiores de lenha é o Åsleik quem providencia para mim, pois ele gosta de lidar com lenha, com madeira, como ele diz, e então eu o remunero por isso, ele sempre diz que não quer nada em troca, mas precisa do dinheiro que lhe dou, e ainda assim lhe entrego o dinheiro como que na surdina, eu que levo uma vida remediada, como

se diz, por incrível que pareça está assim de gente querendo comprar as minhas pinturas, eu mesmo não sei bem por que, mas é verdade, desde garoto ganho dinheiro pintando quadros, os primeiros quadros que pintei eram de casas de vizinhos do povoado onde cresci, lá em Barmen, e nas pinturas eu sempre retratava um lindo dia de primavera com pomares floridos e o sol raiando sobre casas e construções, com um fiorde azul ao fundo, pois é, na verdade o que eu pintava era a luz, não as casas em si, elas bem que eram bonitas, na maioria das vezes, não era nada isso, mas pintá-las era muito tedioso, então por essa razão eu me via tentado a retratar a luz, porém sob o sol intenso é quando as sombras mais incidem, pois é, quanto mais escuro mais luz há, e eu preferia pintar a luz do outono, mas as pessoas sempre queriam que sua casa fosse retratada sob a luz do sol, e eu queria vender os meus quadros, claro que queria, era por essa razão que os pintava, então eu tinha que pintá-los tal como as pessoas os desejavam, mas aquilo que eu realmente pintava eles não enxergavam, ninguém enxergava, só eu, e talvez uns poucos outros, pois o que eu pintava eram as sombras, o escuro presente naquela luz intensa, a luz real, a luz invisível, mas será que alguém se dava conta disso? será que alguém reparava? não, talvez não, ou talvez uns poucos? bem, eu tenho para mim que havia uns poucos que percebiam, o Åsleik por exemplo, já que uma sensibilidade para apreciar pinturas ele tem, isso tenho que admitir, mas eu pintava casarios e paisagens e as pessoas compravam as telas que eu pintava e era assim que eu conseguia comprar telas e bisnagas de tinta a óleo, pois sempre fui de gostar de óleo sobre tela, precisamente isso, óleo sobre tela, sempre isso, desde a primeira vez que vi um óleo sobre tela foi assim, e o primeiro quadro pintado dessa maneira com que eu me deparei foi na escola do povoado, onde essa pintura pendia torta numa das salas e retratava Jesus caminhando sobre as águas, para dizer a verdade era um quadro sofrível, mas as cores, cada uma das cores em si, as cores de algumas pinceladas, as cores tal como se apresentavam na tela, sim, o modo como se fixavam nela, se mantinham fixas e se fundiam dando origem a uma outra cor, eram uma só coisa e ao mesmo tempo se distinguiam, aquilo era inacreditável e eu não parava de admirar a pintura, não o quadro em si, era muito malfeito, mas a tinta a óleo sobre a tela, e aquilo, o óleo sobre a tela, me impressionou desde o primeiro instante e desde aquele dia até hoje continua sendo uma espécie de referência na minha vida, assim como a pintura a óleo se fixa à tela eu me fixei à tinta a óleo fixada na tela, sei lá por que, mas com o passar do tempo eu tinha que me fixar a algo, não? me apegar a alguma coisa? e nisso o Mestre-Escola reparou, que eu não deixava de prestar atenção naquele quadro, e disse aos meus pais que eu tinha um dom para desenhar, e certamente para pintar também, se eu apenas pudesse exercitá-lo, pois ainda que não fosse possível me ensinar a fazer contas eu talvez pudesse aprender a pintar quadros, foi desse jeito, e então meus pais foram me dando estojinhos com bisnagas de tinta e pincéis e paletas, e uma ferramenta para misturar as cores e raspá-las caso eu pintasse algo errado, uma espátula, como se chama, sim, até isso eu tinha, e fiquei deslumbrado e sabia exatamente o que pintar, porque na sala de casa estava pendurado um quadro que o Pai e a Mãe haviam ganhado de presente, acho que foi o Pai que ganhou esse presente quando completou quarenta anos, e esse quadro era intitulado *Cortejo nupcial em Hardanger*, mas era o que chamavam de reprodução, uma palavra que eu adorava, do que eu não gostava é que tanto o óleo quanto a moldura não estavam lá, de modo que a imagem era plana, não tinha o óleo grudado na tela, mas foi isso, essa imagem, nada além dessa imagem que me fez começar a pintar, copiando os detalhes da melhor maneira possível, eu disse aos meus pais que aquele era o primeiro quadro que queria pintar, e tanto a Mãe quanto o Pai disseram que eu jamais iria conseguir, e isso eu disse também ao Mestre-Escola, e ele também estava convencido de que eu não iria conseguir, mas eu meti na cabeça que era o que eu tinha que fazer, e não tocaria num pincel enquanto não estivesse diante de uma tela esticada num caixilho do mesmo tamanho do *Cortejo nupcial em Hardanger* e por isso meu pai comprou uma tela preparada do mesmo tamanho, até isso ele me deu, foi um presente de Natal e acho que eu devia ter uns doze anos, por volta disso, e eles tiraram o quadro da parede e eu pus tanto o *Cortejo nupcial em Hardanger* como a tela em branco no chão, no sótão de casa, e então comecei a pintar, devagarzinho, porque as cores tinham que ser absolutamente as mesmas, e tinham que estar no lugar certo, eu pintava quase ponto por ponto e ao mesmo tempo me obrigava a reproduzir as pinceladas, bem lentamente, e os dias passavam, fiquei o recesso de Natal inteiro enfurnado no sótão pintando aquela imagem com os meus pais cada vez mais impressionados, porque, como num passe de mágica, o quadro que eu pintei saiu idêntico ao outro! pois é, ficou até mais bonito do que o outro! sim, eles tiveram que dar o braço a torcer, não, jamais poderiam imaginar, eles disseram, foi uma enorme surpresa, difícil de acreditar até, e o Pai não conseguiu se segurar e contou ao Mestre-Escola e ele veio ver a pintura e então perguntou se poderia comprá-la, e o Pai ficou rebarbando, ele poderia comprar o original, que me serviu de inspiração, que tal assim, o Pai propôs, e daí o Mestre-Escola se desinteressou pelo negócio, mas eu disse que precisava de dinheiro tanto para comprar mais bisnagas de tinta como para as telas, por isso eu queria vender o quadro, e como eu era o autor da pintura o Pai acabou concordando e o Mestre-Escola arrematou o quadro e pagou um bom dinheiro e ainda tenho na memória o Mestre-Escola diante de mim, num domingo logo depois do Ano-Novo, caminhando pelo jardim de casa carregando o meu quadro debaixo do braço e eu ali com as notas de dinheiro na mão, quanto foi, não, disso não lembro, mas lembro que dias depois tomei o ônibus de Barmen até Stranda, pois era lá onde ficavam as lojas, havia muitas lojas e na Loja de Tintas de Stranda eles vendiam tintas tanto para casa quanto para telas, e lá eu fui, comprar bisnagas de tinta, e um rolo de tela, e ripas de madeira para os caixilhos, e desde aquela ocasião eu pinto óleos sobre tela, nunca vivi de outra coisa que não fossem óleos sobre tela, nunca ganhei dinheiro com outra coisa, desde garoto, já naquele tempo eu ganhava dinheiro pintando e é isso que o Åsleik mais gosta de me ouvir contar, sobre como eu retratava as casas da vizinhança e vendia as pinturas aos vizinhos, e usava o dinheiro para comprar mais bisnagas de tinta a óleo e mais telas, mas agora não estou com vontade de falar sobre isso

Pois é, você leva uma vida confortável apenas pintando, o Åsleik diz

Pois é, eu digo

É e não é, eu digo

Ao menos você leva uma vida boa, o Åsleik diz

É, eu levo, eu digo

Sim, você sempre teve uma vida confortável, ele diz

e não tenho vontade de falar outra vez de quando era jovem e vendia os quadros que eu pintava, que na verdade eram quadros sofríveis, enganosamente belos, e por mais feios que pudessem ser apenas as sombras eram bem pintadas, e a mais feia de todas deve ter sido a cópia que pintei do *Cortejo nupcial em Hardanger*, eis o motivo de eu não ter vontade de falar sobre isso, agora não, numa outra oportunidade, mais tarde eu poderia contar ao Åsleik essa história outra vez, eu penso, e penso que tenho vergonha desses quadros que pintei quando era mais jovem, e por quê? sim, por que eu pura e simplesmente desvirtuava alguma coisa, eu destruía algum detalhe, os quadros ensolarados que pintei eram uma farsa, sobretudo nas sombras, no escuro, na luz retratada, naturalmente acontecia de eu quase conseguir algo bom, mas esse algo eu procurava ocultar na imagem, pois muitas vezes aquilo que seria uma virtude a pessoa a quem ela se destinaria considerava uma falha, era uma coisa que estragava a composição, e eu tinha que pintar por cima, o que de melhor havia na pintura eu era obrigado a cobrir com uma demão de tinta! e me faz mal pensar nisso, mas a pintura parecia verdadeira e real e as árvores estavam floridas e o sol brilhava nas casas majestosas e brancas, e o azul era o do fiorde, e a única coisa de que precisava para pintar um quadro desse tipo era uma fotografia da casa ou do jardim, isto é, daquilo que queriam que eu pintasse, e então saber mais ou menos as dimensões desejadas, e assim que eu tinha essas informações começava o trabalho, e ah como parecia real e ah como eu me envergonhava dessas pinturas que eu fazia então, mas não era nada para sentir vergonha, ao contrário, eu deveria sentir orgulho, não era nada mal para um garoto pintar daquele jeito, e como as imagens pareciam reais! eles diziam e me pagavam e eu pintava e essa é a verdadeira história, não era nada mal para um garoto pintar assim, e no entanto eu me envergonhava dos quadros, era como se eu tivesse cometido uma heresia, conspurcasse algo ao pintá-los, melhor seria que sumissem! melhor seria que fossem embora e desaparecessem para todo o sempre! antes eu os tivesse simplesmente queimado um a um, era o que eu deveria ter feito, era isso que eu achava bem antes de começar no Ginásio, e era muito a contragosto que eu pintava aqueles quadros, sorte a minha que neles eu nunca apus minha assinatura, mas aconteceu de me pedirem para assiná-los e então escrevi meu nome no canto inferior direito, mas só o prenome, nada além, eles que protestassem o quanto quisessem mas eu não queria acrescentar nada mais, já bastava, mas alguns anotavam no verso que eu tinha pintado aquela tela naquele ano, e havia também os retratos pavorosos que pintei dos meus pais! esses também deveriam desaparecer deste mundo! eram uma completa farsa, ainda que fossem muito realistas e muito belos, mas eram uma verdadeira heresia, sim, uma verdadeira distorção da arte, sejamos sinceros, e precisamente isso, sim, era isso que o Åsleik mais queria que eu contasse, e ele apenas não conseguia compreender por que eu me envergonhava tanto daqueles quadros, ele teve a oportunidade de ver alguns, ele tinha parentes em Barmen, a mãe dele nasceu em Barmen, onde ele esteve umas poucas vezes, e esses quadros de minha autoria que ele conhece são os mais bonitos que eu já pintei, é essa a opinião dele agora, nada do que eu vim a pintar depois é tão bom, ele disse e fiquei achando que ele não seria capaz de discernir entre uma obra de arte e o cu de uma vaca, e eu aqui tendo que conviver com essa pessoa, um sujeito bronco, alguém que simplesmente não entende nada de nada, com quem eu tinha que conviver diariamente, eu penso e vejo que o fogo que o Åsleik acendeu na lareira está bem vivo e ele enfia lá dentro mais uma tora grossa de lenha de bétula e vou lá fora e apanho duas sacolas do carro e entro no corredor e trato de abrir a porta da cozinha e acendo a luz e então entro com as sacolas e as ponho em cima da mesa da cozinha para em seguida entrar na sala e ver o Åsleik ainda diante da lareira com a portinhola aberta dizendo agora que o fogo pegou ele pode me ajudar a carregar o resto das compras então ele fecha a portinhola e voltamos a sair juntos e eu lhe entrego duas sacolas e ele as segura e eu digo que ele pode deixá-las sobre a mesa da cozinha e então eu tiro as duas últimas sacolas do bagageiro e solto a porta que faz um clique quando fecha e então vejo o Åsleik caminhando na direção da porta da minha casa e digo que é bom viver num lugar em que nem é preciso trancar a fechadura de casa

É verdade, o Åsleik diz

Ninguém nem fala em trancar as portas das casas em Dylgja, ele diz

Nunca, ele diz

dando uma ênfase nessa palavra, como se dissesse algo de suma importância, e de fato disse mesmo, é verdade, pois hoje em dia já não há muitos lugares em que as pessoas deixam as portas abertas quando não estão em casa

É bom que aqui em Dylgja podemos confiar uns nos outros, eu digo

Todos os moradores de Dylgja têm essa confiança mútua, o Åsleik diz

e eu vejo o Åsleik de costas parado diante da porta com as duas sacolas e tenho a certeza, no meu íntimo, de que jamais esquecerei desse exato momento, desse mesmo relance, sim, é um relance, pois há uma luz ali, uma luz que incide sobre essa cena, ou emana dela, quando reparo no Åsleik parado diante da porta de costas para mim, aqueles ombros encurvados, a cabeça quase calva, com uma aréola de cabelos grisalhos circundando a calva, e então reparo na barba comprida e grisalha, acho que ele mal aparou a barba desde que ela começou a crescer, e em seguida nas duas sacolas de plástico que pesam em cada lado do corpo e lhe vergam as costas, ele está como que emoldurado pelo vão da porta, e mesmo que esteja escuro e nenhuma luz lá fora esteja acesa e o tênue facho luminoso incidindo nele seja o de uma réstia de luz que vem do corredor eu o percebo como um ser, como um ser que tem seu próprio halo de luz é como eu o vejo, e deve ser essa luz o seu anjo da guarda, eu penso, mas se eu fosse estúpido o bastante para lhe dizer isso, ele iria cair na gargalhada e dizer que eu era como os rabequeiros de antigamente que andavam por aí avistando entidades do além, e com elas faziam um pacto para poder tocar melhor o instrumento, eu era igualzinho a eles, mas ao meu modo cristão, algo parecido ele diria, e assim sempre foi, esses vislumbres disso ou daquilo que me assaltam e ficam gravados na minha mente e depois nunca consigo arrancar de lá, nunca, eles se fixam como decalques indeléveis e deles eu não consigo me ver livre, então preciso pintá-los para que desapareçam, é isso, assim sou eu, eu penso, mas aquela luz, naquele relance, pertence inexoravelmente ao ser humano que é o Åsleik, eu penso, mas por que ele não entra? por que fica parado no vão da porta? ou seria apenas o tempo que parou para mim? eu penso

Pode entrar e ir até a cozinha, eu digo

Está bem, o Åsleik diz

Por que você estacou aí na porta? eu digo

Mas eu não estaquei, ele diz

Pois então entre, eu digo

Está bem, está certo, estou indo, o Åsleik diz

e ele entra e eu carrego as duas sacolas e entro e vejo o Åsleik passar pelo vão da porta da cozinha e eu o acompanho e ele deixa as sacolas na mesa da cozinha e então eu vou e também deixo as minhas sacolas no mesmo lugar

Você comprou bastante coisa, o Åsleik diz

Seis sacolas, ele diz

É mesmo, a gente sempre compra mais do que planeja, eu digo

e vou até o corredor e fecho a porta da frente e depois volto para a cozinha e fecho a porta da cozinha ao passar

Mas você precisa de tanto, um homem solitário? o Åsleik diz

Na verdade, não, eu digo

Você fez muita compra mesmo, o Åsleik diz

Uma bebidinha também? ele diz

e dá uma piscadela

Não comprei, eu digo

e eu sabia que ele iria dizer isso, porque é como se ele sempre quisesse me lembrar de que eu parei de beber, que não bebo mais, há muitos anos, é verdade, e não, nem quero pensar nisso

Nem mesmo uma cervejinha ou uma aguardente, ele diz

O Natal está chegando e nessa época é de lei ter um pouco de cerveja e aguardente em casa, o Åsleik diz

E você não comprou nada? ele diz

Não e não vamos falar sobre isso, eu digo

Sobre o Natal? ele diz

Não, eu digo

Você não gosta do Natal? o Åsleik diz

Não, quer dizer, eu digo

Você não gosta de ficar sozinho durante o Natal? ele diz

Não, não posso dizer que gosto, eu digo

Eu compreendo, o Åsleik diz

e ficamos ali na cozinha sem dizer nada

E você vai passar o Natal com a sua irmã lá no fiorde de Dentro, como sempre, eu digo

Vou, o Åsleik diz

e então ele diz, como costuma dizer, como tem dito há vários anos, que a Irmã, Guro é o nome dela, mas ele costuma se referir a ela como a Irmã, ficou sozinha depois que o marido a largou e nunca mais voltou, aquele canalha, então ela sempre lhe pede para ir passar o Natal com ela, para ser sincero ela quase implora que vá, e ele não tem nada contra isso, nada contra fazer companhia à Irmã no Natal, pois ela prepara a melhor costeleta de carneiro que se pode imaginar, e como ela consegue deixá-la tão saborosa, como ela consegue aquele sabor único ele não tem ideia, e ela, a Irmã, não quer contar o segredo, mas ele bem que desconfia, ele diz, e deve ser só a Irmã o provocando, mais para irritar, que ela não queira revelar como consegue dar aquele sabor à carne, deve ter algo a ver com a defumação, com certeza, se bem que pode não ser, porque ela não tem onde defumar as costeletas, nem no porão nem mesmo tem uma estufa própria para isso, ao contrário dele, o Åsleik diz, então deve ter a ver com algum ingrediente que ela usa para temperar a carne, pelo menos é do que ele desconfia

É você que leva as costeletas para ela? eu digo

Sou eu, o Åsleik diz

Eu que abato a rês e descarno e retalho a carne, sabe como é, ele diz

Eu mesminho, ele diz

Todo ano ela ganha um borrego de Natal de mim, ele diz

e ele diz que todo outono leva consigo na Lancha o bicho recém-abatido e porcionado e cruza o fiorde do Bispado até Øygna, onde a Irmã mora, perto do fiorde de Dentro, e eu já vi a casa dela inúmeras vezes, porque cada vez que vou e volto de Bjørgvin de carro eu passo ali em frente, ele diz, uma casinha cinza, muito carecida de uma demão de tinta, boa parte da fachada está descascando, ele diz, e então ele mesmo ainda salga e defuma a carne, à moda antiga, quão antiga ninguém sabe direito, o Åsleik diz, disso eu sei muito bem, porque eu ganho dele uma peça de carne todos os anos, e particularmente acho que ele prepara uma excelente costeleta, e também um bom pernil curado, ou presunto de carneiro, como se diz, mas a Irmã sempre prefere salgar e defumar a carne sozinha, ele bem que poderia fazer isso por ela, mas não é sem razão que ela prefere preparar tudo sozinha, porque consegue dar à carne esse sabor único e realmente especial e queira ele ou não as costeletas de carneiro preparadas pela Irmã são bem melhores do que as dele, não é fácil aceitar, não é fácil admitir, mas é verdade e uma verdade incontestável, o Åsleik diz, sim, as costeletas de carneiro da Irmã são extraordinárias, não há nada páreo para aquele sabor, ele diz, e agora que o homem com quem ela vivia, o tal Rabequeiro, tomou seu próprio rumo, todo Natal o Åsleik pega a Lancha e cruza o fiorde do Bispado até a casa da Irmã, porque a água do fiorde do Bispado jamais congela, as correntes ali são fortes, então por mais que ela more no coração do fiorde do Bispado, antes do fiorde de Dentro, em Øygna, numa pequena enseada, e ele more no extremo oposto, onde o fiorde do Bispado desemboca no mar do Bispado, pois é, não é sem razão que o local onde mora a Irmã tenha esse nome de fiorde de Dentro, por ser bem recuado, disso eu sei muito bem é claro, e ele fala o que lhe vem na cabeça, o Åsleik, mas retomando, pois sim, todo Natal, na véspera, ele pega a Lancha e parte rumo à casa da Irmã, e o percurso pode levar horas, na verdade uma boa parte do dia, e até aqui o clima tem colaborado, por mais hostil que seja nessa época, o mar pode estar tão agitado que só um tolo se aventuraria a zarpar, só mesmo alguém sem intimidade com o mar arriscaria o pescoço numa dessas, alguém inexperiente, mas inexperiente ele não é, ele sabe quando ficar em terra e quando se fazer ao mar, mas às vezes é incontornável, o tempo vira de repente, e essas mudanças, sua vasta experiência lhe ensinou, são impossíveis de prever, de modo que ninguém pode estar inteiramente garantido, mas quando começa a soprar a ventania a única solução é retornar para a terra firme o mais rápido possível, e se a pessoa estiver em alto-mar esse retorno pode ser dificultoso, mas até aqui ele conseguiu regressar são e salvo e atracar o barco, e isso não é algo trivial, vários pescadores jamais conseguiram desembarcar de volta, são inúmeras as embarcações que foram a pique no mar do Bispado, sim, e até no fiorde do Bispado, quanto a isso não há dúvidas, um sem-número de homens encontraram ali sua sepultura, sim, na água, no mar, e dito assim ali está o maior cemitério dessas paragens, disso ele está convencido, claro que atualmente ele tem uma embarcação a motor, mas antes, quando remar ou velejar era a única alternativa, a coisa mudava de figura, o que mais importa agora é o motor não morrer, e isso só ocorre caso não se troque os filtros de tempos em tempos, pelo menos uma vez por ano, e ainda que ele sempre leve um filtro sobressalente a bordo, na eventualidade de o motor deixar de funcionar, na verdade ele embarca até com dois filtros, caso um deles esteja defeituoso, ou caso ele estrague um filtro ao trocá-lo, nunca se sabe o que pode acontecer, parece até de propósito, o filtro sempre fica entupido justo quando o mar está agitado, quando está mais revolto, e nesse momento não é fácil o sujeito se firmar nos quatro apoios e desenroscar o filtro antigo, embora ele tenha uma chave própria para isso, era só o que faltava não ter uma chave dessas, e por mais que ele tenha trocado esses filtros muitas vezes, apenas numa única ocasião o trocou em mar agitado, pois é, o motor pifou e as rajadas de vento castigavam o barco, era quase uma tempestade, e a tormenta se abateu de repente, como sempre acontece, e zás, o motor parou de repente e ele não conseguiu dar mais a partida e então teve a certeza de que o filtro estava entupido e praguejou maldizendo a si mesmo por ter sido tão relapso e não ter trocado aquele filtro logo, há quanto tempo tinha sido a última troca, não, isso ele não sabia, mas tinha sido há bastante tempo, enquanto a Lancha jogava de um lado para outro, subindo e descendo, e ele tentava abrir a escotilha do motor mas agora chega, o Åsleik diz e abana a cabeça, mas deu tudo certo, o fato de estar aqui falando pelos cotovelos é prova disso, ele diz, mas que ele passou por apuros isso passou, um risco tão grave assim ele não lembra de ter corrido, mas por sorte tudo ao final se resolveu, o motor voltou a funcionar e ele conseguiu manobrar no mar revolto, nisso ele era bom, era só o motor estar funcionando direito que o resto ele daria conta, é sempre assim, ele diz, mas nem sempre, e o Åsleik fica calado um instante, pois é, ele diz, mas certo é que não é nada agradável estar em alto-mar ao sabor de uma procela, sob frio intenso, jogando na tempestade, não nem me fale, sempre que fosse possível evitar algo assim ele evitaria, naturalmente ele não arrisca sair ao mar sob um tempo tão ruim, ele não é tolo assim, mas, como foi dito, nunca se pode ter a devida certeza, o mar muda muito rápido, é caprichoso, nunca se sabe do que ele é capaz, mas uma coisa é possível saber, se o tempo estiver firme e o céu claro se pode presumir que o mar não estará tão revolto, o Åsleik diz e eu digo Red sky at morning Sailor's warning Red sky at night Sailor's delight e o Åsleik me diz para parar com isso, ele não se lembra nada do inglês que aprendeu no colégio, porque nem o Mestre-Escola sabia falar inglês direito, o Åsleik diz, e por isso, uma vez que é tão difícil prever como o mar se comporta, não é de todo recomendável que cada ano ele espere até a véspera do Natal para embarcar na Lancha e encontrar a Irmã, como tem sido até agora, o Åsleik diz, ele deveria mesmo era zarpar num dia qualquer de tempo firme durante o Advento, quando o tempo talvez não vire tão rápido, sim, quando se aproxima o Natal e o mar do Bispado está razoavelmente calmo e o fiorde do Bispado está calmo ou calmo o bastante para que navegar não seja um perigo, e nada indique que ele irá enfurecer de repente, é aí que ele deveria zarpar, mesmo que faltem dias para o Natal e ele prefira ficar na casa da Irmã o menor tempo possível, voltar para casa logo no dia seguinte, no próprio dia de Natal, é assim que sempre vem fazendo, e estranhamente o mar costuma sossegar justo no dia de Natal, quase como se por obra do sobrenatural, pois é justo nesses dias, da véspera e do Natal em si, todos os anos tem feito tempo bom, mas verdade seja dita ele prefere mesmo é ficar em casa, é o lugar a que ele pertence, é onde ele fica mais à vontade, ele diz, só que essas viagens para ver a Irmã em Øygna se transformaram numa espécie de hábito, mas sendo bem sincero ele não gosta de passar o Natal sozinho, são tantas as lembranças, de quando era menino, de quando ele e a Irmã moravam juntos, e dos pais, do Pai e da Mãe, que partiram há muito tempo, mas eram boas pessoas tanto o Pai quanto a Mãe, e no sepultamento do Pai o pastor disse que ele partiria desse mundo em paz, e o mesmo disse no sepultamento da Mãe, ela vai em paz, é nessas coisas que ele fica pensando se estiver sozinho no Natal, no enterro do Pai e no enterro da Mãe, e aí já nem consegue apreciar a comida, por mais que as costeletas de carneiro estejam deliciosas ele mal consegue sentir o gosto delas, e nisso se parece com a Irmã, porque nem ela gosta de passar o Natal sozinha, mas naquela época em que a Irmã vivia com o tal Rabequeiro, pois é, ele nunca o chamou por outro nome, não era agradável a companhia deles no Natal, ele resistia o quanto podia, naturalmente também naquele tempo a Irmã o convidava para passar o Natal em família, na casa deles, naquela época também, e num determinado ano ele aceitou o convite e foi muito desagradável a ceia de Natal, e também seus desdobramentos, pois sim, sobre isso ele não me contou mais detalhes, mas certamente vai contar, um dia ele vai, mas isso pode esperar, um dia ele vai me contar, que não é assunto para se manter em segredo, longe disso, mas decerto também não é uma lembrança boa, isso porque o Rabequeiro entornou todos os copos que podia, pois é, pois é, enquanto a Irmã viveu com esse tal Rabequeiro ele celebrou os natais sozinho, mas há alguns anos o Rabequeiro tomou seu rumo, e será que ela não podia ter arrumado um marido melhor? ele era chegado numa bebida, o tal Rabequeiro, para falar a verdade bebia qualquer líquido que visse pela frente, e por que ela nunca arrumou um homem melhor foi coisa que ele nunca conseguiu entender, porque a Irmã não era mulher de se jogar fora, e era até bem ajeitada, e ele se lembrava dela sempre com aquele mesmo cabelo louro, cabelo louro meio comprido, sem um único fio branco, enquanto o pouco cabelo que ele próprio tinha estava todo grisalho, para não mencionar a barba, toda grisalha, e dito dessa maneira nem parecia que os dois eram irmãos, pois não era grande a diferença de idade entre ele e a Irmã, certo que ele era o mais velho, mas enfim enquanto a Irmã viveu com o tal Rabequeiro ele passou, com exceção daquela única ocasião, a véspera de Natal sozinho, claro, depois que os pais morreram e não, isso não é assunto para pensar, assunto para conversar, mas como ele fala e fala e fala, o Åsleik diz, ele passa muito tempo sozinho, é por isso que fala tanto quando nos encontramos, ele diz, mas seja como for ele vai passar o Natal mais uma vez com a Irmã, como de costume, ele acrescenta, ela herdou a casa em Øygna do tio paterno e da mulher dele, já que eles não tinham filhos, e ele sendo o primogênito assumiu o sítio em Dylgja, ele diz, e até que a casa saiu barata, quase de graça, uma ninharia mesmo, para falar a verdade, e ele não precisou reembolsar à Irmã quando assumiu o sítio, ele diz, nem ela tinha dinheiro para lhe dar, pois não é muito o que ganha fazendo aqueles bordados típicos de Hardanger, uma toalha de mesa atrás da outra, pequenas e grandes, trilhos de mesa um após o outro, curtos e compridos, e também apliques para arrematar trajes folclóricos, algum dinheiro isso até rende, mas não é muito, mal dá para o sustento, e durante uns anos, logo depois que terminou os estudos ela foi trabalhar numa butique em Bjørgvin, Ao Fruto de Hardanger ou algo assim, que vendia artigos típicos de Hardanger, mas então essa butique fechou as portas e ela teve que voltar e a casa em Øygna estava vazia e por isso foi para lá que ela se mudou, e fez o que pôde para cuidar da casa direito, quando a pintura das paredes pediu uma demão ela providenciou, pelo menos uma vez, e nesse caso foi o Rabequeiro quem pintou, é preciso dizer, e antes que o tal Rabequeiro a largasse e fosse embora, e parece que foi a Irmã que se fartou dele e disse que ele fosse embora dali, segundo ela deu a entender, ela admitiu que estava arrependida, ela disse que ele fosse embora e ele, orgulhoso como era, partiu imediatamente, mas enquanto morou com a Irmã ele mantinha a casa bem cuidada, e algum dinheirinho ele também ganhava tocando a rabeca, isto é, quando não gastava tudo em bebida e chegava em casa com algumas moedas no bolso, trazendo consigo garrafas e garrafas de bebidas para casa, segundo a Irmã conta, mas pelo menos ele pintou a casa, foi, uma vez pelo menos ele pintou, esse crédito ele merece ter, o Åsleik diz, e não é sempre que ele visita a Irmã, ele diz, mas na véspera de Natal, agora que a Irmã está solteira, é melhor cear com ela do que sozinho, e as incomparáveis costeletas de carneiro da Irmã são, como já disse, uma delícia, o Åsleik diz e fica parado como se refletisse sobre o tanto que disse, e então olha para mim e pergunta se eu não quero lhes fazer companhia na ceia deste ano, só esta vez, ele diz, e celebrar o Natal com ele e a Irmã, seria divertido, pois só ele e a Irmã, quer dizer, já está de bom tamanho assim, mas não faria mal se houvesse mais pessoas à mesa, são tantas as lembranças que vêm à mente, da Mãe e do Pai, e a Irmã vai reviver as lembranças do marido, o Rabequeiro, aquele que picou a mula, como se diz, amasiou-se com outra lá para o leste, então por que você não pode nos fazer companhia? o Åsleik diz, mas, ele diz, não faz nem sentido me perguntar, pois ele já me convidou tantas vezes que nem devia me convidar mais, ele diz, pois nunca, jamais, eu aceitei o convite, ele diz, por acaso ele não costuma todo Natal presentear a Irmã com um quadro da minha autoria? um pequenininho, sempre uma das menores telas, e todo Natal depois que ficou sozinha a Irmã diz que ele deveria me convidar para passar o próximo Natal com eles, e ele admite que tem ponderado por que não deixa de me fazer esse convite, que nunca é aceito, e ele diz para a Irmã, o Åsleik, que já me convidou tanto e eu nunca aceitei, ele diz, e sim, sim, ele suspeita que a Irmã talvez possa ter lá suas segundas intenções, porque ela e eu temos a mesma idade, e ambos somos solteiros, e muitas mulheres, sim, não, não, não há essa diferença entre homens e mulheres, não há quem queira morar nem viver só, e depois que o Rabequeiro tomou seu rumo, sim, ele apenas partiu para nunca mais voltar, aquele canalha, ele nem se despediu da Irmã, e agora parece que ele, como já disse, fixou residência em algum lugar do leste do país com uma mulher qualquer, parece que vive agora no interior do condado de Telemark, ele que aliás é muito bom em tocar rabeca, não tenho como negar, e para dizer a verdade acho que foi por isso mesmo que a Irmã o quis, por ele tocar tão bem, ele era um mestre da rabeca, nada menos que isso, o Åsleik diz

Sim, você já me contou, eu digo

Por acaso tem alguma coisa que eu já não tenha lhe contado? ele diz

Você que está dizendo, eu digo

e fazemos silêncio e ambos ficamos ali cabisbaixos

Quer dizer que você não vem esse ano também? o Åsleik diz

Não, prefiro ficar em casa, eu digo

Você pinta durante o Natal também? o Åsleik diz

Pinto, eu digo

e de novo fazemos silêncio

Até na véspera? o Åsleik diz

Até na véspera, eu digo

Mas você come costeletas de carneiro na ceia de Natal? o Åsleik diz

e eu digo não e não encomprido a conversa e o Åsleik diz pois então este ano vou lhe dar costeletas de carneiro e bacalhau em conserva e lenha e outras coisinhas mais em troca da tela que eu cedi para a Irmã, sim, e presunto de carneiro também, que agora a Irmã tem uma verdadeira coleção, a parede inteira da sala está coberta de quadros que você pintou, é verdade, são três quadros pendurados atrás do sofá, e outro no corredor, em todo lugar tem, então na verdade vem até a calhar eu ganhar esses quadros pequenos, o Åsleik diz, ainda que você me dê os quadros menores por pura mesquinharia sua, ele diz

Pois esse ano vou lhe dar um dos grandes, eu digo

Muito obrigado, o Åsleik diz

então ele diz de que adianta agora que eu já roí até o osso dos presuntos de carneiro que ele me deu preparando bolinhos de batata com o caldo dos ossos e o convidando para jantar, ele diz, ele sempre espera ser convidado para comer essa comida, ele tem que reconhecer, ele diz, sim, com aquela salsicha defumada de Voss, e torresmo, e cenoura e rábano, ele fica faminto só de pensar, o Åsleik diz e eu digo que sim eu como costeletas de carneiro e bacalhau em conserva no Natal também, mas não na ceia da véspera, você sabe muito bem Åsleik, eu já lhe disse, eu digo, e claro que eu o convido para comer bolinhos de batata quando ainda resta um pouco de carne no osso do presunto e é hora de serrá-lo e usá-lo para preparar o caldo, eu digo e ele diz que claro que ele sabe, e além disso ele vem todo ano durante o Advento para comer ou as costeletas ou o peixe, cada ano nós nos alternamos, e este ano não é o bacalhau em conserva o prato que vou preparar? o Åsleik diz e eu assinto com a cabeça e todo ano no Advento eu vou até a casa dele para comer ou o bacalhau em conserva ou as costeletas de carneiro, e este ano ele vai servir as costeletas, e falando francamente a refeição que eu preparo é muito boa, pois a comida sempre tem um sabor melhor quando não se está comendo sozinho, ele diz, é bem por isso que fazemos três refeições nessa época, duas durante o Advento, e na passagem do Ano-Novo estamos sempre juntos, ou ele na minha casa ou eu na dele, num ano na casa de um, no seguinte ano na casa do outro, e então o prato é sempre costeletas de carneiro, o Åsleik diz, mas tanto elas como o bacalhau em conserva é ele, o Åsleik, quem se encarrega de preparar, é bom frisar, o Åsleik, ele pesca e trata e põe o peixe de molho, e é ele quem cria e abate e descarna e porciona e salga e defuma a carne, ele diz e eu digo que nunca gostei do Natal, é uma época muito triste, é a pior época do ano, e a véspera é o pior dia, eu digo e vou até a sala e o Åsleik vem atrás e então ficamos parados ali no meio da sala e eu penso que a única coisa que sou tentado a fazer na véspera de Natal é esperar o dia passar rápido, pintar para que ele desapareça da minha vista, e isso eu faço, e na véspera de Natal eu não costumo comer nada, fico em jejum como se diz, e então pinto, desde manhã cedo e o tempo inteiro que passo desperto, até de noite eu pinto, exceto quando durmo uma horinha ali pelo meio do dia, e para minha enorme satisfação chego ao fim do dia cansado, mal batem as nove horas e já vou me recolher, e por mais que seja uma tolice pensar assim, e ainda que não seja totalmente verdadeiro, embora um pouco de verdade nisso também haja, a única coisa que torna o Natal suportável, além da missa que frequento na igreja de São Paulo em Bjørgvin no dia de Natal, e além dos quadros que pinto, naturalmente, a única coisa que torna o Natal suportável é pensar num jovem e numa jovem enamorados, um pouco como eu e a Ales um dia estivemos, só que nunca tivemos filhos, conosco não aconteceu, não, eu não devo pensar na Ales, eu penso, é muito doloroso, melhor pensar numa jovem grávida e embora ela esteja grávida de outro homem existe um jovem apaixonado por ela, ambos são sozinhos neste mundo e ele, o jovem, acha que está tão apaixonado por essa jovem que por mais que ele não seja o pai da criança que ela carrega na barriga ele tem o dever de ajudá-la, eles precisam achar um lugar para ela dar à luz, aquele jovem pensa e então eles se põem a andar, o jovem casal, procurando um lugar e alguém que possa ajudar, mas enquanto caminham o corpo da jovem dá sinais de fadiga e a bolsa já ameaça romper e nesse instante eles passam ao largo de uma fazenda e entram e batem à porta, mas ninguém vem atender, logo ou não tem ninguém em casa ou ninguém quer vir atendê-los, mas a casa está escura então o mais provável é que não haja ninguém ali, então eles se dirigem até o estábulo, onde há umas vaquinhas na manjedoura, e num redil algumas ovelhas, e é o calor dos animais que faz com que o interior do estábulo não esteja tão frio como está lá fora e então a jovem deita sobre o capim seco e ali mesmo dá à luz uma criança e diz que um anjo lhe disse que ela traria ao mundo um menino, então certamente foi um menino que ela deu à luz, ela diz e diz que o anjo disse para não ter medo, pois Deus estava com ela e o jovem vê que da criança irradia uma luz, uma luz indescritivelmente linda, e então a jovem desvela o seio e o oferece ao bebê e ele sossega, e mama, ele está mamando, o jovem pensa, e tudo isso é inacreditável, pois a luz brilha tão maravilhosamente da criança que está deitada ao lado do seio da jovem, e então ela olha para o jovem e lhe sorri e o jovem pensa que isso, essa luz, não, ele não consegue entender, porque da criança irradia uma luz em plena escuridão, naquele estábulo escuro, não isso não é possível compreender, ele pensa, e então sai, por maior que seja o frio nessa época do ano ele está até suado, e fica parado ao vento, um vento gelado, e deixa o vento gelado acarinhar seu rosto e ergue os olhos e avista uma estrela luzindo tão forte, essa estrela reluz mais forte e mais claro do que todas as outras, e sua luz desce direto ao estábulo, e a luz da estrela é idêntica à luz que irradia da criança, ele acha, e ele vê da estrela despontar um raio de luz que devassa o estábulo, um feixe nítido de luz, e é exatamente a mesma luz que emana da criança a que parte da estrela, não, isso é inexplicável, o jovem pensa ali sob aquele raio de luz, ele observa o feixe daquela luz forte que emana da estrela e desce do céu para invadir o estábulo, não, isso é inexplicável, ele pensa e agora ele precisa retornar imediatamente para ajudar a jovem, ele pensa e então ouvem-se passos e ele se dá conta de que três estranhos, três homens que nunca tinha visto, três homens diferentes de qualquer outro que ele tivesse visto antes estão se acercando, eles têm cabelos compridos, e barba comprida os três, e vestem roupas multicores amarrotadas e vêm andando ao encontro dele que os vê carregando mantas e roupas e comida e joias e vinho e nem sabe mais o que estarão trazendo consigo e quando reparam no jovem dizem que todas as noites eles sentam para contemplar as estrelas e tentam interpretar a mensagem que as estrelas querem transmitir, e nessa noite eles viram algo que nunca tinham visto, e algo que jamais voltarão a ver, eles viram que uma estrela começou a reluzir muito mais nítida e intensamente do que as outras e viram um feixe de luz despontando dessa estrela, era uma luz inexplicável, bela e cálida e a ela podiam contemplar e nela se podiam dissolver, eles dizem, e o feixe de luz apontava para um lugar, e então pressentiram, eles disseram, que essa luz indicava que Deus tinha enviado o seu Filho à terra, disso eles não tinham dúvidas, havia acontecido, e então eles apenas seguiram na direção da luz da estrela e partiram e então maravilhosamente chegaram ao lugar para onde a luz da estrela apontava, e agora lá estavam eles, diante do estábulo, e a luz da estrela iluminava o interior do estábulo, eles dizem e agora querem entregar presentes ao recém-nascido, eles dizem e eu penso que é essa luz, sim, exatamente essa luz, sim, é essa luz em que eu penso para conseguir suportar a véspera de Natal, e para deixar de pensar em todas as outras coisas em que dói tanto pensar, eu penso, e então pinto, na véspera de Natal como em todos os outros momentos, e naquilo que eu pinto deve haver uma luz, uma luz invisível, eu penso, e quem sabe essa luz que eu tento retratar não tenha algo a ver com a luz que irradiava da criança lá no estábulo? e também da estrela? eu penso, mas não deve ser assim, estranhamente é mais fácil fazer com que as imagens brilhem quanto mais escuro estiver, sim, quanto mais escuro tudo for, quanto mais sombrias forem as cores, mais elas brilham e melhor eu consigo enxergar numa imagem a sua luz, quão forte ou fraca ela brilhe, e independentemente de onde brilhe, quando apago todas as outras luzes, quando está escuro como a noite mais escura, é sem dúvida ainda mais fácil ver quando a escuridão for mais completa, como agora durante o Advento, mas até no verão eu procuro cobrir as janelas e escurecer o ambiente o mais que posso para ver onde e como uma imagem reluz, na verdade eu só considero terminada uma pintura depois de tê-la contemplado na escuridão mais profunda, pois de certa maneira os olhos se acostumam à escuridão, e eu enxergo a imagem como luz e sombra, e reparo se da imagem irradia luz, e onde, e como, e sempre, sempre a porção escura da imagem é a que mais reluz, e eu penso que talvez seja porque é nos momentos de desespero, na treva, que Deus está mais próximo, mas como essa luz que eu retrato tão nitidamente figura na imagem, não, isso não sei, e como ela surge também não faço ideia, mas penso que é bom pensar que talvez ela tenha se originado quando uma criança bastarda, como dizem, veio ao mundo num dia de inverno, sim, na véspera de Natal, e uma estrela irradiou sua luz brilhante para a Terra, uma luz divina, pois sim, é um pensamento lindo, eu penso, pois a própria palavra Deus diz que Deus existe, o simples fato de que há uma palavra e um conceito de Deus indica que Deus existe, eu penso, e seja como for essa é apenas uma ideia plausível, essa também, ainda que possa não passar disso, o certo é que nos momentos mais escuros, mais sombrios, é que a luz se revela, é nesse quando que a luz se revela, por isso o escuro é luminoso, quer dizer, ao menos na minha vida tem sido assim e quando está mais escuro é que a luz se mostra, e então o escuro começa a luzir, e talvez seja assim também nos quadros que eu pinto, ou pelo menos isso é o que eu venho tentando explicar ao Åsleik, mas nunca consigo fazer o Åsleik entender, por isso já não lhe conto mais nada a respeito, ou ele apenas retruca que ele, Åsleik, é daqueles incréus, as pessoas vivem e depois morrem, é só isso, nem mais e nem menos, e ele não quer saber de ouvir falar nesse troço de luz invisível, é justamente isso que o Åsleik virá dizer e por isso não quero lhe falar desse assunto, as pessoas vivem e depois morrem, é isso, nem mais nem menos, o Åsleik diz e nisso ele até tem razão, mas talvez não seja tão simples assim, porque a vida não dá para entender, tampouco a morte, estranhamente, no entanto, examinando a questão de outra maneira podemos compreender tanto a vida quanto a morte, se não através da razão pelo menos através da luz, de alguma forma, eu penso, e a vida e a pintura fazem sentido e se conectam por meio dessa luz, é isso que tento fazer quando pinto esses quadros que retratam uma luz invisível, por mais que outras pessoas não a vejam, pois certamente não a veem, acho que ninguém faz isso, eu penso, e os outros encaram isso de outra forma, achando uma pintura boa ou má, algo assim, e é por isso que não suporto nem pensar nos quadros que pintei por dinheiro quando era jovem, eram só quadros, não continham luz em si, eram só belos e por isso eram feios, eram reproduções, pastiches com o sol brilhando e luz por toda parte na imagem, e por isso neles não havia luz, que a luz existe apenas onde incidem as sombras, talvez, eu penso e de repente ouço o Åsleik dizer que embora não passe de um simples pescador ele sabe que todas as coisas estão conectadas num contexto maior, as pessoas precisam de peixe, de comida, e para que haja peixe é preciso isso e aquilo e para se ter sorte na pesca é preciso isso e aquilo outro, então tudo está conectado de alguma estranha maneira, tudo é uma grande conexão, mas você crê em Deus e eu não, ele diz e eu digo, sempre digo, que ninguém pode dizer coisa alguma sobre Deus e por isso não faz sentido dizer que se crê em Deus, pois Deus, Ele apenas é, e Ele não existe da maneira como o Åsleik O concebe, eu digo e eu penso que eu e o Åsleik já conversamos tantas vezes sobre esse assunto, e tudo bem esmiuçar esse assunto infinitamente, fosse outro o assunto seria até enfadonho

É mesmo, eu digo

Quer dizer que você não vem comemorar o Natal na casa da Irmã este ano também? o Åsleik diz

Não, eu vou ficar em casa, eu digo

Está bem, o Åsleik diz

Só que você crê em Deus e eu não, ele diz

e eu digo, eu sempre digo, que ninguém pode dizer nada sobre Deus, mas é possível pensar que sem Deus nada existiria, porque Deus não é nada, Ele está separado da criação, que é algo limitado, Ele está além do espaço e do tempo, Ele é inconcebível, Ele não existe, Ele não é coisa alguma, isto é, nada, eu digo e digo que coisa alguma, nada, existe por si, porque é Deus quem faz que o nada exista, sem Deus nada existiria, eu digo e o Åsleik diz de que adianta pensar assim? porque então não se pode acreditar em nada, certo? e de que vale acreditar em nada? e eu digo que ele tem razão, aí sim concordamos, mas também seria impróprio dizer que Deus é nada, pois Ele ao mesmo tempo é tudo, todas as coisas juntas, porque penso, eu digo, que uma vez que nada existiria sem a intervenção de Deus, sem que Deus tivesse criado, tivesse deixado existir, como se diz, então Ele é o que é, Ele está em tudo, até em Si mesmo, em como chama a Si mesmo, Deus diz que se chama Eu sou, eu digo

Isso eu não entendo, o Åsleik diz

Nem eu entendo, eu digo

É só um pensamento que lhe veio à mente? o Åsleik diz

É, eu digo

e não dizemos nada e ficamos ali cabisbaixos

Você e essa sua fé, o Åsleik diz

Não é sempre que eu entendo você, ele diz

Mas não se pode alcançar Deus pela razão, eu digo

Porque ou você sente a presença de Deus ou não, eu digo

Porque Deus é tanto uma ausência distante, a própria existência, e uma presença muito próxima, eu digo

Pode ser assim para você, o Åsleik diz

Mas não faz sentido, ele diz

e eu digo que não, justamente, mas então, por paradoxal que seja, como dizem, é isso mesmo, e acaso não somos, ele e eu, um verdadeiro paradoxo aqui onde estamos, senão como a alma e o corpo podem estar conectados, eu digo e o Åsleik diz que não faz a menor ideia e ali ficamos sem dizer nada e eu digo que a cruz em si mesma é um paradoxo, com aquelas duas linhas que se atravessam, a vertical e a horizontal, como se diz, assim como Cristo, o próprio Deus, morreu e ressuscitou para vencer a morte, ele que veio ao mundo quando as pessoas se apartaram de Deus, aquilo que passaram a chamar de pecado original, sim, o mal, sim, o diabo passou a dominar este mundo, é como está escrito na Bíblia, sim, não se pode entender, eu digo, e digo que o mal, o pecado, a morte, tudo isso surgiu quando o mundo, o universo, surgiu, pois Deus disse sim e ao mesmo tempo foi dito o não, se é que podemos falar assim, eu digo, do contrário nem o tempo nem o espaço existiriam, e tudo aquilo que existe no tempo e no espaço tem o seu contrário, para bem ou para mal, eu digo, e tudo que está no tempo e no espaço um dia irá desaparecer, sim, a maior parte, quase tudo, que existiu no tempo e no espaço já se foi, a maior parte desse todo está além do tempo e do espaço, não existe, apenas é, tal como Deus não existe, mas apenas é, então não é nada estranho que alguém queira sumir deste mundo, disso que existe, para repousar naquilo que apenas é, em Deus, como escreveu Paulo, ou algo assim, eu digo e o Åsleik diz que já falamos muito sobre isso, e voltaremos falar muito sobre isso e eu digo que assim será e vejo o Åsleik se aproximar do quadro preso ao cavalete, ele está no centro da sala, e para mim é uma tela até bem grande, e comprida, e primeiro pintei uma linha atravessando quase toda a extensão da tela, uma linha marrom bem grossa e com tinta espessa, e então pintei uma linha correspondente em lilás, que corta a primeira aproximadamente no meio, e assim desenhei uma espécie de cruz, uma cruz de Santo André, acho que é assim que se chama, e vejo o Åsleik parado ali admirando a imagem e também me aproximo e fico olhando para ela e vislumbro o Asle ali sentado no sofá, tremendo sem parar, achando que não vai conseguir sequer erguer a própria mão, e parece difícil demais até dizer uma palavra, o Asle pensa, e a única coisa em que consegue pensar é que ele vai desaparecer, partir, que vai levantar e sair e então caminhar até o mar e então ele pensa que faz muito tempo que levou o cachorro para passear e eu vejo que a camada de tinta a óleo escorreu ainda mais, e no local onde as linhas se cruzam surgiu uma cor totalmente nova, mais brilhante agora do que quando reparei na pintura mais cedo, eu penso e ali permaneço olhando para o quadro e penso que só pode ter sido por causa do Asle que hoje resolvi pegar o carro e vir até Bjørgvin de supetão, eu só não tinha me dado conta disso, só fui me dar conta quando passei diante do prédio onde fica o apartamento dele, lá na Enseada dos Veleiros, e mesmo assim não parei para vê-lo, para ajudá-lo, nem quando cheguei nem quando fui embora de Bjørgvin, eu penso e penso que assim são todas as minhas pinturas e não compreendo o que quero dizer com esse pensamento, assim são todos os trabalhos que faço? o que quero dizer com isso? porque isso não é nenhuma imagem, é só uma imagem que comecei a pintar, mas em todas as imagens que pinto há um detalhe a que essa imagem pode remeter, por mais diferente que esta seja de todas as outras que já pintei, e isso porque talvez ela se assemelhe à minha imagem interior, minha própria imagem, esta que sou tentado a pintar continuamente, e se eu quiser que haja luz nessa imagem, que irradie da imagem, então é assim que tenho que fazer, preciso mergulhar em mim mesmo, o mais fundo que conseguir, para então emergir na imagem, eu penso e ouço o Åsleik dizer que aquilo lá parece algo real, uma vez na vida pintei um quadro que se parece com alguma coisa, pois lembra uma espécie de cruz, ele diz e eu digo que comecei a pintar esse quadro hoje mais cedo, antes de ter me abalado de carro até Bjørgvin e ele diz mas como é que eu começo a pintar um quadro e apenas pinto duas linhas e então limpo os pincéis, os ponho de lado e pego o carro e vou para Bjørgvin em vez de continuar pintando? ele diz e eu digo que achei que era o certo a fazer e o Åsleik não diz nada e então diz que se parecia o certo então o certo devia ser, ele diz, e eu penso que agora o Åsleik só pode estar achando que estou falando bobagens, eu penso, mas é o que ele deve sempre pensar de mim, eu penso e então o Åsleik diz novamente que não consegue entender por que eu só pintei duas linhas e nada mais, por que eu pintei aquelas duas linhas afinal? ele diz e eu digo que nem tudo é assim tão simples de explicar e o Åsleik diz que não, claro que não, na verdade ele nunca conseguiu me entender direito, nem os meus quadros, ele diz e eu penso que isso o Åsleik já disse tantas vezes e a verdade é que é prazeroso falar sobre isso tantas vezes, e ao mesmo tempo é enfadonho ficar falando sobre isso tantas vezes, assim como é falar de Deus, ou pelo menos dessa força divina, que veio ao mundo ajudar as pessoas em seus momentos de aflição e desespero quando Jesus Cristo veio ao mundo e morreu e ressuscitou, essa história fantástica, uma insanidade difícil de aceitar, e é na força dessa insanidade, se pensarmos dessa maneira, que eu acredito e o Åsleik não, mas que diferença faz se acreditamos nela ou não? nenhuma diferença, a rigor não, eu acho e nem é sempre que eu acredito num Jesus Cristo redentor, mas em Deus, na presença de Deus, e na Sua ausência, sim, disso eu nunca duvido, pois se trata de convicção e não de crença

Quer dizer que você não vem comemorar o Natal na casa da Irmã este ano também? o Åsleik diz

Não, eu vou ficar em casa, eu digo

e eu penso que ele insiste em perguntar sobre isso, e não vai desistir tão cedo, eu penso

Está bem, ele diz

e o Åsleik fica parado, como se não quisesse ir embora, admirando o quadro das duas linhas cruzadas

Você não se cansa dessas suas pinturas? ele diz

E você que fica só pescando, não se cansa dessa pescaria toda? eu digo

Mas isso é outra coisa, ele diz

Sim, pintar e pescar não são a mesma coisa, eu digo

Você acha que eu sou burro assim, o Åsleik diz

e nos entreolhamos

Não, burro você não é, eu digo

Então, ele diz

Não é preciso ser burro para passar o tempo inteiro pescando, eu digo

É mais provável que seja o oposto disso, ele diz

É mais fácil emburrecer pintando demais, ele diz

e não posso fazer outra coisa senão achar que o que ele disse é bem verdadeiro, pescar aguça mais o juízo e a inteligência do que pintar, pescar contém uma grande verdade em si, porque você nunca sabe direito o que vai acontecer, se vai pegar um peixe ou não, eu digo, é o acaso que prevalece, assim como na vida, sim, eu digo e o Åsleik diz que eu posso ter alguma razão no que digo mas para poder capturar um peixe é preciso primeiro pescar, e não é o acaso que determina se alguém vai ou não pescar, pescar é uma decisão que tomamos, algo que decidimos fazer, uma ação, se é possível usar essa palavra, ele diz, e quando executamos essa ação, isto é, pescamos, e se a fazemos pela primeira vez, porque alguma vez há de ser sempre a primeira, e mais tarde repetimos e repetimos essa ação, é preciso que seja dito, adquirimos um conhecimento maior sobre a pesca, sobre os locais onde os peixes estão, sobre quando fisgam, aprende-se muito sobre esses locais piscosos, cada um tem suas características, há deles que são melhores na preamar, outros na baixa-mar, para não falar no arrasto das correntes! nem nas estações, nos meses, na lua, nos dias da semana! tudo isso tem a ver com a pesca do peixe, é tão evidente que não preciso nem mencionar, porque salta aos olhos, é uma obviedade, o Åsleik diz, enfatizando a palavra obviedade, que ele fica repetindo, obviedade, sim, uma obviedade ele diz e eu digo que está bem já chega

Então puro acaso não é, ele diz

Não, mas nem a vida é o puro acaso, isso também é evidente, eu digo

Claro, o Åsleik diz

e olha para o chão daquela maneira peculiar dele e quando o Åsleik fica cabisbaixo desse jeito como se não estivesse olhando para baixo, mas para cima, como se estivesse reparando em tudo, como se enxergasse uma grande conexão sem ter consciência disso então algo se transforma em seu semblante, como se de repente ele escapasse desse mundo vil e entrasse numa clareira de calma, de paz, de luz, de uma escuridão luminosa, porque é como se ele ficasse fora de si, alheio a quem de fato é, como se não se desse conta de si mesmo, como se se ausentasse de si mesmo ali, cabisbaixo, iluminado por uma luz que de repente o céu, quando a luz permite, junto com as nuvens, também pode irradiar, sim, dele desponta essa mesma luz, e uma luz assim também pode vir de um cão, dos olhos de um cão, acontece com frequência, eu mesmo, a propósito, já vi várias vezes essa luz maravilhosa no olhar de um cão

Então foi por isso que você foi até Bjørgvin hoje? ele diz

Para falar com aquele seu conhecido, aquele lá que tem o seu Nome? ele diz

Foi do nada que você tomou essa decisão? ele diz

e o Åsleik volta a abaixar o rosto e eu penso que não comentei nada com ele sobre o Asle e não dirigi até Bjørgvin para ver o Asle, foi só uma ideia que me ocorreu, isso mesmo, pois no Asle só fui pensar quando passei diante do prédio onde fica o apartamento dele, mas vai ver era essa a ideia que eu tinha em mente, só que não me dei conta, talvez? eu penso e digo que talvez tenha sido assim, mas como é que não fui perceber? e digo que uma imagem de repente me compele a fazer algo, mas é raro, muito raro, embora uma imagem frequentemente, ou melhor, sempre, tenha a ver com algo que eu vi, e de alguma maneira se fixou em mim, e torno a vislumbrá-la de relance, como uma aparição, é, é como se eu guardasse uma coleção de imagens na cabeça, de imagens que não consigo esquecer, e insistem para que eu as pinte para poder me livrar delas, eu digo e o Åsleik diz que deve ser isso e fica parado olhando para o chão e também eu baixo a cabeça e olho para o chão, e assim ambos ficamos, mudos, por um bom tempo

Não, nunca dei para nada nessa vida, diz o Åsleik

e ele diz isso olhando fixamente para frente

Nada, ele diz

Nasci em Dylgja e em Dylgja vivi a vida inteira, e é em Dylgja onde vou morrer e ser sepultado e à terra voltarei, ele diz

Nada será de mim, ele diz

Na igreja da Baía fui batizado, confirmado e lá serei sepultado, e no cemitério ao lado apodrecerei, o Åsleik diz

e eu penso que lá vem ele com a conversa de sempre sobre como se tornou esse solteirão ambulante e o Åsleik diz que não existe no mundo uma só mulher que fosse querer um alguém como ele, e é fácil perceber por que, por que haveria quem quisesse um sujeito bocó como ele? de modo que disso, casar como qualquer pessoa decente faz, ele já desistiu ainda jovem, ele não era um homem feito ainda quando se deu conta de que passaria a vida na solteirice, na solidão, casar na igreja da Baía não era para ele, e tampouco batizar um filho, ele diz e tinha também o sítio, quer dizer, sítio mesmo não é, é mais um pedacinho de terra, cheio de rochedos do tamanho de barcos espalhados pelo terreno, se é que se pode chamar aquilo lá de terreno, é antes uma encosta íngreme de montanha, e não tarda muito para um ou outro rochedo se desprender e desabar rolando pela encosta e vir parar no terreno, e quase todas as noites ele passava em claro pensando que agora, agora, agora vai descer rolando aquela pedra gigante, ou vai vir uma avalanche, que vai atropelar a casa, a chácara e o terreno e arrastar tudo para o coração do fiorde do Bispado, ele via isso acontecendo diante dos olhos, com frequência via uma pedra grande como uma casa se desprender, ou a parede inteira da montanha se desfazer em pedregulhos que se precipitavam cada vez mais rápido com grama e terra e se chocavam contra o redil que era despedaçado com tudo que havia dentro dele mais as ovelhas, e no meio disso tudo estava ele, sendo carregado montanha abaixo para desaparecer, engolido pelo mar, ele e a chácara inteira, ele e tudo que um dia lhe pertenceu, e seria engolido pelo mar, era assim que ele ia deitar e via acontecer antes de pegar no sono, era como se esse pensamento não quisesse se desgarrar dele, e ele com frequência era despertado por um ou outro deslizamento menor, e esse medo de deslizamentos ele herdou dos pais, especialmente da Mãe, mas também o Pai sempre mencionava a avalanche que estava por vir, era só uma questão de tempo, que teria que vir, não apenas poderia vir, mas certamente viria, era só uma questão de tempo, hoje, amanhã, em um ano, em vinte anos, em cem anos, ou em mais tempo, mas um dia a avalanche viria, era líquido e certo, o incerto era apenas quando, era assim que o Pai e a Mãe diziam um ao outro, até quando ele e a Irmã eram criancinhas e ficavam ouvindo os dois conversando sobre esse assunto, mas será que os adultos se davam conta das consequências dessa conversa entrando pelos ouvidos de uma criança? de jeito nenhum, nisso eles nem pensavam, e ele e a Irmã, que eram mais ou menos da mesma idade, dois anos mais velho ele era, o primogênito, essa palavra sempre era pronunciada como se fosse algo precioso, algo importante, a palavra primogênito era dita com uma entonação distinta, com uma ênfase especial, primogênito, ele era o primogênito, alguém que um dia herdaria o sítio, com tudo que havia dentro dele, assim como o Pai um dia herdou do avô, e ele do próprio pai, não se sabia ao certo há quanto tempo seus antepassados vinham herdando aquele sítio, mas um bom tempo fazia, isso era certo e sabido, muito tempo, de pai para filho aquele sítio vinha sendo repassado e todos os herdeiros antes dele haviam aparentemente arrumado uma mulher para casar, pois o sítio foi sendo transmitido de pai para filho até chegar nas mãos dele próprio, o primeiro a não contrair matrimônio, um celibatário, quer dizer, até que algumas vezes bem que ele tentou, arriscou algumas abordagens, mas não, essa sorte ele nunca teve, nem mesmo uma vitalina enjeitada jamais o quis, de modo que esposa ele nunca arrumou, ficou solteiro mesmo ocupando o tempo de outro jeito, pastoreando as ovelhas, ganhando um trocado vendendo a carne, vendendo a lã, não era muito, se bem que ele não precisava de muito, e se a pesca do dia fosse boa ele atracava no Cais da Baía, o Cais ao lado do Empório da Baía, e vendia os peixes, muitas pessoas não queriam pescar, preferiam comprar dele o peixe fresco, e então compravam dele também o peixe seco, porque quase todo o bacalhau que ele pescava era pendurado para secar, ou no sótão do próprio galpão no inverno ou, no verão, protegido no alpendre, e esse peixe seco era bem fácil de vender, e também vendia caranguejos e lagostas, que também costumavam ser fáceis de vender, nem fale, o dinheiro que isso lhe rendeu não foi tão pouco assim, ao longo dos anos conseguiu poupar uma quantia boa, foi sim, e também havia a lenha, não foram poucas as braças de lenha que ele cortou e vendeu, sobretudo para a gente do povoado, inclusive depois que abriram a estrada um bom contingente de citadinos lá de Bjørgvin veio comprar lenha dele, costumavam lhe bater à porta nos finais de semana e feriados, para falar a verdade, e ele começou a passar a tranca na porta, nunca tinha feito isso, mas por fim ele simplesmente começou a trancar a porta da frente de casa e não atendia quando batiam, ele foi se virando dessa maneira, como poderia ser diferente? sim, ele sempre teve um bom tempo para ler, e então sempre visitava a Biblioteca da Baía quando estava por lá, não era tão longe assim do Cais, funcionava no prédio da Prefeitura, disso eu sabia bem, eu mesmo já fui lá inúmeras vezes, mas por que ele está mencionando isso agora? portanto quando ele ia fazer compras no Empório quase toda vez passava na Biblioteca, e lia quase tudo que estivesse à disposição, qualquer que fosse o assunto, até poesia que fosse, sim, ele gostava de ler poemas, e sentia prazer nessa leitura, especialmente poemas de jovens poetas, pois o que não eram capazes de inventar? raramente havia coerência ou sentido naqueles poemas, mas eram uma lufada de ar fresco, eram as mudanças repentinas, as coisas ditas de um jeito novo, apreciadas numa nova perspectiva, às vezes de um jeito impossível de prever, e da maior parte do que lia ele gostava, mas quando algum poeta se parecia demais com o outro, sim, quando um passava a ser indistinguível do outro, aí ele se entediava rapidamente, para se destacar um poeta precisa ter seu próprio valor, foi o que ele passou a achar, foi assim que passou a pensar, sim, sim, o Åsleik disse e depois calou

E também há muito o que fazer num sítio, a casa dá muito trabalho, o Åsleik diz

e ele diz que tem feito o melhor que pode para zelar pela casa, o galpão, o terreno, o banheiro externo, a sala de defumação, a casa de barcos, mas nos últimos anos muito pouco foi feito, o galpão era para ter sido pintado, na verdade todas as edificações deveriam, mas a avalanche um dia vai vir, disso ele está convencido e não deve faltar muito, esse dia está cada vez mais próximo, e por isso tem sido tão relapso, de que adianta pintar o galpão, ou outras edificações, para melhor conservá-las, se em breve todas serão varridas pela avalanche, é assim que ele pensa, embora não haja muita sensatez nem tino em pensar assim, é mais um pretexto para não fazer nada, uma espécie de desculpa para a própria preguiça, e na verdade não é nada sensato, pois todos antes dele fizeram muito para cuidar do sítio, e as edificações estavam firmes e em pé permaneceram, como sempre fizeram, o galpão, o redil, o banheiro externo, a sala de defumação, a casa de barcos, e foi muito o trabalho empenhado em tudo isso, tanto pelos pais dele como pelos avós, bisavós, trisavós e até onde mais se possa retroceder no tempo, mas muito além dos bisavós não havia sentido em retroceder, era o que ele dizia agora, o restante fazia parte do grande silêncio, era assim que ele pensava, e aquilo que é parte do grande silêncio não é algo para ser pensado, não é coisa para mexer, simplesmente existia e era só aquele grande silêncio e pronto, ele diz

É verdade, eu digo

O grande silêncio, ele diz

e penso em dizer que esse grande silêncio é Deus, e que é no silêncio que Deus pode ser ouvido, mas então penso que tanto faz dizer isso, e então ficamos os dois ali e eu penso que também isso, como todo o resto, já ouvi o Åsleik dizendo inúmeras vezes, pois quando ele desata a falar fica emendando uma frase na outra, infinitamente, e isso tem a ver com ele passar tanto tempo sozinho, eu penso, e penso que embora ele tinha dito isso antes é como se fosse algo novo a cada vez, eu penso, pois alguma novidade sempre surge, algo é sempre novo na maneira como ele conta, na abordagem que ele faz, eu penso e o Åsleik diz que a única coisa, sim, a única coisa que o incomoda é que, não, não é o fato de nunca ter ser casado, uma mulher provavelmente só lhe traria aborrecimentos e seria um fardo, nesse sentido ele era um misantropo nato, ele diz, mas, ele diz e cala por um bom tempo

Como assim? eu digo

É que, ele diz

Sim, é que o quê, eu digo

É que não tem ninguém para herdar o sítio de mim, o Åsleik diz e de novo ele olha para o chão e então ergue o rosto e olha para a lareira e diz que é bom meter outra acha de lenha ali, uma boa tora de madeira de bétula bem seca, ele diz e eu vejo o Åsleik indo a até a lareira e abrindo a portinhola e enfiando ali uma acha de lenha e fechando a portinhola e penso que devia ter ido tomar alguma coisa com o Asle no Salão dos Drinques lá em Bjørgvin, embora o que ele estivesse precisando era ser levado para o Pronto-Socorro mas isso ele jamais teria aceitado, faz tempo que ele não vem passando bem, o Asle, que quando não bebe fica pensando em dar cabo da própria vida, parece até que não suporta mais viver, então eu devia ter ido vê-lo, por que eu simplesmente passei diante da casa dele e segui meu caminho? eu penso, foi porque senti medo? porque não quis ir ao Salão dos Drinques? eu penso e agora o Asle está lá sentado no sofá, com o cabelo grisalho e comprido amarrado atrás da nuca por um elástico preto, e a barba grisalha por fazer, tremendo sem parar, eu penso e vejo o Åsleik ir até o cavalete e se pôr diante dele a admirar o quadro que estou pintando e eu vou até a lareira e abro a portinhola e embora o Åsleik tenha acabado de enfiar ali uma acha de lenha eu enfio mais uma e fico com a portinhola aberta admirando as labaredas e vejo o Asle sentado no sofá pensando que já não sente mais o gosto da comida, ele sabe que precisa comer mas está sem apetite, ele refuga, simplesmente, ele tenta comer, mas então sente engulhos e cospe a comida e busca algo para beber, só não pode beber sem comer, é uma regra que sempre procura cumprir, e o dia já avança e ele precisa levantar, por mais que seja difícil ficar de pé, por mais que seja difícil caminhar ele precisa fazer isso, sim, o corpo inteiro ainda treme, principalmente as mãos, e ele ao menos deveria arrumar algo para beber, ingerir um pouco de álcool, o Asle pensa e levanta e firma um pé no chão, depois firma o outro pé no chão e percebe como está tremendo dos pés à cabeça e pensa que tem que ir até a cozinha beber alguma coisa, ele vai até a cozinha e tira a rolha de uma garrafa que está sobre a mesa ao lado de um copo e com ambas as mãos segura a garrafa e enfia o gargalo da garrafa dentro do copo e sem derramar uma gota consegue encher o copo e com ambas as mãos trêmulas segura firme o copo e o leva à boca e num só gole esvazia o copo e com as mãos ainda vacilando ele o deixa novamente sobre a mesa e se apoia no canto da mesa e fecha os olhos e inspira profundamente e então expira devagar, várias vezes faz isso, e então outra vez segura a garrafa com ambas as mãos trêmulas e enquanto o corpo inteiro treme se serve de outra dose e sente um discreto calor se espalhando pelo corpo, e percebe que as mãos já tremem menos, e ao mesmo tempo sente aquele calor reconfortante dentro de si, o Asle pensa e então pensa em enrolar um cigarrinho, e tira o pacote de cigarro do bolso traseiro da calça e agora consegue enrolar o cigarro e o acender e é uma delícia sentir o gosto do tabaco se espalhando pelo corpo, ele pensa, é muito melhor enrolar o próprio cigarro do que comprar um maço de cigarros já prontos, o Asle pensa e pensa em ir até o Salão dos Drinques e se imagina sentado no Salão dos Drinques lendo um jornal, tem pouca gente no Salão dos Drinques, e a porta se abre e uma mulher, aparentemente da mesma idade que a dele, algo entre quarenta e cinquenta anos, surge pela porta, e ela tem um cabelo louro meio comprido, e o Asle repara que ela parece que ganha vida ao vê-lo e ela vai até a mesa onde ele está e ele ergue o rosto e seu olhar também ganha vida

Mas então é você, o Asle diz

Sou eu, ela diz

e ela fica um pouco encabulada

Está esperando alguém? ela diz

Não, não, ele diz

e ficam em silêncio um breve instante e o Asle diz que ela fique à vontade para sentar se quiser, se não tiver outra ideia em mente, ele está ali sentado, como ela pode ver, sozinho, quer dizer, com o copo a lhe fazer companhia, ele diz e ergue o copinho de aguardente e ela diz que faz muito tempo desde que se viram pela última vez e é bom, é muito bom revê-lo, ela diz

Pode sentar se quiser, ele diz

Você e eu somos velhos conhecidos, ele diz

Você, Guro, e eu, ele diz

e ela não diz nada e os dois calam e o Asle acha que o cabelo da Guro continua louro e meio comprido como sempre foi e ela continua ali e vira o corpo lentamente e o Asle olha para ela e sente que os dois estão onde sempre estiveram, são os mesmos que um dia foram, estão naquele mesmo lugar, o lugar que é de ambos, continuam sendo o segredo um do outro, ainda são o mundinho um do outro

Que bom rever você, ela diz

Digo o mesmo, ele diz

Tudo na mesma? ela diz

Não tenho muitas novidades, ele diz

Mas estou muito feliz em ver você, ela diz

É muito bom ver você de novo, ele diz

e eu a vejo sentar ao lado dele e vejo que o Asle permanece parado diante da mesa da cozinha se servindo de mais outra dose de bebida e penso que ele vai se sentir melhor, seus tremores logo vão cessar, eu penso e vejo o cachorro vindo na direção dele

Então você está aí, o Asle diz

Meu Brage querido, ele diz

e ele diz que o cachorro deve estar morrendo de fome e de sede e enche uma vasilha de água e pega um punhado de bolinhas de ração de cachorro de um saco que está na bancada da cozinha e despeja esse punhado na vasilha que está no chão e o Brage imediatamente vai até a vasilha comer e então batem na porta da frente do apartamento e ele fica parado, ele permanece onde está segurando o copo na mão, batem mais uma vez e ele põe o copo na mesa e o cigarro no cinzeiro que está sobre a bancada e vai com o Brage no seu encalço e abre a porta e lá estão duas garotas olhando para ele com os olhos arregalados e surpresos e uma delas pergunta se ele não gostaria de fazer uma doação em dinheiro para uma caridade qualquer e ele diz que vai ver o que tem e então vai até a sala pegar a jaqueta de veludo preto que está lá largada na cadeira ao lado do sofá e encontra a carteira no bolso interno e pega também algumas moedas e com as moedas em uma das mãos e a carteira na outra ele vai até as garotas e uma delas estende uma caixinha para ele, que deixa cair as moedas dentro da caixinha, uma a uma, e as garotas agradecem quase em uníssono e ele as vê dar meia-volta e ir até a porta de entrada no lado oposto, a do apartamento vizinho, e o Asle volta a fechar e trancar a porta, confere se a porta está trancada e então pensa no Bård, o garoto vizinho que se afogou, eles tinham a mesma idade, e ainda nem tinham começado os estudos, ele pensa e então volta à cozinha e pensa em ir ao Salão dos Drinques, ou talvez fosse melhor ir bater na porta da casa da Guro? ou talvez ela esteja no Salão dos Drinques? o Asle pensa e senta à mesa da cozinha e vê um vazio diante de si e ergue o copo e bebe e olha, mas o que estará olhando? ele olha para alguma coisa qualquer, tanto faz, porque não está vendo nada afinal, mas sente o fogo da embriaguez lhe preencher o corpo e se serve de mais uma dose, e esvazia o copo, mas já não tão rápido, mais devagar, bebericando, fazendo um intervalo maior entre os goles, e então serve mais uma dose e vê que a garrafa está esvaziando, e precisa de um pouco de aguardente para amanhã, ele pensa, de outra forma como ele vai fazer cessar os tremores? ele pensa e então acha melhor dar uma volta lá fora, ir até o Salão dos Drinques e encher a cara por lá, porque precisa deixar uma dose da bebida para amanhã, e não seria o caso de dar uma passadinha na casa da Guro a caminho do Salão dos Drinques? ou melhor deixar para depois? ele pensa, já faz muito tempo desde a última vez, ele pensa, e talvez pudesse pernoitar no apartamento da Guro lá no beco da Rua Estreita? pois é como sempre fazia, a primeira vez foi há muitos anos enquanto ele ainda vivia com a Liv, mas então um homem se mudou para lá, um tocador de rabeca, ou pelo menos era só assim que a Guro o chamava, de Rabequeiro, e então ele teve que se afastar dela, e a Guro e o Rabequeiro moraram juntos durante muitos anos, mas então ele simplesmente desapareceu, deu no pé, mudou-se para algum lugar no leste do país, para o interior de Telemark ao que parece, o Asle pensa, e depois desse tempo ele se pegou pensando que devia ir visitar a Guro, mas nunca foi, ele pensa, e pensa que amanhã tem que ir comprar bebida, o pouco que restou na garrafa precisa durar até amanhã cedinho, ele pensa, então é se agasalhar bem, que está frio e nevando lá fora, e sair e passar no Salão dos Drinques, ou seria melhor ir direto para a casa da Guro na Rua Estreita? como ele fazia antigamente, não ela não gostaria que ele desse as caras então o melhor é ir ao Salão dos Drinques e comprar mais bebida para amanhã, para sentar na cozinha e entornar cerveja até a tremedeira passar, não ele não aguenta, as mãos tremem tanto que ele mal consegue levar o copo de bebida até a boca, mas assim que bebe algumas doses ele se acalma um pouco, os tremores se vão, leva um certo tempo, mas a tremedeira cessa, e então ele pode ficar sem beber algumas horas a mais, costuma beber só uma cervejinha de novo antes de precisar beber algo mais forte para afastar os tremores, o Asle pensa e pensa que está sozinho, e é bom estar sozinho, se ao menos estivesse bem de saúde, se ao menos não precisasse encher a cara o tempo inteiro, ele pensa, essa tremedeira horrenda, ele pensa, e exceto por aquelas duas garotas já faz bem uma semana que não fala com ninguém, só quando ele passa em algum lugar para comprar bebida ou um pouco de comida é que acontece de trocar uma palavra ou outra com alguém e quando o dia não é como o de hoje, quando é como antigamente, quando ele não sente esse peso e fica prostrado e não consegue nem se mexer e passa o dia inteiro tremendo, é, quando o dia deixava de pesar e ficava leve e as coisas eram mais fáceis e um dia terminava quando o outro começava e nenhum dia existia, então tudo era bom e fluía, pois é, era bom estar só, tudo era como uma imagem em suspensão, de certo modo era, o Asle pensa, e então ele pintava, e só quando terminava um quadro ele conseguia se abstrair inteiramente naquela imagem, mas isso era antes, agora não consegue mais pintar, não consegue mais fazer nada, tudo para ele é um fardo, e ele treme o tempo inteiro, e até tentou telefonar para o Garotinho, o que agora vive em Oslo, mas ele não atende, e o Menino e a Filha agora vivem lá pelas bandas de Trøndelag, e a Liv ele não vê há anos, assim como a Siv, e então existe esse peso nele, a rocha que ele carrega, e esses tremores, porque se ele não beber o bastante começa a tremer, e pode tremer mesmo que tenha bebido bastante, ele pensa, agora só sente vontade de beber uma dose de aguardente assim que acorda, e outras doses ao longo do dia, mas normalmente não consegue fazer cessar os tremores mesmo assim, ou então é preciso beber muito para se acalmar, por isso a reserva de bebida tem que durar até a manhã seguinte, o Asle pensa, para então poder comprar mais bebida no final da manhã e à noite se sentir melhor a ponto de querer sair de casa, assim como hoje, ir até o Salão dos Drinques, como quer fazer agora, pois é como se se sentisse um pouco revigorado, ainda que não tenha forças para mais nada ainda as tem para beber um pouco de álcool, pelo menos isso, ele pensa, e já é alguma coisa, ele pensa, mas pensar assim, de fato a bebida o ajudou bastante, ele pensa, mas agora se apossou dele por inteiro, depois que ele se tornou tão pesado e tudo lhe parece tão pesado, até mesmo pronunciar uma palavra, então só o álcool é capaz de lhe dar algum alívio, fazer com que ele tenha disposição de levantar o braço, ficar de pé, dizer alguma coisa, e ele toma mais um trago e mais uma vez sente o calor se espraiar pelo corpo, pois nesses dias nada nele se mexeu, e ele é só um peso, ele sempre foi um peso, deprimido, como se diz, melancólico, como se fala, mas nunca se sentiu tão pesado a ponto de ser difícil até abrir a boca para falar alguma coisa e tudo que ele quer é descer até o mar e mergulhar no mar e desaparecer no mar e fazer isso agora nessa luz que brilha e então se distinguir da escuridão, quando a escuridão for mais densa, ele pensa, mas agora ele não quer estar sozinho, quer sair, quer ir ao Salão dos Drinques e quem sabe encontrar algum conhecido com quem possa conversar? talvez até a Guro esteja por lá? faz tanto tempo que ela não vai lá, mas quem sabe ele também possa encontrar alguém com quem nunca trocou uma palavra antes? nunca viu antes? e amanhã ele tem que comprar mais bebida já que tem que poupar o pouco que restou para beber amanhã ele terá que sair, ir até o Salão dos Drinques, ao Último Barco que é como ele chama o bar, o Asle pensa e enfia a carteira no bolso interno e veste a jaqueta de veludo preto, a que está pendurada no espaldar da cadeira ao lado do sofá, e então ele vai ao corredor e veste o longo sobretudo preto, e um cachecol pendurado num gancho ali, e então confere se a carteira está mesmo no bolso interno da jaqueta de veludo, e ela está onde deve estar, e dinheiro ele tem, disso ele sabe, e em todos esses anos ele guardou na carteira uma reprodução do *Cortejo nupcial em Hardanger*, logo ela, a pintura que ilustrava um livro didático do tempo do primário, um livro de leitura, a imagem que sempre achou tão bonita, ele tem consciência de que muita gente despreza essa imagem, mas ele mesmo a considera uma pintura excepcional, digam o que quiserem, é muito bem executada, não que ele consiga pintar assim, longe disso, se bem que a que ele pintou lembra bastante a original, mas desde que era garotinho ela guarda na carteira a imagem que arrancou do livro de leitura, ele arrancou a página do livro de leitura adotado no primário e depois cortou a imagem e a enfiou na carteira que tinha naquela época, porque naquela época ele já tinha uma carteira, por mais que nunca tivesse dinheiro para guardar nela, e muitas vezes ele trocou de carteira, mas a imagem do *Cortejo nupcial em Hardanger* ele sempre manteve consigo, e a imagem agora estava tão estropiada que mal era possível identificar que se tratava do *Cortejo nupcial em Hardanger*, mas de certo modo isso apenas realçou a imagem, não que ele costumasse admirá-la com frequência, mas acontecia de retirá-la dali, e para arrumar espaço para as cédulas de dinheiro ele a dobrara em quatro, primeiro fez uma dobra, depois outra e por isso com o tempo a imagem ficou com as marcas dessa dobradura, é evidente que as dobras rasgaram, mas tempos atrás ele passou uma fita adesiva no verso, e a fita resistiu e manteve a imagem íntegra, de certa maneira, e então ele a manteve na carteira, agora como antes, ainda que agora fosse quase impossível perceber o que a imagem representava, então acontecia de ele retirá-la dali, nunca em casa, mas talvez quando estivesse sozinho sentado no Salão dos Drinques ou em algum outro lugar sem nada para fazer, não era tão frequente isso de ele olhar para a imagem, mas acontecia de ele ver essa antiga foto do *Cortejo nupcial em Hardanger*, que ilustrava o livro de leitura do primário, recortada de uma página que ele mesmo arrancou, o Asle pensa e agora pensa que tem que buscar a chave na cômoda no corredor e se dirigir até a porta, e seria bom não esbarrar em ninguém nesse momento, algum vizinho, seria bom que ninguém viesse ao encontro dele na escada, o Asle pensa e vê que o Brage está ali olhando para ele e o Asle pensa eu deveria sair com o cachorro, mas não se sente disposto agora, melhor sair com ele quando voltar para casa depois, ele não vai demorar muito e então diz ao Brage para ser bonzinho e tomar conta da casa e o cachorro simplesmente fica olhando para ele e então o Asle abre a porta da frente e não se ouve um ruído e ele fecha e tranca a porta e desce as escadas e passa diante das bicicletas e carrinhos de bebê estacionados no corredor do térreo e só espera não encontrar pela frente nenhum vizinho ou quem quer que seja, ele pensa e vai até o portão de entrada e o abre e então ele vê alguém se aproximando

Boa noite, o homem que vem chegando diz

e o Asle fica ali segurando o portão para o homem que vem chegando e diz boa noite e o homem para quem o Asle manteve o portão aberto pergunta se ele está saindo para dar uma volta

De vez em quando é bom, o Asle diz

É sempre salutar tomar um pouco de ar fresco, o homem que chegou diz

É, o Asle diz

e o homem que chegou diz que está fazendo um tempo bom aqui fora agora que acabou de nevar e o Asle diz que sim, ficou tudo coberto de branco, até parece que a noite se iluminou, ele diz e o Asle vê o homem que chegou passar ao lado e larga o portão que fecha batendo e eu fico ali diante da lenha ardendo e escuto o Åsleik dizer agora o fogo pegou direitinho? será que não vou fechar a portinhola? ele diz e eu digo que já vou fazer isso e fecho a portinhola e penso que deveria ter ido visitar o Asle, não deveria apenas ter passado em frente ao prédio, apressado, porque aquela bebedeira vai acabar com ele se é que já não acabou, então alguma coisa é preciso fazer, alguém precisa ajudá-lo, eu penso, mas eu, eu apenas olhei para o prédio onde fica o apartamento dele na Enseada dos Veleiros e segui em frente e então penso que preciso voltar para Bjørgvin, preciso ver o Asle, simplesmente tenho que fazer isso, eu penso, uma voz dentro de mim me diz para dirigir até Bjørgvin e ir vê-lo, e essa voz deve ser aquilo que chamamos de consciência, eu penso, pois é, ainda que leve umas duas horas até Bjørgvin eu tenho que fazer essa viagem, não é por isso que vou me cansar ainda mais, além disso posso pernoitar no Lar Hotel onde costumo pernoitar, no quarto 407, o menor que eles têm, é nele que eu fico quando está disponível, e não apenas por ser o quarto mais em conta, mas é onde eu me sinto mais à vontade, porque ele tem uma janela com vista para os fundos, parcialmente encoberta, acho que por causa do fosso do elevador, e é nesse quarto onde eu sempre me hospedo quando está vago, tenho o hábito de reservá-lo com certa antecedência, mas mesmo que não consiga fazer isso a tempo jamais me aconteceu de não terem um quarto disponível para mim no Lar Hotel, é verdade que certa vez o hotel estava lotado e tive que dormir numa espécie de puxadinho no sótão, puseram uma cama extra para mim ali, eu acho, mas agora está decidido, pegarei a estrada e irei até Bjørgvin visitar o Asle, eu penso e escuto o Åsleik dizer que está na hora de ir para casa e olho para ele e digo como posso ser tão idiota, acabei esquecendo de fazer a coisa mais importante que tinha ido fazer em Bjørgvin, então preciso voltar lá imediatamente, eu digo

Agora à noite? o Åsleik diz

e parece tanto surpreso quanto assustado, como se houvesse algo errado comigo, como se de repente se afligisse por minha causa, eu penso

Sim, agora mesmo, eu digo

Mas por que essa pressa toda?, o Åsleik diz

e diz é isso que eu quero fazer de verdade? agora, tão tarde? e pode nevar também, ele diz, à tarde ensaiou nevar umas duas vezes e com esse tempo é provável que volte a nevar ainda mais e eu digo que já pus os pneus de inverno no carro este ano e o Åsleik diz que ainda bem, se tem uma coisa que ele se arrepende na vida é de nunca ter tirado carteira de motorista, ele diz, como seria bom se ele tivesse um carro, principalmente morando onde ele mora, o jeito é caminhar ou conduzir um trator, que felizmente está ali, mas o trator já tem trinta anos, no mínimo, ele diz, quando tem que se deslocar ou dirige o trator ou pega uma carona com alguém ou vai pilotando a Lancha, da Lancha ele não pode esquecer, é bom poder contar também com esse meio de transporte, ele diz e eu digo que bem agora preciso ir até Bjørgvin, posso explicar o motivo numa outra oportunidade, eu digo e digo que o Åsleik pode pegar uma carona comigo até em casa e ele agradece pela gentileza, mas prefere caminhar, tudo bem, porque a distância não é tão grande, coisa de um quilômetro, embora ele não tenha nada contra uma carona, ele diz e então volta a perguntar se é mesmo necessário eu dirigir até Bjørgvin de novo, eu que acabei de chegar, mal entrei em casa vindo de Bjørgvin e já vou pegar a estrada e voltar para lá, escuro como está, na calada da noite, e pode começar a nevar, como já mencionou, e eu digo que é preciso, mais tarde eu posso explicar a ele do que se trata, eu digo e o Åsleik diz que se é assim então que seja assim, eu que faça como quiser, ele diz e então diz que já está de saída para o jardim e quando o Åsleik se vai eu percebo que o fogo ainda arde na lareira e eu apago a luz da sala e também vou apagar a luz da cozinha e vou pelo corredor e apago a luz e saio de casa e fecho a porta ao passar e vejo o Åsleik em pé no jardim e digo que posso lhe dar uma carona até em casa para ele não ter que caminhar, porque eu poderia levá-lo para casa de qualquer maneira, essa noite como tantas vezes antes, eu digo e o Åsleik diz que agradece, e já que eu vou na mesma direção ele aceita de bom grado a carona, mas está bem acostumado a caminhar, ele costuma fazer isso, e não lhe custa nada ir a pé, nada mesmo, mas ele pode pegar uma carona comigo já que o trajeto coincide, ele diz, e a temperatura caiu bastante, já é final de outono, mais que isso, já é Advento, e não falta muito para o Natal e o inverno chegarem, o Åsleik diz e hoje à noite é provável que comece a nevar, o Åsleik diz e senta no banco e eu entro e dou a partida no carro

A neve já deve estar a caminho mesmo, eu digo

Seria a primeira neve do ano, o Åsleik diz

Ela não vai demorar muito, eu digo

Mas pode ser que caia bastante neve, o Åsleik diz

É possível, eu digo

E eu vou deixar a sua serventia bem limpa, pode deixar, enquanto você estiver em Bjørgvin, se for preciso, claro, o Åsleik diz

Quando voltar para casa, vai encontrar o caminho desimpedido, ele diz

Muito obrigado, eu digo

Porque eu posso ao menos conduzir um trator já que não posso conduzir um carro, o Åsleik diz

E isso é muito útil, eu digo

Esse trator aí pode ser velho mas é bom, eu sempre consigo fazer o motor pegar, quer dizer, demora um tempinho, ele diz

Faz tanto tempo que você tem esse trator que nem consigo lembrar desde quando, eu digo

Foi o meu pai quem comprou, ele diz, o trator tem essa idade, o Åsleik diz

Mas ainda está funcionando direito, eu digo

e manobro pela serventia da casa e dobro à direita na rodovia, pois o sítio do Åsleik fica um quilômetro avançando para o coração do fiorde do Bispado e o Åsleik diz que é um quadro estranho, um quadro esquisito esse que comecei a pintar, o das duas linhas, uma lilás e uma marrom, ele diz e eu sinto que não quero falar sobre isso, nunca gosto de falar sobre um quadro que ainda estou pintando, assim como não gosto de falar sobre um quadro já pronto, se o quadro já estiver terminado então esse quadro diz somente aquilo que pode dizer, nem mais nem menos, no seu silêncio o quadro diz aquilo que pode ser dito, e se não estiver terminado não há palavras capazes de expressar como aquele quadro findará, o que terá a dizer, eu penso, e depois de todos esses anos o Åsleik deve ter percebido que não gosto de falar sobre os meus quadros, sobre o que retratam, sobre o que significam, esse tipo de conversa eu não suporto, simplesmente não, e então o Åsleik começa a me importunar sobre aquelas duas linhas como se fossem apenas duas linhas, e então ele diz que foi uma cruz de Santo André o que eu pintei e diz isso com tanta ênfase que eu chego a me assustar e percebo como ele encasquetou com esta expressão, cruz de Santo André ele repete com absoluta confiança, cruz de Santo André, pois sim ele tem um genuíno orgulho de conhecer essa expressão e o que ela significa, e então, quando o Åsleik fala dessa maneira, como estivesse orgulhoso do que diz, é que eu fico sem entender como é que consigo suportá-lo, ano após ano, dia após dia, sendo ele tão simplório como é, e a única razão pela qual me comporto assim deve ser porque não tenho mais ninguém para me fazer companhia, e com quem conversar, não, não é verdade, ele não é nada tolo, nada burro, o Åsleik, ele é muito inteligente a seu modo, eu penso, portanto esse que me ocorreu foi um pensamento muito infeliz, um pensamento nada menos do que abominável, eu penso e chegamos à estrada do sítio do Åsleik e eu paro e o Åsleik pergunta quando é que eu retorno e digo que estarei em casa amanhã e então ele pode vir me ver novamente amanhã à noite, eu digo e o Åsleik diz que virá porque quer escolher um quadro para dar de presente de Natal à Irmã, ele diz, e eu digo que tudo bem e então o Åsleik agradece pela carona e salta do carro e eu ergo a mão direita e aceno em despedida e o Åsleik ergue a mão e acena e então eu sigo adiante pelo fiorde do Bispado e penso que isso é pura insanidade, eu penso, voltar para Bjørgvin a essa altura, depois de ter ido e voltado de lá mais cedo, estou cansado, eu sinto, melhor não seria logo dar meia-volta e retornar? eu penso, não, não, agora tenho que ir ver o Asle, eu penso, porque não podia ter só passado em frente ao prédio onde fica o apartamento dele, quanta covardia da minha parte, eu penso, então preciso voltar até Bjørgvin, eu penso, e por que o Åsleik insiste em falar sobre o quadro que comecei a pintar hoje mais cedo, já cansei de dizer a ele que não gosto de falar sobre um quadro que estou pintando, e não gosto de falar sobre os quadros que já terminei de pintar, o que foi feito está feito, o que foi pintado está pintado, de uma vez por todas, tanto para os quadros como para a vida, eu penso, e ele ainda vem com essa conversinha de cruz de Santo André, eu penso, e penso que o Asle agora deve estar deitado no sofá do apartamento, rente à janela que dá para o mar, e por isso eu pintei as duas linhas que se cruzam no meio, de uma maneira estranha é uma imagem do Asle deitado ali o que eu pintei, eu penso, e por outro lado não é ele e claro que eu não podia ter voltado para casa sem ter visto o Asle, que está tão desorientado, mas é um trecho e tanto de estrada até Bjørgvin, fiquei cansado depois de um dia inteiro dirigindo, indo e voltando, e agora estou a caminho de Bjørgvin pela segunda vez hoje e me deu essa angústia que me obrigou a voltar, eu penso e continuo guiando e fico entorpecido pelos pensamentos e vejo alguns flocos de neve pousarem no para-brisa do carro e avanço pelo fiorde do Bispado e vejo cada vez mais flocos de neve caindo no para-brisa e aciono os limpadores e enxergo através dos semicírculos que formaram, e ao redor deles está tudo branco de neve, e penso que o Asle não deve estar em casa, deve ter saído, ido ao Salão dos Drinques, eu penso, então não preciso tocar no interfone dele, melhor dirigir até Bjørgvin e estacionar o carro em frente à Galeria Beyer e ir ao Lar Hotel e conseguir um quarto para passar a noite e ir a pé ao Salão dos Drinques, porque o Asle deve estar sozinho numa mesa lá, eu penso, e se não estiver então voltarei de carro até a casa dele e tocarei no interfone, mas quem sabe não deveria tocar antes mesmo assim? pois talvez ele possa estar em casa, ou não? mas nesse caso será que ele me atenderia? eu penso e a neve cai e para de cair eu sigo rumo ao sul e me aproximo da estradinha onde hoje mais cedo parei, ao lado do parquinho, e penso que desta vez devo seguir em frente, e realmente não tenho certeza se o que vi lá no parquinho foi algo que realmente existiu ou apenas uma visão que tive, é, como num sonho, algo assim, eu penso, mas foi real, eu estaria mentindo se dissesse outra coisa, eu penso e penso que não cairia mal fazer uma pausa na direção, porque já dirigi bastante hoje e o cansaço que sinto é maior do que aparenta, então talvez eu estacione na estradinha mais adiante e volte a fazer uma pausa ali, sair um instante, esticar as pernas, tomar um pouco de ar fresco, é, é o que vou fazer, eu penso e sigo rumo ao sul e depois da curva estou bem próximo da estradinha e viro na curva e vejo a estradinha e manobro e estaciono o carro e agora está tão escuro e neva tão forte que não consigo mais enxergar o parquinho, eu penso, e não deve ter ninguém lá agora, eu penso, e penso que vou apenas descansar aqui um instante, sair do carro e tomar um pouco de ar, esticar as pernas, eu penso, e desligo o motor e saio do carro em plena neve, e há uma boa camada de neve acumulada no chão, tudo está branco, os morros, as árvores estão cobertas de neve e fico parado olhando para a neve que cai e então os flocos vêm descendo um a um e para de nevar, e como tudo clareia quando a paisagem está branca, essa neve branca empresta à noite uma luz, e ali, bem ali na neve recém-caída sobre o parquinho, ali eu vejo um casal caminhando, de mãos dadas, e são aqueles dois que vi mais cedo hoje, é verdade, e então não foi só uma impressão que tive afinal, eu penso, porque estou olhando para um rapaz de cabelo castanho meio comprido, quase oculto pela neve, e junto dele vai uma moça de cabelos escuros e compridos, ela também quase oculta pela neve e eu a ouço dizer que tudo fica tão bonito com essa neve recém-caída

É mesmo bonito, ele diz

Branco e bonito, ele diz

Tudo ficou branco, as árvores, os morros, tudo, ele diz

E nós também estamos brancos, ela diz

Nós também estamos brancos, ele diz

e então eles largam as mãos e ele passa o braço em torno dos ombros dela e ela passa o braço em torno das costas dele

Uma pena que a neve vá derreter tão rápido, ele diz

Vamos aproveitar enquanto podemos, ela diz

Sim, enquanto tudo estiver branco e leve e lindo, ela diz

Porque amanhã provavelmente choverá, como sempre, ele diz

e eles se entreolham e se beijam

Mas não vamos pensar nisso, ele diz

Não vamos pensar no quê? ela diz

Que a chuva vai lavar a neve amanhã, ele diz

E ela vai desaparecer, ela diz

É assim que vai ser, ele diz

É, ela diz

e dessa maneira eles entram no parquinho e ele apanha um pouco de neve e faz uma bola de neve macia que arremessa contra ela, mas erra, e então ela apanha um punhado de neve e faz uma bola que aperta bem entre as luvas e então a arremessa contra ele com toda a força e ele se abaixa e a bola passa sobre sua cabeça e eu fico ali na neve olhando para eles, que não se apercebem da minha presença e eu sinto como foi bom ter vindo tomar um pouco de ar fresco, e apenas fico ali e vejo as pegadas deles na neve, como estão aparentes na neve, caminhando na direção da rodovia e depois fazendo uma curva e descendo pela trilha que passa ao lado do parquinho e então começo a caminhar sobre as pegadas deles e seguindo o rastro que se estende e desce a trilha, a mesma trilha que percorri hoje mais cedo, e olho para o parquinho e vejo que os dois estão parados se abraçando e quase envoltos um no outro e cuidadosamente sigo seus passos e vejo que se soltaram e ela deitou na neve com braços e pernas abertos e então junta os braços e junta os pés e em seguida afasta de novo pés e braços, depois volta a juntá-los, várias vezes faz assim, e então fica deitada com os pés juntos e os braços esticados ao longo do corpo, como se estivesse completamente paralisada ela fica ali deitada, com a boca fechada e os olhos fechados, e é quando o ouço dizer num tom preocupado que ela não deve ficar deitada daquele jeito, parece até um cadáver deitada assim, ela precisa levantar, ele diz e ela levanta e diz que não era essa a intenção, de parecer um cadáver, e então ele diz que decerto não era e então ela diz muito bem depois vai até ele e o segura pela mão

Olhe como ficou lindo esse anjo que fiz na neve

Ficou, ele diz

Que tal fazer um também? ela diz

Posso fazer, ele diz

e eu passo ao lado do parquinho e começo lentamente, passo a passo, a escalar o morro do outro lado do parquinho, na direção do cume, e naquela trilha ali não há pegadas, então são as minhas pegadas que ficam na neve fresca, e então estaco, me viro e vejo que eles ainda estão lá de mãos dadas e penso que é estranho que fiquem tão absortos em si mesmos e não prestem atenção em mim, apenas um no outro, mas se tivessem me visto, reparado em mim, não teriam se assustado? ou quem sabe teriam ficado com vergonha? ou talvez não dessem a mínima para mim de todo modo? eu penso e vejo que ele larga a mão dela e deita na neve e faz como ela fez, só que mais rápido, com movimentos mais ríspidos, como se estivesse com pressa, quase isso, e ela diz não assim não e ele para e ela diz que agora é a vez dela, agora ela quer fazer um terceiro anjo de neve, que é melhor três anjos do que dois, ela diz, e então ele fica imóvel dentro do anjo de neve que fez, com os pés juntos e os braços rentes ao corpo, de olhos e boca fechados, e ela diz que ele não deve ficar deitado daquele jeito, ela não gosta, parece até que ele está morto, ela diz, do mesmo modo que ele não gostou quando ela deitou assim ela não gosta que ele deite assim, que fique estendido dessa forma dando a impressão de que morreu, ela diz, então ele que se ponha de pé, ela diz e ele levanta e ela diz outra vez que quer fazer mais um anjo de neve, ela diz, e ele vai até ela e os dois ficam parados olhando para os dois anjos que ali estão tão belos um ao lado do outro, um chegando a tocar na asa do outro, quase tocando, quase, ou talvez não, sim, as asas mal se tocam e ela diz que os anjos de neve são tão bonitos que é melhor deixá-los como estão, ela não quer mais fazer um terceiro anjo, ela diz e ele também achou a mesma coisa, que os dois anjos de neve estão tão lindos que é melhor deixá-los como estão, é o mais certo a fazer, ele diz

Até serem cobertos por mais neve, ele diz

Ou lavados pela chuva, ela diz

Ou as duas coisas, ele diz

e eles se dão as mãos e saem do parquinho e sobem a trilha na direção da rodovia e eu fico ali olhando para eles e ele diz que tem um carro ali, uma caminhoneta, bem ali na serventia da estrada, e não estava lá quando passaram antes, ele diz e ela diz que não se lembra de nenhum carro parado ali quando passaram, pelo menos ela não reparou em carro nenhum ela diz e eu fico completamente imóvel, e fico assim um tempo, porque não quero que me vejam, por alguma razão não quero, eu penso e então começo a descer pela trilha, devagar, com passos lentos, porque talvez esteja escorregadio, pisando em minhas próprias pegadas, as que deixei para trás quando subi a trilha e olho para baixo e paro e ergo o rosto e vejo o casal, ela e ele caminhando na direção da rodovia e os vejo passando pela serventia onde deixei o carro estacionado e olho para os dois lindos anjos de neve ali no parquinho e então entro no parquinho e aprumo o corpo e ali fico contemplando os dois anjos de neve e são tão belos, tão belos que se tentar pintá-los resultará numa pintura canhestra se comparada com a visão que tenho de ambos, eu penso, porque é assim, é quase sempre assim, aquilo que é belo na realidade é enfeado num quadro porque dessa forma irá parecer belo demais, um bom quadro precisa trazer alguma feiura em si para poder brilhar como deve, precisa conter a escuridão, mas talvez, talvez eu pudesse pintar um quadro dos dois anjos de neve que desvanecem, que estão fadados a desaparecer? fazer brilhar uma pintura assim? eu penso e imediatamente sei que nesse instante, nesse exato instante, outra imagem se fixou na minha mente, vai permanecer lá para sempre, mais uma imagem me invadiu e terei que pintá-la para escapar dela, eu penso e percebo instantaneamente como esfriou, então devo voltar para o carro, e chegar em Bjørgvin antes que fique tarde demais por isso é melhor pegar a estrada agora mesmo, eu penso e vejo os rastros deixados na neve, quatro pegadas juntas descendo, duas maiores, duas menores, e quatro juntas subindo, duas maiores, duas menores, e então minhas pegadas seguindo as quatro lá para baixo, e as minhas pegadas parecem tão solitárias, tão irregulares, como se eu tivesse perdido o equilíbrio, como se estivesse embriagado e cambaleasse, eu penso, mas embriaguez não era, faz muito tempo que tomei minha derradeira dose, mas mesmo assim talvez minhas passadas tenham ficado meio instáveis, mas mesmo assim é como se agora eu caminhasse com firmeza e regularidade, ainda que eu não caminhe assim, eu penso e vou direto para o carro, sacudo a neve acumulada, varro com as mãos a neve nas calças e me abanco no carro e dou a partida e dobro na rodovia e como num transe começo a dirigir rumo ao sul na direção de Bjørgvin, mas é preciso ter cuidado, porque não há rastros de carros pela estrada, e tudo está branco e eu preciso me manter no centro da pista e não deslizar para o acostamento, eu penso e então vejo no foco dos faróis do carro os dois que vi fazendo anjos na neve caminhando de mãos dadas e ele diz que agora é melhor voltar para casa e ela diz que é melhor mesmo

A Ales e o Asle, ele diz

O Asle e a Ales, ela diz

e passo lentamente ao lado deles e sigo guiando rumo ao sul e penso como foi bonito ver aqueles dois anjos de neve no parquinho, não resta mais dúvidas de que acabei de ver o que vi, não pode ter sido uma cena que vislumbrei em sonho ou uma impressão que tive, nem aquilo que vi mais cedo hoje, nem eles deitados sob o sobretudo preto, que era o mesmo sobretudo longo e comprido que ele estava usando agora, eu penso e é um sobretudo assim que estou usando, eu penso e ingresso num estado de torpor sem pensamentos, apenas sigo rumo ao sul e um pouco mais adiante chego ao local onde um carro deixou um rastro de pneus sobre a neve e fica mais fácil conduzir, eu posso seguir por esse rastro, eu penso e é isso que vou fazer, eu penso, pegar o carro e ir de Dylgja até Bjørgvin e voltar para casa e depois voltar para Bjørgvin no mesmo dia, à noite, no meio de uma nevasca, mas, bem, essa parece ser a única coisa certa a fazer, eu penso e volto a cair num torpor e penso que gosto tanto de dirigir com esses pensamentos longe de mim que apenas me concentro no volante, nenhum pensamento mais me atormenta, nenhuma dor me incomoda, eu apenas dirijo, nem mais nem menos, e o tempo passa e eu sigo rumo ao sul e me aproximo de Bjørgvin e ali adiante eu posso virar à direita e descer por uma via e então chegar ao prédio onde o Asle tem um apartamento, bem na Enseada dos Veleiros, e penso que não nevou mais desde que a neve parou de cair lá no parquinho, mas também em Bjørgvin nevou, a paisagem também está coberta de branco e deixou mais bela também a cidade de Bjørgvin, apesar de tantas marcas de pneus e pegadas, e eu penso que por via das dúvidas deveria tocar no interfone do Asle, embora o mais provável é que ele não esteja em casa, ou não queira abrir a porta para ninguém, e eu desvio da rua principal e vou até o prédio onde o Asle mora e estaciono no quarteirão e vou até o portão de entrada e aperto o botão do interfone com o nome dele ao lado, e ali fico esperando, mas é óbvio que ninguém vem atender, e mais uma vez eu aperto o botão e desta vez mantenho o botão pressionado por mais tempo, depois solto e fico esperando, mas ninguém atende, é óbvio que o Asle não está em casa, era o que eu imaginava, porque agora ele deve estar no Salão dos Drinques, a bordo do Último Barco, que é como eles falam, ele deve estar sozinho numa mesa por lá, porque ele sempre vai ao Salão dos Drinques, um lugar que os marujos veteranos que já se aposentaram costumam frequentar, tudo lá é mais em conta, e acontece de ele também jantar por lá, a comida é barata e a cerveja é barata, e até uma dose de aguardente se bebe por um preço camarada, eu penso, quer dizer, eu não acho que ele vá a outros bares e restaurantes de todo, não mais, ele sempre vai ao Salão dos Drinques, ao Último Barco, então é lá que eu vou tentar encontrá-lo, eu penso, e o lugar onde costumo estacionar não fica tão distante, em frente à Galeria Beyer, e eu entro no carro e dou a partida e penso que agora vou direto para a Galeria Beyer e mal acredito no quanto o Beyer já me ajudou, eu penso, não apenas fiz minha primeira exposição na Galeria Beyer enquanto ainda frequentava a Escola de Belas Artes, e é raro alguém debutar como artista enquanto ainda está cursando Belas Artes, para dizer a verdade eu fui o primeiro a expor antes de ter concluído o curso, foi o que o Beyer disse, e por incrível que pareça todos os trabalhos que expus foram vendidos, e desde então é o Beyer quem vende os meus quadros, o que seria de mim sem o Beyer eu não sei nem dizer, e lembro da primeira vez que o vi, e foi justo na primeira vez em que estive pela Galeria Beyer, quem me levou lá foi a Ales, ela costumava visitar a Galeria

Beyer desde garota, desde que era pequena os pais a levavam para ver as exposições lá, e na primeira exposição que vi na Galeria Beyer havia uma pintura do Eiliv Pedersen, que mais tarde seria meu professor na Escola de Belas Artes, eu acho, e desde a minha primeira exposição na Galeria Beyer é o Beyer quem vende os meus trabalhos, eu acho, e ele consegue vender quase todos, mas aconteceu também nos primeiros anos, sou forçado a admitir, às vezes os preços eram risíveis, para ser sincero, a maior parte dos quadros entretanto é vendida por um bom valor, mas sempre há aqueles que não vendem, e costumam ser os melhores quadros, e agora o Beyer não os vende mais por uma ninharia, há muito tempo que parou de fazer isso, ele os guarda num local que chama de Banco, num anexo da própria galeria onde armazena os quadros que não estão em exposição, e lá o Beyer teve a ideia de vender em Oslo aqueles quadros que não são vendidos em Bjørgvin, pois seu bom amigo Kleinheinrich, o dono da Galeria Kleinheinrich de Oslo, ele queria expor meus quadros assim que eu tivesse trabalhos suficientes para uma exposição, então quando o Beyer acumulava um certo número de quadros não vendidos, a Galeria Kleinheinrich os expunha em Oslo, e assim passei a expor em Oslo a cada quatro anos e depois disso consegui vender quase todos os meus trabalhos, e depois disso o Beyer passou a recolher os quadros que não tinham sido vendidos em Oslo para mais à frente expô-los em Nidaros, na Galeria Huysmann, porque o Beyer conhece bem o velho Huysmann, ele disse, e ele era o dono da melhor galeria de Nidaros, o Beyer disse, essa era a opinião dele, o Beyer disse, e mais cedo ou mais tarde esses trabalhos também seriam expostos em Nidaros, eu penso, e dessa forma até o Beyer arrematou uma boa coleção dos meus quadros, ele adquire um quadro para si em cada exposição, e alguns anos atrás quando começou a ficar difícil vender meus quadros por um preço razoável ele mesmo os comprou de bom grado e outros também seguiram seu exemplo, disse o Beyer, pois é, o que eu faria sem o Beyer nem sei dizer, eu penso, e agora em breve farei uma nova exposição na Galeria Beyer, todo ano exponho os quadros lá antes do Natal, numa espécie de mostra natalina, dito assim soa muito mal, mas a exposição que todo ano faço é realizada antes do Natal, durante o Advento, que é a melhor época para vender quadros, pelo menos os meus, o Beyer disse e em Dylgja eu já tenho quadros suficientes para a exposição deste ano, porque não paro de pintar, entra dia e sai dia, tudo o que tenho a fazer é transportar os quadros até Bjørgvin e se tivesse pensado melhor poderia tê-los trazido comigo hoje mais cedo, mas já estava tão assoberbado de coisas para fazer, eu penso e me desloco na direção da Galeria Beyer, porque é no estacionamento na frente da galeria que sempre deixo o carro quando estou em Bjørgvin

Pode estacionar o carro em frente à galeria sempre que quiser, o Beyer me disse

e eu disse que ficava muito grato por isso e o Beyer me ensinou a rota de saída de Bjørgvin e da Galeria Beyer e de chegada em Bjørgvin para estacionar diante da Galeria Beyer, que fica nos arredores do centro de Bjørgvin, então é ali que todos esses anos eu deixo o carro estacionado, e exceto por isso nunca dirijo nem em Bjørgvin nem em outras cidades, eu gosto de dirigir, mas não em trechos urbanos, porque fico aflito e atarantado e me perco e não consigo encontrar os lugares e enveredo na contramão das ruas e tudo sai errado, mas aprendi o caminho até a Galeria Beyer e também a sair de lá, que certa vez o Beyer esbarrou comigo na Enseada dos Veleiros e sentou no banco do passageiro do meu carro e ficou me dizendo por onde ir e entramos em Bjørgvin, fomos até a Galeria Beyer, e então fizemos uma curva e deixamos Bjørgvin e entramos na Enseada dos Veleiros depois demos meia-volta no sentido da Galeria Beyer, e então tornamos a sair de Bjørgvin, na direção de Enseada dos Veleiros, de novo para a Galeria Beyer, várias vezes repetimos esse caminho e por fim o Beyer disse que agora o jeito era eu lembrar do trajeto e eu disse que lembrava, e lembrava mesmo, eu acho, e eu ter aprendido o caminho de ida e volta à Galeria Beyer viria muito a calhar no futuro, isso é certo e verdadeiro, e sem a ajuda do Beyer eu nunca teria me aventurado a dirigir pelo centro de Bjørgvin, provavelmente não, mas agora eu sabia chegar facilmente na Galeria Beyer na Rua Alta, nº 1 e estacionar em frente à Galeria Beyer, desde que houvesse vagas por lá, e quase sempre há, ou então é só ficar esperando um pouco no carro que uma vaga não tarda a desocupar, eu penso, e se estiver demorando muito eu vou até a Enseada dos Veleiros e faço a curva e quando estou de volta nunca aconteceu de não ter uma vaga diante da Galeria Beyer, eu penso, e conheço bem o caminho mais rápido da Galeria Beyer ao Salão dos Drinques, é só percorrer um trecho da Rua Alta e descer uma ruela estreita chamada Rua Estreita, que no ponto mais estreito não tem mais que um metro de largura, e depois que tiver descido a Rua Estreita e seguido pela rua que se estende alguns metros à esquerda se vê a Praça dos Peixes, e depois de atravessar a praça e dobrar à direita na rua que margeia a Enseada se chega ao Salão dos Drinques, e junto à Praça dos Peixes fica também a Cadeia Pública, mas tomando a direita ao descer a Rua Estreita e seguindo por ela até a transversal, e descendo por ela mais um trechinho, chega-se ao Lar Hotel, que fica bem no Cais, com sua Cafeteria no térreo, sim, tenho percorrido essas ruas tantas vezes, eu penso que não tenho dificuldades de me locomover até quando cai a noite mais escura, mas hoje, esta noite, a neve que se depositou clareou tudo em volta, e as ruas ficaram iluminadas pelas luzes que vêm das janelas das casas, eu penso e estaciono o meu carro diante da Galeria Beyer e caminho até a Rua Alta e recomeça a nevar e não é pouco, de repente a neve desaba, flocos grandes e úmidos, e eu paro, cerro os olhos, passo as mãos pelos cabelos e tiro um bocado de neve dos olhos com o dorso das mãos e é incrível mesmo como a neve de repente cai com essa intensidade, então é melhor me abrigar, e não falta muito para chegar ao Salão dos Drinques, ao Último Barco, como dizem, e lá deve estar o Asle eu penso e sinto um cansaço, mas um cansaço, então se o Asle não estiver lá irei direto ao Lar Hotel perguntar se eles não teriam um quarto disponível para mim agora mesmo, e varro a neve do cabelo e dos olhos e vou em frente e penso que estou cansado, cansado mesmo, por isso primeiro vou ao Lar Hotel tentar conseguir um quarto para mim agora mesmo e só então irei ver se o Asle está no Salão dos Drinques, se não estiver voltarei imediatamente para o Lar Hotel dormir, num quarto bem aquecido com roupas de cama recém-lavadas, eu penso e começo a andar descendo a Rua Estreita e não tem alguma coisa ali debaixo da neve? sim parece um homem deitado ali, é a impressão que eu tenho, sim tem um homem deitado ali, na neve, coberto de neve, com a cabeça apoiada num degrau, diante de um portão, um homem está deitado na neve que não para de se depositar sobre aquele homem tombado ali e eu me apresso na direção desse homem e é ele! é o Asle! é o Asle deitado ali na neve! o que terá acontecido? o Asle está ali desfalecido sem dar sinais de vida, como se tivesse adormecido no chão, como se tivesse simplesmente desabado de bruços e ficado daquele jeito estendido no chão, e a neve cai sobre ele e me apresso e vou até ele e o agarro pelos ombros e o viro de lado e ele diz olá, então sim, por sorte, ele está vivo, mas não estava acordado quando cheguei e eu penso o que é isso, o que aconteceu?

Você escorregou? eu digo

Parece que sim, o Asle diz

e o Asle acha que deve ter escorregado, por alguma razão ele escorregou, ele acha

Mas não lembro de ter escorregado, ele diz

Não, eu digo

e fico ali olhando para o Asle e o segurando pelos ombros

Não estou entendendo nada, o Asle diz

e eu ponho a minha mão sobre o ombro dele e o seguro por baixo do braço e tento erguê-lo e ele fica de joelhos tremendo dos pés à cabeça e eu digo que ele deve estar congelando e ele diz que não, não é isso, e então ele se interrompe, mas você tem alguma bebidinha aí? ele diz, é por isso que estou tremendo, preciso beber, ele diz, você precisa conseguir um pouco de álcool para mim, ele diz e eu digo que é melhor tomar um táxi para o Pronto-Socorro

Não, o Asle diz

e ele pensa que nem fodendo vai a Pronto-Socorro nenhum, que a única coisa de que precisa agora é um pouco de aguardente para tudo voltar ao normal e ele voltar a ser gente de novo, ele pensa

Não quero ir a Pronto-Socorro nenhum, o Asle diz

Não preciso disso, ele diz

e novamente o Asle diz que precisa é tomar um traguinho, ele diz e fica de joelhos e vou para trás dele e o seguro por ambos os braços e o levanto e ele tenta ajudar como pode e então o Asle se firma em pé ali e agora parou de nevar e o Asle se sacode para se limpar da neve

Que merda esse escorregão, ele diz

e diz agora que tal irmos ao Salão dos Drinques, ao Último Barco, pois é, não é uma caminhada assim tão longa, ele diz, é só descer o final da Rua Estreita, ele diz e eu vejo que estamos diante do número 5 da Rua Estreita e ele diz que é só dobrar à esquerda e avistar a Praça dos Peixes e ali, defronte à Enseada, lá está o Salão dos Drinques, com vista para a Enseada, o Asle diz, e para falar a verdade foi muito bom me reencontrar, fazia muito tempo, ele diz e eu penso que está bem então vamos ao Salão dos Drinques que eu providencio alguma bebida para fazê-lo parar de tremer, e depois o levo para casa, eu penso

É tão difícil nos vermos, eu digo

É, o Asle diz

Mas vamos tomar uma bebida e pôr a conversa em dia, ele diz

Vamos, eu digo

e eu penso que foi só pela graça de Deus que voltei para Bjørgvin, pois imagine que eu não tivesse vindo, imagine que o Asle tivesse ficado ali em frente ao número 5 da Rua Estreita congelando até morrer, se alguém não o tivesse encontrado a tempo ele morreria congelado soterrado pela neve, eu penso, então ter tomado a estrada de volta para Bjørgvin foi a coisa mais certa que fiz, mas por que fiz isso? cansado do jeito que estava? o que me convenceu a fazer desse jeito, que parecia tão certo? eu penso e seguro o Asle pelo braço e descemos a Rua Estreita e ele já caminha sem maiores dificuldades, eu penso

Não estou bêbado, o Asle diz

Não precisa me segurar pelo braço, ele diz

e eu solto o braço dele e o Asle pensa que está melhor agora, quase não treme mais, mas que azar danado ele ter tombado no chão, ele deve ter pensado em tocar a campainha da casa da Guro, e por que ele faria isso agora? que invenção foi mais essa? ele pensa, e então desabou diante do portão e por isso ficou estendido com a cabeça no degrau da casa onde a Guro mora, ele pensa

Nunca mais vou beber desse jeito, o Asle diz

Se ao menos fosse assim, ele diz

e eu pergunto por que ele bebe então, e ele diz que bebe para ser normal, para não tremer, sim, para ser como as outras pessoas normalmente são, ele diz e eu digo que se é assim então assim será e saímos da Rua Estreita e tomamos a esquerda e atravessamos a rua e eu vejo que o Asle volta a tremer e penso que para que o Asle deixe de tremer eu preciso lhe arrumar ligeiro algo para beber, para ele voltar à normalidade, eu penso

Só preciso de um traguinho ou dois para voltar a ser gente de novo, o Asle diz

e eu penso que ele não deve beber tanto, ele precisa reduzir a ingestão de álcool, ele precisa se livrar dessa tremedeira maldita, eu penso, mas será que consegue? será que quer? eu penso e digo que agora vamos ao Salão dos Drinques, ao Último Barco, e então ele pode tomar uma dose e se aquecer um pouco, eu digo, e digo que depois posso levá-lo para casa

Pode deixar que eu pago uma dose de aguardente e um copo de cerveja para você, eu digo

Deixe que eu pago, eu digo

Não, eu posso pagar, o Asle diz

Tenho certeza de que é a minha vez, eu digo

Nesse caso eu vou ficar lhe devendo, ele diz

Era só o que faltava, eu digo

e o Asle diz obrigado, obrigado, é muita gentileza sua, ele diz e agora já estamos na Praça dos Peixes e eu vejo que o Asle está cambaleando um pouco e o seguro pelo braço e ele diz obrigado e então eu seguro o Asle pelo braço e digo que já estamos chegando, não falta muito, não, eu digo

É verdade, ele diz

e a impressão que tenho é de que ele está tremendo um pouco menos, mas às vezes eu percebo como se ondas de choque percorressem seu corpo, e ele volta a se acalmar

Já podemos avistar a placa onde está escrito Salão dos Drinques, ele diz

e então, de repente, de supetão, ele tomba ao meu lado e eu o agarro e tento segurá-lo mas não consigo, e o Asle desmorona e fica deitado de lado e eu me agacho e o sacudo e ele não desperta e eu ponho a mão na frente da boca dele que ainda está respirando, não, isso não é possível, e eu não posso acompanhá-lo ao Salão dos Drinques, temos que ir é ao

Pronto-Socorro, preciso providenciar uma ambulância para transportá-lo ao Pronto-Socorro, eu penso e o Asle ensaia despertar e que merda é essa agora que desmaiei de novo, ele pensa e olha para mim

Pelo visto escorreguei de novo, ele diz

e eu penso que bom que estou aqui, que o Asle não está sozinho, afinal o que está se passando com ele? para desfalecer dessa maneira? saudável é que ele não está, eu penso, e sozinho não pode ficar, eu penso e novamente digo que deveríamos ir ao Pronto-Socorro e o Asle diz que não, já vamos chegar no Salão dos Drinques e é só beber um pouco que ele vai ficar bem, ele diz

Acho que devo ter comido muito pouco, ele diz

Nos últimos dias quase não comi, então provavelmente é por isso que estou tão debilitado, diz ele

e ele diz que basta beber alguma coisa e depois comer, que lá no Salão dos Drinques a cozinha até que é boa, primeiro uma bebida, depois uma comidinha qualquer

Está bem, eu digo

Mas você simplesmente desabou no chão, eu digo

Você não está bem, tem alguma coisa errada, eu digo

e o Asle acha que está bem, é só essa tremedeira, e ele tem que parar de beber, ir diminuindo, desacostumando o corpo da bebida, ele pensa

É que eu preciso do álcool, ele diz

Temos que ir ao Pronto-Socorro, eu digo

Não, vamos a bordo do Último Barco, o Asle diz

e ensaia sentar e eu o seguro pelos braços e então ele fica ali ajoelhado

Não, você não está bem, eu digo

e o Asle diz que não quer ir a Pronto-Socorro nenhum ele vai ficar bem assim que tomar um traguinho, ele diz, e eu lhe estendo a mão e o Asle reúne forças e eu o puxo para cima e ele apoia a outra mão na neve e faz força e levanta e estabiliza o corpo e eu o seguro no braço e penso que está bem assim, vamos para o Salão dos Drinques então, mas o Asle não está bem e eu deveria levá-lo ao Pronto-Socorro, eu penso, mas não vou lhe negar nada, ele que faça como achar melhor eu penso e devagar caminhamos, passo a passo, e agora ele vai mais firme, isso eu posso perceber, e parou de nevar, e eu penso que vai dar tudo certo, agora já estamos chegando, logo ele vai conseguir algo para beber, e depois comer, eu penso, e abro a porta do Salão dos Drinques e o Asle entra e me agradece e agora ele está caminhando firme, só está tremendo, o corpo inteiro dele treme, e principalmente as mãos, e ele se detém no vão da porta e limpa a neve do corpo com as mãos trêmulas e eu digo para ele sentar que vou pedir uma bebida para ele, eu digo e o Asle vai até a mesa mais próxima e se abanca ainda vestindo o sobretudo preto e pendura a bolsa de couro marrom na cadeira ao lado

Que bom poder sentar um pouco, eu digo

Sim, o Asle diz

e ele pensa que está quente e confortável no Salão dos Drinques e é só beber um pouco que a tremedeira vai parar e ele desaba na cadeira e eu vejo que seu corpo inteiro treme, e ele precisa comer alguma coisa, eu penso, mas provavelmente não vai conseguir, eu penso

Tenho dificuldade para engolir a comida, o Asle diz

Mal ponho uma garfada na boca e sinto vontade de vomitar, ele diz

Já comeu alguma coisa hoje? eu digo

Não, ele diz

E ontem? eu digo

Acho que não, ele diz

e ele olha para mim e eu digo que então vou pedir um copo de cerveja e uma dose de aguardente para ele, eu mesmo vou querer uma caneca de café, com um pouco de leite, nada mais, eu digo e o Asle assente com a cabeça e eu vou até o balcão e faço o pedido e o Garçom serve as bebidas e eu pago e então volto para a mesa onde o Asle está e ponho um copo de meio litro de cerveja diante dele e um copo de aguardente e volto para pegar a caneca de café, na qual despejo um pouco de leite, e mais um copo de aguardente que coloco diante do Asle e ponho a caneca de café sobre a mesa do lado oposto onde o Asle está e ele segura o copo de aguardente e tenta erguê-lo mas treme tanto nas mãos que entorna um pouco do líquido então eu seguro o copo dele

Deixe que ajudo você, eu digo

Obrigado, ele diz

e eu levo o copo à boca dele e o Asle entorna o líquido num só gole e então inspira e expira profundamente e diz que agora vai se recuperar, agora tudo vai melhorar, ele diz e ele pensa que é só esvaziar o segundo copo de aguardente que vai ser um novo homem, ele pensa

Vou tentar beber esse aqui também, o Asle diz

e aponta para o copo cheio até a borda e eu pergunto se quer que eu ajude e o Asle diz que vai tentar sozinho

Faça como quiser, eu digo

e com ambas as mãos o Asle leva o copo até a boca e bebe metade do conteúdo e ele pensa que isso lhe faz muito bem, ele sente que começa a se acalmar, e está tremendo menos agora

Deu certo, eu digo

Claro que deu, ele diz

e então ficamos em silêncio

Você não bebe mais, não é? ele diz

e eu digo que já faz muitos anos que parei, eu bebia demais, para falar a verdade eu nunca estava sóbrio, e para poder pintar eu tinha que estar sóbrio, eu digo, e a Ales, a minha esposa, pois é, evidentemente ela não gostava que eu bebesse tanto e resolvi parar, e foi difícil no começo e precisei mudar alguns hábitos meus, mas consegui, no final consegui largar a bebida de vez, mas precisei de ajuda, eu digo, e penso que já contei isso ao Asle tantas vezes e mesmo assim ele me pergunta se eu parei de beber, eu penso

Foi melhor assim, o Asle diz

Que você tenha conseguido parar de beber, ele diz

Bem, quer dizer, eu digo

Não foi tão difícil, eu digo

e penso que não deveria dizer que o que me fez conseguir foi que eu rezava e pedia a Deus cada vez que a fissura tomava conta de mim, e se não fosse pela Ales, e pela minha fé, eu jamais teria conseguido, eu penso, mas como o Asle é sozinho, e não é religioso, não posso dizer isso a ele

Preciso parar também, o Asle diz

Mas não consigo, ele diz

É impossível, ele diz

Você tem que procurar ajuda, eu digo

É, ele diz

e então pega o copo de cerveja e tenta segurá-lo e treme, mas não tanto quanto antes, e com ambas as mãos consegue levar o copo à boca e dá um belo gole na cerveja

Dessa vez deu certo, ele diz

Eu fico bem desde que tenha bebido o bastante, o Asle diz

e pensa que se quiser continuar vivo tem que parar de beber, mas em boa parte do tempo, na maior parte dele, aliás, ele não quer mais viver, porque o tempo inteiro fica pensando em ir para o mar, desaparecer no meio das ondas, o Asle pensa e ele diz que é só tomar uma bebida para parar de tremer, é como se ele recuperasse as forças, ele diz e então fazemos um longo silêncio

Mas você estava caído em plena neve, eu digo

Pois é, o Asle diz

Você se lembra de ter caído? eu digo

Não, ele diz

Só me lembro de você ali me acordando, ele diz

e eu me sento na cadeira de frente para o Asle e digo que o Último Barco tem poucos passageiros esta noite, só uns poucos homens solitários espalhados pelo lugar, cada um sentado sozinho, na sua própria mesa, com um copo de cerveja diante de si e um pacote de tabaco ao lado, um atrás do outro eles enrolam um cigarro, acendem, dão um trago prolongado, expiram a fumaça, levantam o copo e bebem um gole de cerveja, sozinhos ali onde estão, um atrás do outro, sozinhos ali sentados, cada um na sua mesa, e parece que nem notam a presença de outras pessoas ali, ou que chegamos, aqueles ali sentados, cada um no seu mundinho, trancafiados em si mesmos ali estão eles, eu penso e o Asle pega seu pacote de tabaco e sua caixa de fósforos e então enrola um cigarro e diz que está tremendo tanto que passou a comprar cigarros prontos, mas nada tem o mesmo gostinho de um cigarro feito à mão acompanhado de uma cerveja e ele deixou o maço em casa, o Asle diz e acende o cigarro

E você parou de fumar faz muito tempo? ele diz

Faz, eu digo

e calamos

Já faz muitos anos, eu digo

Mudei para o rapé, e o rapé ainda uso, eu digo
e tiro a caixinha de rapé e enfio um punhado na boca
Acho que o rapé me faria bem, quem sabe? o Asle diz
e ficamos em silêncio
Mas o mais importante é eu começar a beber menos, ele diz
É, eu digo
e eu penso que é bom ele querer beber menos, mas acho que não vai conseguir sem ajuda, eu penso
É difícil largar o hábito de beber, a fissura sempre está lá, mas depois que vai embora é tranquilo ficar sem, eu digo
e digo que na verdade nem queria parar de fumar, mas eu fumava tanto que levantava no meio da noite para fumar um ou dois cigarros, e cansei tanto disso que comecei a enfiar um punhado de rapé na boca para conseguir dormir até de manhã, antes disso a primeira coisa que fazia quando acordava era acender um cigarro, mas isso de começar a usar o rapé imediatamente me tirava a gana de fumar e eu conseguia me deitar em paz na cama sem ter que me levantar para fumar, eu digo e ficamos calados e eu também tiro a minha bolsa do ombro e a ponho na cadeira junto de mim e olho em volta para os outros frequentadores do Salão dos Drinques sentados ali com suas cervejas e seus cigarros, um frágil escudo contra o mundo, sentados ali fumando um cigarro atrás do outro, bebendo seus copos de cerveja, e o oceano que contêm dentro de si é enorme, na tempestade e na calmaria, sentados ali à espera da próxima e derradeira partida do cais, aquela viagem da qual jamais regressarão, e medo eles não conhecem, as coisas serão como devem ser, pois até nisso há algum sentido, é Nosso Senhor quem rege seus desígnios, eles pensam, pois Ele escreve certo por linhas tortas, eles pensam, ou pelo menos o bom Deus que está em algum lugar, quem entorta as linhas é o diabo, eles pensam e continuam agarrados aos cigarros e às cervejas rezando uma prece silenciosa, uma prece que é mais uma espiadela no mar que trazem dentro de si, sem uma só palavra, mas tão longe quanto esse mar alcança essa prece sem palavras se estende, pois as palavras permanecem, é verdade, mas também deve existir um porto para gente como eles, eles devem pensar, e então subitamente sentem uma pontada de medo e er-

guem os copos e o sabor da cerveja, aquele bom e velho gostinho, lhes dá segurança, eu penso e vejo o Asle erguer o copo e dar um gole na cerveja

Que delícia, ele diz

e eu seguro minha caneca de café com leite e aproximo do copo dele

Saúde, eu digo

É, saúde, ele diz

É possível brindar assim também, eu digo

Agora vamos terminar nossa bebida e tomar um táxi para o Pronto-Socorro, eu digo

Não, o Asle diz

e então ficamos em silêncio

É melhor você me levar para casa, ele diz

e eu penso que não posso deixá-lo de maneira alguma, que ele não está bem, e imagine se eu não tivesse vindo até Bjørgvin esta noite achando que estava cansado demais para dirigir, acreditando que um motorista cansado é um motorista perigoso, imagine se eu não tivesse tido disposição ou forças para voltar a Bjørgvin, eu penso e não sei por que essa me pareceu a coisa certa a fazer, eu penso

É melhor assim, o Asle diz

Está bem, eu digo

e penso que se o Asle ainda estivesse deitado na Rua Estreita, no degrau da casa número 5, coberto de neve, se ele tivesse ficado ali sob a neve, que fim teria levado? porque ali raramente passa alguém, pelo menos não nesse clima, nesse caso ele poderia ter congelado até morrer ali coberto de neve, eu penso e levanto a caneca de café com leite novamente e o Asle levanta o copo de cerveja

Faz tempo que nos conhecemos, você e eu, eu digo

Quase uma vida inteira, ele diz

Pelo menos é essa a impressão que tenho, ele diz

e ele toma um gole de cerveja e depois devolve o copo à mesa e diz que precisa mijar, e agora se acalmou de um jeito que tudo deve correr bem, o Asle diz e levanta e eu fico sentado olhando para frente, para o copo de cerveja dele, para a bebida dourada e ouço um baque e ergo o rosto e vejo o Asle estatelado no chão vestido no sobretudo preto e levanto e vou até ele e o Garçom vem até nós e fica ali de braços estendidos e eu olho para o Asle e as pessoas sentadas sozinhas pelo bar levantam e se aproximam de nós e um deles se agacha e segura a mão do Asle e a segura por um bom tempo, e olha de esguelha para cima, na nossa direção

O pulso dele está fraco, ele diz

e olha para mim e eu me limito a fazer um meneio de cabeça e ouço o Asle dizer num fio de voz me ajude a levantar, ele diz, e aqueles que vieram ficam parados apenas e eu digo que desse jeito não dá, você não está bem, essa é a terceira vez que você desaba no chão, eu digo e um dos que está ali diz que assim não dá, que ele mesmo já passou por isso também, será que eu nunca ouvi falar da síndrome de abstinência? ele diz, ou delirium tremens, como se fala, ele diz, é uma coisa maluca, ele diz e diz que em duas ocasiões já esteve a bordo de navios onde pessoas morreram disso, já faz muito tempo, ele não é mais nenhum jovem não, ele diz, e diz que ambos os que morreram foram bem embrulhados e tiveram um peso amarrado aos pés e então foram cuidadosamente erguidos sobre a amurada e depois que o capitão disse descanse em paz atiraram o corpo ao mar enquanto um dos beatos a bordo, pois sempre há beatos a bordo, rezou o Pai-Nosso e, acompanhado pelos que conheciam uns quantos hinos, tentou entoar Mais perto, meu Deus, de Ti e foi tudo e logo todos ficaram aliviados e então, mais do que em qualquer outra ocasião, tomaram ali o seu traguinho, pois é, na verdade tomaram todas, dizem que naquela época era comum que os mortos a bordo fossem jogados em alto-mar, ele diz, do contrário o que haveria de ser feito com o corpo? no alto-mar? no calor? com o sol a pino? a única coisa a ser feita era embrulhar bem o cadáver e lhe atar um peso nos pés e depois atirá-lo ao mar o mais rápido possível, ele diz, e o mar os acolhia bem, ele diz, e um outro diz que sim, é verdade, pois o mar tem Deus em si, ele diz e um terceiro diz que o mar é o maior cemitério do mundo, e inclusive talvez o melhor, um diz, que existe mais de Deus no mar do que na terra, um diz e então todos calam e um diz

Céu e mar, ele diz

Céu e mar, é, diz um outro

e dois outros dizem que também já viram pessoas enlouquecerem e morrerem por causa disso e serem sepultadas no mar, mas faz muito tempo, agora não é mais assim, foi no passado, há muito tempo, que era assim, porque agora existem câmaras frigoríficas nos navios, e isso já há bastante tempo, um diz e ainda bem diz um terceiro, e um diz que ele mesmo já teve esse delírio, ele diz, quem nunca, diz um outro, mas esse aí está tremendo demais, eu digo, pois é, o melhor é levá-lo ao Pronto-Socorro, o Garçom diz e um outro diz que é melhor mesmo, e torcer para que ele seja internado e medicado para quem sabe parar de tremer, ele diz e o Asle diz para o ajudarem a ficar de pé e pensa mas que merda é essa agora? o que há de errado com ele? pois ele voltou a cair, e será que agora está num navio? sim está, e como suas pernas estão tão instáveis o mar deve estar agitado, ele pensa, e a bebida, onde está a aguardente? ele pensa, porque agora precisa tomar mais uma dose, e um pouco mais de cerveja, se o fizer vai voltar ao normal, o Asle pensa e eu o seguro num braço e o Garçom o segura no outro e então o levantamos e o Asle tenta ajudar como pode e então o colocamos de pé e o Asle fica parado apoiando-se no meu braço

Uma dose mais de bebida e vou ficar novo em folha, o Asle diz

Acho que não, o Garçom diz

Melhor você ir ao Pronto-Socorro, eu digo

e o Asle pensa mas que se foda, ele não precisa ir a Pronto-Socorro nenhum, ele não está doente, só precisa de bebida, muita bebida, ele diz e eu digo que agora está na hora de irmos ao Pronto-Socorro e as pessoas em volta concordam e dizem o mesmo, e um diz que conhece muita gente que morreu dessa tremedeira e o Garçom diz que pode chamar um táxi e eu digo sim e o Asle diz que merda, mas o que ele pode fazer? nesse navio não tem lugar para ele, o Asle diz e eu vejo que o Garçom voltou para o bar e pegou o telefone e está falando alguma coisa e então ele volta e diz que o táxi está a caminho e vai chegar em alguns minutos e ele diz que talvez eu precise de um trago para me animar e faço menção de dizer a ele que parei de beber, precisei parar, mas o Garçom já se foi e então volta com um copo até a borda de aguardente e o entrega para mim e eu digo que não bebo mais, já bebi o que tinha de beber, já esgotei a minha cota de bebida, eu digo e o

Garçom diz que entende muito bem e então leva o copo à boca e o esvazia num só gole e então diz que podemos sair, porque o táxi já está chegando, ele diz e eu vejo o Asle ali vestindo aquele sobretudo preto e então vou e penduro no ombro minha bolsa a tiracolo e pego a bolsa do Asle e faço o mesmo e depois pego o Asle pelo braço e o conduzo pelo salão e um dos outros pega o Asle pelo outro braço e um terceiro vai abrir a porta para nós e saímos e um dos que nos acompanhou até lá fora dá um tapinha no ombro do Asle e diz que vai ficar tudo bem, ele vai sair dessa, ele mesmo já esteve nessa mesma condição em que o Asle está agora, embora faça muito tempo, e conseguiu escapar, mas por pouco, ele diz, mas ele estava num navio, longe no alto-mar, e o Asle está em terra firme, e pode ser bem medicado, tomar algum remédio para diminuir os tremores e se acalmar, ele diz e o táxi chega e o Motorista do Táxi sai e abre a porta de trás e o Asle senta e eu dou a volta no carro, abro a porta e me sento ao lado do Asle e digo que vamos ao Pronto-Socorro e o Motorista do Táxi começa a corrida sem dizer nada e eu também não digo nada e quando chegamos ao Pronto-Socorro eu pago a corrida e digo não quando o Motorista do Táxi me pergunta se quero um recibo e então abro a porta e saio e o Motorista do Táxi sai e abre a porta do lado do Asle e eu seguro o Asle pelo braço e o ajudo a sair do táxi e o Motorista do Táxi me pergunta se dou conta sozinho a partir dali e eu digo que vai ficar tudo bem, eu digo e então o Asle diz onde diabos ele está agora? ele não estava agora mesmo num navio? e debaixo de uma tempestade, uma tempestade dos infernos? ele diz e eu o agarro firme pelo braço

Eu consigo andar sozinho, ele diz

Mas você já caiu várias vezes, eu digo

Claro que caí, ele diz

Justamente porque está fazendo esse tempinho horroroso hoje, ele diz

e então o Asle diz que é só beber mais uma dose que tudo vai ficar bem, que é só a bebida que está faltando, ele diz, e eu digo que sim está bem e com a mão empurro a porta do Pronto-Socorro e entramos e vejo que não tem mais ninguém lá dentro e o Asle me diz para arrumar alguma bebida, repete isso várias vezes, e então pergunta onde ele está, e eu digo que estamos no Pronto-Socorro, que ele não está bem, eu digo, e segurando o Asle pelo braço vamos até a recepção e a moça atrás do painel de vidro abre a janelinha e eu digo que ele não está bem e faço um gesto com a cabeça na direção do Asle e ela pergunta o nome dele e a data de nascimento e não me lembro da data de nascimento e pergunto ao Asle quando ele nasceu e ele responde perguntando se por acaso eu não o conheço, se acho mesmo que ele sai pela rua pensando nesse tipo de coisa? ele diz e ela quer saber quem são os responsáveis por ele, é assim que ela fala, e eu digo que sou apenas um amigo mas sei que os pais dele já morreram, que ele tinha uma irmã, mas ela também já morreu, o nome dela era Alida, e por que estou dizendo isso agora? eu penso, e então eu digo que ele se separou duas vezes e tem três filhos, um adulto e dois mais novos, um menino e uma menina, e ela pergunta se eu tenho o nome e o endereço deles e eu digo que nem mesmo o nome deles eu sei, porque ele se refere a eles apenas como Garotinho, que agora é adulto e vive em Oslo, e como o Menino e a Filha, que agora moram com a mãe em algum lugar em Trøndelag, e digo que a única coisa que sei é que a primeira esposa dele se chamava Liv e a segunda era Siv, sobrenomes e endereços e coisas assim não sei mais nada, eu digo e então digo onde ele mora e digo meu nome e dou meu endereço e meu número de telefone e ela diz que em breve uma enfermeira virá nos atender e depois um médico irá examinar o Asle e eu agradeço e o Asle e eu vamos nos sentar num sofá e eu digo que agora é só ter um pouco de paciência que um médico virá examinar o Asle e ele diz que não quer ninguém o examinando, nem médico nem ninguém, porque nunca precisou ir ao médico, é a primeira vez, ele diz e além disso não tem médico nesse barco, então só o que ele precisa é da bebida, e este barco? por que ele está a bordo deste barco? e onde ele está? e como se chama o barco em que ele está? ele está no Último Barco? o Asle pergunta e ele diz que achava que estava em Bjørgvin mas essa é uma outra cidade, então onde estamos agora? o Asle diz e eu digo que estamos em Bjørgvin e o Asle diz que não, que eu deixe de brincadeira, que ele já vive há tempo bastante em Bjørgvin para conhecer a cidade como a palma da mão, mas onde estamos agora? não estamos num barco, mas será que viemos parar no shopping center Sartor? ele diz, em Flora? afinal onde estamos? ele diz, e agora, sim agora ele sabe, estamos no Sartor, nenhuma dúvida sobre isso, ele diz, pois é, é lá que estamos, o Asle diz e então vejo que uma enfermeira mantém uma porta aberta e eu acompanho o Asle até a porta e a enfermeira diz bem-vindos e então passamos pela porta e a enfermeira aponta na direção de um corredor e abre a porta de um consultório e entramos e lá atrás de uma mesa está sentado um homem e deve ser um médico e o Médico diz pois não e eu digo que ele está tremendo desse jeito, e já caiu várias vezes, e chegou a desmaiar inclusive, e começou a não dizer coisa com coisa, que não sabe direito onde está por exemplo, eu digo e o Asle pergunta novamente se não vou arrumar algo para ele beber, ele precisa de álcool, é só beber um pouquinho que tudo vai ficar bem, ele diz, e por que estamos no Sartor? o que viemos fazer no Sartor? ele diz, e quem é aquele ali? ele diz e eu olho para o Médico e olho para o Asle e o Médico diz que o Asle precisa descansar e a Enfermeira diz que eu posso ir agora, que eles agora cuidarão dele, que do que Asle mais precisa agora é de repouso, ele precisa urgentemente dormir e descansar, ela diz, mas eu posso telefonar amanhã e quem sabe vir visitá-lo, ou talvez seja melhor que ele fique repousando e eu não venha, ela diz e eu digo que o Asle talvez tenha alguma necessidade ou desejo, nesse caso eu poderei providenciar, eu digo e ela diz que eu posso telefonar amanhã que eles saberão dizer, ela diz e eu digo obrigado pela ajuda e me despeço do Asle

Mas você já vai? ele diz

Não vá, ele diz

Mas eu tenho que ir, eu digo

Mas você não pode ir, estamos em alto-mar, ele diz

Eu tenho que ir, eu digo

E você fique bem, eu digo

e então atravesso o corredor e passo pela recepção e vejo que outras pessoas chegaram ao Pronto-Socorro, estão lá sentadas esperando sua vez, e então saio do Pronto-Socorro e paro do lado de fora da porta e respiro fundo e expiro lentamente e vejo que voltou a nevar, enormes flocos de neve não param de cair e penso que agora preciso ir ao Lar Hotel conseguir um quarto para mim e então talvez possa visitar o Asle amanhã cedo, e então vou voltar para Dylgja o mais cedo que puder, eu penso, e neva, não muito, não pouco, mas de forma constante e serena, a neve cai contínua e serenamente na forma de grandes flocos que vão encobrindo Bjørgvin e eu penso que agora estou precisando muito beber algo quente, sim uma caneca de café, uma caneca de café com leite cairia bem eu penso e vou embora do Pronto-Socorro e penso que dei apenas uns poucos goles de café lá no Salão dos Drinques antes que tivéssemos que vir para o Pronto-Socorro, e seria bom comer alguma coisa, um bocadinho que fosse, eu penso, por isso agora vou entrar no primeiro local onde possa encontrar algo para comer e beber e vou tomar uma caneca de café com leite, com certeza, eu penso e penso que se ao menos soubesse o telefone de algum filho do Asle, de preferência o do Garotinho, o mais velho, que está morando em Oslo, então eu telefonaria, mas não sei nem como ele se chama, e também sei do Menino e da Filha e que a primeira esposa se chama Liv e a outra Siv, mas onde moram e algum outro detalhe já não sei, eu penso e então vejo o brilho de um luminoso sobre uma porta e lá está escrito Comidas e Bebidas na placa luminosa, com letras azuis, cursivas, e então devo entrar, eu penso, e depois ir para o Lar Hotel, que deve haver algum quarto disponível por lá, apesar de não ter feito a reserva antes, pois já aconteceu tantas vezes de eu apenas chegar ao Lar Hotel e perguntar se havia algum quarto disponível e sempre conseguir um, mesmo tendo que dormir numa cama extra numa espécie de depósito no sótão, tudo deve correr bem, eles são prestativos e gentis no Lar Hotel, eu penso e abro a porta debaixo da placa luminosa azul em que está escrito Comidas e Bebidas e entro e bem rente à porta paro e olho em volta e vejo que existe um bar no meio do salão não tão amplo, uma espécie de quadrado bem no meio do salão, com algumas mesas ao longo das paredes, mas não tem ninguém nelas, quer dizer tem uma pessoa sentada sozinha, uma loura de cabelos meio compridos, sentada enrolando um cigarro, com uma taça de vinho tinto na mesa à sua frente, e será que não percebi algo familiar nela? não, acho que nunca a vi antes, deve ser só impressão minha, porque pessoas se parecem com outras, eu penso e me pergunto se era o caso de apenas ir me sentar ou ir até o balcão do bar e então o Garçom me faz um meneio de cabeça e eu vou até o bar e o Garçom olha para mim e estende a mão aberta para me cumprimentar

Uma cervejinha para o senhor? ele diz

Não obrigado, eu digo

E o que o senhor deseja? ele diz

Só uma caneca de café, eu digo

Agora mesmo, ele diz

e então o Garçom já trata de servir o café numa caneca branca e na caneca está escrito Comidas e Bebidas e então ele pergunta se não vou querer alguma coisa para comer e eu digo que sim, talvez, uma comidinha até que calharia bem, eu digo e o Garçom me entrega um menu e eu olho rapidamente para ele e sinto uma vontade de comer um sanduíche aberto de almôndegas aceboladas e eu digo que quero um sanduíche aberto de almôndegas aceboladas, que é o que sempre costumo pedir, eu penso, e o Garçom diz que vai providenciar, posso pegar o café e me sentar que ele já vai trazer o sanduíche aberto de almôndegas aceboladas, ele diz, e eu digo obrigado, muito obrigado, e então pergunto se ele não teria um pouco de leite para pingar no café e ele diz que naturalmente ele deveria ter perguntado antes, ele diz, e claro que tem, ele diz e então põe um bulezinho de leite no balcão ao lado da caneca e me entrega uma colher de chá e eu pego a colher e despejo um pouco de leite no café e mexo e então procuro uma mesa vazia, e vejo a mulher de cabelos louros meio compridos sentada sozinha e atrás dela tem uma mesa vazia e então vou até essa mesa e é lá que descanso a caneca e assim que me sento me dou conta de uma coisa, o cachorro do Asle! sim, o Brage, o cão dele ficou sozinho no apartamento! e pode demorar um bocado para o Asle ter alta do Pronto-Socorro, pois é pode demorar bastante para ele voltar para o apartamento onde mora e para o seu cãozinho, então eu tenho que ir ao apartamento resgatar o cachorro, o Brage, passear um pouco com ele, e é melhor que eu o leve comigo para Dylgja, eu penso, porque preciso cuidar do cachorro até o Asle estar recuperado, até voltar para casa, eu penso e provo o café e está bem quente e gostoso, o café aquece bem, e dou mais um gole, sim, está bom, não comi nem bebi muito hoje, eu penso, quase nada, então vai ser bom comer alguma coisa, e ao mesmo tempo sinto uma certa alegria tomar conta de mim, por poder estar ali sentado na companhia de outras pessoas, ainda que seja só a loura de cabelo meio comprido sentada à minha frente bebendo vinho tinto e fumando, as pessoas que bebam o quanto quiserem, é direito delas, desde que consigam parar a tempo, não, não quero pensar mais nesse assunto, eu penso e imagino se já não teria visto antes essa mulher sentada à minha frente, mas de costas para mim? ou quem sabe até já não tenhamos trocado algumas palavras? ou nos encontrado de alguma forma? pode muito bem ter sido, e foi ótimo que outras pessoas estivessem no café e eu não ficasse sentado sozinho, é sempre um pouco chato ficar sentado sozinho num café, é como se faltasse alguma coisa, ao contrário de quando estou em casa, quando tenho a impressão de que há algo de errado quando não estou sozinho, mas não quando o Åsleik me faz companhia, e também mais ninguém além dele vai me visitar, eu penso, então como eu deveria pensar afinal? que de certo modo eu fico incomodado quando pessoas vêm me visitar, eu penso e penso que o cachorro do Asle não pode ficar só, então eu preciso da chave do apartamento dele para pegar o cachorro, preciso ir ao Pronto-Socorro e pegar a chave do apartamento e em seguida vou pegar o carro e buscar o cão, sim, o Brage, ele, e então vou ter que cuidar dele até o Asle estar recuperado, eu penso e eu vejo que o Garçom está vindo até mim trazendo um prato branco com um sanduíche aberto de almôndegas numa das mãos e uma faca e um garfo enrolados num guardanapo branco na outra mão e ele põe o prato diante de mim e põe o garfo e a faca no guardanapo ao lado do prato e diz em seguida que espera que a refeição esteja a gosto e eu acho que parece deliciosa, faminto como estou e começo a comer imediatamente e como e bebo o café e o sabor está maravilhoso, eu estava mesmo com fome, eu penso e vejo a mulher sentada à minha frente, a que tem o cabelo meio comprido e louro, apagar o cigarro, levantar e vejo que ela não está nada sóbria e penso que agora lá vem ela conversar comigo, e olho para baixo e abocanho mais um pedaço de almôndega, cebola e pão

Mas olhe só é você, ela diz

e levanto o rosto e vejo a mulher loura de cabelo meio comprido em pé na minha frente se apoiar na borda da mesa e sei que já a vi antes, mas não consigo me lembrar nem de quando nem de onde

Não está me reconhecendo? ela diz

e tento puxar na memória quem ela é

Sou a Silje, ela diz

e ri

Não está lembrando mesmo de mim? ela diz

Nem mesmo do meu nome? ela diz

e ela diz que se chama Silje e me olha com uma expressão quase de espanto e diz que tem pensado muito em mim, que sempre quis me reencontrar, que faz muito tempo que não nos vemos, mas eu já devo estar casado, ou não? e ela não sabia onde eu morava, a única coisa que sabia era que eu me chamava Asle, ela diz

E agora aqui está você sentado bem na minha frente, ela diz

Finalmente, ela diz

Quase não dá para acreditar, ela diz

Porque faz muito tempo que não vejo você, ela diz

Você não lembra de mim? ela diz

Você não estava tão bêbado, estava? ela diz

Até foi na minha casa várias vezes, ela diz

e começo a ver diante de mim uma casinha, um sofá, uma estante, algumas fotografias nas paredes e, não, não quero pensar nisso

Claro que lembra de mim, não é? ela diz

Logo ali, bem na Rua Estreita? ela diz

No térreo, ela diz

e eu não digo nada e vejo que comi o sanduíche de almôndegas inteiro, eu devia estar mesmo com fome, devorei tudo, eu penso e repouso a faca e o garfo sobre o prato

Pois é muito bom ver você novamente, ela diz

e eu aceno que sim com a cabeça, bebo o café, esvazio a caneca e então digo que infelizmente preciso ir, tenho algo para fazer, eu digo e aceno para o Garçom e faço um gesto de anotar com a mão e ele assente para mim e então ela diz que eu deveria ir visitá-la, ela ainda mora no mesmo lugar onde morava naquela época, na Rua Estreita, nº 5, no térreo, ela diz e então diz que eu devo estar lembrando dela, não? será que estava tão bêbado assim? e só posso me lembrar que ela esteve comigo no Lar Hotel também, certo? ela, a Silje ou sei lá como ela se chamava, porque é bem possível que fosse outra? talvez fosse a Guro? sim ela até dormiu comigo na mesma cama no Lar Hotel, ela diz, e disso ela lembra, por mais que tenha sido há muito tempo, ainda que naquela época eu tivesse cabelos castanhos meio compridos e soltos e não como agora cabelos grisalhos presos com um elástico preto atrás da cabeça, ela diz e ri e diz que lembra até da data do meu aniversário porque eu lhe disse para que ela pudesse descobrir meu número da sorte, ela diz e me pergunta se eu lembro qual era esse número e eu digo que preciso ir e ela diz que era oito ou quatro vezes dois e então diz que ficará feliz se eu for visitá-la e o Garçom chega e eu pego a conta e tiro a carteira do bolso e pego uma nota de dinheiro e a entrego para ele e digo que fique com o troco e ele agradece e eu levanto e empurro a cadeira para junto da mesa e ela solta a borda da mesa e vejo que ela não consegue se equilibrar direito e digo que tenho que ir, estou realmente atrasado, eu digo e ela diz que ela sabe que eu me chamo Asle e sou artista, e sabe mais, ela diz, pois todos os anos na época do Advento ela vai ver minhas exposições na Galeria Beyer, ela diz e então fica calada e esboça uma expressão sonhadora no semblante e diz que tudo foi há muito tempo, mas depois que nos conhecemos ela foi a todas as minhas exposições em Bjørgvin, e sempre quis comprar um quadro, mas nunca teve dinheiro para tanto, pois é, ela gosta mesmo das minhas pinturas, ela diz e eu digo que ela passe bem e ela diz que ficaria feliz se eu fosse visitá-la em casa na Rua Estreita, nº 5, sabe onde é, será que não me recordo? porque nunca fui de beber tanto, ela diz

Silje, ela diz

e ela ri e coloca a mão nas minhas costas

Ou será que foi a Guro? ela diz

Mas Rua Estreita, nº 5, desse endereço você lembra? ela diz

E que eu me chamo Guro, ela diz

e eu digo que agora preciso ir, mas foi bom termos nos encontrado e a ouço dizer alguma coisa mas não consigo entender o quê e então ela me diz fique bem e digo obrigado, igualmente e então me vou e agora preciso voltar ao Pronto-Socorro buscar a chave do apartamento do Asle, porque o cão dele não pode ficar sozinho no apartamento, e posso cuidar do cão enquanto ele estiver internado, tenho que dizer isso ao Asle, eu penso e penso que o Pronto-Socorro é fácil de encontrar, vai dar tudo certo, porque não caminhei muito para chegar ao Comidas e Bebidas, então é só fazer o mesmo trajeto na direção oposta, eu penso ali no meio da neve na calçada em frente ao Comidas e Bebidas e penso que agora é só seguir reto, nesse ou naquele sentido, tudo é só uma questão de escolher o sentido, eu penso, e naturalmente atravessar a rua porque assim que vi a placa escrito Comidas e Bebidas eu atravessei a rua, foi isso, eu penso, e então é só atravessar a rua e seguir direto, não será assim? eu penso e penso que é bom ter parado de nevar, é mais fácil encontrar o caminho assim, quando se enxerga para onde se está indo, naturalmente, eu penso e quando atravesso a rua e sigo em frente já não neva mais, mas por alguma razão eu quase sempre me perco, eu penso, e não compreendo o motivo, porque embora eu conheça bem o caminho consigo me perder, é a mesma coisa com números, qualquer cálculo que eu me arvore a fazer dá errado, não sei por que, sempre erro os cálculos e me perco ao me deslocar, então melhor seria tomar um táxi, caso algum surja pela rua, eu penso que preciso chegar ao Pronto-Socorro e apanhar a chave do apartamento com o Asle, porque o cão dele ficou trancado no apartamento e ele, o Brage, não pode ficar lá sozinho, então tenho que buscar o cachorro, eu penso e quando tiver apanhado a chave com o Asle preciso pegar o meu carro na Galeria Beyer e então seguir até o prédio na Enseada dos Veleiros onde o Asle mora e pegar o cão, pegar o Brage, e então voltar e estacionar o carro em frente à Galeria Beyer e então ir ao Lar Hotel e providenciar um quarto para mim, eu penso, mas antes de mais nada preciso voltar ao Pronto-Socorro, eu penso e antes de concluir esse pensamento vejo um táxi se aproximando e aceno com a mão e ele encosta e eu abro a porta e me sento e digo que quero ir ao Pronto-Socorro e o Motorista do Táxi diz que sem problema, não fica muito longe, ele conhece o caminho, ele diz e eu digo que não estou tão familiarizado com Bjørgvin e o Motorista do Táxi diz que se é esse o caso ele conhece as ruas como a palma da mão, ele diz e então nem ele nem eu dizemos mais nada e ele segue em frente e mal começa a dirigir eu já avisto o letreiro onde se lê Pronto-Socorro e o Motorista do Táxi para ao lado da entrada e eu pago e digo que não foi uma corrida longa e ele diz que uma corrida é sempre uma corrida, ele diz e eu saio do táxi e fico meio sem jeito, porque não sabia que a corrida até Pronto-Socorro era tão curta, talvez alguns quarteirões somente ou nem isso desde o local onde apanhei o táxi, chega a ser ridículo, eu penso e entro no Pronto-Socorro e agora não tem mais ninguém sentado por ali e vou até a recepção e a mulher que está na recepção é a mesma da primeira vez e vou até a janela e ela me reconhece e abre a janelinha para o lado e eu pergunto por ele, sim, o Asle sim, e ela diz que ele foi transferido para o Hospital imediatamente, ela diz, então se eu quiser falar com ele preciso ir ao Hospital, ela diz e eu pergunto, não sei bem por que, se faz tempo que ela está ali trabalhando e ela olha para mim e sorri cansada e diz que o plantão foi longo, porque a colega que iria assumir o posto não pôde vir já que está com o filho doente e não conseguiram arrumar uma substituta e por isso ela falou que ficaria no posto até providenciarem outra pessoa e a substituta que vem já está chegando, ela diz, e vai ser bom poder dormir finalmente, ela vai dormir, dormir bem, assim que chegar em casa ela vai dormir, só dormir, ela diz e eu espio lá fora e vejo que o táxi que me trouxe ainda está estacionado na entrada do Pronto-Socorro e digo que se me apressar talvez possa apanhar aquele táxi parado ali e ir ao Hospital e ela diz que é mesmo tem um táxi ali agora e eu me despeço e ela diz obrigado e se despede e eu me apresso para sair e abro a porta de trás do táxi e pergunto se ele continua livre

Claro que sim, o Motorista do Táxi diz

Foi uma visita muito rápida, ele diz

Parece que você não é de perder tempo, ele diz

e eu pergunto se ele pode me levar ao Hospital, que o paciente que vim visitar foi transferido para lá, ele diz

Então deve ser grave, o Motorista do Táxi diz

Grave? eu digo

Sim porque só quando os pacientes estão mal eles são transferidos para o Hospital, ele diz

e então eu sento no banco do táxi e penso que sim, ele aparentemente estava mal, sim o Asle caiu sucessivas vezes, e eu o encontrei deitado na neve, coberto de neve, ali na Rua Estreita, em frente ao número 5 da Rua Estreita, e não era ali que a Silje ou a Guro ou sei lá como era o nome dela disse que morava? ou era na Rua Estreita, nº 3? sim era lá, e não é que foi realmente um encontro estranho, eu penso, o Asle tremendo daquele jeito, o corpo inteiro chacoalhando, eu penso e foi por pura sorte, por sorte que eu tomei o carro de volta para Bjørgvin, e é na verdade difícil compreender por que eu fiz isso, eu penso, porque já tinha ido e vindo de Bjørgvin mais cedo hoje, mas então senti essa angústia ou sei lá o que era tomar conta de mim, e se eu não tivesse encontrado o Asle talvez ele tivesse ficado ali coberto de neve tremendo, não, isso não, alguém mais iria encontrá-lo, tem muita gente em Bjørgvin, e qualquer um poderia passar por ali, eu penso e ouço o Motorista do Táxi dizer que espera que não neve mais agora, mas até que enfim o serviço de limpeza e desobstrução fez um trabalho decente, porque tanto as ruas como as estradas estão bem desobstruídas e limpas, ele diz, não é comum agirem assim tão rápido, ele diz e eu não digo nada e então o Motorista do Táxi também não e partimos dali e o trânsito está tranquilo e o táxi dobra em frente ao Hospital e estaciona bem diante da entrada e eu pago a corrida e agradeço e entro no Hospital e avisto a recepção e caminho até a recepção e a mulher que está lá sentada me olha com uma cara de sono e eu digo o meu nome e que vim visitar o Asle e ela diz que nós dois temos o mesmo nome e diz que vai ver e folheia alguns papéis e então olha para mim, me encara por um bom tempo, e pergunta como era mesmo o nome dele e então diz sim é Asle e então folheia a pilha de papéis bem na sua frente

É Asle sim, eu digo

É mesmo Asle, ela diz e continua folheando

Sim, esse com o Nome igual ao seu foi internado sim, internado hoje à noite, ela diz

Posso falar com ele? eu digo

Não agora não, ela diz

e olha para baixo e sinto um calafrio no estômago, porque o cachorro dele, o Brage, o cachorro dele não poder ficar sozinho, eu preciso cuidar do cachorro dele

O estado dele é grave? eu digo

Pode-se dizer que sim, eu suponho, ela diz

e então diz que ele foi internado hoje à noite, não faz muito tempo e que seu estado é grave sim, ela diz, e diz que eu consto como parente próximo e eu digo que somos velhos amigos, mas sou apenas um amigo, e fui eu quem o levei ao Pronto-Socorro, eu digo

E ele não tem família? ela diz

Tem mas mora sozinho, eu digo

e digo que ele se separou duas vezes e nenhuma das ex-mulheres ou filhos moram em Bjørgvin, mas ele tem um cachorro, e o cachorro está sozinho no apartamento dele, e isso não é possível e ela assente e diz pois é ele é separado e tem três filhos sim

Separado duas vezes, eu digo

Três filhos, eu digo

e digo que o que sei é que ele manteve pouco contato com as ex-esposas e com os filhos, quer dizer, é no cachorro dele que estou pensando, nele, no cachorro, que se chama Brage, ele não pode ficar sozinho no apartamento e alguém tem que ir buscá-lo e cuidar dele

Alguém tem que ir até lá buscar o cachorro dele, eu digo

Certo, ela diz

Posso pegar a chave e então buscar o cachorro, passear com ele e cuidar dele, isto é, até o Asle ter condição de fazer isso sozinho? eu digo

Eu não posso dar a você a chave do apartamento dele, ela diz

e então ela diz que ele tem filhos, e eu sou só um amigo

Mas os filhos não moram em Bjørgvin, eu digo

O mais velho mora em Oslo e os dois outros em algum lugar em Trøndelag, eu digo

e eu digo que ele não tem mais relação com as mulheres com quem foi casado e não tem muito contato com os filhos, só com o mais velho, o Garotinho como ele chama, mas esse filho mora em Oslo, eu digo e penso que se ela não me entregar a chave do apartamento o que diabos haverei de fazer? acaso terei que arrombar a porta do apartamento dele? porque o cão, o Brage, não pode ficar lá sozinho, eu penso, e ela não quer me entregar a chave, eu penso e a vejo pegar o telefone e teclar um número e então mencionar algo sobre estado grave e alguém querendo falar com ele e dizendo que tem um cachorro sozinho no apartamento do paciente que está internado e então ela olha para mim e pergunta se não tem um zelador por lá e eu digo que não, não que eu saiba, eu digo e ela assente e em seguida diz no telefone que não tem um zelador onde ele mora e que eu quero buscar e cuidar do cachorro, e não há nenhum parente próximo disponível para fazer isso em Bjørgvin, ela diz

O cachorro não pode ficar sozinho, eu digo

e ela continua falando no telefone e diz obrigado, está bem assim, ela diz e então diz que já recolheram as roupas, a carteira, a chave, tudo que ele trazia consigo, e as coisas estão num armário no quarto onde ele está e agora alguém vai buscar a chave e me levar ao apartamento e me acompanhar para que eu possa buscar o cachorro já que ela não pode me dar a chave, porque o regulamento diz que isso só poderia ser feito caso eu fosse um parente e não um amigo

É, eu sou apenas um amigo, eu digo

Certo, ela diz

e dá um suspiro e diz que eu posso me sentar e esperar um pouco, mas não deve demorar muito, porque uma pessoa vai buscar a chave e então me levar até o apartamento para pegar o cachorro, sim, claro que não é a primeira vez que uma coisa assim acontece, ela diz, então eles têm um plano para agir nesses casos, ela diz e olhe, olhe, ele já está aqui, ela diz e eu vejo um idoso vindo na minha direção e ele diz que vai me levar para que eu pegue o cachorro, ele diz

Obrigado, eu digo

e então digo obrigado pela ajuda para a mulher na recepção e então vou até o idoso e ele não diz uma só palavra e então nós saímos e entramos num carro e então o idoso diz que nevou bastante, mas ele já limpou a neve de cima do carro, ele diz e eu percebo pelo sotaque que ele é de Bjørgvin e digo que de fato caiu muita neve e ele diz que acontece de vez em quando de alguém ser internado e deixar em casa um animal que precisa de cuidados, mas normalmente esse alguém não tem a oportunidade de explicar isso e então é algum vizinho que telefona e avisa que tem um cachorro latindo, e vem latindo há vários dias, é comum, ele diz e então acontece de ele pegar o carro e ir ao local resgatar o animal, faz parte do trabalho dele, para depois entregá-lo ao Abrigo de Proteção, ou então é algum parente ou vizinho ou alguém próximo que se encarrega do bichinho, como eu vou fazer agora, o idoso diz e ele diz que bem é uma espécie de faz-tudo no Hospital, ele diz e eu explico ao Faz-Tudo onde o Asle mora e ele diz que sabe onde fica, não é longe, ele diz e então ficamos os dois ali calados e chegamos e o Faz-Tudo para e estaciona o carro em frente ao prédio onde o Asle tem seu apartamento, perto de onde eu mesmo estacionei hoje mais cedo, e então saímos do carro e ele abre o portão e eu digo que o apartamento do Asle fica no primeiro andar à esquerda e vamos até lá e escutamos o cão latindo e eu digo que agora ele está na porta latindo sem parar e o Faz-Tudo diz que aquele cãozinho até que late bem alto e eu digo que cães pequenos, porque ele é mesmo um cãozinho pequeno, eu digo, costumam latir bem alto

Pois é e são eles que mais costumam morder as pessoas, o Faz-Tudo diz

Você tem medo de cachorro? eu digo

Não, ele diz

e então se desdiz e diz que tem um pouco de medo de cachorro, sim

Deve ser, quer dizer, deve ser porque uma vez eu fui mordido por um cachorro quando fui tentar segurá-lo, o Faz-Tudo diz

E eles costumam ser bastante agressivos, os cachorros, quando eu chego para buscá-los, ele diz

E se vou sozinho uso luvas bem grossas, ele diz

e abre os braços

Eu posso entrar primeiro, eu digo

Se você quiser, por favor, ele diz

Eu destranco a fechadura e aí você abre a porta e entra, ele diz

e então o Faz-Tudo fica ali catando as chaves e então destranca a fechadura e eu abro a porta e entro e mal chego no corredor e o cachorro vem saltitando e pulando nas minhas pernas e late sem parar e eu tateio a parede e encontro o interruptor e acendo a luz do corredor e olho para o cachorro ali pulando feito um doido nas minhas pernas e latindo e latindo e então me agacho e levanto o cachorro e o seguro nos braços e o afago no dorso e digo Brage, seja bonzinho, eu digo e o cão fica mais calmo e o Faz-Tudo vem pelo corredor atrás de mim e eu digo que acho que sei onde a guia está e o Faz-Tudo diz que não podemos nos demorar ali no apartamento, não temos autorização para isso, é ilegal, só temos que apanhar o cão e sair, ele diz e eu digo que vou só pegar a guia e sei que ela costuma ficar na cômoda um pouco mais além no corredor e eu vejo que a guia está lá e eu vejo que todas as portas estão fechadas, a da cozinha, a da sala, ou a do ateliê, ou seja lá como se chama esse cômodo, e a porta do toalete está fechada e eu digo que deveria ter ido ao toalete antes e o Faz-Tudo diz que até lá eu posso ir, não há de ser um problema, ele diz e eu vou ao toalete e encontro o interruptor e acendo a luz e vejo que está tudo arrumado, cheirando a limpo, portanto o Asle deve ter limpado o chão e o vaso e a pia, eu penso e eu penso que não, com uma limpeza tão bem feita é melhor eu esperar até chegar ao quarto no Lar Hotel, mas e quanto ao cão? será que eu posso levá-lo comigo para o Lar Hotel? será que lá no Lar Hotel eles aceitam cachorros? eu penso, e nesse detalhe, não nesse detalhe eu não pensei, mas sim, sim, o cão pode muito bem dormir no meu carro, sem maiores problemas, e amanhã vou pegar o carro para ir para Dylgja e naturalmente levarei o cachorro para casa comigo, eu penso, e vai ser bom ter um cachorro, na verdade sempre desejei ter um cachorro mas quando eu era pequeno a Mãe não me deixou ter um cachorro, e a Ales também não queria que eu tivesse um cachorro, e depois que a Ales se foi eu parei de pensar em como seria bom ter um cachorro, mas agora muito em breve eu terei um assim mesmo, eu penso, amanhã cedinho assim que acordar vou tomar o café, eu penso, e esse pensamento me leva a pensar que estou com fome e imagino diante de mim a mesa farta do café da manhã no Lar Hotel, pão fresquinho, travessas com ovos mexidos, travessas com bacon frito e crocante e outras com bacon malpassado quase cru, e, quer saber, preciso dizer que isso me abriu o apetite para o café da manhã, o sanduíche de almôndegas até que estava bom, mas não me saciou de verdade

Agora você tem que vir, o Faz-Tudo diz

Já vou, eu digo

O regulamento prevê apenas buscar o animal doméstico e se demorar na residência só o tempo que for absolutamente necessário, ele diz

e digo que já estou indo, e apago a luz do banheiro e vou até o corredor e vejo o Faz-Tudo parado na porta do corredor segurando a maçaneta da porta e penso que quero dar uma espiada na sala e abro a porta da sala

Não, agora você tem que vir, o Faz-Tudo diz

Queria só dar uma olhada para ver se está tudo em ordem, eu digo

Está bem, ele diz

e acendo a luz e vejo que está tudo arrumado, tudo está em seu lugar, e os quadros estão empilhados direitinhos, todos com os caixilhos para fora, de modo que nenhuma pintura está à mostra, e pincéis e bisnagas e o restante das coisas estão em seu lugar sobre a mesa, e num cantinho está um rolo de tela e num outro estão as ripas de madeira para os caixilhos e ouço o Faz-Tudo perguntar se está tudo em ordem e digo que sim está tudo em ordem e em seu lugar e ele diz que nesse caso então eu tenho que ir e digo que sim, sim e apago a luz e fecho a porta da sala ou do ateliê ou sei lá como se chama esse recinto e o Faz-Tudo diz que pois então venha e eu acho essa insistência uma verdadeira importunação e digo que preciso conferir também a cozinha, e ele diz que sim, está certo, o regulamento também admite essa possibilidade, pensando bem, que alguém possa verificar se está tudo em ordem, que as luzes estejam apagadas, que as bocas do fogão estejam desligadas, essas coisas, mas ele nunca costuma fazer isso, porque o mais importante é fazer só aquilo que veio fazer e ir embora imediatamente, resgatar um cão ou um gato por exemplo, o que for, e então, bem, então cabe à família, aos mais íntimos, se encarregar do que mais for preciso, ele diz, e eu digo é mesmo

Mas então se apresse, o Faz-Tudo diz

Está bem, eu digo

e abro a porta da cozinha e procuro o interruptor e acendo a luz e claro, eu penso, claro, mas claro que tudo está como deveria, tudo está bem arrumadinho, na cuba da pia está um copo e na mesa da cozinha uma garrafa onde resta um pouco de bebida, fora isso não há uma migalha à vista em lugar nenhum, e que o Asle consiga manter as coisas assim arrumadas chega a ser assustador, eu penso, e não compreendo o que há de assustador nisso

Agora vamos, o Faz-Tudo diz

Está bem, eu digo

e desligo a luz da cozinha e fecho a porta e então pego a guia do cachorro numa das mãos enquanto seguro o próprio com a outra e sigo na direção da porta onde o Faz-Tudo está e ele se afasta de lado e eu apago a luz da entrada e ele fecha a porta da entrada e então fico eu com o cão nos braços vendo o Faz-Tudo trancar a porta e então começo a descer as escadas e ouço o Faz-Tudo conferir se a porta está trancada não só uma mas duas vezes e me encaminho para o portão e chegando lá fora ponho o cachorro no chão e mal acabo de deixá-lo no chão coberto de neve ele dá umas voltas e ergue a pata e vejo um buraco amarelado de urina se abrir na neve branca, não é uma visão agradável, e então o cachorro começa a saltitar e trotar sobre a neve branca e fofa e com o pé eu empurro a neve sobre a mancha amarela de mijo e tudo volta a ser branco e bonito e o cão fica correndo de um lado para o outro na neve, enfiando o focinho na neve, rodopiando, sim, o cão parece banhar-se na neve e então ouço o Faz-Tudo dizer que cumprimos nossa missão, ele diz, e pergunta para onde deve me levar e eu digo que estou hospedado no Lar Hotel e ele pergunta se lá aceitam cachorros nos quartos e eu digo que não sei e ele pergunta o que eu penso em fazer com o cachorro caso não consiga levá-lo comigo para o quarto e eu digo que nesse caso ele pode dormir no meu carro

Sempre tem essa possibilidade, o Faz-Tudo diz

e então ficamos os dois ali observando o cão pular e brincar na neve

Você é íntimo assim dele? o Faz-Tudo diz

Íntimo? eu digo

Sim, íntimo, ele diz

Sou, eu digo

Ele é seu amigo então? ele diz

É, eu digo
Só amigo? ele diz
Sim só amigo, eu digo
Só amigo então, ele repete
e então o Faz-Tudo diz que precisamos ir e eu digo que certamente o cachorro está querendo se aliviar, e vejo o cachorro se contorcer, elevar o traseiro acima da neve, balançar a cauda no ar, e então cagar demoradamente
Fez um montão, o Faz-Tudo diz
Pois é, ele estava apertado, eu digo
e o Faz-Tudo assente com a cabeça e o cão termina o serviço e então o Faz-Tudo pergunta se não vou recolher a merda do chão e eu pergunto se ele tem algum saquinho para eu fazer isso e ele diz que não tem e eu digo que também não tenho e então chuto um pouco de neve, branca e clarinha, sobre o monte de merda do cachorro
É, nevou bastante, o Faz-Tudo diz
Não costuma nevar tanto em Bjørgvin, ele diz
Não, eu digo
É raro como só, ele diz
Mas é bonita a neve quando acaba de cair, ele diz
Branca e bonita, ele diz
É, eu digo
e então ali ficamos com o olhar perdido em toda aquela brancura e nenhum de nós diz nada
Apesar de estar escuro chega a clarear quando cai essa neve branca, o Faz-Tudo diz
É como se fosse dia embora seja noite, ele diz
É bonito sim, eu digo
Mas em Bjørgvin a neve nunca dura muito, ele diz
Não, a chuva vem e lava tudo, eu digo
e o Faz-Tudo pergunta onde eu moro e eu digo que moro em Dylgja
Deve ser assim lá também, não é? ele diz
Sim, sim, neva num dia e chove no outro, eu digo
Neve suja e lama gelada são as piores coisas que tem, eu digo
Sim, o Faz-Tudo diz

Para não mencionar quando o chão congela, ele diz

Sim, chão congelado é o pior, eu digo

e então começamos a caminhar em direção ao carro e eu chamo o Brage e o cachorro vem correndo na minha direção

Então o cachorro se chama Brage, o Faz-Tudo diz

É, eu digo

Brage é, ele diz

O nome dele é Brage, eu digo

Amanhã deve voltar a chover, o Faz-Tudo diz

É mesmo, provavelmente, eu digo

É sempre assim, ele diz

Nunca é inverno de verdade em Bjørgvin, talvez o inverno mesmo só dure uns dois dias por ano, só isso, ele diz

É assim que é, ele diz

Já morou em Bjørgvin? ele diz

Já, eu digo

Vários anos, eu digo

E trabalhou em Bjørgvin? ele diz

Estudei aqui, eu digo

e eu acho que sendo o Faz-Tudo tão curioso assim ele decerto irá me perguntar qual escola eu frequentei, mas nesse caso vou responder que era uma escola qualquer, eu penso, mas ele não pergunta mais nada e já chegamos ao carro e ele abre as portas e o cachorro se sacode, sacode a neve do corpo, e eu pisoteio o chão, bato um sapato no outro, limpo a neve grudada, e então apanho o cachorro no colo, sacudo a neve que grudou nele

Você gosta de cães? o Faz-Tudo diz

Gosto, você não gosta? eu digo

Não, ele diz

Já foi mordido? eu digo

Obviamente, ele diz

Mesmo antes nunca gostei, ele diz

Mas gosto de gatos, ele diz

Eu também, eu digo

Eu gosto de cães e de gatos, eu digo

Mas mais de cães? ele diz

Minha maior vontade era a de ter um cachorro, eu digo

Você queria ter um cachorro? o Faz-Tudo diz

É, eu digo

e calamos

Mas é muita responsabilidade isso, de ter um cachorro, eu digo

e voltamos a ficar em silêncio e sentamos no carro, e eu sento com o cachorro no colo e o Faz-Tudo me pergunta para onde eu quero que ele me leve, é para o Lar Hotel, certo? ele diz e eu digo que ele pode me levar para algum lugar próximo da Rua Estreita e ele pergunta se foi ali perto que eu estacionei o meu carro e eu digo que sim foi por ali, então ele pode me deixar nas proximidades, mas onde eu deixei o meu carro isso não, não quero dizer a ele, porque é capaz de me perguntar se eu conheço o Beyer, se conheço a gente rica de Bjørgvin, os abastados, ou se por acaso sou um artista, ou se sou colecionador de arte, algo assim ele é capaz de perguntar e ele diz está bem e eu não digo nada mas onde eu deixei o carro, não, isso não vou mesmo dizer a ele, mas tenho a sorte de ter essa vaga de estacionamento fixa, porque pode ser difícil encontrar um lugar para estacionar o carro em Bjørgvin, às vezes as ruas são tão estreitas que nem parecem de verdade, são um emaranhado de becos e vielas, com tudo que isso implica, becos e vielas, sim

Com prazer levo você até lá, o Faz-Tudo diz

O quê? eu pergunto

Eu levo você até perto da Rua Estreita, ele diz

Que bom, eu digo

e então ele dá a partida e vai em frente e sentamos ali calados e então começa a nevar levemente de novo, um floco aqui e outro ali rodopiando no ar e o Faz-Tudo aciona os limpadores do para-brisa e volta a desligá-los em seguida, e de novo os flocos vão se acumulando no vidro e ele volta a acionar os limpadores outra vez

A neve assim que cai é bonita, o Faz-Tudo diz

e então ficamos ali sentados sem dizer nada, eu com o cachorro no colo, e o Brage fica imóvel e é bom sentir o calor dele, eu penso e fico acarinhando o dorso do cachorro e esse calor faz com que eu me sinta bem, e é bom sentir a maciez do pelo, eu penso e continua nevando e os limpadores vão de um lado para o outro e eu avisto a Galeria Beyer, o Faz-Tudo diz que agora ele pode parar e eu digo que está bom e ele para e pergunta um pouco desconfiado se era aqui mesmo que eu queria que ele me deixasse e eu digo claro que sim obrigado e então pergunto se quer que eu lhe pague pela carona e o Faz-Tudo diz que não é preciso e então diz boa noite e eu digo boa noite e então saio do carro e fecho a porta e fico com o cão nos braços e a neve agora cai mais intensa e eu vejo o Faz-Tudo fazer uma curva e seguir viagem pelo mesmo caminho por onde veio, e penso que agora é só ir até o meu carro e deixar o cão lá dentro e depois ir a pé até o Lar Hotel, porque sei caminhar da Galeria Beyer ao Lar Hotel, esse percurso eu já conheço bem, esse eu sei, era só o que faltava não saber, foi o caminho que fiz quando encontrei o Asle caído na Rua Estreita, coberto de neve, sim, eu penso, se não desse conta de fazer uma coisa assim tão trivial não teria condições de viver sozinho, eu penso e vejo que o meu carro está coberto de neve em frente à Galeria Beyer e enquanto a neve cai eu vou até ele e penso que é uma completa insensatez deixar o cachorro no carro, porque agora de repente chegou o inverno, e quem sabe ele nunca tenha dormido sozinho em um carro? talvez fique com medo e passe a noite inteira latindo ou uivando e os vizinhos venham se queixar ao Beyer e talvez ele nunca mais queira ouvir falar de mim por causa disso? nesse caso o que irei fazer? onde irei expor as minhas pinturas? como irei ganhar o meu sustento? eu penso, e está frio, o cachorro pode até morrer congelado, então certamente não é uma boa ideia deixá-lo dormir no carro, mas o que devo fazer com ele? sempre tenho a possibilidade de dirigir até Dylgja, mas estou tão cansado, tão cansado, logo não é prudente ir até lá agora à noite, mas quem sabe eu não possa levar o cachorro comigo ao Lar Hotel? talvez ele possa dormir no meu quarto? eu nunca levei um cão comigo até lá, e nunca vi outras pessoas fazendo isso, então provavelmente não aceitem hóspedes acompanhados de cães, talvez não, ou será que aceitam? mas ao menos posso perguntar, eu penso e atrelo a guia à coleira e ponho o cachorro no chão e começamos a caminhar até a Rua Alta e caiu tanta neve que a cabeça do bicho mal desponta acima da superfície da neve caída na calçada, é só um cachorrinho, mas ele abre caminho com facilidade através da neve solta, de focinho empinado ele avança passos à minha frente, e então começamos a descer a Rua Estreita e penso que felizmente, por mais que esteja nevando muito, não é muito longa a caminhada daqui até o Lar Hotel, eu penso, e agora é para o Lar Hotel que eu vou, porque estou cansado, tão cansado que também poderia desabar no chão aqui, eu penso, e neva sem parar, agora não são mais flocos dispersos, mas uma nevasca, e venta um pouco também, então é quase uma tempestade de neve, eu penso, e penso que com toda a neve que está caindo e o vento que sopra e faz rodopiar os flocos é difícil se orientar, mas da Rua Estreita até o Lar Hotel eu já fui tantas vezes que o percurso até o Lar Hotel eu sei de cor até mesmo se estiver escuro como breu e eu não conseguir enxergar nada, eu penso, então por isso mesmo pode nevar o quanto for e eu posso até nem estar enxergando direito, mas o caminho não é tão longo e logo vou chegar, eu penso e vou andando e olho para o cão que vai abrindo caminho pela neve e aparenta estar um pouco cansado, arfando terrivelmente, pois é um cachorrinho, já está velho, então eu paro e ergo o cachorro e o carrego nos braços e sigo com ele nos braços e não penso em nada e neva e neva e não há uma alma à vista e neva e neva, mas o caminho até o Lar Hotel não é longo, é só dobrar à direita quando se desce ao fim da Rua Estreita, e foi o que eu fiz, e em seguida caminhar até uma transversal, depois descer essa rua, e foi o que eu fiz, mas em lugar nenhum consigo ver o Lar Hotel, com a Cafeteria no térreo, por isso talvez eu tenha errado o trajeto? talvez tenha cruzado a primeira rua onde deveria ter descido? eu penso, e a sensação é de que caminhei demais, porque não é tão distante ir da Rua Estreita ao Lar Hotel, mas não posso ter errado, posso? é inacreditável, não é possível! tantas e tantas vezes, até já perdi as contas, já caminhei da Rua Estreita ao Lar Hotel, é só descer a Rua Estreita e depois virar à direita e seguir em frente até o primeiro cruzamento para depois descer e dali já se avista o Lar Hotel lá embaixo próximo ao Cais, e eu dobrei à esquerda e continuei a descer a rua, mas o Lar Hotel não consegui ver, e nunca fiz um trajeto tão longo como esse, então de alguma maneira devo ter me perdido porque não consegui enxergar por onde ia já que nevava tanto, eu penso e paro e tento me localizar, mas quem seria capaz de saber, eu que não me lembro de ter estado nessa rua antes, não tem nada de familiar nela, pelo pouco que consigo ver no meio de tanta neve, mas não é possível que eu não tenha conseguido ir da Rua Estreita ao Lar Hotel, eu fiz o mesmo trajeto de sempre, pelo mesmo caminho que fazia, ou não foi assim? ou será que não avistei o Lar Hotel porque nevava demais? mas, não, eu devo ter me perdido, então é só dar meia-volta e fazer o mesmo trajeto por onde vim, eu penso e começo a voltar pelo mesmo caminho, e não deve demorar para avistar o Lar Hotel, eu penso e com o Brage no colo eu avanço e neva forte e sopra um vento forte também, é uma nevasca, eu penso e penso que agora não deve demorar para esbarrar em alguém a quem possa perguntar como chegar ao Lar Hotel, eu penso, ou se vier um táxi posso fazer um sinal e ir de táxi até o Lar Hotel, não importa o quão curta seja a corrida, eu penso e vou em frente e penso que agora pelo menos devo esbarrar em alguém em breve, eu penso, ou algum táxi vai surgir pela rua, mas não se vê nem pessoas nem carros, porque neva tão forte que as pessoas ficam abrigadas em casa, e por isso não há táxis pelas ruas, eu penso, mas logo vou acabar cruzando com alguém ou um táxi vai surgir vindo na minha direção, porque agora eu tenho que chegar no Lar Hotel, a pé ou de carro, e conseguir um quarto lá, porque no Lar Hotel certamente haverá um quarto disponível, e várias das pessoas que trabalham na recepção estão por lá há anos e me conhecem, é também um pouco por esse motivo que eu fico hospedado no Lar Hotel, lá é um pouco como estar em casa, quase isso, eu penso, eu que era para ter ido direto ao Lar Hotel mas de alguma forma devo ter me perdido, eu penso e me sinto um bocado cansado, ou pelo menos cansado demais para dirigir até minha casa em Dylgja, e por mais que eu goste de dirigir seria uma atitude irresponsável, e sou um motorista cauteloso, ou pelo menos tento ser, e estar exausto assim ao volante não é bom, depois de ter dirigido por tanto tempo o que vale é ser previdente, atento, talvez seja isso o mais importante, é preciso ter ciência de que algo inesperado sempre pode acontecer, e estar preparado para isso, isto é, ser previdente, porque não é nada raro um cervo surgir de repente diante do carro, do nada um cervo surgir em disparada cruzando a via, e isso sempre no escuro, ou no crepúsculo, ou no alvorecer do dia, pois é sempre algo inesperado o que está por acontecer, e costuma acontecer, eu penso, então importa saber se um carro em sentido contrário não surgirá na próxima curva e se ele se manterá na faixa, e estar a postos para isso, reduzindo a marcha ou até mesmo parando e esperando antes da curva o tal carro cruzar pelo seu, especialmente na estrada que parte do fiorde de Dentro até Dylgja, no meio do fiorde do Bispado quando se passa pelo lago do Bispado, no sentido do mar, essa deve ser uma das estradas mais estreitas e sinuosas de toda a Noruega, e olhe que eu já dirigi muito pela Noruega, quando a Ales era viva nós viajamos de carro pela Escandinávia inteira, pela Suécia e Dinamarca, e até pela Islândia e pelas Ilhas Féroe, e pela Finlândia também, mas uma estrada assim duvido que eu tenha visto em algum lugar, uma estrada tão estreita e tão sinuosa como aquela, e quando vem o mau tempo, como costuma vir, pois é, quando vem o mau tempo com chuva forte, sim, é um aguaceiro que resulta em enchentes que inundam a estrada e vêm escorrendo pelas encostas da montanha, ah, é aí que aparecem os buracos que fazem com que dirigir por ali seja um verdadeiro inferno, mas fora isso eu dirijo com prazer, se bem que já não há tantas coisas que me deem prazer na vida, mas dirigir sim me dá prazer, eu penso enquanto avanço a passadas largas pela neve na calçada, com o cão do Asle, o Brage, nos meus braços, bem apertado junto ao peito, e penso nas várias vezes em que fiz o percurso entre o fiorde de Dentro e Dylgja e só por diversão imaginava um carro dobrando a curva em sentido contrário ou se não vinha nenhum, e tantas vezes fiz essa brincadeira que ela acabou por se tornar enfadonha, pois eu sempre acertava, eu achava, ou talvez tenha errado uma ou outra vez, mas tantas vezes acertei que por fim deixou de ser divertido e parei de tentar adivinhar se algum carro vinha no sentido contrário, se bem que sei que é importante se antecipar dessa forma para dirigir com segurança, e nisso também sou bom, mas para me orientar na cidade, para descobrir o caminho certo seja a pé ou ao volante num lugar que me seja estranho, não, aí sou uma negação, sempre caminho ou dirijo no sentido errado, isso é tão certo quanto adivinhar se um carro vem ou não surgindo no sentido contrário após uma curva, pois é, não é estranho? é inacreditável ou não é? eu penso e penso que depois de ter morado anos ali e não estar mais familiarizado com a cidade, incapaz de encontrar um endereço, não, isso é completamente insano, mas esse sou eu, eu penso e isso se deve ao fato de sempre ter feito os mesmos trajetos e sempre ter caminhado pelas mesmas ruas e becos tantas e tantas vezes, vou por assim dizer desbravando minhas trilhas pela cidade, como por exemplo do lugar onde costumo deixar o carro diante da Galeria Beyer, atravessando a Rua Alta, descendo a Rua Estreita e de lá ao Salão dos Drinques, ou ao Lar Hotel, eu penso, então não posso ter me equivocado tanto nesse percurso, deve ter sido um errinho de nada, e bem que agora alguém poderia surgir para eu perguntar como fazer para encontrar o caminho certo, será mesmo possível que alguém tenha se aventurado pelas ruas esta noite para que eu possa perguntar? mas não consigo ver ninguém e ainda bem que ao menos estou numa cidade e não escalando uma montanha, ou navegando em alto-mar, eu penso, ah se é, eu penso, pois é, hoje eu tenho que me virar sozinho, já que não tem nem pessoas nem táxis por perto, do contrário as coisas iriam se resolver, eu encontraria alguém que pudesse me indicar um caminho, ou tomaria um táxi para me levar ao destino, como é costume acontecer quando eu erro o caminho, às vezes indo na direção oposta de onde deveria ir, eu interpelo as pessoas e peço que me expliquem qual o caminho certo, e as pessoas são gentis e prestativas e apontam para onde seguir e me dizem para fazer isso e aquilo, mas de nada adianta, eu me perco novamente e então tenho que perguntar ao próximo que encontro, é quase como as contas que eu errava em plena aula, errava o resultado não importava o que fizesse, qualquer conta que eu fazia dava errado, e ainda é assim em se tratando de números, é como se essa minha inabilidade de fazer contas e essa minha incapacidade de me orientar tivessem a ver uma com a outra, mas não deve ser isso, ou o quê? eu penso, porque o senso de orientação e o domínio da aritmética não seriam habilidades distintas? o certo mesmo é que não tenho senso de orientação e sou ruim de cálculo, sim, eu acho que foi esse termo que o Mestre-Escola usou, você é ruim de cálculo, ele disse, algo parecido com isso, ruim de cálculo deve ser uma expressão que ele mesmo inventou, o Mestre-Escola, ruim de cálculo, mas senso de orientação é uma expressão totalmente banal, mas eu mesmo não tenho, tudo bem, porque agora já percorri uma distância razoável, fiz uma caminhada bem mais longa do que faria desde o local onde o carro está estacionado em frente à Galeria Beyer até o Lar Hotel, isso ao menos é certo, porque tenho a impressão de que andei em círculos e em pouco tempo estarei de volta à Galeria Beyer, e seria a melhor coisa a acontecer, porque já neva tão pesado, é uma verdadeira nevasca, e é difícil de ver, eu que me perdi no caminho, qualquer outra explicação não pode haver já que caminhei tantas vezes por aqui antes, mas hoje pelo jeito parece que consegui tomar o rumo errado, porque agora já caminhei bem mais do que costumava caminhar desde a Galeria Beyer até o Lar Hotel, mas se eu puser o cachorro no chão e segui-lo quem sabe ele possa voltar para a Galeria Beyer? pode ser, quem sabe ele consiga farejar o caminho até lá? eu penso e ponho o Brage no chão e ele fica só ali parado olhando para mim com seu olhar canino e eu dou um puxão na guia e digo vai Brage e então o cachorro começa a andar e ele vai na direção oposta a que viemos, ele sobe a rua, e eu vou atrás, porque não consigo pensar noutra maneira de descobrir o caminho, eu penso, por isso é melhor acreditar que o cachorro vai conseguir voltar para a Galeria Beyer, eu penso, porque nas redondezas do Lar Hotel pelo menos nós não estamos, eu penso, mas não há nada que eu possa ver a indicar que estejamos próximos da Galeria Beyer, não há nada reconhecível nas construções que eu possa identificar atrás da neve que se acumulou, mas o vento agora diminuiu um pouco, pelo menos isso, então é só a nevasca e não uma tempestade de neve, eu penso, e apesar de eu estar andando há um bom tempo, é essa a sensação que tenho, não cruzei com uma só pessoa, e só um ou outro carro passou e nenhum táxi, se ao menos viesse um táxi eu poderia acenar, eu penso, que estúpido que fui que não pedi ao Faz-Tudo para me deixar no Lar Hotel, por que fui pedir a ele que me deixasse na Rua Estreita? que ideia maluca foi essa? foi porque eu não queria que ele soubesse que eu iria me hospedar no Lar Hotel? eu penso, mas contei a ele justamente que iria me hospedar ali, eu penso, sim eu fiz isso, mas por alguma razão pedi ao Faz-Tudo que me levasse até a Rua Estreita, eu penso e vou atrás do cachorro se é que o cachorro está indo a algum lugar, então seria esse lugar de volta à Galeria Beyer? eu penso, porque ele não iria farejar outro lugar para onde ir, não é? eu penso, mas chega a assustar a maneira como o cachorro abre caminho pela neve acumulada na calçada, com o focinho empinado, arfando, e eu vou caminhando atrás passo a passo num trecho razoavelmente íngreme e eu penso que será que não cruzarei em breve com alguém a quem possa perguntar o caminho certo? ou então talvez passe algum táxi que eu possa apanhar? afinal de contas estou em Bjørgvin, a segunda maior cidade da Noruega, eu penso, e olhe lá que não é uma cidade fácil de se locomover, é preciso que se diga, e onde estou agora? não faço a menor ideia de onde estamos, mas não acho que estejamos indo no sentido da Galeria Beyer afinal, eu penso e então penso que se chegar à orla então sempre poderei encontrar o caminho ao Lar Hotel, que fica à beira-mar, na Enseada, eu penso, sim, o Lar Hotel fica em frente ao Cais, mas qual direção tomar para chegar à orla? eu penso, e agora estou seguindo o cachorro subindo uma ladeira, mas isso deve estar errado, eu penso, porque para chegar ao mar é preciso descer, então tenho que dar meia-volta e descer, apesar de tudo deve ser melhor do que ir caminhando às cegas na vã esperança de que ele retorne à Galeria Beyer, eu penso, pois numa ou noutra direção temos que ir, e se formos para baixo por fim daremos em algum lugar na orla, eu penso, e puxo a guia do cão e ele para e eu começo a andar na direção oposta, descendo, e agora sigo as pegadas que o cachorro e eu deixamos na neve, e com o cão no meu encalço, mas ainda neva e deve ser exaustivo para ele andar com o focinho empinado acima da neve, e eu olho para o cão e então o Brage passa por mim e segue firme, isso é preciso reconhecer que o Brage faz, e agora já não neva mais tanto, e ali, ali vem vindo alguém na minha direção, por sorte finalmente avisto uma pessoa e vou na direção desse alguém que dá um passo de lado e digo, perdão, perdão, mas sou um forasteiro na cidade e creio que consegui me perder e uma mulher olha para mim encapotada sob um gorro de tricô coberto de neve e pergunta para onde estou indo e percebo algo de familiar naquela voz e digo que estou indo para o Lar Hotel, o hotel, para o Lar Hotel, sim, eu digo, e ela diz que estou indo num sentido totalmente errado, ela diz, e ri e então vejo que é a mesma que estava sentada sozinha na mesa do Comidas e Bebidas, a que me reconheceu, a quem eu de alguma maneira conhecia, sim claro que é ela, a que se chama Guro, ou o nome dela não era Silje? e ela ficou bebendo vinho no Comidas e Bebidas até agorinha mesmo, deve estar bem bêbada então, eu penso e digo que achava que deveria descer a ladeira, porque o Lar Hotel fica à beira-mar, e era só descer até a orla que eu saberia encontrar caminho até o Lar Hotel, eu digo e ela diz que poderia até ser assim, talvez, mas na verdade não, porque pelo que ela se lembre o caminho pode tanto dar na praça Dinamarca como no Lar Hotel, ela diz, e margear a orla não é fácil, não é coisa simples de fazer, pois vários lugares não acompanham a beira-mar, ela diz, aliás, ela diz, até ela teve dificuldades de se orientar em Bjørgvin de início quando veio morar na cidade, foi preciso um bom tempo até ela se sentir segura para saber direito aonde ir, mas agora, depois de tantos anos em Bjørgvin, agora está ótimo, por mais que ela não conheça cada canto e recanto da cidade, cada beco ou viela, melhor dizendo, pelo menos ela sabe em qual sentido seguir para chegar a esse ou aquele destino e eu, bem, eu deveria saber mais, porque eu mesmo morei em Bjørgvin durante anos, ainda que tanto tempo tenha passado, ela diz, mas agora eu não estava indo na direção do Lar Hotel, que fica no Cais, eu caminhava na direção oposta, então o melhor seria acompanhá-la, ela vai na mesma direção, ela diz, porque ela vai para casa, e como eu sei muito bem ela mora agora na Rua Estreita, nº 5 próximo do Lar Hotel, ela diz e eu penso que foi muito estranho topar justamente com ela, a Guro ou seja lá como ela se chame, ela que estava sentada no Comidas e Bebidas quando cheguei, e eu agradeço, digo muito obrigado e começo a descer a ladeira ao lado dela

Você lembra que eu me chamo Guro? ela diz

e ri um pouco e eu digo que sim e descemos a rua e ela que se chama Guro diz que a neve caiu mesmo para valer, sem clemência, praticamente atravessamos uma barreira de neve, pois nenhum de nós carrega uma pá e ninguém abriu esse caminho pela neve antes de nós, e o cachorro, não será difícil para ele andar? ela diz, e imediatamente eu pego o Brage de novo no colo e limpo a neve do pelo dele e ela diz que eu não tinha um cachorro comigo lá no Comidas e Bebidas e pergunta se eu deixei o cão preso lá fora do Comidas e Bebidas, e isso é lá coisa que se pergunte? eu penso, e não vou nem responder, e por que ela me fez uma pergunta dessas? eu penso e então ela pergunta por que estou em Bjørgvin e digo que um conhecido estava doente e quis visitá-lo, e foi bom eu ter vindo, que ele estava bem ruim, então o levei ao Pronto-Socorro e o internaram, pois é no Hospital, eu digo, e ela diz que fiz mesmo uma boa ação, ela diz e sobre isso não tenho nada a dizer e ela pergunta se continuo morando em Dylgja, e eu assinto com a cabeça e ela diz que sabe muito bem, pois me conhece, ela diz e então diz que consegue perceber pelo meu sotaque que venho de Hardanger, se já não soubesse que eu venho de Hardanger ela perceberia de ouvido, ela diz e eu digo que é verdade, ela tem toda razão, foi lá que eu cresci, em Hardanger, eu digo, em Barmen, numa fazendinha acolá, no meio de um pomar, eu digo e ela diz que sim ela sabe porque eu já lhe contei isso, será que não lembro de nada? ela diz, mas eu devia estar bêbado demais para lembrar de alguma coisa, alguma ocasião, uma vez muito tempo atrás eu contei a ela que vinha daquelas paragens, que cresci num pomar em Hardanger, ela diz e eu digo que foi lá que cresci, mas depois daquele tempo morei tanto em Bjørgvin como em Dylgja, como agora, eu digo e ela diz que se morei tanto tempo em Bjørgvin bem que deveria conhecer melhor a cidade, e eu digo que ela está coberta de razão, mas faz muito tempo que morei em Bjørgvin, e naquele tempo não era de perambular pela cidade, eu ia para a Escola de Belas Artes, estudava o que chamavam de Pintura, mas nunca concluí os estudos, eu digo, e ela diz que não, que não vivi tanto tempo na cidade, ela diz e diz que sabe de tudo isso, eu lhe contei, sou um artista plástico sim, ela diz e eu digo que de certo modo é o que sou e ela diz que não pode se considerar uma artista, mas é boa com as mãos, gosta de trabalhos manuais, é disso que vive, ela bordou uma infinidade de toalhas, grandes e pequenas, e trilhos de mesa, curtos e compridos, com os bordados típicos de Hardanger que aprendeu com a Avó, bordando na tradição de antigamente, ela diz, e então ela borda arremates para trajes folclóricos, em ponto-cruz, do jeito que aprendeu com a Avó, e já perdeu a conta de quantos arremates já bordou, mas foram muitos, já que hoje em dia todo mundo quer ter um *bunad*, um daqueles trajes folclóricos, e não restou muita gente ainda bordando à moda de Hardanger muito menos em ponto-cruz, ela diz, e depois entrega esses bordados na loja de aviamentos chamada Casa das Prendas e assim tem seu ganha-pão, ela diz, e o fato de ter vindo parar em Bjørgvin foi totalmente por acaso, mas quando ela terminou os estudos arranjou um trabalho numa butique chamada Ao Fruto de Hardanger e ali trabalhou até a butique fechar e acabou que foi vivendo em Bjørgvin desde então, já morou em vários locais na cidade, mas agora depois de muitos anos, ela já nem se lembra quantos, alugou um apartamento não muito distante do Lar Hotel, na Rua Estreita, nº 5, no térreo, ela diz, como eu estou farto de saber, ela acrescenta, e hoje ela só passou no Comidas e Bebidas para tomar uma taça de vinho e depois foi à casa de uma amiga, mas se soubesse que o inverno iria dar o ar da graça tão de repente, que a neve começaria a cair tão de repente, então teria ficado em casa, ela diz e eu penso que ela não para de falar e eu mal consigo entender o que ela diz, eu penso e penso que ela não foi à casa de amiga coisa nenhuma, ela ficou foi tomando seu vinho tinto no Comidas e Bebidas, e agora ela está longe de estar sóbria, ou será que ficou bebendo vinho na casa da amiga? eu penso, e ela de novo diz que foi na casa de uma amiga, mas então achou melhor tomar uma taça de vinho antes de ir ver a amiga, ela diz e por isso passou no Comidas e Bebidas e lá eu apareci do nada enquanto ela ainda estava sentada à mesa, ela diz, e eu penso que sim, sim, ela pode antes ter ido ao Comidas e Bebidas e depois ido à casa da amiga onde continuou a beber vinho, eu penso, mas seja como for ela pelo menos sabe o caminho até o Lar Hotel, eu penso e então digo que espero que haja quartos disponíveis no Lar Hotel, e ela me pergunta se não reservei um quarto com antecedência e eu digo que não, que costumo fazer isso, mas essa viagem foi de última hora e eu digo que costumo me hospedar no Lar Hotel com frequência, e alguns dos funcionários da recepção já estão por lá há muitos anos, e muitos me conhecem, alguns, não todos, que nos últimos anos muita gente nova passou a trabalhar na recepção, parece que as pessoas começam a trabalhar e largam o emprego em seguida, eu digo e ela diz que bem, bem Bjørgvin tem vários outros hotéis e pousadas, e muitos novos vêm sendo inaugurados, então eu sempre terei um teto para dormir, ela diz, e se por acaso acontecer o improvável de todos estarem lotados eu posso pernoitar na casa dela, ela diz, era só o que faltava ela não poder abrigar um morador do distrito de passagem por Bjørgvin à procura de um pernoite, ainda mais se tratando de alguém que já tinha dormido no apartamento dela várias vezes, até na cama dela, ela diz e não entendo o que ela quer dizer, ela continua falando pelos cotovelos, mas eu dormi na cama dela? eu penso e digo obrigado, obrigado, muito obrigado, mas não gosto de incomodar as pessoas, sou meio reservado, eu digo, e prefiro me hospedar no Lar Hotel desde que haja quartos disponíveis por lá, eu digo e ela diz para eu fazer como quiser, mas caso o Lar Hotel esteja mesmo lotado eu sempre poderei me hospedar na casa dela, que até dormiu comigo na mesma cama no Lar Hotel, ela diz, lá também, ela lembra, por mais que tenha sido há muito tempo e naquela vez eu tivesse um cabelo castanho meio comprido caindo nos ombros e não esse cabelo grisalho e longo preso com elástico preto, ela diz e não entendo o que ela está dizendo e ela diz que com um tempo desses é uma insanidade ficar indo de hotel em hotel procurando um quarto vago, ainda que haja uma série de hotéis lado a lado na região do Cais, ela diz e eu digo mais uma vez que sempre me dão um quarto no Lar Hotel e ela diz que lá sempre costuma haver quartos disponíveis, mas acontece de Bjørgvin sediar uma série de eventos, seminários, conferências, até encontro de rabequeiros, até ela já perdeu as contas de quantos eventos a cidade sedia, mas ela sabe que nessas ocasiões o Lar Hotel pode lotar, ela diz e menciona uma cerimônia de confirmação ou era um casamento ou um enterro ou sei lá e ela tentou reservar um quarto no Lar Hotel para alguém que estava para vir a Bjørgvin e naquela ocasião não havia quartos disponíveis no Lar Hotel e eu não respondo e então começamos a subir a rua e logo chegamos ao Outeiro, onde fica a Universidade de Bjørgvin, eu penso, e se o próprio nome de início não me assustou sempre me encheu de reverência, de fascínio, nem sei direito por que, mas uma universidade, um local em que as pessoas passam dias e noites lendo e pensando e escrevendo, e participando de colóquios, e aprendendo sobre assuntos os mais diversos, é, devo dizer que admiro um lugar desses, e também quem trabalha lá, eu penso e a minha Ales ela também estudou lá, ela estudou História da Arte e fez uma especialização em Iconografia da Arte, eu penso e quando frequentei a Escola de Belas Artes havia alguém da Universidade de Bjørgvin, ele se chamava Christie, e era professor, e dava palestras sobre história da arte, e foram talvez essas palestras as que mais me influenciaram nos anos que passei na Escola de Belas Artes, sim, aprender sobre a história da pintura desde os tempos mais remotos até hoje, pois o professor Christie comentava e contava histórias e exibia slides de desenhos e pinturas e esculturas de todas as épocas e lugares, e comentava e comentava, e era absolutamente avassalador tudo que ele mostrava e tudo que tinha a dizer, pois cada obra de arte era mais magistral que a outra, digamos assim, e só então eu me dei conta do pouco que sabia e do pouco que tinha a acrescentar, quase nada, mas um pouquinho também eu tinha, um detalhe muito particular, pois algo nas minhas pinturas havia que eu não conseguia encontrar em nenhuma outra pintura que ele mostrava, isso eu percebia, e mesmo que não fosse muito já era alguma coisa, eu sabia fazer alguma coisa, eu via algo que não podia ser visto naquilo que o professor Christie exibia, algo que era diferente, e trazia em si sua própria luz, mas será que era suficiente? alguém pode mesmo se considerar um artista plástico só porque exibe um traço único nas pinturas que faz? não é preciso algo mais? era assim que eu pensava e tinha começado a duvidar se eu sabia mesmo pintar quadros que tivessem algum valor, e se não seria o caso de desistir disso, porque eu não era nada do que se poderia chamar de artista plástico, o que eu dominava, e sabia que ninguém mais dominava, era muito pouco, então talvez eu devesse encontrar outra coisa para fazer, mas o quê? será que eu era bom em mais alguma coisa? havia algo mais em que eu demonstrava algum talento? como diziam então, algo para que eu tivesse um dom? não, o que mais poderia ser? e alguma coisa mais me atraía além de pintar quadros? eu pensei enquanto caminhava ao lado dela, que pelo visto se chamava Guro e com quem eu já teria dormido na mesma cama, até mesmo dividido a cama no Lar Hotel, não, não são poucas as coisas que a gente é obrigado a ouvir, eu penso e faço um afago no dorso do cão e ele aquece bem o meu peito e então diz ela que pelo visto se chama Guro que agora não falta muito, estamos perto, ainda que caminhemos devagar, pois é difícil avançar, avançar no meio de toda essa neve, ela diz e eu penso que com o passar do tempo vai ficando cada vez mais evidente para mim que as pinturas de que eu mais gostava, e os artistas com quem eu tinha mais afinidade, eram aqueles que marcadamente retratavam a sua própria imagem, como se poderia dizer, uma imagem que eles reproduziam a cada vez, mas as imagens nunca eram iguais, não, isso nunca, elas eram sempre distintas, mas todas se pareciam umas com as outras, e se pareciam com uma imagem que jamais havia sido pintada, jamais poderia ser pintada, mas sempre estava oculta atrás daquele quadro que era pintado, e por isso sempre parecia, aquela imagem pintada, com a tal imagem invisível, era como se todas as imagens apontassem na direção de uma imagem atrás de cada imagem única, uma imagem invisível, e essa imagem estava presente em cada uma das pinturas, eu pensava, e para mim não restava dúvida de que o importante era a pintura em si, o óleo sobre tela, nem mais nem menos, só isso, pois esculturas e desenhos e artes gráficas diversas com técnicas distintas podiam ser belas o quanto fossem, mas para mim o óleo sobre tela era o que resumia a questão, a pintura com tinta acrílica eu simplesmente detestava, e claro que eu sabia desenhar, nos anos da Escola de Belas Artes eu desenhava bastante, saber desenhar era considerado fundamental, mas depois que larguei o curso, e tenho que admitir que antes eu pensava da mesma forma, depois disso raramente desenhei, nessa acepção do termo, mas agora de vez em quando arrisco uns esboços, faço um rascunho de uma imagem, que com frequência não se parece com a imagem que mais tarde pintarei, mas aponta para ela, ou apenas a insinua, deixa transparecer uma impressão dela, e talvez por isso trago sempre comigo um bloco de desenho e um lápis na bolsa que carrego, eu penso e ouço a tal mulher que pelo visto se chama Guro perguntar, como todas as outras, se eu consigo viver da minha arte, da minha pintura, dos meus quadros, e essa pergunta me fizeram tantas vezes que já nem me dou o trabalho de responder e não compreendo por que ela, de todas as pessoas, ela própria que vive de bordar toalhas e arremates ao estilo típico de Hardanger para trajes folclóricos venha perguntar isso e então apenas me limito a dizer que sim

Pois bem então, ela diz

Que bom, ela diz

Você deve ser um excelente pintor, ela diz

Sim, aliás, eu sei muito bem que é, ela diz

e ri um pouco e faz menção de dizer algo mais mas eu digo ótimo mas nem tanto, pintar quadros é o que sei fazer na vida, qualquer outra coisa já não sei, eu digo

Mas mesmo assim, ela diz

Quer dizer que tem pessoas que querem comprar seus quadros também? ela diz

Pois é, eu digo

e ela diz que também sabia disso, que as pessoas compravam meus quadros, porque ela, bem, disso eu não sabia, acompanha de perto as minhas exposições, e ela mesma sempre quis comprar um quadro meu, ela pensa muito nos meus quadros, mas claro que algumas pinturas em particular lhe falam mais ao coração do que outras, ela diz

Porque é como se os quadros também pudessem falar, ela diz

É como se uma fala silenciosa também ressoasse de uma imagem, ela diz

Sim, parece inacreditável, mas um bom quadro conta uma história muito própria, algo que se pode compreender mas jamais se pode expressar com palavras, ela diz

e eu digo que nisso ela tem toda razão, é assim que eu também penso, eu digo, e ela diz que nunca teve condições de comprar um quadro pintado por mim, e fora isso, quer dizer, pensando bem, ela diz, o meu ganha-pão não é tão diferente assim do dela, de fato não é, pois ela fica ali sentada fazendo seus bordados de Hardanger, aviamentos e essas coisas, e é assim que consegue se sustentar, é uma espécie de ganha-pão, não é, e vem fazendo assim desde garota, desde que sentava no colo da Avó, ela diz, pois foi sentada naquele colo que aprendeu como a Avó fazia, como bordava, com o olhar atento ia registrando tudo que a Avó fazia, e quando cresceu a Avó ensinou a ela tudo que sabia sobre os bordados de Hardanger, como bordar acabamentos para trajes folclóricos, e daí ela começou a fazer isso sozinha, ainda garota, e desde então é o que vem fazendo até hoje e em todos esses anos vendeu sua produção para a Casa das Prendas, quando achava que tinha peças suficientes ia até a Casa das Prendas, e fazia um bom dinheiro assim, pagamento à vista contra a entrega das peças, dito assim era ótimo, mas especialmente depois que o marido dela se foi, sim, ela o chama de marido mesmo que não fossem casados, e diz que ele desapareceu, sim, ele simplesmente sumiu mas foi ela quem a bem dizer o mandou embora, e como ela se arrepende disso

Como pude ser assim tão burra, ela diz

e diz que dói falar sobre isso, porque ele era um bom marido, ela não gosta de falar difícil, não sabe usar as palavras certas, mas pode afirmar com certeza que eles se amavam, mas ela diz e cala e nós prosseguimos sobre a neve, abrindo caminho, porque ainda neva, mas menos agora, flocos de neve caindo isolados, e eu alisando o dorso do cachorro e o apertando contra o peito e então ela diz que nunca tinha ouvido ninguém tocar rabeca tão bem como ele, ninguém, e quando eles viviam juntos ela sempre o chamava apenas de Rabequeiro, o Rabequeiro pode vir aqui um instantinho? vamos comer agora, o Rabequeiro está com fome? e ele era um exímio rabequeiro que venceu uma série de competições de alto nível por todo o país, tocar ele sabia, mas, mas, ela diz, mas aí tinha esse negócio da bebida, ela diz e cala e então diz que passou a não suportar mais, a bebedeira dele, a loucura dele, e ela o expulsou de casa, pois o apartamento era dela, em todos esses anos era ela quem alugava o apartamento na Rua Estreita, e disse que já o havia sustentado demais, se bem que a bebida era ele quem custeava do próprio bolso, e apesar disso ela o advertia, ela diz, ela lhe disse cobras e lagartos, e agora estava por aqui com aquilo, agora ela queria que ele se fosse e ele se foi, o Rabequeiro, implorar para ficar não era com ele, ele apenas apanhou sua rabeca e deu no pé, atravessou as montanhas e se bandeou para o leste e lá, bem, não é coisa que se comente, mas era de lá que ele vinha, então nesse caso, quer dizer, é isso mesmo, eu compreendo bem, esse negócio de tocar rabeca logo chegou ao fim, e quanto ao resto, ele dormia muito ao relento, disso ela tinha ouvido falar, não por meio dele diretamente, mas da boca de outros, eu sei bem como é, ela diz, e então era bem sabido que umazinha qualquer lá para os lados do leste de Telemark se compadeceu dele e o abrigou em casa, a casa onde ela morava, ela pelo visto tinha uma casa num povoado por aquelas bandas, e então ele ficou morando ali alguns anos e morreu, bebendo até a última gota, mas era um homem bom sim, isso ele era, e ela sente saudades dele, de verdade sente, todos os dias sente a falta dele, não se passou um dia sem que ela sentisse essa falta, ela disse e também sempre costuma pensar em como foi estúpida quando disse que queria que ele fosse embora, como lamenta ter feito isso, quantas vezes sentou aos prantos a lamentar a própria estupidez, ela diz, pois mal apanhou a rabeca e partiu e ela começou a sentir a falta dele, e fez isso todos os dias depois daquele dia terrível em que ele tomou seu rumo, ela diz, porque não foi sincera quando falou o que falou, embora não estivesse mentindo, mas ela pediu para ele ir embora e ele apenas olhou para ela e mesmo estando embriagado nada disse, de todo modo ele nunca ficava completamente bêbado, não como se costuma ficar, mas de um jeito muito próprio, ele tocava como só ele sabia tocar, e do mesmo modo também bebia como só ele sabia beber, dessa forma é que ele não ficava bêbado como as outras pessoas, de algum jeito ele ficava sóbrio de tanto beber, pois é, era realmente um caso único, e como ele conseguia a bebida, e como pagava por ela, não, já isso ela não sabia dizer, mas de algum modo ele sempre conseguia, e é assim que sucede com as pessoas que são dependentes do álcool, com os beberrões, ela diz

Quer estar ao meu lado quando eu morrer? ela diz e olha para mim e sinto um leve tremor percorrer o corpo

Era isso que ele me perguntava, ela diz

Quer estar ao meu lado quando eu morrer, ela diz

Imagine alguém dizer uma coisa dessas, ela diz

e diz que justamente isso era o que ele costumava perguntar a ela, isto é depois que já tinha bebido, pelo menos nos últimos anos ele repetia isso com frequência, porque então quase nunca estava sóbrio, ela diz e ri e diz que ele tocava melhor depois que tinha bebido um pouco, mas não muito, se bebesse muito ficava confuso e indolente, e certa vez bebeu tanto que levantou e saiu do palco no meio da apresentação dizendo que não, assim não dá, e então desceu dali, ou melhor dizendo se arrastou para fora do palco, ela estava lá, viu com os próprios olhos, ela diz

No meio de uma melodia ele levantou e saiu do palco, ela diz

Assim não dá, ele disse, e foi embora, ela diz

e diz que em parte, pelo menos antes de se tornar, bem, um alcoólatra, ela pode assegurar que ele bebia porque era tímido, por causa dessa timidez e também porque era melancólico, e até que funcionou bem por muitos anos, de fato funcionou, acredite ou não, eles se davam bem a seu modo, ele ganhando um trocado tocando rabeca, e com o passar do tempo a renda foi aumentando, ele passou a tocar em casamentos como rabequeiros costumavam fazer desde sempre, e aí passou a tocar uma vez por semana nos bailes em Gimle, e de resto sempre surgia um outro trabalhinho aqui e uma outra apresentação ali, mas beber, isso ele fazia o tempo inteiro, e não tinha tanta importância, não até a bebida se apossar dele e o impedir de tocar direito depois disso eram só acordes desafinados e uma maçaroca de guinchos estridentes, sabe como é aquela maledicência de sempre, de dizer que as cordas da rabeca de Hardanger são feitas de tripas de gatos, até hoje as finas damas de Bjørgvin ainda costumam falar assim, não sabem é de nada, não sabem nada essas finas senhoras da sociedade, ela diz, para falar a verdade ela lamenta de todo o coração ter dito para ele ir embora, como pôde ser tão burra, ela repete, por mais que ele bebesse nunca lhe deu problemas, sempre foi um homem gentil, e às vezes até tomavam um trago juntos, não foi por isso, ela não é abstêmia coisa nenhuma, eu mesmo a vi tomando uma taça de vinho tinto hoje, ela diz e as melhores lembranças que ela tem, da vida inteira, são das vezes em que ela sentou para tomar uma tacinha de vinho tinto e o ver tocar, foram os momentos mais belos que ela viveu, seus olhos marejam só de pensar, só de imaginar os acordes da rabeca, então o melhor é nem pensar mais nisso, ela diz, até que por fim a bebida assumiu o controle, mas ele era um homem bom, mesmo nessas condições, isso é certo e sabido, e dos mortos sempre se deve falar bem, ela diz, aliás, já no primeiro encontro, foi durante uma competição de rabequeiros, e era a primeira vez dela num evento do gênero, lá estava ele sentado no palco tocando como um rabequeiro qualquer, mas então a música passou a absorvê-lo e ele deu a impressão de se ausentar tanto de si mesmo quanto dos outros ali presentes e foi como se a música e todos que a ouviam flutuassem pelo ar e então ele deu as costas à plateia, ficou de costas para todos os presentes, e tudo permaneceu suspenso no ar, até o momento que ele, por assim dizer, foi desacelerando a melodia até o som desaparecer por completo e se fundir no nada e ele parar de tocar e depois levantar e sair do palco sem se voltar para a plateia que começou a aplaudir incessantemente, os aplausos não paravam, quem estava na plateia testemunhou um milagre, nunca antes nem depois ela jamais ouviu alguém tocar tão bem, nem ele nem mais ninguém, e foi, já que ela falou tanto não faz mal contar mais esse detalhe, foi nessa mesma noite que ele e ela passaram a ser um casal, ela diz e então caminhamos em silêncio, passo a passo avançamos pela neve que ninguém trilhou antes de nós

Pois é a bebida tem um lado bom e um ruim, eu digo

Tem mesmo, ela diz

e então me pergunta se eu bebo alguma coisa e digo que evidentemente já bebi, e até gostava bastante, mas é uma história longa e enfadonha, eu digo, mas por fim era escolher entre a bebida e a arte, ou entre a bebida ou a vida também poderia dizer, e sim, sim, eu consegui me libertar do domínio que a bebida exercia sobre mim, só que fácil não foi, eu digo, e naturalmente a Ales, minha esposa, não gostava que eu bebesse, e não fosse por ela não sei que fim eu teria levado, eu digo

Você não bebe mais? ela diz

Não, eu digo

e calamos

E a Ales, sua esposa? ela diz

Ela já faleceu, eu digo

e calamos por um bom tempo e então digo que depois que parei não bebi mais uma só gota e ela diz que tenho força de vontade e eu digo que não, não sou forte assim, só fiz o que tinha de ser feito, e sem a ajuda de poderes terrenos e celestiais, sim, por que não dizer as coisas como são, também de poderes celestiais, eu jamais teria conseguido, mas acima de tudo foi por causa da Ales que consegui e quando finalmente parei não foi tão difícil deixar a bebida de lado, mas parar, pôr um ponto final na bebedeira, isso foi difícil, foram tempos muito duros, eu digo e ela diz que o marido dela, sim, como ela disse ainda continua a chamá-lo de marido, o tal Rabequeiro, ele nunca conseguiu parar de beber, e nem tentou parar, pelo que ela sabe, e quando a mulher lá de Telemark o levou para dentro de casa, ela que devia beber também, é quase certo que sim, ou então não aguentaria ficar com ele, foi que as coisas tomaram o rumo que tomaram, ele não era um homem velho, não, ela não quer mais pensar nessa lamúria toda, ela diz, e agora já não está mais nevando, e isso de ter parado de nevar ela não tinha nem percebido, ela diz, e agora erga o rosto e olhe ali, ela diz, e levanta o braço, olhe ali, bem ali, do outro lado da Enseada, ali está o Lar Hotel, hein, agora você está são e salvo, ela diz aos risos e eu digo que eu agradeço muito pela ajuda, e ela diz que não foi nada, é fácil quando se sabe o caminho, ela diz, já quando não se sabe a coisa muda de figura, ela diz e diz que não foi por maldade que riu, não havia nem motivos para rir exceto por reconhecer a si mesma como uma matuta em Bjørgvin, ela diz, mas sim, como disse, se não tiverem um quarto disponível para mim no Lar Hotel eu sempre poderei pernoitar na casa dela, ela diz, lá no apartamento pelo menos tem espaço suficiente, bastante espaço até, ela diz e eu penso que nunca me sinto à vontade na casa de outras pessoas, me sinto pouco à vontade, é como se fosse algo que não tivesse o direito de fazer, como se estivesse me intrometendo, bisbilhotando a vida alheia, me inteirando sobre assuntos que não me dizem respeito, perturbando o sossego dessas pessoas ou perturbando o meu sossego por causa delas, como se a vida delas se intrometesse na minha, como se a vida alheia me afetasse, eu penso, tanto que receber algum estranho dentro de casa é uma das piores coisas que posso imaginar, sim, nesse caso fico tão aflito que não sei como me portar, não, mas é diferente quando recebo pessoas que conheço bem, como o Åsleik, aí não tem problema, tudo corre bem, como se fosse algo natural, assim é com conhecidos, eles parecem pertencer à casa, e tampouco acho difícil ir à casa de alguém que conheço bem, com quem tenho intimidade, mas não são muitos, eu penso, honestamente falando é só o Åsleik, eu acho, sim, é só o Åsleik e ninguém mais, não tem outros, e é quase como se nenhum estranho estivesse em casa quando ele vem me visitar, ou eu não me sentisse um estranho quando estou na casa dele, porque o Åsleik e eu nos conhecemos há tanto tempo que é como se não tivéssemos nada a esconder um do outro, se bem que é evidente que temos, mas é como se soubéssemos que estaríamos mentindo ou como se soubéssemos e não quiséssemos falar disso, ou pensar nisso, como se simplesmente deixássemos esse assunto em paz, dormindo seu sono, sem mencionar nada a respeito, sem remexer nesse assunto, mas posso dizer o mesmo em relação a pessoas que não conheço e visitas de modo geral? e como era antes na vida? para falar a verdade foi só quando a Ales e eu moramos em Bjørgvin que recebíamos visitas, pois desde que mudamos para Dylgja éramos apenas a Ales e eu, e então, enquanto ela era viva, a única vez que alguém foi nos visitar em Dylgja, além da mãe dela Judit e do Åsleik, foi o Beyer, mas uma única vez, não, não consigo nem pensar nisso, na Ales, sinto uma saudade enorme, nela eu mergulho, mergulho e desapareço, eu penso, só que naquele dia que o Beyer nos visitou a Ales não quis estar em casa, preferiu ir para a casa da mãe, Judit, em Bjørgvin, por isso na véspera a levei para Bjørgvin, a deixei diante da Galeria Beyer, e no dia seguinte fui apanhá-la diante da Galeria Beyer, porque se eu não gostava de receber visitas a Ales gostava ainda menos, eu penso

Conheço você melhor do que supõe, a Guro diz então e eu não sei o que ela quer dizer, que me conhece melhor do que eu posso supor, pois sim o que ela quer dizer com isso? é verdade que fui entrevistado algumas vezes pelo *Correio de Bjørgvin*, pode ser isso, mas não deve ser a isso que ela está se referindo

Meu nome é Guro, ela emenda

e diz enfatizando o nome como se quisesse me recordar de algo e então diz que agora ao menos eu sei como ela se chama, caso eu tenha esquecido, ela diz, portanto se minha memória me falha e não lembro de mais detalhes sobre ela pelo menos agora posso lembrar do nome, ela diz, e diz que agora é hora de nos despedirmos, ela diz, e me estende a mão

Meu nome é Guro, ela diz

e eu lhe estendo a mão e fico segurando o Brage só com a outra
E eu sou o Asle, eu digo
Pelo menos isso sabemos um sobre o outro, ela diz
e uma espécie de sarcasmo ecoa em sua voz
Pois é, esses são os nossos nomes, ela diz
São, eu digo
e ficamos calados um instante e então ela diz que vai tentar ir à minha próxima exposição na Galeria Beyer, que este ano a exemplo dos demais será durante o Advento, como sempre costuma ser, ela diz e diz que foi a todas as minhas exposições ali, ela diz e chegamos ao Lar Hotel e digo que vou entrar e perguntar se eles têm um quarto vago para mim, e ela diz que pode esperar do lado de fora, caso o hotel esteja lotado, nunca se sabe, e nesse caso eu posso, como ela disse, pernoitar na casa dela, ela diz e eu agradeço e ela diz que aliás pode me acompanhar e então eu abro a porta e ela, a que se chama Guro, passa na minha frente e eu vou atrás dela levando o cão nos braços e reparo que é o velho bjørgvinense, sim o Homem de Bjørgvin, quem está na recepção, onde esteve durante todos esses anos, ele é um dos que conheço, um dos que tantas vezes registrou minhas entradas e saídas do hotel, um gentil senhor bjørgvinense ele é, e vejo que na recepção atrás do Homem de Bjørgvin estão várias chaves, então há quartos disponíveis, eu penso
Bom dia, ou melhor, boa noite, o Homem de Bjørgvin diz
Olhe só quem chegou aqui a passeio, ele diz
e olha para mim e olha para ela que está atrás de mim
Quer dizer, os dois, nesse caso, ele diz
e dá a impressão de reconhecer a minha companhia e levanta e faz um meneio com a cabeça
É mesmo, eu digo
Por acaso teria um quarto vago para mim? eu digo
Um quarto para vocês? ele diz
Não, só para mim, eu digo
e imediatamente penso que ele não quis dizer para mim e para ela que pelo visto se chama Guro, mas para mim e o cachorro
Naturalmente, o Homem de Bjørgvin diz
Sim para mim e para o cachorro, eu digo

Agora arrumou um cachorro? ele diz
Foi, eu digo
e penso que não tenho a menor disposição para explicar por que trago um cão nos braços
Na verdade não aceitamos cães nos quartos, o Homem de Bjørgvin diz
E você nunca chegou aqui trazendo um cachorro, ele diz
Não, eu digo
Não que eu saiba, o Homem de Bjørgvin diz
e a Guro diz que ela pode ficar com o cão, e eu posso reavê-lo amanhã, ela sempre gostou de cães, e até já teve alguns, mas quando era jovem, ela diz
Acho que podemos combinar dessa forma, o Homem de Bjørgvin diz
Pois então, ele diz
e de repente fazemos um demorado silêncio
Uma vez que é você, uma vez que é nosso hóspede frequente, vou me atrever a abrir uma exceção, não vou perder o emprego por causa disso, ele diz
e fico ali sem saber o que dizer, porque eu mesmo nunca tinha visto um cachorro no Lar Hotel antes
Desde que o cão não comece a latir, o Homem de Bjørgvin diz
Não vai, enquanto eu estiver com ele, eu digo
Excelente assim, ele diz
Pois embora não haja muitos hóspedes no hotel esta noite, eles não ficariam exatamente satisfeitos se fossem incomodados pelo latido de um cão, ele diz
Compreendo bem, eu digo
Mas eu posso levar o cachorro comigo, a Guro diz
e eu penso que ela disse que tinha outro nome quando conversamos lá no Comidas e Bebidas, Silje ou algo parecido, eu acho, mas agora disse várias vezes que se chama Guro e agora só penso nela como Guro, eu penso
O quarto em que você costuma se hospedar está vago, o Homem de Bjørgvin diz

Quarto 407, eu digo

e digo que a viagem para Bjørgvin foi de última hora, pois tenho o hábito de reservar um quarto com bastante antecedência e o Homem de Bjørgvin diz que está bem ciente disso

Sim esse quarto por favor, o de sempre, eu digo

Seu quarto está disponível, e já que é para você confiaremos que não haverá problemas com o cachorro, ele diz

e eu digo obrigado, muito obrigado, e digo que enquanto estiver comigo o cão não vai latir

Vai dar tudo certo, seu quarto está pronto e o aguarda, o Homem de Bjørgvin diz

e ele apanha a chave no gancho da parede atrás de si e me entrega a chave e me dá as boas-vindas e diz que o caminho até o quarto eu já conheço e o horário do café e todo o resto, bem, eu conheço tão bem quanto ele, ele diz e eu agradeço muito e digo que tudo vai dar certo e me viro e lá está a Guro e eu digo obrigado, muito obrigado pela ajuda e ela diz que não foi nada, e então diz que espera me encontrar novamente, e eu digo que sim, provavelmente nos encontraremos e então nos apertamos as mãos e nos despedimos e sigo na direção do elevador e ela na direção da porta da rua

E quanto ao café da manhã? ela diz

e eu me viro e olho para ela

Nesse caso o cão vai ficar sozinho? ela diz

É verdade, o Homem de Bjørgvin diz

Você vai trazer o cachorro para o salão? ela diz

e eu digo que não tinha pensado nessa hipótese e o Homem de Bjørgvin diz que não seria recomendável, e por que ela tinha que mencionar o café da manhã agora? já não foi o bastante hoje? não estarei cansado agora? não posso descansar um pouco? preciso dormir, e de repente percebo como estou exausto, tão cansado que estou a ponto de desabar ali mesmo

É verdade, o Homem de Bjørgvin diz

e não sei o que dizer e a Guro diz que pode levar o cachorro consigo para que eu o busque amanhã cedo, ela diz e eu percebo que já não tenho mais condições de dizer nada, o cão que durma onde puder dormir, eu penso e olho para ela

Dez horas estarei de volta com o cachorro, ela diz

Ou você pode tocar o interfone de casa, por volta desse horário ou antes, se preferir, ela diz

e eu assinto com a cabeça e então a Guro diz que se eu quiser buscar o cachorro, antes ou mais tarde, eu já sei onde ela mora, é lá na Rua Estreita, na Rua Estreita, nº 5, ela diz, como eu já falei, ela diz, de modo que ela mora nas proximidades do Lar Hotel, é só dobrar à direita e depois à direita na primeira esquina e a primeira viela a que se chega já é a Rua Estreita, subindo a ladeira é do lado esquerdo, ela diz e sorri e o Homem de Bjørgvin olha para mim e a Guro se aproxima e eu lhe entrego o cachorro e digo que ele se chama Brage e ela pega o cachorro e a guia e o Homem de Bjørgvin diz que assim fica melhor para todos, talvez até para o cãozinho, ele diz e eu me viro e me dirijo ao elevador e aperto o botão com uma seta para cima e o elevador chega e eu novamente me viro

Boa noite, eu digo

e tanto ela que pelo visto se chama Guro e o Homem de Bjørgvin dizem boa noite e eu abro a porta do elevador e ouço a porta da rua sendo fechada e entro no elevador e aperto o botão onde se vê 4 e então fico parado no elevador que se move e me sinto tão cansado, mas tão cansado, mas tão infinitamente cansado, eu penso e penso que foi bom ter vindo até Bjørgvin, ou como iria saber o que estava se passando com o Asle? ele que estava caído coberto de neve, doente, tremendo o tempo inteiro e desabando no chão, em colapso, caindo da própria altura, o que teria acontecido caso eu não tivesse voltado para Bjørgvin? eu penso e o elevador sobe lentamente, é um elevador antigo que se move devagar, aos solavancos, e eu penso que agora não quero mais pensar no Asle nem em nada, agora estou cansado, exausto, então vou direto para a cama, eu penso e o elevador chega ao quarto piso e estaca de súbito, e balança um pouco para cima e para baixo, e eu olho para a porta e parece uma eternidade até que eu possa abri-la e na verdade nem sei se devo seguir à direita e caminhar até o fim do corredor, ou se devo dobrar à esquerda e depois seguir nessa direção pelo corredor, por mais que tantas vezes tenha me hospedado no quarto 407 não tenho essa certeza e ora bolas é só seguir à direita ou à esquerda e ver onde o caminho vai dar, eu penso, e me sinto um tanto zangado, zangado comigo mesmo, simplesmente furioso comigo mesmo e dobro à direita e lá está 400 numa porta e sigo pelo corredor e os números nas portas vão aumentando então devo estar indo no sentido correto e ali, ali, finalmente está escrito 407 na porta e eu ponho a chave no lugar e abro na primeira tentativa e entro no quarto, acendo a luz e então tiro a bolsa de couro marrom do ombro e a ponho sobre uma cadeira e então tiro o sobretudo preto e o deixo sobre a cadeira e vou deitar na cama sem me despir de mais nenhuma peça de roupa, nem mesmo a jaqueta de veludo preto que visto, e os sapatos que calço, e então inspiro e expiro profundamente várias vezes e entrelaço as mãos e me persigno e digo para mim mesmo Pater noster Qui es in cælis Sanctificetur nomen tuum Adveniat regnum tuum e permaneço deitado e digo para mim mesmo Pai Nosso Que estais no céu Santificado seja o Vosso nome Venha a nós o Vosso reino e penso que venha então o Reino de Deus, que na verdade até já veio, eu sinto, sempre que O procuro percebo quão próximo Deus está, é Ele que existe como um campo à minha volta, ou será talvez o Seu anjo, o meu anjo da guarda cuja presença eu esteja sentindo? eu penso e que Deus o proteja, Deus proteja o Asle, que possa recobrar a saúde, eu penso e penso que não deve faltar muito para que eu mesmo esteja diante de Deus, no Reino de Deus, eu penso e então inspiro profundamente e digo para mim Kyrie e depois expiro devagar e digo eleison e então inspiro profundamente e digo Christe e então expiro devagar dizendo eleison e repito várias vezes e fico deitado imóvel com o olhar fixo no nada e então quando nada mais vejo sinto como estou cansado e em seguida vislumbro a tela num cavalete e vejo as duas linhas que se cruzam e então ouço o Åsleik dizer cruz de Santo André, com todo o seu jeitão provinciano de ser ele enche a boca para dizer cruz de Santo André, e sinto uma repulsa por aquela imagem toda, não há mais o que fazer com ela, é só tirá-la dali, me ver livre dela, que está terminada, por mais inacabada que esteja, mas está concluída, pronta, está como deve estar e deverá ficar tal como foi pintada, mais não é preciso, a grande tela branca e as duas linhas que se cruzam, e as linhas fazem uma cruz, e é ele, é evidente que foi o Asle que eu pintei, mas não gosto de pensar nisso, agora não, porque agora eu quero paz, e digo para mim Pacem relinquo vobis Pacem meam do vobis e digo Deixo-vos a Paz, a minha Paz vos dou e não sei o que mais fazer com a pintura, ela está imobilizada, está morta, são só dois traços, duas linhas que se cruzam, não têm em si aquela luz que uma boa pintura deve ter, simplesmente não é uma pintura, é uma cruz de Santo André, o Åsleik diz, e tem razão, por isso repete, cruz de Santo André, ele diz dando ênfase àquela expressão como se sentisse orgulho de conhecê-la, orgulho de ele mesmo, o Åsleik, conhecer um termo como esse, da maneira como ele o pronuncia, e dessa forma ele mesmo se diminui, se faz menor do que de fato é ostentando aquele orgulho provinciano de saber o que é uma cruz de Santo André, eu penso e fico deitado ali e penso que só preciso esquecer a imagem, ou tentar esquecê-la, mas a imagem está retida na minha mente, pois alguns dos quadros que pinto ficam gravados em mim, mas a maioria das imagens que carrego na memória são imagens da vida real, não exatamente quadros, sim, esses vislumbres que tive ficaram gravados e só me azucrinam, na verdade, porque deles nunca consigo me libertar, e tento pintá-los para me ver livre deles, e de certa maneira até consigo, ou ao menos consigo pintá-los como algo que não está lá na memória, algo que não sobressai, por assim dizer, eu penso e penso que todos os quadros da exposição que em breve farei na Galeria Beyer estão prontos, e se tivesse pensado melhor deveria tê-los trazido comigo e os entregado ao Beyer hoje, ou amanhã cedo talvez fosse melhor, eu penso, mas não é sempre que penso com tanta sensatez, ou planejo bem, hoje mais cedo por exemplo apenas pensei que devia vir a Bjørgvin fazer compras e assim fiz e penso que amanhã depois que tiver chegado em casa vou pôr de lado a pintura com as duas linhas, a cruz de Santo André, como o Åsleik diz, pois é, o quadro vai se chamar *Cruz de Santo André*, terá esse nome, esse título, vou pintá-lo com tinta a óleo preta na face superior do caixilho, como costumo fazer, e então vou pintar um grande A na própria tela, no canto direito inferior, como também costumo fazer, mas será que já não fiz isso? será mesmo que não pintei o título do quadro e assinei com um grande A e o retirei do cavalete e o pus de lado com as outras pinturas que ainda não estão prontas e estão empilhadas com o caixilho para fora entre a porta do quarto e a porta do corredor? já não fiz isso? eu penso, mas, se não fiz, é o que farei assim que chegar em casa amanhã, eu penso e então pegarei outro quadro que deixei na pilha de quadros inacabados, quadros que quase consegui terminar, mas não completamente, quadros que carecem de alguma coisa, algum detalhe que não sei bem qual e por isso tive que deixá-los descansando, e quando voltar para casa em Dylgja, finalmente retornar para minha casa em Dylgja, vou buscar algumas dessas pinturas que estão no início da pilha, portanto estão ali há mais tempo, com as quais não estou inteiramente satisfeito, não importa quais sejam esses quadros, eu penso, e então penso que em seguida terei que recolher os quadros que estão com os caixilhos voltados para fora em duas pilhas junto da parede da cozinha e entregá-los ao Beyer, pois são os quadros que já terminei, uma pilha com quadros maiores e outra com quadros menores, e foram os quadros que pus de lado e considerei terminados porque enfim me dei conta de que não havia mais nada a fazer neles, pintei esses quadros da melhor maneira que conseguiria, quão bons eles são isso já não sei dizer, só sei que não posso melhorá-los, de modo que está tudo pronto para a próxima exposição, há quadros de sobra e não de menos, eu penso, mas se o Beyer achar que há quadros em excesso então recolherá para a sala anexa só aqueles que não quiser expor, os guardará no Banco, como ele diz, e eu deveria o quanto antes levar os quadros para a Galeria Beyer, é um bocado urgente, por isso é melhor levá-los logo, que o Beyer mesmo irá pendurá-los, e ele só o faz depois de muito planejamento, eu penso, e é graças ao Beyer que posso sobreviver como artista plástico, pois quem quer viver pintando quadros tem que persistir, eu penso, dito assim até parece um emprego como outro qualquer, por mais que haja algo de especial no ofício de não ser um pintor ordinário, de ser invulgar, um quê talentoso, ser um artista plástico, há algo de ridículo em tudo isso, verdade seja dita, de fato sinto até vergonha de ser artista, pintar quadros, mas o que mais eu seria capaz de fazer enfim? justamente agora, que já sou um homem idoso? infelizmente não há muita serventia para mim além de pintar quadros, pois sempre fui desajeitado, em tudo, até mesmo quando desenho e pinto, e é mesmo difícil compreender, e não pode ser pelo fato de eu não estar fisicamente apto a fazer algo corretamente, não, deve ser outra coisa que me impede, e não sei o que é, por isso eu daria um mau artesão, e foi assim desde que eu era criança, e fazer contas, não isso não sei mesmo, e tampouco fui de ter alguma habilidade na escrita, quer dizer, bem, para ser sincero sou até bom de escrever, minhas redações escolares não eram objeto de tanto reparo, e meu inglês era razoável, o inglês escrito era razoável, também era o alemão, até hoje leio livros tanto em inglês como em alemão, claro que há várias palavras e expressões que não compreendo, mas de alguma forma consigo inferir, e também leio livros em sueco e dinamarquês, claro, foi quando frequentava a Escola de Belas Artes que comecei a ler livros estrangeiros no idioma original, a maior parte da bibliografia que o professor Christie citava era em inglês ou alemão, especialmente em alemão, e às vezes também em sueco ou dinamarquês, só raramente algo estava traduzido para o norueguês, e sempre em danonorueguês, nunca em neonorueguês, e muitos desses livros que eu queria ler precisei me atrever a ir à prestigiada Biblioteca da Universidade para perguntar se podia pegá-los emprestados, pois como cursava a Escola de Belas Artes eu tinha esse direito, e só poucos dos livros que o professor Christie mencionava estavam disponíveis na Biblioteca Municipal, eu lia e relia e não entendia nem a metade, ou menos do que isso, mas não tinha tanta importância, pois algo eu retinha, e o que eu retinha eram ideias que faziam com que cada vez mais eu dominasse a língua em que lia, pois apesar de ter dicionários eu não gostava de consultá-los, preferia em vez disso inferir o que uma palavra significava, e geralmente era possível depreender pelo contexto, perceber como a relação com outras palavras dava àquela palavra um sentido, de modo que com idiomas eu sou bom, o que sempre me faltou foi a habilidade com os números, e também essa minha total incapacidade de me orientar, esse senso de localização, e isso de ser tão desajeitado, então sim a única coisa que sei fazer afinal é pintar, e se for para ganhar meu sustento tenho que pintar, e isso é bom e ruim, mas o jeito é continuar, pintar quadro atrás de quadro, é o mínimo que posso fazer, e quando não estou pintando passo horas olhando fixamente para o nada, sim, posso ficar sentado um bom tempo apenas mirando o nada, e é bem desse nada, desse vazio, que algo pode surgir, como se do nada e do vazio pudesse aflorar algo verdadeiro, algo que tenha uma mensagem a dizer, e essa mensagem pode ser convertida em imagens, ou posso também ficar sentado ali apenas olhando para o nada até eu mesmo me esvaziar, permanecendo em silêncio completo, e é essa quietude vazia que eu costumo chamar de minhas preces mais verdadeiras, sim, quando Deus me está mais próximo, pois é no silêncio que Deus se faz ouvir, e no invisível que Ele se revela, é certo que sei rezar o meu Pater Noster e o rezo praticamente todos os dias, pelo menos três vezes por dia, até mais que isso normalmente, e decorei a oração em latim, e aprendi a rezar em latim visualizando a oração diante de mim, sem jamais estudar nada, já que consigo me lembrar daquilo que está escrito, como se fosse uma imagem, mas tento lembrar apenas do que está escrito e julgo importante lembrar, e consigo, ao contrário das imagens, deixar de lembrar o que está escrito, e também fiz a minha própria tradução do Pai-Nosso para o neonorueguês, que obviamente também sei de cor, mas são esses momentos que passo sentado mirando o vazio, e me esvazio, e me calo, que são as minhas preces mais verdadeiras, e assim que alcanço esse estado de quietude vazia nela permaneço bastante tempo, por muito tempo fico sentado assim, sem sequer perceber que estou sentado ali, apenas fico sentado olhando para o nada, o silêncio, e de certa maneira essa quietude vazia é o que sou, sem saber por quanto tempo eu me demoro, me demoro sentado assim e esses instantes de serenidade, eu acho, transformam-se em luz nas minhas pinturas, uma luz que se revela no escuro, que se converte numa escuridão luminosa, não sei ao certo, mas acontece de eu pensar, ou desejar que possa ser assim, eu penso, e eu estou deitado ali e penso que agora preciso adormecer logo e agora vou rezar o rosário com algumas das preces de sempre, da forma como me acostumei a rezar, não é sempre que rezo com orações próprias, e se o faço é para interceder por alguém, aí sou um pouco tímido, se for para rezar por mim mesmo então o faço para pedir que me torne uma pessoa melhor para os outros, e se tem algo diretamente a ver comigo então peço que a vontade de Deus seja cumprida, sim, Seja feita a Vossa vontade Fiat voluntas tua Assim na Terra como no céu Sicut in cælo et in terra e estou tão cansado mas tão cansado que preciso já dormir, mas estou tão agitado que não consigo conciliar o sono, eu penso e então me sento na beira da cama e me levanto e tiro a jaqueta de veludo preto e a penduro no espaldar da cadeira onde a bolsa a tiracolo marrom está pendurada sob o sobretudo preto e então descalço os sapatos pressionando os calcanhares contra o assoalho e tiro a calça e a deixo caída no chão e em seguida tiro o suéter preto e o deixo sobre a calça e percebo que faz frio no quarto e apago a luz e me aconchego na cama e me enfio sob o edredom e tento organizar os pensamentos e penso que Deus deve ser bom e ajudar meu amigo, o Asle, para que ele volte a ter saúde, ele é jovem demais para morrer, ele pinta quadros muito bons para morrer justo agora, isto é, não estou dizendo que sei mais do que Deus o que é melhor para ele, mas eu quero, e até posso, com toda a humildade, e toda a serenidade que posso, pedir a Deus que permita ao Asle viver, permita a ele recobrar a saúde, sim, sim, sim, eu peço a Ti ó Deus que faça com que o Asle fique bom, eu penso e fico ali deitado enxergando o vazio diante de mim, ingressando na escuridão do nada, e devo estar cansado, cansado, tão cansado, mas será que estarei tão inquieto assim a ponto de não conseguir dormir? eu penso e penso que é possível que eu pinte melhor quando me sinto pressionado, quando tenho que terminar quadros suficientes para uma exposição? pois ainda que eu goste de pintar, costuma haver uma boa dose de sofrimento naquilo que pinto, e de certa maneira também em mim, pois essas imagens que estão armazenadas em mim quase todas estão relacionadas a alguma mágoa, a luz está conectada à escuridão, sim, está, e há pintores que não querem se desfazer dos seus quadros, preferem guardá-los consigo, preferem não os vender, mas eu sinto uma alegria a cada vez que vendo um quadro, me liberto dele, como se fosse, e talvez seja algo que existe em mim desde que eu era garoto e ganhava algumas coroas vendendo quadros de casas e jardins aos vizinhos, coisa difícil de fazer para um principiante, mas me dava alegria, pintar um quadro e me despedir dele e receber algum dinheiro em troca, até hoje me dá satisfação vender um quadro, ter um quadro vendido é uma alegria em si, e sim, devo admitir que penso dessa maneira, e quando eu vendo um quadro eu cedo, quase como um presente, a luz que ele contém, é como se eu passasse adiante uma dádiva que eu mesmo recebi, eu penso que sou remunerado pelo quadro em si, mas não pela luz que está nele, pois ela eu mesmo recebi e devo, portanto, partilhá-la, e essa luz, sim, costuma estar associada a algum sofrimento, alguma dor, alguma amargura, se posso dizer assim, se estas não forem palavras que soem grandiloquentes, e eu recebo meu pagamento pela pintura em si, pelo quadro, não pela luz, e quem adquire esse quadro partilha dessa luz, e também do sofrimento, do desespero, da dor que existe nela, eu penso, e se não houver luz no quadro não me separo dele, um quadro não está pronto se não contiver essa luz, por mais que essa luz seja invisível, eu penso, sim, ainda que ninguém mais a enxergue, exceto eu, ela deve estar lá, é preciso vê-la, é como dizem, ele viu a luz, dizem, e deviam saber o quão certos estão nessa afirmação, ainda que digam isso de alguém que supõem ter perdido um pouco do siso e do bom senso, um homem que não pertence inteiramente a este mundo, como também dizem com desdém, mas qual o problema com isso? pois eu vejo o que vejo, já vi o que já vi, vivi o que vivi e pinto o que pinto, então falem o que quiserem, eu penso, e também por esses motivos me dá prazer vender um quadro, porque eu repasso essa luz adiante, eu penso, e depois eu vivo de pintar quadros, nunca vivi de outro ofício, portanto é óbvio que tenho que vender quadros! como iria ganhar meu sustento não fosse vendendo quadros? não, nesse caso passaria por enormes apuros, viveria na pobreza pura e simples, e existem muitos pintores que vivem na miséria, embora muitos tentem disfarçar como podem exibindo-se como abastados e esbanjando dinheiro quando acontece de receberem umas poucas coroas, mas nunca fui desses, nunca gastei mais dinheiro do que o absolutamente necessário, eu penso, de preferência até menos, para dizer assim, tenho sido uma pessoa comedida, dizem, e sempre me virei como pude, eu penso, exatamente porque sou modesto, a ponto de resvalar na avareza, na sovinice como diziam os mais antigos, eu simplesmente não gosto de gastar dinheiro, nunca gostei, mas sou forçado a gastar dinheiro como qualquer um, pelo menos as telas e bisnagas de tinta a óleo eu gosto de comprar, todo tipo de apetrechos de pintura, tanto gosto que tenho um bom estoque de telas e bisnagas de tinta a óleo e terebintina e ripas para caixilhos e pincéis e trapos e todo o resto a ponto de nunca mais precisar comprar nada disso na vida, praticamente, e guardei a maioria dessas coisas num dos quartinhos do sótão, tudo está lá, bem organizado, tudo em seu lugar, eu acho, e mesmo assim prefiro comprar do que usar o que tenho guardado no sótão, tanto que hoje comprei um rolo de tela na Papelaria e uma boa quantidade de ripas da Madeireira, mas a impressão que tenho é que já faz um bom tempo, é como se tivessem passado anos desde que estive na Papelaria e na Madeireira, embora tenha sido hoje de manhã cedo, mas quando o assunto é comprar o que preciso para pintar não economizo em nada, e o mesmo digo em relação à minha infância quando vendia quadros e comprava telas e bisnagas de tinta a óleo e terebintina com o dinheiro que recebia por cada quadro vendido, eu penso deitado ali na cama do Lar Hotel, no quarto 407, na cama que tantas vezes reservei antes, e estou tão cansado mas tão cansado e não consigo dormir, pois como estará o Asle? como estará ele lá no Hospital? pois o Asle tinha que repousar, eles disseram que ele tinha que repousar e por isso mesmo eu não poderia visitá-lo, e claro que não me opus, por isso me limitei a vir embora e é apenas para evitar pensar no Asle que penso em todo o resto, nas coisas em que costumo pensar, para que o Asle descanse, é o melhor para ele, disse a Enfermeira e por isso seria melhor que eu voltasse amanhã e perguntasse se poderia vê-lo, ela disse e eu disse que faria assim, mas e se ele estivesse dormindo então que continuasse dormindo, porque agora ele precisava de repouso, era importante que ele repousasse o máximo que pudesse, ela disse e eu disse que amanhã eu retornaria e perguntaria se poderia vê-lo, se ele não estivesse dormindo, e se estivesse dormindo tudo bem, nesse caso eu não o visitaria, nesse caso seria melhor eu retornar outro dia, porque moro a uma boa distância de Bjørgvin, ao norte, em Dylgja, se é que ela sabia onde era, eu disse e a Enfermeira disse que não sabia e eu disse que, bem, é um lugarejo que quase ninguém conhece, eu disse e ela disse que estava combinado assim, eu voltaria amanhã, ou mais tarde no mesmo dia, e poderia antes telefonar para saber se era o caso de ir mesmo ao Hospital, e então veríamos como fazer, ela disse, porque foi assim que foi, ou sou só eu imaginando? que foi assim? que a Enfermeira e eu tivemos essa conversa? eu penso e agora pelo menos estou deitado no Lar Hotel, no meu lugar de sempre, quarto 407, e não consigo dormir e penso que muitos dos que em tese sabem discernir o bom do mau, a arte boa da ruim, não gostam dos meus quadros, pois sim, durante anos isso de pintar quadros, obras de arte, em si era algo que alguém que desejasse ser reconhecido como um verdadeiro artista não deveria fazer, logo, por óbvio, aquelas pessoas que se dedicavam à pintura eram vistas como seres inferiores, não eram considerados verdadeiros artistas, mas meros retratistas ou algo do gênero, e pior ainda eram os que pintavam quadros para vendê-los, aqueles que conseguiam vender o que pintavam, pior de fato, pois se uma obra de arte é pintada para ser vendida, onde está a arte afinal? as pinturas são apenas uma espécie de entretenimento? uma mercadoria? não passam de um mercadoria para decorar a parede? um objeto para pendurar acima do sofá, já que aquele espaço vazio precisa ser ocupado por algo? talvez sim, talvez não, de todo modo não é arte, eles dizem ou pensam, mas eu sei bem o que estou fazendo, sei muito bem o que é uma pintura boa e uma pintura ruim, e sei muito bem que posso pintar quadros que só eu sei pintar, pois tenho minha própria imagem interior da qual se originaram todas as outras imagens, por assim dizer, ou da qual tentam se acercar, mas essa imagem interior não pode ser pintada, não pode ser expressa em palavras, eu posso pintar algo mais aproximado ou mais distante dessa imagem interior, e quanto mais próximo estou dela quando pinto melhor o resultado, e tanto mais luz haverá na pintura, é isso mesmo, e aquilo que vi e vivi, e dentro de mim tenho essa certeza, está nessa minha imagem interior e também é algo que quero externar para o mundo, uma mensagem que quero transmitir aos outros, até para que pendurem acima do sofá, pois aquilo que eu sei, aquilo que quero compartilhar, aquilo que quero mostrar, não pode evidentemente ser expresso em palavras, mas quem sabe possa ser mostrado? pelo menos parcialmente talvez? e na medida do possível é isso que quero mostrar, pois é genuíno, pois tenho certeza disso e porque sei que é bom, é bom para mim e para os outros, e o que eu quero mostrar tem a ver com a luz, e com a escuridão, tem a ver com a escuridão brilhante em toda sua plenitude do nada, pode-se pensar assim, podem-se usar essas palavras, e é também uma parte da imagem que trago em mim o que vejo quando reparo em algo que se fixa na minha mente e do qual jamais consigo me livrar, essa sequência de imagens, imagens nítidas, que carrego na memória, e me atormentam, pura e simplesmente, e assim tem sido desde a minha infância, são tantas essas imagens, são incontáveis, como as botas pretas do Avô pisoteando o chão molhado, uma noite escura, ou a mão do Avô, brilhante, luminosa, num vislumbre, num lampejo, e algumas imagens retornam e retornam, enquanto outras apenas repousam ali dormentes como se integrassem uma coleção, e muito raramente afloram, mas uma que não para de aflorar é o rosto da Ales na chuva, no escuro, a chuva que escorre pelo rosto desesperado, mas em toda dor, em todo sofrimento, lá está a luz dela, a luz negra, eu deveria me envergonhar, mas os meus olhos marejam aqui onde estou deitado, a luz negra no rosto desesperado dela, a luz invisível, os olhos confusos, distorcidos, a boca entreaberta, e a chuva que escorre pelo seu rosto na noite escura, ou o contrário, o vislumbre do semblante sereno e contemplativo da Ales quando ela mergulha em si mesma e nesse movimento se funde numa luz insondável cujos raios invisíveis emanam do rosto, pois existem tantos rostos nas minhas lembranças, alguns padecendo, alguns tranquilos, e o mais frequente é um rosto que apenas está, como que inconsciente, e é apenas preenchido por, sim, sei lá o quê, são tantos os rostos que estão prestes a se fundir num só rosto, eu penso, e então vislumbro o rosto da Ales espalhando sua luz de ternura por onde quer que olhe, eu penso e agora tenho que dormir, estou tão cansado mas tão cansado e fico aqui deitado apenas pensando e já pensei assim tantas vezes antes, eu penso, mas não consigo dormir aqui deitado na minha cama no quarto 407 do Lar Hotel, no quarto onde sempre me hospedo, desde que esteja vago, caso contrário fico num dos quartos vizinhos, no 409 ou no 405, e todos eles são pequenos e voltados para os fundos, eu penso deitado sem conseguir dormir e amanhã vou tomar um táxi até o Hospital para falar com o Asle e dizer que estou com o cão dele, e perguntar se ele quer que eu busque algo para ele, lhe compre algo, eu penso e então vou tomar um táxi até a Rua Estreita para buscar o cão dele e depois irei até o meu carro que deve estar coberto de neve estacionado diante da Galeria Beyer, mas evidentemente trago comigo uma boa escova e um bom raspador, de modo que tudo deverá correr bem, vou deixar o carro em ordem para seguir até Dylgja, voltar para casa, porque eu gostaria muito de estar em casa deitado na minha cama e não deitado na cama do Lar Hotel, ainda que eu tantas vezes tenha deitado nessa cama, mas não é a minha, é uma cama onde muitos outros já dormiram, e tantos outros ainda estão por dormir, é isso mesmo, e se é tão óbvio por que pensar nisso? por que pensar esse pensamento? pois eu até gosto de estar no Lar Hotel, é por isso que me hospedei aqui tantas vezes, é por isso que sempre me hospedo aqui quando preciso pernoitar em Bjørgvin, e já perdi as contas de quantas vezes já me hospedei no Lar Hotel, portanto gosto daqui, mas hoje está sendo impossível dormir, não sei o que é, mas estou tão inquieto, não consigo dormir, tudo parece estar se dissolvendo e eu vejo o Asle deitado ali e junto da cama dele estão a Enfermeira e o Médico e eles dizem algo sobre ele ser alimentado por via intravenosa, algo assim, então o Médico lhe toma o pulso e eu vejo que o Asle está deitado ali dormindo, com o cabelo grisalho e comprido caído sobre os ombros e então o corpo dele estremece inteiro, enquanto ele dorme todo o corpo dele treme e o Médico diz que será preciso administrar um pouco mais de um ou outro remédio cujo nome menciona e a Enfermeira diz que já lhe deram tudo o que tinham que dar e o Médico diz que terão que esperar um pouco e lhe dar outra dose mais tarde, ele diz e o cabelo grisalho e comprido do Asle, tremendo, chacoalhando, e então vejo a Enfermeira e o Médico saindo e o Asle ali deitado dormindo com o corpo inteiro tremendo, uma cena terrível, mal consigo olhar, e foi bom que eu o encontrei, deitado diante do portão da Rua Estreita, nº 5, coberto de neve, eu penso e não consigo adormecer e penso que foi bom ter vindo de carro a Bjørgvin, e por que fiz isso afinal? ter cogitado essa hipótese é uma coisa, mas na realidade por que fiz assim? não sei direito, foi como se algo me tivesse compelido, ou guiado a fazê-lo, eu penso e vejo o Asle recostado no ombro do Pai chorando sem parar e o choro apenas chora sozinho e ele se contorce, porque dói, lhe dói o estômago e o Pai caminha em círculos o embalando nos braços e o Pai saiu pela porta do quarto no sótão e disse que ele levará o Asle e irá passear com ele pelo corredor para que a Mãe e a Irmã possam dormir um pouco, ele disse, e o Pai caminha e carrega o Asle, o aconchega em seu ombro, acaricia suas costas e o Asle não para de chorar e o choro é mais alto e intenso, ele soluça, é um choro convulsivo, ele chora tão alto que o choro quase soa como um grito e o Pai não deixa de acariciar suas costas e então o corpo do Asle vai relaxando e em seguida o choro cede, se transforma num suspiro, uma respiração compassada, e o Pai caminha com ele de um lado para outro, e o Pai e o Asle a respiração e as carícias do Pai nas costas do Asle são como um único e mesmo movimento e então o Asle adormece, toma distância daquela dor, das agulhadas no estômago e o Pai caminha com ele pelo corredor do sótão e então com a mão livre o Pai abre a porta do quarto com todo o cuidado possível e o Pai e o Asle penetram na escuridão e bem ao longe ele ouve o Pai sussurrando que agora ele dormiu, finalmente ele pegou no sono e ele ouve a Mãe dizer que bom, pois ele chorou tanto, ela diz e ela percebe que o Pai o acomodou na cama e o cobriu com o edredom e então suavemente lhe fez um cafuné e então o Asle mergulha na sua respiração e no seu sono tranquilos, e com o rosto de lado ele deita e respira ritmadamente e o Pai vai deitar ao lado da Mãe e ela diz baixinho que agora o Pai deve estar exausto, depois de um longo dia de trabalho, desde manhãzinha até o anoitecer ele ficou colhendo peras e agora, à noite, até há pouco, alta noite já era, o Asle estava aos berros e o Pai o pegou nos braços, ela diz e o Pai diz que está cansado e vai tentar dormir e eu vejo o Asle deitado ali com o corpo tremendo, tendo espasmos, de cima a baixo ele chacoalha, e então vejo o Asle segurando um seio, ele é uma criancinha, não é o seio da Mãe, é outro seio, mas ele sente o calor de um seio contra a sua face, e chega a pressionar a face contra o seio, com o peso inteiro da sua cabecinha ele pressiona o seio e eu vejo que a maior parte do seio está coberta por um vestido, um vestido florido, verde, com estampas florais brancas, com uma gola em V, e atrás desse V estão dois grandes seios, como duas letras O apertadas uma contra a outra e o Asle encosta sua mãozinha esquerda num dos seios e a pessoa que o segura nos braços ri e sorri e o embala junto ao colo e ele olha para ela e olha para aqueles peitos, para o vão entre os dois peitos, e acha que o que vê parece uma bunda, será que ela o está segurando próximo ao traseiro? ele pensa, mas será que é possível? como pode uma bunda estar lá no alto? e não compreende, por isso terá que perguntar, o Asle pensa, e então pergunta se o *taseilo* dela fica lá em cima, já que ele não sabe pronunciar o R direito, e então subitamente ouve uma gargalhada lhe invadir os ouvidos e a gargalhada toma conta da sala e ela que o segura no colo se inclina para frente e ri de tal modo que Asle é sacudido para cima e para baixo e ela continua a abraçá-lo forte contra o peito e ele acompanha os movimentos dela, e ele parece suspenso no ar, mas agora ela o aperta mais forte, ela o aperta mais forte contra o peito, apertando-o e rindo sem parar e o Asle vê a mãe em pé ali e ela se dobra de tanto rir e vê a Avó ali do lado e também ela ri desabridamente e ele percebe que disse algo engraçado, mas não sabe bem o quê, o que há de tão engraçado nisso, e então a que o mantém abraçado contra o peito começa a caminhar pela sala e ele a ouve dizer que esse sim diz o que lhe dá na telha, ela diz, e com apenas dois anos de idade, a Avó diz, mas ele bem que aprendeu a dizer certas coisas, a Mãe diz e as três mulheres voltam a rir, mas mais baixo agora, não de súbito e naquela intensidade mas tranquila e calmamente e a Mãe diz que todos ocupem seus lugares, o café está pronto, ela diz e o Asle se contorce e a que o segura contra o peito o põe no chão e o Asle fica ali e ele vê que a Avó sentou numa cadeira próximo à mesa e vai até a Avó e ouve a mulher que o segurou contra o peito e o pôs no chão dizer que ele já está andando muito bem, mesmo tão pequenininho, e a Mãe diz que ele tropeça de quando em quando, ela diz, e ela vai até a Avó e ela diz venha cá para a sua Avó, ela diz e a Avó estende os braços para ele e ele vai aos braços da Avó e quando se achega ela o levanta por baixo dos braços e o faz sentar na coxa dela e o abraça e ele imediatamente se deixa tomar por aquele calor dela e ela o embala carinhosamente no seu calor e eu vejo o Asle deitado ali com os braços estendidos ao longo do corpo e o corpo inteiro dele treme de cima a baixo e vários tubos ligando o corpo dele a um suporte de metal e eu vejo a Enfermeira em pé ao lado dele aproximando a mão da sua testa e então o Médico abre a porta e entra e a Enfermeira diz que é grave, os espasmos já deveriam ter cedido, ela diz e o Médico concorda com um aceno de cabeça e diz que já lhe deram o que podiam dar, não podem fazer mais nada agora, ele diz e eles ficam ali em silêncio e então o Médico diz que não sabe como isso vai acabar, se ele vai conseguir se safar, e a Enfermeira diz que sim, é mesmo grave, ela diz e a questão é se ele deveria ficar sob cuidados intensivos agora, ela diz, se é preciso transferi-lo para um quarto onde possa ter acompanhamento permanente, ela diz e o Médico diz que seria melhor assim e eu estou deitado na cama no Lar Hotel, no quarto 407, e não consigo dormir e eu vejo o Asle deitado ali, tremendo, chacoalhando, contorcendo-se, o cabelo longo e grisalho ondulando para cima e para baixo e ouço o Médico dizer que isso não parece nada bom e a Enfermeira diz que a questão é saber se ele vai resistir, ela diz e o Médico diz que de fato parece ruim, mas é possível que esses espasmos cedam em breve, ou ao menos diminuam, ele diz e o Asle precisa de alguém lhe fazendo companhia o tempo todo, o Médico diz, talvez ele seja forte o bastante para resistir, ele diz, sim a Enfermeira diz e vejo alguém chegar e eles empurram a cama dele com o suporte de metal e os tubos presos ao corpo dele pelo corredor e entram num elevador e então o elevador sobe um piso e então o Asle é empurrado por um corredor e depois para um quarto onde já está um homem numa cama e lá está um homem de avental branco numa cadeira e eu vejo que o rosto do Asle está cinza de tão pálido e o homem que lá está levanta e vai até a cama onde o Asle está e ajuda a empurrá-la até junto da parede oposta de onde está a outra cama e o Asle fica deitado ali tremendo inteiro, chacoalhando, o tempo inteiro o corpo dele sacode de cima a baixo e o Asle apenas fica deitado assim e desperta e olha para o homem sentado na cadeira no quarto e ele ali sentado diz que o Asle procure dormir, ele tem que descansar, o que você mais precisa agora é descansar, dormir, ele diz e o Asle fecha os olhos e então fica deitado tendo aqueles espasmos e eu estou deitado no quarto 407 do Lar Hotel, e eu vejo o Asle parado ao lado do Pai olhando para uma sepultura escavada no chão e ele sabe que o caixão com guirlandas e flores será descido ao fundo daquele buraco e dentro do caixão está o Avô dele que era grandalhão, espadaúdo, alto, e então o Asle sente as lágrimas brotarem dos olhos e em volta da cova aberta estão pessoas, muitas pessoas, e todas estão a uma boa distância da cova para que aqueles que carregam o caixão branco com o Avô dentro possam se aproximar e na beirada da cova há um montinho de terra e de cima dele o Asle vê o pastor com sua batina negra, e sua clérgima branca em volta do pescoço, e percebe que vêm caminhando, à frente, o padre com sua batina negra e sua clérgima branca em volta do pescoço e atrás dele os homens que carregam o caixão branco com o Avô dentro e o Asle olha para o caixão e sente um medo tomar conta de si e vê o pastor se afastar de lado e empertigar o corpo e lá está ele com sua batina negra e sua clérgima branca em volta do pescoço e os homens com o caixão se aproximando e o Pai recuando um pouco e o Asle o acompanha nesse recuo e todos os outros recuam e então os homens que carregam o caixão com todas as guirlandas e flores passam pelo Asle e ele vê que eles estão meio vergados de lado, porque deve ser difícil carregar o Avô, grandalhão como era, o Asle pensa e sobre a cova aberta está uma espécie de moldura com uma cinta atravessada e então os homens conduzem o caixão sobre a cova e a depõem com cuidado sobre as cintas que atravessam a cova e estão presas a essa moldura e então o pastor faz sua pregação e lança um punhado de terra sobre o caixão e diz do pó vieste e ao pó regressarás e então os que estão em volta do caixão passam a cantar Mais perto, meu Deus, de Ti e um e outro começam a abaixar lentamente o caixão até o fundo da cova e o Asle dá a mão ao Pai e ali os dois permanecem, o Asle e o Pai, assistindo ao caixão com o Avô lentamente descer ao fundo da terra até não mais poderem ver o caixão e agora o Asle não consegue mais segurar as lágrimas e elas começam a rolar pelo rosto dele e ele segura a mão do Pai e toda sua atenção agora se concentra na mão do Pai e as pessoas começam a se afastar da cova aberta na terra onde o Avô dele acabou de descer e jaz dentro do caixão, envolto pela terra escura, e o caixão está lá no fundo, assim como o Avô, e o Pai aproxima-se da borda da cova aberta e o Asle ergue os olhos na direção do Pai e vê que ele está imóvel olhando para o caixão e então ele também olha para o caixão e enquanto todos os outros se afastam ele e o Pai ficam parados observando o caixão onde jaz o Avô dele e por fim estão apenas o Asle e o Pai e bem atrás dele estão a Mãe e a Irmã e a Avó e ele ouve a Mãe dizer

Vamos? ela diz

e o Pai assente com a cabeça e diz em voz baixa sim e então só o Pai permanece ali

Pois venha então, a Mãe diz

e ele vê a Mãe e a irmã Alida começando a caminhar atrás dos outros, mas bem lá atrás, enquanto a Avó fica onde está, e o Pai abana a cabeça e eu estou deitado na minha cama no Lar Hotel, quarto 407, e não consigo dormir vendo o Asle deitado lá com o corpo tremendo, chacoalhando, sacudindo dos pés à cabeça, tremendo todo e o Médico dizer que é grave, mas eles não podem fazer mais nada, já lhe deram todos os remédios que podiam, não podem dar mais nada, o Médico diz e então tanto o Médico como a Enfermeira saem do quarto e eu fico deitado na cama no Lar Hotel sem conseguir dormir vendo o Pai e o Asle indo até a Mãe e a Irmã que lá estão esperando e o Asle pensa que a irmã dele se chama Alida, e não são muitas as que têm esse nome, ele apenas tenta se concentrar nisso, que não conhece mais ninguém cuja irmã se chame Alida, ele pensa, a irmã Alida, o Asle pensa e então a Avó segura embaixo do braço do Pai e vão o Pai e o Asle e a Avó e a Irmã e a Mãe juntos atrás dos outros e eu penso que agora tenho que dormir, não posso passar a noite inteira deitado na minha cama no Lar Hotel sem pregar o olho, eu penso e vejo o Asle sentado num sótão de uma edícula lendo um livro, e sentado num barco com o Pai e no assento de um ônibus e ele pensa num amigo que morreu, ele acabou de receber a notícia, lá está ele sentado lendo um livro, e deitado numa cama lendo um livro, desenhando, pintando, caminhando pelas ruas, bebendo cerveja e ela está nua e deitada na cama e ele não sabe o que fazer e a toca e percebe que sente um desejo de deitar sobre ela e assim o faz mas não ousa penetrá-la algo o detém ele não ousa pois mal se aproxima e é tomado pelo medo e recua e ela continua ali deitada e se chama Liv e ele deita sobre ela e em seguida está sentado num banco de escola e fumando enrolando um cigarro livros um professor dá aula e faz perguntas à sala desenhando pintando os outros alunos colegas a turma pintando garotas garotos fumando cerveja pintando bebendo cerveja conversando e então apenas passear por ali e esperar e então, finalmente, ele nasceu, finalmente veio a este mundo veio à luz e o Asle se tornou pai ele é jovem bem jovem mas já é pai e o cabelo longo e castanho e todos os outros são tão melhores do que ele que é nada ela só quer ficar com os outros com eles todos com todos eles e acabou e ele quer deitar para adormecer na neve porque é tão longo o caminho a percorrer e ele está tão cansado tão bêbado vendo as estrelas brilhando tão claro uma estrela e então são ele e o Pai num barquinho a remo pescando os livros desenhos pinturas leituras apenas pintar apenas pintar é isso cerveja bebida a boa embriaguez é o melhor primeiro nada de especial então melhora e melhora e ele bebe e ela diz para ele não beber todas as noites uma leve embriaguez todas as noites e ele bebe o dinheiro da pintura sem dinheiro vender quadros ganhar dinheiro não ter dinheiro exposição exposições resenhas vender pinturas bisnagas de tinta a óleo telas sempre tinta a óleo e sempre óleo sobre tela telas esticadas em caixilhos ripas tachinhas e ela que chega e senta à mesa com ele e os dois engatam uma conversa ela foi à exposição dele e vão para a casa dela deitam juntos e se beijam o único filho dele a beija e se despem e ele a penetra e deitam e conversam e o filho vai para casa ela fica ali o filho dorme vai para casa ela fica deitada fica deitada no chão quase não respira quase não ambulância o garoto que não para de chorar a sirene da ambulância ele e o filho ela lhe escreve cartas eles se encontram se beijam fazem refeições juntos ele senta e bebe e ela vem e senta junto exposições óleos sobre tela caixilhos ter que encontrar um lugar para morar ripas de madeira nenhum lugar para onde ir as pinturas os outros e bebida sentir o calor cerveja mais um copo falar sobre algo rir ela vem e é Natal costeletas de carneiro verão os pais dela a casa aquela casa branca o silêncio e a pintura que não tem fim e continua eles podem dizer o que quiserem só seguindo em frente os olhos escuros filhos vários filhos quadros a casa ele sentado e bebendo crianças a casa que precisa ser pintada quadros dias noites não conseguir dormir e ele deitado ali e tremendo dos pés à cabeça estremecendo espasmos tremores e ele ali sentado levanta e eu sento ali e olho para o quadro as duas linhas que se cruzam e vejo o Åsleik parado ali olhando o quadro e dizendo cruz de Santo André, uma cruz de Santo André, o Åsleik diz, e aquela ênfase exagerada que ele dá às palavras, o orgulho que sente de conhecê-las, um orgulho provinciano, cruz de Santo André, esse orgulho de conhecer essa expressão e não há mais o que fazer com esse quadro só resta tirá-lo da minha frente, mas ainda não, talvez eu ainda pinte sobre as duas linhas, talvez possa se tornar uma boa pintura caso a cruz desapareça na imagem, caso se torne invisível ou quase invisível, caso se transforme em algo difuso e eu me levanto e vou até o quadro e então o tiro do cavalete e o ponho de volta no cavalete e penso que não quero deixá-lo na pilha de quadros encostada à parede entre a porta do quarto e a porta do corredor, onde os quadros inacabados ficam empilhados, com a minha bolsa de couro marrom a tiracolo pendendo acima deles, e eu me afasto um pouco do quadro e o contemplo, e não é que esteja exatamente medonho, mas não é uma pintura, mas quem sabe um dia possa ser? pois pode demorar bastante para eu terminar um quadro, se é que se pode terminar algum, pois algo ainda falta, mas o quê? e é assim quase sempre, eu penso, senão sempre ao menos muito frequentemente, a pintura está quase como deve ser, mas não inteiramente, estou próximo, quase lá, eu penso, mas ainda é cedo para colocar a pintura na pilha de quadros com os caixilhos para fora e eu vejo que ele está sentado entre as duas camas levanta e vai até a cama onde o outro está deitado e lhe cutuca o ombro com o dedo e ele apenas jaz imóvel e em seguida põe a mão diante da boca dele e lhe toma o pulso e depois sai e agora tenho que adormecer logo, não quero saber que horas são, mas estou tão inquieto, não sei o que é, e pelo menos foi bom ter vindo para Bjørgvin, e encontrado o Asle, ele nunca está sóbrio, nunca esteve sóbrio, na verdade não, há anos, durante todos esses anos, por mais que diga que só bebe à tarde e à noite, sóbrio ele não está há muito tempo, disso tenho certeza, eu penso e penso que logo estarei de pé e tomarei um táxi ao Hospital para visitar o Asle, dizer que estou cuidando do cão dele, o Brage, e talvez possa lhe comprar algo, ir em casa buscar alguma coisa, algo de que ele precise ou queira, um livro talvez, e depois apanhar o cachorro na casa da Guro, se era esse o nome dela, a que mora na Rua

Estreita, e ela disse em qual número mas agora não lembro, mas vou lembrar, eu acho, e o cão dele, o Brage, dele não posso esquecer, preciso levá-lo comigo, o Brage, sim, o cão dele, está na casa da mulher que conheci, a que vive de fazer bordados de Hardanger, ela levou o cachorro para eu apanhá-lo depois na casa dela, que morava no número 3 da Rua Estreita, ou talvez fosse no número 5? mas na Rua Estreita pelo menos era, e já deve ser manhã, eu acho, e de qualquer forma estou acordado, e era às dez horas que eu deveria buscar o cachorro, se bem que poderia ir antes, ou ir depois, acho que foi isso, acho que era esse o combinado, não lembro direito, mas ela mora na Rua Estreita, disso lembro com certeza, e primeiro tenho que tomar um táxi ao Hospital para visitar o Asle e dizer que estou tomando conta do cão dele, o Brage, enquanto ele estiver internado, de sorte que ele não precisa se preocupar com o bichinho, isso preciso dizer, eu penso, e posso buscar o que ele quiser, no apartamento dele, ou posso comprar o que ele quiser, porque lá, no Hospital, lá ele não deve poder pintar, mas desenhar e rabiscar isso ele pode, mas ele não gosta de desenhar, sempre falou que não gostava, o desenho nunca representou nada para ele, ele dizia, ele sempre disse que pinta, não desenha, para ele o que conta é a pintura a óleo sobre tela, nada mais, e nem ele sabe por que, mas tem que ser óleo sobre tela, mesmo assim ele sempre leva consigo um bloco de desenho e um lápis na bolsa a tiracolo de couro marrom que ele sempre carrega, então acontece de ele desenhar algo que mais tarde pode virar uma pintura, mas não compreendo por que estou tão agitado, não consigo dormir e poderia simplesmente levantar, mas por que isso? o que eu devo fazer então? ou será que dormi afinal? ou apenas cochilei um sono leve e sonhei ou terá sido um devaneio? eu penso e uma vez que essa viagem foi tão abrupta eu não trouxe nada comigo, nem mesmo pasta e escova de dentes, e nenhuma muda de roupa, e embora eu traga comigo um bloco de desenho e lápis na bolsa a tiracolo não tenho vontade de desenhar nada agora, pois o que poderia ser? eu penso, e nem livros trouxe comigo, eu que leio muito, e nos últimos tempos tenho lido em especial a Bíblia, um trechinho aqui, outro ali, primeiro li a Bíblia inteira, mas agora salto aleatoriamente e leio algo da página que eu abrir, mas não estou com vontade de ler a Bíblia que está na mesa de cabeceira, se quero ler a Bíblia leio algumas das Bíblias que tenho em casa, por alguma razão é assim, me considero um fiel, um cristão, até me converti ao catolicismo, mas será que é possível crer num Deus vingativo como aquele do Velho Testamento, que mandou matar crianças e exterminar nações, não, não consigo entender isso, mas não terá sido por esse motivo que Jesus Cristo veio à Terra, conforme relata o Novo Testamento? ele veio à Terra para anunciar que Deus não é mais o Deus da vingança, mas do amor, o Deus da misericórdia, sim, para declarar que o Deus agora é o Deus da bênção e não da vingança e punição e destruição, que Ele agora é o Deus do amor para todos os homens, e não apenas de Israel, assim seja, pois sim, então o antigo Deus da vingança tirou a própria vida quando morreu na cruz por intermédio e na pessoa de Jesus Cristo? eu penso, ainda que seja o mesmo Deus, pois a humanidade que interpretou errado a Sua vontade, eu penso, e por isso haveria de ficar claro para a humanidade qual Sua vontade era, como era Seu Reino, já que muitas passagens belas e sábias constam no Velho Testamento também, não é isso, e algumas passagens do Velho Testamento também apontam para o que vai acontecer no Novo Testamento, ao menos podemos interpretar dessa forma, se assim quisermos, mas como se diz sempre, o que está escrito no Velho Testamento deve ser compreendido à luz de Jesus Cristo, do Deus feito homem, que encarnou como um ser humano e se deixou crucificar e morrer, ao compartilhar da condição humana renovou o pacto que outrora existiu entre Deus e os homens antes do pecado original, aquele que apartou os homens de Deus, conduziu a humanidade ao mal e à morte, sim, antes do diabo, antes de Satanás ter se tornado senhor deste mundo, segundo dizem as Escrituras, sim, antes de haver a grande cisão em que o ser humano, ou Adão, seduzido por Eva, tal como está escrito, quebrou seu pacto com Deus e se rendeu ao mal que foi grassando pelo mundo, até Deus considerava a humanidade vil, antes de ter se tornado homem e tirado a própria vida ou permitido que os homens a tirassem, e se tornou o bom Deus que sempre foi quando Ele, agora como Jesus Cristo, ressuscitou de entre os mortos e deixou este mundo, puro e indiviso, para que toda a humanidade pudesse fazer o mesmo, dado que o mal e a morte imperavam neste mundo, que está sob o jugo do diabo, Deus se fez homem e morreu e ressuscitou para que todas as pessoas que venham a morrer, ou que já morreram, regressem à vida em Deus, pois Ele, pois o Filho de Deus, fez com que a humanidade e Deus voltassem a se tornar unos, no Reino de Deus, onde tudo existe, em cada instante, na eternidade que em cada instante existe no Reino de Deus, mas eu creio mesmo nisso? eu acredito de verdade em tudo isso? é possível acreditar em algo assim? nessa insanidade que proclamamos, como Paulo escreve, sim, é como está escrito, não, acho que não, pois não é possível crer nisso, vai de encontro à razão e ao entendimento, pois ou Deus é onipotente e se assim for não há livre-arbítrio, ou Deus não é onipotente, e o livre-arbítrio existe, dentro de determinados limites, mas assim sendo Deus não é onipotente, posto que concedeu à humanidade a graça do livre-arbítrio e abriu mão de toda a sua onipotência, pois sem que haja o livre-arbítrio não pode existir o amor, e Deus é amor, é esta a única afirmação que se fez sobre Deus no Novo Testamento, e por conseguinte Ele deixa de ser o Deus todo-poderoso, mas um Deus da fragilidade, e há muito poder na fragilidade, ou não seria a fragilidade o próprio poder? e é possível que Deus seja onipotente na sua fragilidade e o livre-arbítrio exista, ainda que seja difícil concebê-Lo assim, pois há muito que não se pode conceber, como por exemplo a infinitude do espaço, e é prodigioso que ainda se possa acreditar na mensagem cristã, na Boa-Nova, no Evangelho, por estranho que possa parecer é possível, basta começar a acreditar que se tem fé, a fé vem por si mesma, tal como a presença silenciosa de Deus, um pouco talvez como o seu anjo da guarda, eu penso e sou daqueles que creem, ou melhor, daqueles que têm a certeza, sem que eu saiba explicar por que, não, não consigo dizer por que, nem total nem parcialmente, pois a fé, ou a iluminação, o conhecimento, a sabedoria, eu diria agora, é algo a que chegamos súbita e imperceptivelmente e descobrimos ser a verdade, e essa verdade nunca foi dita como é, e jamais poderá ser expressa em palavras, mas o Verbo, ele que está além de todas as palavras, e torna possíveis as palavras, o idioma, o sentido, isso talvez possa ser visto, mas não possa ser dito, é assim que é, e essa fé, essa iluminação, essa sabedoria é uma graça que apenas a uns poucos alcança, mas essa graça, esse conhecimento que só se revela a uns poucos também pode incluir outros, sim, aqueles que não alcançaram essa graça, ou nem mesmo se dão conta de que ela existe, a graça se estende a todas as pessoas, eu penso e penso que tudo isso é um raciocínio confuso, se é que se pode chamar de raciocínio, eu penso, é como algo que se pensa num sonho, eu penso e já não aguento ir mais a missas, é tudo uma grande mentira, eu penso e não suporto mais ler a Bíblia, já li bastante dela, muito menos a Bíblia que está em cima da mesa de cabeceira, me irritando, ali está ela como que me observando, como se esperasse algo de mim, e além disso é feia, uma capa com uma espécie de ramalhete de rosas, é uma Bíblia completamente indigna, e nunca consegui entender por que quase todos os hotéis têm uma Bíblia sobre a mesa de cabeceira, eu penso e agora quero dormir, apenas dormir, estou tão cansado mas tão cansado e talvez consiga cochilar um pouco, talvez não consiga cochilar um pouco e penso que a primeira coisa que farei amanhã é tomar um bom café da manhã, que o café aqui do Lar Hotel é sempre muito bom, pães frescos, ovos mexidos deliciosos servidos em travessas enormes, e fatias finas de bacon frito dentro de um grande cilindro apoiado num suporte com uma portinhola na frente que é só abrir para se servir do mais delicioso bacon frito, alguns mais crocantes, outros apenas ligeiramente fritos, e não importa o ponto, o sabor é sempre excepcional, e muitas vezes me sirvo sem parcimônia, com muito bacon e muito ovo mexido no prato, e daí corto uma ou duas grossas fatias de pão fresquinho, e então procuro uma mesa próximo à janela, se estiver desocupada, porque gosto de me sentar diante da janela e apreciar a vista do Cais e da Enseada, os barcos lá ancorados, e depois pego dois copos d'água e uma caneca bem cheia de café com leite e fico ali desfrutando essa refeição maravilhosa, e talvez apanhe também um jornal, costumo fazer isso, mas nem sempre, pois frequentemente me irrita ler o que está no jornal, e por isso não assino jornal nenhum uma vez que não concordo com nada do que está lá escrito, ou quase nunca concordo, sobretudo com o que se escreve sobre arte, por exemplo, o redator do *Correio de Bjørgvin* não sabe nada de arte, é difícil alguém ter um senso estético pior que o dele, e mesmo assim o jornal por alguma razão o pôs para escrever sobre arte, é incompreensível isso, e sobre as minhas exposições ele não tem uma palavra positiva a dizer, se é que elas serão mesmo noticiadas e avaliadas, o mais comum é que não sejam nem mencionadas e agora o café provavelmente está servido, eu penso e consulto o relógio e vejo que já são quase seis horas que é quando o café é servido e estou deitado na cama e não preguei os olhos esta noite, ou acho que embarquei numa espécie de sono, e posso muito bem me levantar para tomar o café, eu penso e se o Asle estiver bem então posso ir buscá-lo no Hospital e juntos iremos até o meu carro estacionado diante da Galeria Beyer, que o Asle conhece bem o caminho e poderemos caminhar até lá, e então buscaremos o cachorro, o Brage, lá na Rua Estreita, e depois eu levarei o Asle e o cão para o apartamento onde moram, pois bem, foi uma coincidência e tanto que a mulher que vive de fazer bordados de Hardanger e apliques para trajes folclóricos tenha levado o Brage para casa, e more justo no número 5 da Rua Estreita, ou seria no número 3? não foi bem diante do número 3 da Rua Estreita que encontrei o Asle caído, com a cabeça no degrau, coberto de neve? foi lá sim, e por que exatamente lá? talvez ele estivesse indo para a casa dela? pelo visto ela se chamava Guro, pode muito bem que tenha sido isso, porque o Asle estava caído no degrau da porta da rua, então vai ver que era para a casa da tal Guro que ele estava indo? não, ele devia estar a caminho do Salão dos Drinques, e então desabou ali ao acaso, porque era para lá que estávamos indo de toda maneira, eu penso, mas é melhor que eu primeiro busque o cachorro dele lá na Rua Estreita antes de seguir para o Hospital, eu penso e já que não consigo dormir posso muito bem me levantar, eu penso e será que dormi ou apenas cochilei? fiquei ali semidesperto? embora até deva ter apagado em algum momento, mergulhado no sono, sonhado um tiquinho, eu penso e então percebo que a Ales deita ao meu lado e ela deita e me abraça e eu pego a cruz de madeira que pende abaixo do rosário, aquele que um dia ganhei da Ales, seguro a cruz entre o polegar e o indicador, e penso que Deus talvez não exista, não, claro que não existe, Ele é, e se eu não fosse, Deus não existiria, eu penso e vejo diante de mim o Mestre Eckhart escrevendo que se o ser humano não existisse so wäre auch "Gott" nicht, daß Gott "Gott" ist, dafür bin ich die Ursache og wäre ich nicht, so wäre Gott nicht "Gott" e naturalmente é assim, eu penso e digo para mim Pater noster Qui es in cælis Sanctificetur nomen tuum Adveniat regnum tuum Fiat voluntas tua sicut in cælo et in terra Panem nostrum cotidianum da nobis hodie et dimitte nobis debita nostra sicut et nos dimittimus debitoribus nostris Et ne nos inducas in tentationem sed libera nos a malo e movo o polegar e o indicador para cima para a primeira conta entre a cruz e as três contas adjacentes do rosário e digo para mim Pai Nosso que estais nos céus Santificado seja o Vosso nome Venha a nós o Vosso reino Seja feita a Vossa vontade assim na Terra como no céu O pão nosso de cada dia nos dai hoje perdoai as nossas ofensas assim como nós perdoamos a quem nos tem ofendido Não nos deixeis cair em tentação, mas livrai-nos do mal e movo o polegar e o indicador para a primeira das três contas na sequência e penso que costumo adormecer quando rezo a oração de Jesus ou a Ave-Maria e visualizo as palavras diante de mim e digo para mim mesmo Ave Maria Gratia plena Dominus tecum Benedicta tu in mulieribus et benedictus fructus ventris tui Iesus Sancta Maria Mater Dei Ora pro nobis peccatoribus nunc et in hora mortis nostræ e movo o polegar e o indicador para a conta seguinte e digo para mim mesmo Ave Maria cheia de graça o Senhor é Convosco bendita sois Vós entre as mulheres e bendito é o fruto do Vosso ventre Jesus Santa Maria Mãe de Deus rogai por nós pecadores agora e na hora da nossa morte e movo o polegar e o indicador mais acima para a terceira conta e digo para mim mesmo Ave Maria Gratia plena Dominus tecum Benedicta tu in mulieribus et benedictus fructus ventris tui Iesus Sancta Maria Mater Dei ora pro nobis peccatoribus nunc et in hora mortis nostræ wäre auch "Gott" nicht, daß Gott "Gott" ist, dafür bin ich die Ursache; wäre ich nicht, so wäre Gott nicht "Gott" e naturalmente é assim. eu rezo e digo para mim Pater noster Qui es in caelis Sanctificetur nomen tuum Adveniat regnum tuum Fiat voluntas tua sicut in caelo et in terra Panem nostrum cotidianum da nobis hodie et dimitte nobis debita nostra sicut et nos dimittimus debitoribus nostris Et ne nos inducas in tentationem sed libera nos a malo e movo o polegar e o indicador para cima para a primeira conta entre a cruz e as três contas alinhadas do rosário e digo para mim Pai Nosso que estais nos céus santificado seja o Vosso nome Venha a nós o Vosso reino Seja feita a Vossa vontade assim na Terra como no Céu O pão nosso de cada dia nos dai hoje perdoai-nos as nossas ofensas assim como nós perdoamos a quem nos tem ofendido Não nos deixeis cair em tentação, mas livrai-nos do mal e movo o polegar e o indicador para a primeira das três contas, na sequência e penso que com essas começo, quando rezo a primeira dessas três Ave-Maria e visualizo as palavras diante de mim e digo para mim mesmo Ave Maria Gratia plena Dominus tecum Benedicta tu in mulieribus et benedictus fructus ventris tui Iesus Sancta Maria Mater Dei Ora pro nobis peccatoribus nunc et in hora mortis nostrae e movo o polegar e o indicador para a conta seguinte e digo para mim mesmo Ave Maria cheia de graça o Senhor é Convosco bendita sois Vós entre as mulheres e bendito é o fruto do Vosso ventre Jesus Santa Maria Mãe de Deus rogai por nós pecadores agora e na hora da nossa morte e movo o polegar e o indicador mais acima para a terceira conta e digo para mim mesmo Ave Maria Gratia plena Dominus tecum Benedicta tu in mulieribus et benedictus fructus ventris tui Iesus Sancta Maria Mater Dei Ora pro nobis peccatoribus nunc et in hora mortis nostrae

II

E ENTÃO ME PERCEBO DE PÉ olhando para o quadro com duas linhas que se cruzam mais ou menos no meio, uma lilás e uma marrom, e reparo que pintei as linhas lentamente numa espessa demão de tinta a óleo, que escorreu, e ali na interseção das linhas lilás e marrom a cor ficou muito bonita e a tinta desceu escorrendo, e penso que isso não é um quadro, mas ao mesmo tempo é assim que será, o quadro está pronto, não há mais o que fazer, e então me afasto um pouco da tela e fico ali olhando para ela e então vejo a mim mesmo deitado na cama do Lar Hotel e penso que hoje é terça-feira, uma simples terça-feira, e que poderia muito bem levantar, ou ao menos me vestir, eu penso e sento na beira da cama e penso que esta foi uma noite daquelas, eu penso e levanto e apanho a minha calça do chão no lugar onde a larguei e a visto, e enfio meu suéter sobre a cabeça e ponho a jaqueta de veludo preto e volto a sentar na beira da cama e afrouxo os cadarços, calço os sapatos, amarro os cadarços e vejo meu sobretudo preto ali na cadeira e penso que por mais cansado que estivesse quando me deitei acabei não pregando o olho, ou posso ter adormecido, será que não foi só impressão? eu penso, e por incrível que pareça também não estou muito cansado, eu penso e levanto e vou ao banheiro e jogo um pouco de água fria no rosto, uma, várias vezes, e solto o cabelo e corro os dedos pelos meus longos fios grisalhos e pego o elástico preto que os mantém presos e depois prendo o cabelo atrás da nuca e depois enxáguo a boca com água fria, gargarejo, cuspo, repito várias vezes esse processo e acho que estou pronto, ou pelo menos é o melhor que consigo estar, para ir tomar o café, que eles começam a servir às seis, disso eu lembro, pois sim eu ainda não perdi totalmente a memória por mais que os cabelos tenham encanecido, e tenho por hábito deitar cedo e acordar cedo, em torno das nove horas eu deito e costumo pegar no sono imediatamente e por volta das quatro horas acordo e já estou pronto para começar a pintar antes das cinco horas, é assim que faço, eu penso, e penso que o café da manhã deve estar saboroso e então ponho o sobretudo preto sobre o braço e penduro a bolsa a tiracolo marrom no ombro e abro a porta e apago a luz e fecho a porta e enfio a chave no bolso da jaqueta de veludo e vou até o elevador e faço o sinal da cruz enquanto estou no elevador, todas as manhãs costumo fazer o sinal da cruz, ou faço apenas o sinal da cruz ou faço o sinal da cruz e rezo o Pater Noster ou Pai-Nosso e faço o sinal da cruz também depois da oração, eu penso e o elevador estanca num solavanco e vou até o salão de refeições, à Cafeteria, que de manhã se transforma num salão de refeições para os hóspedes do Lar Hotel, é lá que eles tomam o café, e foi bom sair do quarto, eu costumo dormir muito bem lá, no quarto 407, mas esta noite tive um sono agitado, se é que dormi de todo, mas é estranho, não me sinto cansado, eu acho, e não tem mais ninguém no salão, deve estar muito cedo, eu penso e me sirvo fartamente e encontro uma mesa diante da janela com vista para a Enseada e o Cais e me sento e como e a comida não está tão saborosa como de costume porque não paro de pensar no Asle, em como ele está, será que se recuperou? será que já está melhor? será que vai ter alta hoje? caso contrário talvez o Faz-Tudo tenha como pegar a chave do apartamento dele e ele e eu possamos ir buscar aquilo que o Asle queira que eu busque, que a chave mesmo não vão me dar, para eu ir até o apartamento o Faz-Tudo precisa me acompanhar e abrir e fechar a porta para mim, foi assim quando fui apanhar o cachorro ontem à noite, eu penso e deve ser porque fiquei tão impressionado com tudo que se passou que não me lembro de nada, eu penso e olho em volta e continuo sendo apenas eu no salão e penso que deve haver poucos hóspedes no Lar Hotel nesta época do ano, e além disso está muito cedo, eles acabaram de servir o café, e lá fora no Cais não vi uma só pessoa, eu penso, e nenhum barco está ancorado lá na Enseada, e tudo está coberto de neve, tudo está branco, e é lindo, eu penso, mas a comida não tem o mesmo gosto de sempre e eu só consigo comer um pouco dos ovos mexidos e um pouco de bacon frito e beber um golinho de café e é uma pena deixar tanta comida boa assim no prato e eu me levanto e vou à recepção e digo bom dia e a moça que passou a noite de plantão, uma que eu nunca tinha visto, me olha com uma cara de sono e eu digo que quero pagar uma diária e ela faz o recibo e eu pago e lhe entrego a chave e vou embora e não está tão escuro lá fora, pois a lua, sim é lua cheia, brilha e a neve reluz essa brancura, e o ar está frio e límpido, sim é bonito, nada menos do que isso, e não há estrelas no céu e já removeram a neve da entrada do Lar Hotel, a calçada inteira foi limpa, e agora? o que vou fazer agora? eu penso, é manhãzinha ainda, e deve ser cedo demais para ir buscar o cachorro, a mulher que o levou deve estar dormindo agora, a que vivia com um rabequeiro, aquele que no fim não fazia outra coisa a não ser beber e ela expulsou de casa e ele se foi, mas desde então ela se arrepende muito, mas como era mesmo o nome dela? e onde ela morava? sim disso eu me lembro, ela se chamava Guro e mora na Rua Estreita, nº 3 é claro, mas não deve estar de pé agora, ou talvez também acorde cedo? de todo modo eu posso ir primeiro até o carro, que deve estar coberto de neve, mas trago escova e raspador comigo, claro, então irei até o carro tirar a neve de cima dele, eu penso e agora, sim agora me sinto mais seguro nesse deslocamento, eu penso e chego a rir para mim mesmo, porque o caminho do Lar Hotel e do lugar onde costumo deixar o carro quando estou em Bjørgvin, em frente à Galeria Beyer, sim o estacionamento que o Beyer a seu tempo meio que me ofereceu, desse eu sei chegar e sair, mas mesmo assim é inacreditável que tenha conseguido me perder ontem à noite, decerto porque não se via um palmo adiante do nariz já que nevava daquela maneira, caiu uma verdadeira nevasca, eu penso, mas agora é só sair do Lar Hotel e subir a rua e então dobrar à direita e caminhar um trechinho e então dobrar à esquerda e percorrer a Rua Estreita até chegar à Rua Alta e continuar pela calçada e lá está a Galeria Beyer em toda sua imponência, o endereço da Galeria Beyer é Rua Alta, nº 1, e existe um estacionamento com muitas vagas diante da galeria, então primeiro eu vou remover a neve do carro e raspar o gelo das janelas e depois eu talvez possa fazer uma caminhada ou, não, foda-se, depois que eu tiver removido a neve e raspado o carro e talvez dado partida no motor e aquecido o carro então irei até a casa da mulher que mora lá na Rua Estreita e se chama Guro, sim, a Guro, Rua Estreita, sim, Rua Estreita, nº 3, e tendo isso em mente vou bater na porta certa, eu penso e caminho pela calçada e então subo a Rua Estreita, é bem estreitinha, deve ter uns dois metros de largura apenas, e vai se estreitando cada vez mais, até chegar a apenas um metro ou quase, para depois voltar a se alargar, eu penso e agora vou procurar o número 3, e paro, e apuro a vista no escuro, estaria bem mais escuro se não fosse a lua cheia, e vejo que o número 3 está logo acima da minha cabeça na porta mais próxima, e me aproximo da porta e confiro os nomes escritos ao lado dos botões do interfone e lá estão Hansen e Nilsen e Berge e Nikolausen nas plaquinhas, mas não tem nenhuma placa escrito Guro, mas se ela mora no número 3 o sobrenome dela só pode ser Berge, eu acho, talvez, ainda que Hansen seja um sobrenome mais comum, mas não de alguém que vem de um povoado, eu penso, e olho para cima e todas as janelas estão escuras, então me viro e olho para o outro lado da Rua Estreita e foi lá que o Asle estava caído coberto de neve, bem ali, afinal, tenho quase certeza, e lá está uma placa com o número 5 na parede ao lado do portão e vou até lá e vejo as plaquinhas com nomes e está escrito Hansen, Olsen e Pedersen e então está escrito, graças a Deus, apenas Guro ao lado do botão do interfone, mas a mulher que pelo visto se chamava Guro não disse que morava na Rua Estreita nº 3? nesse caso será que minha memória voltou a falhar? se for isso mesmo eu vim caminhando com o número errado na cabeça, pelo jeito, estranho seria se eu tivesse guardado o número certo, então que seja, e está igualmente escuro em todas as janelas também do número 5 da Rua Estreita, mas não é aqui que ela mora? pois ela parece ser daquelas pessoas que escrevem apenas o primeiro nome na identificação do interfone, então eu já sei onde ela mora, e também que ela escreve apenas o primeiro nome e não o sobrenome no interfone, e que de novo confundi o número da rua, eu penso, e foi então pura sorte minha que estivesse escrito Guro no interfone, eu penso, já que não sei o sobrenome dela, mas um pouco de sorte não faz mal a ninguém, eu penso e digo em voz alta para mim mesmo que ela deve estar dormindo agora, a tal Guro, e penso que não posso tocar no interfone e acordá-la agora, mas talvez um pouco mais tarde, eu penso, então primeiro vou limpar a neve e raspar o gelo do carro, aquecê-lo, aquecer o carro inteiro, e só então acordá-la, eu penso e então penso que foi no degrau da porta da rua da Rua Estreita, nº 5 que encontrei o Asle, ele estava deitado no degrau da porta ali, diante da porta da frente na Rua Estreita, nº 5, então será que estava indo para a casa da tal Guro? talvez, porque ele tinha, bem, amigas, como costumava se referir a elas, e quem sabe a Guro fosse uma dessas amigas? e agora ela é quem está com o cão dele na hipótese de não haver outra Guro morando numa casa do outro lado da viela? já eu tinha para mim que ela, que levou o cachorro, tinha me dito que morava na Rua Estreita, nº 3, ou não foi isso que ela me disse? que morava na Rua Estreita, nº 3? então não seria a pessoa de sobrenome Berge que está com o cachorro em casa? e se o nome dela não for Guro? porque de início ela não disse que o nome dela era outro? qual era mesmo? era Silje ou algo parecido, então será que na verdade ela não se chama Guro? eu penso, mas qual era o outro nome? o primeiro que ela disse? sim, lá no Comidas e Bebidas? eu penso, sim era Silje, era isso mesmo, eu penso e vou em frente e chego na Rua Alta e da calçada avisto a Galeria Beyer, em toda a sua branca imponência lá está a construção que abriga a Galeria Beyer, no térreo funciona a galeria, no primeiro andar é onde o Beyer tem seu apartamento, e vejo o meu carro, ao lado do carro do Beyer, inteirinho coberto de neve, e ainda está um bocado escuro, mas o brilho da lua cheia e as luzes da rua e a neve branca deixam a paisagem razoavelmente iluminada, e agora veremos, eu penso e penso que assim que vi o meu carro um frêmito de alegria me atravessou, sou mesmo muito infantil, eu penso e vou até o carro e o destranco e me sento e agora veremos se o carro vai dar a partida como deveria, e de fato dá, pois é um carro bem conservado e a bateria está em bom estado, eu penso e enfio a chave na ignição e dou a partida e o motor imediatamente se põe a funcionar como deveria e eu ligo o aquecedor no máximo, pois está um gelo dentro do carro, e então saio do carro e abro a porta do bagageiro e pego a escova e fecho a porta e então me ponho a escovar a neve acumulada sobre o carro, e nevou bastante, tem uns trinta centímetros de neve acumulada no teto do carro, algo assim, eu penso e vou varrendo a neve e penso que quando tiver varrido a maior parte da neve do carro e raspado as janelas irei até o interfone onde está escrito Guro, só isso, e provavelmente a acordarei, não vai ser um incômodo tão grande acordá-la, ela pode apenas me entregar o cachorro e voltar para a cama e dormir novamente, mas eu estava o tempo inteiro pensando que era na Rua Estreita, nº 3 onde ela morava e não na Rua Estreita, nº 5, então quem sabe eu pudesse apertar no botão onde se lê Berge? porque de início ela disse que se chamava outra coisa que não Guro, lá no Comidas e Bebidas, acho que Silje, sim era isso, ou ainda Silja ou algo parecido? e disse que nos conhecíamos muito bem, que talvez até nos conhecêssemos de uma maneira bíblica? ou não foi isso que ela quis dizer? quem sabe tenha sido algo parecido? acho que pode ser, não é nada inteiramente fora de questão, eu penso e continuo varrendo a neve e o carro já começa a ter outro aspecto, toda a neve é evidente que não consigo tirar, mas a maior parte sim, e então preciso raspar as janelas, eu penso e abro a porta do bagageiro e ponho a escova lá dentro e apanho o raspador e fecho a porta e então começo a raspar as janelas e tanto o para-brisa quanto a janela traseira já estão um pouco aquecidos de modo que é razoavelmente fácil raspá-los, então raspo da melhor forma que posso também as janelas laterais e digo para mim que estou satisfeito com o resultado e devolvo o raspador ao bagageiro e me sento no carro que já está quentinho e fico ali sentado com o olhar fixo à frente e estou ao mesmo tempo bem desperto e muito cansado, eu percebo, e agora devo ir buscar o cachorro, o Brage, sim, é a primeira coisa a fazer, eu penso e consulto o relógio e já passa das sete, logo tudo bem tocar no interfone da casa da mulher que se chama Guro, é lá que o cão deve estar, pois foi ela quem levou o cão embora, ela deve ter feito uma brincadeira confundindo o nome lá no Comidas e Bebidas, eu penso, e se eu estiver enganado então será só mais um a ficar zangado comigo, eu penso e então desligo o motor e saio e tranco o carro e vou, eu penso, imediatamente descer a Rua Estreita até o número 3 e tocar no interfone ao lado do nome Berge, eu penso, pois ela disse que morava no número 3 da Rua Estreita, disso eu tenho certeza, enquanto dizia que o nome dela era uma coisa ou outra ou sei lá, então eu vou tocar naquele endereço, onde se lê Berge, eu penso caminhando pela calçada da Rua Alta, e então, sim, dobro à esquerda e já estou na Rua Estreita e desço a Rua Estreita e então avisto a placa onde está escrito 3 e vejo que todas as janelas da casa estão escuras e vou até o portão e aperto o botão do interfone ao lado do nome Berge e consigo ouvir o toque, não é alto, mas baixo, ressoa um toque ao longe e então é só esperar, eu penso, ou talvez ela não tenha acordado? talvez nada aconteça? talvez eu deva tocar novamente? porque toquei tão de leve, mal apertei o botão porque não queria fazer barulho, então quem sabe eu não devesse tocar outra vez? eu penso e volto a apertar o botão e agora mais demoradamente e vejo uma luz acender na janela mais próxima, quer dizer então que ela mora no térreo, se por acaso não for ali terá sido outra pessoa que eu vim incomodar, mas ela mesma disse que morava no térreo, não foi? sim, eu acho que ela disse, eu penso e então fico esperando e penso que não estou me sentindo nada à vontade, acordar a Guro ou seja lá como ela se chame, ou talvez outra pessoa qualquer, quem quer que seja, e está muito cedo, eu penso, mas não posso também ficar zanzando pela rua ou sentar e ficar esperando no carro, eu penso e então vejo um vulto surgir na janela e não é nenhuma mulher de meia-idade, nada disso, o rosto que vejo é o de uma mulher bem idosa e ela abre a janela

Pois não, o que você quer? ela diz

e apura a vista na minha direção, esboçando alguma raiva ou irritação, ou pelo menos indiferença, e não, oh não, então pelo visto me atrapalhei com os números mais uma vez

Me responda, vamos, ela diz

e eu penso que agora tenho que dizer alguma coisa, mas o que posso dizer afinal?

Sim? ela diz

e eu digo que ela me desculpe, eu peço muitas desculpas, porque me enganei, toquei na casa errada, e isso em si já seria um completo absurdo, ainda mais tão cedo da manhã, o que não torna as coisas melhores, sair por aí acordando as pessoas

Você não me acordou, a velhinha diz

Que bom ouvir isso, eu digo

Quase não durmo mais, ela diz

e não sei o que dizer

Eu quase não durmo mais e passo o tempo só esperando adormecer de uma vez, para sempre, ela diz

e eu apenas fico ali parado e digo que peço mil desculpas e digo que acho que era na casa de uma tal Guro onde tinha que tocar

Acha? a velha diz

Aquela umazinha, ela diz

É homem tocando na casa dela o dia inteiro, ela diz

Pode ir tocar lá sem problema, ela diz

Que aquela lá devia era ter vergonha na cara, ela diz

Mas vergonha é uma coisa que ela não sabe nem o que é, ela diz

Logo ela que tinha um marido tão bom e mandou embora, ela diz

e abana a cabeça e diz que não é possível uma pessoa se comportar assim, ela mesma nunca mandou o marido embora ainda que tivesse todos os motivos para isso, ele que era mulherengo, ela até nem se surpreenderia caso ele tivesse se amasiado com essa tal Guro inclusive, por mais que fosse bem mais nova, mesmo assim ela preferiu ficar com o marido, isso ela fez, porque não era mulher de ficar correndo atrás de homem, e depois que ele morreu ela passou a sentir uma falta enorme do marido, foi isso, apesar de tudo ele era um bom homem que fazia tudo que estava ao seu alcance, trabalhava e labutava e trazia o sustento da família como um homem deve fazer, nem me fale, mas então, e eu vejo ela enxugar os olhos com o dorso da mão, então certa manhã estava ele caído no chão mortinho com o corpo já rígido, já faz alguns anos mas ela ainda vai às lágrimas só de pensar, ela diz e eu digo que lamento muito tê-la incomodado e ela diz que é só eu atravessar a viela e tocar na casa da sirigaita, se é isso que eu tanto quero, a velha diz e eu digo que puxa vida me desculpe e ela fecha a janela e eu vejo que a luz se apagou e penso que de novo me atrapalhei com os números como sempre, porque não era no número 3 da Rua Estreita onde ela morava afinal, então eu espero de verdade que seja no número 5 da Rua Estreita, onde está escrito Guro no interfone, do contrário não faço ideia de onde ir buscar o cachorro, o Brage, e se o Asle não puser as mãos de volta nesse cachorro, olhe, e como será que vão as coisas com ele? eu penso, mas a mulher que pegou o cachorro disse Rua Estreita, disso eu tenho certeza, que me lembro dessa palavra, pois é, com palavras eu sou bom, e por isso consigo ler livros em vários idiomas, eu penso e então me viro e atravesso a Rua Estreita e avisto a placa com o número 5 e vejo que também lá as janelas estão escuras e então aperto no botão ao lado de onde está escrito Guro e vejo uma janela se abrindo à direita e a que se chama Guro, sim é ela, graças a Deus é ela quem põe a cabeça para fora e com a voz sonolenta diz o que é?

Sou eu, eu digo

Ah, ela diz

e a voz dela não soa exatamente animada e então eu ouço um cachorro começar a latir e me aproximo da janela

Oh é você, ela diz

Eu, bem, eu achava que fosse outra pessoa, ela diz

Sim sou eu, eu digo

Ou um outro, ela diz

e ri um pouco e parece estar mais desperta agora

Sabe como é, ela diz

Eu estava dormindo, ela diz

Imaginei, eu digo

Pois é, sabe como é a vida de uma mulher solteira, ela diz

e eu apenas fico ali sem conseguir dizer nada

Mas você não quer entrar? ela diz

e eu não digo nada

Você não pode ficar aí nesse frio, aqui dentro está quentinho, ela diz

e me diz para entrar, que vai abrir a porta para mim, ela diz e percebe que não estou com a mínima disposição para entrar na casa dela, nunca fui de ir à casa das pessoas, é como se eu me aproximasse demais delas ou algo assim

Você já veio aqui antes, ela diz

Muitas vezes, ela diz

e ri

Mas pelo jeito não lembra, não é? ela diz

Você nem me reconheceu ontem à noite, ela diz

Nunca pensei que não fosse lembrar de mim, ela diz

e diz que tem pensado muito em mim, que eu a procurei, sim, ela diz procurei, várias vezes, mas eu devia estar tão bêbado que não lembro de nada, pelo visto foi isso, eu aparentava estar bêbado demais, ela diz, e pelo visto ela está bem acordada, eu digo e digo que vim só buscar o cachorrinho

Você acordou cedo? ela diz

Acordei, eu digo

Não conseguiu dormir? ela diz

Não, eu digo

Ficou deitado pensando no tal sujeito? ela diz

e eu digo que sim, fiquei deitado pensando em como iam as coisas com o Asle, e agora quero pegar o carro e voltar para casa, chegar em casa, e vou levar o cachorro dele comigo, pois é, ela já sabe que o nome dele é Brage, claro, como eu tinha planejado incialmente, eu digo

Está certo, ela diz

E eu lembro bem, é em Dylgja que você mora, ela diz

e ri brevemente e eu assinto com a cabeça e ela diz que conforme mencionou ela esteve em todas as exposições minhas em Bjørgvin, na Galeria Beyer, lá na Rua Alta, ela diz e faz um gesto para o alto e diz Galeria Beyer com uma ênfase, como se fosse algo grandioso e importante, e põe ênfase também no nome da rua, Rua Alta, exatamente como o Åsleik faz quando enche a boca para dizer cruz de Santo André, bem assim mesmo, igualzinho, com aquele mesmo orgulho provinciano, eu penso e ela pergunta mais uma vez se não quero entrar e eu digo não e então ela diz que ao menos agora sei onde ela mora, porque aparentemente eu tinha esquecido? então da próxima vez que estiver em Bjørgvin é para eu dar uma passadinha aqui, ela diz, mas seria bom ligar com antecedência, ela diz, porque, ela diz, e se interrompe e de novo ri brevemente e eu pergunto se ela pode me trazer o cachorro e ela diz claro que sim, mas é claro e seu tom de voz parece irritado e então ela some e então ouço passos descendo a escada então o portão da frente se abre e lá está ela com um roupão amarelo segurando o cão no colo e eu o pego e o seguro no meu colo e lhe faço um carinho no dorso e digo obrigado pela ajuda, muito obrigado, eu digo e ela diz que não foi nada, o mínimo que poderia fazer era me ajudar numa situação dessas, ela diz e faço menção de pôr o cachorro no chão quando percebo que a guia não está lá e pergunto onde está e ela diz espere, espere um pouco, ela vai buscar, ela diz e fecha o portão e se vai e eu fico ali afagando o dorso do Brage e penso como foi bom pegá-lo de volta, eu penso e fico esperando e esperando e será que ela não volta logo? o que terá acontecido com ela? ela estava ali na porta e então simplesmente sumiu, eu penso, é possível demorar tanto assim para buscar uma guia? eu penso e então a janela da direita se abre novamente e ela põe a cabeça para fora e diz que claro que não está encontrando a guia, é sempre assim, ela deve tê-la deixado em algum lugar, ela diz, mas se eu passar mais tarde vou conseguir pegá-la, que vai ser encontrada com certeza, a guia vai aparecer, ela diz, e seria legal se eu voltasse, ela diz e eu digo obrigado e peço desculpas por tê-la acordado, mas agora é só ela continuar a dormir, eu digo e então ela diz que está me esperando, que eu volte mais tarde para apanhar a guia, e então vai providenciar um café e um lanche, ela diz, ou até uma refeição quem sabe? ela diz e eu agradeço, mas agora tenho que pegar a estrada para Dylgja imediatamente, eu digo e ela diz que eu fique bem mesmo assim e foi muito bom me rever e eu digo obrigado igualmente e então ela fecha a janela e apaga a luz e eu começo a subir a Rua Estreita com o cachorro bem apertado no colo e é bom sentir o calor do cachorro no peito, me dá uma sensação de segurança e aconchego e subo a Rua Estreita e digo ao Brage que é bom estar com ele de novo e agora vamos para o meu carro, eu digo e chegamos na Rua Alta e vou direto aonde está o meu carro e destravo as portas e me vejo colocando o Brage no banco de trás e me acomodo no banco do motorista, ponho a bolsa a tiracolo no banco do passageiro, dou a partida, e já está frio no carro mas o aquecedor está no máximo, assim o calor não vai demorar a voltar e eu dobro na Rua Alta e penso que não valeria a pena apanhar um táxi e passar antes no Hospital, porque provavelmente não conseguirei falar com o Asle de toda maneira, está muito cedo, ou então ele pode não estar nada bem, eu tenho essa sensação, eu sei que não, eu penso, pois o Asle só precisa descansar, só precisa dormir, eu penso e um medo toma conta de mim, e se o Asle simplesmente adormecer para nunca mais despertar? eu penso, e penso que agora, agora vou pegar o carro e dirigir até a minha casa em Dylgja e então vou descansar, me reencontrar comigo mesmo, e mais tarde vou pintar, eu penso e penso que quando chegar em casa vou ligar para o Hospital e perguntar se posso visitar o Asle e caso possa vê-lo ainda hoje sempre existe a possibilidade de voltar a Bjørgvin, se for para ajudá-lo de alguma maneira, eu penso e dirijo com cuidado pela Rua Alta e viro o rosto de relance e vejo o Brage deitado no banco de trás dormindo e olho para frente e vejo o Åsleik imóvel contemplando a tela das duas linhas que se cruzam e em seguida dizendo cruz de Santo André, como se estivesse orgulhoso de conhecer aquela expressão, e eu penso que tenho certeza de que às vezes ele aprende uma palavra, uma expressão, para então ter que dizê-la, como cruz de Santo André, por exemplo, é como se ele quisesse demonstrar que também sabe das coisas, a maneira como fala dá a entender, que ele também sabe das coisas, até mesmo mais do que eu, que tive estudo, coisa que ele não teve, ele mal e mal terminou o secundário, nada além disso, depois que concluiu o secundário não cursou mais nada, mas burro é que não é, está aí a maneira como diz cruz de Santo André com esse orgulho provinciano para atestar, eu penso, nada disso, ele é muito esperto, o Åsleik, ele diz as coisas mais inteligentes e as diz de um jeito que faz com que eu me dê conta de algo que não tinha me dado conta até então, como quando alguém repara num detalhe que não tinha visto antes, e é bem isso que um pintor tenta pintar quando pinta, enxergar algo que antes tinha passado despercebido por uma nova perspectiva, ver algo como se fosse visto pela primeira vez, e não só, é ver e ao mesmo tempo reparar, como se aquilo fosse uma só coisa, eu penso e vejo que aquelas duas linhas são o Asle largado no sofá sem mal conseguir concluir um pensamento, a única coisa em que consegue pensar é que agora vai levantar e ir até o mar e entrar no mar e mergulhar no mar e se deixar levar pelas ondas e desaparecer para sempre, pois então não haverá mais dor, sofrimento, sim, desespero, chame do que quiser, a dor era tanta que ele não conseguia mais sequer levantar a mão, e por isso tremia daquele jeito, nas mãos, no corpo inteiro ele tremia, então ele precisa levantar, encontrar algo para beber, pelo menos isso, primeiro um pouco de aguardente para depois caminhar até o mar, mergulhar no mar, o Asle pensou, deitado no sofá ele pensou, e ao mesmo tempo lá estava eu na sala ou no meu ateliê ou sei lá como se chama esse lugar pintando aquelas duas linhas, uma lilás, outra marrom, eu penso e olho para a estrada e me sinto tão feliz, estou tão feliz, mas tão feliz, e não compreendo por que sinto tamanha felicidade agora que estou indo embora de Bjørgvin, eu penso e penso que deve ser porque estou levando comigo um cachorro, o Brage está comigo, eu penso e quando chegar em casa vou ligar para o Hospital e perguntar se quando eu for visitá-lo o Asle não quer que eu leve alguma coisa para ele e vou dizer que o cachorro está comigo, o Brage, que agora está comigo, por isso ele não precisa se preocupar, eu penso e agora já saí de Bjørgvin, eu penso e dirijo no sentido norte e viro o rosto e vejo o cão, o Brage, dormindo no banco de trás e sinto tanto uma enorme alegria quanto uma tristeza, eu percebo, que me invade com tamanha intensidade como se o meu peito fosse romper, e sigo devagar rumo ao norte e penso que acabei de passar pela Enseada dos Veleiros e nem sequer olhei para o prédio onde fica o apartamento do Asle, eu penso e sigo rumo ao norte e logo chegarei em casa, eu penso e a primeira coisa que farei será dormir, porque estou me sentindo cansado, muito cansado, e entro numa espécie de torpor e o tempo passa e eu me aproximo da serventia da estrada e do parquinho e penso que sentindo esse cansaço não vou nem parar na serventia e nem olhar na direção do parquinho nem da casa marrom onde a Ales e eu um dia moramos, que só de olhar para aquela casa me dói, e a saudade da Ales volta a tomar conta de mim e eu passo diante da casa marrom e vejo um rapaz de cabelos castanhos meio compridos, vestindo um sobretudo preto, e uma moça de cabelos escuros e compridos, subindo na direção da casa marrom, de mãos dadas eles vão até a casa marrom e isso eu vejo bem diante de mim e sigo dirigindo rumo ao norte e vejo o Asle ali segurando a Irmã, a irmã Alida, pela mão, os dois vão pelo acostamento, dando a entender que vão atravessar a rodovia, mas eles são pequenos, por que estão sozinhos? onde estarão os pais deles? e eles não moram numa daquelas duas casas brancas que estão visíveis mais lá atrás, duas casas bem próximas uma da outra, no pé de uma encosta não muito íngreme? eu penso e vejo a Irmã se virar e dizer, olhe, olhe para as casas lá atrás, ela diz

É lá que nós moramos, ela diz

É, o Asle diz

O que têm elas, as casas? ele diz

É lá que nós moramos, a Irmã diz

Numa delas moramos nós, na outra moram a Avó e o Avô, ela diz

Eu sei disso muito bem, o Asle diz

Sim, sim, mas foi o que eu acabei de me dar conta, a Irmã diz

Que lá, na casa mais alta, é lá que nós moramos, ela diz

A casa onde moramos se chama Casa Nova e a casa onde a Avó e o Avô moram se chama Casa Velha, o Asle diz

E parece que as duas casas estão de mãos dadas, a Irmã diz

Pode ser, ele diz

Assim como você e eu estamos de mãos dadas, as casas também estão, a Irmã diz

Sim, parece que sim, o Asle diz

e eles olham para as casas e não há nenhum adulto por perto, nem a Mãe nem o Pai, nem a Avó nem o Avô, são só as casas ali, ambas brancas, uma velha e comprida e a outra mais nova e mais alta, e ambas contrastam com o verde, o verde das árvores frutíferas, o verde das folhas, e com a montanha negra que se ergue verticalmente e se projeta imponente como um padrão negro de rocha atrás da lavoura que se estende pela montanha, e com o celeiro vermelho atrás das casas brancas

E essa montanha escura, a Irmã diz

Sim, o Asle diz

Acho que as casas estão de mãos dadas com medo da montanha escura e íngreme, ela diz

e o Asle diz que nunca tinha pensado nisso, mas deve ser mesmo, agora ele também consegue ver, as duas casas de mãos dadas porque têm medo da montanha escura, é realmente isso, o Asle diz e a Irmã diz que a montanha escura é realmente assustadora de tão íngreme, e está sempre úmida, a água não para de brotar das fendas da rocha, ela diz e pergunta se o Asle já ouviu falar da montanha azul e ele diz que sim

A montanha azul, o Asle diz

a Irmã diz que essa montanha deveria se chamar montanha negra e o Asle diz que parece mais negra mesmo e então eles dão meia-volta e ficam olhando para a estrada e eu sigo dirigindo para o norte e penso por que essas crianças estão sozinhas? por que não têm a companhia de um adulto? por que ninguém está cuidando delas? eu penso e vejo as crianças no acostamento de uma rodovia estreita, e no talude da via, mais além de onde estão as crianças, um pouco acima da Praia exposta pela baixa-mar, está uma casinha azul, e um pouco mais adiante na rodovia, passando a casa azul, está uma curva, que contorna o Morro Velho, e os carros passam muito rápido nessa curva, eu penso e será que as duas crianças irão para o meio da pista? eu penso e vejo uma poça d'água bem no meio da pista e então a Irmã solta a mão do Asle e sai correndo pela rodovia, na direção da poça, e começa a saltitar e pisotear a poça e a água salpica em suas pernas e no vestido, e por sorte ela está calçando galochas, o Asle pensa e diz que ela não deve fazer assim e a Irmã diz que é muito divertido, ele tem que vir sapatear na poça também, ela diz e o Asle diz que ela está se sujando inteira, ela não deve fazer isso, pois o que a Mãe irá dizer? ela vai ficar muito zangada, ela vai brigar, o Asle diz mas a Irmã faz que não ouve e continua a chapinhar na pocinha e agora o vestido dela está todo sujo de lama, está todo salpicado de manchas cinzentas, o Asle vê e fica ali olhando e então diz que agora é bom ela parar com isso, que a Irmã não está apenas se emporcalhando inteira, mas é também perigoso ficar no meio da pista, pode vir um carro, ali sempre passam carros, e ninguém pode garantir que a pessoa que está ao volante consiga enxergar a Irmã e assim que pensa isso o Asle corre para o meio da rodovia e agarra a Irmã pelo braço e ela grita e ele a arrasta para o outro lado da pista e ela grita e diz que quer continuar brincando na poça e o Asle diz que ela não pode fazer isso, ela tem que ver como ficou o vestido, como ficou imundo, ele diz e a Irmã olha para o vestido

É, ela diz

e é como se estivesse prestes a chorar a qualquer momento

E era tão bonito, tão bonito e azul, ela diz

Agora você está vendo, o Asle diz

e ele vê que a Irmã começou a chorar e diz para ela não chorar, não faz mal o vestido estar sujo, ele pode ser lavado, e a Mãe não haverá de ficar tão brava, e ele vai dizer que foi culpa dele, que ele quem disse para ela ir brincar na poça d'água e por isso ele vai levar a bronca e não ela, ele diz, que é ele quem sempre leva bronca da Mãe não importa o que diga ou faça, ele diz e a Irmã enxuga as lágrimas e o Asle diz que não, não faz mal se ele levar uma bronquinha, e ele pensa que agora está bancando o fortão, não é, ele pensa

Mas o vestido está todo sujo, a Irmã diz

e ensaia chorar de novo

Isso porque você sempre quer ser tão burra, o Asle diz

e assim que diz isso a Irmã desata a chorar

Desculpe, não devia ter falado assim, o Asle diz

Não foi por mal, ele diz

Você não é burra, não é nada burra, você é boazinha e legal e bonita e inteligente, ele diz

e então a Irmã apenas resmunga um pouco e o Asle diz que vai ficar tudo bem tudo vai dar certo, ele diz, mas, ele diz, agora ela aprendeu que não é para fazer essas coisas, não quando está vestindo uma roupa tão bonita, ele diz e a Irmã não diz nada e os dois apenas ficam ali e então ele segura a mão da Irmã e os dois ficam parados onde estão e o Asle pensa que vão levar uma bronca, ele vai levar uma bronca, sim, porque a Mãe vai ficar bem zangada quando vir que a Irmã sujou o vestido, e ainda mais de propósito, o Asle pensa, e prometeu à Irmã que irá dizer que foi ele quem pediu para ela fazer aquilo, pediu para ela ir brincar na poça d'água, foi o que ele prometeu que faria então que cumpra a promessa, o Asle pensa e por mais que não se importe tanto de tomar uma bronca ele tampouco ficaria contente por isso, ele pensa, e já que é assim os dois não precisam ir para casa imediatamente, nada disso, ele pensa, em vez disso os dois podem inventar outra coisa para fazer

Que tal se fôssemos até o Morro Velho, colher mirtilos maduros por lá? ele diz e a Irmã não se mexe, fica imóvel sem dizer nada

Não quer? o Asle diz

e a Irmã permanece onde está sem dizer nada e o Asle percebe que está ficando impaciente, beirando a aflição, ele pensa, eles não podem ficar parados assim na beira da rodovia, melhor seria ir para o Morro Velho, mas se for esse o caso é preciso que atravessem a pista de novo, e é bom ter cuidado, prestar bem atenção se não vem um carro na curva lá no pé do Morro Velho, ele pensa

Você não quer ir até o Morro Velho? o Asle diz

e a Irmã se limita a balançar a cabeça e o Asle pergunta o que ela quer fazer e ela não diz nada, então ele pergunta se não era melhor irem até a casa azul, aquela lá na descida da rodovia, eles nunca foram lá, e ele sempre quis ir até lá, o Asle diz e a Irmã volta a balançar a cabeça e logo ele pergunta se não poderiam ir até a Praia, à Casa de Barcos, dar um passeio pelo Molhe, ir lá ver como está o Bote, como o Pai costuma chamar, quer saber, eu vou lá dar uma espiada no Bote, o Pai diz, ou então eu vou lá recolher o Bote, ele diz, e a Mãe diz para ele ter cuidado e o Pai diz que sempre tem, ele diz, ou diz que vai dar um passeio e remar e tentar pescar alguma coisa e então a Mãe diz a mesma coisa, que ele tenha cuidado, o Asle pensa e sendo assim tanto a Mãe como o Pai pediram que eles, ele e a Irmã, nunca desçam até a orla sozinhos, é perigoso, porque se caírem no mar podem se afogar, ele disse e depois contou do garoto que estudava com ela, na mesma sala, e caiu no mar, ele estava pescando sozinho num barco, e caiu no mar, e a água estava fria, e é difícil voltar a bordo do barco depois de ter caído no mar, é quase impossível a Mãe diz, e ele não conseguiu, e mais tarde encontraram o barco vazio no mar, à deriva, e o garoto, esse que era colega de turma, não conseguiram encontrar, só foram encontrá-lo uma semana mais tarde, talvez até depois, quando uns sujeitos que estavam numa embarcação viram algo que parecia uma pessoa boiando no mar e conseguiram fisgar o corpo e içá-lo a bordo, e era ele, o menino da sala dela, e o aspecto dele já estava péssimo, os sujeitos disseram, nessas coisas ela não gosta nem de pensar, é terrível, ela não consegue nem imaginar, a Mãe diz, e então o trouxeram para a terra e o enterraram e ela e todos os alunos da escola foram ao sepultamento e ela se lembra da tristeza que foi, do tanto que os pais e irmãos do menino choravam, era como se as lágrimas não quisessem parar de rolar, e o pastor disse algo como insondáveis são os desígnios de Deus, sim, costumam ser incompreensíveis, mas em tudo que acontece há um propósito, o pastor disse, e ele disse que Deus escreve certo por linhas tortas, ou seria o contrário, ou talvez fossem linhas oblíquas, disso ela lembra muito bem, a Mãe diz, só não consegue entender qual propósito pode haver num menino se afogando, e isso o pastor também falou, que não era possível entender, que era algo além da compreensão humana, ele disse, mas mesmo que ele não conseguisse compreender esse propósito, assim como nenhum dos outros ali presentes, havia um propósito nisso, o pastor disse, a Mãe disse, pois depois que Jesus Cristo, que era o próprio Deus, que era uma parte da Santíssima Trindade, morreu e ressuscitou, sim, depois que Deus se fez homem e viveu entre nós, nasceu, viveu e morreu, a morte passou a ser sinônimo de vida para nós humanos, o pastor disse, pois para todas as pessoas, tanto as que viveram antes de Cristo como as que foram contemporâneas Dele assim como as que vieram depois, a morte, sim a morte se converteu em vida, em eternidade, o pastor falou, a Mãe disse e agora o menino estava na casa de Deus, ele tinha voltado para o lar, retornado ao lar de onde um dia partiu, o pastor disse, pois Deus agora estava fazendo companhia ao menino, disso ele tinha certeza, o pastor disse, e que Deus estava com ele quando se afogou e cuidou dele o melhor que pôde, disso ele também tinha certeza, o pastor disse e a Mãe disse que não conseguia perceber o consolo que havia naquilo, pois o menino não estava mais conosco, jamais voltaria para casa, tinha partido para sempre, pois o mar o levou, tirou a vida dele, e o corpo agora jazia coberto de terra, a mãe disse, de modo que eles jamais fossem até a Praia, ao Fiorde, a Mãe disse jamais eles podem descer até o mar, até a Praia, até o Fiorde, sozinhos não, só se ela ou o Pai ou algum outro adulto estiver junto é que eles podem descer até a Praia, até o Fiorde, e lá no Molhe nunca ponham os pés, pois lá, bem em frente ao Molhe, o mar é bem profundo, ela disse, então nunca, nunca fossem até o Molhe, ela disse e o Asle fica ali segurando a mão da Irmã e pensa que se agora eles descessem até a praia eles poderiam lavar a sujeira toda do vestido da Irmã, para que voltasse a ficar limpo e bonito, e isso, lavar o vestido, isso não haveria de deixar a Mãe brava, isso a deixaria feliz, porque então ela não precisaria lavar o vestido uma vez que eles já o teriam lavado, o Asle pensa, até porque não tem outro lugar que ele goste tanto de estar como perto do mar, tem tanta coisa para ver por lá, caranguejinhos se escondendo nas rochas quando a maré baixa, e também tem as algas, com bolinhas para apertar ou pisotear que deixam escapar um cheiro de maresia, e peixinhos bem pequeninos nadando de um lado para outro bem próximo da areia, e todas as conchas, azuis e brancas, e algumas quase amarelas, e também é divertido ficar sentado nos rochedos e apenas contemplar o mar, o Molhe e o Bote que está ancorado ali, marrom e bonito, e tem muita coisa que acaba vindo dar na areia da Praia, galhos de árvores, boias, sim, pode até acontecer de aparecer por ali uma ou outra garrafa com um bilhete dentro, garrafas contendo alguma mensagem num bilhete, mas ele mesmo nunca encontrou uma garrafa assim, embora costume encontrar garrafas espalhadas pela areia, é até comum, e apesar de já ter percorrido a Praia inteira até à Leiteria e feito o mesmo caminho de volta, e ter deparado com muita coisa arrastada pelo mar, nunca viu uma garrafa com um bilhete dentro, por mais que tenha visto garrafas pela areia, é bastante comum, por isso se eles forem caminhando pela praia até a Leiteria certamente vão tropeçar numa garrafa em algum lugar, e no barranco da Padaria tem uma pilha enorme de garrafas amontoadas, certamente centenas delas, mas lá, ele sabe, é porque o Padeiro bebe, tanto ele quanto a esposa, a Padeira, e quando os dois esvaziam uma garrafa eles a levam até a Praia e a largam por lá, não exatamente na Praia em si, mas no barranco que começa na Padaria e desce até a Praia, é inacreditável a quantidade de garrafas que tem por lá, o Asle pensa, e então ele costuma encontrar garrafas pela Praia, e também pedaços de madeira à deriva ele sempre encontra, e duas vezes até encontrou bolas, e ambas guardou e ainda as tem, estavam meio murchas mas o Pai as encheu e até que dão para o gasto, eles até que brincaram muito com essas bolas, ele e a Irmã, o Asle pensa e de fato ele vai sempre à Praia, por mais que a Mãe o proíba de ir, mas o Pai nunca disse nada, e isso decerto porque ele mesmo costumasse ir à Praia quando era pequeno, da mesma idade que o Asle tem agora, pois o Pai sempre morou no sítio onde moram agora, ele nasceu na velha e comprida casa branca, onde a Avó e o Avô moram, e a Avó é mãe do Pai, e o Avô é pai dele, pois bem, o Pai nasceu nesse sítio e desde então é ali que ele mora, quem sabe até ele mesmo faça assim, o Asle pensa, ou talvez não, são tantos os lugares onde se pode morar, ele sabe muito bem, porque a Mãe nasceu na cidade de Haugaland e cresceu numa ilha próxima, Hisøy é como se chama, e lá ele esteve muitas vezes, inclusive até nasceu no hospital de Haugaland, então lá mesmo ele poderia morar, ele pensa, lá e em muitos outros lugares, não é preciso continuar morando no sítio onde vivem hoje, assim como o Pai sempre fez

O que vamos fazer então? a Irmã diz

É muito chato ficar aqui assim, ela diz

Precisamos fazer alguma coisa, ela diz

E se a gente fosse até a casa azul? o Asle diz

Sempre quis ir até aquela casa, mas nunca fui, ele diz

Mas imagine se as pessoas que moram lá me vissem, estou muito suja, meu vestido está imundo, a Irmã diz

e o Asle diz que o vestido dela não está exatamente limpo, mas não importa tanto, porque eles só vão até a casa, e ninguém irá vê-los e reparar na sujeira do vestido, ele diz, e já que ela é tão burra de ficar sapateando numa poça d'água é óbvio que o vestido dela ficaria sujo, isso ela já deveria saber, ele diz, mas quem sabe eles devessem ir até a casa azul, o Asle diz e então a Irmã diz está bem e lá vão eles de mãos dadas pelo acostamento da rodovia, e quando chegam em frente à casa azul ficam parados admirando o lugar

É uma bela casa antiga, o Asle diz

É, a Irmã diz

Esse tom de azul é tão bonito, ele diz e

a Irmã assente com a cabeça

Não devia ser tão bonita quando era nova, mas agora até que ficou, a chuva e o vento e a neve a deixaram mais bonita, o Asle diz

e diz que a pintura em alguns lugares está descascando e isso só deixa aquela cor azul ainda mais bonita e a Irmã diz que não sabe se a cor ficou mais bonita, mas vê que a casa é azul de todo modo, ela diz

Você sabe os nomes das cores? o Asle diz

Sei, a Irmã diz

Porque não são muitas, ele diz

Existem mais cores do que nomes para elas, pelo menos nomes que eu conheço, ele diz

É mesmo, a Irmã diz

Amarelo, azul, branco, o Asle diz

E vermelho, marrom, preto, ela diz

E lilás, ele diz

São essas e muitas outras, a Irmã diz

e o Asle diz que é assim, que aquele azul da casa é completamente diferente do azul do céu ou do azul do mar ou do azul do vestido dela, ele diz, basta olhar

É só ver como o azul da casa é diferente do azul do seu vestido, ele diz

e diz que as cores nunca são iguais e estão em constante mudança, e isso tem a ver com a luz, ele diz, portanto de nada adianta dar nomes a todas as cores que existem, seriam tantas que ninguém seria capaz de aprender todos os nomes, ele diz e agora a Irmã diz que o azul mesmo assim é azul, ela diz, e o amarelo é amarelo, ela diz

Sim, é isso mesmo, o Asle diz

Claro que é desse jeito, ele diz

e então lá estão eles de mãos dadas e a Irmã diz que agora fizeram algo que não podiam ter feito, porque a Mãe diz sempre que não podem ir para a rodovia, ela diz, e o Asle diz que está certo mas se fosse o caso de dar ouvidos a tudo que a Mãe diz para não fazer não fariam quase nada, ele diz e então os dois ficam parados apenas e a porta de entrada da casa azul se abre e alguém sai de lá e é um homem com uma barriga enorme e um chapéu na cabeça e ele se vira e fecha a porta ao passar e caminha por uma trilha de cascalho na direção da rodovia e o cascalho estala a cada passada e a Irmã sussurra que agora é hora de ir embora, porque o vestido dela está imundo, ela diz e o homem olha para eles e para, e faz um meneio de cabeça

Olhe só, são vocês dois, ele diz

Vieram passear bem longe, ele diz

Caminharam até o Penedo, ele diz

Só não sabia que a mãe de vocês deixava que viessem tão longe sozinhos, ele diz

e tanto a Irmã como o Asle ficam olhando para o chão

Mas foi bom ver vocês, o homem diz

E como se chamam mesmo? ele diz

Meu nome é Asle, o Asle diz

E o meu é Alida, a Irmã diz

Asle e Alida, o homem diz

E eu me chamo Gudleiv, ele diz

E eu até já sabia o nome de vocês, mas tinha que perguntar de todo jeito, ele diz

e então o Gudleiv estende a mão para o Asle e diz Gudleiv e o Asle diz Asle e em seguida o Gudleiv estende a mão para a Irmã e diz Gudleiv e a Alida diz Alida e o Gudleiv diz que finalmente eles têm uma oportunidade de se conhecer, como bons vizinhos fazem, e já não era sem tempo, vizinhos próximos como eles são, mas será que não gostariam de entrar um pouquinho? porque a mulher dele, pois é, o nome dela é Gunvor, ela vai querer muito cumprimentá-los, na verdade ele estava de saída para fazer umas compras na loja da Cooperativa, mas não tem pressa, agora ele e a esposa podem reservar um tempinho para receber umas visitas tão simpáticas e as compras podem esperar um pouco, que nem a Cooperativa nem as mercadorias vão sair correndo, ele diz, sendo assim não querem mesmo entrar um pouquinho? o Gudleiv diz e a Irmã olha para o Asle e sussurra no ouvido dele que é melhor voltarem para casa, que a Mãe não sabe onde estão, e ela sempre disse que eles não podem caminhar pela rodovia, ela diz e o Asle olha para o homem, para o Gudleiv

Entrem e digam alô para a Gunvor, ela vai ficar muito feliz de ver vocês, ele diz

e o Gudleiv se vira e começa a caminhar pelo cascalho que estala a cada passo que dá e o Asle aperta a mão da Irmã com força e quase a arrasta consigo atrás do Gudleiv que segue em frente com aquele seu chapéu

Que bom ver vocês, ele diz

Foi uma surpresa, ele diz

Mas é sempre bom receber visitas inesperadas, ele diz

e abre a porta de casa e diz

Sejam bem-vindos, ele diz

Sejam muito bem-vindos, ele diz

e ao passar grita pela Gunvor, diz que ela venha cá, que chegaram visitas de repente, ele diz e diz para o Asle e a Irmã entrarem e o Asle entra segurando a Irmã pela mão e quase a arrasta consigo e então vê a Gunvor vindo recebê-los, e ela se apoia numa bengala

Mas que surpresa agradável, ela diz

Olhe só se não são o Asle e a Alida que vieram, ela diz

Esses dois nunca estiveram no Penedo antes, ela diz

Mas queiram entrar por favor, ela diz

e a Gunvor dá meia-volta e entra na sala e o Gudleiv fecha a porta da frente e diz para entrarem e o Asle diz que o vestido da Irmã não está nada limpo e o Gudleiv diz que está vendo, embora tenha a vista ruim isso até ele consegue perceber, ele diz e o Asle diz que a Irmã tinha justo que ir chapinhar numa poça d'água no meio da rodovia apesar de ele dizer para ela que não fizesse isso, ou iria sujar o vestido, mas ela o ignorou, ele diz

Crianças pequenas são assim, a Gunvor diz

Mas eu posso limpar o grosso dessa sujeira, ela diz

e a Irmã olha para baixo e dá um puxão na mão do Asle, como se dissesse para irem embora já e ele aperta a mão dela e ela diz ai e o Gudleiv pergunta se ela está sentindo alguma dor, e o Asle e a Irmã balançam a cabeça e ela diz que não, não está sentindo dor nenhuma

Não é nada, o Asle diz

e o Gudleiv diz que eles podem tirar as galochas e entrar e o Asle solta a mão da Irmã e eles descalçam as galochas e colocam os dois pares lado a lado

Nesse tempo é melhor usar galochas, o Gudleiv diz

e o Asle vê que o Gudleiv tirou os sapatos e calçou pantufas

Venha cá minha pequena, a Gunvor diz

e a Irmã vai até a Gunvor e ela dá a mão para a Irmã e diz que se chama Gunvor e a Irmã diz que se chama Alida

Um prazer conhecer você, a Gunvor diz

É, a Irmã diz

e o Asle vai até a Irmã e vê que a Gunvor segura a bengala numa das mãos e a mão da Irmã na outra, e com a bengala ela empurra uma porta e em seguida a Gunvor e a Irmã passam pela porta e o Asle vê que a Gunvor abre a torneira da pia e pega um paninho e o molha e começa a limpar a sujeira do vestido da Irmã e a Gunvor diz que não vai ser nada fácil, mas o grosso, a sujeira mais superficial pelo menos, ela vai conseguir limpar, a Gunvor diz e o Gudleiv diz ao Asle para irem para a sala e o Gudleiv então abre a porta da sala e diz por favor entre e o Gudleiv diz para ele sentar no sofá e o Asle vai e senta numa ponta do sofá e vê que a Gunvor chega com a Irmã e a Gunvor a segura pela mão e diz para a Irmã sentar no sofá, ao lado do Asle, que eles vão providenciar algo para servir, a Gunvor diz e ela olha para o Gudleiv

Vocês querem beber alguma coisa? o Gudleiv diz

Gostam de refrigerante? ele diz

e a Irmã e o Asle assentem com a cabeça

Sim, seria ótimo, o Asle diz

e a Irmã assente e diz que sim e o Gudleiv diz que achou mesmo que eles fossem gostar de refrigerante

Porque vocês gostam de refrigerante, não gostam? a Gunvor diz

Gostamos, o Asle diz

Gostamos, a Irmã diz

Vou ver o que temos, o Gudleiv diz

e então abre uma porta e se vai da sala

Ele foi ver se ainda temos algum refrigerante na cozinha, a Gunvor diz

Acho que ainda temos uma garrafa, ela diz

e a Gunvor senta numa poltrona e apoia a bengala numa cadeira e o Asle vê que há um tear enorme na sala, que ocupa quase metade da sala, e tem a impressão de que se trata de um tear duplo, como se fossem dois teares um ao lado do outro

Aqui ficam os nossos dois teares, a Gunvor diz

Sentamos um de cada lado e tecemos, o Gudleiv e eu, ela diz

Tecemos aquelas faixas que as pessoas usam nos trajes folclóricos, aquelas que ficam amarradas sobre o avental e se chamam cintas de colo, a Gunvor diz

Sim, o Asle diz

Cintas de colo, a Irmã diz

Mas vocês já repararam mesmo nessas faixas? ela diz

e tanto o Asle como a Irmã fazem que sim com a cabeça

Trajes folclóricos, a Irmã diz

Sim, aquelas roupas que as mulheres vestem quando querem parecer bem bonitas, a Gunvor diz

e então faz-se silêncio e o Gudleiv vem abanando a cabeça e diz que tinha certeza de que tinham refrigerante na cozinha, duas garrafas pelo menos, mas não, não viu uma só garrafa por lá, ele diz e a Gunvor diz que é muito estranho e então o Gudleiv diz que vai ver no porão, talvez tenha refrigerante lá, ele tem quase certeza de que sim, ele diz

No porão deve ter refrigerante, a Gunvor diz

e nesse instante o Gudleiv abre uma porta e sai e a Gunvor aponta para a porta e diz que de lá desce uma escada até o porão e diz que sim, ela e o Gudleiv tecem essas faixas para os trajes folclóricos, ela diz, e é assim que ganham o dinheiro do sustento, ela diz, e quando o Gudleiv estiver de volta ele pode pegar uma faixa pronta para eles verem como é, a Gunvor diz e o Asle diz que seria bacana ver uma dessas faixas e então o Gudleiv surge pelo vão da porta segurando uma garrafa de refrigerante dourado e vai e põe a garrafa na mesinha de centro diante do Asle e da Irmã, bem no meio dos dois, e vai e fecha a porta que leva ao porão e em seguida vai até a cozinha e volta com dois copos e põe diante deles e pega um abridor de garrafas e abre a tampa da garrafa e o Asle pensa de onde terá surgido esse abridor? por acaso esse sujeito que se chama Gudleiv estava escondendo um abridor na manga? ele pensa e então o Gudleiv serve um pouco em cada copo e diz bebam por favor e tanto o Asle como a Irmã agradecem e então a Gunvor diz tomara que gostem e então o Asle e a Irmã erguem cada um seu copo e bebem e o Asle acha que está uma delícia, devia estar mesmo com sede, e bebe todo o refrigerante do copo e põe o copo na mesa e a Gunvor diz ao Gudleiv para pegar uma faixa e mostrar a eles e o Gudleiv vai buscar uma faixa e dá para a Gunvor e ela a estende sobre a mesinha de centro e o Gudleiv ajuda a esticá-la sobre a mesa e a Gunvor diz que é assim que ela é, uma cinta de colo, ela diz e o Asle examina as cores e a estampa e não tem palavras para expressar o que vê e nesse instante as cores e a estampa ficam gravadas na sua mente e como uma trama pode ser tão linda, não, ele jamais pensou, muitas vezes ele já tinha visto a Mãe ou a Avó usando aqueles trajes e nunca tinha reparado que eram tão bonitos, mas agora que viu a cinta de colo tão de perto assim, e reparou nas cores, e na estampa, pois é, era algo que jamais tinha visto, uma das coisas mais belas que já viu, o Asle pensa e a Gunvor pergunta se gostaram e o Asle diz que foi uma das coisas mais lindas que já viu na vida, e como é que conseguiam fazer aquilo, deve ser muito difícil, o Asle diz e a Irmã diz que também achou a faixa linda e o Asle vê que ela também já bebeu todo o refrigerante e pôs o copo sobre a mesa e então o Gudleiv pergunta se aceitam um pouco mais de refrigerante e ambos assentem com a cabeça e ele serve o resto do líquido dourado nos copos, primeiro para a Irmã e depois para o Asle

Já se foi todo o refrigerante, o Gudleiv diz

Mas foi bom enquanto durou, a Gunvor diz

Estava uma delícia, o Asle diz

Sim, a Irmã diz

enquanto levanta o copo e bebe

Você gosta mesmo de refrigerante, o Gudleiv diz

e a Irmã dá um gole no copo e diz que sim e devolve o copo à mesa

Da próxima vez que vier aqui você pode beber mais, o Gudleiv diz e o Asle também bebe o refrigerante e então olha para a Gunvor e diz de novo que a cinta de colo é muito bonita e Gunvor diz que se sentiu a pessoa mais importante do mundo quando ele disse que a faixa era a coisa mais linda que já tinha visto, ela diz e o Gudleiv diz que o Asle tem uma visão e um gosto muito apurados, garoto, ele diz e então batem na porta e o Gudleiv diz que vai ver quem é

A Mãe de vocês deve ter visto que vieram até aqui e agora veio buscá-los, a Gunvor então diz

e então o Asle e a Irmã olham para baixo

Ah, mas ela não está sabendo? a Gunvor diz

Não, o Asle diz

Então será que não está preocupada com vocês? a Gunvor diz

e nem o Asle nem a Irmã dizem nada

Vocês simplesmente vieram e pronto? a Gunvor diz

Sem pedir permissão? ela diz

e ninguém responde

Acho que é melhor voltarem para casa agora mesmo, ela diz

Porque a mãe de vocês deve estar se perguntando para onde foram, ela diz

Tenho certeza de que ela está preocupada com vocês, a Gunvor diz

Talvez, o Asle diz

Está sim, a Gunvor diz

Mas foi bom terem vindo, e voltem logo para nos visitar, e digam à mãe ou ao pai de vocês para onde estão indo, ela diz

Está bem, o Asle diz

e o Asle vê o Gudleiv entrar e junto dele vem um homem enorme com uma grande pança e ele é completamente calvo e o Asle pensa que só pode ser o Careca, com ele as crianças devem tomar cuidado, a Mãe e o Pai já tinham avisado, também disseram para o Asle nunca entrar no carro nem na casa dele, o Asle pensa e a Gunvor diz ao Gudleiv que a mãe deles não sabe onde eles estão, eles simplesmente saíram de casa, é melhor que voltem imediatamente, a Gunvor diz e o Gudleiv diz que não, não tinha sequer pensado nisso

É melhor vocês voltarem para casa agora mesmo, o Gudleiv diz

Me prometam isso, a Gunvor diz

e o Asle e a Irmã levantam e o Careca senta no sofá

Eu agradeço a visita de vocês e espero que nos vejamos novamente em breve, a Gunvor diz

Obrigado pelo refrigerante, o Asle diz

Sim, obrigada, a Irmã diz

Não há de quê, a Gunvor diz

e então o Gudleiv diz para eles voltarem qualquer dia, foi ótimo receber a visita de duas crianças tão bem-educadas, mas agora, agora é bom que digam à mãe para onde estão pensando em ir, ele diz e o Gudleiv os acompanha até o corredor onde eles calçam as galochas

Obrigado pelo refrigerante, o Asle diz

Não há de quê, o Gudleiv diz

Obrigada pelo refrigerante, a Irmã diz
Vai ter mais da próxima vez que vierem, o Gudleiv diz
e então a Irmã segura na mão do Asle
Vocês têm que vir aqui mais vezes, o Gudleiv diz
Sim, venham nos visitar, ele diz
Mas só se avisarem aos pais de vocês antes, à Mãe ou ao Pai, ele diz
e abre a porta de casa e o Asle e a Irmã passam
Até logo, o Asle diz
Até logo, a Irmã diz
Até breve e fiquem bem, o Gudleiv diz
e fecha a porta e então o Asle e a Irmã ficam parados diante da casinha azul e o Asle diz que o homem gordo e calvo que chegou é o que chamam de Careca, ele já tinha ouvido falar dele antes
Careca? a Irmã diz
e o Pai e a Mãe disseram que as crianças têm que tomar cuidado com ele, ele diz
Tomar cuidado? a Irmã diz
Isso mesmo, o Asle diz
Não é para entrar no carro dele, não é para ir à casa dele nem se ele pedir, ele diz
e a Irmã não diz nada e então ela e o Asle sobem a trilha de cascalho até a rodovia
Agora eu quero ir para casa, a Irmã diz
e eles começam a caminhar pela beira da rodovia e escutam um barulho de motor e veem um carro surgindo pela curva do Monte Velho e param e ficam imóveis e o carro passa por eles
Ou que tal ir até a Praia? o Asle diz
Mas nossos pais não deixam, a Irmã diz
Eu sei, o Asle diz
Temos que ir para casa, a Irmã diz
Não, vamos descer até o mar, o Asle diz
Porque o que iríamos fazer em casa? ele diz
Não tem nada para fazer lá, ele diz
Eu posso brincar com a minha boneca, a Irmã diz
e então eles ficam parados no acostamento

Não, vamos até a Praia, ele diz

e o Asle pensa que faz isso sempre, mas a Irmã jamais foi com ele à Praia, e nunca se aproximou o suficiente do Fiorde para ter uma vista do mar, e nunca viu a Casa de Barcos, nem o Bote, ele pensa, e seria legal se a Irmã fosse lá ver, ele pensa, ele mesmo já foi ver tantas vezes, está sempre descendo até a orla, por mais que a Mãe diga que ele não pode ir, se não desce à Praia todos os dias ele faz isso com bastante frequência, e a Mãe nem percebe, ela acha que ele está brincando em algum recanto do sítio, talvez no Celeiro, e por isso a Mãe não ralha com ele, mas e quanto à Irmã, que nunca o acompanhou até mar? não, isso ela nunca fez, e é tão pequena, a Irmã, então provavelmente não vai gostar de ir até a Praia, mas talvez goste de estar perto do Fiorde e admirar o mar? e talvez eles possam ir até o Molhe para ver o Bote? ele pensa

Mas a Mãe diz que não podemos, a Irmã diz

Eu sei, o Asle diz

E então não podemos descer até a Praia, podemos? ela diz

Mas eu costumo ir sempre até o mar, o Asle diz

e então os dois ficam ali e a Irmã diz que quer ir para casa e então o Asle diz que não, agora eles vão até a Praia, não importa o que a Mãe diga, porque a Irmã nunca foi até lá, certo? ele diz e a Irmã diz que é mesmo isso que vão fazer? e o Asle diz que eles vão fazer o que bem quiserem e um ao lado do outro eles percorrem a trilha que desce o morro e conduz à Casa de Barcos

Lá na Casa de Barcos é muito legal, o Asle diz

Você quer entrar lá? ele diz

É assustador, a Irmã diz

Não é nada assustador, o Asle diz

e ele segura firme na mão da Irmã e eles começam a descer a trilha que dá na Casa de Barcos e o Asle pensa que espera de verdade que a Mãe não os veja agora, ou então é capaz de vir correndo atrás deles e lhes dar uma bronca em dobro, tanto porque a Irmã sujou o vestido como porque eles estão fazendo algo proibido, descendo até o mar, à Casa de Barcos, à Praia, ao Molhe, ao Bote, eles estão indo a lugares onde não poderiam, o Asle pensa e a Irmã diz que não isso ela não vai se atrever a fazer e trava e o Asle a arrasta pela mão e ela diz para ele deixar disso

Solte, solte já a minha mão, a Irmã diz

e o Asle solta a mão dela e os dois ficam na trilha que desce até a Casa de Barcos e o Asle olha para o telhado de placas cinzentas onde os barcos ficam abrigados, e sabe que se chamam lajes de ardósia, foi o pai quem disse, lajes de ardósia, e no telhado essas lajes são empilhadas umas sobre as outras, uma cobrindo um pedaço da outra, e o telhado da Casa de Barcos é um mosaico de tons de cinza, ele pensa, chega a ser inacreditável que existam tantos tipos de cinza, o Asle pensa, e eles parecem diferentes a depender do tempo que faz, com sol parece que são só dois tons de cinza, mas na sombra se revelam outros matizes, é sempre como se as cores estivessem em movimento e ao mesmo tempo se aquietassem, sim, o Asle pensa, as cores são movimento na quietude e quietude no movimento, para não mencionar as paredes da Casa de Barcos, onde as tábuas de madeira se tingiram de cinza, e as rachaduras na madeira conferem ao conjunto uma infinitude de tons de cinza, o Asle pensa e diz que a Casa de Barcos é cinza mas também existem muitos outros tons de cinza que não têm nome e a Irmã concorda e ele a segura firme pela mão porque chega a dar medo aquela infinidade de variações de cinza, assim como as muitas variedades das outras cores, que se chamam azul, apenas azul, mas também certamente há milhares de azuis diferentes, milhares, pelo menos milhares, não, são tantas que não se podem contar, o Asle pensa

E os azuis, bem, são tantos que não dá nem para contar, ele diz

Sim, a Irmã diz

Os azuis, ela diz

O céu é azul, ela diz

Às vezes, o Asle diz

Mas hoje até o céu está cinza, ele diz

Aliás, é quase sempre dessa cor, ele diz

É, cinza, a Irmã diz

O céu é cinza e a Casa de Barcos é cinza, as lajes do telhado são cinza e as paredes da Casa de Barcos são cinza, mas você consegue perceber que existem diferentes tons desse cinza? ele diz

e a Irmã faz que sim com a cabeça
Está vendo? ele diz
Sim, a Irmã diz
Mas você não dá a mínima para isso, ele diz
Não, ela diz
Vamos entrar na Casa de Barcos se você quiser? ele diz
Mas não vou sentir medo? a Irmã diz
Não está escuro lá dentro? ela diz
e o Asle diz que tem uma escotilha na parte de cima da Casa de Barcos, não está vendo? bem na frente deles? e ela não está vendo que dali pende um gancho coberto de ferrugem? então essa escotilha pode ser facilmente aberta e eles podem entrar na Casa de Barcos, ele diz e a Irmã diz que não quer entrar na Casa de Barcos
Está bem então, o Asle diz
então eles contornam a Casa de Barcos seguindo rente à parede até a esquina oposta e então a Irmã diz que está assustada, não sabe se se atreve a fazer isso e o Asle diz que se forem um pouco mais longe a Mãe não poderá vê-los de casa e nesse caso eles conseguirão ver a Praia e o Fiorde e o Molhe e o Bote e a Irmã para, e então o Asle também para, e os dois ficam ali parados, ele e a Irmã, ela com seu vestido sujo de lama
Eles foram gentis, a Gunvor e o Gudleiv, a Irmã diz
Foram, o Asle diz
Nos deram até refrigerante, ela diz
Mas a Gunvor não conseguiu limpar o seu vestido direito, o Asle diz
Precisamos lavá-lo ou a Mãe vai ficar zangada, ele diz
É, a Irmã diz
Podemos lavá-lo no mar, ele diz
Será que dá? ela diz
Sim, vai dar certo, o Asle diz
Daí a Mãe não vai ficar zangada? a Irmã diz
Não, não se o vestido estiver limpo, ele diz
Está bem então, ela diz
então os dois retomam o passo em direção à esquina da Casa de Barcos e já chegaram tão longe que provavelmente a Mãe não conse-

guirá vê-los de casa, nem da janela da sala nem do pátio, o Asle pensa, então agora estão seguros, ele pensa e a Irmã estaca e fica imóvel e diz que ali, bem na trilha aos pés deles, ali tem um arbusto enorme de urtigas, ele não está vendo? ela diz e o Asle não responde e percebe que algumas das urtigas são bem mais altas do que ele, e as folhas são bem recortadinhas e têm espinhos que apontam para eles, e o Asle diz que a Irmã deve encostar bem na parede, caminhando atrás dele, e então se aproxima do ramo de urtigas e o puxa para baixo e a Irmã diz que não está gostando nada disso, porque é assustador, ela diz

Não podemos voltar? a Irmã diz

Mas é muito bacana depois que contornarmos a ponta, de lá poderemos ver o mar, o Asle diz

Acho que não quero, a Irmã diz

E a Mãe disse para nunca irmos até o mar, ela diz

E agora estamos indo mesmo assim, a Irmã diz

então o Asle retoma o passo, lentamente, e ele vai adiante e a Irmã segue atrás agarrando o suéter dele e o Asle olha para a frente e vê que várias urtigas projetam suas folhas dentadas sobre a trilha, enormes folhas verdes e dentadas, nuns trechos elas descem até o chão, noutros estão bem altas, já outras ultrapassam bastante a cabeça dele, e se agitam discretamente, ainda que não esteja ventando as folhas balançam, e de repente ele vê uma folha de urtiga vindo bem de encontro ao rosto dele e para e levanta o pé e pisa no galho de urtiga e eles seguem em frente e o Asle vê um galho de urtiga estirado na direção da sua perna e levanta o pé e pisa nele e então vê uma urtiga que projeta suas folhas, várias delas, muitas folhas, até o meio da trilha, e esta também precisa ser pisoteada, o Asle pensa e ergue o pé e pisa na urtiga e a Irmã diz que isso é assustador, ela está morrendo de medo, ela diz segurando firme o suéter do Asle e ele vai devagar bem rente à parede e a Irmã diz para ele não ir tão rápido e o Asle diminui a marcha e depois ergue o pé e pisa em mais um grande arbusto de urtiga e agora não há mais urtigas bloqueando a trilha e eles já chegaram à esquina e avançam, primeiro ele, depois a Irmã, e o Asle contorna a esquina e atrás dele vem a Irmã e eles já contornaram a esquina e o Asle segura a Irmã pela mão e por que é tão bom ver o mar ele não sabe dizer, mas que é bom, isso é, ele pensa

Estou vendo o mar, o Asle diz

Eu também, a Irmã diz

É bom ver o mar, ele diz

É, ela diz

e eles chegam ao arrecife e mais adiante está o Molhe, uma construção sólida de pedra, e lá estão o Bote e o Fiorde e tudo mais, o Asle pensa e então a Irmã para

Mas, ela diz

O quê, ele diz

A Mãe disse que, ela diz

e o Asle a interrompe e diz que a Mãe disse que eles nunca devem ir até o mar, mas agora vieram mesmo assim, ele diz

Sim, a Irmã diz

e aperta bem forte a mão dele

Fizemos o que tínhamos vontade e não o que a Mãe queria que fizéssemos, ela diz

e diz com um tom de orgulho na voz, o Asle pensa, como se agora os dois tivessem feito uma grande proeza, como se esse feito os tivesse deixado maiores do que são, por fazerem aquilo que tinham vontade e não o que a Mãe lhes dizia para fazer, o Asle pensa e solta a mão da Irmã e vai até o arrecife e senta e ali fica sentado olhando para o Molhe e para o Bote enquanto a Irmã apenas espera onde está, e ali fica, a Irmã, e ele está sentado, o Asle, ele acha tão bonito admirar o Bote quase imóvel no mar, bem diante do Molhe, e também o Fiorde, que está uma calmaria só hoje, exceto por umas poucas marolas que o vento produz, e o Bote mal se move, só oscila um pouco para cima, um pouco para baixo, um pouco para os lados, um pouco para trás, e o Bote é marrom e bonito e são tantos os tons de marrom para admirar no Bote que ele chega a ficar atordoado só de olhar para eles, mas é bom ver que aquele Bote marrom é marrom de várias maneiras, que tem tantos matizes de marrom mesmo sendo apenas marrom, e o Asle, como se fosse numa visão, o Asle enxerga todos esses matizes de marrom tal como são, como gradações de marrom, e não como a cor marrom de um barco, mas como cores distintas, apenas cores, e vê como esses matizes penetram um no outro, e como cada um se funde com o outro, sim, todos eles, emprestam um pouco de si à cor vizinha e se transformam em algo diferente do que eram, e imagine pensar que tudo isso se chama marrom, apenas marrom, porque o Bote é marrom, não se pode afirmar outra coisa, assim como o doce de leite é marrom, e a bolsa da Mãe é marrom, ele pensa, por mais que todas sejam cores de alguma maneira distintas

Não é estranho que digam que o Bote é só marrom? o Asle diz

E era para dizer o quê? a Irmã diz

Pois o Bote é mesmo marrom, ela diz

É, o Asle diz

Mas tem tantas cores marrons e então dizem que o Bote é apenas marrom, ele diz

O Bote é marrom, a Irmã diz

Sim, é marrom, o Asle diz

Mas o queijo marrom e a bolsa da Mãe também são, ele diz

e o Asle percebe um quê de irritação na voz, e não sabe muito bem por quê

Está zangado com isso? a Irmã diz

Um barco marrom é um barco marrom, ela diz

Sim, o Asle diz

Mas, ele diz

e se cala

Não sei do que você está falando, a Irmã diz

Se fosse para dizer que o Bote é marrom isso e o queijo marrom é marrom aquilo e por aí vai isso nunca chegaria ao fim, ela diz

É, o Asle diz

Mas você não está vendo que o Bote tem muitos tons de marrom? ele diz

De certo modo sim, a Irmã diz

Mas isso não tem importância, ela diz

e diz que mesmo que os tons de marrom do Bote não sejam idênticos eles ainda são marrons e por isso o Bote é marrom, ela diz

É, o Asle diz

E você não acha bonito apreciar esses diferentes tons de marrom? ele diz

Não muito, ela diz

São a mesma coisa, para falar a verdade, ela diz

E nem acho o marrom uma cor bonita, ela diz

e o Asle não diz nada e a Irmã senta ao lado dele e os dois ficam ali sentados e o Asle está sentado olhando para esse cenário em que sobressaem os tons de marrom do Bote e vê diante de si os tons de marrom dispostos numa superfície e percebe como tudo muda se ele apenas mexer num deles, como todos os outros tons de marrom se alteram

Não vamos fazer nada? a Irmã diz

Vamos sim, o Asle diz

Talvez pudéssemos puxar o Bote até o Molhe, eu sei como fazer, ele diz

e a Irmã diz que isso não, isso não podem fazer, porque não só a Mãe vai ficar zangada, mas também o Pai, ela diz e o Asle diz que talvez possam deixar o Bote onde está, mas pelo menos podem ir até o Molhe e a Irmã diz que a Mãe falou para não fazerem isso, jamais ir até ao Molhe, a Mãe também disse, a Irmã diz e o Asle diz que não se lembra de ela ter falado isso, ela disse apenas que não fossem até o mar, ou até a Praia, ele diz e então a Irmã diz que sim, ela disse isso mesmo, e disse várias vezes, e agora eles fizeram justo o que a Mãe disse para não fazer e o Asle diz que sim, exatamente, agora eles fizeram o que tinham vontade de fazer e a Irmã diz que não tinha tanta vontade assim, ele quem quis, ela diz e o Asle diz que sim, é verdade, mas ele, pelo menos ele, queria vir até o mar, e não é bonito ali? ele diz, é bonito o Molhe e o Bote e o Fiorde e tudo mais, ele diz e a Irmã diz que tudo é bem bonito até mas aquelas urtigas eram muito feias, e se ela soubesse que cresciam tão perto da trilha jamais teria vindo até o mar, ela diz e o Asle diz que não se lembra das urtigas da outra vez que veio, certamente elas estavam lá, mas nunca estiveram tão grandes

Urtigas, a Irmã diz

Eram urtigas enormes, o Asle diz

e ele estica os braços o mais que pode e a Irmã diz que bem, elas eram grandonas assim, ela diz, e diz que é muito chato ficar sentada ali e o Asle diz que eles podem ir até a Praia, que lá sempre tem alguma coisa para ver, caranguejos, peixinhos, e sempre algo que acaba vindo encalhar na areia, destroços, ele diz

Destroços, a Irmã diz

Sim, o nome correto é destroços, o Asle diz

Destroços então, a Irmã diz

e o Asle levanta e a Irmã continua sentada e então ele vai até o Molhe e diz venha e solta a amarra e a Irmã diz o que você está fazendo? e o Asle diz que só quer puxar o Bote e subir a bordo e ficar um tempinho ali, ele diz e puxa o Bote para junto do Molhe e salta a bordo

Tenha cuidado, grita a Irmã

Pode deixar, o Asle diz

e então sobe a bordo do Bote e começa a empurrá-lo para o mar

Não faça isso, a Irmã grita

É perigoso, ela grita

Não é, o Asle diz

e ele pensa que vai mostrar à Irmã como não é assim tão perigoso, então fica de pé sobre o assento e se equilibra ali em cima

Desça! a Irmã grita

então o Asle senta no banco e começa a balançar de um lado para outro e o Bote balança de lado a lado com ele a bordo e ele grita para que a Irmã veja como é bonito o Bote balançando e como são bonitas as marolas que ele produz na superfície, e a Irmã não responde e o Asle pensa que já pode voltar à terra firme e ele fica em pé e vai até a proa do Bote e o arrasta até mais perto do Molhe, sobe no Molhe e empurra o Bote para longe outra vez e o deixa ali ao sabor das águas do Fiorde e o amarra e vai até a Irmã que ainda está sentada em seu lugar e diz não podemos ir para casa agora? ela não quer ser desobediente, e eles não podem caminhar pela rodovia, nem até o mar, ela diz e o Asle diz que agora é hora de descer até a Praia

Venha já, ele diz

e a Irmã apenas continua sentada no arrecife

Não sei se estou com vontade, ela diz

Não seja boba, ele diz

Eu não sou boba, ela diz

Por que você está me chamando de boba? ela diz

Bobo é você, ela diz
Não foi isso que eu quis dizer, ele diz
Você é que é bobo, eu não, a Irmã diz
Não foi isso que eu quis dizer, o Asle diz
e a Irmã diz que tudo bem, já que você não quis dizer isso está tudo bem, ela diz e o Asle diz que ela não é boba e ela diz que ele não é bobo e então estende a mão para ela que segura na mão dele e então ele a puxa para cima e eles descem do arrecife e vão para a Praia, e a maré está alta, de modo que não há quase nada para ver na Praia, e as ondas arrebentam respingando sobre o arrecife e o Asle diz que agora a maré está alta e quase não há nada para ver da Praia em si, mas ele sempre acaba encontrando alguma coisa que o mar trouxe para a terra, arrastou até a terra, e deixou em algum lugar no limite da areia e do morro, ele diz e ela pergunta o que poderia ser e ele diz que podem ser garrafas, como ele já disse, e dentro de algumas dessas garrafas pode haver um bilhete, e então seriam garrafas com mensagens, como ele disse, ele diz, e a Irmã diz que sim e ele diz que nunca encontrou uma garrafa com uma mensagem dentro, mas já encontrou muitas garrafas, e em frente à Padaria tem uma pilha de garrafas, como ele disse, ele diz, ela não vai acreditar como é enorme essa pilha, um montão mesmo, ele diz, e é possível ir pela Praia e passar em frente à Padaria, chegando até a Leiteria, mas não mais além, ele diz
Vamos até a Leiteria? a Irmã diz
Podemos ir, o Asle diz
então de mãos dadas se põem a caminhar pela faixa de areia que divide a faixa do mar da terra onde a grama começa a crescer e se transforma em terra firme e não dizem nada por um instante e então o Asle diz, olhe ali, olhe ali o mar arrastou um tronco inteiro para a terra, ele diz e a Irmã não diz nada e eles prosseguem e então se ouve um guincho agudo e eles avançam sem dizer nada
O que você acha que foi isso? a Irmã diz
Não sei, o Asle diz
e eles vão em frente
Foi um guincho muito alto, a Irmã diz

Sim, como se fosse um barulho de arranhão ou algo parecido, o Asle diz

Alguma coisa arranhando outra, a Irmã diz

É estranho, mas o barulho só pode ter vindo da rodovia, então deve ser um trator velho, o Asle diz

e então chegam à Colina do Estaleiro e seguem adiante, e depois que passam da Colina do Estaleiro chegam ao Pontal e dali veem ancorado o lindo barco dos moradores da Chácara do Pontal, no fiorde de Hardanger, e lá no alto, naquele casarão branco, é lá que mora o Bård, o Asle pensa, e de lá, do Pontal, eles podem avistar a Leiteria que fica bem no fim da Praia, abaixo da Padaria e antes da Cooperativa, mas a Cooperativa não conseguem ver porque está encoberta pela Leiteria, de modo que não é possível vê-la, e junto da Leiteria está o casarão amarelo onde mora o Careca, mas este também não está visível, o Asle pensa e a Irmã diz que é muito longe caminhar até a Leiteria e o Asle diz que pode até parecer longe, mas na verdade não é tanto assim, ele diz

É bem mais perto do que parece, ele diz

Não, é longe demais, ela diz

e o Asle aperta ainda mais a mão da Irmã e então olha para o pátio da Chácara do Pontal e vê o Bård lá no pátio olhando para eles mas não quer falar com o Bård, que adora se exibir dizendo que o sítio deles é maior, que o barco deles é mais bonito, que o pai dele é mais forte que o pai do Asle, baboseiras como essas, o Asle pensa e eles vão na direção da Leiteria

Aquele barulho só pode ter vindo de um trator velho, o Asle diz

Mas foi muito alto, como se viesse de algum lugar aqui perto, próximo de onde estamos, a Irmã diz

É, o Asle diz

E um trator lá faz um barulho desses? ela diz

Um som agudo como se fosse um arranhão? ela diz

Pode até fazer, um trator velho faz, o Asle diz

e eles seguem adiante sem dizer nada, mas é como se uma incerteza se abatesse sobre eles, e eles pensam sem pensar com palavras que não deveriam ter feito isso, que agora estão fazendo uma coisa que não podiam fazer, algo que a Mãe tanto repetiu que não fizessem, estão fazendo algo proibido, e será que não foi por isso que ouviram esse som agudo? será que esse som não veio de um trator e eles só o ouviram porque estão fazendo uma coisa proibida? será por isso que ouviram esse ruído? o Asle pensa, porque na verdade um trator velho não faz um barulho assim, ele pensa e esse ruído não lhe agrada nadinha, ele pensa e eles caminham e depois param e o Asle se vira e diz que agora lá está o Bård a bordo do barco, esse diante do qual eles acabaram de passar, ele está de pé em cima do banco, ele diz e a Irmã se vira

Parece perigoso, ela diz

É só porque ele nos viu passar que está fazendo isso, o Asle diz

Ele quer parecer durão, ele diz

e ele diz que o tal Bård é um frouxo e está morrendo de medo de ficar de pé no banco e só veio fazer isso para se exibir, não tem outro motivo, então por isso não vão mais nem olhar na direção dele, vão só continuar caminhando em frente, o Asle diz e ele e a Irmã se viram de costas e lentamente voltam a caminhar e o Asle diz que quando tiverem chegado ao local onde a Praia faz uma curva já não vão mais conseguir ver onde o Bård está e eles avançam de mãos dadas e chegam na curva da Praia e agora não podem mais ver o Pontal e seguem na direção da Leiteria e o Asle solta a mão da Irmã e aponta

Olhe ali, um remo, ele diz

e o Asle dispara na direção do local onde a terra e a praia se encontram e a Irmã fica parada e o Asle levanta o remo nas mãos

Olhe, ele grita

Quer dizer que você achou alguma coisa, a Irmã diz

É um remo, o Asle diz

Sim, a Irmã diz

Achei um remo, o Asle diz

É um remo inteiro e está bem conservado, ele diz

e o Asle ergue o remo e diz que talvez haja outro mais adiante na Praia, mais próximo da Leiteria, porque remos costumam ser um par, ele diz e a Irmã diz que agora quer voltar para casa

Não gosto desse barulho, ela diz

Não, o Asle diz

Mas podemos mesmo assim ir até a Leiteria, ele diz
Não gosto desse barulho, a Irmã diz
Mas então vamos até a Leiteria e damos meia-volta e vamos para casa, o Asle diz
Está bem, a Irmã diz
e os dois ficam parados lá e o Asle põe o remo novamente no chão e do nada dá um abraço na Irmã e diz que eles podem ir até a Leiteria, e depois ir ver as garrafas amontoadas no barranco da Padaria, e então, talvez possam ir até a Cooperativa, que tem muita coisa para ver na vitrine por lá, o Asle diz e a Irmã diz que não podem fazer isso porque a Mãe já tinha avisado que eles não poderiam caminhar pela rodovia, que é perigoso, a pista é tão estreita que mal tem espaço para acomodar um só carro que seja, imagine para os pedestres, e além disso eles nunca deveriam andar sozinhos, só na companhia de adultos, só acompanhados pela Mãe ou o Pai, ela disse, a Irmã diz e o Asle não responde e eles vão caminhando devagar pela Praia e a Irmã diz que está cansada de tanto andar e o Asle diz que já que é assim eles podem sentar e descansar um pouco e eles sentam cada um sobre uma pedra redonda e ficam sentados sem dizer nada, e o Asle acha muito chato ficar sentado assim, e tem a impressão de que já ficaram muito tempo sentados, ele pensa
Não podemos continuar? ele diz
Podemos sim, a Irmã diz
Você não está mais cansada agora, ele diz
Não, minhas pernas estão menos cansadas, a Irmã diz
e então eles levantam e a Irmã segura na mão do Asle e eles seguem em frente e mais adiante já podem avistar a Padaria e depois a Leiteria, o Asle pensa, e para chegar à Cooperativa é preciso subir por uma trilha que vai dar na Padaria, passando pelas garrafas, pelo montão, sim, pela pilha de garrafas, e depois chegar à rodovia, e lá chegando eles podem avistar a Cooperativa, e não é tão longe ir da Padaria até a Cooperativa
Não podemos voltar para casa agora? a Irmã diz
Não, o Asle diz
Estou com medo, ela diz

Não tem por que ter medo, o Asle diz

Tem sim, a Irmã diz

Do que então? o Asle diz

Se for para ir para a Cooperativa teremos que passar por aquele casarão amarelo, aquele do lado da Leiteria, a Irmã diz

E lá, no casarão amarelo, é lá que mora o Careca, aquele que não tem um só fio de cabelo na cabeça, ela diz

Aquele homem que tem uma aparência assustadora, ela diz

É, o Asle diz

E é com ele que as crianças devem ter cuidado, foi você quem disse, a Irmã diz

É, o Asle diz

e eles vão devagar, passo a passo, subindo a trilha na direção da Padaria

Agora aquele ruído horrível já passou, o Asle diz

e a Irmã assente com a cabeça

E lá está o monte de garrafas, o Asle diz

e aponta

Sim, a Irmã diz

e então diz que não tem muito o que ver ali, é só um monte de garrafas vazias, ela diz e o Asle diz que talvez não, mas são garrafas de aguardente vazias, ele diz, porque tanto o Padeiro como a Padeira bebem, e quando começam a beber não conseguem parar e fazem uns pães meio solados, mas não deixam de fazer pão mesmo quando começam a beber e ficam embriagados, e gente que se embriaga às vezes mal consegue ficar de pé, e pode acontecer de caírem no chão, e então o Padeiro e a Padeira fazem pães solados mas quando estão sóbrios os pães ficam perfeitos, ele diz e a Irmã assente e diz que está com vontade de voltar para casa, e já estão quase chegando na rodovia e lá a Mãe tantas vezes disse que sozinhos não deveriam ir e o barranco é íngreme demais, ela está cansada, ela diz e senta na grama e então o Asle senta e os dois ficam sentados apenas sem dizer nada e em seguida a Irmã diz que está ouvindo vozes e o Asle diz que não está ouvindo coisa nenhuma e a Irmã diz que não e o Asle pensa que agora precisam continuar, é muito chato ficar sentado assim, ele pensa e levanta e estende a mão para a Irmã e ela segura a mão dele e ele a puxa para cima e ela continua dizendo que está ouvindo vozes, mas bem longe, e o Asle diz que não está ouvindo nada e tem vontade de rebocar a Irmã pela trilha que vai dar na Padaria e na rodovia e a Irmã diz que na rodovia eles não podem ir, o Pai e a Mãe já disseram muitas vezes que não, ela diz e o Asle diz que é verdade e alguém atrás deles diz mas olhe só quem está por aqui e eles se viram

Então são vocês dois, o Padeiro diz

Foi a mãe quem mandou vocês aqui para comprar pão? ele diz

Já estão bem grandinhos para fazer algumas tarefas para a mãe e vieram comprar pão? ele diz

Vocês são crianças espertas, o Padeiro diz

e eles não se mexem

Ou será que só vieram dar um passeio? ele diz

e mal a porta da Padaria se abre e surge lá de dentro a Padeira

Mas veja só quem veio até aqui, ela diz

Pelo visto vieram dar um passeio, o Padeiro diz

E não pediram permissão à mãe, a Padeira diz

Não, não, o Padeiro diz

Acho que não, ele diz

e vai até eles e põe uma das mãos sobre o ombro do Asle e a outra sobre o ombro da Irmã e diz que agora eles têm que voltar imediatamente para casa, que a mãe deve estar preocupada com eles, o Padeiro diz

Deve estar mesmo, a Padeira diz

e então ela diz esperem um pouco e entra e sem demora volta e vem caminhando até eles e estende a mão e oferece a cada um deles um pão doce

Bons meninos como vocês merecem ganhar um pão doce, a Padeira diz

Mas na condição de que voltem já para a casa da mãe de vocês, ela diz

Obrigado, muito obrigado, o Asle diz

Sim, obrigada, muito obrigada, a Irmã diz

Não tem por que agradecer, vocês são bons meninos, a Padeira diz

Bons meninos, sim, o Padeiro diz

Mas agora voltem já para a mãe de vocês, a Padeira diz

Ela deve estar bem preocupada, ela diz

E talvez até já tenha saído para procurar vocês, ela diz

Porque tenho certeza de que vocês não podiam estar caminhando por essa estrada sozinhos, a Padeira diz

Nós viemos pela Praia, a Irmã diz

E aposto que não tinham permissão para isso, a Padeira diz

Vir até o mar, ela diz

De jeito nenhum, ela diz

e o Asle e a Irmã já começaram a comer os pães e deviam estar com fome, já que ficam ali mastigando e a Padeira pergunta se os pães estão gostosos e o Asle e a Irmã dizem sim em uníssono e de boca cheia e o Padeiro diz que bom que gostaram e o Asle pensa que se o Padeiro e a Padeira continuarem por perto eles não poderão ir à Cooperativa, pois tanto o Padeiro como a Padeira disseram que é hora de voltar para a Mãe que deve estar preocupada com eles, ela que nunca teria deixado que eles saíssem sozinhos, e é verdade, mas eles não fizeram nada de errado, é só a Mãe que pensa e acha que eles fizeram, e só porque está sempre muito preocupada com eles, ela se preocupa com qualquer coisa, eles não podem fazer nada, não podem andar pela rodovia, e não podem descer até a Casa de Barcos nem à Praia, nada, eles não têm permissão para fazer nada, só podem ficar em casa, ou dentro de casa ou no pátio, nada mais, o Asle pensa e isso só porque a Mãe sempre fica tão preocupada com tudo, ele pensa, e então ouve dentro de si a Mãe dizendo ao Pai não é mesmo e ele dizendo que é, eles não podem caminhar pela rodovia, nem descer até o mar, ele diz e a Mãe diz vocês estão ouvindo, vocês ouviram muito bem o Pai dizer o mesmo que ela, a Mãe diz, o Asle pensa e lá, lá longe, só pode ser a Mãe que vem correndo e o Asle pensa que não, não é possível, será mesmo que ela veio buscá-los e quando chegarem em casa vão tomar uma baita bronca e é ele quem vai tomar essa bronca e a Mãe vem correndo até eles e parece apavorada e parece que andou chorando e se aproxima e o Asle não consegue mais entender nada, ficar preocupada desse jeito com eles, ele pensa, não, eles nunca deveriam ter feito o que fizeram, ele pensa e então a Mãe o abraça e também a Irmã e os abraça forte e então diz ofegante ao padeiro e à Padeira que, que, que será que eles não souberam da notícia? não souberam que ele se afogou? que o garoto da Chácara do Pontal, o Bård, da mesma idade do Asle, foi encontrado afogado, agora mesmo, ela vinha caminhando margeando a Praia, porque não conseguia encontrar nem a Irmã nem o Asle, e estava apavorada achando que eles tinham descido até o mar e então foi até a Praia atrás deles, mas não conseguia encontrá-los, e decidiu vir percorrendo a Praia e quando estava contornando a Colina do Estaleiro e já chegando ao Pontal avistou um monte de pessoas aglomeradas em frente à Chácara do Pontal e viu o carro do Médico estacionado lá em cima e se aproximou do grupo de pessoas aglomeradas e então viu o corpo do Bård estendido na Praia, não, ela não suporta nem lembrar dessa cena, a Mãe diz e solta o Asle e a Irmã e leva as mãos aos olhos e volta a abraçar os dois e então diz que foi a mulher quem disse, nem se lembra do nome dela e pouco importa, e foi ela, aquela lá, foi ela quem disse que assim que passou em frente à Chácara do Pontal, na estrada, bem para lá, a Mãe diz e aponta, foi bem nessa hora que ela olhou na direção do Fiorde e viu algo boiando junto do barco dos donos da Chácara do Pontal e parecia um corpo de criança, então ela saiu correndo e bateu na porta e a mãe estava em casa e as duas saíram correndo até a Praia e quando lá chegaram a mãe viu que era o filho Bård quem estava boiando na água

É o meu Bård, ela disse

e aí a mãe se atirou no mar frio e começou a nadar até conseguir alcançar o Bård e de alguma forma conseguiu arrastá-lo até a areia e ela o levantou e o abraçou forte e o carregou até a colina à margem da Praia e ele já não respirava e estava sem vida e ela, sim, a que viu o menino já morto disse que era preciso ligar para o Médico e foi correndo até a Chácara do Pontal e telefonou para o Médico e ele disse que viria imediatamente e que tentassem soprar ar para dentro do menino, encoste sua boca na boca dele e sopre, e quando ele expirar você volta a soprar, o Médico disse, algo assim, e ela voltou correndo para a Praia e inspirou fundo e soprou na boca do Bård, várias vezes, mas do nome da mulher ela não lembra, e assim ficou fazendo até o Médico chegar, e então o Médico fez o mesmo e pressionou com força a barriga e o peito e o coração do menino durante muito tempo, mas o Bård continuou estendido no chão sem dar sinal de vida e por fim o Médico ergueu os olhos, olhou para o céu, foi, e disse que o Bård estava morto, tinha se afogado, e foi isso, pois foi, que a tal mulher lhe contou, e a Mãe viu o corpo do Bård já sem vida estendido no chão e não suporta nem lembrar disso, ela diz e a Mãe cerra os olhos e diz que ficou pensando onde estariam seus dois filhos? será que eles também se afogaram? pois já fazia um tempo que ela os tinha visto pela última vez e por isso saiu correndo para casa e foi até o Molhe mas não havia ninguém por lá e com os olhos vasculhou o mar e em torno do Bote mas também não viu ninguém e voltou correndo até a Praia e depois subiu apressada até a rodovia e não imaginava que conseguisse correr tão rápido, a Mãe disse, e veio correndo até aqui e cá estavam eles, cá estavam o Asle e a irmã Alida, os dois, e estavam vivos, mal podia acreditar, eles estavam vivos, vivos, a Mãe diz e começa a chorar e de novo abraça forte o Asle e a Irmã contra o peito, tão forte que chega a doer, o Asle pensa, e tenta se desvencilhar mas daí a Mãe apenas o abraça ainda mais forte, sim, ela abraça com tanta força, mas tanta força, que ele quase não consegue respirar, o Asle pensa e ouve a Padeira dizer que não acredita, um menino tão pequeno, não devia ter mais do que seis anos e se afogou, ele mal tinha começado os estudos e se afogou, é terrível demais, a Padeira diz e o Asle repara que o Padeiro apenas fica parado com o olhar fixo

O menino Bård da Chácara do Pontal se afogou, ele diz

Não dá para acreditar, ele diz

Não consigo nem imaginar, a Mãe diz

Ele devia estar querendo subir a bordo do barco deles, o Padeiro diz

e a Mãe diz que ele deve ter puxado o barco e subido a bordo e depois o empurrado para o mar e de alguma maneira caído na água, caído no mar gelado, e não sabia nadar, daí não conseguiu subir de novo no barco, deve ter sido assim que aconteceu, a Mãe diz e então diz que quando era estudante sucedeu o mesmo com uma menino da sala dela, ele tinha ido pescar e caiu no mar e foi encontrado afogado, ficou um bom tempo boiando no mar, a Mãe diz e o Padeiro diz que é terrível demais pensar que algo assim possa ter acontecido

É inacreditável, a Padeira diz
Não tenho nem palavras, o Padeiro diz
Não, a Mãe diz
Não, não, não, ela diz
e não para de abraçar apertado o Asle e a Irmã e a Mãe diz que enquanto não conseguiu achar o Asle e a Irmã sentiu um pavor como nunca tinha sentido, e no final se convenceu de que eles estavam com o Bård na Chácara do Pontal no barco e tinham caído no mar e agora estariam ali na areia, a Mãe diz mas então cá estão o Asle e a Alida diante da Padaria, e bem vivos, e jamais teve uma visão tão maravilhosa quanto essa de ver a luz dos olhos dos seus dois filhos ali comendo cada um seu pãozinho doce, a Mãe diz e as lágrimas vão escorrendo em seu rosto e ela larga as duas crianças para enxugar as lágrimas do rosto com as mãos e com o dorso das mãos limpa os olhos
Sim, eu dei um pãozinho a cada um, a Padeira diz
E disse que deviam ir para casa, porque não tinham pedido à mãe para sair por aí sozinhos assim, ela diz
e a mãe diz que não mesmo
Que meninos desobedientes, ela diz
e então ri de pura alegria entre lágrimas e diz que sabe bem que a ideia só pode ter sido do Asle, mas agora, não, agora ela está tão feliz, tão aliviada, que não consegue nem sentir raiva, mas agora, sim, agora ela só quer voltar para casa, levar os filhos para casa, ela diz e a Padeira diz que ela pode levar uns pãezinhos para casa e entra na Padaria
Ninguém poderia imaginar, o Padeiro diz
Não, a Mãe diz
Que tragédia, o Padeiro diz
É mesmo, a Mãe diz
e então os dois ficam ali e a Padeira vem trazendo um saquinho marrom
Leve uns pãezinhos com você, ela diz
e entrega o saco à Mãe
Muito obrigada, ela diz
e pega o saco marrom e o Asle pensa que eis ali mais um tom de marrom e então a Mãe segura o Asle por uma mão, a mesma com que

segura o saquinho com os pães, e com a outra mão segura a mão da Irmã e então a Mãe diz que agora vão voltar para casa sãos e salvos e eles ficam parados

Que notícia mais medonha, a Padeira diz

Difícil acreditar, é difícil acreditar que isso aconteceu, o Padeiro diz

Não consigo entender, ele diz

Não consigo aceitar, a Padeira diz

Como Deus pode permitir uma coisa dessas? o Padeiro diz

Como o bom Deus pode deixar isso acontecer? ele diz

Não existe Deus, a Padeira diz

Pelo menos não um Deus bom, ela diz

Ou pelo menos um Deus todo-poderoso, o Padeiro diz

Eu acho que agora o pobrezinho está com Deus, agora ele repousa nos braços de Deus, a Mãe diz

Provavelmente sim, o Padeiro diz

Agora ele deve estar descansando nos braços de Deus, sim, ele diz

O Bård, a Padeira diz

e os dois permanecem no lugar e o Asle sente a Mãe lhe apertar a mão tão forte que chega a doer e sacode a mão de leve e a Mãe alivia a pressão

Vamos acreditar que ele está descansando em Deus, a Mãe diz

então dá as costas e eles começam a caminhar na direção da rodovia e chegando onde começa o declive da pista já podem avistar a casa onde moram e o Asle pensa que o Bård, o menino da Chácara do Pontal, se afogou, morreu, para sempre se foi, nunca mais irá falar com ele, e não dá para entender, porque só gente velha é que deveria morrer e partir para sempre, não crianças, não é possível que crianças também morram, o Asle pensa, ele não acreditava que seria possível, e que a morte, isso de partir para sempre, era algo que deveria ocorrer tão lá para frente que não era possível antever, o Asle pensa e ouve a Mãe dizer que nunca tinha ficado tão feliz como quando os viu, nunca em toda sua vida sentiu tanta felicidade, uma felicidade desse tamanho, ela diz

Fiquei tão feliz que quase pulei de tanta alegria, a Mãe diz

e então pula e começa a rir

Quando chegarmos em casa vou preparar um chocolate quente para vocês e vamos comer pães doces e tomar chocolate quente, ela diz

e o Asle pensa que até pode comer os pãezinhos e tomar o chocolate, mas não acha nada disso gostoso, não que seja coisa que ele fosse dizer, ele lá iria dizer isso, a Padeira que foi muito gentil e deu a ele e à Irmã um pão a cada um, foi o caso de apenas aceitar e dizer que estavam ótimos, e agora irá fazer o mesmo quando chegarem em casa, por mais que a mãe saiba que ele não gosta nem de chocolate nem de pães doces, não é agora que ela vai lembrar disso, ele pensa, ela mesma que gosta de pães doces e chocolate, o Asle pensa e eu fico sentado aqui no meu carro olhando para frente e vejo que já passei pelo fiorde de Dentro e estou chegando ao fiorde do Bispado e dirijo devagar e penso que na verdade não queria ter nem habilitação nem carro, e agora gosto de dirigir, eu penso, e assim foi também com o Pai, ele não queria ter um carro, mas a Mãe ficava martelando esse assunto, dizendo que seria muito bom ter um carro e o Pai diz sim e daí a Mãe diz que é bom levar essa questão a sério e comprar logo um carro e o Pai assente com a cabeça

Você não pode tirar sua carteira de motorista? a Mãe diz

e o Pai diz que pode sim, mas não sabe se consegue aprender a conduzir, tudo que sabe é cultivar frutas e construir seus barcos lá em Skytja, e deve ser bem caro tirar a habilitação, e mais caro ainda comprar um carro, não importa quão boa seja a colheita das frutas, não importa quanto dinheiro venham a apurar, e tanto faz se os barcos que constrói sejam bons e bonitos, não, tudo isso não iria lhe render tanto dinheiro assim, ele disse, eles vivem confortavelmente, isso lá é verdade, mas será que teriam mesmo condições de comprar um carro? na verdade, não que ele soubesse, o Pai disse e a Mãe disse que teriam condições como as outras pessoas, eles não estavam em situação pior do que as outras pessoas, ela disse e o Pai disse que não era certo que fosse aprender a conduzir, de jeito nenhum e a Mãe disse que com certeza ele conseguiria e o Pai disse então que era só uma questão de encontrar um tempinho para isso, porque ele andava tão ocupado, tinha tanta coisa por fazer, para dar conta disso teria que construir um bocado de barcos no inverno, e na primavera teria que tomar conta direitinho do pomar, podar e adubar as árvores, e pulverizá-las também, e o verão é a época do ano em que é mais fácil vender barcos, porque quem tem uma cabana próximo da água quer ter um barco, daí chega o outono e é hora de colher, selecionar, embalar e vender as frutas, o Pai diz e não sabe como é ter um tempinho livre, ele diz e a Mãe diz que sim, é muito por fazer, você trabalha duro, mas seria bom ter um carro, cada vez mais pessoas em Barmen têm um carro próprio, todas as família como a deles agora têm um carro, quer dizer, quase todas, ela diz

Tem mais gente indo às compras na Cooperativa de carro do que a pé, o Pai diz

Isso mesmo, a Mãe diz

E também poderíamos passear de carro, ela diz

Poderíamos ir até Haugaland, e também a Hisøy e a Vika visitar os meus pais, ela diz

E os meus irmãos e meus sobrinhos, ela diz

É mesmo, o Pai diz

e depois não diz mais nada

Comprar um carro é caro, ele diz então

Você só trabalha, e um pouco de dinheiro haverá de ganhar, se os outros têm condições de comprar um carro, por que nós não teríamos? ela diz

Mas o apurado com os barcos tem diminuído, as pessoas agora só querem comprar barcos de plástico, dão menos trabalho os barcos de plástico, de modo que é cada vez mais difícil vender barcos de madeira, pelo menos por um preço decente, e tampouco a renda das frutas tem sido boa, até isso tem diminuído agora que andam importando tantas frutas, o Pai diz

Mas você trabalha tanto, está sempre ocupado, a Mãe diz

e então diz que os outros, os outros que trabalham bem menos que ele, já têm carteira de motorista e carro, ela diz

Tirar carteira não é grátis também, o Pai diz

e em seguida os dois emudecem

Mas sim, mais cedo ou mais tarde vamos ter um carro, o Pai diz

Não vejo a hora, a Mãe diz

Seria muito bom, o Pai diz

e passei em frente ao sítio do Åsleik, e a estrada está bem desimpedida, como sempre, pois é só a neve cair que o Åsleik já está lá com seu trator, eu penso e agora vai ser bom voltar para casa, eu penso e desvio da rodovia e entro na serventia de casa, e até ela o Åsleik limpou, eu acho, já que não vejo neve acumulada na pista, então só pode ter sido o Åsleik com seu velho trator, eu penso e estaciono no pátio e fico sentado no carro e respiro fundo e penso como é bom voltar para casa, voltar para Dylgja, onde fica minha velha casinha, eu penso e saio do carro e abro a porta de trás e pego o Brage nos braços e o ponho sobre a neve e ele chafurda na neve e fareja aqui e ali e levanta a patinha e deixa escapar um jato amarelado que escava um buraco preto e brilha na brancura da neve e depois de terminar começa a dar voltas pela neve solta e eu chamo por ele e o Brage fica parado me encarando desafiadoramente e eu penso que finalmente arrumei um cão para mim, eu penso e então digo venha cá, Brage, e ele vem trotando até mim e eu entro em casa com o Brage no meu encalço, entro na sala de estar e vou até a cozinha, ainda com o Brage atrás de mim, e coloco água numa vasilha e a deixo num cantinho atrás da porta do corredor e o Brage vem logo beber e bebe bastante água e então eu pego outra vasilha e corto e esmigalho uma fatia de pão e depois a coloco ao lado da primeira e o Brage vai imediatamente lá comer e come bastante, devia estar mesmo com sede e fome, eu penso e olho para a vasilha com água e vejo que o Brage bebeu toda a água e volto a encher a vasilha e colocá-la no chão e vejo que a vasilha de comida também está vazia e corto outra fatia de pão e despejo as migalhas na vasilha, mas agora o Brage se limita a farejar o pão e na água ele nem toca e eu vou para a sala com o Brage no meu encalço e fico de pé contemplando a pintura com as duas linhas que se cruzam e mesmo agora, com o dia já avançando, está apenas à meia-luz, ou meio escuro, ou sei lá como se deve dizer, eu penso e vejo que a pintura brilha, por mais que esteja essa penumbra é como se um brilho resplandecesse de toda a imagem, e não tem explicação, e então eu me dou conta, imediatamente, que com aquelas duas linhas eu tinha conseguido criar alguma coisa, de fato eu tinha pintado uma boa pintura, a seu modo, e me convenço de que não há mais nada a fazer com ela, e acho que até pode ser vendida, mas por um preço baixo, por um preço muito baixo, embora essa seja uma das melhores pinturas que já fiz, eu penso, uma das pinturas que contêm mais luz em si, eu penso e penso que essa pintura eu a guardarei para mim, pois se vendê-la ela desaparecerá em algum lugar e será perdida, para depois talvez ser revendida ou doada, e sei que receberei pouco por ela, por uma pintura assim não haverá quem queira pagar muito, não por uma pintura minha, disso eu sei, por isso essa pintura eu a quero para mim, na verdade, mesmo sendo ela um fracasso aos olhos alheios, e por tudo que sei pode ser, sim, uma má pintura, mesmo assim é uma pintura que, por assim dizer, me permitiu atingir algo que tento atingir em todas as minhas pinturas, eu penso, esse algo, isso, esse indizível, mas que talvez se possa mostrar, ou quase se possa mostrar, sim, isso que se tenta representar de alguma forma e pode ser mais demonstrado do que dito, embora não necessariamente numa pintura, pois pode ser igualmente expressado na boa poesia, na literatura, eu penso, e essa imagem não se parece com as outras que eu pintei, também pelo fato de a tela estar aparente, uma vez que eu sempre costumo antes cobrir a tela inteira de branco em vez de deixá-la nua, por isso uso tanta tinta a óleo branca, eu penso e penso que agora estou tão cansado que a única coisa certa a fazer, a única coisa que quero, é dormir um pouco, eu penso e penduro a bolsa a tiracolo marrom no gancho de sempre entre a porta do quarto e a porta do corredor e então vou até o corredor e penduro o sobretudo preto e descalço os sapatos e vou até a sala e tiro a jaqueta preta de veludo e a penduro no espaldar da cadeira à esquerda da mesa redonda e vou até o banco que fica num canto da sala e me deito, e ainda faz frio na sala, embora o aquecedor elétrico estivesse no máximo durante a minha ausência, e eu deveria ter acendido a lareira, mas apenas me deito no banco e me cubro com uma manta cinza, a mesma que a Avó usava quando estava doente na Casa Velha onde morava e me deu quando foram buscá-la para levá-la ao Lar de Repouso, e a levei comigo quando saí de casa para cursar o Ginásio e desde então me acompanha, não importa para onde eu me mude a manta vem a reboque comigo, eu penso e vejo o Brage vir trotando e pular no banco e se aninhar junto de mim e eu o cubro também com a manta e acaricio seu pelo, para cima e para baixo, e o Brage se aninha junto a mim e me aquece e penso que agora pelo visto arrumei um cachorro e como foi bom que o Åsleik tenha desobstruído a estrada, tanto a rodovia como a serventia que vem até a casa, ah o que eu faria se não fosse o Åsleik? sem ele e o velho trator dele? quem mais iria abrir o caminho até a minha casa? nesse caso eu teria que fazer como antes, antes de mandar construir a serventia até a casa, e percorrer a pé um trecho íngreme que dá a impressão de ser longo, especialmente se tenho algo para carregar, carregar alguma coisa até a casa era um transtorno, um verdadeiro transtorno, mas até dava, tudo corria até razoavelmente antes de eu mandar abrir a serventia da estrada, eu penso, e era só cair um pouco de neve que lá vinha o Åsleik com o trator, já que ele sempre está em casa, exceto nos dois dias por ano quando viaja para ver a Irmã lá em Øygna, na beira do fiorde de Dentro, para passar o Natal, eu penso e puxo a manta e fico deitado no banco com o Brage bem juntinho de mim e fecho os olhos e de repente tomo um susto, pois ouço um ruído agudo, é aquele guincho, eu penso, e é como se viesse de algum lugar bem perto, perto de mim, um som rascante, só pode ser de um trator velho, eu penso e penso que agora já não me sinto tão cansado, só posso ter cochilado, eu penso, e já posso levantar, tratar de fazer alguma coisa, eu penso e agora esse barulho rascante está bem perto de mim eu penso e fico em pé e o Brage também e fica ali sobre o banco me encarando, então quer dizer que arrumei um cachorro, eu penso, e quantas vezes não pensei nisso, que deveria arrumar um cachorro, mas nunca aconteceu, eu penso e olho para a cadeira onde sempre costumo sentar, a da esquerda, junto da mesa redonda, e vou sentar na cadeira e o Brage vem e pula no meu colo e eu faço o reconhecimento do lugar, dou aquela espiada de costume, olho para o ponto de fuga onde as copas dos pinheiros diante da casa alcançam o meio da janela dividida em duas, na vidraça da direita, e depois olho para o marco de referência de costume, mais ou menos no meio do lago do Bispado, e avisto as marolas e isso de olhar para o mesmo lugar me tranquiliza, para o meu ponto de fuga, para as ondas acolá, eu entro numa espécie de torpor que se assemelha a um sono mas não é isso, talvez, eu penso e então percebo que faz frio na sala, preciso já acender a lareira, mas é sempre um estorvo acender a lareira, e às vezes deixo esfriar tanto que sou obrigado a acender a lareira, eu penso, e agora, bem agora faz frio de um jeito na sala que tenho que dar um jeito de acender a lareira, eu penso e então fico acariciando o pelo do Brage e penso que agora vou acender a lareira, eu penso, e também tem esse guincho, esse som agudo, essa coisa arranhando, eu penso, mas imagine se é possível ficar parado aqui, tão apático que não consigo nem acender a lareira mesmo com todo esse frio na sala, eu penso e ouço esse ruído, um ruído que agora está bem próximo, e agora não posso mais estar errado, esse guincho só pode estar vindo do trator do Åsleik, eu penso, e já que ele virá bater na porta, eu penso, e nesse caso deve ter nevado ainda mais, eu penso e olho para as ondas e vejo o Asle e a Irmã indo até a Leiteria, caminhando de mãos dadas, e apressando o passo, decerto porque querem chegar logo na Leiteria e voltar para casa imediatamente, eu penso e agora preciso tomar uma providência e acender o fogo na lareira, eu penso e então me dou conta de que o barulho cessou, então o Åsleik já deve estar pelo pátio, eu penso e ouço a Irmã dizer que agora o guincho parou e o Asle diz sim e a Irmã diz que era um barulho assustador e eu ouço que batem na porta e me levanto sem nem perceber que o Brage estava no meu colo e ele desaba no chão assim que me ponho de pé e ele começa a latir indignado

Quieto, eu digo

e o Brage continua a latir furioso

Quieto, eu digo

e dessa vez o latido é mais alto e intenso então eu pego o Brage nos braços e o Brage para de latir e eu penso que lá vem o Åsleik, amigo e vizinho, eu penso e vou até o corredor e abro a porta da frente e vejo que nevou bastante desde que cheguei em casa e vejo o Åsleik parado ali vestindo seu macacão térmico marrom e seu gorro de pele marrom com abas que lhe cobrem as orelhas e descem até a comprida barba grisalha

Arranjou um cachorro agora? o Åsleik diz

Por essa eu não esperava, ele diz

É um filhotinho? ele diz

e eu digo apenas que estou tomando conta do cachorro para um conhecido de Bjørgvin, e não é um filhote, é só um cachorro pequeno, e o Åsleik pergunta se o cachorro pertence ao sujeito que tem o mesmo Nome que eu e digo que sim e o Åsleik diz que várias vezes comentei que queria um cachorro, então ele achou que finalmente eu tinha levado a cabo essa ideia

Não, eu digo

e ponho o Brage no chão e ele rosna algumas vezes para o Åsleik que lhe estende a mão que o cão fareja e em seguida se acalma

O nome dele é Brage, eu digo

Até que não é um mau nome para um cachorro, o Åsleik diz

e eu vejo que o Brage sai correndo pela neve e levanta uma pata e fica ali mijando

Limpei a neve para você hoje mais cedo, o Åsleik diz

Mas daí começou a nevar de novo, ele diz

É muito raro nevar assim em Dylgja, eu digo

Passam anos a cada vez, ele diz

e então ficamos os dois ali e eu me sinto cansado mas noto que o Åsleik está a fim de conversar e não me resta nada a fazer a não ser pedir que ele entre

Entre por favor, eu digo

Posso agora? ele diz

Claro, eu digo

Demorou para você me convidar para entrar, ele diz

Mas sinta-se em casa, eu digo

Muito bem, ele diz

Está muito frio para ficar parado aí na porta, eu digo

É mesmo, o Åsleik diz

e em seguida diz que trouxe algo para mim e vai até o trator e pega duas sacolas no interior da cabine e vem caminhando na minha direção e me entrega as sacolas

Trouxe umas coisinhas para você, ele diz

Acho que já sabe o que é, ele diz

e me entrega as sacolas e é quando sinto o aroma delicioso da melhor costeleta de carneiro defumada que existe e vejo que uma sacola está quase até a borda de costeletas de carneiro cortadas e na outra tem enormes filés de peixe em conserva embalados individualmente

Muito obrigado, eu digo

É assim que tem que ser, o Åsleik diz

Para seu proveito e para o meu também, ele diz

Pois bem, eu fico agradecido, eu digo

e então fico ali segurando uma sacola em cada mão, e elas estão bem pesadas, logo o Åsleik não foi nada econômico em cada uma, não mesmo, eu penso

Trouxe bastante este ano, o Åsleik diz

Pois é, você percebeu? ele diz

É mais do que costumo trazer, ele diz

É, eu digo

E tem sua razão de ser, o Åsleik diz

É mesmo, eu digo

e ficamos calados

E isso porque, o Åsleik diz

Sim, eu digo

E isso porque este ano eu gostaria muito de dar um quadro maior de presente de Natal para a Irmã, ele diz

Dos pequenos ela já tem demais, ele diz

Porque você sempre me deu os menores, ele diz

Chego a desconfiar que você só pinta esses pequenos para poder me dar, o Åsleik diz

e eu presto atenção no que ele fala e me pergunto se não terá sido por esse motivo que os pintei? mas ultimamente quase não tenho pintado telas pequenas assim, de modo que só me restaram poucos deles, uns quatro ou cinco talvez, portanto não faz mal se o Åsleik ficar com um dos maiores, o mais recente, porém, aquele da cruz de Santo André, com esse ele nunca vai ficar, pode até levar de volta as costeletas e o peixe se quiser, o que seria inclusive uma péssima hipótese, porque todo ano o Åsleik faz uma costeleta de carneiro sabidamente deliciosa e um peixe em conserva tão bom quanto, para não mencionar o presunto curado que ele prepara, mas nós haveremos de chegar a bom termo sobre a pintura que ele quer, é que o Åsleik tem um olhar apurado para as imagens, logo de partida ele sabe se um quadro é bom ou ruim, e sempre escolhe o melhor, com todos os quadros menores que escolheu até agora foi assim, eu penso e então o Åsleik diz que a Irmã já pendurou quadros meus por toda parte, no corredor, na sala, na parede da escada, ele não sabe onde não tem um quadro meu pendurado naquela casa, e acima do sofá ela pendurou três quadros pequenos, mas ali ficaria bonito um maior, ele diz, por isso este ano ele quer um quadro maior, e eu digo que por mim pode ser, está bem, pois é verdade o que ele diz, ele sempre fica com os quadros menores, mas nunca tinha me dado conta disso, embora seja como ele diz, ele tem razão, eu digo

Muito bem, você pode escolher um quadro maior este ano, eu digo

e o Åsleik diz que não pretendia me pressionar e nem quer parecer abusado, mas ficaria grato se pudesse levar a pintura hoje mesmo, porque o Natal está chegando, e ele tem que embrulhar o quadro num papel de presente ilustrado com gnomos e anjos, essas coisas, e seria bom amarrar o presente com uma fita de seda vermelha, e incluir um bilhete com os dizeres para a minha querida irmã Guro, ele diz, e, bem, ele sabe que vem me perguntando isso todos os anos, mas seria muito bom se eu pudesse me juntar a ele na ceia de Natal na casa da Irmã, serão só eles dois e minha presença seria muito bem-vinda, e naturalmente é sempre mais agradável e seguro fazer a travessia do fiorde no barco a dois do que sozinho, ele diz, por isso seria um grande prazer e também muito útil se pudesse ir à casa da Irmã neste Natal, lá no interior do fiorde do Bispado, leva um dia inteiro até chegar à Øygna de Lancha, ele diz, mas é o que ele faz todos os anos há muitos anos, indo e voltando, ele diz

Você a chama só de Irmã? eu digo

e penso por que essa pergunta agora

Claro que sim, o Åsleik diz

É, acho que sempre a chamei só de Irmã, eu acho, o Åsleik diz

Certo, eu digo

Mas o nome dela mesmo é Guro, o Åsleik diz

É, eu digo

É Guro, sim, ele diz

e então ficamos calados

Mas entre por favor, eu digo

e o Åsleik agradece e entra pelo corredor e eu grito pelo Brage e ele passa correndo pela porta e então fica ali no chão se sacudindo e espalhando neve por toda parte e eu fecho a porta de casa e o Åsleik diz que não pode entrar na minha sala, ou ateliê, como dizem, ou sei lá como se chama o cômodo, calçando botas de neve, de maneira que se eu não me importar ele vai descalçar as botas e escolher o quadro ainda hoje, bem, seria o ideal, e eu digo que sim, que evidentemente ele pode entrar, é sempre bem-vindo, eu digo e o Åsleik diz que ele pode também se despir daquele macacão térmico marrom, como é desconfortável, ele diz e então tira as botas e o gorro de pele e abre o zíper do macacão e contorce o corpo inteiro para tirá-lo e diz que essa roupa é um estorvo, mas pelo menos aquece direitinho, quanto a isso não pode se queixar, ele diz

A minha irmã se chama Guro, sim, o Åsleik diz

Eu sei, eu digo

e eu penso que é curioso isso, pois a mulher que eu encontrei em Bjørgvin e ficou com o Brage durante a noite também se chamava Guro, um nome que não é tão comum, pode ser que fosse um nome comum na zona rural antigamente, eu penso

E o cachorro se chama Brage, eu digo

Até que é simpático o pestinha, o Åsleik diz

e ele estende a mão na direção do Brage que se aproxima do Åsleik e lhe lambe a mão algumas vezes e o Åsleik lhe faz um carinho no pelo e os dois ficam amigos, eu penso

Olá, Brage, o Åsleik diz

e diz que se for preciso ajudar a cuidar do cachorro ele está à disposição, ele diz e eu acho realmente estranho que em todos esses anos o Åsleik tenha mencionado apenas a Irmã e quase nunca a Guro, eu penso e vamos até a sala e o Åsleik diz que está tão frio na sala que tem vontade de voltar e vestir o macacão térmico imediatamente, ele diz, será que eu nunca acendo essa lareira? eu tenho lenha suficiente no Depósito, no verão que passou ele trouxe um carregamento enorme de lenha para mim que nós dois empilhamos no Depósito, madeira de bétula seca, muito boa, e uma generosa quantidade de gravetos e raspas, se eu ando assim tão fora de mim que prefiro passar frio do que acender a lareira ele já não pode fazer nada, o Åsleik diz e fico sem saber o que dizer, eu que preciso me defender de alguma maneira, mas o que posso dizer? e por que não acendi a lareira? vai ver foi porque estava muito cansado, eu penso e vou dizer isso

Estava tão cansado que simplesmente fui me deitar, eu digo

Sim, eu consigo entender, o Åsleik diz

Indo e voltando de Bjørgvin, percorrendo esse trecho três vezes num só dia, para depois voltar para casa no dia seguinte, não tem como não estar cansado, ele diz

É, eu digo

Assim que cheguei em casa me deitei no banco e me enrolei nessa manta e o cachorro veio deitar comigo, por isso não senti frio, eu digo

É só se enrolar num bom cobertor que você não vai congelar tão fácil, o Åsleik diz

e ele diz que de alguma maneira o calor do corpo se mantém sob as cobertas, e assim se mantém bem aquecido, mas já que estou cansado ele vai acender a lareira para mim, é rapidinho, ele diz e vejo o Åsleik ir até a portinhola da lareira e começar a enfiar lenha lá dentro e vou até a cozinha e vejo que as seis sacolas de compras de ontem ainda estão sobre a mesa, sim, eu peguei o carro e fui para Bjørgvin sem nem mesmo guardar as mercadorias, eu penso e tenho logo que colocá-las no lugar, são muitas sacolas em cima da mesa da cozinha e tenho que colocar a carne e o peixe que o Åsleik me deu na despensa sob a escada que leva ao sótão, como tenho o hábito de fazer, mas isso pode esperar, porque as costeletas defumadas e o peixe em conserva resistem bem no frio da cozinha, eu penso e então ponho as duas sacolas que o Åsleik me trouxe na mesa ao lado das demais e agora são nada menos que oito sacolas ali, eu penso e volto para a sala e vejo a portinhola da lareira aberta e o Åsleik olhando para as labaredas

O fogo pegou rapidinho, o Åsleik diz

Não vai demorar para o calor chegar, ele diz

e estende as mãos para a lareira e diz que ela já está bem quente

Seu corpo deve estar bem frio, então venha para perto se aquecer, ele diz e me sinto deveras frio e vou até o Åsleik e fico ao lado dele diante da lareira e ponho as mãos próximo à lareira e é bom sentir o calor nas mãos, que estavam muito geladas, eu percebo

Sua sala já vai começar a ficar aquecida, o Åsleik diz

e então o Brage chega sorrateiramente e deita diante da lareira e ali eu fico, sem dizer nada

Posso ver os quadros, escolher um para dar à Irmã? o Åsleik diz

Claro, eu digo

e o Åsleik se vira e diz que a pilha de telas maiores já terminadas está bem grande, enquanto a pilha das menores não está tão grande, ele diz, então eu não pintei tantas telas pequenas como costumo pintar, ele diz e eu digo que é isso mesmo, e não sei por que, apenas foi assim, eu digo e o Åsleik diz que a maioria das vezes é isso, as coisas simplesmente acontecem porque acontecem, ele diz e permanecemos diante da lareira e sinto o calor se espalhar pelo corpo e me fazer bem e o Åsleik diz de novo que este ano deseja uma pintura maior, que sempre, por alguma razão, nos anos anteriores eu lhe dei uma das menores, e tudo bem que eu seja comedido assim para poder ganhar a vida, que as bisnagas de tinta e a tela não consigo de graça, não, e claro que os quadros maiores vão me render mais dinheiro, tudo isso ele sabe, mas já há anos que ele pensa que a Irmã gostaria de ganhar um quadro dos maiores, mas eu sempre o levava para a pilha de quadros menores e ele os via e escolhia um daqueles, e caso não conseguisse se decidir eu selecionava alguns e os dispunha sobre a mesa de jantar, mas sempre os pequenos, porque estamos falando da mesa de jantar, se bem que já faz anos que não se pode chamá-la de mesa de jantar, uma mesa em torno da qual se possa sentar e fazer uma refeição, pois sobre ela estão espalhadas bisnagas de tinta e pincéis e tachas e um martelo e pregos e um serrote e panos e trapos, uma bagunça só, e ele não sabe como eu consigo encontrar o que preciso no meio de tanta tralha, mas eu também tenho a boa e comprida mesa da cozinha, que está ali há todos esses anos, desde antes que a Ales e eu viemos morar na casa, ela já estava ali desde quando quem morava aqui era a velha Alise, o Åsleik diz, assim como também a mesa de jantar, aliás como o resto da mobília, de fato, nós não fizemos muitas mudanças, até a mesa redonda com as duas cadeiras permanece diante da janela exatamente como no tempo que a velha Alise morava na casa, e o banco é o mesmo e fica no cantinho de sempre, o Åsleik diz e então calamos

Sim, você e a Ales, ele diz

A Ales e o Asle, sim, ele diz

É, eu digo

Uma pena ela ter adoecido e partido tão cedo, cedo demais, e tão de repente, o Åsleik diz

e então ficamos os dois ali sem dizer nada, apenas ficamos ali, imóveis e permanecemos onde estamos e eu vejo a Ales quando entramos pela primeira vez na cozinha e ela disse que a velha mesa da cozinha da velha Alise com as velhas cadeiras, que ela achava tão bonitas, ela disse, e então quando chegamos à sala ela disse o mesmo da mobília ali, e lhe agradava especialmente a mesa redonda com as duas cadeiras dispostas na frente da janela de modo que se podia sentar e apreciar a vista do lago do Bispado, era justamente disso que mais gostava, ela costumava dizer e então sentava na cadeira da direita e eu na cadeira da esquerda, era assim que sempre sentávamos, eu na cadeira da esquerda, onde ainda sento, e a Ales na cadeira da direita, eu penso e me viro e vejo a Ales sentada na cadeira da direita contemplando o lago do Bispado, imóvel ela senta ali diante da janela e o cabelo longo e escuro dela desce solto pelas costas e não quero vê-la não quero pensar nela, que me dói muito, a saudade é enorme, então não quero, eu penso e o Åsleik diz que pede desculpas, não deveria ter mencionado a Ales e eu não digo nada e ficamos os dois diante da lareira e então o Åsleik diz que bom mesmo seria, conforme ele já disse, se pudesse escolher o quadro ainda hoje, ou pelo menos que pudesse ver as pinturas hoje para poder decidir, pensar em qual delas a Irmã acharia mais bonita, caso ele já não decidisse imediatamente, ele diz e eu digo que é possível sim, claro que ele pode ver os quadros hoje, e eu penso que para ser franco não tem mais ninguém além do Åsleik a quem eu mostre os quadros, quer dizer, antes que sejam expostos na Galeria Beyer em Bjørgvin, e não falta muito para eu inaugurar minha nova exposição lá, mas eu tenho quadros de sobra para essa exposição, então só preciso, na verdade preciso fazer isso o mais breve possível, levar os quadros para Bjørgvin, sim, as treze pinturas que tenho para expor, serão treze depois que o Åsleik levar embora a dele, nem mais nem menos, e esse número é menor do que o habitual, pois costumo ter treze quadros grandes e seis pequenos, isto é, dezenove ao todo, faço muita fé no número nove, e quero muito incluí-lo, ou então um número que somado possa dar nove, eu penso, mas a mulher que pelo visto se chama Guro me disse que o número que me dá sorte, sim, meu número de sorte, era oito, ou quatro vezes dois, segundo ela também disse, que foi o número que resultou da soma da data do meu nascimento, ela disse, mas eu me mantenho fiel ao nove, e ao três, e desconfio um pouco do número treze, e acho tanto bom quanto ruim esse número, e o mesmo talvez valha para o número oito, eu penso, não, aliás, o oito é um bom número, eu penso, mas normalmente levo comigo dezenove pinturas, a maioria pequena, porque a Galeria Beyer não é tão grande e o Beyer me disse que esse é o limite, então nunca são mais do que dezenove, mas uma vez levei comigo nove pinturas e nessa ocasião o Beyer disse que era pouco, ou que essa quantidade era o mínimo aceitável, menos que isso não poderia ser, ele disse, a depender, é claro, do tamanho que tivessem, mas os quadros que pinto nunca são demasiado grandes, são apenas maiores ou menores, e só uma vez aconteceu de uma pintura ser alongada e estreita como essa das duas linhas que se cruzam para a qual, obviamente, não haveria outro título possível, eu acho, além de *Cruz de Santo André*, e o título vou pintar hoje com uma grossa pincelada de tinta preta na face superior do caixilho, e então vou assinar com um grande A no canto inferior direito da própria imagem, como tenho o hábito de fazer, e se estivesse sozinho era agora mesmo que o faria, mas assim que o Åsleik for embora vou assinar o quadro, eu penso, e o quanto antes vou levar todos eles para Bjørgvin, só para entregá-los, eu penso, mas já dirigi duas vezes até Bjørgvin sem levar as pinturas comigo, e acho que se não as levei para Bjørgvin comigo, sem nem mesmo me dar conta disso, foi porque o Åsleik ainda não escolheu a pintura que deseja, sem pensar nisso foi o que acabou acontecendo, eu penso, só depois que o Åsleik escolher o quadro eu vou levar as pinturas até Bjørgvin, pois o Beyer sempre quer pendurar as pinturas ele mesmo, ele diz que é muito importante a maneira como são expostas, pois a exposição inteira é como uma pintura em si, ele diz, e isso, essa pintura é ele quem a pinta, ou a compõe ou sei lá como ele se refere a isso, o Beyer diz, até porque eu não tenho uma opinião formada sobre como os quadros devem ser expostos, a ordem como devem aparecer, essas coisas, e desde que Ales partiu, até que o Beyer possa ver as pinturas, é só o Åsleik que as vê, e ele tem um olhar estupendo para imagens, ele costuma enxergar o mesmo que eu, e ter uma opinião sobre uma determinada imagem que costuma coincidir com a minha, e dessa forma acaba escolhendo um dos quadros que eu mesmo teria escolhido, caso fosse escolher algum, dessa maneira a Irmã, a que se chama Guro, talvez seja a pessoa que reúne a melhor coleção de quadros meus, naturalmente que estou me referindo aos pequenos, mas é certo que consigo expressar outra coisa nos maiores, e ela só tem dos menores, mas é verdade

E claro que você pode levar um dos grandes, eu digo

Claro que pode, eu digo

Eu nem deveria ter dito que sempre ganhei dos pequenos, o Åsleik diz

e eu penso que é mesmo, sempre dei a ele um dos quadros menores, mas não foi de propósito e fico um pouco envergonhado, e não por que eu não quisesse dar a ele, ou à Irmã dele, um quadro maior, mas por algum motivo sempre parti do princípio de que eram quadros pequenos que o Åsleik queria presentear e eram quadros pequenos que a Irmã preferia receber de presente, algo me dizia que um quadro maior seria uma extravagância, posto que com o tempo ela passou a acumular quadros demais, um a cada ano, e teria que ter espaço nas paredes para todos eles

Suas pinturas estão espalhadas por toda parte na casa da Irmã, o Åsleik diz

E isso é muito bom, não é mesmo? ele diz

e o Åsleik diz que a Irmã fica contente e agradecida a cada ano pelo quadro que ganha, ele diz e então vai até a pilha de quadros maiores e eu vejo que ele começa a vasculhar a pilha e olha atentamente para cada quadro e eu permaneço diante da lareira olhando para as chamas e imagino que no sótão, num dos quartinhos lá de cima, tenho várias pinturas que não quero vender, e duas delas são das primeiras que pintei, quando comecei a pintar do jeito que sempre quis e não apenas casas e construções a partir de fotografias, e essas duas pinturas ainda estão entre as melhores que já pintei, nelas eu acho que realmente consegui expressar algo, algo maior do que aquilo que em geral consigo expressar, algo maior do que a própria vida, se é que podemos dizer assim? dito assim pode até soar grandiloquente, mas, mesmo assim, em algumas imagens eu consigo alcançar o que quero alcançar, eu sei, e claro que essa imagem pode dizer aquilo que não pode ser dito de outro modo exceto justamente do exato modo como aquela imagem diz, e essas pinturas, as melhores pinturas que fiz, não as quero vender, pois sei que é provável que ninguém mais esteja disposto a enxergar o que há nessas pinturas, o valor que têm, sim, o valor intrínseco de cada uma, além do mais eu receberia muito pouco por elas, valor e preço são duas categorias absolutamente dissociadas uma da outra e por isso não as vendo, mas quase sempre tenho uma dessas telas em destaque no quartinho do sótão que não utilizo como depósito, e já há um bom tempo que está lá um retrato que pintei da Ales, eu penso, pois há dois quartos no sótão, duas águas-furtadas, e um desses recintos eu converti num depósito, e lá guardo um monte de ripas de madeira com as quais faço os meus caixilhos e muitas telas e não são poucas as bisnagas de tinta a óleo e uma enormidade de terebintina, mas no outro quartinho, o da esquerda, lá só tenho uma única cadeira bem no meio das duas claraboias estreitas na cumeeira e no espaldar da cadeira deixo sempre um dos quadros que não quero vender, do contrário ele estaria fadado a desaparecer na casa de alguém, como em breve o farão as duas pilhas de quadros que agora estão encostados junto à porta da cozinha, por mais que o nome e o endereço desse ou daquele comprador sejam meticulosamente anotados pelo Beyer, sim, desde a primeira exposição ele fotografa cada uma das pinturas, as numera e registra o nome do respectivo comprador, mas ninguém sabe que fim vai levar o quadro, se o comprador vai doá-lo, revendê-lo, o destino da pintura é uma incógnita e não é possível rastreá-la, existem quadros que vendi e me arrependo, especialmente aqueles que pintei quando frequentava a Escola de Belas Artes, antes que eu chegasse à conclusão de que alguns quadros eu simplesmente não queria vender, e esses portanto estão lá em cima, no sótão, na água-furtada à esquerda eu guardo os quadros que não quero vender, e de tempos em tempos vou trocando o quadro que exponho no espaldar da cadeira, e então acontecia, em especial quando não conseguia mais pintar, quando sentia uma espécie de paralisia, de ter de subir até o sótão para admirar o quadro que estava apoiado no espaldar ou então pegava um dos outros que deixo lá no quartinho e o punha no mesmo lugar e tenho outra cadeira a alguns metros da cadeira com o quadro e nela eu me sento e fico admirando o tal quadro, fico um bom tempo ali, quanto tempo já não sei, e tento perceber por que na verdade continuo pintando quadros, e eu fico sentado cada vez mais absorto naquele que está diante de mim, absorto em algo que é maior do que a vida, talvez, mas essa não é a maneira correta de dizer, porque se trata, bem, de uma certa luz, de uma espécie de escuridão brilhante, de uma luz invisível dessas imagens que fala silenciosamente sobre elas, e fala a verdade, e então, quando eu alcanço essa visão, ou essa maneira de ver, então não sou eu quem está vendo, mas algo que vê através de mim, como se fosse assim, e nesse caso sempre encontro um jeito de prosseguir com a pintura que tenho dificuldades de concluir, e isso também ocorre com todas as pinturas alheias das quais eu gosto, é como se quem visse não fosse o pintor, mas algo que visse através dele, e esse algo se perpetua na imagem e fala em silêncio a partir dela, e pode ser uma única pincelada que permita à imagem falar assim, e não se pode compreender, eu penso, e, eu penso, assim é também com os poemas que gosto de ler, não é o assunto de que tratam o que de fato importa, é outra coisa, algo que fala em silêncio nas entrelinhas, é de fato assim que sinto, mas só algumas das imagens maiores consegui guardar no sótão, já que todos os quadros menores verdadeiramente bons o Åsleik levou para a Irmã, é ridículo mas é verdade, mas ele deve ver neles o mesmo que eu vejo, ou algo parecido, mas seja como for várias pinturas que eu gostaria de ter na minha coleção no sótão o Åsleik escolheu e presenteou a Irmã, nem todas as que comprou, ou melhor que trocou por carne, peixe e lenha e por desobstruir a neve acumulada na serventia, ou o que seja, eu teria evitado vender, não são muitas as que eu teria mantido, mas todas as menores eu cogitaria ter comigo no sótão, as que o Åsleik deu de presente de Natal à Irmã, pois é, quase não dá para acreditar, mas é assim, então a coleção que ela tem de quadros pequenos meus é um apanhado das melhores pinturas que já pintei, considerando tudo que já pintei, de acordo com o meu ponto de vista, com exceção da minha coleção no sótão, e aquele que mantenho na cadeira do sótão há um bom tempo, há quanto tempo não lembro, é o retrato que pintei da Ales, e não consigo tirá-lo dali, trocá-lo por outro quadro dos que estão no sótão, eu penso, e alguma vez seria bom rever os melhores quadros pequenos que pintei, e de certo modo é bom saber que estão reunidos, pois não faz mal que não estejam em casa comigo se sei onde estão, eu penso, mas nunca acompanhei o Åsleik em visita à Irmã, honestamente nunca a conheci, por mais que passe diante da casa dela cada vez que vou e volto de Bjørgvin, e é uma casinha bonita e antiga, com a pintura um quê descascada, uma casa cinza, um tanto deteriorada de fato, e claro que nunca me ocorreu bater na porta da mulher que se chama Guro e perguntar se poderia ver os quadros, mas na verdade não deixa de ser estranho que eu nunca tenha encontrado a irmã do Åsleik, pois acontece de ela vir até a casa do Åsleik, visitar a casa onde passou a infância, como ele diz, mas ela nunca pernoita por lá, o Åsleik disse, ela toma o ônibus para vir e viaja de volta no mesmo dia, já que uma vez por dia o ônibus faz a rota entre Dylgja e Bjørgvin, chegando em Dylgja pela manhã e saindo de Dylgja à tarde, é um ônibus pequeno, não são muitos os passageiros, e geralmente ninguém viaja desde Dylgja, mas comumente há quem tome o ônibus no trajeto de ou para Bjørgvin, eu penso e penso que o Åsleik comentou que a Irmã não quer pernoitar na casa onde passou a infância, e ele não entende o porquê disso, de todo modo já está na hora de nos conhecermos uma vez que ela tem tantas pinturas minhas penduradas nas paredes de casa, eu penso, então quem sabe este ano eu não devesse passar o Natal com o Åsleik e a Irmã? pois todo ano o Åsleik pergunta se não quero ir com ele celebrar o Natal na casa dela, e ele sempre pergunta por que não? não seria muito melhor do que passar o Natal sozinho em Dylgja? ele diz e eu sempre digo não, prefiro ficar sozinho, eu digo, mas agora, este ano, quem sabe este ano eu possa passar o Natal com o Åsleik e a Irmã? e assim possa rever todos os quadros pequenos e bons que pintei? e seria mais fácil para ele também se eu o acompanhasse, o Åsleik já disse, porque nesse caso ele não pilotaria sozinho a Lancha até Øygna, pois é sempre mais agradável navegar com dois a bordo, mas ele está sempre sozinho, o Åsleik disse e eu o vejo tirar um quadro da pilha e ficar olhando para ele sem dizer nada

Talvez eu passe o Natal com você e a Irmã este ano, eu digo

e olho para o Åsleik e ficamos calados por um instante

Então você está pensando em passar o Natal na casa da Irmã? o Åsleik diz

e mal acredita no que acabou de ouvir

É, pode ser, eu digo

Por essa eu não esperava, o Åsleik diz

É que eu queria rever algumas das pinturas que estão com ela, eu digo

Pois muito bem, o Åsleik diz

e ali ficamos parados sem dizer nada

Em breve vou fazer uma nova exposição na Galeria Beyer, eu digo

É, o Åsleik diz

Mas tenho quadros de sobra, mais do que suficientes, inclusive dos maiores, então hoje você pode levar a pintura que quiser para dar à Irmã, eu digo

Em breve vou ter que levar os quadros para Bjørgvin, eu digo

Foi por isso, para que eu pudesse escolher um quadro, que você não os levou quando foi recentemente para Bjørgvin? o Åsleik diz

e eu digo que é possível, talvez um pouco por isso, mas mais porque acabei perdendo a noção do tempo e só recentemente me dei conta de que a exposição será em breve

Então convém que você escolha o quadro que quer hoje mesmo, eu digo

Agradeço muito por isso, o Åsleik diz

Só agora eu me dei conta, eu digo

Do quê? o Åsleik diz

Que a exposição abre em breve, eu digo

Então tenho que levar as pinturas para Bjørgvin logo, logo, eu digo e penso que também posso visitar o Asle no Hospital, porque hoje não consegui visitá-lo, mas quem sabe possa fazer isso amanhã? ou depois de amanhã? eu penso e digo que amanhã mesmo, ou depois de amanhã, levarei os quadros para Bjørgvin, por mais que tenha que passar horas ao volante, acho que nunca me desloquei tantas vezes a Bjørgvin num intervalo tão curto, eu digo

Você poderia ter levado os quadros ontem, o Åsleik diz

É, eu digo

E não se lembrou? ele diz

Não, não é correto dizer assim, eu digo

e calamos

Pois eu bem que poderia ter escolhido a pintura que quero ontem, ou mesmo antes disso, o Åsleik diz

É verdade, eu digo

Viajar de carro a Bjørgvin duas vezes num só dia nunca tinha acontecido, ele diz

Não, eu digo

e ali ficamos sem dizer nada

Acho que você nunca vai de carro fazer compras em Bjørgvin mais de uma vez por mês, ou não? o Åsleik diz

e eu digo que é bem assim, ou ao menos não mais do que isso, eu digo

E além disso você, papista do jeito que é, todo domingo vai à missa na igreja de São Paulo, ele diz

e eu assinto com a cabeça e penso será que ele não cansa de usar essa palavra? é como no caso da cruz de Santo André, é como se ele sentisse um orgulho ao dizer essa palavra, ao saber o que significa papista, eu penso

Passar o domingo inteiro nisso, ele diz

É, eu costumo fazer assim, eu digo

Isso eu não consigo entender direito, o Åsleik diz

E além disso você pode ser considerado quase um comunista, ele diz

Não, eu não entendo, ele diz

Católico e comunista, ele diz

e o Åsleik balança a cabeça e ali ficamos parados e então eu digo que o Natal está chegando e neste ano, como em todos os outros, preciso levar os quadros para Bjørgvin, pois todo ano antes do Natal eu faço uma exposição na Galeria Beyer, como ele sabe muito bem, eu digo

Durante o Advento, ele diz

Mas antes você precisa escolher seu quadro, eu digo

e então digo que seria bom se ele fizesse isso hoje mesmo

Vou escolher o quadro hoje para levar comigo, o Åsleik diz

e percebo que estou com um pouco de fome, acho que desde o café da manhã no Lar Hotel, hoje cedinho, não ponho nada na boca, e mesmo assim mal toquei na comida, eu penso, mas não estou disposto a preparar nada tão elaborado, estou muito cansado para isso, mas sempre posso fritar um ovo e cebola e bacon, um pão fresco sempre tem em casa, e bacon e cebolas para acompanhar eu comprei ontem e pergunto ao Åsleik se ele gostaria de um ovo frito com cebola e bacon e ele diz que não vai recusar, está até com fome, o Åsleik diz e eu o vejo ali examinando um dos quadros maiores e então o Åsleik diz que ele vai ficar olhando em detalhes as pinturas enquanto eu frito ovos e cebolas e bacon e eu digo que está bem e vejo que as chamas da lareira já vão altas e enfio mais uma acha de lenha lá dentro e fecho a portinhola e vou para a cozinha e vejo todas as sacolas espalhadas sobre a mesa, pois é, eu nem guardei as compras que fiz antes de retornar para Bjørgvin, eu penso, e agora, bem, o jeito é pôr tudo em seu devido lugar, que em alguma daquelas sacolas estão o ovo e as cebolas e o bacon e o pão, comprei um montão de bacon, e muitos pães, e eles devem ser embalados em plástico e guardados no freezer que tenho ali no corredor, pois na casa há duas salas de estar, e é na sala contígua à cozinha que eu pinto, é lá que eu leio e passo o meu tempo, e ao lado da sala tem o quarto, com uma cama de casal na qual eu durmo, era lá que a Ales e eu dormíamos durante os anos que compartilhamos, que vivemos juntos, e do outro lado do corredor está a outra sala, a Sala da Avó como chamava a velha Alise, e era assim que a Ales também a chamava e eu ainda chamo, Sala da Avó, pois essa sala deveria ser a mais arrumada, com o papel de parede mais feio que já vi na vida, rosas vermelhas e brancas entrelaçadas do chão ao teto, e dessa sala a velha Alise sentia tanto orgulho que praticamente não usava, e a primeira coisa que a Ales e eu fizemos quando assumimos a casa foi pintar esse papel de parede, pintamos a sala inteira de branco, mas fora isso não fizemos muitas mudanças, eu penso, mantivemos quase tudo como era, copos e vasilhas, facas e garfos, eu penso, mas a Sala da Avó nós a pintamos de branco, passamos tinta sobre o papel de parede de rosas que havia na parede, na Sala da Avó, e era ali nesse recinto que a Ales pintava seus quadros, acabo de lembrar que foi lá, ao mesmo tempo que pintamos a Sala da Avó eu parei de fumar, a Ales dizia que eu podia aproveitar a oportunidade e parar de fumar quando mudamos para Dylgja, do mesmo jeito que parei de beber quando mudamos para a casa marrom, ela disse, e foi o que fiz, parei de fumar e comecei a usar rapé e do mesmo jeito a Ales não gostava nada que eu usasse rapé, mas acabou por se conformar, eu que acendia um cigarro no outro, ininterruptamente, enquanto enrolava um acendia o próximo, e deixei de fumar mas em vez disso comecei a usar o rapé, e por que estou me lembrando disso agora? eu penso, e penso que logo depois que a Ales se foi, depois que partiu para descansar junto ao Senhor, deixei tudo como estava, mas era muito triste manter uma sala da mesma maneira como ela a deixara, daí com o passar do tempo comecei a ir à Sala da Avó buscar bisnagas de tinta a óleo e pincéis e que tais, sim, tudo que ela usava para pintar eu passei a usar também, exceto aquilo que ela usava para pintar ícones, porque nos últimos tempos ela só pintava ícones, e tudo que tinha a ver com a pintura de ícones acabou ficando por lá depois que ela morreu, e na grande estante que eu mesmo fiz e cobre toda a parede transversal estão os livros dela, mas também os meus, e inclusive aqueles que comprei mais tarde acomodei na estante lá da Sala da Avó, que virou uma verdadeira biblioteca, inclusive os livros que a Ales comprou sobre ícones e pintura de ícones, e depois que a Ales se foi pendurei todos os ícones dela na Sala da Avó, até os que não estavam terminados, e então pendurei os poucos quadros que ela deixou, pois na grande maioria ela não havia pintado nada além de um fundo branco e as melhores pinturas que logrei fazer foram feitas sobre telas que a Ales deixou cobertas com tinta a óleo branca, eu penso e penso que não posso simplesmente ficar assim sem fazer nada e vou até a mesa da cozinha e começo a tirar as compras de uma e outra sacola, e as disponho sobre a mesa, e tiro as mercadorias de todas as sacolas e a mesa fica repleta de todo tipo de mercadoria, carne e peixe, batatas e vegetais, manteiga e margarina, farinha, sabão e xampu e não sei mais o quê, e lá estão também as duas sacolas que ganhei do Åsleik, uma com costeletas de carneiro defumadas e a outra com peixe em conserva, e eu penso que vou levá-las imediatamente para a despensa sob a escada que conduz ao sótão, e pego as sacolas e vou guardá-las na despensa e eu penso que agora é hora de colocar no freezer tudo que deve ser congelado, eu penso, pois tenho um freezer espaçoso no corredor, é tão grande que quando eu o comprei e vieram entregar mal passou pela porta, eu que já vinha desejando um freezer assim porque o intervalo entre uma compra e outra que faço é bastante longo, e por isso mesmo acabo comprando muita coisa quando vou às compras em Bjørgvin, porque não gosto de esbanjar dinheiro, eu penso e penso que é bom ter um freezer grande também porque aqui e ali ganho muito peixe do Åsleik, pois é, não é só costeletas de carneiro e peixe em conserva que ele me dá, não, também ganho peixe seco e arenque marinado e arenque defumado e bacalhau fresco e tanta coisa mais que já perdi a conta, eu penso, e agora preciso guardar as compras em seus lugares, eu penso e depois vou fritar ovos e cebola e bacon, eu penso e entro na cozinha e meto o pão e as embalagens de costeletas e carne moída e salsichas e vegetais congelados dentro de duas sacolas, e aquilo que estava congelado agora já descongelou, mas ainda deve estar adequado para comer mesmo tendo sido descongelado apenas uma vez, é evidente que eu deveria ter colocado tudo no freezer ontem, como é possível eu ser distraído e esquecido a esse ponto, eu penso e vou até o corredor e ouço o Åsleik gritar para mim o que você está fazendo? e digo que vou só guardar as compras no freezer e ele retruca que já não era sem tempo, a pressa de voltar para Bjørgvin foi tanta que nem guardei no freezer os congelados, não, eu sou mesmo um sujeito esquisito, eu ouço o Åsleik dizer e ponho as duas sacolas no freezer e penso que deveria ter arrumado as compras no seu devido lugar, pois mantenho o freezer bem arrumado, é preciso ter ordem, no freezer como em todo lugar, e o que o Åsleik chama de bagunça na mesa da sala eu chamo é de ordem, eu penso, mas arrumar o freezer é coisa que deixarei para fazer mais tarde, pois agora estou mesmo com muita fome, eu penso e vou até a cozinha e lá está o Åsleik

De fato você fez muitas compras, ele diz

Fiz mesmo, eu digo

eu sei que o Asle acha que eu comprei algo para ele, pois é o que costumo fazer uma vez que os produtos em Bjørgvin são mais baratos do que no Empório na Baía, onde tudo é caro, o que faz certo sentido, o Comerciante precisa ganhar a vida e é forçado a cobrar mais caro pelos artigos que vende, e o sortimento é reduzido, já que não há tantos clientes na Baía e em Dylgja, é por isso que eu sempre compro uma coisinha para o Åsleik quando vou fazer compras em Bjørgvin, eu penso e não quero que o Åsleik me pague por essas compras, ele mal tem dinheiro para viver, eu penso, e quando eu quero lhe entregar essas compras de início ele sempre recusa, dizendo que pode se haver sozinho, não precisa da ajuda de ninguém, não precisa ir até o povoado, não, ele não é de ficar esmolando, essas coisas ele costuma dizer e eu sempre digo que sim, está bem e então digo que é o pagamento por tudo que ele me dá e por fim ele aceita quase que dissimuladamente a sacola de compras, mas dinheiro ele não aceita de modo algum, mesmo que aconteça de eu lhe entregar algumas coroas quando percebo que ele está mais apertado, e nós dois meio que fingimos que nada se passou

Já escolheu uma pintura? eu digo

Mais ou menos, o Åsleik diz

e então ele volta para a sala e eu começo a enfiar vários produtos numa sacola e a levo ao corredor e a deixo debaixo do gancho onde estão pendurados todos os meus cachecóis e é essa sacola que darei ao Åsleik, eu penso e então volto para a cozinha e começo a colocar os vegetais frescos e outras coisas na geladeira grande, pois também a geladeira é grande, nós a queríamos do maior tamanho possível, e a compramos com o freezer, tanto o freezer quanto a geladeira foram comprados quando a Ales ainda vivia, eu penso e agora não posso começar a pensar na Ales novamente, eu penso e começo a guardar no armário latas e sopas e pacotes de farinha e açúcar e sal e mais embalagens de pimenta e o que for e então pego um dos pacotes de bacon, os outros já guardei no freezer, e reservei dois deles para o Åsleik, e uma caixa de ovos e uma cebola e um pão e ponho tudo na bancada e o Åsleik volta para a cozinha

Mas você fez muitas compras mesmo, hein, ele diz

Não gosto muito de ir ao supermercado, como você deve saber, por isso compro muita coisa quando vou às compras, eu digo

Eu sei, o Åsleik diz

e eu olho para a frigideira que está sobre o fogão como de costume, e o fogão é velho, já estava na cozinha quando nos mudamos, tanto a frigideira quanto o fogão herdamos da velha Alise, mas todas as bocas funcionam, e também o forno, então acho que ficarei com esse fogão enquanto viver, eu penso e ponho no máximo a boca maior sobre a qual está a frigideira e corto algumas fatias grossas de bacon, o suficiente para preencher o fundo da frigideira, e as disponho sobre ela e o bacon começa a estalar imediatamente e eu diminuo o fogo e vou cortar fatias de pão, duas para o Åsleik, duas para mim

Você sempre prepara uma comida muito boa, Asle, o Åsleik diz

Olha, disso aí eu já não sei, eu digo

e então o aroma delicioso de bacon frito toma conta da cozinha e eu viro as fatias de bacon, já bem douradas de um lado, e vou buscar dois pratos e facas e garfos e o Åsleik diz que esses pratos são velhos, ele se lembra deles dos tempos de infância, da época da velha Alise, ele diz

O cheiro está maravilhoso, o Åsleik diz

e eu fico diante do fogão olhando para o bacon que estala na frigideira que é tão pesada que a Ales dizia que era peso demais para ela, ela sempre reclamava dessa frigideira, e também se queixava que ela fazia muita fumaça e por isso compramos uma frigideira nova que a Ales sempre usava, enquanto eu usava a velha frigideira de ferro fundido, a que a Ales usava ficava no armário de panelas junto do fogão e meus olhos ficam até marejados só de pensar na outra frigideira, e eu a guardei no fundo do armário para não esbarrar nela tão facilmente, pois essa frigideira sempre me lembra da Ales e me dói tanto cada vez que vejo essa frigideira, meus olhos lacrimejam, é verdade, mas agora não quero pensar nisso, em quando a Ales e eu compramos a nova frigideira, que isso tampouco é algo para ficar lembrando, eu penso, mas lembro como se fosse ontem, desses detalhes eu sempre lembro, eu que para outras coisas tenho uma memória tão ruim, isto é, com exceção do depósito de imagens que tenho armazenadas na cabeça, todas as imagens que preenchem meu cérebro, delas eu lembro constantemente, mas episódios como esse, da Ales e eu comprando a frigideira, coisas assim, dessas coisinhas miúdas eu me lembro o mais nitidamente que se pode lembrar

Não vá esquecer do bacon, o Åsleik diz

e eu chego a tremer de susto e imediatamente percebo que começou a cheirar a queimado e de supetão tiro a frigideira do fogão e desligo o fogo e viro o bacon que queimou um bocadinho, mas o cheiro de queimado que invade a cozinha é tal que qualquer um diria que o bacon esturricou, mas não, só está um pouco queimado de um lado

Eu vinha sempre para a casa da velha Alise, o Åsleik diz

E ela sempre me convidava para comer, ele diz

e ele diz que tem a impressão de que ela achava que eles praticamente passavam fome lá onde viviam e diz que, bem, é verdade que enfrentaram dificuldades em casa quando era criança, mas eram apenas ele e a Irmã, não se tratava assim de um monte de bocas para alimentar, algo corriqueiro naqueles tempos, por algum motivo eram apenas ele e a Irmã, sim, mas, depois que o pai desapareceu no mar, então, o Åsleik diz e se interrompe e eu reparto o bacon nos dois pratos, e o menos queimado eu sirvo no prato que será o do Åsleik, eu penso e então disponho as quatro fatias de pão na frigideira e as deixo fritar um pouco na gordura para depois colocá-las nos pratos e pego a cebola que descasco, corto em rodelas e pico em pedacinhos e ponho na frigideira e fico ali em pé refogando a cebola que rapidamente se tinge de um tom dourado, e eu prefiro a cebola ligeiramente refogada, quando está macia e ainda não tão queimadinha, e apanho quatro ovos e vou quebrando um depois do outro na borda da frigideira e os espalho sobre a cebola e fico ali olhando para a frigideira sem pensar em nada e o Åsleik não diz nada

A refeição já vai ser servida, eu digo

e digo isso como se quisesse quebrar o silêncio e penso que é algo que quase nunca faço

E estou com fome, o Åsleik diz

A cebola realmente dá um gosto bom ao prato, ele diz

A cebola dá um sabor todo especial a tudo, ele diz

e o Asle diz que a combinação de bacon e ovos é sempre boa, mas fica ainda melhor com aquele gostinho de cebola, ele diz

e eu penso que será bom comer, porque já é noite e não comi quase nada o dia inteiro, eu penso, meu estômago está roncando, eu penso e o Åsleik diz que essa refeição é digna de um rei, ele diz, e repete a expressão digna de um rei, digna de um rei, sim, ele diz, e novamente é como se o Åsleik tivesse orgulho por saber falar assim, porque ele é assim, enfatiza certas palavras, as deixa mais evidentes, e tudo bem no caso de cruz de Santo André, pois não são muitos que sabem o que significa, mas digna de um rei, um dizer tão comum, o que há de tão especial em falar assim? eu penso e digo que os ovos já estão prontos e reparto os ovos acebolados nos dois pratos e pego um prato, aquele com o bacon menos queimado, e o ponho diante do Åsleik e em seguida pego garfo e faca e lhe entrego

Parece gostoso, o Åsleik diz

depois eu pego o outro prato e faca e garfo e o coloco na cabeceira da mesa, onde eu sempre sento, ali, na ponta da mesa, é lá que eu me sentava, e a Ales sentava sempre ao meu lado esquerdo, ao longo da mesa estão duas cadeiras, e se o Åsleik viesse comer conosco sentava sempre do lado direito, num banco entre a mesa e a parede, de modo a apoiar as costas na parede, e é lá que o Åsleik está agora, lá ele sempre sentou, eu penso e sento e dou graças pela refeição e com isso começamos a comer sem dizer palavra, e está gostoso, é incrível que uma comida tão simples possa ser tão saborosa, que um ovo é um ovo e uma cebola é uma cebola, e o pão eu compro ao acaso, me limito ao que for mais em conta, portanto o pão tem sempre o mesmo sabor, mas também varia um pouco de quando em quando, por outro lado o bacon tem grandes diferenças, às vezes encolhe até quase desaparecer, às vezes as fatias permanecem quase do mesmo tamanho que eram, e o gosto também é diferente, sim, eu penso, mas hoje, hoje tudo estava incrivelmente saboroso, e isso decerto porque eu estava com fome, eu penso e então o Åsleik diz que estava gostoso, que eu preparo bacon com cebola e ovos muito bem, e mesmo assim hoje estava melhor do que o de costume, ele diz e eu tenho vontade de contradizê-lo, mas como também acho a mesma coisa não digo nada e o Åsleik apoia a faca e o garfo juntos no prato e eu digo que estava uma delícia mesmo e já terminei e também apoio a faca e o garfo no prato e o Åsleik agradece de coração a comida, mas diz que agora precisa ir para casa, que eu devo estar cansado de tanto dirigir, depois de duas idas a Bjørgvin, uma seguida à outra, ele diz e eu digo que depois de comer vem o cansaço e o Åsleik diz que deu uma olhada nas pinturas mas não sabe ao certo qual escolher, então será que pode vir amanhã para pegar o quadro? ele diz

Aliás se você estava falando sério quando disse que ia levar as pinturas para Bjørgvin amanhã talvez fosse melhor eu escolher a minha agora mesmo, ele diz

Mas é claro que você pode escolher a sua agora, eu digo

Mas é provável que eu tenha que voltar aqui amanhã, porque vai nevar tanto esta noite que amanhã vou precisar limpar a neve da sua serventia de novo, ele diz

e nisso o Åsleik diz que voltará amanhã, amanhã cedinho, porque ele e eu madrugamos, e se ele puder escolher um quadro para a Irmã amanhã terá a noite para se decidir, ele está entre duas pinturas, ele diz, então se eu não me importar ele voltará amanhã cedo, e também poderá me ajudar a carregar no carro os quadros que precisam ser levados para a Galeria Beyer, ele diz

Sim, você já fez isso várias vezes, eu digo

Dá um trabalhão isso também, o Åsleik diz

É, eu digo

Porque é preciso manusear os quadros com cuidado, ele diz

Cada um precisa ser embrulhado num cobertor, ele diz

É verdade, eu digo

É assim que eu faço, eu digo

Nos maiores eu uso um cobertor inteiro, e nos menores só a metade, como você sabe, eu digo

Justamente, o Åsleik diz

Como você foi conseguir tantos cobertores é coisa que eu sempre me pergunto, ele diz e eu sabia que ele iria mencionar isso, porque sempre diz, mas prometi a mim mesmo que ele jamais irá descobrir, sobre certos assuntos tenho que guardar segredo, eu penso, embora isso não queira dizer nada, seja completamente irrelevante, porque a resposta não é nada empolgante, eu simplesmente comprei os cobertores no Brechó na Enseada dos Veleiros, um pouco ao norte do centro de Bjørgvin, perto do prédio onde mora o Asle, e naturalmente não comprei todos de uma só vez, mas eu ia sempre ao Brechó e costumava haver um ou outro cobertor à venda, e eu os comprava, e com o passar do tempo acabei juntando uma verdadeira coleção de cobertores

Então nos falamos amanhã de manhã, o Åsleik diz

Certamente, eu digo

e o Åsleik levanta e leva prato e faca e garfo e o Brage está atento ao lado da mesa e o Åsleik põe o prato no chão e o Brage o lambe inteiro e então o Åsleik põe prato e faca e garfo na pia e eu ponho o meu prato no chão e o Brage imediatamente lambe os restos e eu raspo as sobras da frigideira no prato que o Brage está lambendo e vejo que só tem um pouco de água na vasilha dele e deixo a faca e o garfo na pia e encho a vasilha de água e a coloco de volta no lugar no cantinho atrás da porta e o Brage sai correndo até a vasilha e bebe a água avidamente e eu apanho o meu prato e o ponho na pia e vejo o Åsleik parado no vão da porta do corredor e ele diz que o Brage precisa comer também, ele diz e em seguida diz que nos veremos amanhã quando ele vai escolher uma pintura para a Irmã e eu terei mais tempo para refletir se quero mesmo ir passar o Natal lá em Øygna, já que este ano eu admiti essa possibilidade, então quem sabe pudéssemos ir de carro para lá juntos? ele diz, não sou eu que tenho habilitação e carro? mas não, não seria certo, todos esses anos ele foi de Lancha até Øygna para celebrar o Natal, tem um bom cais numa pequena enseada, então será assim também este ano, ele diz, mas ninguém fica mais jovem com o passar dos anos, de modo que se eu começar a celebrar o Natal com eles na casa de Irmã, na casa da Guro, quem sabe no futuro possamos ir no meu carro, que na Lancha a travessia pode acabar ficando muito cansativa? ele diz, pois bem, posso pensar no assunto, ele diz, que a Irmã não é um monstro, talvez eu até gostasse de conhecê-la, de conversar com ela, pois não são muitas as pessoas com quem eu converso ao longo do ano, não, não podem ser muitas, só ele, o Åsleik, e o Beyer, o galerista, e de vez em quando também talvez fale com o sujeito que tem o meu Nome, o Åsleik diz

Mas tem uma coisa que eu gostaria de lhe perguntar, o Åsleik diz

e eu olho diretamente para ele parado no vão da porta

Pois não, eu digo

Sempre pensei em lhe perguntar isso, mas nunca tive a oportunidade, ele diz

Mas agora, já que você está pensando em passar o Natal comigo e a Irmã, e como será a primeira vez, agora vou me atrever, ele diz

Pode perguntar, eu digo

Por que você usa esse cabelo tão comprido? o Åsleik pergunta

e me dá uma vontade de rir mas eu me contenho

Na verdade nem eu sei, eu digo

Não, o Åsleik diz

Eu tenho o cabelo comprido assim desde que era jovem, ou quase eu digo

Certo, o Åsleik diz

e digo que certa vez, quando jovem, eu queria muito ter cabelo comprido, e o cabelo estava bem crescido, então minha mãe me arrastou para uma cabeleireira, porque até mesmo em Barmen onde eu cresci isso existia, e como era a primeira vez que cortava meu cabelo ela não fez cerimônia, me deixou quase careca, me tosquiou inteiro e depois disso nunca mais deixei cabeleireira ou barbeiro nenhum encostar no meu cabelo, era só a Mãe mencionar que já era hora de cortar o meu cabelo que tinha vontade de me atirar sobre ela de punhos cerrados, eu digo, apesar de eu não ser uma pessoa violenta, e nunca ter brigado com ninguém, e por fim a Mãe se deu conta de que me mandar cortar o cabelo era uma ideia inútil e teve que desistir e foi assim que deixei de cortar o cabelo, e quando estava demasiado comprido eu o cortava eu mesmo, como ainda faço até hoje, só preciso de dois espelhos e uma tesoura, eu digo

Mesmo agora que já está todo grisalho? o Åsleik diz

E assim tão ralo, ele diz

Não tem importância nenhuma, eu digo

E essa calva que não é pequena, ele diz

e ficamos calados

Quando o cabelo começou a ficar ralo passei a prendê-lo com um elástico preto atrás da nuca, eu digo

Passou a usar o que chamamos de rabo de cavalo, o Åsleik diz

Sim, o nome já diz tudo, ele diz

e eu digo que não sei há quantos anos faço assim, uso rabo de cavalo, mas são muitos, porque o meu cabelo encaneceu bem cedo, eu digo e acho que devia era ter perguntado ao Åsleik por que ele tem essa barba grisalha tão comprida, mas sei o que ele iria responder, então não pergunto, eu penso

Então foi porque uma vez sua mãe mandou tosar sua cabeça que você usa cabelo comprido? o Åsleik diz

Se é que podemos falar assim, ele diz

É, um pouco por causa disso, eu digo

E também gosto de ter o cabelo comprido, é como se desse algum tipo de ajuda, me desse algum tipo de proteção, eu digo

Proteção? o Åsleik diz

Uma ajuda? ele diz

Sim, me ajudasse, a pintar bem, algo assim, eu digo

e o Åsleik diz que não compreende esse tipo de coisa e diz que eu pareço cansado e eu digo que estou mesmo

Acho melhor ir para a cama logo, eu digo

Quando se está cansado o melhor a fazer é dormir, o Åsleik diz

Mesmo que ainda seja comecinho de noite, ele diz

É verdade, eu digo

Então acho que já vou indo, ele diz

e o Åsleik sai pelo corredor e eu o acompanho com o Brage nos meus calcanhares e abro a porta da frente e o Brage sai correndo e eu vejo o Åsleik parado ali vestindo seu macacão térmico marrom

O cãozinho estava apertado, o Åsleik diz

e vejo que ele está calçando as botas e vestindo o gorro de pele marrom com abas nas orelhas

Ele deve estar querendo se aliviar, eu digo

Acho que precisa se aliviar antes de ir dormir, o Åsleik diz

Não existem grandes diferenças entre cães e humanos, eu digo

Agora você disse uma coisa certa, o Åsleik diz

e ele se vai e eu penso que agora é capaz de começar a explicar por que não tem um cachorro e eu posso muito bem escutar, já escutei isso muitas vezes antes, mas agora estou muito cansado e digo que tenha uma boa noite e nos veremos amanhã, porque ele quer tanto escolher um quadro para a Irmã, antes de eu ir para Bjørgvin com os quadros, claro, ele diz, e eu penso que ele já mencionou isso tudo e digo que sim, nos falaremos amanhã e então grito pelo Brage e ele vem correndo e coberto de neve e entra no corredor e fica ali se sacudindo e eu vejo o Åsleik subir na cabine do trator e me lembro da sacola de produtos que comprei em Bjørgvin para dar ao Åsleik, a que está debaixo do gancho onde ficam os cachecóis, e vou buscar a sacola e calço minhas botas e corro até o trator com o Brage no meu encalço

Espere um pouco, eu grito

O que foi agora? o Åsleik diz

e eu sei bem que ele sabe por que eu pedi que esperasse

Sim, espere um pouco, eu digo

É o jeito, o Åsleik diz

e eu ouço o Åsleik dar a partida no trator, aquele ruído agudo do motor, e ergo a sacola com as compras

Aqui, eu digo

Você sabe que não estou precisando de nada, o Åsleik diz

Não preciso de esmolas, ele diz

É um pagamento pela limpeza da serventia, eu digo

Não preciso de pagamento, ele diz

e então ponho a sacola nos pés dele e ele balbucia um obrigado que mal se pode ouvir e começa a dirigir lentamente e eu vou na direção da porta da frente com o Brage no meu encalço e o vejo entrar correndo pelo corredor e fecho a porta e confiro se a boca do fogão está desligada e apago a luz da cozinha e entro na sala e fico parado ali no meio e penso que antes de deitar quero dar uma olhada na pintura em que estou trabalhando, a das duas linhas que se cruzam, e penso que talvez devesse fechar as cortinas da janela, isso eu costumo fazer, mas agora está tão escuro lá fora que posso admirar a pintura no escuro sem fechar as cortinas, como tenho o hábito de fazer, pode ser um hábito estranho, esse, o de querer ver as minhas pinturas no escuro, até mesmo de querer pintar no escuro, pois alguma coisa acontece com as pinturas no escuro, sim, por um lado as cores desaparecem, mas por outro elas se destacam, a escuridão luminosa que eu sempre tento pintar se revela no escuro, quanto mais escuro mais aparente é aquilo que brilha invisível na pintura, e esse brilho pode irradiar das mais diferentes cores, mas de preferência das mais escuras, de preferência do preto, eu penso e penso que quando frequentava a Escola de Belas Artes diziam que nunca se devia pintar com o preto, porque não era uma cor, diziam, mas preto, e como eu conseguiria pintar meus quadros sem recorrer ao preto? não, isso eu não entendo, pois é nas trevas que Deus vive, sim, Deus é trevas, e essas trevas, o escuro de Deus, esse nada, ele reluz, é das trevas de Deus que emana essa luz, a luz invisível, eu penso e penso que tudo isso não passa de algo que imaginei, sim, obviamente, eu penso, e penso que ao mesmo tempo essa luz é também uma espécie de névoa, pois até a névoa pode brilhar, quando uma pintura é boa é como se nela houvesse uma escuridão luminosa ou uma névoa luminosa, que existe ou provém da imagem, é isso, eu penso, e sem essa luz a pintura será ruim, mas na verdade a luz não pode ser vista, talvez, ou será que sou apenas eu quem pode enxergá-la e ninguém mais? ou quem sabe alguns outros também possam? fato é que a maior parte das pessoas não a enxerga, e mesmo assim ainda veem, só que não sabem, disso eu tenho certeza, elas veem só que ignoram que é um escuro luminoso aquilo que estão vendo e acham que se trata de outra coisa, é isso, e, sem que eu consiga entender, é à noite, na escuridão, que Deus se revela, talvez não seja tão estranho assim, não quando se pensa melhor a respeito, mas também há quem veja melhor Deus na luz do dia, nas árvores e flores, no céu, na chuva e no vento, e também nos animais, nos pássaros, nos insetos, nas formigas, nos ratos e camundongos, em tudo que existe, em tudo que é, em tudo há um pouco de Deus, é assim que eu penso, pois a razão para que algo exista de todo é Deus, e é verdade, sim, existem céus belos como nenhum pintor jamais retratou, assim como as nuvens, no seu infinito movimento, sempre o mesmo e sempre diferente, e o sol e a lua e as estrelas, mas também lá está a morte, a podridão, o fedor, a decomposição, a decadência, e toda essa aparência é apenas superficial, seja bom ou mau, bonito ou feio, mas aquilo que tem valor, aquilo que brilha, aquilo que brilha na escuridão, sim, isso é o invisível no que se vê, seja nas mais belas nuvens no céu ou em algo que morre e apodrece, pois naquilo que morre está presente e invisível aquilo que não morre, e naquilo que se corrompe está presente e invisível aquilo que não se corrompe, sim, o mundo é bom e mau, bonito e feio, mas em tudo, sim, até mesmo na pior das maldades, está contido o oposto, a bondade, o amor, até mesmo Deus está presente ali, pois Deus não existe, Ele é, e tudo que existe é Deus, não como se fosse algo que existisse mas como algo que existe, que é, dizem, eu penso, mesmo se o bem e o mal, a beleza e a feiura estejam em conflito, o bem está sempre lá e o mal apenas tenta estar lá, algo assim, eu penso e eu não penso com clareza e compreendo tão pouco e esse meu pensamento não leva a lugar nenhum, eu penso e olho para o Brage e vejo a vida brilhar nos olhos dele e penso que é tão pouco aquilo que sei enquanto o olhar do cão que agora olha para mim é como se soubesse de tudo, mas mesmo aqueles olhos apodrecerão, desaparecerão, assim como os olhos de todas as pessoas, eles também apodrecerão, desaparecerão, ou o fogo os consumirá, se antigamente era numa fogueira hoje será num crematório, uma hora ou duas ou quantas forem num crematório e todo o ser aparente, o corpo, se vai, mas o ser invisível ainda estará lá, pois nunca nasceu e portanto nunca poderá morrer, eu penso, sim, os olhos invisíveis permanecem depois que os visíveis se vão, pois aquilo que existe no interior dos olhos, no interior das pessoas, não se extingue, pois é no interior deles que está Deus, é lá onde está o Reino de Deus, como está escrito, e sim, sim, é assim que é, no interior da pessoa está o que desaparece e se torna uno com o que é invisível em tudo, e é como se estivesse entrelaçado ao visível sem estar visível, sim, como se fosse invisível no visível, e é isso que faz com que o visível exista, mas apenas nos humanos, de tudo aquilo que existe, em que o invisível no visível está tão próximo daquilo que é invisivelmente visível em todo o resto, mas é diferente de tudo que existe porque pertence a tudo que existe, embora não exista em si mesmo, sem existir no espaço, sem existir no tempo, sem ser coisa alguma, é um nada, sim, um nada, eu penso e somente enquanto uma pessoa vive ela existe no espaço, existe no tempo, para depois deixar o tempo, deixar o espaço, e em seguida se fundir com aquilo que eu chamo de Deus, e isso, esse invisível que existe no visível, que se manifesta dentro dele, que o mantém, é o que se revela no espaço e tempo como uma escuridão luminosa, eu penso, e é isso e nada mais que as minhas pinturas tentam retratar e de relance consigo ver quando meus olhos se acostumam à escuridão, é aí que vejo se existe algo dessa escuridão luminosa na imagem, e caso não exista eu costumo pintar uma leve demão de tinta branca ou preta, dar umas discretas pinceladas de branco ou preto, numa ou noutra parte do quadro, dar um realce, como dizem, e faço assim, às vezes só com a tinta branca, às vezes só com a tinta preta, mas sempre uma fina demão de tinta a óleo, faço isso até a pintura adquirir essa escuridão luminosa, pinto de branco ou preto a escuridão, e então a escuridão reluz, sempre, sim, sim, mais cedo ou mais tarde esse escuro começa a brilhar, eu penso, mas agora estou tão cansado que tudo que quero é ir para a cama, eu penso, mas primeiro tenho que ir no escuro dar uma espiada no quadro das duas linhas que se cruzam bem no meio, pois talvez a escuridão luminosa se mostre na imagem, ou talvez não esteja lá, preciso conferir isso antes de ir para a cama, eu penso, e apago a luz e não consigo ver nada na sala e então fico apenas parado no lugar para me acostumar com o escuro, até poder enxergar um pouco, é preciso enxergar o mínimo que seja para pintar no escuro, obviamente, e não demora muito para os olhos se acostumarem com o escuro e eu poder enxergar um pouco e então fico a uns poucos metros de distância do cavalete e olho para a pintura, me aproximo, recuo um tantinho, e vejo a escuridão luminosa brilhando na imagem, de quase toda ela irradia a escuridão luminosa, não me lembro de tê-la visto brilhar tanto em nenhuma outra pintura que fiz, eu penso e fico parado admirando a pintura e penso que esse quadro está pronto, não há mais o que fazer com ele, e esse quadro não vou vender, mas levar para o sótão e guardá-lo com os demais que não quero vender mas manter comigo, os quadros que às vezes vou visitar quando sinto em mim um bloqueio, quando não consigo mais pintar ou algo parecido, meus melhores quadros, e acho que ninguém mais dará algo por eles, muito menos se disporá a pagar por eles, como é o caso dessa pintura das duas linhas que se cruzam, e fico ali contemplando a pintura, me afasto um pouco para os lados, primeiro olho de um lado, depois de outro, de baixo, de cima, e consigo ter a mesma visão não importa de onde eu olhe para a pintura, sim, ela tem sua escuridão luminosa e eu penso que amanhã a primeira coisa que farei quando acordar será levá-la para o sótão e colocá-la no quartinho, na pilha com as outras pinturas que não quero vender, pois esse quadro, sim, ele está pronto, e não há quem vá querer comprá-lo, e mesmo que quisesse dificilmente me pagariam o que gastei pagando pelo caixilho, pela tela e pela tinta, muito menos depois de descontada a comissão do Beyer, ele fica com metade do valor da venda de um quadro, eu penso e estou tão, mas tão cansado, eu penso e agora vou me deitar, eu penso, mas primeiro tenho que assinar a pintura e acendo a luz e pego uma bisnaga de tinta a óleo e um pincel e então escrevo *Cruz de Santo André* na face superior do caixilho, e no canto inferior direito, e agora estou pintando a própria tela, pinto um A maiúsculo e em seguida limpo o pincel com terebintina e o coloco em seu lugar e abro a porta do quarto onde durmo e sinto uma lufada de ar frio me abraçar, porque sempre durmo bem em quartos frios, mas agora com a porta aberta um pouco de calor se infiltra pelo quarto, e pode vir a calhar, eu penso, e entro no quarto e acendo a luz e vou até a sala e apago a luz de lá e volto para o quarto e me dispo das roupas e as coloco numa cadeira fico ali nu tiritando de frio e então apago a luz e me deito na cama e me enrolo muito bem no edredom e penso que estou cansado demais para ir escovar os dentes e grito pelo Brage e ele vem imediatamente e então pula na minha cama e se enfurna sob as cobertas e eu aconchego bem o edredom em torno de nós dois e o Brage deita do meu lado, bem coberto pelo edredom, e eu aperto o edredom em torno do corpo e sinto um cansaço, mas um cansaço e então sinto a presença da Ales deitada ao meu lado na cama e nós nos abraçamos bem e aquecemos um ao outro e eu não devo pensar na Ales, agora não, e por isso digo que estou muito cansado e agora quero dormir para poder descansar bastante e não vai demorar para nos vermos novamente, eu digo, e percebo como a Ales está perto de mim, pois embora ela tenha morrido há anos ela está deitada ao meu lado na cama e eu digo que não quero, não consigo conversar mais com você esta noite, Ales, eu digo, ou então vou começar a sentir muito a sua falta, sentir sua falta demais, eu digo e abraço forte a Ales e ela me abraça forte e eu digo que não falta muito para que voltemos a estar juntos, ela e eu, e na verdade estamos juntos o tempo inteiro neste instante também, eu penso, mas agora quero dormir, foi um dia muito corrido hoje, e ontem também, eu digo e então a Ales corre os dedos pela minha cabeça e eu pego a cruz do meu rosário, aquele que um dia a Ales me deu, e ponho a cruz sobre a minha barriga, e fico deitado e percebo que estou cansado, mas muito cansado e penso que tenho ao menos que rezar o Pater Noster antes de dormir e então faço o sinal da cruz e seguro a cruz entre o polegar e o indicador e a seguro firme e digo dentro de mim Pater noster Qui es in cælis e me interrompo nessas palavras e estou para mergulhar nas brumas do sono mas digo Sanctificetur nomen tuum Adveniat regnum tuum e penso que assim seja Santificado seja o Vosso nome Venha a nós o Vosso Reino, sim, que venha o Reino de Deus, venha até nós, eu penso e inspiro profundamente e digo para mim Kyrie e expiro lentamente e digo eleison e inspiro profundamente e digo para mim Christe e expiro lentamente e digo eleison e inspiro profundamente e expiro lentamente e então vejo o Asle na beira da estrada segurando um galão de leite de alumínio, e ele vê um carro branco se aproximar, é o carro branco do Careca, ele que mora no casarão amarelo, ali na descida da estrada junto da Leiteria, é um carro grande, um carro largo, que toma a estrada inteira, e por isso o Asle fica bem afastado no acostamento segurando um galão de leite de alumínio, pois a mãe pediu a ele que fosse fazer compras, então ele irá à Padaria comprar pão e em seguida à Leiteria comprar leite, e depois irá à Cooperativa comprar os produtos que a Mãe anotou num bilhetinho, e o total a pessoa que estiver no caixa na Cooperativa vai registrar numa caderneta, e o Asle até pensou em ir primeiro à Cooperativa, que fica mais longe, e depois à Leiteria, e então subir a ladeira até a Padaria, e então voltar para a casa da Mãe com as compras, ele pensou e o Asle vê o carro branco parar e o Careca abaixar a janela do carro e perguntar se o

Asle não quer uma carona, sempre que quiser ele pode, ainda que a Mãe e o Pai tenham dito que nem ele nem a Irmã devem entrar no carro do Careca, e jamais ir à casa dele, mesmo que ele convide, o Asle pensa, mas nunca entendeu direito por que é tão perigoso aceitar uma carona do Careca, e seria divertido passear de carro, o Asle pensa e o Careca olha para o Asle como quem espera uma resposta e um passeio de carro até que seria divertido, o Asle pensa ali no acostamento segurando um galão de leite de alumínio e então pergunta para onde eles vão e o Careca diz que ele tem que ir ver um homem na Praia Escondida para tratar de um assunto e o Asle pensa que não faria mal pegar uma caroninha com o Careca, desde que os pais não fiquem sabendo, ele pensa, pois não tem tanta pressa, não é tão urgente assim retornar com as compras para a Mãe, e ele tinha pensado em primeiro ir à Cooperativa de qualquer modo, então o Careca pode deixá-lo na Cooperativa quando estiver voltando, o Asle pensa

Estou indo fazer compras para a minha mãe, ele diz

Na Cooperativa? o Careca diz

É, o Asle diz

E também na Leiteria e na Padaria, ele diz

e o Asle levanta o galão de leite de alumínio e o Careca diz que ele está carregando um galão de leite de alumínio e deve ser porque a mãe dele pediu que fosse fazer compras, ele diz e o Asle diz que sim e o Careca diz que ele pode vir com ele se quiser dar um passeio de carro, e então irão primeiro até a Praia Escondida, pois ele tem que falar com um homem lá, o Careca diz e então diz para o Asle entrar no carro e o Careca fecha a janela e abre a porta e o Asle senta no banco do passageiro com o galão de leite de alumínio entre as pernas e bate a porta e o Careca põe o carro em movimento e não diz nada apenas fica ali como se estivesse grudado no volante olhando fixamente para frente e o Asle vai sentado no banco da frente do carro e passam pela Padaria e pela Leiteria e passam pela Cooperativa e por uma curva da estrada e depois dessa curva a vista se abre ao longe pelo coração do Fiorde e avança pelo fiorde de Hardanger, até onde o Fiorde termina, até o fundo do fiorde eles conseguem ver e vão margeando o fiorde de Hardanger na direção da Praia Escondida e o Careca diz que precisa ter uma conversa com um sujeito lá da Praia Escondida, é isso, e o Asle percebe que a voz do Careca está meio trêmula e pensa que deve ser triste morar sozinho num casarão tão grande como faz o Careca e então o Careca põe a mão na coxa dele e o Asle afasta aquela mão dali e pensa por que o Careca pôs a mão na coxa dele? e então os dois seguem adiante e nenhum deles diz nada e então o Careca de novo põe a mão na coxa dele, e desliza a mão para cima e para baixo e o Asle tira a mão dele dali e pergunta ao Careca por que ele está fazendo isso e ele não responde

Não vá contar isso a ninguém, o Careca diz

e a voz dele falha e ele fica olhando fixamente para frente e segue dirigindo

É melhor você também não contar a ninguém que me viu, o Careca diz

Pelo menos não aos seus pais, ele diz

e o Careca diz que se o Asle o acompanhasse até em casa ele poderia lhe servir chocolate e refrigerante, se não hoje talvez noutro dia, ele diz e o Asle não diz nada e então o Careca desvia da rodovia e dobra numa serventia da estrada e para o carro e desliga o motor e sai e bate numa porta e um homem sai e o Careca fica no pátio e o homem fica olhando para o Asle e o Careca conversa com o que saiu da casa e está olhando para o Asle, mas por que o Careca pôs a mão na coxa dele daquele jeito? o Asle pensa e então o Careca volta e senta no carro e dá a partida e segura o volante com a mão esquerda e desce a serventia e o Asle olha de esguelha e então o Careca põe a mão na coxa dele e passa a mão na braguilha da calça e abre a braguilha e segura a piroca dele e a acaricia e o Asle sente cócegas e afasta a mão dele e ouve então o Careca arfando como se estivesse sem fôlego e o Asle olha de esguelha para o Careca e vê que ele está sentado esfregando a mão no próprio pênis, e o pênis do Careca é grande e comprido como uma tora e o Asle fica olhando para frente e ouve o Careca gemer e então o Careca segura o volante com a mão direita e fica olhando para frente e de novo diz para o Asle não contar a ninguém que foi passear de carro com ele, ele diz e o Asle fica ali sentado com o galão de leite de alumínio entre as pernas e diz que não vai contar a ninguém e pensa que isso ele nunca vai contar a ninguém, por que isso, ele sabe, é coisa que ninguém nunca deve falar, não seria bom para ninguém se ele contasse, muito menos para a Mãe ou para o Pai, o Asle pensa e o Careca pergunta se não era na Cooperativa que ele estava indo fazer compras e o Asle diz que era e o Careca diz que pode lhe dar umas quantas coroas para ele comprar umas guloseimas e depois o Asle pode ir até a casa dele qualquer dia para ganhar sorvete e chocolate, ele diz, mas o melhor seria se ele deixasse o Asle um pouco antes da Cooperativa, ele diz e o Asle diz que por ele tudo bem e os dois prosseguem margeando o fiorde de Hardanger sem dizer nada

Não vá contar nada a ninguém, o Careca diz

Se prometer eu vou lhe dar um dinheirinho, ele diz

e o Asle diz que não vai contar nada a ninguém e o Careca para o carro no acostamento e pega a carteira e tira de lá três coroas e dá ao Asle que imediatamente as enfia no bolso da calça ao mesmo tempo que fecha a braguilha e o Careca diz que é melhor se ele for agora, que não falta muito até a Cooperativa, ele diz e o Asle diz sim e enfia a mão no bolso e apalpa as três moedas que ganhou, é o suficiente para comprar três sorvetes, ele pensa e o Careca se inclina sobre o Asle e roça nele a pança e abre a porta do lado do Asle e ele sai do carro e fica ali segurando o galão de leite de alumínio e o Careca põe o carro em movimento e o Asle se encaminha então para a Cooperativa e eu fico deitado na cama, ou quem sabe cochilei? ou será que continuo acordado? eu, Asle, eu penso e devo estar cansado demais para pegar no sono, excessivamente cansado, como dizem, eu penso e então faço um afago no Brage que está estendido ao meu lado, e um cão aquece bem, eu penso e agora não devo começar a pensar que encontrei o Asle ali na neve, eu penso, ou então não vou conseguir dormir mais esta noite, estou tão cansado, mas tão cansado que vejo o Asle ali deitado com o corpo tremendo, chacoalhando dos pés à cabeça e o Médico ali olhando para o Asle e dizendo que é grave e seguro entre o polegar e o indicador a cruz de madeira do rosário que um dia a Ales me deu e digo para mim Pater noster Qui es in cælis Sanctificetur nomen tuum Adveniat regnum tuum Fiat voluntas tua sicut in cælo et in terra Panem nostrum quotidianum da nobis hodie et dimitte nobis debita nostra sicut et nos dimittimus debitoribus nostris Et ne nos inducas in tentationem sed libera nos a malo e movo o polegar e o indicador para o alto até chegar à primeira conta e digo dentro de mim Pai Nosso Que estais no céu Santificado seja o Vosso nome venha a nós o Vosso Reino seja feita a Vossa vontade assim na Terra como no céu O pão nosso de cada dia nos dai hoje perdoai as nossas ofensas assim como nós perdoamos a quem nos tem ofendido não nos deixeis cair em tentação mas livrai-nos do mal e penso que quero emendar com um Salve-Rainha, mas essa oração não sei recitar direito, só a decorei em latim, eu penso e seguro a cruz com o polegar e o indicador e digo para mim Salve Regina Mater misericordiæ Vita dulcedo et spes nostra salve Ad te clamamus Exsules filii Hevæ Ad te suspiramus Gementes et flentes In hac lacrimarum valle Eia ergo Advocata nostra Illos tuos misericordes oculos ad nos converte Et Iesum benedictum fructum ventris tui Nobis post hoc exsilium ostende O clemens O pia O dulcis Virgo Maria segurando a cruz de madeira entre o polegar e o indicador eu digo e repito para mim enquanto inspiro profundamente Senhor e enquanto expiro lentamente Jesus e enquanto inspiro profundamente Cristo e enquanto expiro lentamente Tende piedade e enquanto inspiro profundamente De mim

O eu é um outro

Je est un autre.

Arthur Rimbaud

III

E ME PERCEBO DE PÉ olhando para o quadro com duas linhas, uma lilás e uma marrom, que se cruzam bem no meio, e penso que está muito frio na sala, e é cedo demais para levantar não importa que horas sejam, e por que aliás eu já estou de pé? eu penso e apago a luz da sala e entro no quarto e apago a luz ali também e deito na cama e enrolo bem o cobertor em torno de mim e o Brage se aninha ao meu lado e eu penso que esta noite até dormi um pouco, mas não muito, e hoje é quarta-feira e deve já ser manhãzinha, ou será que ainda é noite? eu penso e estava tão frio na sala que não queria levantar, eu penso e afago o Brage no dorso e então olho para o escuro e vejo o Asle no balanço no pátio de casa mas sem balançar, apenas está ali sentado pensando o que inventar agora? e cautelosamente ele começa a balançar devagar para frente e para trás e então a Mãe surge no alpendre e está brava e o Asle não consegue entender por que ela está tão brava

Venha cá, ela diz

O que foi, ele diz

Venha, ela diz

Estou indo, o Asle diz

e apeia do balanço e vai até a Mãe parada ali no alpendre e ela o encara e ele sobe as escadas

Pronto, ele diz

Então você veio, ela diz

e ele não entende por que tanta raiva na voz da Mãe, o que há de errado com ela? o que ele fez agora para ela ter ficado tão zangada? ele pensa

Olhe aqui, a Mãe diz

e ela abre a mão e o Asle vê três moedas na palma da Mãe e ela fica ali com a mão estendida com as três moedas de uma coroa e não diz nada e o Asle pensa como é que a Mãe foi encontrar aquelas três moedinhas? ele pretendia guardá-las num lugar escondido, pretendia enfiá-las debaixo de uma lajota do pátio, mas esqueceu, simplesmente não lembrou e agora lá está a Mãe exibindo as três moedas para ele, mas como será que ela as encontrou? o Asle pensa, e então pensa que é óbvio que ela as encontrou no bolso da calça, porque esqueceu de tirá-las do bolso da calça e escondê-las

Onde foi que você conseguiu isso aqui? a Mãe diz

e o Asle pensa que não pode dizer que foi o Careca quem lhe deu as moedas, que ganhou quando pegou uma carona no carro dele, e o motivo por que as ganhou é que não pode mesmo dizer

Responda agora, ela diz

e o Asle pensa que não pode contar a história como se deu, que as ganhou do Careca, e isso porque não pode contar a ninguém que esteve passeando no carro do Careca, e o Careca pôs a mão na coxa dele e ele a repeliu, pelo menos duas vezes o Careca fez isso, ele pensa

De quem você ganhou essas coroas? a Mãe diz

Responda já, vamos, ela diz

Não fique só aí de queixo caído, ela diz

e então ela o segura pelos ombros e o sacode e diz para ele responder quando ela falar e está quase aos berros

Responda, a Mãe diz

e ele tem que dizer alguma coisa, o Asle pensa

Eu encontrei, ele diz

Encontrou as moedas? a Mãe diz

Encontrou onde? ela diz

Responda agora, onde encontrou essas moedas? ela diz

e o Asle fica ali e a Mãe solta os ombros dele

No caminho, ele diz

No caminho, foi, a Mãe diz

Sim, foi no caminho, o Asle diz

Onde então, ela diz

Em frente à Padaria, ele diz

Encontrou as moedas em frente à Padaria? a Mãe diz

e agora pergunta se ele acha mesmo que ela vai acreditar que ele encontrou as moedas, que as encontrou em frente à Padaria

Você roubou essas moedas, a Mãe diz

Não roubei nada, o Asle diz

Roubou, sim, senhor, a Mãe diz

Não, ele diz

Sim, ela diz

e a Mãe diz que foi conferir no porta-moedas, que lá tinha algumas coroas, ela pode não ter tanto dinheiro, mas algumas moedinhas guardava lá, e nem se lembra quantas, mas eram algumas, e tudo a leva a crer que foi ele quem pegou essas moedas dela, ela diz, mas não tem certeza, porque agora ainda lhe restavam cinco moedas de uma coroa no porta-moedas, mas ela devia ter mais do que isso, quer dizer, ela não lembra exatamente, mas é possível que fosse, que ela tivesse oito em vez de cinco

Você roubou essas coroas de mim? a Mãe diz

e o Asle diz que não roubou as coroas, ele as encontrou, como já disse, lá em frente à Padaria, ele diz

Seu mentiroso, a Mãe diz

Não estou mentindo, ele diz

e então os dois ficam parados sem dizer nada e a Mãe diz que estava para lavar as calças dele e como sempre vasculha os bolsos para ver se encontra alguma coisa, e sempre encontra, pedras, pinhas, pregos, bolinhas de gude, pedaços de corda, de tudo ela já tinha visto, mas nunca, jamais havia visto três moedas reluzindo ali, e não entende como esse dinheiro foi para ali, honestamente é que não foi

Eu encontrei, ele diz

Sim, você já disse, a Mãe diz

e os dois ficam ali e então veem o Pai contornando a Casa Velha onde a Avó e o Avô moram e a Mãe grita para o Pai que foi bom ele ter chegado e o Pai vem caminhando tranquilamente até eles

O que foi? ele diz
e olha para a Mãe
Então, ela diz
Pelo jeito parece que alguma coisa não está no seu devido lugar, o Pai diz
Não, a Mãe diz
e calam por um instante
Pois então diga o que é, o Pai diz
Olhe aqui, a Mãe diz
e estende a palma da mão com as três moedas de uma coroa
Estou vendo, são três coroas, o Pai diz
Exatamente, a Mãe diz
E por que você está tão alterada assim? ele diz
É que, a Mãe diz
e se interrompe
É que, o Pai diz
É que eu encontrei essas moedas no bolso da calça dele, a Mãe diz
e ela olha para o Asle e o Pai já não diz nada e eles ficam ali parados
Onde você arrumou essas moedas? o Pai diz
e o Asle diz que achou as moedas
Ele diz que as encontrou em frente à Padaria, a Mãe diz
Pode muito bem ser, o Pai diz
Você acha mesmo? a Mãe diz
e o Pai não diz nada
Bem, olhe no seu porta-níqueis se está faltando alguma coisa, a Mãe diz
e o Pai pega o porta-níqueis e confere lá dentro e não se lembra exatamente de quantas moedas tinha, então não tem como saber se alguém teria tirado moedas do porta-níqueis, mas por que o Asle faria uma coisa dessas? que ele não é de roubar, não é? o Pai diz e olha para o Asle
Eu não roubei, o Asle diz
Nunca roubei nada, ele diz
Não, o Pai diz
e o Pai diz que ele pode muito bem ter encontrado as coroas em frente à Padaria, nesse caso quem tiver perdido essas coroas estará

dando pela falta delas, o Pai diz, e pode suspeitar que tenha deixado cair esse dinheiro em frente à Padaria, depois de ter comprado pão, ou ainda imaginar que as esqueceu no balcão após ter pago com uma moeda de cinco coroas e recebido um troco de três, sendo assim é possível que retorne à Padaria na esperança de que o Padeiro ou a Padeira possam ter encontrado as coroas, o Pai diz, e diz que seria melhor o Asle ir devolver as moedas ao Padeiro e à Padeira, caso alguém dê pela falta delas e vá perguntar, o Pai diz e a Mãe diz que ela estava convencida de que o Asle tinha roubado as coroas e o Pai diz que agora não podem ter certeza, não é? ele diz

Foi bom ouvir isso, a Mãe diz

É bom que você pense assim, ela diz

e olha para o Asle e diz que se as moedas foram realmente encontradas ela lhe deve desculpas, pois estava certa de que ele as havia roubado, mas agora pode ser que ele as tenha achado, ela que não tinha pensado nessa possibilidade, ela diz

Pode ser que você tenha encontrado as moedas, a Mãe diz

E se for assim eu devo lhe pedir desculpas, ela diz

Não deveria ter acusado você de roubar, de ser ladrão, ela diz

e o Pai diz que agora não se fala mais nisso e vá até a Padaria, Asle, e devolva essas moedas à primeira pessoa que atender a sineta, seja o Padeiro ou a Padeira, e diga que as encontrou em frente à Padaria e coisa e tal, e se ninguém vier reclamá-las ao Padeiro ou à Padeira quem sabe você não possa ficar com esse dinheiro? o Pai diz

Nesse caso a sorte é sua, que encontrou três moedas de uma coroa, ele diz

Nem me fale, a Mãe diz

Vou correr até lá agora mesmo, o Asle diz

e então ele sai em disparada jardim afora e percorre a rodovia até a Padaria e entra pela porta e vai até o balcão e toca a sineta que está lá e a agita e a sineta toca e o Padeiro surge e fica atrás do balcão e o Asle diz que encontrou essas três moedas em frente à Padaria, e agora, agora ele está contando uma mentira deslavada, e é muito feio, ele sente vergonha, o Asle pensa e gagueja e o Padeiro olha para ele e diz sim, sim, ele diz

Sim, sim, o Padeiro diz

e olha para o Asle

Se encontrou essas moedas então você as encontrou e sorte sua, Asle, o Padeiro diz

Mas será que não pertencem a alguém que esqueceu o troco do pão? o Asle diz

Que eu me lembre não dei um troco de três coroas a ninguém, o Padeiro diz

Fique com elas, Asle, ele diz

Se foi você quem achou essas moedas então elas são suas, ele diz

e o Asle olha para o Padeiro

Estou falando sério, ele diz

e não importa que o Padeiro esteja com um bafo de aguardente e mal se aguente em pé atrás do Balcão, ele tem razão no que diz, o Asle pensa

Você é sortudo, Asle, encontrou três coroas, o Padeiro diz

E também honesto, porque quis devolvê-las, ele diz

e o Padeiro diz que sobrou um pão recheado, o último da fornada, e já que está fechando as portas, pois é, na verdade até já devia ter fechado, vai dar o pãozinho ao Asle, que é um menino honesto e bonzinho, o Padeiro diz e pega o pãozinho, o último que sobrou, e o embrulha em papel pardo e lhe dá e o Asle pensa que isso está completamente errado, ele está ali mentindo e ainda ganhou um pão recheado, e que bom que nunca gostou de pão recheado com creme de baunilha e polvilhado com açúcar de confeiteiro e coco ralado, acha tudo aquilo muito ruim, sente nojo daquele açúcar de confeiteiro, ou seja lá como se chama, e daquele coco ralado, deve ser esse o nome, mas a Irmã gosta desse pãozinho, então pode dar a ela, que vai ficar muito feliz de ganhar o pão recheado, o Asle pensa

Obrigado, muito obrigado, ele diz

e o Padeiro entrega o pãozinho ao Asle e ele fica parado um instante olhando para o Padeiro que leva à boca uma xícara de café e dá um gole e diz que hoje você teve muita sorte, Asle, encontrar três coroas não foi nada mau, ele diz

E ainda ganhar um pão recheado, o Asle diz

Para não mencionar isso também, o Padeiro diz

e ele sai pela porta dos fundos, e o Asle sabe que ela leva à sala da casa do Padeiro e da Padeira, e o Asle volta correndo para casa e conta o que ouviu do Padeiro, que se tinha encontrado o dinheiro pertencia a ele, e ele, o Padeiro, não se lembrava de ter dado um troco de três coroas a ninguém, seguramente não hoje, o Asle diz e o Padeiro disse que se ele tinha encontrado as moedas elas passavam a ser dele, tinha sido muita sorte, o padeiro quem disse e a Mãe diz então que seja e o Pai diz que o Padeiro pode ter razão, pensando assim ele pode ficar com as moedas, o Pai diz e a Mãe pergunta se ele comprou um pão recheado já que tinha dinheiro, ela diz, e o Asle diz que foi o Padeiro quem lhe deu, era o último pãozinho que restava e já que ele tinha sido tão honesto em devolver o dinheiro e já que o Padeiro já estava fechando as portas ele poderia ficar com esse último pãozinho, foi o que o Padeiro disse, o Asle diz e a Mãe diz que foi muita gentileza do Padeiro, mas o Asle nunca gostou de pães recheados, nunca gostou de pães doces de todo, nem de bolos, nada dessas coisas, ela diz

Não, ele nunca foi disso, o Pai diz

Não, a Mãe diz

e a Mãe ri e o Pai diz que ela, por sua vez, gosta, ela gosta de pães doces, se tem alguém que gosta é ela, ele diz

E a Irmã, o Asle diz

Sim, pão recheado é muito bom, a Irmã diz

e de repente o Asle vê que a Irmã está do lado da Mãe, e nem tinha reparado nela, ele pensa

Eu mesmo não sou tanto de pães doces, o Pai diz

e a Mãe diz que elas deviam comer o pão enquanto ainda está fresquinho, não é? ela diz e o Pai assente e diz que não quer comer pão recheado e o Asle diz que também não quer e então a Mãe vai até a cozinha e volta com dois pratinhos e metade do pão em cada um e entrega um prato para a Irmã que vai sentar no sofá e a Mãe senta ao lado da Irmã e as duas ficam sentadas no sofá comendo o pão recheado e o Asle fica ali olhando para elas e pensando o que era mesmo que queria o tal do Careca? por que ele pegou na coxa dele daquele jeito? e tentando mover a mão ainda mais para cima, e o Asle tentando afastá-la, ele pensa e a Mãe o chamou de ladrão, ladrão ele não é coisa nenhuma, mas mentiroso é sim, ele pensa, pois hoje mentiu tanto para a Mãe e o Pai como para o Padeiro e ainda assim ganhou um pão recheado do Padeiro por ter sido honesto, o Asle pensa e sente vontade de dar uma volta lá fora

Vou dar uma voltinha lá fora, o Asle diz

Mas não vá para longe de casa, a Mãe diz

Queria ir até a casa do Per Olav, o Asle diz

Vocês dois estão construindo um caminhãozinho, o Pai diz

Você me contou, o Pai diz

É, o Asle diz

Mas não volte tarde, a Mãe diz

e então o Asle vai e pensa que foi uma coisa errada o Careca tê-lo bolinado na coxa, e ele afastou aquela mão dali, várias vezes, ou pelo menos duas, ele pensa, e não pode contar nada a ninguém, porque é constrangedor, vergonhoso, e se alguém ficar sabendo vai ser pior ainda, então isso ele não pode contar a ninguém, pelo menos a nenhum adulto, seria totalmente errado, ele pensa, do jeito como está agora não parece tão errado, chega até a ser um pouco excitante, de certo modo, excitante, sim, embora ele não tenha gostado do toque da mão do Careca na sua coxa, o Asle pensa, e nunca mais vai pegar carona com o Careca, disso ele tem certeza, e nunca vai entrar na casa dele, disso também ele tem certeza, o Asle pensa e vai pelo caminho e então avista lá longe um trator se aproximando no sentido contrário e é um trator velho que vai bem devagar e o motor faz um barulho inacreditável e o Asle segue em frente, e lá adiante o trator vem se aproximando, mas lentamente, e agora ele está para cruzar a rodovia e subir a serventia e bater na porta da casa onde o Per Olav mora e perguntar se o Per Olav está e então, se o Per Olav estiver em casa e tiver vontade, eles podem começar a construir aquele caminhãozinho que pensaram em construir, ou inventar outra coisa, o Asle pensa e atravessa a pista e, rapaz, como aquele trator que vem se aproximando faz barulho, que ruído mais terrível, o Asle pensa e ele vai subindo a serventia da casa onde o Per Olav mora e bate na porta e o Per Olav abre e o Asle diz oi e pergunta se ele quer brincar e o Per Olav diz que quer muito, que tem uma coisa que queria mostrar ao Asle, ele diz baixinho e então o Per Olav calça os sapatos e veste uma jaqueta

Temos que ir para um lugar onde ninguém possa nos ver, ele diz

e o Asle assente com a cabeça

E então vamos fazer uma coisa que nunca fizemos, ele diz

Podemos ir até a Casa de Barcos? o Asle diz

A Casa de Barcos de vocês? o Per Olav diz

Sim, o Asle diz

e o Per Olav diz que é uma boa ideia e os dois descem até a Praia, que fica no barranco da rodovia, e caminham pela Praia e chegam à Casa de Barcos e a contornam e vão até a porta dos fundos, que é mais uma escotilha do que uma porta, fechada apenas por um gancho enferrujado e o Asle abre a porta e o Per Olav entra e então o Asle entra atrás dele e a escuridão é quase total na Casa de Barcos embora o Asle tenha deixado a escotilha entreaberta e o Per Olav pega uma caixa de fósforos e acende um fósforo

Você tem fósforos? o Asle diz

Tenho, o Per Olav diz

E tenho outra coisa, ele diz

então o Per Olav tira um maço de cigarros do bolso

Onde você arranjou isso? o Asle pergunta

Surrupiei do Avô, o Per Olav diz

Ele guarda vários no armário da sala, ele diz

e o Per Olav acende outro fósforo

Você já fumou antes? ele diz

Não, o Asle diz

E você? ele diz

Não, o Per Olav diz

e então o fósforo queima até o fim e o Per Olav diz que agora vai abrir o maço de cigarros e cada um vai acender o seu, mas é muito forte e o Asle não deve tragar e engolir a fumaça ou então vai vomitar, ele diz, que ouviu falar que alguém tinha dito que tragou e engoliu a fumaça e imediatamente vomitou, mas isso só porque tinha engolido a fumaça, o Per Olav diz e agora os olhos deles se acostumaram à escuridão da Casa de Barcos e conseguem enxergar direito e o Asle vê o Per Olav abrir o maço de cigarros e ele dá um cigarro ao Asle e em seguida o Per Olav põe um cigarro entre os lábios e diz que o Asle deve inalar assim que encostar o fósforo no cigarro e o Per Olav acende um fósforo e o leva até o cigarro branco e o Asle traga e o cigarro queima e o Asle o segura diante de si com o indicador e o médio e olha para a brasa e para a fumaça que se desprende da brasa e é bonito de ver e então coloca o cigarro entre os lábios novamente e dá outra tragada e um pouco de fumaça entra em sua boca e ele sopra a fumaça e o cheiro é bom

Que cheiro bom de fumo, o Asle diz

e dá outra tragada e sopra lentamente a fumaça e vê a fumaça desaparecer no escuro, e então dá mais uma tragada e mantém a fumaça mais tempo na boca até expirar e o Asle percebe que gosta de fumar, então provavelmente vai ser um fumante, o Asle pensa e dá mais uma tragada e inala um pouco de fumaça pela garganta e ouve o Per Olav tossir

Argh, desse jeito é horrível, ele diz

e o Per Olav deixa o cigarro cair no chão de terra da Casa de Barcos e pisa nele

Já fiquei enjoado, ele diz

e o Asle inala a fumaça ainda mais profundamente pela garganta e sente o corpo inteiro formigar e é bom, sim, é como se ele se sentisse mais calmo e melhor de alguma maneira, ele pensa

Gostou então de fumar? o Per Olav diz

Gostei, o Asle diz

De verdade? o Per Olav diz

Sim, o Asle diz

e diz que quando tiver idade suficiente com certeza vai começar a fumar e o Per Olav diz que ele, pelo visto, é que não vai, e depois diz que o Asle pode ficar com o maço de cigarros e a caixa de fósforos e o Asle pergunta se ele não quer ficar com os dois e o Per Olav diz de jeito nenhum e então o Asle diz obrigado e enfia o maço de cigarros e a caixa de fósforos no bolso e então pensa que não tem lugar melhor para esconder o maço de cigarros e a caixa de fósforos do que a Casa de Barcos e lá tem umas vigas atravessadas sob o telhado, de onde pendem linhas e redes de pesca, e algumas redes estão tão podres que basta tocar para que se desfaçam em pedaços e o Asle pensa que pode deixar o maço de cigarros e a caixa de fósforos sobre uma dessas vigas, uma na qual estiver pendurada uma dessas redes que está se desfazendo, ele pensa e então sobe numa pilha de caixas de peixe e põe o maço de cigarros e a caixa de fósforos sobre uma viga

Acho que vou para casa, estou sentindo um pouco de náusea, o Per Olav diz

e o Asle concorda com um meneio de cabeça e então o Per Olav e o Asle saem e ele pendura o gancho no lugar e eles sobem pela trilha e chegam à rodovia e se despedem e então o Per Olav toma seu rumo e o Asle segue pela rodovia até em casa e entra no corredor e pendura a jaqueta e tira os sapatos e a Mãe se aproxima e diz que ele está cheirando a cigarro

Você andou fumando? ela diz

Por acaso já é adulto para poder fumar? ela diz

Vire aqui o rosto e sopre, ela diz

e ele sopra na direção dela e ela pergunta onde o Asle foi arrumar cigarros? quem foi que lhe deu? e ele apenas diz que foi alguém, e ela pergunta alguém quem? e o Asle diz que jamais vai lhe contar, nem que ela o mate, ele diz e então vê a Mãe subindo as escadas e eu fico deitado na cama e será que não estou ouvindo um motor e uma espécie de arranhão? um ruído agudo? sim, lá ao longe eu ouço um motor de trator fazendo o maior barulho e um arado raspando o chão e faz frio mesmo debaixo das cobertas, então acho que vou levantar, agora tenho que ficar de pé, eu penso e levanto e acendo a luz do quarto e vejo as minhas roupas largadas ali em cima da cadeira e rapidamente me visto e as roupas estão geladas e vou até a sala de estar e acendo a luz e está frio na sala e penso que deveria acender a lareira e não apenas ficar parado ali olhando para o nada, mas acho que quero voltar para o quarto e deitar mais um pouco, e fazer como o Brage, que é bem esperto, eu penso, que ainda é cedo da manhã, eu penso, mas não quero saber que horas são, eu penso, e meu Deus como faz barulho esse trator, eu penso e olho para a pintura das duas linhas que se cruzam, a que está bem diante de mim no cavalete, e vejo que a assinei com um A maiúsculo no canto inferior direito o que significa que dei o quadro por terminado, quer queira, quer não, eu penso e olho para as duas linhas que se cruzam, uma lilás e uma marrom e vejo o Asle descendo apressado as escadas do porão de casa, que o jantar será bolinhos de batata e a Mãe lhe pediu para buscar uma garrafa de suco e o Asle foi depressa ao porão e entrou na despensa, onde ficam os vidros de geleia caseira de ameixa e maçã e pera e várias garrafas de xarope de suco, que no outono a Mãe faz esse preparado com as groselhas que colheram, e ali estão também as batatas numa cesta e o Asle pega uma garrafa e sobe correndo as escadas e não, não eu não quero nem pensar nisso, eu penso e de repente a Ales está ao meu lado e põe a mão nas minhas costas e fica ali juntinho e é tão bom sentir o toque da mão dela nas minhas costas, eu penso e vejo o Asle sentado num carro com um homem segurando uma toalha em volta do seu punho e eles estão a caminho do Pronto-Socorro e o Asle está fora de si e olhando para o casario, a Casa Nova e a Casa Velha, e ele pensa que essa será a última vez que verá aquele cenário e tudo parece envolto num clarão de luz, numa luz difusa que também o envolve e é muito maior do que ele próprio, é tudo que existe, e dessa luz, como se fosse composto por pontinhos dourados e brilhantes, como se fosse uma nuvem de poeira dourada, sim, uma nuvem de ouro em pó e nessa nuvem de um dourado cintilante ele vê a si mesmo sentado no carro com a mão ensanguentada porque o Asle escorregou no gelo e deixou cair a garrafa de suco que se partiu e lhe cortou a artéria do punho, e o Asle sente suas forças se esvaindo envolto naquela nuvem de partículas douradas transluzentes e não sente medo, sente uma felicidade, uma enorme paz, não, não existem palavras para descrever o que sente, para descrever o que vê, o Asle pensa e eu olho para a pintura diante de mim e a Ales acaricia minhas costas de alto a baixo e eu vejo o Asle sentado no carro com a mão ensanguentada e a Ales não para de acariciar minhas costas, e essa carícia me dá uma sensação de segurança, eu penso e vejo o Asle ali sentado com a mão ensanguentada e não quero mais pensar nisso, tenho apenas que retratar essa cena da melhor maneira que puder, eu penso, e ela também está contida na pintura das duas linhas que se cruzam, eu penso e então percebo que a Ales recolheu a mão e se foi e estou só contemplando a pintura por mais fria que esteja a sala e deveria ter acendido a lareira e vejo o Asle no pátio de casa e vejo o Pai quase incrédulo admirando um carro novinho, que é cinza, e dá a impressão de que o Pai nem se atreve a tocar, muito menos sentar no banco do carro e a Mãe está lá dizendo que não é incrível, agora eles têm um carro próprio, ela diz, mal dá para acreditar mas é verdade, ela diz e o Pai diz que o carro não é bem deles, pertence ao banco, ele diz e a Mãe diz que mesmo assim o carro é deles e o Pai diz que está bem, está bem e depois diz olhe, olhe lá na parada de ônibus está o Careca, ele não costuma tomar ônibus, só quando resolve ir para Bjørgvin, o Pai diz e o Asle olha para o Careca e faz frio na sala, tenho que acender a lareira, eu penso mas a vontade que me dá é de ir me aninhar debaixo do edredom com o Brage, eu penso e posso muito bem deitar na cama, me aquecer um pouco, eu penso e volto para o quarto e me enfio debaixo das cobertas com o Brage ao meu lado e me aconchego bem sob o edredom e sinto que a Ales vem deitar junto de mim, de um lado está deitado o Brage e do outro a Ales, que está aquecida e segura, e eu penso que foi muito bom voltar ao quentinho do edredom em vez de ficar na sala gelada, eu penso e a Ales pergunta se está tudo bem e eu digo que está tudo ótimo, tudo está como antes, como ela sabe muito bem, eu digo e a Ales não diz nada e eu fico ali deitado e penso que deveria ter apagado a luz tanto da sala como do quarto mas não tem problema, eu penso e ouço a Ales dizer que nós dois sempre estaremos juntos e fico olhando para frente e vejo o Asle e outras crianças sentadas debaixo de um lajedo, num local que ainda está seco apesar da chuva lá fora, e são três meninos e três meninas que se afastaram um pouco da rodovia, que não fica distante do lajedo, e então foi lá debaixo que todos se abrigaram trazendo velas e uma caixa de fósforos e eles acendem as velas e está um bocado frio e eles se amontoam e o Asle passa o braço em volta da cintura da que está sentada ao lado e ela se encosta apoiando a mão na coxa dele e o Asle percebe a boca da menina tocar sua bochecha e se aproximar da boca e eles se beijam e ela abre a boca e ele abre a boca e a ponta das línguas de ambos se roçam e as duas bocas se beijam e o Asle percebe que seu pau ficou duro e põe a mão no peito dela que pode ser um peitinho, mas é, e a respiração dela começa a acelerar à medida que ele acaricia aquele seio, debaixo do suéter, e então ela segura a mão dele e a guia sob o suéter até o peito e então o Asle segura o peito dela em concha e ele se ajusta perfeitamente àquela mão, ele sente que o mamilo dela está rijo e o segura entre o polegar e o indicador e ela respira cada vez mais acelerado e move a mão da coxa dele até o pau ereto sob a calça e a mantém lá, depois move devagar a mão para cima e para baixo e o tempo inteiro eles não deixam de se beijar e então o Per Olav diz mas olhem só para esses dois aqui e eles se desgarram e o Per Olav diz que não sabia que estavam namorando, mas agora sabe, o Per Olav diz e eu olho para frente e percebo que a Ales sumiu e penso já não é de manhãzinha? ou talvez ainda seja noite? mas não quero saber que horas são, eu penso e deveria dormir mais, pois ainda estou sonolento, eu penso e me enrolo no edredom junto ao Brage, mas deve ser já de manhã porque estou ouvindo o barulho de um velho trator, e um ruído de arranhadura, como o de um arado, ou será só impressão minha? não, estou ouvindo, sim, um som agudo, eu penso e penso que foi uma boa coisa ter voltado a Bjørgvin, e ter encontrado o Asle na neve, pois frio como está agora ele poderia ter morrido congelado, eu penso, mas como estará ele? eles o levaram direto do Pronto-Socorro ao Hospital e hoje preciso pegar o carro e ir ao Hospital visitá-lo, eu penso, e hoje tenho que levar as pinturas para Bjørgvin e as entregar na Galeria Beyer, não combinei nada com o Beyer, mas mesmo que ele não esteja lá eu posso carregar as pinturas para dentro e deixá-las no quarto que o Beyer chama de Banco, que a galeria está aberta e sempre tem uma ou outra menina por lá, se o próprio Beyer não estiver, meninas novas a cada vez, estagiárias, o Beyer diz, são estudantes querendo ganhar algum dinheiro, ele diz, mas não se demoram muito por ali, há sempre um rostinho novo disponível e o Beyer paga muito mal, certamente, e está sempre à procura de novas estagiárias, eu penso, esse Beyer não é de rasgar dinheiro, deve ser por isso que se tornou o homem de sucesso que de fato é, eu penso e então percebo que a zoada do trator velho cessou e penso que deve ser o Åsleik que chegou e estacionou o trator no pátio, já que ele ficou de vir hoje, mas que fosse dar as caras assim tão cedo não era coisa que eu estivesse esperando, eu penso, e então ouço batidas na porta e penso que se não abrir o Åsleik vai entrar assim mesmo e levanto e está tão frio no quarto que a vontade que tenho é de voltar e passar o dia enfurnado na cama, eu penso e congelo a ponto de esfregar os braços tentando me aquecer e o Brage fica deitado na cama, ali debaixo do edredom, olhando para mim com um olhar de perplexidade

Pode ficar aí, eu digo

Fique aí no quentinho, eu digo

e ouço passos e uma porta se abrindo e vou até a sala e lá está o Åsleik olhando para a pintura das duas linhas que se cruzam, de macacão térmico e gorro de pele e botas e ele fica admirando a pintura e diz como eu acordo tarde, o dia já começou, ele diz

Você não estava acordado? ele diz

Estava sim, eu digo

Só que voltou para a cama, ele diz

Foi, eu digo

Já são dez horas, ele diz

É, eu digo

e penso que jamais poderia imaginar que estava tão tarde

Você costuma levantar às seis, ele diz

Aconteceu alguma coisa? ele diz

Não, eu digo

Você só deve estar muito cansado, ele diz

E não é sem razão, ele diz

e diz que ir e voltar para Bjørgvin e no mesmo dia voltar lá outra vez, ainda por cima nessas condições, nevando e com a pista congelada e escorregadia, como eu fiz anteontem, e depois pegar a estrada e voltar de Bjørgvin para Dylgja, como fiz ontem, é cansativo para quem quer que seja, ele mesmo não sairia ileso de uma coisa assim, o Åsleik diz e então diz que está tão frio na minha sala que a sensação é de que lá fora está mais quente e diz que vai ter que acender a lareira de novo, como fez ontem, anteontem também, parece até que isso agora virou uma obrigação da parte dele, ele diz, e que tal se eu fosse passar um cafezinho? o Åsleik diz e eu digo que vou

Quem diria que eu agora sou de ficar a manhã inteira na cama, eu digo

Acho que faz anos que não faço isso, eu digo

Eu pelo menos não me lembro da última vez que fiz isso, o Åsleik diz

e então vai até a lareira e enfia aparas de madeira e um pouco de lenha e acende as aparas e fica olhando para a lenha cortada e diz que é madeira muito boa e está tão seca que pega fogo imediatamente, ele diz, e a quem eu devo agradecer pelas aparas? e pela lenha? sim, e pela temperatura aconchegante que vai estar na sala logo mais? sim, é a ele a quem devo tudo isso, o Åsleik diz e eu não digo nada, porque isso já ouvi repetidas vezes, até demais, eu penso e o Åsleik diz que agora está ali para receber algo em troca das aparas e gravetos e lenha, boa madeira de bétula seca, ele diz, e o que deseja em troca como se sabe é uma pintura que ele quer dar à Irmã de presente de Natal, e se nos anos anteriores ele dava a ela uma das menores pinturas este ano nós concordamos que ela ganharia uma das grandes, ou maiores, que nenhum dos quadros que eu pinto agora são dos muito grandes, o Åsleik diz e diz que agora quer escolher o seu antes de eu viajar para Bjørgvin e entregar as pinturas na Galeria Beyer, foi por isso que ele chegou tão cedo, quer dizer, já não é tão cedo assim, e se ele não entendeu errado hoje eu iria retornar a Bjørgvin para levar as pinturas e as entregar ao Beyer, um sujeito em quem deposito tanta fé e tanta confiança, embora ele, como tantos outros bjørgvinenses, só queira saber de dinheiro, só ganhar dinheiro, dinheiro, sim, dinheiro, comprar barato e vender caro, é só isso que o povo de Bjørgvin sabe fazer, seja comprando peixes ou quadros, foi assim no passado e é assim agora, o Åsleik diz e já o ouvi falar assim tantas vezes antes, claro que já, pois nem o Åsleik nem eu ainda temos muita coisa para dizer um ao outro e por isso ficamos repetindo o mesmo que já dissemos antes, já que alguma coisa é preciso dizer

Sim, agora o fogo está ardendo bem na lareira, o Åsleik diz

e fica parado olhando para a lenha em chamas

Deixei queimar um pouco com a portinhola aberta e já vou meter mais uma acha, ele diz

Estava danado de frio aqui na sua sala, ele diz

Mas agora não vai demorar para ficar quentinho e confortável, ele diz

Ou pelo menos quente o bastante para eu poder ficar na sala sem estar vestindo um macacão térmico e gorro de pele e luvas, ele diz

e eu vou até a lareira e aprumo o corpo e estico os braços sobre a lareira e é bom sentir o calor se espalhando pelas mãos, pelos braços, pelo corpo inteiro, eu penso e o Åsleik fica ali comigo

Agora esquentou bem, ele diz

Foi, eu digo

Mas que fim levou o cão? o Åsleik diz

Está na cama dormindo, eu digo

Na cama do seu quarto? ele diz

É, eu digo

e então ficamos ali calados

Não é Brage como ele se chama? o Åsleik diz

É sim, eu digo

e voltamos a calar

Você tanto falava em ter um cachorro que agora conseguiu, ele diz

e eu não respondo e o Åsleik vai até o cavalete onde está o quadro com as duas linhas que se cruzam e diz cruz de Santo André, claro que ele ia dizer isso, eu penso, cruz de Santo André ele repete pondo ênfase nessa expressão, como se fosse importante, e o que na verdade quer dizer é que ele sabe o que significa, algo assim, nem precisa me explicar, eu penso e então o Åsleik diz que por mais que a pintura esteja inacabada é ela que ele quer, ele diz e eu reajo com espanto, porque esse quadro eu o quero para mim, não quero vender, então não é ele que o Åsleik vai levar

Mas essa pintura não está pronta, eu digo

Não tem importância, ele diz

Está ótima do jeito que está, ele diz

Mas você não quer primeiro olhar os outros quadros, que estão empilhados ali, os maiores? eu digo

e aponto para a pilha encostada na parede ao lado da porta da cozinha

Não, eu já escolhi o meu, o Åsleik diz

Mas esse eu não terminei ainda, eu digo

Não tem problema, o Åsleik diz

Já disse, ele diz

Mas esse eu quero terminar de pintar, eu digo

Sim, mas de certo modo ele já está pronto como está, ele diz

E você até já assinou a pintura, ele diz

Da última vez que vi ela não tinha assinatura, ele diz

Isso não quer dizer que você já terminou de pintar? ele diz

e eu não digo nada e não acho que ele seja fácil de tapear, o Åsleik, porque sempre escolhe os melhores quadros para presentear a Irmã, costuma ser assim, como regra ele acaba escolhendo uma pintura que eu gostaria de ter comigo, na coleção do quartinho lá do sótão, mas esse quadro em particular o Åsleik não vai levar não importa o que ele diga ou faça, porque esse quadro vai ficar comigo

Mas vá dar uma olhada nos outros quadros prontos também, eu digo

Nos grandes, eu digo

e fico ali apontando para a pilha de quadros grandes que estão encostados na parede ao lado da porta e o Åsleik diz que pode ser então, ele vai dar uma olhada se eu lhe trouxer uma xícara de café bem quente, caso eu faça um cafezinho enquanto ele examina as pinturas, ele diz e então o Åsleik vai até pilha de quadros e eu vou para a cozinha e acendo a luz e ligo a cafeteira elétrica e olho lá fora, nossa, como nevou essa noite, meu carro está coberto de neve, então foi mesmo muito bom que o Åsleik tenha limpado a serventia, eu penso, e será mesmo que preciso levar as pinturas para Bjørgvin hoje? logo agora que nevou tanto, e as estradas estão escorregadias? e por que diabos eu não levei essas pinturas comigo anteontem? como pude não ter pensado nisso, não consigo acreditar, eu penso, mas da primeira vez fui de carro a Bjørgvin fazer compras, e da segunda porque queria ver o Asle, e deve ser por isso mesmo que quero ir até Bjørgvin hoje, porque quero visitar o Asle no Hospital, talvez até comprar alguma coisa para ele, ou buscar em casa algo que ele esteja precisando, é mais por causa disso, eu penso e olho para a neve branca e vejo o Asle deitado lá na cama com o corpo preso a um monte de tubos e fios que pendem de um suporte de metal e ele está deitado e dormindo e o corpo dele treme inteiro, o tempo todo o corpo dele tem espasmos e o Asle acorda e abre os olhos e olha de lado e vê que tem outros três pacientes acamados no quarto onde está

Quer dizer que você acordou, um deles diz

e o Asle não responde

Acordou finalmente, mas você dormiu demais, não entendo como consegue dormir com tanto barulho vindo da rua, só pode ser de um trator ou algo assim, ele diz

e o Asle não responde, só fecha os olhos, e estremece mais forte e chegam um médico e uma enfermeira e o Médico diz que ele tem que ficar monitorado o tempo todo, por isso é preciso removê-lo dali, e o Asle fica deitado sem saber onde está ou onde não está e nada fica claro e ele está tremendo e então chegam dois homens e pegam a cama e o suporte e saem empurrando o Asle pelo corredor e ele fecha os olhos e seu corpo inteiro treme, chacoalha dos pés à cabeça, e então o levam a um elevador e eu fico ali na cozinha olhando para a neve e vejo que vão empurrando o Asle por um corredor e abrem a porta de um quarto e lá está mais uma cama e nela está um homem de cabelos totalmente grisalhos e rosto lívido e ao lado da cama está um outro homem cochilando que deve estar ali observando os que estão acamados porque seu estado é grave, eu penso e vejo que empurram a cama do Asle para dentro do quarto e a deixam na parede oposta à outra cama e o homem sentado na cadeira levanta e examina algo que está pendurado na cama do Asle e então volta a sentar e depois de um instante torna a levantar e cutuca o ombro do Asle

Asle, ele diz

O quê, o Asle diz

e então eu vejo que o homem que cutucou o ombro do Asle, e pelo visto está ali para observá-lo, voltou a sentar na cadeira e eu olho para a neve e penso que tenho que levar as pinturas para Bjørgvin hoje e depois visitar o Asle no Hospital, porque ele não está nada bem, eu penso e vejo que o café está pronto e sirvo duas xícaras e em seguida vou até a sala e vejo que o Åsleik enfileirou quatro ou cinco pinturas maiores ao longo da parede da cozinha e agora está parado olhando para uma delas e eu vou até ele e lhe entrego uma xícara e ele diz obrigado

Você até que tem pintado uns quadros muito bons ultimamente, ele diz

Muito obrigado, eu digo

e então ficamos os dois bebericando o café e eu me aproximo e olho para o quadro com as duas linhas que se cruzam e o Åsleik diz que ele prefere essa pintura, a que eu estou olhando, mas se eu a quero tanto para mim tem outras pinturas muito boas além dela, o Åsleik diz, e uma dessas lhe chamou particularmente a atenção, ele diz e me pergunta se consigo adivinhar qual foi e eu digo que posso tentar e vou até uma pintura que lembra algo que poderia ser um barco flutuando, é um quadro marrom e lilás, remete um pouco ao colorido das urzes, como boa parte dos meus quadros, mas o que realmente torna essa imagem luminosa é a fina pátina de branco que pintei em alguns lugares depois de admirar o quadro à meia-luz, são demãos bem nítidas, algumas brancas e uma ou outra em preto que fazem essa imagem brilhar, ou pelo menos tornam essa luz mais intensa, de um jeito único, e agora quando volto a espiar esse quadro acho que também gostaria de ficar com ele, mas se for para escolher prefiro aquele das duas linhas que se cruzam e o Åsleik pergunta se eu lembro do título dessa pintura

Porque você é bom de dar nomes aos seus quadros, ele diz

Um quadro tem que ter um nome, ele diz

Isso eu sei, o Åsleik diz

e então permanecemos calados e penso que sempre dou um nome aos meus quadros, e nem todos os pintores fazem assim, mas eu sempre faço, pois quando digo que terminei um quadro pinto um A maiúsculo com uma grossa pincelada de tinta preta no canto inferior direito da tela, para que seja fácil notar que ali tem um A pintado, e na face superior do caixilho pinto o título do quadro, também com pinceladas grossas e agora o Åsleik me pergunta como se chama a pintura que ele quer levar e acho que lembro, não tenho certeza, mas acho que a pintura se chama *Barco silencioso*, e que nome é esse para uma pintura, eu penso, é um título muito ruim, e não sei bem o que quis dizer com isso, eu penso, e digo que acho que o quadro se chama *Barco silencioso* mas ele mesmo pode conferir, eu digo e o Åsleik diz que é claro que já fez isso e então levanta o quadro nas mãos e o vira para si e na face superior do caixilho, bem no meio, lá está escrito bem grosso *Barco silencioso* com tinta a óleo preta

Você lembrou, o Åsleik diz

E vou ficar com esse quadro, ele diz

Perfeito, eu digo

e então o Åsleik volta a pôr o quadro no chão, mas agora apoiado na perna do cavalete e então se afasta um pouco para contemplar e eu o acompanho e também posso perceber que é um belo quadro, talvez um dos melhores que pintei ultimamente, mas se o Åsleik o quiser para presentear a Irmã ele o terá, tudo bem, eu penso, mas o quadro que está no cavalete e recebeu o título *Cruz de Santo André*, ah não, esse de jeito nenhum, esse vai ficar comigo e bem que ele deve ter se dado conta de que com esse quadro não ficaria, eu penso e então vou até o quadro e vejo que realmente assinei um A no canto inferior direito e viro a tela e vejo que pintei *Cruz de Santo André* na face superior do caixilho e devo ter feito isso ontem, essa minha memória anda impossível, não lembro sequer do que se passou entre meio-dia e a hora do almoço, como dizem, eu penso

Cruz de Santo André, eu digo

Pois é, esse quadro não poderia ter outro nome, o Åsleik diz e por sorte não fica repetindo cruz de Santo André

Esse quadro já está terminado? o Åsleik diz

Então você quis me enganar? ele diz

Sim, acho que já está pronto, para ser sincero, eu digo

e o Åsleik diz que ele pode perceber que a pintura está pronta, por mais que não pareça pronta ela está pronta, sim, não há dúvidas disso, ele diz e então bebemos nosso café e o Åsleik diz que eu vou mesmo para Bjørgvin hoje, mesmo tendo nevado tanto? e diz que não consegue me entender, anteontem eu fui e voltei de Bjørgvin, depois novamente dirigi para lá no mesmo dia, e isso sem levar os quadros para a Galeria Beyer, e hoje quero pegar a estrada de novo para Bjørgvin, é um exagero isso, ele diz e eu penso que preciso visitar o Asle lá no Hospital, mas sobre isso não quero dizer nada ao Åsleik

Vou levar as pinturas hoje e pronto, eu digo

Não é só por causa das pinturas que você quer voltar para Bjørgvin, é? o Åsleik diz

Talvez não, eu digo

Vai ver você está querendo ir à missa, ele diz

e eu percebo um tom de ironia na voz dele, porque é verdade que eu vou de carro à missa de quando em quando, e no verão costumo ir todos os domingos à missa na igreja de São Paulo

Seu papista, o Åsleik diz

e eu penso que ele não cansa dessa palavra, não cansa de dizer essa palavra, é como mais uma palavra que ele aprendeu a dizer e se orgulha de conhecer, papista, cruz de Santo André, dessas palavras ele sente um orgulho de saber o significado

Papista, sim, ele diz

e eu penso que seria bom ir à missa, mas nem pensei em fazer isso, na verdade só pensei em ir visitar o Asle no Hospital e ao mesmo tempo entregar essas pinturas que precisam ser entregues ao Beyer o quanto antes

Ou será por causa de um rabo de saia? o Åsleik diz

e diz que coisa mais estúpida, como pode não ter pensado logo nisso, ele diz e eu penso que não entendo o Åsleik, às vezes ele consegue me irritar mais do que deveria, mas não me deixo afetar, apenas fico esperando a ignorância dele se esvair em pleno ar, eu penso

Não, eu digo

Não, então, ele diz

e calamos

Mas um tempo atrás você estava cogitando ir à missa, ou não? ele diz

e eu digo que sim, pode ser, e o Åsleik diz que já não bastou eu ter ido à missa ontem quando fui fazer compras em Bjørgvin? e eu digo que não fui à missa ontem e o Åsleik diz que é muito estranho, eu sempre vou à missa quando vou a Bjørgvin, ele diz e preciso dizer algo e então digo que é bom começar a carregar os quadros para o carro

Você usa cobertores para embrulhar os quadros, o Åsleik diz

Sim, sempre, eu digo

Aqueles cobertores estão bem puídos, ele diz

Sim, faz anos que os tenho, eu digo

e então fico ali esperando que o Åsleik não venha me perguntar onde fui arrumar os cobertores, para que não tenha que explicar que os comprei no Brechó da Enseada dos Veleiros, não todos de uma vez, mas um aqui, outro ali, sempre que dava uma passada pelo Brechó tentava encontrar um cobertor e se não encontrasse algum perguntava se tinham cobertores e então eles me perguntavam como assim e eu dizia cobertores de lã e às vezes calhava de terem um no depósito, às vezes, não, mas com o passar do tempo consegui comprar uma coleção deles que agora ficam amontoados no chão num cantinho do sótão onde guardo tudo que preciso para pintar, bisnagas de tinta a óleo, telas, até mesmo as ripas para fazer os caixilhos de madeira, é lá que ficam para secar, eu penso e o Åsleik diz que pode me ajudar a carregar o carro e eu o agradeço por isso e então ele me entrega a xícara e diz obrigado pelo café e eu vejo que dei só uns poucos goles no meu café, e é assim todas as manhãs, eu encho uma xícara de café e acabo tomando só um pouquinho, eu penso e então vou até a cozinha e ponho a xícara na cuba da pia e então subo até o sótão e pego a braçada de cobertores que estavam amontoados num canto e desço e deixo cair os cobertores no chão em frente aos quadros e vejo que o Åsleik está olhando para o quadro que escolheu para dar de presente à Irmã e agora está apoiado no cavalete e então ele olha para mim

Então vou ficar com essa pintura, ele diz

Foi o que combinamos, eu digo

e então pego um cobertor e um quadro da pilha de pinturas prontas e o embrulho bem no cobertor e o ponho no chão e o Åsleik pega um cobertor e um quadro e o embrulha e o põe sobre o primeiro que deixei no chão e assim vamos embrulhando quadro após quadro e o último deles é o Åsleik quem pega e dessa forma todos os quadros ficam empilhados direitinho no chão e então eu pego um cobertor e embrulho um dos quadros menores e o Åsleik faz o mesmo e ao todo são só quatro telas pequenas

Treze quadros ao todo, o Åsleik diz

É, eu digo

Esse número dá azar, ele diz

Pode significar sorte ou azar, para mim pelo menos, eu digo

e Åsleik diz que nunca ouviu falar disso antes e eu digo que essa é só a minha experiência

Pode ser que seja, ele diz

e então o Åsleik diz que não entende como eu posso querer dirigir até Bjørgvin hoje, e eu disse que já expliquei, vou ter que levar os quadros para a Galeria Beyer, preciso fazer isso, eu digo e o Åsleik diz que deve haver outro motivo e eu digo que pode ser e o Åsleik diz que é bom eu me agasalhar bem, vestir aquele meu sobretudo, sim, e então vamos carregar os quadros no meu carro, ele diz e eu faço um meneio de cabeça e calamos

Faça como bem entender, Asle, o Åsleik diz

e embrulha o quadro que escolheu num cobertor e o devolve ao chão e o apoia no cavalete

Vou trazer o cobertor de volta, como sempre, depois que der o quadro à Irmã, ele diz

e eu digo que sim, tudo bem, é o que costumamos fazer e digo que quero dar a partida no carro e pôr o aquecedor no máximo e claro que vou limpar toda a neve de cima dele e o Åsleik diz que pode me ajudar então eu visto a jaqueta preta de veludo e saio pelo corredor e ponho o sobretudo preto e um cachecol e calço os sapatos e vou lá fora dar a partida no motor, que como sempre começa a funcionar na primeira tentativa, e então abro o bagageiro e acho a escova e escovo a neve do carro e começamos a carregar os quadros que vou levar para a Galeria Beyer no carro e os colocamos com cuidado no bagageiro e depois que terminamos o Åsleik vai buscar o quadro que dará de presente de Natal à Irmã e eu vejo o Åsleik entrar na casa e fecho o bagageiro e vejo o Åsleik sair para o pátio e ficar parado com o quadro debaixo do braço e volto a entrar na minha velha casa e vou até a sala de estar e vejo a bolsa a tiracolo marrom pendurada no seu gancho de costume, no meio das duas pilhas de quadros grandes e pequenos, os que ainda não terminei de pintar, e penduro a bolsa no ombro e endireito o corpo e olho para o quadro das duas linhas que se cruzam, *Cruz de Santo André* é o título, e tem muita coisa nesse quadro, eu penso e penso que agora tenho que ir, que o Åsleik está esperando, e entro no quarto e apago a luz e volto para a sala e apago a luz dali e vou à cozinha e vejo que a vasilha de água do

Brage está quase vazia então eu a completo com mais água e corto uma fatia de pão que esmigalho bem e deixo cair na outra vasilha que ainda está cheia de migalhas e penso que o Brage ainda está deitado dormindo na minha cama, de modo que ele pode ficar em casa, eu penso e apago a luz da cozinha e saio pelo corredor e apago a luz dali e abro a porta da frente e saio e vejo o Åsleik ainda parado onde estava no pátio com o quadro enrolado no cobertor sob o braço

Demorou, hein, ele diz

Foi, eu digo

O que você andou aprontando? ele diz

e eu não respondo

Já estava cansado de esperar, ele diz

Por acaso precisou ir ao banheiro e não conseguia se aliviar? ele diz

Foi isso mesmo, eu digo

Mas no final conseguiu, o Åsleik diz

Nada disso, eu conheço bem você e sei o que andou fazendo, ele diz

O que foi então? eu digo

Você ficou admirando o quadro das duas linhas, o que se chama *Cruz de Santo André*, ele diz

e eu assinto calado e Åsleik diz que antes sempre tinha conseguido o quadro que queria dar de presente à Irmã, exceto este ano, por outro lado ele também nunca tinha pedido antes um quadro dos maiores, o Åsleik diz, e em seguida diz que não, não faz um tempo bom para ficarmos aqui fora, por isso ele já está indo para a cabine do trator, ele diz, e agora partimos, ele na frente, para que a serventia fique bem desobstruída, assim como a estrada, até a altura do sítio dele, e dali em diante eu seguirei o meu caminho e que faça boa viagem a Bjørgvin e dirija com cuidado pois a pista deve estar congelada em vários trechos, pode haver gelo sob a neve fresca, ele diz e eu digo que sempre sou cuidadoso ao volante e o Åsleik diz que ele sabe, claro que eu sou, ele diz e então nos veremos em breve, ele diz e eu digo que a viagem será de um dia apenas, eu estarei de volta em casa à noite assim que entregar os quadros, eu digo

Você sempre faz uma exposição um pouco antes do Natal, ele diz

É, eu digo

Isso, naturalmente, porque é mais fácil vender quadros nessa época, durante o Advento, ele diz

e eu digo que é por isso mesmo, pelo menos é isso que o Beyer diz, que é mais fácil vender meus quadros nessa época, talvez com isso o Beyer queira dizer que se prestam bem como presentes de Natal, mas ele também acha que é melhor inaugurar a exposição não muito antes do Natal, eu digo e o Åsleik diz que já tinha percebido e sobe na cabine do trator e dá a partida no motor e o estrondo que faz é terrível, como é que pode um motor fazer um barulho tão medonho, agudo como um guincho, eu penso e vou sentar no carro e ponho a bolsa marrom no banco do passageiro e o carro está quente e agradável e reduzo um pouco a ventilação do aquecedor e então o Åsleik se vira para mim e torna a olhar para frente e o trator contorna a esquina da casa e eu sigo atrás e o Åsleik conduz o trator pela estrada e eu vou atrás dele e de fato nevou bastante, bem uns dez centímetros de neve se acumularam no chão, mas agora não está mais nevando, eu penso e vou a alguns metros atrás do Åsleik, o trator vai bem devagarinho a caminho do sítio, e é um bom trecho a percorrer, eu penso e sigo mantendo a distância e então o Åsleik desvia para o acostamento e freia o trator e sai e eu paro o carro e abro a janela

Vá com cuidado, ele diz

Pode deixar, devagar e sempre, eu digo

e me dou conta de que quando chegar ao fiorde de Dentro a estrada estará em boas condições até Bjørgvin, costumam deixá-la limpa e desobstruída, eu digo e o Åsleik diz que estou bem calçado, com pneus de inverno novinhos e além disso eu pude me dar ao luxo de comprar um carro com tração nas quatro rodas, de modo que, com os cravos desses pneus de inverno e um quatro por quatro o meu carro é a bem dizer um trator, ele diz e eu respondo que já tive minha cota de apuros dirigindo no inverno, alguma coisa a vida me ensinou, eu digo e o Åsleik diz que seja assim então e nós dois erguemos as mãos e acenamos e nos despedimos e eu sigo devagar, agora é a minha vez de deixar rastros sobre a neve, na minha frente tudo é só a brancura da neve, e felizmente o acostamento está bem demarcado com esses sinalizadores fosforescentes, sem eles o motorista facilmente desviaria da pista, seria muito arriscado não os ter no lugar, eu penso e dirijo devagar, como sempre faço, e agora estou chegando na estradinha estreita que passa ao lado do fiorde do Bispado e leva ao fiorde de Dentro, a neve ali não deve ter sido removida, mas então, quando chegar ao fiorde de Dentro e à rodovia principal que leva a Bjørgvin, vai ser mais tranquilo, porque a neve dessa via já terá sido removida a essa altura, eu penso e olho para a estrada coberta de branco e vejo o Asle diante da Mãe pensando que não aguenta mais a maldita escola, os professores lá são insuportáveis, então por que diabos ele precisa ir para a escola? felizmente não falta muito para o ano terminar, ele pensa, e se não faltasse esse tantinho de aulas obrigatórias ele largaria a escola ainda hoje, o Asle pensa, mas agora o jeito é aguentar, ele pensa e pensa que assim mesmo não quer ir à aula, por mais que não falte muito para terminar o ano, ele pensa e diz à Mãe que não quer mais ir para a escola

Você só pode ter perdido o juízo, ela diz

Quer abandonar a escola? ela diz

Não tem a menor possibilidade, ela diz

Vão acabar transferindo você para uma escola especial, dessas para alunos problemáticos, com regras bem rígidas, e essa escola fica numa ilha para que ninguém consiga fugir, ela diz

Além do quê, o ano já está terminando, ela diz

e o Asle pensa que será isso mesmo, que vão largá-lo numa ilha só porque ele não gosta de ir para a escola? não, ele não sabia, o Asle pensa, mas não acredita muito nisso, não mais do que nas outras baboseiras que a Mãe diz, seja sobre Jesus e Deus ou isso de que alguém pode ser despachado para uma ilha só porque largou a escola, ele não está nem aí para isso, não quer mais ir para a escola e fincou pé e não vai, o Asle pensa e tem outra coisa, ele ouviu dizer que para entrar na Escola de Belas Artes em Bjørgvin, se é que ele conseguirá ir para lá, é obrigatório ter cursado o Secundário, e se não fosse por isso ele já teria dado adeus à escola, não tem a menor dúvida disso, o Asle pensa, mas não vai fazer isso, não vai abandonar a escola, isso foi só uma coisa que ele disse porque a Mãe fica muito brava quando ele fala assim, não, não que ele sinta a menor vontade de cursar o Secundário, mas precisa fazer alguma coisa na vida, mas afinal o quê, inadequado como ele é, beirando o imprestável? segundo o Pai costuma dizer, o Asle pensa e eu olho para a estrada coberta de branco diante de mim e dirijo lentamente margeando o fiorde do Bispado e vejo o Pai em pé diante do Asle dizendo que você é um bom garoto, Asle, mas vai fazer o que na vida? ele diz

Não sei, o Asle diz

Mas você precisa ter um estudo, precisa ser alguém, o Pai diz

e o Asle diz que a única coisa que sabe fazer direito é desenhar e pintar e a Mãe diz que então ele que seja um artista, por mais que isso seja profissão de ninguém, um emprego para quem saiba desenhar não vai faltar, por exemplo nos jornais, que sempre publicam ilustrações, e também os anúncios são ilustrados, aquelas ilustrações foi alguém que fez, então deve ser possível ganhar a vida desenhando e pintando, a Mãe diz, mas para entrar na Escola de Belas Artes é preciso antes ter cursado o Secundário, ela diz e o Pai diz que é mesmo, para entrar na Escola de Belas Artes é preciso antes ter cursado o Secundário e o Asle pensa que não entende por que para ser pintor é preciso, além de fazer contas, aprender também essa coisa de matemática

Desenhar e pintar não tem nada a ver com saber fazer conta, o Asle diz

Não, não, o Pai diz

e a Mãe diz que nem ela sabe por que é assim, mas as pessoas que sabem decidiram que é obrigatório terminar o Secundário antes para começar na Escola de Belas Artes, se é que lá vai ter alguma vaga disponível, ela diz e o Asle diz que não sabe fazer nada direito além de desenhar e pintar, sim, claro que ele sabe ler, e até gosta, e acha que até sabe escrever direitinho, mas essa não é a opinião do professor de norueguês da escola, de modo que ele tira notas baixas em redação, como em todas as outras matérias, ele diz

Você nunca fez uma lição de casa, a Mãe diz

Verdade, o Asle diz

Pois agora vai se arrepender, ela diz

De fato, o Pai diz

e a Mãe diz que ele tem que fazer alguma coisa no futuro, não pode só ficar em casa pintando, ela diz e o Asle não diz nada

E se quiser começar no Secundário ele vai ter que se mudar para um dormitório estudantil, a Mãe diz

e o Asle pensa que teve a impressão de que a Mãe está feliz diante da possibilidade de ele sair de casa, é até compreensível, ele acha, e ele até que está animado com essa possibilidade, sair de casa, ficar longe da Mãe, longe das apoquentações dela, que fica insistindo para ele cortar o cabelo, pintar quadros que sejam fáceis de gostar e de entender, fazer as lições, de tudo ela reclama

Eu quero ir para a Escola de Belas Artes, o Asle diz

Mas então é melhor você começar a pintar como fazia antes, para que as pinturas pareçam com alguma coisa, a Mãe diz

É, o Pai diz

E não ficar aí pintando esses quadros que parecem uma coisa de outro mundo, ela diz

Se continuar pintando assim provavelmente não vai conseguir uma vaga na Escola de Belas Artes, por mais que tenha cursado o Secundário, ela diz

É, o Pai diz

E antigamente você conseguia vender todos os quadros que pintava, enquanto hoje seu quarto está abarrotado deles, ela diz

É, o Pai diz

e eu olho para a estrada coberta de branco e penso que ainda não percorri o trecho que margeia o fiorde do Bispado, o caminho até o fiorde de Dentro é longo, eu penso e vejo o Pai ali em pé dizendo que pode ligar agora mesmo para a secretaria da Escola Secundária e perguntar quais as chances de o Asle ir estudar lá e o Pai vai até o corredor e o Asle percebe que ele está falando no telefone e o Pai retorna

Vai dar tudo certo, ele diz

Tem vaga para você no Secundário, ele diz

No que eles chamam de currículo de idiomas, ele diz

e o Asle ouve o que o Pai está dizendo e pensa será que isso é bom? se não for, o que mais ele pode fazer? ele pensa

Nesse caso é bom você tratar de arrumar um dormitório em Aga, a Mãe diz

É, o Pai diz

Conheço muita gente de Barmen que foi cursar o Secundário em Aga e mora em dormitórios estudantis, então não acho que vá ser um problema, ele diz

Vou publicar um anúncio nos classificados do *Correio de Hardanger* procurando um dormitório, o Pai diz

e o Asle diz que fica grato se o Pai fizer isso e eu olho para a estrada coberta de branco e vou dirigindo rumo ao fiorde de Dentro, e vai ser bom chegar lá, porque depois é só sair na rodovia principal que deve estar bem limpa e seguir na direção sul até Bjørgvin, eu penso, e acho que nunca antes, depois de todos esses anos morando em Dylgja, vim com tanta frequência a Bjørgvin, eu penso e olho para a estrada coberta de branco e vejo o Pai ali dizendo que uma senhora ligou e disse que tem um quarto para alugar, é um quartinho onde antes funcionava a oficina de um sapateiro, um quarto no sótão, e embaixo dele, no térreo, tem banheiro com chuveiro, ela disse, o Pai diz e diz que tudo somado parece bom e o aluguel não era tão alto assim, ele diz, por isso ele já apalavrou o contrato, ele diz e então eles acertaram que o Asle pode se mudar para lá assim que as aulas começarem, o Pai diz e o Asle diz que tudo parece ótimo e será bom poder morar num lugar sozinho, e não dividir um quarto com outras pessoas, o Asle pensa e vê a Mãe parada ali olhando para ele

Logo você, que já pintou tantas casas ainda não teve tempo de pintar a sua, ela diz

Não acha que seria bom fazer isso antes de se mudar? ela diz

É verdade, falta pintar essa casa, o Pai diz

e o Asle pensa que ainda mais essa, agora tem que pintar a Casa Nova e a Casa Velha e o Celeiro e o Estábulo e as árvores do pomar e a Casa de Barcos e o Molhe e o Bote e a Praia e o Fiorde, tudo isso, será que ele vai dar conta? ele pensa

Era só o que faltava, a Mãe diz

Você pintou quase todas as casas do povoado, e muitas outras em Stranda também mas não a sua própria casa, ela diz

Está bem, então eu vou pintar o sítio, o Asle diz

Com tudo a que tem direito, ele diz

Com a Casa Velha e a Casa Nova e o Celeiro e o Estábulo e a Casa de Barcos e o Molhe e o Bote, e até com o Fiorde, não vai faltar nadinha, ele diz

Estou ansiosa para ver esse quadro, a Mãe diz

e diz que faz tempo que pensa nesse assunto, mas ainda não tinha tido oportunidade de pedir a ele, porque a vida dele não estava nada fácil, a Mãe diz e se interrompe no meio da frase e todos ficam calados por um bom tempo e o Asle pensa que agora a Mãe vai lembrar da Irmã, ela que partiu tão de repente, do nada morreu, do nada foi encontrada morta de manhã na cama, a dor de pensar na irmã Alida simplesmente deitada morta na cama é insuportável

Então, a Mãe diz

e o Asle percebe que a Mãe está para cair em prantos

Eu tenho uma bela foto do sítio que você pode usar como modelo, ela diz

e o Asle pensa que é difícil acreditar que a Irmã se foi tão de repente e então a Mãe vai buscar a fotografia e a entrega ao Asle e a fotografia parece ótima, o Asle pensa e o Pai diz que lhe ocorreu esse mesmo pensamento, não é possível que quase todas as casas de Barmen, até mesmo as de Stranda, tenham sido retratadas e exibam na sala uma pintura feita pelo Asle, enquanto eles, os pais, não possuem nada parecido, ele diz, já que o Asle ainda não pintou a casa onde cresceu, ele diz

Está bem, o Asle diz

Era só o que faltava, a Mãe diz

Então antes de se mudar você vai pintar esse quadro, ela diz

e os dois calam e a Mãe volta a dizer que o cabelo dele está enorme e passou da hora de cortar, é uma vergonha tanto para ele como para ela e o Pai que ele ande por aí com esse cabelão, que agora desce até o meio das costas, parece um demente, ela diz

Já perdi a conta das vezes que disse para você cortar esse cabelo, ela diz

E você não corta, ela diz

Mas agora que vai começar no Secundário você vai ter que cortar, ela diz

e então olha para o Pai e diz que ele também devia falar alguma coisa

É, é bom você cortar esse cabelo, o Pai diz

Nunca vi homem usando cabelo comprido desse jeito, ele diz

Nem eu, a Mãe diz

e voltam a fazer silêncio e em seguida a Mãe diz que ele não quer se confirmar nem fazer as lições de casa e tira notas tão baixas que vai acabar na lista de espera para o Secundário e como se não bastasse ainda tem esse cabelo que cai até o meio das costas, ela diz, essa juba acastanhada, ela diz e de novo diz para o Pai falar alguma coisa

É, é bom você cortar esse cabelo, o Pai diz

e o Asle pensa que está até aqui dessa amolação, desde que começou a deixar o cabelo crescer e se negou a cortá-lo a Mãe o atormenta, você tem que cortar esse cabelo, não é possível ficar com essa aparência, estão comentando sobre você no povoado inteiro, nunca antes na história de Barmen um homem usou cabelos compridos desse jeito, ela fica repetindo e o Asle retruca dizendo que vai usar o cabelo como bem entender, que o cabelo é dele, e aqueles cachos que a Mãe faz no próprio cabelo são muito feios, é a opinião dele se vierem perguntar, mas ele não sai por aí dizendo para a Mãe cortar o cabelo, seria muito estranho que ele, cada vez que se dirigisse à Mãe, dissesse que ela devia cortar o cabelo, o Asle pensa, e mesmo assim é obrigado a ficar aturando aquela ladainha sem fim, ela não lhe diz outra coisa a não ser para que corte o cabelo, será que não consegue mudar de assunto? não pensa noutra coisa que não seja dizer a ele para cortar o cabelo? ele pensa

Não quero pintar esse quadro, ele diz

Você não quer pintar a casa da sua infância, a Mãe diz

e então o Asle simplesmente sai da sala e fica pensando naquela vez em que estava na escola primária e a Mãe o levou a uma cabeleireira e quando ele chegou no salão tinha um cabelo bonito e um pouco comprido, e aí a Cabeleireira cortou quase todo o cabelo dele, ela o tosou inteiro, raspou a cabeça do menino, e a impressão foi que tanto a Mãe quanto a Cabeleireira ficaram contentes com o resultado, pareceu que o corte medonho deu às duas uma espécie de satisfação, o

Asle pensa e no dia seguinte ele não quis ir à escola, estava tão feio e humilhado que ficou com vergonha de ir à escola, ele estava se sentindo péssimo, o Asle pensa e ele disse que estava doente e não queria ir à escola, mas mesmo assim foi, mas enfiou um gorro até as orelhas, ele pensa e não, não quer mais pensar nesse assunto, o Asle pensa, e nunca, nunca mais ninguém vai cortar o cabelo dele para envergonhá-lo desse jeito, isso é certo, essa merda nunca mais vai se repetir, ele pensa, no pavor que foi ir à escola no dia seguinte, o Asle pensa e eu olho para a estrada coberta de branco e vejo alguns flocos de neve se depositando no para-brisa, um depois do outro, e então começa a nevar mais e mais e vai ficando mais difícil ver onde está a estrada, tenho que dirigir ainda mais devagar, mas vai melhorar quando eu chegar ao fiorde de Dentro, depois de Øygna, lá onde mora a que o Åsleik chama de Irmã mas cujo nome na verdade é Guro, eu penso, porque eu terei chegado à rodovia principal que parte do norte e vai até Bjørgvin, e ela está limpa de neve, eu penso e olho para os flocões de neve que caem e agora vão caindo tão grudados que é impossível discernir um do outro, e olho para a estrada coberta de branco e vejo o Asle sentado no chão da sala de casa olhando para uma tela branca e ele pensa que hoje encontraram a Irmã morta na cama e uma ambulância acabou de vir recolher o corpo para a necrópsia, disseram, porque vão abrir o corpo da irmã Alida para tentar saber por que ela morreu tão de repente, como não é tão comum que jovens morram de forma assim tão brusca é preciso tentar identificar a causa da morte, eles disseram e o Asle fica sentado de olho na tela branca e pensa que agora, não, já chega, ele não aguenta mais, ele pensa, basta, ele pensa, agora ele não quer mais pintar usando uma fotografia como modelo, agora não quer mais pintar casas e celeiros ensolarados com mastros e bandeiras da Noruega tremulando, e bétulas brotando, e um Fiorde azul cintilante, agora não quer mais pintar casas e construções, agora só vai pintar suas próprias imagens, que a cabeça dele está repleta delas, é puro suplício, as imagens não param de se fixar à mente dele, não como a lembrança de um acontecimento, mas como uma espécie de fotografia tirada bem ali, bem naquele instante, e é como se ele folheasse imagem por imagem dentro da cabeça, é como se tivesse um álbum de fotos na cabeça e as imagens mais estranhas ficassem armazenadas lá, como as botas pretas do Avô na chuva, uma vez, um dia, ou o Pai passando a mão nos cabelos, bem ali, bem naquele instante, e agora existe uma coleção de imagens da Irmã morta que ficaram gravadas e passam na cabeça do Asle como uma sequência de slides, um depois do outro, e ele leva as mãos aos olhos e pressiona os olhos mas as imagens não desaparecem, em vez disso ficam mais nítidas, e ele tira as mãos dos olhos e agora, ele pensa, em vez de pintar usando fotografias como modelo, de casas e construções, ele agora vai pintar as imagens que tem guardadas na cabeça, mas não quer pintá-las como elas se mostram lá dentro da cabeça, pois é como se cada uma estivesse associada a um trauma, uma dor, mas também a uma espécie de paz, isso também, ele vai pintar todas as imagens que guardou na cabeça para que desapareçam, se é que irão desaparecer, para que reste apenas a paz, o Asle pensa e vê o rosto lívido da irmã Alida bem ali, bem naquele instante, e vê a maca sendo carregada para dentro da ambulância, e o rosto da irmã encoberto, bem ali, bem naquele instante e ele olha para a tela branca e pensa que logo vai começar a pintar as imagens que estão dentro da cabeça, ele vai pintar para que desapareçam, mas não vai conseguir pintar as piores, é muito doloroso, é como se elas o dilacerassem inteiro por dentro, tão terríveis que são, mas mesmo aquelas que não o machucam tanto encerram um quê de tristeza, contêm uma espécie de sofrimento, ele pensa, mas também uma espécie de paz, isso também, além da dor, em todo caso há uma espécie de paz nas imagens da irmã Alida que ficaram gravadas, o Asle pensa e então de repente lhe ocorre que agora, não, agora ele não quer mais ver imagem nenhuma, não tem mais condições de ver outras imagens, nem as imagens que estão dentro da cabeça nem na tela, agora ele quer se ver livre das imagens, portanto não quer mais pintá-las, agora ele quer ouvir em vez de ver, sim, agora ele quer ouvir música, o Asle pensa e levanta e está decidido, agora ele quer tocar, e quer tocar guitarra, e uma guitarra que faça bastante barulho, ele quer tocar guitarra elétrica, acordes bem altos e distorcidos, quer tocar alto, muito alto, o Asle pensa e eu olho para a estrada coberta de branco diante de mim e já parou de nevar, então é mais fácil identificar onde está a estrada, eu penso e me sinto desanimado e vazio, e agora falta pouco para terminar a estrada que margeia o fiorde do Bispado, a meio caminho entre Dylgja e o fiorde de Dentro, eu penso, e vou dirigindo devagar e sempre, eu penso e olho para a estrada coberta de branco e vejo o Asle ajoelhado e no chão diante dele está a tela branca e ele pensa que não quer mais ver, ver todas essas imagens, agora ele quer ouvir, ouvir para apagar essas imagens, e para isso acontecer é preciso que faça muito barulho, então ele vai comprar uma guitarra elétrica, o Asle pensa e eu olho para a estrada coberta de branco e vejo um bando de cervos parado no meio da estrada e reduzo ainda mais a velocidade e os cervos olham para mim e então saltam para longe da estrada mas um deles continua parado me encarando, e eu penso que é comum avistar cervos, e é comum que saltem no meio da estrada, por isso é muita sorte minha nunca ter atropelado nenhum, eu penso, se bem que é mais comum avistarem-se cervos quando está escuro ou no raiar do dia ou quando o sol está se pondo, nunca em pleno dia, mas nessa época do ano nunca está completamente claro, nem mesmo ao meio-dia, eu penso e então com cuidado aproximo o carro desse cervo que ficou na pista e ele salta de lado e desaparece e eu sigo em frente e olho para a estrada coberta de branco e vejo o Asle em pé no palco da Casa da Juventude, o cabelo castanho encobrindo-lhe o rosto inteiro como um capuz, ele está encurvado segurando uma guitarra preta pendurada ao ombro dedilhando os acordes do jeito que devem ser e o Terje está na bateria tocando o melhor que pode, mas completamente sem ritmo, aquilo lá é pura barulheira, e o Geir tamborila as cordas do baixo sem o menor critério e o Olve fica ali urrando e então começa a tocar alguma coisa que se assemelha a um solo de guitarra e assim eles continuam por um instante e então o Olve grita que agora é preciso que se concentrem e tentem tocar direito, porque até ali o que estavam fazendo não passa de uma algazarra, ele grita, e não é possível que fiquem ali só fazendo zoada, eles têm que tocar nem que seja uma só música direito, o Olve diz e o Geir diz que não sabemos tocar direito nem uma música sequer, e a ideia é que eles seriam uma banda, ele diz, e o Terje diz que nós somos uma desgraça tocando, nenhum aqui sabe tocar nada, ou o Olve até que sabe um pouquinho, mas ninguém mais além dele, ele diz, então tanto faz se desistirmos agora, ele diz, mas o Asle não diz nada e continua em seu lugar com a guitarra pendurada no ombro

E você, Asle, como sempre não fala nada, o Terje diz

O cabelo dele está tão comprido que não deixa ele falar, o Olve diz

E o nome dele não é mais Asle, agora ele se chama Ales, ele diz

Ele fica mudo como sempre, o Geir diz

O gato comeu a língua dele, o Olve diz

Deve ser por isso que ele nunca diz nada, ele diz

e o Asle só fica ali e pensa que assim não dá, ele já tentou de tudo para aprender a tocar guitarra, mas não importa o quanto ensaie, não importa o quanto tente, a coisa não dá certo, e o Olve até que é bom, inclusive tentou lhe ensinar o pouco que sabe de guitarra, anotou num papel os acordes para que o Asle aprendesse, um seguido do outro, e correu até bem, mas até a afinação da guitarra era uma dificuldade para ele, até memorizar quais acordes precisam ser tocados numa melodia era uma dificuldade, sempre era o Olve que tinha que deixar anotado, e quando ele tenta fazer um solo é um desastre, ele não consegue aprender a tocar guitarra, o Asle pensa e além disso o Olve é um sujeito intratável, mas para falar a verdade ele é o único que sabe fazer alguma coisa direito ali, sem o Olve eles não tocariam música nenhuma, o Asle pensa, e depois que ele começou a tocar guitarra e se juntou a essa banda não pintou mais nenhum quadro sequer, não desenhou mais coisa nenhuma, e as imagens que carrega na cabeça e queria eliminar com o barulho não sumiram, apenas ficaram mais nítidas, de modo que não está dando certo, o Asle pensa, pois ainda que tenha só catorze anos e tenha uma vida pela frente, por assim dizer, jamais vai se tornar um bom guitarrista, e não é legal ficar insistindo numa coisa que não dá certo, algo que a pessoa nunca vai conseguir fazer direito, não é assim com as pinturas, que ele pinta como se fosse a coisa mais fácil do mundo, mas isso de tocar um instrumento, aí não, ele simplesmente não consegue, e as malditas imagens persistem na sua cabeça, o som alto não as tira dali, é o jeito então eliminá-las dali pintando, o Asle pensa, porque desenhar e pintar ele sabe, mas tocar guitarra não, o Asle pensa e então tira a guitarra do ombro e a põe no chão encostada no alto-falante e o Olve olha para ele e pergunta o que está fazendo

No meio do ensaio você tira a guitarra, o Olve diz

Não consigo tocar, o Asle diz

Você mal começou, o Olve diz

Foi, o Asle diz

e o Terje e o Geir ficam ali sem dizer nada

Você vai tocar melhor, o Olve diz

Já melhorou bastante desde que começamos a tocar na banda, ele diz

Pode ser, o Asle diz

Vamos então, o Olve diz

Pegue a guitarra, ele diz

e o Asle fica ali parado e o Olve então diz que talvez fosse bom fazer uma pausa, se todos concordarem, ele diz e tanto o Terje como o Geir dizem que tudo bem e o Olve diz que ele tem quatro garrafas de cerveja, portanto agora eles podem parar um pouco e beber uma cervejinha, a gente sempre toca melhor depois de beber uma cerveja, ele diz e o Geir pergunta onde ele conseguiu a cerveja e o Olve diz que foi o pai quem comprou para ele

Seu pai é muito bacana, o Terje diz

É mesmo, o Geir diz

Sim, ele é bacana, o Olve diz

e então diz que o pai é bacana na maior parte do tempo, inclusive quando bebe, mas acontece de ficar deprimido, até meio zangado, ele diz e nessas horas acontece de ele dizer que não deveria nem ter constituído família, é assim que ele fala, porque sente falta de tocar, sair e viajar por aí tocando nos bailes, ele sente muita falta disso, principalmente da música, de tocar um instrumento, mas também das viagens, ele diz e a mãe sempre fica calada e sai da sala, o Olve diz que nessas horas ele costuma dizer que o pai deveria voltar a tocar, o Olve diz e daí o pai diz que está muito velho, que já não aguentaria o esforço, que em várias ocasiões mal teve forças para empunhar a guitarra embora vontade de tocar não lhe falte, ele diz, e além disso a guitarra que lhe pertencia agora pertence ao Olve, e ele ensinou ao Olve tudo que sabia, e o Olve agora toca guitarra e canta muito melhor do que ele jamais fez, o pai diz, o Olve diz e então o pai continua a beber, primeiro cerveja, e depois aguardente e a mãe entra na sala e diz para ele não beber tanto, e o pai diz que já bebeu bastante e vai tomar a saideira e então bebe ainda mais e começa a cantar, e canta bem, o pai, e a mãe diz que agora ele precisa vir, os dois têm que deitar, ele vai trabalhar amanhã, ela diz e o pai costuma fazer como a mãe falou, é só nos fins de semana e feriados que ele continua a beber, mas aí pode ficar bebendo o dia inteiro, começa de manhã e fica bebendo até a hora de dormir, e depois também dirige até Stranda para comprar cerveja mesmo já tendo bebido bastante, e se acabar a aguardente ele é capaz de ir até Bjørgvin comprar mais, ele compra tantas garrafas quanto o dinheiro der, o Olve diz, e hoje, sim, hoje mesmo ele pediu ao pai para comprar umas garrafas de cerveja que pudesse levar para o ensaio e o pai disse que o Olve e seus companheiros de banda eram muito jovens, ainda não tinham terminado a escola, e por isso não poderia comprar cerveja para eles, essa possibilidade não existia, o Olve diz que o pai disse, mas então, logo depois, ele disse que iria de carro a Stranda comprar umas garrafas de cerveja para si e nesse caso poderia comprar quatro garrafas para o Olve levar para o ensaio, uma para cada membro da banda, não mais que isso, porque tocar depois de ter bebido é outra coisa, segundo ele disse, mas o importante é não exagerar, ou então a música vai soar terrível, além disso é um perigo, uma grande quantidade de músicos, do passado e de agora, beberam até morrer, portanto o mais importante é ter cuidado com isso, o pai quem disse, o Olve diz e assim antes de ele tomar o ônibus o pai lhe entrega uma sacola com quatro garrafas de cerveja, ele diz e agora, sim, agora vão todos sentar na coxia do palco e beber cada um sua garrafinha e logo, logo até você vai estar se sentindo melhor, ele diz ao Asle

Pode ser, o Asle diz

e ele vê que o Terje levantou e agora está ao lado da bateria e o Geir pôs o baixo no chão encostado ao alto-falante e o Olve já subiu de volta ao palco

Vamos lá, o Geir diz

e o Asle vai até o Geir e depois eles e o Terje sentam em suas cadeiras na coxia, e em seguida chega o Olve que dá a cada um uma garrafa e abre a sua e vai passando o abridor e cada um vai abrindo sua garrafa e depois o Olve ergue sua garrafa e diz saúde e o Terje e o Geir e o Asle erguem suas garrafas e dizem saúde e o Olve diz que agora, sim, eles são músicos de verdade, agora irão beber e depois tentar tocar as músicas que sabem, pelo menos cinco eles sabem tocar, três delas até muito bem, o Olve diz, mas até hoje foi tudo uma brincadeira, ele diz e eles bebem e o Asle até já tinha provado cerveja antes, mas não muitas vezes, e não acha o gosto ruim, só não é bom, ele pensa e lá estão eles sentados sem dizer nada, apenas dando um gole na cerveja de vez em quando, e nisso o Olve diz que a cerveja não tem um gosto tão bom assim, mas faz com que se sinta bem, ele diz e em seguida pega um pacote de tabaco e enrola um cigarro e passa o pacote de tabaco adiante a todos e cada um enrola seu cigarro e o Asle pensa que já fumou diversas vezes antes, de fumar ele gosta, e gostou já na primeira vez que fumou um cigarro na Casa de Barcos ao lado de casa com o Per Olav, fumou o pacote inteiro que ganhou do Per Olav e o escondeu na Casa de Barcos, ele descia até lá só para fumar, o Asle pensa e pensa que pode pedir a alguém com idade suficiente para lhe comprar um pacote de tabaco e papel de seda e uma caixa de fósforos na Cooperativa, que ele irá esconder na viga da Casa de Barcos, ele pensa e pensa que ficará feliz quando tiver idade suficiente para comprar cigarros, ele pensa e sabe que algumas pessoas passam mal e vomitam e sentem coisas desse tipo quando fumam pela primeira vez, mas não foi o caso dele, que sentiu apenas o corpo inteiro formigar, e ficou mais calmo depois disso, então fumar ele vai, assim que tiver idade suficiente ele vai comprar o próprio tabaco, o Asle pensa e o Olve passa um isqueiro e o Asle acende seu cigarro e dá uma tragada e então dá uma tragada mais forte e sente aquele bem-estar se espalhando pelo corpo e fica ali sentado fumando e no meio deles no chão está um copo à guisa de cinzeiro e o Asle vai fumando e alternando com um gole de cerveja e o Olve diz que vai dar tudo certo, eles não devem desanimar, o Asle vai ser um bom guitarrista, vai sim, ou pelo menos vai aprender a tocar direitinho, é só uma questão de ensaiar bastante, o Olve diz e os outros dizem que também têm certeza disso, e o Terje diz que toca bateria ainda pior do que o Asle toca guitarra e o Geir diz que não pode se gabar do baixo que toca, não, ele diz e o Olve diz que vai dar tudo certo, e ele até já falou com o sujeito que preside o Grêmio da Juventude de Barmen e ele inclusive mencionou que talvez eles pudessem tocar nos bailinhos, que quando tivessem aprendido a tocar um número mínimo de canções entrassem em contato, foi o que o presidente disse, o Olve diz e então, quando eles começassem a tocar profissionalmente poderiam ganhar dinheiro, mas o primeiro que recebessem deveria ir para o pai dele, o verdadeiro proprietário do equipamento de som, não foi de presente, o pai só disse que poderiam pegar emprestado e pagar quando tivessem ganhado algum dinheiro tocando, o pai dele disse, o Olve diz, mas isso é óbvio, o Terje diz, eles precisam pagar pelo equipamento de som o quanto antes, mas então, passado esse período, eles podem dividir entre eles o dinheiro que receberem pelos bailes, vai acabar rendendo um bom trocado para cada um, ele diz, e as meninas virão atrás deles, o Olve diz, que elas enlouquecem quando veem um músico tocando, sempre foi assim, ele diz, antes ficavam loucas pelos rabequeiros de Hardanger e mais tarde pelos acordeonistas, e agora enlouquecem pelos caras que tocam em bandas, o Olve diz e por sinal foi assim que o pai e a mãe dele se conheceram, foi quando o pai estava tocando num baile, e eles ainda são apaixonados um pelo outro, mesmo depois de tantos anos, o Olve diz

Vai dar tudo certo, ele diz

e o Asle pensa que não pode dar tão errado, talvez ele até nem toque assim tão mal, ou pelo menos não muito pior do que os demais, é claro que sempre se pode melhorar, mas por mais que nunca venha a tocar bem de verdade não faz tanta diferença, o negócio é saber tocar num nível aceitável, ele pensa, e foi bom fumar um cigarrinho, e também beber a cerveja, o gosto não era lá muito bom, mas caiu bem, ele pensa e o Olve diz que está ótimo assim e eles terminam de fumar o cigarro e de beber a cerveja e o Olve diz que agora tentarão tocar as canções que conhecem melhor, ele diz, e não vai demorar até poderem tocar em seu primeiro baile, ele diz e eles levantam e vão aos seus instrumentos e o Asle pendura a guitarra no ombro e o Olve diz um dois três e eles começam e o som não está tão ruim assim, então tocam duas outras canções que dominam razoavelmente, e até que não saiu tão mal e o Olve diz que um pouco de cerveja ajudou e o Terje começa a martelar incessantemente os tambores e címbalos e o Geir dedilha o baixo feito um louco e o Asle pensa que não vai dar certo, ele não quer mais tocar guitarra, lhe faz mal, o barulho não serve para apagar as imagens que ele guarda na cabeça, apenas piora as coisas, ele pensa, por isso deseja parar, não aguenta mais, agora ele vai pintar, agora vai ficar onde estiver quieto, em silêncio, para poder pintar as imagens gravadas em sua mente e tirá-las dali e não vai mais fazer barulho nem pintar casas e construções e celeiros e sítios a partir de fotografias, em vez disso vai pintar suas próprias imagens, o Asle pensa e então tira a guitarra e a deixa no chão apoiada no alto-falante desliga o amplificador e desce do palco da Casa da Juventude de Barmen, e foi ele quem foi ao presidente do Grêmio da Juventude de Barmen perguntar se podiam ensaiar na Casa da Juventude, e ele deixou, o Asle pensa e então para no meio do salão e fica ali olhando para os outros três ainda no palco e atrás deles tem um painel retratando o povoado com montanhas altas e fiordes azuis e bétulas verdejantes, decerto o cenário de alguma peça encenada há muito tempo na Casa da Juventude de Barmen, o Asle pensa e então ouve o Olve rugindo no microfone e perguntando para onde ele está indo? e o Asle permanece no meio do salão olhando para o palco

Você já vai? o Terje diz

e o Asle não responde

Qual é o seu problema? o Geir diz

e o Asle não responde

Responde, porra, o Olve berra

e esse grito ele dá no microfone de modo que ecoa por todo o salão e o Asle se vira e começa a caminhar em direção à porta de saída e o Terje grita que ele não vá, o ensaio acabou de começar, para onde ele está indo? o que deu na cabeça dele? o Terje grita e então o Asle se vira e vê o Terje se aproximando e o Asle se detém e fica ali esperando pelo Terje

Você não está indo embora, não é? o Terje diz

Eu estava pensando em ir, o Asle diz

e então o Geir tira o baixo do ombro e também desce ao salão e vai até o Asle

Você está indo assim sem mais nem menos, o Geir diz
Eu não consigo tocar, o Asle diz
Vou parar de tocar guitarra, ele diz
e o Olve berra no microfone dizendo que você não vai parar porra nenhuma, nem fodendo, ele berra
Você não é pior do que nenhum de nós, o Geir diz
Não, o Asle diz
Precisamos de você, o Terje diz
Precisamos de dois guitarristas, ele diz
e então o Olve berra no microfone que não é possível ele agir assim, que merda, depois que formaram a banda, concordaram com isso, nos intervalos da escola combinaram de formar uma banda, mas primeiro iam conseguir os instrumentos e os demais equipamentos, e depois arranjar um lugar para ensaiar, e agora depois que estava tudo certo o Asle decide ir embora assim sem mais nem menos, logo ele que foi o primeiro a dizer que eles deveriam formar uma banda, sim, que merda, o Olve fica berrando no microfone e isso ecoa pelo salão e então o Olve arranha as cordas da guitarra com toda a força e em seguida berra no microfone de jeito nenhum, que merda e isso ecoa pelo salão inteiro, sim, em toda a Casa da Juventude isso reverbera, e então o Olve tira a guitarra do ombro e vai caminhando pelo salão e estaca bem diante do Asle
Você não vai embora porra nenhuma, ele diz
Você nos convenceu a formar essa banda e agora vai embora? ele diz
e agarra os ombros do Asle e o sacode com força
Logo você que queria que formássemos uma banda, ele diz
e segura com força os ombros do Asle, que fica parado sem saber o que dizer, a única coisa que sabe é que não quer mais tocar guitarra, ele pensa
Não podemos tocar sem uma guitarra base, o Olve diz
e o Asle não diz nada
Diga alguma coisa, porra, o Olve diz
e o Asle continua sem dizer nada
Você está falando sério? o Geir diz
Você vai acabar com a nossa banda, ele diz

e o Asle diz que não quer mais tocar guitarra e de novo o Olve o sacode pelos ombros

Você não pode simplesmente pôr um fim na banda desse jeito, o Geir diz

e então ficam ali os quatro sem dizer nada e o Terje pergunta o que ele vai fazer em vez de tocar e o Asle diz que vai retomar a pintura, que isso ele sabe fazer, ele diz

Simplesmente você está dizendo então que vai para a porra da sua casa pintar aquelas merdas daqueles celeiros, o Terje diz

Vai continuar pintando aqueles seus quadros, ele diz

Pintando quadros daquelas casas e celeiros, ele diz

Ou vai para a casa do Careca chupar o pau dele? o Olve diz

e então fazem silêncio por um instante e o Geir diz que o Asle não pode simplesmente ir embora assim, depois de terem falado tanto sobre formar uma banda, em cada intervalo da escola era essa a conversa, e foi ele quem primeiro sugeriu essa ideia, depois que vieram os outros, e agora que tinham os equipamentos, tudo que precisavam, e deixaram que tocassem na Casa da Juventude de Barmen, estava tudo certinho, daí ele simplesmente vai embora? o Terje diz

E fui eu que arranjei a maior parte disso, o Olve diz

O equipamento, os microfones, os pedestais, pois é, quem foi que conseguiu tudo? ele diz, sim, foi ele, Olve, e isso estava tudo amontoado no sótão de casa porque o pai dele tinha tocado numa banda muito tempo atrás, ele era guitarrista e vocalista numa banda antes de casar e sempre disse que as mulheres é que eram o motivo para que bandas terminassem, e muitas vezes ele refletiu sobre isso, o Olve diz, mas que uma banda, uma banda inteira, seja destruída só porque um membro não está mais a fim de tocar e vai embora, não, isso não é possível, ele diz

Então volte já para o palco, ele diz

e o Asle fica ali e de novo o Olve o sacode pelos ombros

Alguém pode ficar com a minha guitarra e os meus equipamentos e depois me pagar quando tiver dinheiro, o Asle diz

e o Olve o sacode pelos ombros e solta o ombro que estava segurando com a mão direita e a deixa suspensa no ar e fica ali de punho cerrado mirando o rosto do Asle

Está ouvindo o que eu estou dizendo, não está? o Olve diz

Hein, ele diz

Está entendendo ou não? o Olve diz

e o Asle fica ali parado e o Geir diz você não pode mesmo se juntar a nós no palco de novo? daí eles podem ensaiar um pouco mais? correu tudo bem com aquelas três canções, ele diz

Você não pode simplesmente ir embora, não pode desistir assim, o Geir diz

Eu desisto, o Asle diz

Você desiste? o Geir diz

É, o Asle diz

e ficam calados um instante

Não sei tocar, ele diz

e ninguém diz nada

E nunca vou conseguir aprender, ele diz

O único que sabe tocar direitinho é você, Olve, o Asle diz

Cale essa boca, o Olve diz

e o punho cerrado dele ainda está apontando para o rosto do Asle

E você, Asle, me emprestou dinheiro para a bateria, o Terje diz

A banda é culpa sua, ele diz

Porque você mesmo não tinha nada, o Olve diz

E nem seus pais queriam ajudar você, ele diz

Eles não podiam, o Terje diz

E isso porque seu pai não trabalha, o Olve diz

Aquele preguiçoso, ele diz

Nunca trabalhou um dia na vida, o Olve diz

Só sabe fazer filhos naquela piranha, ele diz

E nas piranhas alheias, ele diz

Puta que pariu, ele diz

Agora deu, cale essa boca, o Terje diz

e então eles ficam ali e o Asle diz que existem muitas bandas com apenas três integrantes, bateria, baixo, guitarra e o Geir diz que existem essas bandas também, mas a maioria das bandas tem dois guitarristas, um guitarrista solo e um guitarrista base, ele diz

Um toca a guitarra base e o outro a guitarra solo, ele diz

E às vezes os dois tocam a guitarra base, o Terje diz

E nessa banda eu sou o guitarrista solo, porque só eu sei tocar solos de guitarra, porque consigo aprender os solos, o Olve diz

e ele diz que é o vocalista, porque ele é o único que consegue aprender as canções, tanto as melodias quanto as letras, e por isso sem ele não haveria banda, o Olve diz e todos ficam calados

Tento tocar a bateria o melhor que posso, o Terje diz

Eu sei, o Olve diz

e permanece de punho cerrado apontando para o rosto do Asle

E eu o baixo, o Geir diz

Eu sei, o Olve diz

e diz que eles não vêm tocando há tanto tempo assim, acabaram de começar, ele diz

Eu perdi a vontade, o Asle diz

e o braço do Olve com o punho fechado vai se aproximando do rosto do Asle e nesse momento o Terje segura o braço e o torce para trás e o Olve grita que merda é essa que você está fazendo e parte para cima do Terje que o empurra e o Olve dá um soco no Terje que é maior e mais forte e detém a mão do Olve e revida com força e esmurra o rosto do Olve que cai para trás e ninguém diz nada e o Asle vê o sangue escorrer da boca do Olve e ele passa a mão ao redor da boca para se limpar e apalpa a boca e diz seu filho da puta você arrebentou meus dois dentes da frente, ele diz e o Olve levanta e escancara a boca ensanguentada e ambos os incisivos superiores estão quebrados no meio e então o Olve leva a mão à boca e apara os pedaços dos dentes quebrados e o Terje diz que não era essa a intenção, ele pede mil desculpas, não deveria ter feito isso, ele diz, só ficou zangado porque o Olve falou mal do pai dele, o Terje diz e eu olho para a estrada coberta de branco, e agora o dia clareou o tanto que pode clarear nesta época do ano e eu dirijo devagar e sempre nesta estrada estreita e sinuosa em direção ao fiorde de Dentro e olho para a estrada coberta de branco e vejo o Asle em pé no salão da Casa da Juventude de Barmen e no palco estão o Olve e o Terje e o Geir e também o Amund, o sujeito que comprou a guitarra do Asle e se juntou à banda, o Asle pensa, e é a primeira vez que estão tocando num baile, ele pensa, e o Olve reparou os dentes da frente e o Amund comprou a guitarra do Asle e os alto-falantes e o amplificador e começou a tocar guitarra base no lugar dele, e com um pouco desse dinheiro ele conseguiu comprar uma bolsa a tiracolo de couro marrom para guardar bloco de desenho e lápis, o Asle pensa ali onde está e ao lado dele está o Sigve e o Asle pensa que o Sigve é a única pessoa que conhece que mora numa casa de barcos, ele é alguns anos mais velho que o Asle e mora com os pais na cumeeira de uma casa de barcos, um pouco antes da Cooperativa, e então o Sigve pergunta se não vão sair para tomar uma cervejinha, ele escondeu uma maleta cheia de garrafas de cerveja atrás de uma pedra perto da Casa da Juventude, ele diz e o Asle diz que uma cerveja até que cairia bem e o Sigve e o Asle vão embora e o Sigve enrola e acende um cigarro e o Sigve e ele vão até o rochedo onde está escondida a maleta preta com garrafas de cerveja e o Sigve pega uma garrafa e ergue a garrafa e a entrega ao Asle que a recebe e bebe um pouco e o Sigve então pega mais uma garrafa para si mesmo e ergue a garrafa e diz saúde e o Sigve e o Asle brindam e o Asle percebe que o Sigve já bebeu um bocado e ele diz para o Asle ter cuidado com o álcool, essa lição ele já tinha aprendido, sim, e o Asle provavelmente sabia que ele já tinha sido preso, pois é, na Penitenciária de Bjørgvin, em frente à Praça dos Peixes, o Sigve diz e o Asle não responde e pensa que naquela noite que voltou para casa depois de tocar com a banda pela última vez, era outono e estava muito escuro, esbarrou com o Sigve na estrada e numa das mãos ele levava a maleta preta e na outra uma garrafa, e é a mesma maleta que está ali hoje, o Asle pensa e o Sigve não estava nada sóbrio e disse que precisava reencontrar os pais e deu ao Asle a garrafa e o Asle deu um gole e a garganta dele ardeu e nisso o Sigve deu um tapa com a mão aberta no próprio rosto e disse de novo que precisava reencontrar os pais e então o Asle devolveu a garrafa e o Sigve seguiu em frente carregando a maleta preta e a garrafa, o Asle pensa e agora estão ele o Sigve sentados bebendo cerveja junto de um rochedo próximo à Casa da Juventude e o Sigve diz que o Asle por certo lembra muito bem daquela noite em que ele voltou para casa depois de sair da Penitenciária que fica em frente à Praça dos Peixes, e naquela noite ele desceu do ônibus muito antes do que deveria, e ele caminhava tão devagar que o Asle o alcançou, e todos os seus pertences estavam dentro daquela maleta, o Sigve diz e aponta para a maleta preta, e verdade seja dita lá dentro estavam três garrafas de meio litro de aguardente e um tabuleiro de xadrez com as peças, pois na prisão ele aprendeu a jogar xadrez e a primeira coisa que fez quando o libertaram foi comprar uma maleta, essa mesma onde estão as garrafas de cerveja agora, além de três garrafas de meio litro de aguardente e um tabuleiro de xadrez com as peças, o Sigve diz e diz que estava morrendo de medo de voltar para a casa dos pais, mas não tinha outro lugar para ir, ele diz e então o Asle e o Sigve sentam num rochedo próximo à Casa da Juventude e o Asle fuma, dá um gole na cerveja e ele percebe muito bem no corpo os efeitos do cigarro e da cerveja

Você já ouviu essa história, certo? o Sigve diz

Qual? o Asle diz

Sobre quem é meu verdadeiro pai? o Sigve diz

e o Asle diz que ouviu falar que era um soldado alemão, ele diz

Não tem vergonha maior, o Sigve diz

e diz que isso é motivo de vergonha para ele e para a mãe e não sabe como o padrasto pôde casar com a mãe dele, deve ter sido porque ninguém mais queria casar com ele, com o padrasto, o Sigve diz e em seguida diz que ele, o padrasto, sempre tratou bem ele e a mãe, não é por isso, mas morar daquele jeito, só ele e os pais que moravam numa casa de barcos, na cumeeira de uma casa de barcos, com uma escada íngreme, era praticamente uma escalada até o alto, e ali eles tinham uma sala com um arremedo de cozinha, dois quartinhos, nada mais, o Sigve diz, e ele sabe muito bem por que nem os professores nem ninguém mais ia com a cara dele, o alemãozinho, ele diz e bebe a cerveja e diz que o Asle não gosta dele, até o Asle, mas tanto faz, beber é bom, pelo menos isso, e foi por esse motivo que ele foi parar na prisão, por causa da bebida, mas agora no geral ele não tem nem dinheiro para beber, ele diz, mas já que tinha recebido o pagamento por ter colhido frutas pôde comprar umas garrafas de cerveja, ele diz, e agora a Agência de Empregos tinha conseguido uma ocupação para ele em Aga, na Movelaria, ele começaria na próxima semana, e até uma velha casinha no centro de Aga arranjaram para ele morar, e o aluguel era barato, o Sigve diz e o Asle olha para os três pontinhos azuis que o Sigve tatuou entre o polegar e o indicador na mão direita e no mesmo lugar da mão esquerda ele tatuou um coração, uma cruz e uma âncora e o Sigve diz que o Asle o despreza tanto quanto as outras pessoas e o Asle diz que não o despreza, como poderia desprezá-lo só por causa do pai dele? e isso de morar numa casa de barcos, na cumeeira de uma casa de barcos, isso lá tem alguma importância? o Asle diz e o Sigve diz que não tem outra pessoa no povoado morando em condições tão precárias e então o Asle diz saúde e ergue a garrafa que está segurando e o Sigve ergue a sua e eles brindam e eu olho para a estrada coberta de branco e penso que vai ser bom entregar as pinturas para a próxima exposição, é como se eu só me sentisse pronto para começar a pintar de novo depois de despachar as pinturas, eu penso e agora cheguei a Øygna e um pouco acima da encosta consigo avistar a casa onde mora a irmã do Åsleik, a Irmã, como ele diz, a que na verdade se chama Guro, é lá onde o Åsleik costuma passar o Natal, é uma casinha cinza, e da rodovia se pode ver a pintura descascando e a casa está em péssimo estado, até o celeiro anexo à casa também dá a impressão de que está em ruínas, várias telhas já caíram do telhado, estou vendo, mas lá dentro, na sala da casa cinza, está uma coleção inteira de quadros que pintei, os pequenos, quase todos os melhores quadros pequenos que pintei, eu penso e penso que nunca devo ter encontrado essa Irmã de quem o Åsleik tanto fala e se chama Guro e é na casa dela que o Åsleik todos os anos, desde que o homem com quem ela morava foi embora, o tal do Rabequeiro, vem me convidando para passar o Natal, eu penso, e todos os anos eu venho recusando o convite, mas quem sabe este ano eu passe o Natal com o Åsleik na casa da Irmã? eu penso, e até disse para o Åsleik que iria, ou talvez estivesse propenso a ir, e por que não, afinal? eu penso, ou talvez não deva ir porque depois que a Ales morreu e se foi eu não quero dar muita importância ao Natal, na data mesmo eu prefiro ir de carro até Bjørgvin assistir à missa de Natal na igreja de São Paulo e isso não poderei fazer se for com o Åsleik na Lancha dele até a casa da Irmã, a que se chama Guro, sei lá, mesmo assim quem sabe eu ainda possa ir com ele festejar o Natal na casa da Irmã? nesse caso ao menos eu poderia rever os quadros que o Åsleik comprou e deu à Irmã de presente de Natal, e uma vez que estão entre os melhores quadros pequenos que pintei seria muito bom revê-los, eu penso, então vou refletir sobre o assunto, já que o Åsleik não para de me convidar, e talvez eu possa acompanhá-lo e se for assim tenho certeza de que o Åsleik ficaria bastante surpreso, se eu for com ele passar o Natal na casa da Irmã, a tal que se chama Guro, e era esse também o nome da mulher com quem esbarrei anteontem, a que estava no Comidas e Bebidas, a mesma que acabei encontrando mais tarde da noite, enquanto eu tentava achar o caminho em plena nevasca lá em Bjørgvin, embora eu só tivesse que percorrer um trechinho entre a Galeria Beyer e o Lar Hotel, mal dá para acreditar, mas é verdade e foi um bocado constrangedor, eu penso, só podia estar um pouco fora de mim, eu penso e naturalmente só poderia estar mesmo já que nessa mesma noite encontrei o Asle deitado na Rua Estreita coberto de neve, e de início achei que ele estivesse morto, mas consegui reanimá-lo e aconteceu tudo aquilo lá no Salão dos Drinques, no Último Barco, como chamam, e também no Pronto-Socorro e depois, eu penso, por isso acabei me perdendo no meio da nevasca e por sorte esbarrei com a tal que se chamava Guro e ela me acompanhou até o Lar Hotel, eu penso, e foi ela quem disse que eu frequentava muito a casa dela, até costumava pernoitar por lá, mas chegava tão bêbado que não devo lembrar de nada, ela disse e eu penso que acabei de passar em frente à casa onde mora a Guro, a irmã do Åsleik, e nunca tinha reparado que a pintura da casa cinza onde ela mora estava descascando daquele jeito, eu penso e então penso na irmã Alida, que morreu tão de repente, não, não devo pensar nisso agora, agora não, já chega, já chega, basta, eu penso e já cheguei ao fiorde de Dentro e dobro na rodovia mais larga, a que começa no norte e termina em Bjørgvin, e a pista está bem desobstruída e no pouco que ainda resta de neve tem muitos rastros de carros que passaram por lá e eu sigo rumo ao sul e olho para a estrada coberta de branco e vejo o Asle no pátio de casa olhando para o Pai que fica admirando um carro novinho em folha, de cor cinza, e até parece que o Pai nem ousa tocar no carro e a Mãe está ali dizendo que não dá para acreditar, agora eles têm um carro, e já não era sem tempo, todos os seus contemporâneos e conhecidos já têm um carro, ela diz e tanto a Mãe como o Pai ficam ali como se não ousassem tocar no carro, nem mesmo entrar e sentar nos bancos, muito menos dirigi-lo, e o Vendedor de Carros, um sujeito de Stranda, está junto, ele trouxe o carro ao sítio acompanhado de um colega que espera num outro carro para levá-los de volta a Stranda e o Vendedor de Carros dá a mão ao Pai e diz parabéns pela aquisição e o Pai diz obrigado e então o Pai e o Vendedor de Carros ficam ali calados e o Vendedor de Carros diz, pois alguma coisa precisa ser dita, que agora o Pai é proprietário de um automóvel e o Pai diz que o banco é que é, não ele, e o Vendedor de Carros diz que não são muitas as pessoas que têm dinheiro suficiente para comprar um carro zero-quilômetro sem recorrer a um empréstimo, ele diz, e o Pai diz que deve ser mesmo e o Vendedor de Carros diz que eles podem entrar no carro que ele vai explicar ao Pai como o carro funciona, e já perdeu a conta dos interessados em comprar um carro novo nesses tempos, ele diz, são tantos que ele mal consegue atender, ele diz, e por isso até o Pai precisou esperar a vez dele, o Vendedor de Carros diz e o Pai assente e a Mãe diz que demorou um tempinho mesmo e o Vendedor de Carros diz que as pessoas ficam impacientes, ficam ansiosas para ter seu próprio veículo, para poderem se deslocar sozinhas, poderem passear por onde quiserem, ele diz, por isso é que chovem telefonemas para ele de gente reclamando que o carro novo está demorando para chegar, será que não vai chegar nunca? é isso que perguntam, o Vendedor de Carros diz e a Mãe diz que eles finalmente conseguiram seu próprio carro, ela diz

É um grande dia para todos nós, ela diz

Ô se é, o Vendedor de Carros diz

e então ele diz ao Pai para se acomodar no banco do motorista, que ele vai explicar como o carro funciona, ele diz e o Pai vai hesitante até o carro e abre a porta e então o Asle o vê sentando satisfeito no banco do motorista segurando o volante e girando e contorcendo o corpo e a Mãe diz que não faltam muitos anos para ele também poder tirar a carteira de motorista mas o Asle diz que não tem a menor vontade de ter um carro e a Mãe diz que já esperava essa reação e o Vendedor de Carros vai e senta no outro assento da frente

Imagine que você já vai completar quinze anos, ela diz

Pois é, o Asle diz

e então ela diz que não importa o que ela diga, sempre está errado, ele a contradiz mal ela termina de falar, ela diz e o Asle não responde e então ouve o carro dar partida e vê o Pai sentado fazendo isso e aquilo e o Vendedor de Carros gesticulando e vem do motor um som agradável e de repente o carro dá um solavanco para frente, quase um salto, e a Mãe e o Asle se assustam e em seguida felizmente o carro estanca e o Pai está sentado com o olhar fixo adiante e parece apavorado, o Asle percebe

Mas o que foi isso agora? a Mãe diz

Sei lá, o Asle diz

e em seguida o motor volta a dar partida e o Vendedor de Carros fala e não para de mexer os braços e as mãos então o carro avança devagar sobre o cascalho do pátio, depois para, e fica ali com o motor ligado, em seguida o Vendedor de Carros agita os braços e o Pai olha para trás e o carro desliza lentamente para trás e volta a estancar e as luzes do pisca acendem e apagam e os faróis acendem e apagam, depois o Pai volta a dirigir para a frente bem devagar e dobra em direção ao Celeiro, e o carro recua, lentamente, e fica parado um tempão até o Pai girar o volante e o carro avançar um pouco e parar, daí o Pai desliga o motor e o Vendedor de Carros abre a porta e sai e diz para a Mãe que não foi nada mal e o Pai sai do carro e está pálido e o Asle repara que as mãos dele estão trêmulas e o Vendedor de Carros diz novamente que não foi nada mal, de jeito nenhum, e diz que a prática leva à perfeição portanto o Pai deve ficar tranquilo e dirigir devagar e com cuidado sobretudo nesse comecinho mas agora ele precisa atender o próximo cliente, e ainda tem que entregar pelo menos dois outros carros hoje, o Vendedor de Carros diz e nesse instante estende a mão para a Mãe e diz parabéns e em seguida estende a mão para o Pai e diz boa sorte e a Mãe e o Pai agradecem e o Vendedor de Carros vai ao sujeito que está esperando dentro do outro carro e a Mãe e o Pai ficam ali olhando para o carro sem dizer nada, é como se ninguém se atrevesse a falar e o Pai parece inquieto e por fim a Mãe diz que no verão vão poder dirigir o próprio carro e visitar os pais e irmãos em

Hisøy e assim sendo, enquanto estiverem por lá, também poderão ir às compras em Haugaland, ela diz e o Asle vê que o Pai está ali se contorcendo sem saber direito o que dizer

Não é uma beleza? a Mãe diz

Sim, é, o Pai diz

e ele fica assentindo e dá a impressão de que não vai parar de balançar a cabeça, fica balançando a cabeça e não para de fazer esse movimento

Mas saiu bem caro, o Pai diz

Não fale disso agora, a Mãe diz

e ali os dois ficam sem dizer nada

Vamos dar uma voltinha para inaugurar? a Mãe diz

Acho que temos que fazer isso, o Pai diz

Precisamos sim, a Mãe diz

e pergunta se o Asle quer vir junto e ele se recusa balançando a cabeça e diz que os dois podem ir passear sozinhos se quiserem e então o Pai senta ao volante e a Mãe senta no banco do passageiro e o Pai dá a partida no carro e os dois ficam ali e o carro dá um solavanco repentino e estanca e a Mãe olha para o Asle e balança a cabeça e o Pai que parece apavorado torna a dar a partida no carro que fica parado e começa a se mover bem devagarinho e o pai gira o volante e o Asle vê o carro lentamente desaparecer contornando a esquina da Casa Velha e o Asle vai atrás do carro e vê a Avó parada diante da janela e o Asle vê o carro descer devagarinho a serventia do sítio e a Avó abrir a janela e abanar a cabeça

Que burrice, ela diz

Se empenhar com uma dívida dessas só para comprar um carro, ela diz

e o Asle diz que também não entende como é possível e vê o carro mal se mover descendo pela serventia do sítio e corre até o carro e vai atrás do carro que dobra na rodovia e lentamente vai seguindo pela estrada e o Pai acelera um pouco e o Asle começa a correr mais rápido atrás do carro e depois o ultrapassa, vira-se e acena para o Pai que olha fixamente para frente e ele acena para a Mãe e ela acena de volta com um sorriso tenso e o Asle continua a correr e depois para e o carro o alcança novamente e ele caminha ao lado do carro e a Mãe olha para frente com o semblante aflito e lá atrás vêm dois garotos de bicicleta que desviam de lado e disparam para ultrapassar o veículo e o Asle sente tamanha vergonha que desvia o rosto e dá meia-volta e vai para casa e se vira e vê o carro avançando bem devagarinho pela margem do Fiorde e é um vexame só, nunca o Asle tinha visto um carro se deslocando tão devagar, ele pensa e eu dirijo rumo ao sul pela rodovia que começa no norte e vai até Bjørgvin, e agora é bem mais fácil dirigir, já que a estrada está desobstruída, e além disso está o mais claro possível nesta época do ano, e eu vou devagar e em pouco tempo vou passar pelo parquinho onde anteontem vi um rapaz de cabelos castanhos meio compridos e uma moça de cabelos escuros compridos brincando, eu penso, e quando passar em frente não vou nem olhar para o parquinho, eu penso e também não vou parar na serventia da estrada em frente ao parquinho, eu penso e dirijo ao largo do parquinho e passo diante da serventia, e não vou parar, porque não estou me sentindo tão cansado, eu penso, e chego à casa marrom onde a Ales e eu moramos um dia, e também nessa casa a pintura está descascando e eu olho para casa e vejo na janela um rapaz de cabelos castanhos meio compridos parado com o olhar perdido lá fora e ele pensa que apesar de tudo eles tiveram sorte de alugar essa casa, por mais que estivesse velha e malconservada, mas a antiga cozinha dava para o gasto, e tudo de que precisavam já estava lá quando se mudaram, um fogão velho e um refrigerador quase tão velho quanto, e um sortimento de panelas, talheres, facas e garfos também, tudo o que uma cozinha precisa, e a sala era mobiliada e no quarto tinha uma cama de casal, foi como se mudar para uma casa toda equipada, e até que era isso mesmo, pois o proprietário levou embora só os pertences pessoais depois que morreu a mãe, que tinha vivido ali a vida inteira, e ela morreu na cama onde dormia, na cama que ele e a Ales passaram a ocupar, o Asle pensa, de modo que toda a mobília permaneceu na casa, o que foi muito bom porque a Ales e ele não tinham praticamente nada, exceto algumas caçarolas e algumas xícaras e umas roupas de cama, só isso, portanto para eles foi ótimo que a casa para onde se mudaram fosse uma casa cujo proprietário simplesmente abandonou para não mais voltar, inclusive o filho, de quem alugaram a casa, passou por lá e levou toda a roupa da mãe para doar ao Brechó da Enseada dos Veleiros, e descartou os objetos de uso pessoal e coisas assim, e também levou consigo uma e outra coisinha que queria manter, só depois alugou a casa, e a mãe da Ales, a Judit conhecia esse homem, eles trabalhavam juntos no Hospital, e foi a Judit quem disse à Ales que a velha casa estava para alugar, foi ela quem disse a ele que alugasse a casa para a Ales, foi assim que eles a alugaram, que há muito queriam sair de Bjørgvin e morar num lugar mais espaçoso do que o apartamento na Encosta, e portanto alugaram a casa e se mudaram, mas claro que não queriam manter a casa do mesmo jeito que a antiga moradora tinha deixado, tal como ela tinha vivido ali com marido e filhos, e por fim sozinha, então embalaram muita coisa e levaram para o porão ou guardaram num quarto no sótão, e as paredes da sala estavam abarrotadas de arandelas e eles retiraram quase todas, foi a primeira coisa que fizeram, depois se desfizeram de duas poltronas e penduraram todos os quadros que possuíam na sala e instalaram uma estante de livros que o próprio Asle construiu, de fato eles tiveram muita sorte, o Asle pensa enquanto olha pela janela, de terem alugado aquela velha casa, e o tom de marrom das paredes é até charmoso, ele pensa, e quando ele a Ales foram viver juntos pela primeira vez foi num conjugado de um sótão, mas queriam mesmo era morar numa casa, e queriam morar longe de Bjørgvin, então alugaram essa casa e passaram um tempo morando nela, levando uma vida boa, antes de saírem de Bjørgvin compraram também um carro, e antes disso ele tirou a habilitação, algo que nunca tinha pensado em fazer, ele não queria ter carteira de motorista mas concluiu que se fossem morar sozinhos num lugar tão remoto seria preciso ter um carro e como a Ales não queria nem ouvir falar desse assunto, bem, coube a ele aprender a dirigir, em seguida compraram um carro usado, a mãe Judit que lhes deu o dinheiro para isso, quando ainda trabalhava no Hospital e recebia salário, ela era austríaca, e o pai da Ales era de Dylgja mesmo, e a irmã solteira dele, a velha Alise, ainda morava lá, na casa onde tinha passado a infância, uma bela casa branca com duas salas e um cômodo no piso térreo, e dois quartos e duas águas-furtadas no sótão, o Asle pensa, pois é, a mãe Judit podia ter nascido na Áustria mas era impossível perceber que não era norueguesa, tão fluente era o norueguês que ela falava, embora pelo sotaque fosse difícil dizer de qual região do país ela seria, ela falava um norueguês um tanto neutro, era mesmo curioso o jeito como ela falava, o Asle pensa, mas ele e a Ales se conheceram, foram morar juntos, depois casaram, parece que tudo estava predestinado a ser assim, é como se já estivesse escrito, pois desde que se conheceram os dois ficaram juntos, e se casaram na igreja de São Paulo, foram só os noivos e as testemunhas, e elas eram a mãe Judit e o Beyer, e então, antes de se casarem a Ales fez o Asle se converter à Igreja católica, e ele foi crismado na presença de duas testemunhas, não muito antes do casamento e uma das testemunhas precisava ser católica, a mãe Judit era, e a outra testemunha foi o Beyer, a crisma foi na mesma igreja de São Paulo, só o padre e as testemunhas estavam presentes, além da Ales, naturalmente, pois a mãe Judit era católica, por isso a Ales tinha sido batizada e feito a primeira comunhão e a crisma na Igreja de São Paulo, enquanto ele tinha sido batizado na Igreja da Noruega onde mais tarde viria a se confirmar, e o batismo era válido mas não a confirmação, por isso o Asle não precisou ser batizado novamente, mas foi bom ser crismado, até hoje ele sente o padre lhe ungindo a testa com o óleo consagrado, e depois então a Ales e ele se casaram, também na Igreja de São Paulo, e moraram por um tempo no pequeno conjugado na Encosta e só depois é que vieram morar nessa velha casa, o Asle pensa olhando através daquela janela e pensa que acabou de ver um carro passando na estrada, e esse carro, uma caminhonete, ele já viu várias vezes, ele pensa, parece que o proprietário do carro deve morar em algum lugar mais ao norte, ele pensa, mas agora, bem, agora o homem de quem alugou a casa deu a entender que vai querer o imóvel de volta, o Asle pensa, deve ser algum dos filhos dele que precisa de um lugar para morar, então, quer dizer, ele não se expressou nesses termos, mas sugeriu que eles se mudassem o quanto antes, foi essa a mensagem que ele transmitiu, o Asle pensa e a Ales tinha dito que eles poderiam ir morar na casa da tia dela em Dylgja, a velha Alise, que vivia sozinha e poderia estar precisando de ajuda para manter a casa, mas o Asle não estava nada disposto a se mudar para lá, quer dizer, Dylgja até que era um lugar bonito, e a casa, bem, ele não poderia se imaginar morando numa casa tão bonita, mas o Asle não queria dividir a casa com mais ninguém, queria que fossem só ele e a Ales, e foi ela quem disse que os dois poderiam morar no sótão da velha casa em Dylgja, e apenas preparar as refeições no andar de baixo, e também fazer compras para a tia e ajudá-la, que ela já era idosa, a velha Alise, e certamente precisaria de ajuda para fazer compras, para fazer a faxina, para tudo no mundo conforme a Ales disse, e talvez eles pudessem se mudar para lá, pois a Ales e a tia já tinham tratado do assunto, ela e a velha Alise, e a tia achou uma boa ideia, isto é, se a Ales e o Asle concordassem ela ficaria muito contente e agradecida se viessem morar na casa dela, ela disse, mas o Asle estava resistente, ele não ficaria à vontade convivendo com outras pessoas, quem quer que fossem, a única pessoa que gostava por perto era a Ales, ele tinha dito, o Asle pensa, e a Ales tinha dito que compreendia muito bem e os dois simplesmente deixaram estar e ficaram morando na casa alugada, o Asle pensa ali parado diante da janela olhando lá fora e então ouve a Ales chegar, vira-se para ela e estende a mão que ela segura e os dois se abraçam e o Asle diz que costuma ver uma caminhonete passando pela estrada e deve ser de alguém que mora nas proximidades e eu olho para a estrada coberta de branco e sigo rumo ao sul e agora já estou quase chegando em Bjørgvin, vai ser um alívio entregar essas pinturas, eu penso e olho para a estrada coberta de branco e vejo o Asle parado no pátio de casa em Barmen vestindo aquela jaqueta de veludo preto com a bolsa de couro marrom a tiracolo e ele pega o pacote de tabaco e enrola um cigarro que prende entre os lábios, depois pega a caixa de fósforos e acende um fósforo e o Asle pensa que naquele dia que o Pai recebeu o carro novo o Careca estava lá no ponto esperando o ônibus para Bjørgvin, e foi a última vez que ele viu o Careca, ele pensa, pois o Careca não voltou vivo para a casa de Bjørgvin, voltou dentro de um caixão, o Asle pensa e fica ali e vê a porta do bagageiro do carro aberta e lá está um fogareiro de campanha com uma só boca e uma caixa de roupas com cuecas, meias, um suéter grosso, camisas, calças, sapatos, e uma caixa com utensílios de cozinha, faca de pão e pratos e facas e garfos e colheres, e todos os apetrechos de pintura estão igualmente dentro do carro, acomodados numa caixa, tudo que ele possui está ali, e também algumas telas e ripas para caixilhos, o Asle pensa e fica ali dando longas e boas tragadas no cigarro e pensa que já fuma regularmente há mais de um ano, e vê a Mãe trazendo um edredom e um travesseiro e um saco de juta

Seu edredom e seu travesseiro estão aqui, ela diz

e a Mãe enfia o edredom enrolado e o travesseiro no saco e então o coloca no bagageiro e diz que como ele pode ver o edredom e o travesseiro tinham capa e fronha, a Mãe diz

Muito obrigado, o Asle diz

Então acho que já temos tudo aqui, o Pai diz

Ainda faltam a capa de chuva e as galochas, a Mãe diz

e volta a entrar em casa e sai com uma capa de chuva e as galochas e as põe no bagageiro

Está chegando a hora de ir então? o Pai diz

E o farnel, precisamos levar um pouco de comida, a Mãe diz

E você também vai precisar de uns víveres, ela diz

e a Mãe volta a entrar e o Pai diz que não faz mal se o Asle levar um pouco de comida consigo, mas agora que vai começar no Secundário lá em Aga e morar sozinho ele precisa aprender a fazer compras sozinho, e o velho fogareiro de campanha de uma boca era o mesmo que ele tinha quando foi estudar na Escola Agrícola e morar num dormitório e já está no bagageiro, o Pai diz, e as panelas e a frigideira já estão encaixotadas, então o Asle que procure cozinhar a própria comida de vez em quando, o Pai diz, que pode ser muito caro comprar comida pronta todo dia, por mais que seja numa cafeteria em Aga ou na cantina da escola, e por mais que comer num café ou numa cantina não custe exatamente uma fortuna, ele diz

E todo mês vou lhe mandar um dinheirinho para as despesas, ele diz

E também vai ter direito a uma pequena bolsa, já que não vai morar numa casa, e sim num dormitório, ele diz

Está bem, o Asle diz

Não é muita coisa, mas vai dar para o gasto, ele diz

e o Pai diz que ele também tem as coroas que ganhou vendendo quadros no verão, foi uma ótima ideia ter feito uma exposição na Casa da Juventude de Barmen, não é que ele conseguiu vender todos os quadros, ele diz e diz que o combinado é que o Asle pague o aluguel do dormitório uma vez por mês, no primeiro dia do mês, desde que não seja final de semana ou ele tenha viajado para a casa dos pais, ele diz

Está bem, o Asle diz

e então eles ficam ali no quintal sem dizer nada

Você teve sorte de alugar um dormitório por esse valor, o Pai diz

E um dormitório que fica numa casa, ele diz

É, o Asle diz

Foi só anunciar no *Correio de Hardanger* que foi tudo bem rápido, o Pai diz

e diz que a mulher que telefonou explicou que era viúva e o marido era sapateiro e na edícula junto da casa onde morava ficava a Sapataria do falecido marido e no sótão havia um quarto mobiliado com cama e mesa e até tinha uma água-furtada com uma claraboia que podia servir como arremedo de cozinha, se fosse preciso, e lá embaixo, no térreo, ficava o banheiro com chuveiro e essa era a configuração porque o finado marido sempre tinha um aprendiz na Sapataria que ocupava o quartinho no sótão, e por isso o banheiro e o chuveiro ficavam no térreo, foi assim que ela falou, o Pai diz

Parece muito bom, o Asle diz

Vamos ver se é mesmo, o Pai diz

Vamos, o Asle diz

e ele enrola e acende mais um cigarro e os dois ficam ali calados no pátio e o Pai diz que esse é um dia formidável, porque o Asle, o filho único, o único que sobreviveu, está saindo de casa, está indo embora morar sozinho, é um dia memorável, porque o Asle está deixando a casa onde passou a infância mesmo sendo ainda tão jovem, é um período que se encerra, é a infância chegando ao fim, mas nos povoados é isso, quem quiser ir para a escola tem que se mudar para outro lugar, o Pai diz e o Asle não diz nada e pensa que finalmente, finalmente, está indo embora de casa, como ele tanto ansiava, morar sozinho, por conta própria, sem ter que ouvir a Mãe toda hora dizendo para ele cortar o cabelo, resmungando que ele não pode andar por aí com essa aparência, que precisa pintar quadros bonitinhos, como fazia antes, quando era pequeno, e não aquelas garatujas que parecem aquilo que o gato enterra, ela passa o tempo inteiro reclamando que ele tem que ser como os colegas da mesma idade, pois na verdade não é nem melhor nem pior do que ninguém, ele apenas age como se fosse diferente, ela diz e volta a repetir que ele precisa cortar o cabelo, não é possível sair por aí com o cabelo comprido desse jeito, ela fica dizendo e fica martelando essas coisas dia após dia, o Asle pensa e o Pai diz de novo que esse é um grande dia

Você está indo embora de casa hoje, o Pai diz

e o Asle não diz nada

Não tem nem dezesseis anos ainda e já está indo morar só, ele diz

e o Pai diz que nunca pôde fazer assim, sair de casa para estudar, e disso se arrepende muito, exceto pelo ano de estudos na Escola Agrícola passou a vida inteira morando nesse sítio, dentro de casa e tentando cultivar frutas da melhor maneira possível e também construir barcos, botes tradicionais de Barmen, do jeito que aprendeu com o pai, o Avô do Asle, e agora já faz mais de dez anos que ele morreu, o Pai diz, mas os botes de Barmen são barcos muito bons, e ele gosta muito desse ofício de construir barcos, não é nada disso, ele diz, mas o Asle nunca se interessou em aprender a construir barcos e ele nunca quis pressioná-lo a aprender, ele diz e os dois ficam calados um instante e depois o Pai diz que vai continuar se dedicando ao pomar, o tempo inteiro que lhe sobrar ele vai passar construindo barcos e cultivando frutas, ele diz

Eu deveria era ter tido mais estudo, o Pai diz

É por isso que fico feliz por agora você ter essa oportunidade, ele diz

e diz que é só o Asle terminar o Secundário com notas boas que poderá fazer o que quiser da vida

Pode vir a ser médico ou até pastor, o Pai diz e ri

Pastor, o Asle diz

Pastor você poderia ser, ele diz

Está bem, médico então, o Pai diz

Médico, eu? o Asle diz

Ou então professor, pedagogo, que seja, o Pai diz

Logo eu que detesto escola, o Asle diz

e então o Pai diz que o Secundário é totalmente diferente da escola que o Asle frequentou até aqui e de lá talvez ele até goste, ele diz

Pode ser, o Asle diz

Sim, quem sabe, o Pai diz

Mas você vai ter que fazer suas lições, dar o melhor de si, ele diz

É, o Asle diz

Porque você é muito manhoso, muito espertinho, ele diz

Disso eu sei muito bem, não duvide, ele diz

e o Pai diz que a Mãe e ele sabiam que as notas baixas que ele tirava na escola não eram por falta de capacidade, ele diz e diz que é só o Asle prestar atenção às aulas e fazer as lições de casa que irá se dar muito bem no Secundário, ele tem certeza, ele diz e o Asle vê a Mãe chegando com mais duas sacolas e diz que é comida para ele levar e põe as duas sacolas no bagageiro

Agora o bagageiro está quase cheio, o Pai diz

Sim, o Asle diz

Você vai no banco de trás, o Pai diz

e aponta para o banco de trás e o Asle se lembra de que encaixotou todos os apetrechos de pintura menos o cavalete, que esqueceu

Preciso ir buscar o cavalete, ele diz

Mas não tem lugar para ele, o Pai diz

Tem sim, preciso levar ele comigo, o Asle diz

e diz que pode dobrá-lo e levá-lo no colo

E também preciso levar comigo as pinturas que já terminei, ele diz

e se dá conta de que pode acomodá-los na velha mala que pertenceu aos avós, a que está no sótão da Casa Velha e o Asle diz isso ao Pai e então o Pai abre a porta da Casa Velha e o Asle sobe correndo as escadas do sótão e pega a mala velha que está num dos quartinhos ali e pensa que quer levar a manta cinza que a Avó usou para se cobrir depois que adoeceu, aquela mantinha cinza que ela lhe deu e pediu que ficasse com ele no dia que vieram em casa levá-la para o Lar de Idosos, e ele vai na sala e a manta lá está caprichosamente dobrada em cima do banco e ele abre a mala e põe a manta lá dentro e sai apressado para o pátio na direção da Casa Nova e entra no quarto que era o seu e abre a mala e enfia todas as pinturas terminadas lá dentro, e tenta pôr a manta separando as pinturas, depois sai e põe a mala em cima de tudo que já está no bagageiro

Agora não cabe mais nada aí, o Pai diz

e empurra a tampa do bagageiro e a Mãe entra no carro e senta no banco da frente

Não posso esquecer o cavalete, o Asle diz

e vai correndo até o quarto que lhe pertencia e volta e enquanto dobra o cavalete o Pai tranca as portas da Casa Nova e da Casa Velha e o Asle entra no carro, no banco de trás, e põe o cavalete no colo, e tem um bom espaço para acomodar o cavalete que ele segura enviesado e em seguida põe a bolsa de couro ao lado no assento e o pai gira a chave no carro que engasga um pouco até o motor dar a partida e pegar num solavanco

Que coisa, o Pai diz

Mas o que está acontecendo com você, ele diz

em seguida o carro fica parado por um instante e o Pai lentamente o põe em movimento e contorna a esquina da Casa Velha, onde moravam a Avó e o Avô, ele que morreu há muitos anos, o Asle pensa e pensa que ele acordou e viu a Avó deitada na cama da Irmã, pois o Asle e a Irmã dividiam o quarto, e a Avó olha para o Asle com os olhos úmidos e ele vê as lágrimas escorrendo pelo rosto dela e ela diz que o Avô está morto

O Avô morreu esta noite, a Avó diz

e o Pai lentamente dirige o carro descendo a serventia do sítio e o Asle vê a Avó deitada no banco da sala de casa, lá na Casa Velha, coberta com a manta cinza, e ela quase nem se move mais, mal consegue movimentar os braços como fazia antes e só consegue falar um pouco, mas não como antes, e o Asle muitas vezes senta ao lado dela para conversar um pouco e pode ser que ela lhe peça para pegar alguma coisa ou a ajude a movê-la ou algo assim e isso ele faz e então um dia chega uma ambulância e quando põem a Avó na maca ela entrega a manta cinza ao Asle e ele fica um pouco surpreso, mas depois agradece e a Avó consegue lhe dizer que fique com a manta, o Asle pensa e então carregam a Avó pelo pátio e a transferem para uma ambulância que a leva ao Lar de Idosos, que também fica em Aga, não tão longe da nova escola, fica próximo a uma encosta perto do Hotel, então hoje eles vão visitar a Avó no Lar de Idosos, é a primeira coisa que vão fazer, o Pai disse, o Asle pensa e depois irão à casa da mulher que vai alugar o dormitório para o Asle, conforme o Pai disse, ele pensa e o Pai dobra na rodovia e o Asle olha para as casas do sítio e pensa que é bom ir embora dali, é realmente bom, ele pensa

Acho que podemos primeiro visitar a minha mãe? o Pai diz

Certo, a Mãe diz

com uma certa má vontade na voz

Vamos então, a Mãe diz

E depois vamos ao dormitório, ela diz

Vamos, o Pai diz

Você sabe onde fica, não sabe? a Mãe diz

Ela explicou bem direitinho, a proprietária, são duas casas verdes na beira da estrada antes da chegada ao centro de Aga, no lado da montanha, antes de um riacho, é só entrar e estacionar entre as casas, ela disse, o Pai diz

Entendi, a Mãe diz

Depois é só tocar a campainha, claro, o Pai diz

E se por acaso nos perdermos eu tenho o número de telefone dela, no centro de Aga, em frente à Cooperativa, tem uma cabine telefônica, ele diz

É, eu lembro, a Mãe diz

e então eles seguem em frente sem dizer nada

Mas primeiro vamos visitar a minha mãe no Lar de Idosos, o Pai repete

Certo, a Mãe diz secamente

e eles vão em frente sem dizer nada e o Asle pensa que está animado para chegar e arrumar suas coisas no quarto que vai alugar e é lá que agora vai morar e poder ficar sozinho, e amanhã ele começa no Secundário, a partir de amanhã ele começa a estudar no Secundário e será um estudante secundarista, ele pensa, mas a aula só começa às onze horas, ele pensa, e é um longo trecho a percorrer desde o dormitório até a escola, então precisará sair de casa bem antes, o Asle pensa e consulta o relógio, o mesmo que ganhou da Avó como presente de confirmação, e o Asle nunca deveria ter se confirmado, ele pensa, pois dificilmente conseguiria imaginar uma baboseira maior do que aquela loucura cristã, ele pensa, e mesmo assim acabou se confirmando, por algum motivo inexplicável mas a explicação pode até ser bem simples, todo mundo fazia isso e no povoado sempre foi assim, mas ele não quer pensar nisso, pelo menos não agora, não, é medonha essa lembrança, se bem que ele ganhou alguns presentes e um pouco de dinheiro, o Asle pensa e assim que completar dezesseis anos vai se desligar da Igreja da Noruega, ele pensa, isso está decidido, pois o que ele viu quando estava se esvaindo em sangue, o que viu naquela ocasião, nem a Igreja da Noruega nem o Pastor fazem a menor ideia, e aquilo que o Pastor está dizendo é só uma baboseira, o Asle pensa, porque da verdade, da experiência, o Pastor não sabe coisa alguma, o Asle pensa e não falta muito para ele completar dezesseis anos e nessa data irá escrever ao Pastor e dizer que ele não deseja mais fazer parte da Igreja da Noruega, o Asle pensa e tem vontade de deixar isso bem claro, mas deixa estar, pois se falar à Mãe logo vai ficar brava com ele mas ele fala assim mesmo

Quando eu fizer dezesseis anos vou sair da Igreja da Noruega, o Asle diz

Sim, você já disse, a Mãe diz

Você já disse isso muitas vezes, ela diz

Mas um dia você ainda vai precisar de Deus, viu, ela diz

Com certeza, o Asle diz

Mas Deus e a Igreja da Noruega não têm nada a ver um com o outro, ele diz

Aham, a Mãe diz

Ficam só usando o nome de Deus em vão, o Asle diz

e então calam os dois e o Pai não diz nada e o Asle se vê sentado no balanço no pátio de casa e o Avô está morto e a Avó está na porta da Casa Velha segurando uma trouxa de roupas do falecido Avô e o Asle está sentado no balanço olhando para ela e a Avó pergunta se ele não pode levar as roupas do Avô para o porão e o Asle não tem como negar por mais que não esteja disposto, por mais que ache aquilo uma coisa nojenta, ele pensa, e então vai e apanha a trouxa de roupas com os dois braços e desce ao porão e abre a porta e larga as roupas do falecido Avô no chão e sobe de volta para o pátio e senta de novo no balanço e vê que uma meia de lã cinza ficou caída no meio do pátio e vê que a

Avó surgiu pela porta apontando para a meia e chorando e pedindo que ele leve também a meia para o porão e o Asle vai pegar a meia com a ponta dos dedos e a prende entre o polegar e o indicador e leva a meia ao porão e a deixa cair sobre o monte de roupas do Avô, o Asle pensa e é quando ouve a Mãe dizer que é preciso deixá-los passar e o Asle se vira e o cavalete se inclina e ele vê uma longa fila de carros atrás deles

Assim que eu puder, o Pai diz

Sim, a Mãe diz

Tem uma longa fila de carros atrás de nós, ela diz

Estou vendo, o Pai diz

ali sentado todo encurvado para frente, o tronco quase encostado ao volante, olhando fixo para frente e dirigindo devagar, mas muito devagar, minha nossa, como o Asle se envergonhava do modo como o Pai dirigia, sempre tão lento, ele pensa, mas já não se envergonha mais, agora não se importa, não se envergonha mais como quando era jovem, o Asle pensa e o Pai liga a seta e encosta o carro e o primeiro carro que passa buzina furiosamente e então uma longa fila de carros os ultrapassa

Pronto, a Mãe diz

Que bom que você os deixou passar, ela diz

e o Pai não diz nada e segue dirigindo e o Asle entra numa espécie de torpor e talvez tenha cochilado e nisso eles chegam a Aga

Vamos visitar a mãe primeiro? o pai diz

Vamos, a Mãe diz

e então seguem para o Lar de Idosos que fica perto da encosta onde está o Hotel e o Pai estaciona e eles entram por uma porta de vidro duplo e o Pai se dirige à recepção e pergunta à mulher que está lá onde a Avó se encontra, em qual andar, e então sobem as escadas e atravessam o corredor e o Pai para diante de uma porta e bate e ninguém responde por isso ele abre a porta e entra e o Asle entra e vê a Avó deitada numa cama com os lábios um quê azulados e lhe estende a mão e ele vai e segura a mão da Avó e senta na beira da cama e fica ali segurando a mão da Avó e o Pai pergunta como ela está e a Avó tenta dizer alguma coisa e a Mãe diz que ela deve estar bem, porque no Lar de Idosos ela recebe a melhor atenção possível, a Mãe diz que trouxe frutas e chocolate para a Avó, ela diz e deixa uma sacolinha de papel branco na mesa de cabeceira da cama da Avó e o Pai fica ali e o Asle se dá conta de que não sabe o que fazer nem o que dizer, é como se não desejasse ocupar um lugar neste mundo, o Asle pensa sentado ali segurando a mão da Avó e a Mãe diz que o Asle vai começar no Secundário amanhã e eles alugaram um dormitório para ele, puseram um anúncio nos classificados no *Correio de Hardanger* e receberam um telefonema no mesmo dia que o anúncio foi publicado, e ele iria morar no sótão de uma antiga sapataria, o marido da senhora que ligou era o dono, mas tinha morrido, e antes era o aprendiz de sapateiro quem ocupava o local que estava vazio desde a morte do sapateiro, portanto o dormitório ficou desocupado durante anos, mas agora havia ocorrido à senhora que talvez algum aluno do Secundário que precisasse de um local para morar pudesse ficar ali, foi o que ela falou, a Mãe diz e o Pai aceitou a oferta na hora, ela diz, então agora a Avó e o Asle vão morar em Aga, a Mãe diz e a Avó balança a cabeça e o Asle percebe que ela lhe apertou a mão discretamente

Vou visitar você todos os dias, o Asle diz

e olha para a Avó

Assim que terminarem as aulas venho para cá, ele diz

E se quiser que eu traga alguma coisa para você é só dizer, ele diz

e a Avó balança a cabeça

Mas pode ser de vez em quando, que tal? ele diz

Já que vocês moram perto você sempre pode visitar sua Avó, o Pai diz

É, a Mãe diz

e então eles se despedem

Vou voltar amanhã, o Asle diz

e a Avó assente com a cabeça e o Asle solta a mão dela e vê a Mãe e o Pai já no corredor e eu olho para a estrada coberta de branco e sigo rumo ao sul e não deve faltar muito para chegar em Bjørgvin, eu penso, e que bom, porque vou me ver livre desses quadros e depois visitar o Asle no Hospital, eu penso e olho para a estrada coberta de branco e vejo o Asle sentado no carro estacionado entre as duas casas verdes, um casarão e uma edícula onde antes funcionava a Sapataria

Acho que deve ser aqui, o Pai diz

e ele sai e se espreguiça e sobe a escada do pórtico e fica ali examinando a placa da porta e bate e então surge uma senhora de cabelos brancos e fica ali conversando com o Pai e depois entra em casa e volta vestindo um roupão e o Asle vê que numa das mãos ela traz um molho de chaves e a Mãe diz que é melhor sairmos e abre a porta do carro e sai e o Asle abre a porta do seu lado e sai e fica ali imóvel vestindo sua jaqueta de veludo preto com uma bolsa marrom pendurada no ombro e segurando um cavalete nas mãos sem saber direito o que fazer e ouve a Mãe dizer bom dia e o Asle olha para o chão

Bom dia, sim, a Proprietária diz

E sejam bem-vindos, ela diz

É esse aqui, a Mãe diz

Então é ele, a Proprietária diz

e o Asle fica onde está e ergue os olhos e vê a Proprietária se aproximando com passos curtos e o Asle estende a mão e ela estende a mão e eles se cumprimentam

Bom dia, o Asle diz

Bom dia, a Proprietária diz

Seja muito bem-vindo, ela diz

e o Asle olha para o lado e vê a Mãe virar o rosto e acha que ela tem vergonha dele, do cabelo comprido dele, do cabelo comprido e castanho dele, do cavalete que segura nas mãos, ela sente vergonha dele inteiro, o Asle pensa

Sim, é esse mesmo, a Mãe diz

e é como se ela falasse assim do nada, sem o mínimo contexto, o Asle pensa

É você quem vai começar no Secundário, a Proprietária diz

Sou eu, o Asle diz

e ficam calados

Está animado? ela diz

Estou, o Asle diz

É uma mudança e tanto, essa, a Proprietária diz

Sair de casa para morar sozinho, quero dizer, ela diz

É, a Mãe diz

Nem dá para acreditar que ele já está tão grande a ponto de ir morar sozinho, ela diz

Que já é um adulto, ela diz

Antigamente, para ser considerado adulto só depois de ir ao pastor se confirmar, a Proprietária diz

Verdade, o Pai diz

E só depois é que ia viver às próprias custas, a Proprietária diz

e faz menção de começar a contar uma história, mas se contém e desiste da ideia e o Asle acha que ela certamente iria contar como fez quando era mais nova e falar sobre o trabalho que fazia então a Proprietária diz que durante anos trabalhou na casa do pastor de Barmen, antes de casar, e desde então mora nessa casa, ela diz

Entendo, o Pai diz

Morei nessa casa durante toda a minha vida adulta, a Proprietária diz

e lentamente ergue o braço e aponta para o casarão verde ao lado

E o meu marido era sapateiro, sim ela diz

Entendo, o Pai diz

Durante anos foi um ofício digno e seguro, ela diz

Antes que as lojas começassem a vender sapatos de fábricas estrangeiras, ela diz

Depois disso tudo se resumiu a reparos e ajustes, ela diz

Foi isso mesmo, o Pai diz

É verdade, a Proprietária diz

e ficam parados sem dizer nada

Tem cama e tudo que você vai precisar, cadeira e mesa, e ali tem banheiro e chuveiro, a Proprietária diz apontando para a Sapataria

Vamos entrar e ver, ela diz

Vamos, o Asle diz

Agora você vai morar sozinho, ela diz

É isso mesmo, o Pai diz

Como você é de Barmen precisa morar num dormitório, uma vez que a escola fica em Aga, ela diz

e o Pai diz que é isso mesmo, não só para quem é de Barmen, mas também quem vem de Stranda mora em dormitórios, ele diz e a Proprietária confirma com a cabeça

Tem muitos jovens morando em dormitórios em Aga, ela diz

e todos calam

É, ela diz

Muito obrigado por ter respondido ao anúncio no *Correio de Hardanger*, o Pai diz

Sou assinante do jornal, ela diz

e ela começa a andar em direção à Sapataria e entrega uma chave ao Asle e diz que essa chave, a maior, é da porta da frente, ela diz e abre a porta e acende a luz

Aqui é o interruptor, ela diz

e ela olha para trás para ver se o Asle está ali e ele vai até a Proprietária e ela aponta para o interruptor e diz que quando ele não estiver em casa é bom desligar a luz, para economizar energia, ela diz e se dirige a um corredor de paredes brancas em ambos os lados, e aponta para uma porta

Ali estão o chuveiro e o banheiro, ela diz

Pois bem, vamos ver, ela diz

e aponta para uma porta no fundo no corredor

Lá é a sapataria, a oficina do sapateiro, era lá onde o meu marido fazia sapatos, ela diz

E depois passou a só consertar sapatos, ela diz

Mas em todos esses anos ele teve um aprendiz, ela diz

Era como se achasse que era uma obrigação sua treinar alguém, ela diz

e olha para a Mãe e o Pai e diz que ele, o aprendiz, sempre morou no quartinho do sótão, onde agora será o dormitório do Asle, a Proprietária diz e lentamente começa a subir as escadas com o Asle logo atrás e quando chega no alto abre uma porta e entra e acende a luz e o Asle vai atrás dela

Essa é a sua nova casa, a Proprietária diz

Parece muito bom esse quarto, o Asle diz

Não é a melhor coisa do mundo, mas pelo menos é um lugarzinho para morar, ela diz

e o Asle vê uma cama e junto da cama uma mesa e uma luminária pendurada na cabeceira da cama

É uma luz de leitura, como você está vendo, a Proprietária diz
E em frente a janela temos uma mesa e uma cadeira, ela diz
Você pode fazer suas lições ali, ela diz
Certo, o Asle diz
Seu nome é Asle, não é? ela diz
Sim, meu nome é Asle, ele diz
e o Asle vê que junto da mesa, no cantinho, há um armário, e a Proprietária diz que lá ele pode guardar as roupas, e outras coisas também, o que quiser, ela diz e então ela vai até uma porta ao lado da porta do corredor e abre e essa porta dá para uma água-furtada onde há um banco e ela diz que é um cômodo bem pequeno, mas pode fazer as vezes de cozinha, e o Asle vê que há uma claraboia estreita no cômodo e diz que trouxe consigo um fogareiro de campanha de uma boca
Sim, você pode abrir a claraboia para deixar sair o cheiro de comida, a Proprietária diz e diz que não é o melhor dormitório do mundo, é antigo e está bem surrado já que não vem sendo usado durante todos esses anos, mas muita gente morou aqui antes, e ninguém reclamou, ela diz
Certo, o Asle diz
Tudo parece ótimo, ele diz
É basicamente isso, a Proprietária diz
e fica parada
Qualquer dia venha até a casa tomar um cafezinho, ela diz
e o Asle diz obrigado, obrigado e então deixa o cavalete sobre a mesa diante da janela e como num passe de mágica a Proprietária apresenta um bloco de notas e o Asle vê que lá está escrito Livro de Aluguel e a Proprietária diz que no primeiro dia do mês, caso não seja final de semana ou ele esteja viajando, é para o aluguel ser quitado e o Asle assente e então os dois ficam parados
Acho que não tenho mais nada para mostrar, a Proprietária diz
e o Pai diz obrigado, muito obrigado, por alugar o dormitório para o Asle, não é tão fácil conseguir um imóvel em Aga e por isso ele fica muito grato, ele diz e a Proprietária diz não há de quê e vai até a porta e sai e desce as escadas e o Pai mais a Mãe mais o Asle descem depois dela e diante da Sapataria a Proprietária para e entrega o molho de

chaves ao Asle e diz que ele se sinta em casa, e deseja que ele seja feliz e tenha sucesso no Secundário, ela diz e o Asle recebe as chaves

Pois então já me vou, que aqui fora está muito frio, a Proprietária diz

Muito obrigado e passe bem, o Pai diz

Até logo, a Mãe diz

e eles veem a Proprietária voltando para casa e subindo as escadas do pórtico e então o Pai diz bem, temos que descarregar essa tralha, ele diz

É, o Asle diz

e então o Pai vai abrir a tampa do bagageiro e pega o fogareiro de campanha de uma boca e o Asle pega a mala com as pinturas e o saco com as roupas de cama e a Mãe pega uma caixa com pratos e outros utensílios de cozinha e eles carregam tudo para dentro sem dizer nada e o Pai ainda pega duas caixas e o Asle e a Mãe vão buscar duas sacolas

Podemos ajudar a desfazer as malas, o Pai diz

Não, prefiro fazer isso sozinho, o Asle diz

Mas, a Mãe diz

Quero fazer isso sozinho, o Asle diz

e ele vai e senta na beira da cama e o Pai e a Mãe ficam onde estão e o Asle enrola um cigarro e acende e a Mãe diz que ele não tem um cinzeiro e ela acha um pires numa das caixas e o entrega ao Asle que agradece e pensa que assim que os pais se forem ele irá à Cooperativa no centrinho de Aga comprar um cinzeiro e o Pai diz que trouxeram um pouco de comida, mas ele vai ter que comprar leite, ele diz e o Asle diz que vai sair para fazer compras, não é muito longe dali à Cooperativa, o Asle diz e sai andando

Amanhã você vai mesmo dar um alô para a minha mãe? o Pai diz

Vou visitar a Avó todos os dias, o Asle diz

É muito atencioso da sua parte, o Pai diz

E ao lado da Cooperativa tem uma cabine telefônica, se precisar de alguma coisa é só ligar, ele diz

então eles calam e o Pai diz que ele e a Mãe já podem voltar para casa, ele diz

É, o Asle diz

Tem certeza de que não quer ajuda para desfazer as malas? o Pai diz

Não, pode deixar comigo, o Asle diz

e o Pai tira a carteira e diz que, de agora até terminar o Secundário, todos os meses o Asle vai receber um dinheiro dele, para o aluguel, para comprar comida e roupa e o que mais precisar, livros escolares, essas coisas, não vai ser uma fortuna, que ele está longe de ser um homem rico, o Pai diz, mas um dinheirinho para se virar ele vai ter, e hoje vai ser uma quantia um pouco maior, pois os livros de que vai precisar na escola são bem caros, mas não tem jeito, livros são caros mesmo, o Pai diz e entrega ao Asle algumas notas e o Asle as recebe e diz obrigado

Você está com a sua carteira, certo? a Mãe diz

Estou sim, o Asle diz

Podem ir agora, ele diz

Já estamos de saída, a Mãe diz

É, o Pai diz

Fique bem e tenha cuidado, ele diz

É, a Mãe diz

e o Pai dá a mão ao Asle e diz boa sorte Asle e a Mãe também lhe dá a mão e diz boa sorte e o Asle vê que a Mãe foi em direção à porta e saiu e o Pai estacou no vão da porta e se virou e olhou de volta

Fique bem, ele diz

e então o Pai fecha a porta e o Asle senta na beira da cama e deita na cama com as mãos entrelaçadas na nuca e o pires que usa como cinzeiro ele põe sobre a barriga e o Asle pensa que em breve vai completar dezesseis anos e enfim, enfim vai poder ter paz, ele pensa, e no dia em que fizer dezesseis vai escrever para o pastor de Barmen e pedir desligamento da Igreja da Noruega, ele pensa e o Asle fuma e sente um alívio tomar conta de si e eu estou sentado no carro dirigindo para o sul e a rodovia está desobstruída e boa de dirigir, e cruzei com alguns carros, mas não muitos, e penso que a primeira coisa que farei quando chegar em Bjørgvin vai ser estacionar o carro em frente à Galeria Beyer e entregar os quadros ao Beyer e depois vou tomar um táxi para o Hospital e visitar o Asle, e caso também não consiga visitá-lo hoje, aí não sei, eu penso e sinto que estou cansado, com sono, que não dormi direito esta noite de novo, nas duas últimas noites dormi muito pouco, quase nada talvez, eu penso e penso que antes de chegar à Galeria Beyer terei de passar em frente ao prédio onde fica o apartamento do Asle, ali na Enseada dos Veleiros, onde anteontem eu estive para buscar o cachorro dele, buscar o Brage, e quando saí de Dylgja hoje mais cedo, o Brage ainda estava deitado na minha cama e penso que não quis trazê-lo comigo a Bjørgvin, porque seria uma viagem muito breve, eu penso, só vou deixar as pinturas, visitar o Asle, e depois voltar para a minha casa em Dylgja, eu penso que agora não quero nem olhar para a casa onde o Asle mora, vou me concentrar no volante apenas e seguir em frente, eu penso e vou dirigindo com segurança para Bjørgvin e agora vou direto para a Galeria Beyer deixar meus quadros na sala anexa, no Banco, como o Beyer chama, e posso fazer isso com ele estando ou não presente, entregá-los às meninas que sempre estão por lá, as estagiárias, como o Beyer chama, ele até contratou uma nova estagiária para a Galeria, ele diz, portanto não faz diferença ter combinado um horário com o Beyer, tem sempre alguém na galeria, já são anos que fazemos dessa forma, eu penso e o Beyer, a exemplo de todos os anos, me telefonou, só por desencargo de consciência, conforme ele mesmo diz, e combinamos que este ano faríamos uma exposição de Natal, é o que ele me diz com uma risadinha malandra, porque sabe que eu não gosto dessa palavra, a palavra Natal, tudo que tenha a ver com o Natal, os festejos natalinos, de tudo isso eu não gosto, eu acho, mas seja como for, o fato é que já estou chegando e posso estacionar o carro diante da Galeria Beyer, eu penso, porque agora, sim, já estou me aproximando da rua da Galeria Beyer e vou entregar os quadros e depois tomar um táxi para o Hospital e visitar o Asle, tenho que fazer isso, eu penso, e, bem, quem sabe eu não possa levar algo para ele? ou será que ele não quer que eu lhe compre alguma coisa? seja como for eu vou tomar um táxi para o Hospital e saber como estão as coisas com o Asle e depois tomar outro táxi para a Igreja de São Paulo e ficar sentado lá um pouco, pois cheguei tarde demais para a missa matinal e ainda falta muito para a missa vespertina, e depois tomarei um táxi para o Lar Hotel, por mais que não seja tão longe ir a pé e eu saiba o caminho, eu penso e no Lar Hotel posso fazer uma refeição quente, isso eu farei, e em seguida voltarei à Galeria Beyer e pegarei o carro para voltar para Dylgja, pois desta vez não preciso fazer compras, tudo que tinha que comprar já comprei ontem, eu penso e o trânsito está fluindo bem hoje, faz tempo que não cruzo com um carro, e penso que gosto de dirigir, é como se isso me tranquilizasse, como se eu mergulhasse numa espécie de torpor, algo assim, como se me concentrasse apenas na direção e nada mais, parece um pouco com a pintura, só que nesse caso é como se eu sempre tivesse que escutar algo novo o tempo inteiro, enquanto na direção eu apenas escuto sem prestar atenção, e enquanto escuto é como se toda a minha vida adormecesse, tudo que já passou, eu penso e penso que não é bom dirigir quando se está muito cansado, com sono, e sinto que estou bem cansado e por isso antes de voltar para Dylgja eu deveria dormir um pouco, ou pelo menos tomar uma bela xícara de café, eu penso, e já cheguei no nº 1 da Rua Alta e deparei com um único carro estacionado na vaga diante da Galeria Beyer, e é o carro do próprio Beyer, e eu estaciono meu carro ao lado do dele e olho para o muro branco bem na minha frente e penso que finalmente cheguei e penso que se ficar sentado aqui o Beyer não vai demorar a sair pela porta, eu penso, por isso permaneço sentado, mas nada de o Beyer aparecer e saio do carro e vou até a porta da Galeria Beyer e encontro pendurado na porta um bilhete em que se lê Volto já, e na verdade não é de todo estranho, pois várias vezes antes aconteceu de eu chegar sem ter avisado e deparar com um bilhete assim na porta, nessas ocasiões não é nenhuma das estagiárias, mas o próprio Beyer que está na Galeria, eu penso, que de vez em quando o Beyer pendura ali um bilhete quando precisa sair para resolver alguma coisinha ou algo parecido, eu penso e penso que posso então tomar um táxi para visitar o Asle no Hospital, eu penso, mas estou muito cansado, com muito sono, então é melhor tirar um cochilo no carro, quem sabe até dormir, eu penso e volto para o carro e olho para o muro branco e reclino o assento o máximo que consigo, fecho os olhos, e agora vou descansar um pouquinho, pelo menos isso, eu penso, e rezar, ainda não rezei hoje, eu penso e fecho os olhos e inspiro e expiro e faço o sinal da cruz e pego o rosário marrom que tenho pendurado no pescoço, debaixo do suéter preto, o rosário que um dia ganhei da Ales, e seguro firme a cruz marrom entre o polegar e o indicador e penso que agora preciso dormir um pouco e penso que devo rezar e vejo as palavras diante de mim e digo para mim mesmo Pater noster Qui es in cælis Sanctificetur nomen tuum Adveniat regnum tuum Fiat voluntas tua sicut in cælo et in terra Panem nostrum quotidianum da nobis hodie et dimitte nobis debita nostra sicut et nos dimittimus debitoribus nostris Et ne nos inducas in tentationem sed libera nos a malo e movo o polegar e o indicador para a primeira conta acima e digo Pai Nosso que estais nos céus Santificado seja o Vosso nome Venha a nós o Vosso reino Seja feita a Vossa vontade assim na Terra como no céu O pão nosso de cada dia nos dai hoje perdoai as nossas ofensas assim como nós perdoamos a quem nos tem ofendido Não nos deixeis cair em tentação, mas livrai-nos do mal e fico pensando na frase Venha a nós o Vosso Reino e então penso que talvez fique mais cansado caso reze o Salve-Rainha e desço o polegar e o indicador até a cruz e vejo as palavras me guiarem e começo a dizer dentro de mim Salve Regina Mater misericordiæ Vita dulcedo et spes nostra salve Ad te clamamus Exsules filii Hevæ Ad te suspiramus Gementes et flentes in hac lacrimarum valle Eia ergo Advocata nostra Illos tuos misericordes oculos ad nos converte Et Iesum Benedictum fructum ventris tui Nobis post hoc exsilium ostende O clemens O pia O dulcis Virgo Maria e fico repetindo Nobis post hoc exsilium ostende segurando a cruz de madeira entre o polegar e o indicador eu digo e repito para mim enquanto inspiro profundamente Senhor e enquanto expiro lentamente Jesus e enquanto inspiro profundamente Cristo e enquanto expiro lentamente Tende piedade e enquanto inspiro profundamente De mim

IV

E ME PERCEBO DE PÉ olhando para o quadro com duas linhas que se cruzam bem no meio, uma lilás e uma marrom, e vejo que pintei as linhas bem devagar com uma boa e espessa demão de tinta a óleo, que escorreu, e bem ali onde as linhas marrom e lilás se cruzam a cor se fundiu lindamente e escorreu e penso que tenho que tirar esse quadro dali, mas será que o quero mesmo para mim? certeza mesmo só tenho que não quero que o Åsleik fique com ele, eu penso e penso que vou carregar o quadro escada acima até o sótão e entrar no quartinho à esquerda e depositá-lo com os outros quadros que mantenho ali, os quadros que não quero vender, eu penso, e lá em cima sempre tem um quadro exposto encostado no espaldar da cadeira que fica entre as duas claraboias da água-furtada, bem embaixo da cumeeira, e ali por muito tempo esteve um retrato que pintei da Ales, eu penso e olho para o quadro das duas linhas que se cruzam e me vejo sentado no carro no estacionamento em frente à Galeria Beyer olhando para o muro branco diante de mim e é quarta-feira, eu penso, e o dia já vai longo, eu penso e será que o Beyer vai demorar a voltar para a galeria? eu penso e está um pouco frio e eu levanto o encosto do assento para a posição de dirigir e fico pensando se devo acionar o motor e ligar o aquecedor, mas deixo estar e me enrolo o melhor que posso no sobretudo preto e aperto o cachecol ao redor do pescoço e o Beyer já deve estar chegando, eu penso e então penso que pintar não é algo que eu faça por mim mesmo, não vem de uma vontade minha de pintar, mas serve a um propósito maior, sim, talvez, porque acontece de eu ousar pensar dessa forma, pois é, achar que os meus quadros vêm ao mundo nada menos do que para servir ao reino de Deus, eu penso, e assim eu já pensava antes de ter me convertido, e isso se deve ao fato de eu sempre ter percebido a presença de Deus, seja lá o que for, eu penso, chame como quiser, mas agora, por alguma razão repentina, acho que já dei o meu recado e disse o que tinha de dizer, pois é, é como se eu já não tivesse mais vontade de pintar, não tivesse mais vontade de dizer nada, não tivesse nada a acrescentar, mas se eu parasse de pintar o que seria de mim? talvez eu pudesse ler mais? pois na verdade até gosto de ler, e talvez pudesse comprar um barco e começar a me aventurar pelo mar, quando o tempo permitisse, porque sempre gostei de estar no mar, e sempre cogitei ter um barco, sim, um barco e um cão eu tenho que ter, sempre achei, mas não foi o que aconteceu, nem cão nem barco jamais tive, eu penso, pois é como se eu sempre tivesse me restringido a essa coisa de pintar, como se não houvesse espaço para nada mais na vida, nem barco nem cão, por mais que tantas vezes eu tenha pensado que era isso o que eu queria para mim, um barco e um cão, é disso que um homem precisa para viver uma vida boa, eu pensava, e agora tenho um cão comigo, o Brage, algo que muito prazer me deu, eu penso e penso que agora me deu uma vontade de me desfazer de todas as pinturas que tenho comigo, as que mantive ao longo de todos esses anos, e entre elas estão duas das primeiras que pintei, sim, pinturas da minha própria cabeça e não de casas e construções, e essas duas estão entre as melhores que já pintei, é o que eu acho de verdade, eu penso, e por isso mesmo, porque são desse comecinho, por assim dizer, é que geralmente ficam encostadas no espaldar da cadeira, mas agora faz tempo que pus ali o retrato da Ales, eu penso, e não quero nem desejo removê-lo de lá, é como se ele ocupasse seu lugar cativo no espaldar da cadeira, mas acontece de eu entrar no quartinho e pegar um quadro de lá, só para contemplá-lo por um instante, eu penso e quantas vezes eu já não me arrependi de ter vendido meus primeiros quadros, me desfiz deles quase em troca de nada, os vendi por uma ninharia, eu penso, e isso ainda na exposição que fiz na Casa da Juventude de Barmen, eu penso, é mesmo uma coisa ridícula, e no outro quarto do sótão, cujo acesso se dá abrindo a porta à direita no alto da escada, é lá que guardo minhas bisnagas de tinta a óleo, telas, pincéis, garrafas de terebintina e ripas para fazer caixilhos, eu penso, e lá também tem uma água-furtada, mas raramente entro, prefiro nem pensar nela, pois é lá que estão guardadas as roupas e outros pertences da Ales, depois que ela morreu eu não consegui me desfazer de nada e armazenei tudo lá em cima, dobrei as roupas dela da melhor maneira que pude, as calças, saias, calcinhas, sutiãs, todas as roupas dela, e tudo mais, produtos de higiene, maquiagem, qualquer coisinha que ela usasse, não, não quero pensar nisso, agora não, não mesmo, eu penso e penso que hoje o Åsleik e eu embrulhamos nove quadros grandes e quatro pequenos, treze quadros ao todo, os que eu já tinha concluído, e os carregamos para o meu carro e os acomodamos com segurança no bagageiro, pois já faz alguns anos que eu comprei um carro bom, aquele que eu comprei com a Ales quando nos mudamos para a casa velha não estava mais em condições de uso, o mais importante para mim era ter um bagageiro espaçoso para acomodar meus quadros terminados, por isso adquiri uma pequena caminhonete, e era preciso também que tivesse um rack no teto para que eu pudesse transportar as ripas de madeira que uso para fazer os caixilhos, eu penso, e agora os quadros estão todos empilhados no bagageiro, bem enrolados nos cobertores, e eu estou empolgado de me ver livre deles, de poder entregá-los ao Beyer, eu penso, mas que fim levou o Beyer afinal? pois agora já esperei muito tempo, eu penso e penso que vai ser bom voltar para casa, sempre é, quando estou fora fico mesmo ansioso para voltar para nossa velha casinha em Dylgja, sempre penso que a casa é nossa, por mais que esteja morando ali sozinho há tantos anos ainda penso na casa como nossa, mas agora preciso começar a pensar que a casa é só minha, e não mais nossa, apenas minha, minha casa, eu penso e olho para o muro branco e agora vejo os flocos de neve um a um se depositando sobre o para-brisa e com o olhar fixo diante de mim vejo o Asle ali deitado na cama do Hospital e um médico abre a porta e vai até ele e toma seu pulso e o corpo dele ainda treme, estremece inteiro

Será que não vai cessar logo, o Médico diz

e o homem sentado ali de plantão diz que varia, às vezes ele quase não treme mais, mas então volta a tremer, ele diz e o Médico diz que isso é uma boa notícia e em seguida vai até a outra cama e o Médico põe a mão rente à boca e ao nariz e toma o pulso do homem deitado ali e diz que agora ele deu seu último suspiro e o homem que está sentado na cadeira diz que não reparou em nada anormal, e o Médico diz que ele está morto e eu vejo duas pessoas chegando e empurrando a cama com o morto para fora do quarto e então o Asle fica deitado sozinho e o homem que está na cadeira levanta e vai até a janela e fica parado ali olhando lá fora e depois olha para o Asle e vê que o corpo dele voltou a tremer, o corpo inteiro estremece dos pés à cabeça, ele vê e eu penso que não consigo entender o que me levou a dirigir até Bjørgvin de novo para visitar o Asle e encontrá-lo deitado na neve na Rua Estreita, junto aos degraus de uma porta, deitado ali coberto de neve, eu penso e não quero mais pensar no Asle, eu penso e então penso que sou um bom motorista, só não gosto de dirigir na cidade, que fico agoniado, fico tão confuso que nessa confusão posso acabar atropelando alguém, imagine o que poderia ser pior do que atropelar alguém, eu levando a culpa por tirar a vida de alguém, alguém perdendo os movimentos depois de ter sido atropelado por mim, é algo intolerável só de pensar, eu penso e fico sentado no meu carro no estacionamento em frente à Galeria Beyer olhando para o muro branco diante de mim e floco atrás de floco de neve vão se depositando no para-brisa e eu olho para o muro branco e vejo a Mãe surgindo desesperada gritando pelo Pai e ele vindo acudi-la e os dois indo ao quarto onde dormem o Asle e a Irmã e o Asle indo atrás do Pai e vendo o Pai ali sacudindo e sacudindo a irmã Alida e o Asle ouve o Pai dizer que não sabe o que aconteceu, mas a Irmã parece estar sem vida, é como se ela tivesse morrido, ele diz e o Asle apenas fica ali e então o Pai vai ligar para o Médico e o Asle fica ali, e pensa mas o que está acontecendo? ele não está entendendo nada, ele pensa e a Mãe e o Pai ficam ali parados ao lado da cama da irmã Alida, ele pensa e então o Médico chega e ele vai até a Irmã e diz que a verdade precisa ser dita, ele diz, e diz que ela está morta, é muito raro acontecer, mas acontece de crianças morrerem de repente, e nesse caso a causa costuma ser uma falência cardíaca congênita, diz o Médico, portanto é melhor fazer uma necrópsia da Irmã, ele diz, nesse caso talvez se possa descobrir a verdadeira causa da morte, o Médico diz, e então vai embora e eu fico olhando para o muro branco e agora são tantos os montinhos de neve acumulados no para-brisa que mal consigo avistar o muro branco, e os flocos caem num ritmo tão acelerado que já não se podem distinguir e eu fico olhando para o muro branco e vejo o Asle sentado lá no banco da igreja, achando tudo simplesmente insuportável e pavoroso, ele pensa e pensa que a irmã Alida foi carregada numa maca para dentro de uma ambulância, e foi a última visão que teve da Irmã, ele pensa, que agora jaz dentro de um caixão branco cuja tampa foi lacrada e está exposto na igreja e ali estão todas as crianças da escola e muitos adultos e tudo aquilo é horrível e insuportável, o Asle pensa e ouve o Pastor dizer algo sobre o quão difícil é compreender o sentido da partida tão repentina da irmã Alida, é difícil compreender o que Deus Todo-Poderoso deseja com isso, mas algum sentido deve haver, nós que não conseguimos compreender qual é, o Pastor diz, e então diz que Cristo morreu por nossos pecados e pelo fato de ter ressuscitado um dia nós também ressuscitaremos, ele diz, um dia também a Irmã ressuscitará dos mortos, mas agora ela está repousando ao lado de Deus, agora ela descansa na paz de Deus, por isso não devemos lamentar, pois a Irmã está bem lá onde se encontra, onde agora se encontra aquilo que na realidade era a Irmã, pois o que a Irmã é, a alma, sim, o espírito, se foi e só restou o corpo, e ele não é a Irmã, não passa de um cadáver, o Pastor diz e o Asle pensa que nisso até concorda com o Pastor, pois o corpo da irmã Alida jaz ali pálido e rígido e sem movimento e isso não é a Irmã, é outra coisa, algo bem diferente da Irmã, pois a irmã Alida era a vida naquele corpo que agora jaz sem vida, dentro daquele caixão branco, e quando a vida se extinguiu também se extinguiu a Irmã, é desse jeito, a irmã Alida partiu de uma vez por todas, aquele corpo que estava deitado na cama e agora jaz no caixão branco não é a irmã Alida, mas um cadáver rígido e frio, o Asle pensa e pensa que não há uma razão para a irmã Alida ter morrido e não é possível que tenha sido essa a vontade de Deus, e sim algo que Deus não queria que acontecesse, o Asle pensa e eu olho para o muro branco e os flocos de neve agora encobrem todo o para-brisa e não consigo mais ver o muro e olho para o para-brisa coberto de neve e penso que foi para partilhar da condição humana, do nosso sofrimento, que Deus se fez homem e morreu e ressuscitou, pois com ele, com o Cristo ressuscitado, ressuscitou toda a humanidade, eu penso e penso que essas não passam de palavras sem sentido, eu penso e olho o para-brisa que agora está coberto de neve de modo que já não posso mais ver o muro branco e penso que, uma vez que Deus é eterno e está além do tempo e do espaço, tudo ao mesmo tempo é Deus, sim, e Deus está em tudo que aconteceu, que acontece e que virá a acontecer, por isso mesmo é que todos os mortos já ressuscitaram, eles vivem, vivem como um dia viveram e simultaneamente como parte de Deus, eu penso e olho para a neve que cobre o para-brisa e vejo o Asle sentado lá na igreja pensando em toda a bobagem que aquele Pastor estúpido está dizendo, sobre um sentido que haveria naquela morte sem sentido da irmã Alida, chega a ser ofensivo aquilo tudo, ele acha, porque a Irmã está morta e isso não tem sentido nenhum e sendo assim nem a vida tem um sentido e se a vida não tem sentido tanto faz viver ou morrer, o Asle pensa, e para tentar viver com esse sofrimento sem sentido é preciso não dar ouvidos às tolices que o Pastor continua a pregar, o Asle pensa, pois o sentido do qual o Pastor fala é uma espécie de tormento enquanto a ausência de sentido tem um quê tranquilizador, o Asle pensa e pensa que não quer se confirmar e eu estou sentado no meu carro estacionado em frente à Galeria Beyer e olho para a neve que cobre o para-brisa e penso que uma das coisas mais importantes que a pintura permite é pôr um ponto-final quando chega a hora, ter ciência de quando uma imagem já diz aquilo que pode dizer, se você insistir é quase certo que vai arruinar a pintura, eu percebi isso desde que pintei o meu primeiro quadro, eu penso, porque por mais que se possa raspar e pintar tudo de novo, ou pintar uma camada sobre o que já existe, a imagem não mais irá se revelar, e é isso que deve ocorrer com uma imagem, ela deve se revelar, como um acontecimento, como uma dádiva, sim, uma boa pintura é uma dádiva, uma espécie de prece, é ao mesmo tempo uma dádiva e uma prece de gratidão, eu penso e jamais poderia pintar um bom quadro obedecendo ao meu próprio desejo, pois a arte acontece, a arte simplesmente acontece, é assim e pronto, e quando faço um certo progresso numa determinada pintura eu recuo alguns passos e a contemplo no escuro, sim, eu a fico observando quando o quarto está o mais escuro possível, eu penso e no verão não escurece de verdade por isso o outono e o inverno são as melhores estações para mim que pinto, e os quadros que pinto na primavera e no verão precisam esperar até o outono ou o inverno para que eu possa enxergá-los corretamente, sim, no escuro, eu preciso contemplar os quadros no escuro para constatar se eles reluzem, para fazê-los brilhar mais, ou melhor, ou mais corretamente, ou sei lá como dizer, em todo caso as pinturas devem ter em si aquela escuridão luminosa, eu penso e penso que preciso retomar a pintura quando voltar para casa hoje, porque tenho aquela incômoda sensação de que algo foi de alguma forma interrompido, que não poderei mais pintar, que não mais terei vontade de pintar, que não vou mais pintar, por isso preciso começar a pintar algo novo ainda hoje, eu penso, e vou voltar para casa o mais rápido que puder, tomara então que o Beyer chegue rápido, eu penso, porque o Beyer prefere inaugurar a exposição logo antes do Natal, ele diz que é a melhor época para inaugurar uma exposição se o objetivo for vender a maior quantidade de quadros, e a exposição fica em cartaz até depois da virada do ano, e no ano novo a maior parte dos quadros já está vendida, eu penso, e durante o Advento eu, como fiz hoje, trago os quadros no carro até Bjørgvin, e entregar os quadros para o Beyer é como marcar o fim de uma etapa para poder começar algo novo, eu penso e penso que não tenho vontade de começar um novo quadro, aquela vontade que sempre me dá depois de me desfazer dos quadros que entrego, eu costumo sentir o ímpeto de começar a pintar no mesmo dia, é como se isso de despachar os quadros marcasse o início de um novo quadro, que de algum modo todas as pinturas de uma exposição têm um fio condutor entre si, podem ser consideradas uma espécie de imagem única, eu penso, e essa compulsão a pintar que venho sentido desde quando era garoto, será que ela pode ir embora de repente? sim, desde que comecei a pintar eu sempre quis continuar pintando, era algo que eu sabia fazer bem, mas depois de um tempo isso foi perdendo a importância, passou a me parecer um erro, eu não queria ser bom no que fazia, só queria pintar para dizer algo que não podia ser dito de outra forma, queria pintar de uma proximidade ausente, é assim que eu penso, eu penso, fazer o escuro brilhar, pintar essa escuridão brilhante, eu penso, e quantas vezes já não pensei esses pensamentos, eu penso, eu que sou de ficar pensando e remoendo os mesmos pensamentos e ficar pintando e repintando a mesma imagem, é verdade, e mesmo assim cada pintura é em si diferente, e todas vão para a parede como uma espécie de sequência, cada exposição é um evento dessa sequência, mas no final todos os quadros que pintei compõem uma única pintura, eu penso, pois é como se em algum lugar existisse no meu íntimo uma imagem que é minha imagem mais profunda, a imagem que eu fico tentando reproduzir, e quanto mais próximo eu me acerco dessa imagem tanto melhor resultam os quadros que pinto, mas é evidente que essa imagem interior não é uma imagem, porque a imagem interior não existe, apenas está lá de alguma forma, sem existir, ela é, mas não existe, e ainda assim é como se essa imagem governasse, ainda que não se trate exatamente de uma imagem, todas as outras imagens e as atraísse para si, mais ou menos, eu penso, ou será que já pintei tudo que essa imagem interior que trago em mim poderia render? eu penso, mas talvez agora eu tenha de alguma forma invadido os limites dessa imagem interior e a destruído? eu penso, mas invadir a imagem interior que cada um traz em si não seria o mesmo que morrer? eu penso, talvez o mesmo que ver a face de Deus? e aquele que vê Deus também morre, como está escrito, eu penso e olho para a neve que cobre o para-brisa e vejo o Asle ali na sala e vejo a Mãe parada olhando para ele

Você não vai se confirmar? ela diz

e desaba no sofá

Nunca ouvi falar de alguém que não quisesse se confirmar, ela diz

Que conversa é essa? ela diz

e diz que é uma tradição antiga, a confirmação marca a transição da infância para a idade adulta, ela diz

É verdade isso que a sua mãe está dizendo, o Pai diz

e só para variar ele disse alguma coisa e isso não ocorre com frequência, o Asle pensa

Você tem que se confirmar, o Pai diz

e ele diz que o Asle vai ganhar presentes, e ele e a Mãe vão fazer uma festa para comemorar, e o Asle vai vestir um terno escuro e camisa branca e gravata, como todos os outros da sua idade, e todas as meninas vão usar trajes folclóricos na confirmação, com a padronagem típica de Hardanger, é assim que é, o Pai diz e o Asle pensa que ele pode se confirmar afinal, está bem, e pensa que assim que tiver idade suficiente, quando completar dezesseis anos, vai escrever ao Pastor e se desligar da Igreja da Noruega, porque o cristianismo que pregam ali é apenas para atormentar as pessoas, só torna as coisas ruins ainda piores, o Asle pensa e eu fico sentado no carro sentindo frio e esperando o Beyer voltar para a galeria e fico olhando a neve cobrir o para-brisa e vejo o Asle sentado no dormitório em Aga no dia em que completou dezesseis anos e ele está escrevendo uma carta ao Pastor de Stranda dizendo que quer sair da Igreja da Noruega e eu olho para a neve que cobre o para-brisa e penso que foi só depois que conheci a Ales que comecei a pensar que Deus estava junto da irmã Alida quando ela morreu, e agora ela repousa na paz de Deus, na luz de Deus, eu penso, pois a morte não é por vontade de Deus, Ele veio a este mundo porque os seres humanos e Deus estavam apartados e Deus é amor e o livre-arbítrio é um pré-requisito para o amor, e assim também para o pecado, ou para a morte, pois é isso que aparta o ser humano de Deus, eu penso, e Deus e os seres humanos só foram se reunir em Cristo, em e por e com a Sua morte na cruz, portanto é na morte que todos os seres humanos se reencontram com Deus, mas isso tudo lá faz algum sentido? é possível pensar assim? eu penso, mas era assim que a Ales também pensava, eu penso e penso que a Ales nasceu na Igreja católica pois a mãe Judit era católica, era austríaca e tinha emigrado para a Noruega, e a Ales e eu conversávamos muito e por fim percebi que o que ela dizia era verdade, uma verdade a seu modo, porque a Ales e eu íamos juntos à missa e na eucaristia, como se diz, tanto Cristo quanto quem dela participa fazem um sacrifício juntos, em e no corpo de Cristo através da hóstia transubstanciada, como se diz, e assim eles morriam com seus entes queridos a cada vez que iam à missa, e assim ressuscitavam com seus entes queridos a cada vez que iam à missa, a

Ales dizia e parecia verdadeiro, sim, real, eu penso e penso que naturalmente essa não é a única verdade, mas também é uma verdade, eu penso, é quase como se fosse um idioma, já que cada idioma permite acesso à sua parcela de verdade, e as diferentes religiões são diferentes idiomas, cada uma com sua verdade, e com sua falta de verdade, eu penso e é burrice imaginar Deus como algo limitado, algo sobre o qual se possa afirmar alguma coisa, a Ales dizia e é evidente que tinha razão nisso, eu penso e penso que o ser humano não pode ter livre-arbítrio se Deus é eterno e contém tudo em Si, passado, presente, futuro, ou então é evidente que é possível, pois Deus tem como saber de tudo, abarcar em Si tudo que existe, mesmo se assim não quiser nem agir, eu penso, mas tais pensamentos não dizem tanta coisa, e sobre a verdade que a fé encerra talvez apenas a arte, na melhor das hipóteses, possa dizer alguma coisa, ou não dizer nada, mas demonstrar, eu penso e penso que a Ales também dizia que Deus não é todo-poderoso, ele é poderoso através da sua fraqueza, poderoso é Deus enquanto Jesus Cristo transfixado e pendendo da cruz na sua impotência, é a Sua fraqueza que Lhe fortalece, Lhe torna onipotente, pois a eternidade, sim, Deus, é fraqueza e não força, eu penso, e pelo menos a Ales também pensava assim, eu penso e penso que talvez não passem de pensamentos vãos, mas agora é assim que penso, que é a ausência de poder a fonte da onipotência, mas aquilo que eu penso ou deixo de pensar diz pouco ou quase nada, eu penso, e olho para a neve que cobre o para-brisa e penso que anteontem parei na serventia de acesso não tão longe da casa marrom e dali vi um casal de namorados juntos num parquinho e os dois brincavam como crianças no balanço e na gangorra e na caixa de areia, e foi uma bela visão, eu penso, e olho para a neve que cobre o para-brisa e imagino o que foi feito de todos eles, o Sigve que morreu há muitos anos, ele caiu morto numa manhã quando estava para ir ao trabalho, eu sei, mas o que foi feito do Geir e do Terje e do Olve? aqueles com quem eu tocava na banda na escola, e que fim levou o Amund, que assumiu meu lugar? eu penso e alguém me disse que o Olve estava na prisão ou tinha passado por lá, e tinha tocado em diversas bandas, eu penso, pois depois que mudei para Aga praticamente não voltei a Barmen, porque fico intranquilo quando volto, não sei direito por que, mas é como se me deixasse invadir por uma inquietude e vou embora no mesmo dia em que chego, por isso não pernoitei em Barmen desde que mudei para Aga para ir ao Secundário, eu penso, e é inacreditável que eu tenha começado o Secundário, porque eu ia, para falar a verdade, muito mal na escola, eu era simplesmente muito burro, especialmente quando o assunto era fazer contas, números eram um obstáculo intransponível para mim, não me diziam nada, e ainda hoje não dizem, eu penso, e por isso no primário eu ficava desenhando nos cadernos de aritmética e desenhava tão bem que o Mestre-Escola disse aos meus pais que eu tinha um dom para o desenho, e talvez até para a pintura, e assim eles talvez devessem me comprar uns apetrechos de pintura, e foi o que fizeram, mas com os números eu era uma negação, mesmo assim o Mestre-Escola por fim conseguiu me ensinar o básico, depois de muito esforço consegui fazer o que me foi pedido, aprendi que de nada adiantava raciocinar por mim mesmo, somente fazer o que me era dito, o jeito então era suprimir qualquer pensamento que me viesse à mente e fazer na ordem correta o que o Mestre-Escola me dizia para fazer, e foi assim que aprendi a calcular, eu penso e fico sentado olhando para a neve que cobre o para-brisa e penso que assim que entregar as pinturas vou tomar um táxi para o Hospital, será que hoje não consigo visitar o Asle? eu penso e se o Asle quiser que eu faça alguma coisa para ele vou fazer, e estou me sentindo um pouco cansado, com sono, pensando bem até exausto, para falar a verdade, porque já não sou mais uma criança, para ser honesto é preciso dizer que sou um velho, eu penso e sou um bocado sozinho neste mundo, é preciso também dizer isso, não me relaciono com mais ninguém além do Åsleik e do Beyer, na verdade são só eles dois, e também o Asle, eu penso, que a Ales e eu vivíamos muito um para o outro, era como se não precisássemos de mais ninguém exceto nós dois, tínhamos o nosso mundo juntos, era isso, e certamente eu conhecia e conversava com o Åsleik também enquanto a Ales era viva, mas foi só depois que ela morreu que passamos a conviver mais, e o Asle eu o conheço há anos, e o Beyer eu o conheço há anos, e o Beyer e eu somos amigos ao nosso modo, mas somos amigos sobretudo na arte, para dizer assim, ou somos parceiros de negócios melhor dizendo, talvez o

Beyer preferisse assim, eu penso e olho para a neve que cobre o para-brisa e vejo o Asle parado ali diante do Pai ouvindo o Pai dizer que talvez fosse uma boa ideia montar uma exposição com os quadros que ele pintou, pois dessa forma ele poderia ganhar um dinheirinho que viria muito bem a calhar quando ele se mudasse para Aga no outono e começasse no Secundário, o Pai diz, não que ele esteja convencido de que as pessoas estarão dispostas a pagar por um quadro, disso ele não tem certeza nenhuma, mas não custa tentar, e depois diz que no verão o Asle talvez possa expor seus trabalhos na Casa da Juventude de Barmen, as pessoas compram de tudo hoje em dia, então quem sabe, talvez o Asle consiga vender um quadro ou outro, vale a pena tentar, o Pai diz, tanta gente no povoado, sim, em Barmen e também em Stranda, já tinha pedido que ele pintasse quadros retratando suas casas e sítios e muitos desses poderiam vir à exposição e agora no verão muita gente da cidade acorre ao povoado, especialmente gente de Bjørgvin de passagem por Barmen e talvez alguns desses também fizessem uma parada para ver os quadros, o Pai diz e diz que pode perguntar ao conselho da Cooperativa se o Asle poderia pendurar um cartaz na vitrine anunciando a Exposição de Arte na Casa da Juventude de Barmen, só isso, mas nesse caso o Asle teria que fazer um cartaz para pendurar na vitrine da Cooperativa de modo que todos de Barmen que fossem fazer compras na Cooperativa ficassem sabendo da novidade, que haveria uma Exposição de Arte na Casa da Juventude de Barmen, o Pai diz e claro que as pessoas iam começar a falar do assunto, a exposição de arte do Asle correria de boca em boca, de modo que muita gente iria ver os quadros, já se alguém iria mesmo querer adquirir um quadro era coisa que ele não sabia dizer ao certo, na verdade ele até duvidava, mas, como disse, valia a pena tentar, o Pai diz, e poderia haver pessoas interessadas em comprar um desses quadros mesmo que eles não parecessem com nada, já que as pessoas são diferentes e gostam de coisas diferentes, ele diz, mas caso ninguém batesse os olhos nessas pinturas e elas ficassem guardadas no quarto do Asle aí é que não seriam vendidas mesmo, o Pai diz, era necessário que as pessoas conhecessem os quadros para que pudessem ser vendidos, o Pai diz e o Asle certamente vai conseguir expor os quadros na Casa da

Juventude de Barmen, o Pai diz e o Asle pensa que não é uma má ideia, mesmo que não venda um só quadro ele pelo menos terá feito uma exposição, e por isso vai perguntar ao Presidente do Grêmio da Juventude de Barmen se o deixam fazer uma exposição na Casa da Juventude agora no verão, no mês de julho, e então pintar um cartaz que o Pai vai pendurar numa das vitrines da Cooperativa, o Asle pensa, se for assim talvez as pessoas venham ver os quadros, pessoas de Barmen que já compraram quadros dele, e talvez até gente de Stranda, e talvez apareça também um ou outro morador de Bjørgvin que esteja de passagem, quem é que vai saber, o Asle pensa, e nesse caso ele pode vender os quadros, que são muito melhores e mais autênticos do que aqueles que ele pintou usando uma foto como modelo, ele pensa, é mesmo, ele vai organizar uma exposição, sim, o Asle pensa e eu fico sentado no carro olhando para a neve que cobre o para-brisa e penso que ainda continua a nevar e penso que o Beyer agora não deve demorar para voltar para a galeria e olho para a neve que cobre o para-brisa e vejo o Asle parado em frente ao cartaz pendurado na vitrine da Cooperativa e no alto está escrito Exposição de Arte e sob o título o Asle pintou uma imagem da Casa da Juventude e logo abaixo escreveu que a exposição na Casa da Juventude de Barmen estará aberta entre duas e cinco horas da tarde durante todo o mês de julho, e logo no mesmo dia em que o Pai veio com essa ideia da exposição, o Asle pensa, ali em pé olhando para o cartaz, ele foi falar com o Presidente do Grêmio da Juventude de Barmen e lhe perguntou se poderia ocupar a Casa da Juventude com seus trabalhos no verão e o Presidente disse que claro que poderia, como não, ele disse e então o Asle ficou com a chave da Casa da Juventude e eu fico sentado ali no carro e faz frio e eu penso que o Beyer precisa chegar logo para eu poder entregar os quadros e eu olho para a neve que cobre o para-brisa e vejo o Asle sentado diante de uma mesa no palco da Casa da Juventude de Barmen e ele pensa que selecionou nove pinturas e as levou para a Casa da Juventude de Barmen, foram várias viagens a pé, mas como era um percurso de apenas uns dois quilômetros deu tudo certo, e quando finalmente todas as pinturas estavam em seu devido lugar na Casa da Juventude o Asle pegou martelo e pregos e começou a pendurá-las nas paredes, nove quadros, ele tinha mais que isso mas dois deles não queria vender, queria ficar com eles, e também havia alguns com os quais não estava inteiramente satisfeito, ou não os tinha terminado, e achou que nove já eram mais do que suficientes no salão, e aquelas nove pinturas juntas compunham uma bela imagem, porém aquele cenário do povoado com as montanhas altas e fiordes azuis e as bétulas brotando no fundo do palco arruinava as pinturas, as cobria de vergonha simplesmente, o Asle achava e por isso foi em casa falar com a Mãe, ele pensa sentado diante da mesa na Casa da Juventude de Barmen e perguntou se poderia pegar emprestado quatro lençóis brancos e ela disse sim e ele pegou os lençóis e os levou consigo à Casa da Juventude de Barmen e ficou em pé sobre uma mesa que encontrou na coxia do palco e os pendurou em cima do cenário que por fim ficou totalmente oculto atrás dos quatro lençóis brancos e deu ao conjunto uma aparência até fantasmagórica, o Asle pensa, mas isso não o incomodava, ele pensa e então a exposição estava pronta e era só esperar que as pessoas comparecessem, o Asle pensa e de alguma forma arrastou a mesa até o salão e também conseguiu uma cadeira na coxia e nela sentou atrás da mesa, bem diante do palco, e agora estava sentado ali, ele pensa, lá estava ele sentado olhando para as pinturas e tudo estava pronto, agora era só as pessoas virem, ele pensa e então ouve passos e a porta se abre e então entra o Presidente do Grêmio da Juventude de Barmen e vê o Asle sentado ali atrás da mesa e o Asle levanta e vai até o Presidente

Estou vendo que pendurou os seus quadros, ele diz

e o Presidente olha para uma caixa com pregos e um martelo que o Asle deixou no chão

Foi, o Asle diz

Deu tudo certo, eu trouxe os quadros de casa, foram várias viagens, mas correu tudo bem, ele diz

E foi hoje que os pendurou? o Presidente diz

Com pregos, ele diz

Foi, o Asle diz

Você não achou que fossem deixar marcas nas paredes? o Presidente diz

Não faz muitos anos que elas foram pintadas, ele diz

Mas os quadros não podiam simplesmente ficar no chão, o Asle diz

Não, decerto que não, o Presidente diz

Mas quem sabe pudessem ficar apoiados no espaldar das cadeiras? ele diz

Nós recolhemos as cadeiras quando vai ter baile, caso contrário ficam empilhadas ali na sala ao lado, ele diz apontando para uma porta

Mas o que está feito está feito, o Presidente diz

e então anda ao redor e contempla os quadros e para e olha para o Asle e diz que estava esperando encontrar outro tipo de quadros, ele pintava diferente antes, antes as pessoas podiam ver do que se tratava, até reconhecer a própria casa na pintura, mas agora, bem, agora não dava para identificar o que cada quadro retratava, por que ele tinha pintado aqueles borrões assim? porque o Asle costumava pintar quadros muito lindos, em quase todas as casas de Barmen e até em algumas de Stranda havia um quadro que o Asle tinha feito retratando casas, celeiros e fazendas, pomares em flor e fiordes e montanhas, mas essas pinturas aqui, não, elas não pareciam com nada, se ele soubesse que eram essas as pinturas que o Asle pensava em exibir ele teria pensado duas vezes antes de autorizar essa exposição na Casa da Juventude de Barmen, o Presidente do Grêmio da Juventude de Barmen diz e diz que quadros assim não vão cair no gosto dos moradores do povoado, alguns podem até vir para a exposição mas quando contarem aos outros do que se trata provavelmente o público vai diminuir, ele diz

Não, eu achava que as pinturas seriam diferentes, ele diz

Que iriam parecer com alguma coisa, assim como as suas outras pinturas, ele diz

e o Asle pensa que o Presidente do Grêmio da Juventude de Barmen entende tanto de arte quanto uma vaca, e talvez da mesma forma pensem os demais moradores de Barmen, eles sabem apreciar arte da mesma maneira que uma vaca saberia, o Asle pensa e eu fico sentado no meu carro estacionado ao lado do carro do Beyer ali no estacionamento em frente à Galeria Beyer e penso que é bom o Beyer voltar logo para a galeria, eu penso, e olho para a neve que cobre o para-brisa e vejo o Asle sentado diante de uma mesa na frente do palco da Casa da Juventude de Barmen e na mesa, à sua frente, está um bloco de desenho e na mão e ele segura um lápis e o Asle pensa que afinal várias pessoas compareceram à exposição, gente para quem ele já tinha pintado quadros antes e todos dizem o mesmo, ele pensa, todos dizem que estavam esperando ver outra coisa, essas pinturas eles não conseguem compreender direito, e ele, Asle, sabia pintar muito melhor do que isso, essas pinturas, ou borrões, melhor dizendo, qualquer um sabe fazer, eles dizem, e quem é que vai saber o que querem dizer com isso, e o Asle fica sentado ali e ninguém mais vem e não tem tanta importância, ele pensa, pois ele tem bloco de desenho e lápis e poder ficar sentado sozinho no meio dos quadros que pintou e pode desenhar, fazer esboços dos novos quadros que pensou em pintar, o que pode ser melhor do que isso? o Asle pensa e cada esboço que desenha o Asle pensa em transpor para a tela com tinta a óleo, pois ele registra as imagens que viu e se acumularam dentro da sua cabeça e quer remover dali pintando, o Asle pensa e então pensa que o Pai, uma vez que correram dias sem que um só quadro fosse vendido, disse que talvez fosse uma boa ideia colar com fita adesiva um bilhete escrito Vendido abaixo de algumas das pinturas, pois as pessoas hoje em dia se comportam de tal maneira que quando uma deseja alguma coisa a outra não tarda a querer o mesmo, o Pai diz

Pois é, as pessoas são desse jeito, ele disse

Se uma quiser, a outra logo também vai querer, ele disse e então o Asle fixou com fita adesiva um bilhete escrito Vendido debaixo de cinco quadros e mal fez isso, o Asle pensa, um sujeito que já tinha visitado a exposição retornou e começou a caminhar admirando demoradamente quadro após quadro e o Asle levanta e vai abordá-lo

Gostou das pinturas? o Asle diz

e pensa que esse homem já esteve ali olhando as pinturas, não foram tantas assim as pessoas que visitaram a exposição e ele lembra de cada um, ele pensa, e é fácil lembrar daquele lá, um sujeito franzino e baixinho

Você é de Stranda? o Asle diz

Não, o homem diz

e pelo dialeto o Asle logo percebe que o homem é de Bjørgvin e o bjørgvinense assente e diz que é de Bjørgvin, como ele deve ter percebido, ele diz e estende a mão e o Asle o cumprimenta e ele diz Beyer e o Asle diz Asle e então ele que diz que se chama Beyer diz que talvez queira comprar um quadro, ele esteve ali espiando os quadros há alguns dias e não conseguiu tirá-los da cabeça, ele diz

É, é estranho isso, o Beyer diz

É como se as imagens tivessem ficado gravadas na minha memória, ele diz

e especialmente uma pintura chamou sua atenção, e é essa que ele quer muito comprar, mas agora está lá um bilhete escrito Vendido debaixo do quadro, então ele terá que escolher outra, ele diz, mas isso naturalmente depende do quanto o Asle irá cobrar, ele diz e o Asle pensa que pode ao menos cobrar o valor de custo acrescido de umas poucas coroas, mas não muitas, do contrário não irá vender pintura alguma, ele pensa e então diz o quanto quer por um quadro e o Beyer diz que esse valor ele está disposto a pagar e então dá mais uma volta e olha quadro após quadro e então para diante de um e fica ali um tempo e vai até um dos quadros com o bilhete em que se lê Vendido e depois volta ao Asle e diz que escolheu um quadro que quer comprar, mas se arrepende amargamente de não ter dito nada antes e ter comprado a pintura que ficou gravada na mente e dali não quer mais sair, ele diz e o Asle diz que pode perguntar à pessoa que comprou essa pintura se não seria o caso de escolher outra, de modo que se o Beyer puder retornar amanhã talvez consiga comprar o quadro que tanto deseja, o Asle diz

Obrigado, o Beyer diz

Muitíssimo obrigado, ele diz

Não há de quê, o Asle diz

e diz que não são muitos os quadros que foram vendidos, como ele pode ver por si, e então o Beyer vai embora e agora estou farto de ficar sentado esperando, então é bom o Beyer chegar logo para eu lhe entregar os quadros, eu penso, e olho para a neve que cobre o para-brisa e vejo o Asle sentado atrás de uma mesa na Casa da Juventude de Barmen e ele vê o Beyer caminhando até ele e o Asle diz que conseguiu que o comprador escolhesse outro quadro e portanto o Beyer pode ficar com o quadro que tanto queria, o Asle diz e o Beyer diz que então vai comprar esse e o outro de que também gostou, ao todo serão dois quadros, se o preço for igual para ambos, ele diz e o Asle diz que é e então recebe o pagamento das mãos do Beyer e ele diz que como já vai ter que voltar para Bjørgvin ficaria muito grato se pudesse levar os quadros agora mesmo e o Asle diz que tudo bem e então escreve Vendido em duas folhas do bloco de desenho e arranca as folhas e então vai e tira os dois quadros que o Beyer comprou e os deixa no chão e depois pendura as folhas em que escreveu Vendido nos pregos na parede onde antes estavam pendurados os quadros e em seguida o Beyer recolhe os quadros e diz obrigado pela compra e diz que espera que voltem a se encontrar e espera que o Asle continue pintando, que talento ele tem para isso, de fato talento de sobra, o Beyer diz e diz que está certo de que voltarão a se encontrar, ele diz, e então o Beyer se vai e o Asle fica ali e retoma os desenhos e chegam mais três interessados que dizem mais ou menos a mesma coisa, que depois de muito refletir chegaram à conclusão de que havia algo naquelas pinturas e gostariam muito de adquiri-las, diz um e depois diz o outro, todos repetem mais ou menos a mesma história, e o mais intrigante é que o Asle não os conhecia, e talvez não seja tão intrigante assim, já que todos eram de Bjørgvin, e cada um escolheu seu quadro e perguntou quanto custava e o Asle manteve o mesmo preço que tinha informado ao Beyer, e os bjørgvinenses foram pagando em dinheiro e perguntando se tudo bem levar os quadros embora agora mesmo e o Asle diz que sim e depois que os compradores saem ele recolhe os bilhetes em que estava escrito Vendido, os bilhetes abaixo das quatro pinturas restantes, uma vez que nenhuma delas foi realmente vendida, e os pendura nos pregos daquelas que de fato foram vendidas, e agora o Asle vendeu cinco trabalhos, então nos cinco vãos estão os bilhetes em que está escrito Vendido e restam apenas mais quatro quadros à venda, e debaixo deles não há nenhum bilhete escrito Vendido, o Asle pensa, embora ter vendido cinco quadros não seja nada mau, ele pensa e senta à mesa à frente do palco e ali fica desenhando e pensa que as coisas não podiam ter sido melhores, ele pensa, mas percebe que sente falta dos quadros que vendeu, que se foram, o Asle pensa e já preencheu o bloco de desenhos inteiro com esboços de imagens que estavam impregnadas na mente e pensa que todos esses esboços um dia ele vai pintar, ou talvez não todos, mas alguns pelo menos, pelo menos alguns esboços se tornarão óleo sobre tela, ele pensa, vão se tornar pinturas, o Asle pensa e então vê o Beyer, aquele que adquiriu duas telas, retornar, e já estava na hora de chegar alguém, pois há muito tempo não chegava ninguém para ver a exposição e ainda são quatro os trabalhos à venda, de modo que ele se deu conta de que não adiantava mais ficar sentado ali esperando, mas ele havia estipulado um horário para a exposição que era obrigado a cumprir, o Asle pensa e o Beyer faz um meneio de cabeça para o Asle e diz bom dia e então se dirige às quatro pinturas que ainda restam, ele vai percorrendo uma a uma e se demora um bom tempo diante de cada uma, ele as contempla demoradamente e o Asle pensa que foi estranho o Beyer, como ele se chama, ter voltado, ele pensa e então o Beyer se aproxima do Asle e diz que as pinturas lhe chamaram tanto a atenção que ele deseja adquirir as quatro que restaram, caso o preço se mantenha o mesmo de antes, ele diz

Tem alguma coisa nas suas pinturas, o Beyer diz

Algo muito particular, ele diz

Mas tudo depende, é claro, do que você vai pedir por elas, ele diz

e o Asle diz que ele pode levá-las pelo mesmo preço de antes e o Beyer diz que o negócio está fechado e tira a carteira do bolso e paga pelos quadros e diz que não há nada a comentar sobre o preço e o Beyer diz que estava a caminho de Stranda onde uns conhecidos têm uma cabana na floresta e parou na Cooperativa e viu o cartaz da Exposição de Arte na vitrine, o próprio cartaz já era uma pintura, e embora a ilustração do cartaz não fosse tão interessante em si a Casa da Juventude de Barmen estava tão bem retratada que ele pensou em dar uma conferida nessa tal exposição de arte, ele diz

Você tem um grande futuro pela frente, ele diz

Tenho certeza, ele diz

E de pinturas eu entendo um bocado, ele diz

e então torna a dizer que se chama Beyer e novamente pergunta como o Asle se chama e então repete que se não lhe falha a memória havia um bilhete escrito Vendido abaixo de pelo menos dois dos quadros que ele comprou agora, ele diz e olha para o Asle que não diz nada e então o Beyer diz adeus e carrega duas das pinturas debaixo do braço e o Asle diz que pode ajudá-lo com as outras duas e então o Beyer vai até o carro e põe as pinturas no bagageiro e entre cada uma estende um cobertor e então o Asle fica ali parado, o Beyer entra no carro e dá a partida e o Asle entra e fica olhando para as paredes nuas e pensa que é triste que aquelas pinturas tenham se ido, porque na verdade queria ficar com todas elas, o Asle pensa, e sentiu tamanha paz de espírito enquanto ficou ali sentado na Casa da Juventude desenhando quadros que no futuro irá pintar, pelo menos alguns desses desenhos se transformarão em pinturas, e agora, uma vez que não há mais quadros ali, tudo ficou tão vazio e triste, o Asle pensa e pensa que sentiu uma felicidade por se ver livre dos quadros de casas e construções que pintou no passado, antes tarde do que nunca, mas desses outros quadros ele gostava, e sente uma tristeza e um peso na consciência por eles não estarem mais ali agora, ele pensa e então o Asle vai e arranca todos os bilhetes em que escreveu Vendido e os joga na lixeira que fica em frente à Casa da Juventude e volta a entrar e arranca todos os pregos e também os joga na lixeira e então arranca da porta da Casa da Juventude o bilhete onde se lê Exposição de Arte e o joga na lixeira e volta a entrar e carrega a mesa e a cadeira de volta para a coxia onde as encontrou e então tira os lençóis do medonho painel atrás do palco com a imagem da paisagem ensolarada de Stranda e seus fiordes azuis e montanhas negras contrastando com picos nevados e enfia os lençóis na sacola em que os levou, e por cima põe o martelo e a caixa de pregos e pendura a bolsa de couro marrom no ombro e então desliga as luzes e sai e pensa que precisa pendurar um bilhete na porta dizendo Esgotado e pega o bloco de desenho e escreve Esgotado numa folha e arranca as fitas que prendiam o bilhete anterior e nelas gruda o bilhete que diz Esgotado na porta externa da Casa da Juventude e tranca a porta e vai ao Presidente da Casa da Juventude de Barmen e lhe entrega as chaves

Você desistiu? ele diz

Desisti, o Asle diz

Não deve ser fácil vender aqueles quadros, o Presidente diz

Não, o Asle diz

Mas obrigado por ceder a Casa da Juventude, ele diz

e então o Asle vai para casa levando a sacola na mão e a Mãe pergunta por que já voltou para casa e o Asle diz que vendeu todos os quadros, mas na verdade se arrepende de tê-los vendido, porque agora sente falta deles e jamais poderá reavê-los

Mas isso é incrível, a Mãe diz

e diz que não consegue entender essas pessoas, que ele consiga vender as pinturas bem-feitas que faz é uma coisa, mas que alguém queira pagar por aqueles borrões indecifráveis que não são nem cachorro nem gato não é coisa que lhe entre na cabeça, a Mãe diz e diz que o cartaz que anuncia a exposição de arte na vitrine da Cooperativa precisa ser retirado dali

Claro, o Asle diz

e tira os pregos e o martelo da sacola e diz que vai levá-los de volta ao porão da Casa Velha e então entrega a sacola com os lençóis brancos à Mãe e agradece por ela tê-los emprestado

Vou lavá-los agora mesmo, ela diz

e diz para o Asle ir tirar já o cartaz da vitrine da Cooperativa

Já estou indo, ele diz

Nunca pensei que você fosse vender aquelas pinturas lá, a Mãe diz

Quem comprou não deve ter um pingo de juízo, ela diz

e o Asle diz que se alguém não tem um pingo de juízo, se alguém não bate bem da cabeça, esse alguém é ela, a Mãe, e ela diz imagine dizer uma coisa dessas para a própria mãe e diz que o apurado com a venda das pinturas não deve ter sido muito e o Asle diz que as vendeu pelo preço de custo acrescido de mais um pouquinho

Não posso acreditar que você vendeu as pinturas, achei que não fosse vender uma só que fosse, a Mãe diz

e pergunta quem comprou as pinturas e o Asle diz que um homem chamado Beyer que mora em Bjørgvin foi quem comprou a maioria, ele diz

Só mesmo gente de Bjørgvin para comprar pinturas assim, a Mãe diz

E por que não, o Asle diz

e em seguida vai à Cooperativa e retira o cartaz, ou melhor, a pintura que diz Exposição de Arte, da vitrine e volta para casa com ela debaixo do braço e eu fico sentado no carro e olho para a neve que cobre o para-brisa e então aciono os limpadores e eles arrastam a neve para os lados e eu consigo enxergar o muro branco e agora gotas de chuva surgem no para-brisa, quer dizer que começou a chover, eu penso, e já estou no carro há muito tempo, e faz um frio atroz e estou congelando, eu penso, por isso é preciso que o Beyer volte logo à galeria para que levemos os quadros para o anexo, para o Banco, como o Beyer chama, eu penso e para falar a verdade não tenho a menor vontade de fazer isso, não quero me desfazer dessas pinturas, eu penso, sempre é como dar um adeus definitivo a cada vez, é como se eu me desfizesse de um pedaço de mim mesmo, eu penso, mas preciso viver de alguma coisa e vivo de vender os quadros que pinto, é disso que tenho vivido a vida inteira, eu penso, então é o jeito continuar fazendo assim, levando as pinturas e as depositando no Banco do Beyer, eu penso e abro a porta do carro e enfrento o frio e a chuva que me açoitam e penso que posso verificar se a porta da galeria está mesmo fechada, porque talvez o Beyer tenha voltado à galeria sem que eu tenha percebido, pode muito bem acontecer, eu penso e nem saio do carro e já vejo o Beyer em pé segurando a porta da galeria e dizendo em alto e bom som que é bom poder receber as minhas pinturas, sem elas não haveria Natal por assim dizer, o Beyer diz e diz que estava mesmo ansiando pelos quadros, ele diz e eu dou uma corridinha até a porta aberta e o Beyer me estende a mão e nos cumprimentamos e eu vejo que o aviso que estava pendurado na porta sumiu e penso que o Beyer certamente estava na galeria o tempo inteiro, ou não queria ser perturbado ou o aviso tinha sido colocado ali por engano, eu penso e o Beyer diz para eu entrar e o Beyer está muito feliz por me ver e fica repetindo que é bom me ver, para dizer a verdade faz bem um ano que nos vimos pela última vez e eu digo que é verdade

Estamos ficando velhos, você e eu, ele diz

e eu olho para o Beyer e na mão esquerda ele empunha uma bengala que não usava quando nos vimos da última vez, se bem que já estava mal das pernas há alguns anos, ele já mancava um pouco ao caminhar, mas é a primeira vez que o vejo de bengala na mão e o Beyer a ergue como para exibi-la

Olhe só isso, ele diz

e brande a bengala ainda mais alto

Até que me viro bem sem ela, mas não custa nada usar, ele diz

e eu penso que o Beyer envelheceu muito no último ano, eu penso e reparo que o cabelo dele já nem pode ser considerado grisalho, está inteiramente branco, e o Beyer ficou um pouco mais encurvado e ele solta a minha mão e diz que estou com uma ótima aparência

Você não envelheceu muito desde a última vez, ele diz

e não sei o que dizer, então simplesmente fico parado ali

Pois é, você e eu temos feito negócios, ou sei lá como posso dizer, há muitos anos, o Beyer diz

É verdade, eu digo

Já faz pelo menos o tempo de uma geração, o Beyer diz

Não, muito mais do que isso, ele diz

e diz que já deve fazer uns cinquenta anos desde a primeira vez que nos vimos, quando ele comprou seis quadros meus quando eu ainda era garoto e fazia minha primeira exposição na Casa da Juventude de Barmen, o Beyer diz e fica parado sem dizer nada e então me encara e pergunta se eu lembro da primeira vez que nos vimos e eu digo que sim, lembro bem, como se fosse ontem, e agora mesmo eu estava justamente recordando essa ocasião, eu digo e penso que isso o Beyer já falou muitas vezes, tornou-se algo que falamos só por falar, algo que dizemos apenas para demonstrar como estamos ligados um ao outro

Pois é, foi na Casa da Juventude de Barmen, o Beyer diz

Foi quando eu comprei cinco quadros seus, ele diz

Foram seis, eu digo

e não parece que o Beyer dá ouvidos ao que eu digo

E ainda incentivei familiares e amigos a comprar os outros que ainda estavam à venda, ele diz

e diz que jamais ouviu algum deles dizer que tinha se arrependido, ele diz

E você, seu pilantra, pendurou bilhetes debaixo de cinco dos quadros dizendo que estavam vendidos, ele diz

e o Beyer ri balançando a cabeça

Preciso admitir que eu mesmo recorri a esse truque com frequência, ele diz

É bastante eficaz, isso é, ele diz

e ficamos em silêncio

Foi aí que percebi que você não apenas sabia pintar, mas tinha um futuro como artista, percebi que você tinha um tino para as vendas, o Beyer diz

Um verdadeiro comerciante, ele diz

Foi meu pai quem me veio com essa ideia, eu digo

Então ele quem tinha esse tino, o Beyer diz

Você é o herdeiro de um comerciante, ele diz

e diz comerciante de um jeito que deixa muito claro que se trata de uma virtude da qual posso me orgulhar

Comerciante, sim, ele diz

Meu pai construía barcos, botes artesanais, e também cultivava frutas, eu digo

Sim, eu sei, o Beyer diz

e paro de falar e ficamos em silêncio um instante e então digo que o Pai trabalhou muito, construindo barcos, botes artesanais, ou então cuidando dos pomares, mas por mais que trabalhasse não ganhava muito, não tínhamos mais do que o necessário em casa, sendo assim de comerciante o Pai não tinha nada, eu digo

Assim seja então, o Beyer diz

Mas você até que sabe ganhar dinheiro, ele diz

e eu digo que tenho que viver de alguma coisa, e o meu ganha-pão é pintar essas minhas pinturas, algo que duvidava que fosse possível, pelo menos lá onde cresci, um lugarejo onde os habitantes moravam tão distantes uns dos outros que mesmo que cada um comprasse um quadro meu eu não teria vendido muitos, eu digo e o Beyer dá uma gargalhada e diz é verdade, isso lá é verdade, sim

Nem eu mesmo consigo entender como tenho conseguido me sustentar, eu digo

e digo que é por causa dele, por causa do Beyer, que consigo, sem a ajuda dele não teria sido possível e isso justamente porque não tenho esse tino comercial, não, mas também é porque não sou de rasgar dinheiro, eu sou mais de labutar e poupar, e gastar o mínimo que posso, só tenho dois pares de sapatos, um par que uso no inverno e outro no verão, e também tenho de reserva um par de sapatos sociais e outro de botas bem gastas, por exemplo, eu digo, mas quando é para comprar sapatos eu só compro dos caros, da melhor marca, eu digo, e esses sapatos duram bastante, e acontece de levá-los ao sapateiro, e por fim eles ficam imprestáveis e preciso descartá-los, mas passam anos a cada vez, eu digo e o Beyer diz que agora que mencionei ele já reparou que eu ando sempre com os mesmos sapatos, ele diz, assim como sempre estou vestindo roupas pretas, algum tipo de suéter preto e sempre calças pretas e sempre uma jaqueta de veludo preto, e ele não se lembra de ter me visto sem uma bolsa marrom a tiracolo, e depois no inverno eu visto esse sobretudo preto comprido que estou vestindo hoje, nunca ele me viu de terno, mas os meus sapatos são sempre pretos, e com frequência, mas nem sempre, eu uso um ou outro cachecol

A echarpe dos artistas eu tenho que usar, eu digo

e encho a boca para dizer isso porque sei que é uma expressão que o Beyer irá repetir, e sei que se não disser echarpe dos artistas é o Beyer quem o dirá, eu penso e nem gosto quando ele fala assim, é como se ele me menosprezasse um pouco ao dizer essa expressão, echarpe dos artistas

A esse tantinho de luxo você pode se dar, o Beyer diz

e ele diz que por mais que sejam novos, vários dos cachecóis que uso são de seda, nisso ele reparou, então devo ter uma bela coleção de cachecóis, ele diz e eu penso que sempre dizia à Ales que queria um cachecol de presente e era o que ela costumava me dar, ou de aniversário ou de Natal, por isso tenho tantos cachecóis, muitos cachecóis finos, e se vou sair de casa costumo usar algum, é verdade, é isso mesmo, eu penso e ficamos calados um instante até o Beyer dizer de novo que foi um golpe de mestre da minha parte, beirando a astúcia, pregar um bilhete dizendo Vendido debaixo dos quadros que não tinham sido vendidos, é uma clara demonstração de tino comercial, ele diz, e esta também é uma dessas expressões de que não gosto nada, mas para o Beyer e para a maioria da gente de Bjørgvin é quase um elogio

Tino comercial, sim, o Beyer diz

Foi uma ideia e tanto, ele diz

Nunca consigo me lembrar se fui eu quem tive essa ideia, eu digo

Talvez tenha sido o meu pai, não lembro exatamente, eu digo

Esperteza, astúcia, não importa de quem veio, o Beyer diz

e então eu digo, de onde estou, que de verdade acredito que os nove quadros que vendi estão entre os melhores que já pintei, e digo que me arrependo de ter vendido todos eles, e essa lição eu aprendi, eu digo, pois no sótão da minha casa, em Dylgja, num dos quartinhos do sótão, na água-furtada lá no alto, guardei algumas pinturas que não quero vender e o Beyer diz que ficou curioso sobre essas pinturas no sótão, e eu digo que sempre deixo uma delas exposta, encostada no espaldar de uma cadeira entre duas claraboias no quartinho, eu sempre deixo uma pintura exposta, mas sempre vou alternando entre uma e outra, mas é sempre uma da coleção no sótão, eu digo e digo que é algo para me fazer lembrar que nem tudo que fiz na vida foi sem sentido, eu digo

Na verdade você praticamente nunca fez nada sem sentido nesta vida, o Beyer diz

De jeito nenhum, ele diz

e diz que quando me descobriu, e se permite dizer que o fez, foi a coisa mais importante que jamais fez pela arte norueguesa, é bem verdade que os meus quadros podem não ser tão valorizados, mas isso vai mudar, é só uma questão de tempo, porque os verdadeiros artistas só são devidamente reconhecidos ou valorizados muito depois que morrem, o Beyer diz, é quase uma espécie de regra, ele diz

Qualidade, talento e autenticidade sempre prevalecem, ele diz

Mas isso pode levar tempo, ele diz

Longo é o tempo, mas a verdade sempre vem à tona, como escreveu o poeta, o Beyer diz

e diz que pode até demorar muito, o mais provável é que nem ele nem eu estejamos vivos para ver, ele pelo menos não, até que meus quadros sejam vendidos pelo que valem, mas devo acreditar no que ele diz, mesmo que nenhum de nós esteja vivo para testemunhar a verdade dessas palavras, ele diz, mas eu, os meus quadros, estarão entre o que há de mais importante nas artes plásticas da Noruega, nada menos, ele diz

Não sei nada disso, eu digo

Sabe muito bem, ele diz

e diz num tom bem firme

No fundo, no fundo algo me diz que é assim, eu digo

e então ficamos ali calados e o Beyer diz que eu já alcancei muito, o Museu de Belas Artes da Noruega, em Oslo, já adquiriu trabalhos meus, foram vários até, e diversas repartições públicas também já adquiriram meus quadros, e ele não pode deixar de mencionar que o Museu de Belas Artes de Bjørgvin também adquiriu vários quadros meus, embora a maioria dos meus trabalhos tenha sido comprada por pessoas comuns que os apreciam de verdade, e também porque ele não exagera muito nos preços, são altos, mas não demasiado altos, pois não venderia uma só peça caso o preço fosse abusivo, ele diz, quanto a isso não temos do que nos queixar, ele diz, não temos razão para reclamar, fui inclusive convidado a expor no Festival de Bjørgvin, nosso Festival de Artes, é talvez a maior honraria a que um artista plástico norueguês pode aspirar, ele diz, é bem verdade que as circunstâncias dessa exposição foram um pouco tensas, sempre existe alguém querendo se arrogar importância, e aquele cidadão que era, e ainda é, crítico de arte do *Correio de Bjørgvin* escreveu que foi da maior estranheza eu ter sido escolhido Artista Honorário dessa exposição, havia muitos outros que pintavam melhor, ele escreveu, esse idiota, o Beyer diz, mas o resenhista do *Correio de Bjørgvin* jamais demonstrou a menor sensibilidade para as artes e chega a ser curioso, o Beyer diz, que muitas vezes os que se formam como historiadores de arte sejam justamente aqueles que não têm a menor noção do que seja bom ou ruim nas artes plásticas e se tornam críticos, de modo que foi até bom o *Correio de Bjørgvin* ter passado a ignorar as minhas exposições, como faziam nos primeiros anos, quando a Anne Sofie Grieg era a crítica de arte, e ela sempre escrevia artigos bem escritos e fundamentados, mas depois assumiu o posto esse tal crítico que acha as minhas pinturas muito etéreas, vagas, sim, até misteriosas demais e por fim o jornal deixou de noticiar os meus trabalhos, e tudo bem, talvez até tenha sido melhor assim, no final das contas, o Beyer diz e então diz que eu, aliás como sempre, prefiro não comparecer às minhas vernissagens, é óbvio que dessa vez também não comparecerei, ele diz

Não, eu digo

e diz que eu nunca estive presente numa única vernissagem minha, ele diz, e não quero mais dar entrevistas, ele diz, só concedi algumas poucas e isso foi antes de ter parado de beber, eu não lhe facilito exatamente a venda dos meus quadros, não compareço às vernissagens e não dou entrevistas, o Beyer diz e diz que mesmo assim eu, apesar disso tudo, costumo vender bem, como regra quase todos os meus trabalhos são vendidos, e os que não são ele os recolhe e quando estão em número suficiente para uma mostra ele os envia para a Galeria Kleinheinrich, em Oslo, e lá eles são vendidos, bem, quase todos, e os quadros que restaram ele os recebe de volta, que mais cedo ou mais tarde serão expostos em Nidaros, ele diz, embora os melhores trabalhos que pinto fiquem em Bjørgvin, o Beyer diz e ri com gosto, e agora, isto é, em breve sobrarão pinturas suficientes, das que não foram vendidas nem em Bjørgvin nem em Oslo, para que eu possa fazer uma mostra em Nidaros, a exposição há muito planejada na Galeria Huysmann em Nidaros, pois ele e o Huysmann se conhecem há anos, será realizada nesta primavera, por isso no próximo ano terei nada menos que três exposições, uma em Oslo, uma em Nidaros e naturalmente a mostra anual na Galeria Beyer, ele diz, o ano que vem venderei mais quadros do que jamais vendi, o Beyer diz e diz que agora não podemos ficar parados jogando conversa fora, porque parou de chover e temos que trazer os quadros para a galeria, ele diz e põe um calço debaixo da porta para mantê-la aberta e eu vou até o bagageiro e lhe digo que posso levar os quadros para dentro sozinho e o Beyer diz obrigado, muito obrigado e diz que está tão ansioso para ver os trabalhos que mal pode esperar, ele diz e eu vou buscar dois quadros e o Beyer entra na galeria e abre a porta do Banco e lá eu entro e com cuidado ponho os quadros no chão e saio e apanho mais quadros e os carrego para dentro e busco os dois últimos e os levo para dentro e os deixo no Banco e depois vou até a galeria e o Beyer fecha a porta do Banco e diz que foi bom deixar as pinturas em segurança no Banco, e diz que está feliz igualzinho a uma criança que recebe presentes de Natal, sim, está empolgadíssimo para desempacotar as pinturas dos cobertores

Porque é assim que eu quero, o Beyer diz

e tenho que entregar as pinturas embaladas em cobertores, ele diz e eu digo que foi assim mesmo que fiz e ficamos ali parados sem dizer nada

Pois é, hoje está fazendo esse tempinho típico de Bjørgvin, o Beyer diz

Mal nevou e lá vem chuva, ele diz

É, eu digo

Mas é bom esse intervalo entre um aguaceiro e outro, ele diz

E é muito bom estar com os quadros na galeria, ele diz

e então o Beyer diz que sempre espera para ver os quadros, desembalá-los, pendurá-los nos expositores, como é costume fazermos e por acaso este ano ele vai pendurá-los sozinho, certo? o Beyer diz e eu assinto e os títulos dos quadros como sempre eu os pintei na parte de trás, na borda superior do caixilho, e depois os assinei com um A maiúsculo no inferior direito da tela? ele diz e eu assinto e então o Beyer diz que então tudo está como é devido e quando desembalar os quadros e os pendurar devidamente irá fotografar cada um e atribuir um valor para eles e me enviar uma lista com cada pintura com título e preço, de acordo com a ordem em que estiverem expostos, ele diz

Faremos como sempre costumamos fazer, eu digo

Sim, esta não é a primeira vez, não, senhor, o Beyer diz

e diz que essa é a minha mostra natalina anual, ele diz e eu penso que nunca gostei dessa expressão mostra natalina, que não passa de um reclame publicitário, mas o Beyer é justamente isso, um publicitário, um comerciante, ele aprecia esses termos, e em vários aspectos é bom que seja assim, porque eu preciso ganhar dinheiro, e se o Beyer não tivesse esse senso publicitário eu estaria em apuros financeiros, eu penso, e então penso que por mais que goste bastante do Beyer tem algo nele que não me deixa à vontade, de modo que amigos nunca fomos, para tanto somos muito diferentes um do outro, talvez tenha a ver com o fato de eu ter sido criado num povoado e ele ser de um centro urbano, e pode ter a ver com o fato de ele pertencer a uma família abastada, da burguesia da cidade, e eu ser o filho de uma família simples do povoado, eu penso, e até gosto do Beyer, mas percebo que rapidamente ele me cansa, me irrita, algo nesse entusiasmo dele não me agrada, por isso nossos encontros são sempre breves e um quê forçados e logo eu digo ao Beyer que tenho que ir, que tenho algo para fazer, eu digo, e então pergunto ao Beyer se ele pode fazer a gentileza de me conseguir um táxi e o Beyer diz claro que sim e vai até o telefone e liga para o táxi e então vem até mim e diz que o táxi já está a caminho e ficamos ali na porta da galeria olhando para a chuva e para a neve derretendo sem dizer nada e então o Beyer para quebrar o silêncio diz que está muito empolgado com os quadros, está de fato tão entusiasmado para desembrulhá-los dos cobertores tal como uma criança esperando para abrir os presentes de Natal, ele diz e diz que vale a pena esperar, e não espiar, não tentar olhar o que está ali dentro, não, ele vai esperar até três dias antes da vernissagem para só então tirar os quadros das cobertas, um a um, e para só então admirar cada um demoradamente e levá-los para a galeria e deixá-los no chão rente ao local onde serão pendurados, e assim trazer todos os quadros até que todos estejam em seu lugar na galeria e ficará contemplando cada um demoradamente e planejando como irá dispor cada quadro em relação ao seguinte e assim por diante e alterar a ordem conforme lhe der na telha, como sempre faz, no que concerne às minhas pinturas, que ele conhece bem, esse processo é bastante rápido, com outros artistas pode dar mais trabalho, o importante mesmo é que a exposição inteira seja como uma só pintura, para que cada visitante que entre no salão tenha a sensação de que está em meio a uma só imagem, o próprio salão deve ser como uma só imagem, como uma imagem que se deixe penetrar, o Beyer diz e eu penso que naturalmente deve ser assim, uma só imagem de onde provêm todas as minhas pinturas deve preencher o salão, eu penso e o Beyer diz que não sabe o que faz com que seja dessa forma, não é algo que se possa expressar com palavras, não adianta tentar dizer com palavras o que uma boa pintura diz, e quando se trata das minhas pinturas o mais próximo a que ele consegue chegar é dizer que existe uma ausência presente, ou algo ausente que se faz presente neles, nos meus quadros, é como se algo invisível se revelasse e continuasse invisível, permanecesse oculto, permanecesse velado, se é que se pode dizer assim, os meus quadros conversam com o observador, e ao mesmo tempo não é possível dizer o que dizem, trata-se de uma confissão silenciosa, pelo menos assim é para ele, o Beyer diz e diz que está divagando e vejo o táxi encostando no estacionamento diante da Galeria Beyer e estacionando ao lado do meu carro e o Beyer me estende a mão e diz obrigado, obrigado e falaremos em breve e eu digo obrigado igualmente e vou até o táxi e abro a porta de trás e entro e digo que quero ir ao Hospital

Acho que levei você ao Hospital ontem ou outro dia desses, o Motorista do Táxi diz

Pode ter sido, eu digo

e embora ele se lembre de mim eu não tenho a menor lembrança dele

Acho que foi você mesmo, ele diz

Pode ter sido, eu digo

Está fazendo exames ou algo assim? o Motorista do Táxi diz e vira a cabeça para trás para olhar para mim

Não, estou indo visitar um amigo, eu digo

e o Motorista do Táxi dirige sem dizer nada e então diz que é sempre assim em Bjørgvin, mal para de nevar e já começa a chover, ele diz, e tudo bem, se ao menos a temperatura não despencar e a neve não derreter e virar gelo, é um perigo fatal caminhar e dirigir em Bjørgvin nessas condições, ele diz, mas a vida tem que seguir seu curso mesmo com o chão escorregadio, o Motorista do Táxi diz e então fica calado um instante e liga a seta diante do Hospital e para junto da entrada e diz quanto foi a corrida e eu pago e digo obrigado e entro no Hospital e vou até a recepção e a mulher que está lá afasta a janelinha para o lado e eu digo quem sou e quem vim visitar e a mulher que está na recepção folheia alguns papéis e então diz que o Asle precisa repousar, está escrito que ele não deve ser incomodado, não pode receber visitas, os médicos que determinaram, ele precisa descansar, tem que ter um pouco de repouso, precisa de sossego, ela diz e eu pergunto quando seria possível vir visitar o Asle e ela diz que não tem como saber e então diz que eu posso ligar para o Hospital e perguntar quando as visitas estarão liberadas

Isso quer dizer que o estado dele é grave? eu digo

É um indício que sim, ela diz

Mas ele corre risco de vida? eu digo

É possível que sim, ela diz

e fico parado sem dizer nada

Eu sou amigo próximo, fui eu quem o trouxe para cá, eu digo

e ela assente

Primeiro fomos ao Pronto-Socorro e de lá o transferiram para o Hospital, eu digo

e ela assente e diz que sim, quando o estado é grave a pessoa é imediatamente transferida do Pronto-Socorro para o Hospital

É, eu digo

Mas fico me perguntando se ele estará precisando de alguma coisa? se posso providenciar algo para ele? lhe comprar alguma coisa? eu digo

e a mulher que está na recepção diz que não preciso me preocupar com isso, ele não deve estar precisando de nada agora, ele passa a maior parte do tempo deitado e dormindo para recobrar as forças, ela diz e eu digo obrigado e fico com o olhar perdido diante de mim, olhando para o nada e vejo o Asle deitado ali com um monte de tubos presos ao corpo, e no quarto tem outra cama com alguém deitado, e lá está um homem de jaleco branco sentado numa cadeira, e o corpo do Asle tem espasmos e não para de tremer, ele treme o tempo inteiro, chacoalha, e de repente se acalma e o homem sentado na cadeira olha para o Asle e levanta e vai cutucar o Asle no ombro

Asle, ele diz

O quê, o Asle diz

e é como se ele falasse de bem longe, mas ele diz o quê e o homem que o cutucou no ombro volta a sentar na cadeira e então a mulher da recepção me pergunta se está tudo bem e eu digo que sim e então pergunto se ela pode pedir um táxi para mim e ela diz que está vendo um táxi parado em frente ao Hospital, deve estar livre, ela diz, de maneira que eu posso antes perguntar se está livre, ela diz, e se não estiver naturalmente ela pode ligar para pedir um táxi para mim, ela diz e eu digo obrigado, obrigado e então digo que ligarei esta noite para perguntar se posso vir amanhã e a mulher que está na recepção diz que certamente é preciso esperar até amanhã, que só amanhã vão decidir se ele pode ou não receber visitas, ela diz, e eu digo muito obrigado, obrigado pela ajuda, eu digo e ela diz que não há de quê e então vou até o táxi parado lá fora e é o mesmo carro que me trouxe ao Hospital que está parado diante do Hospital e eu olho para o Motorista do Táxi e ele assente e eu abro a porta traseira e entro e o Motorista do Táxi diz que foi uma visita rápida e eu digo que não consegui visitar quem eu queria porque o Médico disse que ele precisa descansar, dormir, e não pode receber visitas, eu digo, foi o Médico quem determinou, eu digo

Às vezes é assim, o Motorista do Táxi diz

Foi por isso que você ficou aqui, porque achou que seria assim? eu digo

Não, o Motorista do Táxi diz

e então diz que na maioria das vezes apenas leva o passageiro ao Hospital, mas se está ali e não é chamado para fazer outra corrida, fica esperando, e não costuma demorar para que seja abordado por alguém à procura de um táxi, ele diz, e às vezes acontece como foi comigo, às vezes o paciente não pode receber visitas, por qualquer razão que seja, e nesse caso o passageiro vai precisar de outro táxi imediatamente, ele diz

E para onde vamos agora? ele diz

Para o Lar Hotel, eu digo

Bem que eu poderia adivinhar, ele diz

e então o Motorista do Táxi diz que tem certeza de que fez uma corrida comigo antes, ou pelo menos me reconheceu, e diz que já me levou ao Lar Hotel antes, mas também ao Hospital, ele não lembra direito, mas tem algo familiar em mim, ou, quer dizer, agora ele lembra, mas a memória dele é muito ruim, ele várias vezes já me levou à minha casa, é isso, várias vezes já me levou do Salão dos Drinques para a casa onde moro na Enseada dos Veleiros, ele diz e eu não estava nada sóbrio, ele diz, longe disso, ele me levou do Último Barco para casa, foi isso, o Motorista do Táxi diz, agora já não tem mais dúvidas, mas por mais que eu estivesse bêbado nunca dei vexame, sempre paguei as corridas, sempre me comportei direito, agora ele lembra, e aliás, há muitos anos, ele viu uma foto minha no *Correio de Bjørgvin*, porque sou artista plástico e a notícia tinha algo a ver com uma exposição na Galeria Beyer, deve ter sido por isso que ele me apanhou lá, em frente à galeria, ele diz, e meu nome é algo como Asle, não é? o Motorista do Táxi diz e eu digo sim, é isso mesmo, e digo que estou reconhecendo ele também, o Motorista do Táxi

Então você é artista? ele diz

Sim, modestamente tento ser, eu digo

E consegue viver disso? ele diz

De certo modo, sim, eu digo

Muito bem, o Motorista do Táxi diz

e calamos

Você ganha a vida vendendo quadros? ele diz

É, eu digo

Muito bem, ele diz

e então diz que os quadros que pinto são tão caros que não haveriam de caber no bolso de gente como ele, são artigos de gente rica, ele diz e eu não digo nada

Ou não é isso mesmo? ele diz

Todo tipo de gente adquire meus quadros, eu digo

Não acredito, o Motorista do Táxi diz

e ficamos calados e então ele pergunta se em breve farei uma exposição na Galeria Beyer e eu digo sim, logo mais vai inaugurar uma exposição minha lá

Pois com certeza vou dar uma espiada nos seus quadros, ele diz

Mas eles não parecem com coisa nenhuma, não é? ele diz

Aliás, é muito caro o ingresso da Galeria Beyer, para ver a sua exposição, quero dizer? ele pergunta

e digo que não tem ingresso, não custa nada, quem quiser é só ir ver as pinturas, eu digo e o Motorista do Táxi diz que sendo assim vai mesmo dar uma passadinha lá já que agora me conhece, o artista, e por isso quer conhecer o meu trabalho, e inclusive até gosta de pinturas, mesmo que não pareçam com nada, o mais importante mesmo é que a pintura diga alguma coisa, não seja só um amontoado de rabiscos mas esteja ali para dizer alguma coisa, se for esse o caso ele gosta da pintura, o Motorista do Táxi diz e vira o rosto e me olha de relance e volta a olhar para a frente, caso uma pintura tenha algo a dizer ele saberá apreciá-la, ele diz, então pode ser que goste das minhas pinturas, e já que me levou para casa tantas vezes seria interessante ver como eu pinto, aliás pensando bem ele acha até que já fez corridas comigo quando eu estava sóbrio também, provavelmente sim, ele diz e eu vejo o Lar Hotel ali adiante e o Motorista do Táxi faz uma curva e para em frente à Cafeteria

Então chegamos, ele diz

e vira a cabeça para mim e diz quanto foi a corrida e eu pago e ele diz que é evidente que me reconheceu, não foram poucas as vezes que ele me levou do Salão dos Drinques, do Último Barco, para casa, só não conseguiu perceber à primeira vista, ele diz, e por acaso o meu nome não é Asle? ele diz e digo que sim e pago a corrida e então o Motorista de Táxi diz que vai dar um jeito de ir ver os meus quadros, com certeza, ele diz

Porque se trata de pinturas, não é? ele diz

Sim, eu digo

Que bom, porque de pintura eu gosto, ele diz

e eu digo que ele se cuide e ele diz obrigado igualmente e eu abro a porta e saio e vou direto à Cafeteria e lá, diante da mesa mais próxima da janela, está sentada uma mulher de cabelo meio comprido, e o cabelo parece com o da mulher que encontrei anteontem, a que me indicou o caminho para o Lar Hotel quando eu consegui me perder no meio da nevasca em Bjørgvin e cuidou do cachorro do Asle, a que mora na Rua Estreita e cujo nome parece que é Guro, mas é tanta gente por aqui com o cabelo louro meio comprido, e junto dela estão uma mala e algumas sacolas, portanto não deve ser a mesma que encontrei anteontem, mas que a mulher sentada parece com ela, isso parece, então pode muito bem ser a mesma, eu penso e entro na Cafeteria que está vazia e escolho uma mesa próxima à janela ao fundo e tiro a bolsa marrom do ombro e a deixo numa cadeira e então tiro o sobretudo preto e o ponho em cima da bolsa a tiracolo e vou até o balcão e me sirvo de uma xícara de café, e ponho um pouco de leite no café, depois vou ao caixa e vejo que já puseram um cartaz com o menu do almoço, então quem quiser já pode pedir o almoço, e percorro o menu e nada me abre o apetite, todos os dias eles servem almôndegas de carne na Cafeteria, mas não estou com vontade de comer isso hoje, nem qualquer outra coisa do menu, porque não estou com tanto apetite assim, estou só com um pouco de fome, queria comer só uma coisinha, eu penso, nesse caso acho que vou no de sempre, eu penso e digo que gostaria de ovos com bacon e a mulher do caixa diz que vai providenciar, é só eu escolher uma mesa e ficar à vontade que ela vai levar a comida, ela diz, eu só preciso pegar garfo e faca, ela diz e eu pego garfo e faca e guardanapo e os deixo sobre a mesa e então vou buscar um exemplar do *Diário do Norte*, que está exposto num estande ao lado do *Correio de Bjørgvin*, e o *Diário do Norte* é um bom jornal, às vezes até traz boas resenhas sobre exposições de arte, inclusive as minhas, não são só um apanhado de insultos, como no *Correio de Bjørgvin*, eu penso e discretamente espreito na direção da mulher de cabelo louro meio comprido e ela é a cara da que me ajudou anteontem, só pode ser ela então, mas decerto é só uma sósia, do contrário ela já teria notado a minha presença e me desejado bom dia, ou me dito algo do tipo quer dizer que você não foi para casa ontem? ou talvez algo como então você veio de Dylgja para Bjørgvin hoje de novo? ela poderia dizer, mas simplesmente está sentada com uma xícara de café lendo um jornal, pelo menos ela está de olho no jornal e tem uma mala e algumas sacolas em volta, deve ser portanto alguém só de passagem pela cidade a caminho de casa, alguém que talvez tome um catamarã rumo ao norte ou ao sul, pois a plataforma de embarque dos catamarãs não fica muito longe da Cafeteria, é uma breve caminhada pelo cais e pronto, por isso os passageiros do catamarã costumam esperar na Cafeteria, e se precisam pernoitar em Bjørgvin preferem pernoitar no Lar Hotel, eu penso, e ela deve ser uma dessas pessoas de passagem pela cidade que provavelmente pernoitou no Lar Hotel e está ali esperando o catamarã, que, sendo um barco expresso como de fato é, faz um trajeto muito rápido seja para o norte ou para o sul, eu penso e então percebo que ela está me encarando de um jeito que deixa explícito que sabe quem eu sou e em seguida volta a desviar o olhar para o jornal e torna a olhar para mim e eu penso que ela me conhece, ou pelo menos sabe quem eu sou, eu penso, e embora eu a ache idêntica à mulher de anteontem, porque acho mesmo, não se trata da mesma pessoa, então ela só pode me conhecer de outro lugar, talvez seja alguém que há muito tempo viu uma foto minha no *Correio de Bjørgvin*, quando fui convidado a expor no Festival de Artes ou algo assim, ou de alguma entrevista que dei ao *Diário do Norte* quando ainda dava entrevistas, pois se fosse a mesma de anteontem ela já deveria ter se dirigido a mim de alguma maneira, mas você por aqui de novo? bom dia, que bom rever você, algo assim ela já teria falado, em vez de ficar ali concentrada lendo o jornal e absorta nos próprios pensamentos, e eu escolhi uma mesa no fundo da Cafeteria, sem ninguém por perto, só a mulher de cabelo louro meio comprido sentada à mesa junto à porta de entrada com uma mala e algumas sacolas ao lado, e eu sento ao lado da janela e fico admirando a paisagem, olho para o Cais, para a Baía, e penso que embora haja dois jornais gratuitos à disposição na Cafeteria eu leio apenas o *Diário do Norte*, e nunca o *Correio de Bjørgvin*, esse *Correio de Bjørgvin* só se ocupa de publicar coisas fúteis e obtusas, eu penso e parece que é justo esse jornal que a loura de cabelo meio comprido está lendo, enquanto eu estou aqui sentado folheando o *Diário do Norte*, e é incrível como ela se parece com a mulher que me deu aquela ajuda anteontem, não, não quero mais nem pensar nisso, chega até a me irritar, eu penso, além disso não conseguir nem ver o Asle, é um indício de que o estado dele é bem grave, pode ser que esteja morrendo, risco de vida ele está mesmo correndo, e foi para falar com o Asle que eu vim para Bjørgvin, se bem que também vim para entregar as pinturas, mas isso poderia esperar alguns dias, e também tinha pensado em passar na Igreja de São Paulo, mas isso me escapou completamente, depois que fui ao Hospital e não consegui ver o Asle pensei que a única coisa que gostaria de fazer era vir à Cafeteria antes de pegar a estrada de volta a minha casa em Dylgja, não havia essa pressa toda para trazer as pinturas para Bjørgvin, eu poderia ter esperado mais alguns dias para deixar os quadros na Galeria Beyer, só na próxima semana eu teria que trazê-los a Bjørgvin, então foi só para ver o Asle que eu dirigi até Bjørgvin, pois talvez ele esteja precisando de algo? talvez eu tivesse que buscar algo na casa dele? algo que ele desejasse, quem sabe um bloco de desenho? um lápis?

a impressão que tenho é de que tudo transcorreu muito rápido, mal me dei conta de tanta coisa, mas anteontem fiz o trajeto de ida e volta para Bjørgvin e depois retornei a Bjørgvin de novo porque me deu essa urgência de visitar o Asle, e eu o encontrei caído na neve, e ele poderia ter morrido congelado, tamanho era o frio que fazia, por isso foi um acerto eu ter feito essa viagem, tantas foram as coisas que aconteceram recentemente, eu penso e vejo alguém se aproximando e na mão ela traz um prato com pão e ovos e bacon frito, bem fritinho, o bacon da Cafeteria costuma ser servido em fatias finas e quase torradas, e logo percebo como estou com fome e essa comida vai cair muito bem, eu penso, ovos e bacon da Cafeteria, não tem nada melhor, não em Bjørgvin pelo menos, quem sabe os bolinhos de batata que servem aqui às quintas-feiras, eu penso e começo a comer imediatamente, como eu estava com fome, preciso dizer isso, e como está uma delícia, e o fato de eu gostar tanto de ovos com bacon tem a ver com o fato de que eu adorava quando a Avó preparava isso para mim quando pequeno, ela fritava o bacon e em seguida os ovos com cebola, era talvez a comida de que eu mais gostava quando era criança, eu penso e dou um gole no café e ouço passos e olho para o lado e vejo a loura de cabelo meio comprido, a que se chama Guro, vindo na minha direção e ela diz mas você voltou para Bjørgvin? será que não fui para casa, afinal? pois é, ela ficou mesmo surpresa quando viu um homem de cabelo grisalho sentado no fundo da Cafeteria, e pensou que poderia ser eu, que tinha que ser eu, ela diz, e eu penso que só pode ser a mulher que estava próxima da porta quem veio até mim, e afinal é a mesma com quem eu falei anteontem, a que levou o cachorro para pernoitar em casa, e eu olho para a porta da rua e a mulher que estava sentada junto à porta continua lá com a cabeça enfiada no jornal, e ainda estão junto dela a mala e as sacolas, e a que está falando comigo é a Guro, e ela é a cara da mulher que está sentada perto da porta

Não esperava por essa, ela diz

Achei que você fosse pegar o carro e ir para casa, quer dizer, depois de buscar o cachorro, ela diz

e eu assinto e termino de mastigar e digo que fui para casa, mas achei que era hora de entregar as pinturas para a minha próxima exposição na Galeria Beyer, eu digo e a mulher que se chama Guro diz que eu costumo fazer uma exposição por ano na Galeria Beyer, durante o Advento, que inaugura perto do Natal, ela diz

É, eu digo

Eu já fui, bem, a quase todas as suas exposições, ela diz

e eu não digo nada

E comprei dois quadros até, ela diz

e diz que já deve ter me contado isso, mas foi há anos, quando ela ainda tinha condições de comprar os quadros, agora já não tem mais, foi quando ainda vivia com o sujeito lá, o tal Rabequeiro, que se bandeou para o Leste e se amasiou com umazinha qualquer, era nessa época que ela tinha condições de comprar quadros

E também ganhei algumas pinturas que você me deu, ela diz

e eu olho para ela

Você lembra, não lembra? ela diz

e não faço ideia do que ela está dizendo

Porque você ia tanto lá em casa, diz ela sorrindo e revirando os olhos

E passou noites e noites comigo, ela diz

e não entendo o que ela está dizendo, não sei do que ela está falando

Mas disso você não deve lembrar, já que tinha tomado todas, não é? ela diz

e ela pergunta se pode sentar e digo por favor, claro que sim, eu digo e ela diz que vai pegar uma xícara de café e já volta para sentar e conversar um pouco, ela diz e eu a vejo ir até o balcão e termino de comer o que restou do ovo e do bacon frito e penso que de novo não consigo me desvencilhar dessa tal Guro, eu penso, não que tenha algo de errado nela, só não estou com vontade de ter companhia, agora mesmo o que eu queria era ficar sozinho, eu penso e pego a xícara e termino de beber o café e lá vem a Guro com sua xícara de café e senta no lado oposto da mesa e diz que quase todos os dias vem à Cafeteria

A Cafeteria é como minha segunda casa, ela diz

e ficamos calados

E acho bom que não vendam nem cerveja nem vinho na Cafeteria, ela diz e diz que do contrário seria fácil demais ter acesso ao álcool, mas de manhã, quer dizer, durante o dia, é melhor se abster, ela diz, foi justo quando o Rabequeiro começou a beber logo cedo que as coisas desandaram e ela mesma não põe uma gota de álcool na boca antes que o dia termine, mas às vezes também fica enfastiada de passar o tempo inteiro no apartamento fazendo os bordados de Hardanger e por isso é que gosta de vir dar uma voltinha pela Cafeteria, ela diz, para ver pessoas, às vezes até esbarrar em gente conhecida, amigos de infância que estão a passeio pela cidade, é o que hoje em dia costuma fazer quem mora nos povoados, quer dizer, nem todos, alguns nunca saem de casa, ela diz, vários conhecidos dela nunca vêm dar as caras por ali, com alguns deles isso nunca acontece, em Hardanger eles nasceram e de Hardanger não arredam o pé, e alguns até não conhecem outros lugares além do local onde nasceram e cresceram em Hardanger, ela diz, para muitos de antigamente isso era quase uma regra, nunca deixar o lugar onde nasceram, a Guro diz e eu percebo que tenho vontade de dizer alguma coisa e penso que tenho que dizer que tenho um compromisso, que preciso ir

Preciso ir andando, eu digo

O que precisa tanto fazer? a Guro diz

Estou um pouco apressado, eu digo

Mas tem que ir agora? ela diz

É, eu digo

Foi uma conversa muito curta essa, ela diz

Mas apareça então da próxima vez que estiver por Bjørgvin, ela diz e eu digo que é o que farei

Promete? ela diz

e sorri

Você costumava fazer assim antes, ela diz

e ficamos calados

Mas parece que nem lembra mais? ela diz

E eu tenho vários quadros pequenos seus, ela diz

E comprei dois dos maiores, ela diz

Meu apartamento parece uma minigaleria de tantos quadros seus, ela diz

Estou em cima da hora, eu digo
Eu compreendo, ela diz
Vamos nos falando, eu digo
Sim, em breve nos veremos, ela diz

e levanto e visto o sobretudo preto comprido e penduro a bolsa de couro marrom no ombro e digo adeus e ela diz passe bem e vou embora e agora vou caminhando direto para o meu carro estacionado em frente à Galeria Beyer e em seguida vou dirigir até minha velha e boa casinha em Dylgja, vai ser bom chegar em casa, vai ser bom ter um pouco de sossego, eu penso, e agora nem vou olhar para a mulher que está sentada perto da porta, a que é a cara da Guro, não dá para distinguir uma da outra, eu penso, só vou embora daqui e vou direto para o meu carro, que está estacionado em frente à Galeria Beyer, e depois vou dirigir até Dylgja, e vai ser bom voltar para casa, eu penso, e saio e vou pela calçada e dobro à direita na rua e caminho um trecho e depois pego a esquerda e subo a Rua Estreita e é bem na Rua Estreita, nº 3 que ela mora, a que diz que se chama Guro e diz que eu já estive por lá várias vezes, e lhe dei quadros, mas só dos pequenos, ela mesma comprou dois deles, e o apartamento dela na Rua Estreita parece uma mostra de quadros meus, eu penso e faz um tempo cinzento e hostil, choveu e eu caminho pela neve enlameada, está um lamaceiro só, mas por sorte não caiu a temperatura para a água congelar, do contrário seria difícil manter o equilíbrio subindo a íngreme Rua Estreita, mas agora está tudo bem, por mais que esteja um pouco escorregadio, basta calçar um bom par de sapatos que não tem problema, eu penso e ao chegar no alto da Rua Estreita viro à direita na direção da Rua Alta e vejo o meu carro estacionado em frente à Galeria Beyer ao lado do carro do Beyer e sigo direto para o meu carro e sento e o carro dá a partida na primeira tentativa e eu ponho o aquecedor no máximo, está frio dentro do carro, e aciono os limpadores do para-brisa completamente coberto de chuva e neve derretendo e manobro para sair do estacionamento e faço o percurso que conheço, o que sempre costumo fazer, o caminho que o Beyer lá atrás me ensinou para chegar e sair de Bjørgvin, e eu percebo que não estou pensando em nada, é o que tem se passado comigo na maioria das ocasiões, dirigir me faz bem, eu percebo, é só o carro ficar aquecido que tudo fica bem, e agora não vou pensar em nada, eu penso, e percebo que não tenho vontade de pintar, já faz muito tempo que não sinto essa necessidade de pintar, e também tem esse quadro com as duas linhas que se cruzam, eu não quero olhar para esse quadro de novo, preciso tirá-lo da frente, vou pintar alguma coisa sobre ele, é um quadro desolador, ou talvez seja um belo quadro? em todo caso não vou querer vendê-lo, mas talvez possa levá-lo para o sótão e deixá-lo junto dos outros quadros que não quero vender? eu penso e já cheguei na rodovia e o carro está suficientemente aquecido e eu dirijo com segurança e tranquilidade, quase devagar, rumo ao norte e sinto em mim uma espécie de ânimo, quase uma felicidade, porque estou a caminho de casa, agora estou indo para a minha casa em Dylgja, e se não estiver com vontade de pintar não terei que pintar e esse pensamento me deixa contente, isso de eu, se não quiser mais pintar, não precisar pintar, eu penso e sigo rumo ao norte sem pensar em nada, tento não pensar em nada e nem olhei para o prédio onde o Asle tem seu apartamento, lá na Enseada dos Veleiros, e não vou olhar também para a casa marrom onde a Ales e eu moramos, e nem para a serventia da estrada onde parei anteontem, quando avistei aquele casal jovem no parquinho, eu penso e chove, mas a via foi bem limpa e não está escorregadia e me sinto tão cansado e não é de admirar, já que apesar de tudo vim dirigindo até Bjørgvin hoje, e entreguei os quadros ao Beyer, e agora estou voltando para casa, e passei no Hospital, e não me deixaram visitar o Asle, e fui à Cafeteria e comi e conversei com a Guro e vi uma outra pessoa idêntica a ela, ela estava sentada junto à porta com mala e sacolas em volta, então não é de admirar que eu esteja tão cansado, eu penso e caio numa espécie de torpor, é assim que é bom dirigir, quando não penso em mais nada e me preocupo somente com o volante, é uma das coisas que verdadeiramente gosto de fazer, só dirigir sem pensar em mais nada, eu penso e cheguei ao fiorde de Dentro e dobro à esquerda e vou dirigindo ao longo do fiorde do Bispado e agora não vou olhar para a casa cinza onde mora a irmã do Åsleik, lá em Øygna, ela que também se chama Guro, vou só seguir em frente, eu penso e vou devagar e sempre margeando o fiorde do Bispado e penso que também não vou olhar para a casa e o sítio do Åsleik, eu penso e sigo em frente, e passo pelo sítio do Åsleik e simplesmente sigo adiante, e gosto muito de dirigir, mesmo que a estrada seja estreita e sinuosa é algo que me dá prazer, eu penso e agora a neve inteira se foi, a pista está nua, em nenhum lugar se vê vestígios de gelo, e eu vejo a minha casa, a minha bela casinha, e isso me enche de alegria e eu dobro na serventia da estrada e vou dirigindo e paro o carro no pátio e saio do carro e ouço o Brage latindo, coitado do Brage, nem pensei nele, esqueci completamente do pobrezinho, eu penso, ele deve estar morrendo de fome e sede, e também apertado para sair, eu penso e como dói ouvir o Brage latindo daquele jeito, e entro em casa e ouço o Brage arranhar a porta da sala e abro a porta e o Brage vem correndo até mim saltitando e latindo e abanando o rabo e eu o afago no dorso

Coitadinho de você, Brage, eu digo

Coitado do Brage que teve que ficar só por tanto tempo, eu digo

e sinto que está um pouco frio na sala, então é melhor acender a lareira, eu penso, e depois vou deitar no banco para cochilar, mas primeiro o Brage precisa tomar um pouco de ar fresco, eu penso e vou até o corredor e abro a porta da frente e o Brage sai em disparada pelo pátio na direção do gramado e mal chegando lá já levanta a pata e fica um bom tempo mijando e em seguida fica dando voltas e farejando ao redor

e eu grito Brage mas ele continua farejando em volta e eu grito várias vezes Brage, mas ele não me dá ouvidos e eu vejo o cachorro se curvar e levantar o rabo e depois cagar bastante e demoradamente e depois que termina o serviço ele vem correndo na minha direção

Menino bonzinho, eu digo

Você é um cachorro muito bonzinho, Brage, eu digo

e lhe faço um afago no dorso e entramos na cozinha e ouço um barulho metálico e vejo o Brage patear na vasilha de água vazia

Não tem água para você, eu digo

e pego a vasilha e a encho de água e a ponho de volta no chão e o Brage bebe toda a água que consegue

Estava morrendo de sede, hein, eu digo

e o Brage sorve a água toda até esvaziar a vasilha que eu torno a encher e pôr no chão mas agora ele dá apenas alguns goles e eu vejo que a vasilha de comida também está vazia e esmigalho uma fatia de pão e deixo cair as migalhas na vasilha e o Brage vai até lá e come algumas migalhas e olha para mim e eu penso que ele só pode estar querendo comer outra coisa, e compreendo bem por que, eu penso, e mais tarde, mais tarde vou procurar outra coisa para dar a ele, eu penso e com o Brage nos calcanhares vou até a sala e penduro a bolsa a tiracolo no gancho e vou até a lareira e enfio alguns gravetos e aparas de madeira e por cima meto duas boas achas, lenha de bétula bem seca, e acendo as aparas e as labaredas pegam imediatamente e penso que foi bom o Åsleik ter me dado toda a madeira de que preciso para acender o fogo, tanto as aparas quanto os gravetos quanto as toras, eu penso e fico parado olhando para o fogo sem pensar em nada, eu me sinto apenas vazio e cansado, e sinto um alívio, e sinto um alívio sem que saiba bem por que, e então penso que deve ser porque acho que não sinto mais a necessidade de pintar, eu penso, porque não sinto mais vontade de pintar, sinto até uma certa aversão que não lembro de ter sentido antes, eu penso e então fecho a portinhola da lareira e vou ao corredor e tiro o meu sobretudo e o penduro em seu lugar e penduro o cachecol no respectivo gancho e vou para a sala e penduro a jaqueta de veludo na minha cadeira ao lado da mesa redonda e sento na cadeira e o Brage vem e pula e se aninha no meu colo e eu lhe faço um afago no dorso e penso que faz bem ter um cachorro, é, eu tenho que ter um cachorro, é um desejo que tenho de verdade, e também ter um barco, um bote, também esse desejo é real, eu penso, e por todos esses anos eu vinha cogitando ter um cão e um barco, mas nunca aconteceu, eu estava muito ocupado pintando, eu penso e olho para o meu marco de referência no mar, para o meu ponto de fuga, onde as copas dos pinheiros lá embaixo alcançam o meio da vidraça da janela, a janela que se divide em duas metades, e pode ser aberta de ambos os lados, e cada metade da janela é dividida em três vidraças, e é na metade da direita que a copa dos pinheiros deve convergir, eu penso e olho para o meu ponto de fuga, e para as ondas em pleno mar do Bispado e me persigno e pego o rosário que levo pendurado no pescoço sob o suéter, o rosário marrom com contas e cruz de madeira, e depois seguro firme a cruz e faço uma prece silenciosa pelo Asle, para que ele se recupere, se

Deus assim permitir, ou para que Ele o leve para junto de Si e o faça repousar na paz do Senhor e fico sentado segurando a cruz ao fim do rosário de contas marrons de madeira que sempre levo em volta do pescoço, esse que certa vez ganhei da Ales, ganhei dela vários rosários, e cuidei bem de todos, assim como vários cachecóis, dos quais também cuido com zelo, pois quando a Ales perguntava o que eu queria de Natal ou de aniversário eu sempre dizia que queria um rosário ou um cachecol e em seguida ela me perguntava se eu já não tinha rosários e cachecóis em demasia e eu respondia que sim, eu tinha muitos rosários e muitos cachecóis, mas que mal fazia ter mais um e ainda assim a Ales dizia que eu andava com o mesmo rosário de sempre, o marrom, esse que continuo a usar, e eu dizia que estava colecionando esses objetos e ela dizia sim, até aí ela podia perceber, pois na parede da sala atrás da cabeceira do banco eu tinha instalado um gancho onde pendurei todos os rosários que tinha, e todos eles ganhei da Ales, eu penso e olho para os rosários pendurados ali na parede e penso que às vezes os tiro dali e examino um ou mais deles, especialmente os que pertenciam à Ales, e ela tinha apenas três, os mesmos que pendurei com os meus depois que ela morreu, e quando fico sentado segurando um dos rosários que eram da Ales é como se nós dois conversássemos demoradamente, sobre todos os assuntos possíveis, para depois nos despedirmos e dizermos que não vai demorar para nos reencontrarmos e então eu volto a pendurar os rosários, e é assim que eu sinto a falta da Ales, por que ela se foi de mim tão bruscamente? eu penso e ouço a Ales dizer que embora eu sempre use o mesmo rosário os cachecóis eu vou alternando, e eu digo que tenho certeza de que já usei todos os cachecóis que ela me deu, e ela diz que isso é mesmo verdade e então eu ouço a Ales perguntar se estou bem e depois a vejo sentada na sua cadeira de costume, à minha direita, junto da mesa redonda diante da janela, e eu digo que estou, mas sinto muitas saudades dela, e também estou muito receoso pelo Asle, eu digo e a Ales diz que não preciso me sentir assim, ou ele vai se recuperar ou Deus o acolherá, de modo que não é preciso sentir esse medo, a Ales diz, e de que vale perguntar como ela está, agora que está morta, mas de certo modo também não está, e nesse caso ela poderá dizer que está bem, uma vez que não seria possível dizer de outro modo, e quando conversamos temos que nos valer das palavras, mas as palavras dizem tão pouco, quase nada, e quanto menos dizem mais é que expressam, de certo modo, a Ales diz e diz que está comigo o tempo inteiro e então sou eu quem diz que não consigo precisar se é ela ou Deus que está comigo e a Ales diz que não devo pensar nisso, ela diz e eu fico sentado ali segurando a cruz na extremidade do rosário e rezo para que a Ales esteja bem onde quer que se encontre, que Deus a guarde e a Ales diz será que não percebo que ela está bem e eu digo que sim, sim, isso eu consigo perceber, eu digo e então digo que tenho a sensação de que não quero mais pintar, eu digo e a Ales diz que ela compreende bem, já pintei quadros demais, já fiz a minha parte, talvez já tenha pintado o que tinha que pintar, o que deveria pintar, ela diz e mesmo que eu deixe de pintar vou conseguir sobreviver, vou ter o bastante para me sustentar, a Ales diz e eu digo sim e então ela diz que talvez não demore muito para que eu retorne a Deus, volte ao lugar de onde vim, ao lugar onde ela se encontra agora, a Ales diz, e eu penso que deve ser isso mesmo, a pessoa provém de Deus e a ele retornará, eu penso, o corpo é concebido, cresce, envelhece, morre e desaparece, já o espírito, ele é a unidade do corpo e da alma, assim como forma e conteúdo constituem uma unidade invisível numa boa pintura, são por assim dizer a alma da imagem, e é assim em todas as obras de arte, inclusive num bom poema, até mesmo numa boa peça musical, essa unidade é a alma da obra, a unidade entre corpo e alma, que se ergue dos mortos, que é a ressurreição da carne, uma ressurreição que se dá o tempo inteiro, sempre, tão logo uma pessoa morre, é então purificada dos pecados e aquilo que a distanciava de Deus deixa de existir, pois essa pessoa retorna para junto de Deus, sim, a minha imagem interior, aquela que todos os quadros que eu pinto tentam copiar, essa imagem interior é como uma espécie de unidade entre alma e corpo, assim como é o meu espírito, aquilo que eu chamo de espírito, e ele retorna para Deus e é parte de Deus ao mesmo tempo que existe por si mesmo, eu penso e a Ales diz que é assim, na medida que pode ser pensado e expresso em palavras é isso mesmo, só que não pode ser expresso em palavras, ela diz e eu digo que é óbvio que não e digo que todas as religiões e credos, quaisquer denominações que tenham, tentam dar sua versão disso, e todas conseguem, mas de maneiras diferentes, como se fossem idiomas, eu digo, e todas abarcam apenas uma ínfima parte da realidade, como eu já disse tantas vezes para mim mesmo, se todas as cores tivessem um nome teríamos uma infinidade de nomes para lidar, eu digo e a Ales diz que pior ainda seria caso não tivéssemos um idioma comum para nos expressar e é por partilharmos da mesma fé e falarmos a mesma língua que agora podemos conversar, e são os nossos anjos que tornam isso possível, a Ales diz e agora é o anjo dela e o meu que estão conversando um com o outro, e para um anjo existir é preciso acreditar que ele existe, e para isso são necessárias as palavras, a palavra anjo, e caso não se creia na existência de Deus nesse caso Deus não existirá, nem enquanto estivermos vivos nem depois de termos morrido, por isso a palavra Deus é necessária, e no fundo, no fundo, todas as pessoas creem em Deus, só que não se dão conta disso, porque Deus está tão próximo que já nem se apercebem Dele, e tão distante que não Se deixa notar, e exatamente assim é o que sucede com o anjo, com os anjos, porém todos os mortos estão de todo modo na casa de Deus, eles retornam para onde Deus está, apenas não se dão conta disso, a Ales diz e eu não sei exatamente se entendi e não sei o que dizer e então digo que sinto a falta dela e a Ales diz que também sente a minha falta, embora não estejamos mais visivelmente juntos aqui na Terra estamos invisíveis um ao lado do outro e isso eu consigo perceber bem, ela diz e eu digo que também percebo, que ela e eu até podemos conversar, eu digo e a Ales diz que é verdade, mas apenas porque os nossos anjos estão presentes e porque eu digo ou penso nas palavras dela, não é ela quem as profere, para ela tudo que resta agora é a linguagem, porque Deus é a linguagem pura, completa, a linguagem que não tem hiatos nem diferenças, também se pode dizer assim a Ales diz e diz que em breve estaremos inseparavelmente unidos em Deus, nós dois juntos, como estivemos na Terra, só que agora em Deus, a Ales diz e não pode me dizer como é, pois não é dado aos humanos compreender isso, a Ales diz, e eu digo a ela que estou cansado e a Ales diz que é melhor eu ir deitar, preciso fazer isso, ela diz e eu sento na minha cadeira e olho para o meu ponto de fuga no meio do lago, bem ali, mais ou menos no meio do mar do Bispado, para as ondas, e a presença da Ales desaparece e eu seguro firme a cruz do rosário e vejo as palavras diante de mim e digo para mim Pater noster Qui es in cælis Sanctificetur nomen tuum Adveniat regnum tuum Fiat voluntas tua sicut in cælo et in terra Panem nostrum quotidianum da nobis hodie et dimitte nobis debita nostra sicut et nos dimittimus debitoribus nostris Et ne nos inducas in tentationem sed libera nos a malo e movo o polegar e o indicador até a primeira conta que está entre a cruz e as três contas adjacentes do rosário e digo para mim Pai Nosso que estais nos céus Santificado seja o Vosso nome Venha a nós o Vosso reino Seja feita a Vossa vontade assim na Terra como no céu O pão nosso de cada dia nos dai hoje perdoai as nossas ofensas assim como nós perdoamos a quem nos tem ofendido Não nos deixeis cair em tentação, mas livrai-nos do mal e segurando a cruz de madeira entre o polegar e o indicador eu digo e repito para mim enquanto inspiro profundamente Senhor e enquanto expiro lentamente Jesus e enquanto inspiro profundamente Cristo e enquanto expiro lentamente Tende piedade e enquanto inspiro profundamente De mim

V

E ME PERCEBO DE PÉ olhando para o quadro com duas linhas que se cruzam bem no meio e é manhã e hoje é quinta-feira e acendi a lareira e a sala começa a ficar aquecida, e ontem dirigi até Bjørgvin e entreguei os meus quadros ao Beyer, eu penso, e me sinto cansado e fico defronte ao cavalete admirando as duas linhas que se cruzam aproximadamente no meio, uma marrom e outra lilás, e penso que não gosto dessa pintura, pois não tolero imagens que expressam emoções tão abertamente, ainda que eu seja o único a ter ciência disso, não é assim que costumo pintar, não é assim que quero pintar, uma pintura pode muito bem ser caracterizada por emoções, mas essas emoções não devem estar manifestas aos berros e gritos e prantos, eu penso, e penso que esta não passa de uma pintura ruim, que ao mesmo tempo é como deveria ser, está terminada, não carece mais fazer nada com ela e ouço o Åsleik dizendo cruz de Santo André, enfatizando a expressão, enchendo a boca com aquele orgulhoso tom provinciano, e de fato é uma cruz de Santo André, eu penso e penso que deveria tirar aquele quadro dali, ou quem sabe apenas pintar uma camada de tinta branca sobre ele? isso eu posso fazer, e depois que o fizer e a tinta tiver secado posso muito bem pintar uma nova imagem sobre a cruz de Santo André, mas isso eu não quero fazer, não tenho vontade de pintar nada sobre a imagem, já não tenho vontade de pintar nada mais, eu penso, e a única coisa que cogitei pintar foi uma demão de tinta sobre esse quadro inteiro, tal como sucedeu a tantos outros, mas não fiz isso, talvez porque no fim das contas essa pintura tem algo de especial? quem sabe se trate de uma boa pintura apesar de eu não gostar dela? eu penso, porque costuma acontecer de as pinturas de que menos gosto serem as melhores, e as de que mais gosto serem as piores, é estranho que seja assim, quão boa ou ruim uma coisa é não tem nada a ver com gostar ou não gostar, mas sim com aquilo que é bom ou ruim, com a arte que é boa ou que é ruim, porque a arte tem a ver com qualidade, e nada a ver com gostar ou não gostar, nem mesmo com questões de preferência, a qualidade existe em si mesma, na beleza e na feiura, e para algo ser belo é também preciso que seja feio, é isso, da mesma forma como existe o certo e o errado, o verdadeiro e o falso, embora possa ser difícil precisar o que é bom ou ruim, e o que é certo e errado, verdadeiro e falso, mas como regra é algo intrínseco, assim como no mais das vezes dizer se uma pintura é boa ou ruim é uma possibilidade que salta aos olhos, se for ruim será ruim, e então é ruim e não há mais nada a dizer sobre ela, mas no caso de uma boa pintura pode ser difícil dizer quão boa ela é, e costumam ser as pinturas que eu pinto e não me deixam nada satisfeito, ou aquelas das quais gosto menos, que resultam ser as melhores, essa é a minha sensação, as pinturas que me deixam de certa forma até um bocado envergonhado, as que me causam um pouco de dor quando as vejo, eu penso e não quero mais olhar para o quadro com as duas linhas que se cruzam e como não quero mais vê-lo posso levá-lo para onde estão os quadros com os caixilhos voltados para fora, para a pilha de quadros que ainda não estão acabados, a que fica entre a porta do quarto e a do corredor, eu penso, e no gancho acima está pendurada a minha bolsa de couro marrom a tiracolo, e não é que ontem pus no carro as pinturas prontas e as entreguei ao Beyer, sim, só depois que o Åsleik escolheu o quadro que queria dar de Natal à Irmã que eu levei as pinturas terminadas para Bjørgvin, por isso que o lugar onde costumam ficar as pinturas agora está vazio, eu penso, mas não suporto mais essa pintura das duas linhas que se cruzam, me dá uma agonia só de olhar para ela, preciso tirá-la dali, e talvez nem se trate propriamente de uma pintura afinal? seja como for não quero pintar sobre ela uma demão de tinta a óleo branca, assim como não quero deixá-la na pilha de quadros com os quais não estou inteiramente satisfeito, ali já tem um monte de quadros, todos dos maiores, e isso é bom, eu penso, porque percebo que já não tenho mais vontade nenhuma de pintar, talvez já tenha pintado o suficiente, talvez já tenha pintado tudo o que tinha de pintar, talvez eu desista de continuar pintando, e os quadros que não terminei de pintar estejam bem como estão e terminados a seu modo, porque não estão nada ruins no estado em que se encontram, eu penso e então eu terei, como tinha me dado conta antes, quadros suficientes para três exposições além daquela para a qual entreguei as pinturas ontem, eu penso, isto é, mais uma na Galeria Beyer, depois uma em Oslo, para a qual o Beyer já reuniu as pinturas, e por último em Nidaros, a exposição na Galeria Huysmann que está planejada há anos, também para ela o Beyer diz que já tem pinturas suficientes, quer dizer, pinturas que ele não vendeu nem em Bjørgvin nem em Oslo, de modo que posso simplesmente entregar ao Beyer todas as pinturas que tenho em casa em Dylgja, inacabadas como estão, assim como as que guardei no quartinho do sótão, e não vai tardar para ele me dizer novamente que tenho me dedicado a fazer uma espécie de roman-fleuve, ele já repetiu isso inúmeras vezes, é como o Åsleik com aquele seu orgulho provinciano quando me vem com algum termo incomum, é da mesma forma que o Beyer se sente quando recorre a alguma palavra ou expressão em francês, roman-fleuve, o Beyer diz transbordando esse orgulho e diz que cada exposição é única em si mesma, ou um conjunto, que no entanto não está terminada e contém um fragmento que aponta para a próxima, que por sua vez também será assim, exposição atrás de exposição, à maneira de um rio, um rio de pinturas, o Beyer diz e eu penso que três exposições devem me render algum dinheiro, e também tenho algum guardado no banco, não está longe de eu começar a receber o dinheiro da aposentadoria, eu realmente já não vejo essa hora chegar, receber dinheiro todos os meses quer eu faça alguma coisa ou não, eu penso, vai ser bom receber um valor fixo todos os meses, para ser sincero nunca experimentei nada parecido em toda a minha vida, pintei quadros para vendê-los e foi assim que ganhei o dinheiro de que preciso para viver, eu penso, e se parar de pintar e não tiver mais de comprar os insumos de pintura deixarei de arcar com uma enorme despesa, eu que já tenho tudo de que preciso, meu carro é bom, foi comprado há cerca de cinco anos, será o carro que vai me acompanhar pelo resto da vida, ou enquanto eu ainda tiver condições de dirigir, eu penso, mas e quanto a essa pintura, a que tem as duas linhas que se cruzam, o que vou fazer com ela? há de ter sido um erro não ter deixado o Åsleik levá-la embora, para presentear a Irmã, mas talvez eu possa guardá-la no sótão junto dos quadros que quero manter comigo e não quero vender, e dos quais agora até cogito me ver livre, acho que vou fazer assim, mas não agora, eu penso e meu corpo inteiro sente que não tenho mais vontade de pintar, não consigo explicar por que me deu isso tão de repente, que desde sempre, desde que era menino, gostei de pintar e por isso não consigo entender, eu penso e penso que embora não goste do quadro com as linhas que se cruzam ele talvez seja uma boa pintura, pode até ser, eu que não sei se é boa ou ruim, só sei que não gosto do quadro e não quero pintar uma camada de tinta a óleo branca sobre ele e nesse caso preciso tirá-lo dali, eu penso e penso de novo que foi uma estupidez não deixar o Åsleik levar o quadro para dar de presente de Natal à Irmã, mas eu não quis lhe dar o quadro, por mais que ele desejasse dá-lo à Irmã, e então ele escolheu outro e levou talvez o melhor dos quadros maiores que estavam prontos para serem exibidos na Galeria Beyer, o que se chama *Barco silencioso*, o Åsleik sabe mesmo distinguir entre uma boa e uma má pintura, portanto talvez meu melhor trabalho desde a exposição anterior que fiz na Galeria Beyer não seguiu para Bjørgvin, e o quadro que o Åsleik escolheu retrata uma espécie de barco suspenso, nas cores marrom e lilás, mas o que realmente torna o quadro bom e luminoso é a fina pátina de branco que pintei enquanto observava o quadro no escuro, quando lhe apliquei uma velatura, é o termo que se diz, e é óbvio que o Åsleik quisesse justo essa pintura, a melhor que fiz nos últimos tempos, e eu não teria como lhe negar, pois ele sempre escolheu os quadros como bem quis, desde que fossem os menores, só este ano deixei que escolhesse um dos maiores, e é claro que ele escolheu o melhor, eu penso e olho para o Brage ali no chão me encarando e digo Brage e ele se achega e eu acaricio seu pelo e penso que preciso providenciar um pouco de comida para ele e verificar se ainda tem água, e será que ele não está precisando tomar um pouco de ar lá fora? do jeito que está ali olhando para mim? ele deve estar com sede e fome e apertado, eu penso, mas acho melhor antes de tudo abrir a porta para ele se aliviar, eu penso e vou ao corredor e abro a porta da frente e penso que lá fora está o mais claro que pode estar nessa época do ano, eu penso e vejo o Brage correndo em círculos na neve, porque à noite voltou a nevar forte, neva num dia, chove no outro e depois volta a nevar no dia seguinte, eu penso e é como se o Brage se banhasse na neve até se aprumar e levantar a patinha e o mijo dele cavouca um buraco amarelo na neve, e ele não para de mijar, mas como estava necessitado, eu penso e então o Brage volta a correr na neve e se espoja na neve branca e solta e então eu grito por ele

Brage, Brage, eu chamo

e ele vem correndo na minha direção e estaca diante de mim e se sacode inteiro, de cima a baixo ele se sacode, de modo que se livra da maior parte da neve, e então digo que é hora de entrar e o Brage entra e eu fecho a porta e voltamos para a sala e eu me sinto muito cansado e penso que vou sentar um pouco e vejo a minha cadeira, a da esquerda, ali perto da mesa redonda e vou e sento na cadeira e então vem o Brage e ele pula e se acomoda no meu colo e eu dou aquela mirada no meu marco de referência, lá onde as copas dos pinheiros alcançam o meio da vidraça na janela dividida ao meio, na metade da direita, em seguida olho para o mar, para o local de costume, mais ou menos no meio do mar do Bispado, para as ondas, e vejo o Asle sentado no sótão da Sapataria e a Mãe e o Pai acabaram de entrar no carro e ir embora e o Asle deitou na cama e ficou deitado ali com o olhar perdido pensando que no dia seguinte começará no Secundário, e ele acha que sabe o caminho, e vai sair com bastante antecedência, o Asle pensa e vai vestir a jaqueta de veludo preto e levar a tiracolo a bolsa de couro marrom, como sempre faz, ele pensa, pois comprou essa jaqueta de veludo preto assim que a viu numa butique em Stranda, e numa outra achou a bolsa de couro marrom, e desde então passou a usar sempre a jaqueta de veludo preto e a bolsa de couro marrom a tiracolo e a Mãe diz que ele fica ridículo saindo por aí de jaqueta de veludo preto e com esse cabelo castanho caindo pelas costas, e mais essa bolsa a tiracolo, a Mãe disse e o Asle disse a ela que pode dizer o que quiser, ele se veste como lhe dá na telha e usa o cabelo do jeito que bem entender, ele diz e então se afasta da Mãe vestindo a jaqueta de veludo preto levando dentro da bolsa de couro marrom um bloco de desenho e um lápis, e a partir de agora também levará seus livros escolares, o Asle pensa e senta na beira da cama e pensa que seria bom dar uma volta lá fora e talvez ir à Cooperativa fazer compras, é lá que terá de ir quando precisar comprar comida, ele pensa e depois desfazer as bagagens que trouxe e tentar se acomodar da melhor maneira no dormitório que vai ocupar na Sapataria, o Asle pensa e levanta e fica ali tateando os bolsos da jaqueta de veludo preto à procura do pacote de tabaco e da caixa de fósforos, e também da carteira de dinheiro, e então pendura a bolsa de couro marrom no ombro e vê o molho de chaves sobre a mesa e o apanha e sai e tranca a porta ao sair e desce as escadas e tranca a porta da rua e enfia o molho de chaves no bolso da jaqueta de veludo e tira dali o pacote de tabaco e enrola e acende um cigarro e caminha em direção ao centro de Aga e pensa que irá à Cooperativa para comprar um cinzeiro, é a primeira coisa que vai comprar, ele pensa e então não pensa em mais nada, mas se sente aliviado, quase feliz até, porque agora, agora não mora mais na casa onde mora a Mãe com quem passa o tempo todo discutindo, e não terá que ver o Pai se matando de trabalhar desde cedinho até tarde da noite, ou no Celeiro ou construindo barcos, o inverno inteiro ele faz assim, ou então cuidando do pomar, não para de trabalhar um segundo, e ganha muito pouco, o Asle pensa e segue devagar pelo caminho e então ouve alguém gritar Asle e se vira e quem mais senão o Sigve surge caminhando atrás dele e o Sigve vem carregando aquela maleta preta numa das mãos e levanta a outra mão e o Asle levanta a mão e para, porque é mesmo, ele não tinha se dado conta, mas o Sigve, alguns anos mais velho do que o Asle, tinha se mudado para trabalhar na Movelaria de Aga, o Asle pensa, já faz alguns meses que o Sigve está trabalhando ali, isso ele deveria saber, o Asle pensa, porque no dia em que estava em Stranda comprando a jaqueta de veludo e a bolsa a tiracolo ele apanhou o mesmo ônibus do Sigve em Barmen, ele tinha tirado uns dias de folga e viajado para visitar os pais, como ele mesmo disse, mas agora estava voltando para Aga para trabalhar na Movelaria, ele disse, e estava gostando bastante, os dias passavam rápido, e o Sigve tinha alugado uma casinha, uma casinha velha, bem próxima do centro, o Sigve contou, e era bem diferente de morar na cumeeira de uma casa de barcos, onde morou quando criança, o Sigve disse e agora o Asle vê o Sigve se aproximando cada vez mais e ele para e fica ali e o Asle olha para baixo e para cima e ouve o Sigve dizer que era bom vê-lo, ele deve ter vindo para Aga para cursar o Secundário e o Asle diz que sim, acabou de chegar

Foi seu pai que trouxe você aqui, o Sigve diz

Foi, o Asle diz

Onde você está morando? o Sigve diz

Ali, o Asle diz

e aponta para a Sapataria

Naquela edícula verde? o Sigve pergunta

É, o Asle diz

e o Sigve diz que todos os dias passa em frente àquela casa, porque a Movelaria fica logo ali, ele diz e o Sigve se vira e aponta e algumas centenas de metros atrás deles na ribanceira da estrada há um prédio branco grande e comprido e o Asle repara que está escrito Movelaria na fachada da construção

É lá que eu trabalho, o Sigve diz

Certo, o Asle diz

Então todos os dias eu passo em frente à casa que é o seu dormitório, e ficava pensando que tipo de casa era aquela, o Sigve diz e diz que é uma edícula, mas não parece ser uma edícula qualquer, ele diz e o Asle diz que no passado ali funcionava a oficina de uma sapataria, e o próprio Asle pensa e diz que está morando na Sapataria, ele diz

Então é isso, o Sigve diz

É, o Asle diz

e assim ficam os dois parados ali sem dizer nada até o Sigve dizer que é lá que ele vai morar agora, ele diz, e o Asle diz sim e diz que o Pai mandou publicar um anúncio no *Correio de Hardanger* e uma senhora respondeu, a que mora na casa verde, uma senhorinha bem idosa, que caminha com dificuldade, o Asle diz e o Sigve diz que já tinha reparado nela, acontece de ela estar a caminho de casa depois das compras quando ele está indo do trabalho para casa, e ela anda tão devagar que mal repara e já a ultrapassou, ele diz e então diz que o Asle teve sorte de alugar um imóvel para morar sozinho e não precisar dividir um espaço em que vivem outras pessoas, ele diz

É, o Asle diz

É muito melhor morar sozinho, o Sigve diz

Sim, com certeza, ele diz

Também tive sorte de conseguir alugar uma casinha, perto do centro, não muito longe da Cooperativa, ele diz

e o Sigve diz que o Chefe da Movelaria tinha comunicado à Agência de Empregos sobre a casa quando ele foi contratado, um empregado tinha saído da Movelaria, era ele quem alugava a casa, que então ficou vazia

É, o Asle diz

e ele o Sigve começam a caminhar rumo à Cooperativa

A casa fica numa localização meio estranha, o Sigve diz

Entre a Cooperativa e o Lar de Idosos, um local um tanto isolado, ele diz

Sei qual é essa casa, o Asle diz

É difícil não reparar nela, o Sigve diz

É mesmo um local bem estranho, o Asle diz

e o Sigve diz que vai ver foi por isso que ele alugou a casa, que do jeito como tem levado a vida não é qualquer proprietário que o aceitaria como inquilino, muito menos sabendo que ele cresceu morando numa casa de barcos

A casa é boa?, o Asle diz

É, sim, o Sigve diz

e o Asle diz que chegou agorinha mesmo, os pais o trouxeram de carro, ele e seus pertences, para o dormitório no sótão da Sapataria, e então ele conheceu a Proprietária, que pareceu uma boa pessoa, o Asle diz e o Sigve diz que ele tem sorte de poder morar sozinho numa casa, a maioria dos alunos do Secundário que vêm de Barmen ou de Stranda ou de onde quer que venham têm que dividir uma residência com outras pessoas, jovens de metade da região costeira do país vêm cursar o Secundário, e alguns só voltam para casa no verão, ou na Páscoa, e eles que são de Barmen ou de Stranda ainda podem viajar para casa todo final de semana se quiserem

Não tenho a menor vontade de fazer isso, o Asle diz

De ir para casa todo final de semana? o Sigve diz

Exato, o Asle diz

Também não é obrigado, o Sigve diz

e diz que ele mesmo não vai para casa dos pais com tanta frequência, se bem que ele é um tanto mais velho do que o Asle, ele diz

É, o Asle diz

e eles chegam à Cooperativa e o Sigve aponta para o Hotel lá nas margens do Fiorde, um hotel antigo e bonito, e o Sigve diz que de quando em quando vai até lá tomar uma cerveja e diz que o Asle tem que o acompanhar qualquer dia desses e o Asle diz que não tem idade para beber cerveja e o Sigve diz que no Hotel eles não são tão rigorosos, e se pedirem a identidade não vai ser difícil alterar a data, foi o que ele fez nos correios quando foi emitir a caderneta vermelha da conta poupança, e ele deve até ter uma igual, não é? ele diz e o Asle diz que tem e o Sigve diz que é fácil fraudar o documento de identidade, a data de nascimento, ele diz e o Asle diz que tem uma identidade assim e uma caderneta também e o Sigve diz que todo mundo tem, ele diz, e é só mudar o último número, daí ele imediatamente terá dezoito anos e pode comprar cerveja tanto na Cooperativa como no Hotel

Mas é possível fazer isso? ele diz

Claro que é, o Sigve diz

Não é difícil, ele diz

É só encontrar uma caneta esferográfica que escreva parecido, já que a data de nascimento é sempre escrita a caneta, conferir se a cor da tinta é a mesma, e caprichar escrevendo sete no lugar do um, e quatro no lugar do nove, e mais fácil ainda é fazer o inverso, mudar de quatro para nove, é possível mexer em todos os números sem que ninguém perceba, é só fazer devagar e com cuidado, talvez apagando um pouco o número que estava lá antes, pode precisar também, mas dá certo, com uma agulha, uma agulha qualquer, mas na maioria das vezes nem é preciso, o Sigve diz e diz que o Asle pode ir com ele em casa que ele vai mudar a data de nascimento dele ainda hoje, é rapidinho, e então os dois talvez até possam ir ao Hotel à noite e tomar uma ou duas ou três cervejas para comemorar que o Asle agora é um homem livre, o Sigve diz

Que agora você é um homem livre, ele diz

Saiu de casa e agora seus pais não podem mais controlar o que você está fazendo, ele diz

É uma sensação boa, o Asle diz

Eu sei muito bem, o Sigve diz

e pergunta se o Asle estava pensando em comprar alguma coisa e ele diz que tinha pensado em comprar um cinzeiro

Um cinzeiro? o Sigve diz

É, o Asle diz

Vai começar no Secundário amanhã? o Sigve diz

É, o Asle diz

e o Sigve pergunta se ele ainda continua pintando e o Asle diz que sim, pintando e desenhando, e onde quer que vá sempre leva bloco de desenho e lápis na bolsa a tiracolo, ele diz e o Sigve pergunta se pode encomendar uma pintura da casa onde mora e o Asle pensa que não tem a mínima vontade de fazer isso, não, simplesmente não tem, mas não pode se negar também, o Asle pensa e não responde e o Sigve diz que claro que vai pagar pelo trabalho e o Asle assente, ou talvez possa fazer o pagamento em cerveja? o Sigve diz, se estiver tudo bem assim? ele diz e o Asle assente e diz que se for para fazer uma pintura da casa do Sigve precisa de uma fotografia como modelo e o Sigve diz que tem uma pendurada na parede, é uma foto antiga da casa que estava pendurada sobre o sofá quando ele se mudou, e na foto a casa está muito bonita, pois onde hoje funciona a Cooperativa antes era só uma lojinha e não tinha o Lar de Idosos, então na imagem se vê apenas a lojinha que já foi demolida, mas essa ele não precisa pintar, é só a casa e um trecho dos morros em volta, ele diz

A Avó está no Lar de Idosos, o Asle diz

A sua Avó? o Sigve diz

É, o Asle diz

e o Sigve pergunta se ela está doente e o Asle diz que ela teve um derrame, um dia ela não apareceu como costumava fazer e a porta de casa estava trancada de modo que a Mãe não conseguia entrar e por isso chamou o Pai e ele arrombou a porta e viu a Avó deitada na cama só olhando fixamente para o Pai, ele disse, e então ela tentou dizer alguma coisa mas não conseguia, o Asle diz, daí o Pai ligou para o Médico e ele veio imediatamente e disse que a Avó tinha tido um derrame, e o Pai tentou sentá-la na cama, e ela o ajudou como pôde, e depois a Avó ficou sentada na cama, mas sem se mexer, e também tentou andar e pôs um pé à frente mas não conseguiu mover o outro

Você estava em casa? o Sigve diz

Estava, o Asle diz

Eram férias de inverno ou algo assim, ele diz

e diz que a Avó quase não conseguia mais andar, por isso o Pai e o Médico a ajudaram, e devagar foram até a sala, ela se apoiando nos braços do Pai e do Médico e movendo um pouquinho um pé e depois o outro procurando manter o equilíbrio, e eles levaram a Avó para a sala e a fizeram sentar no banco e a Avó conseguiu deitar sozinha no banco e olhou para o Asle, ele diz

Ela é uma boa pessoa, a sua Avó, o Sigve diz

É, o Asle diz

E pensei em ir visitá-la todos os dias, ele diz

Isso você tem que fazer, o Sigve diz

e diz que os pais e ele foram visitá-la no Lar de Idosos antes de levarem as coisas para o dormitório, então hoje ele já esteve lá, ele diz

A Avó e eu sempre fomos muito próximos, ele diz

É mesmo, o Sigve diz

Enquanto a Mãe e eu ficamos o tempo inteiro brigando, ele diz

e o Sigve não diz nada

E o Pai não abre a boca, ele diz

É, o seu pai sempre foi mais de ficar calado mesmo, o Sigve diz

Quase nunca abre a boca, o Asle diz

e diz que quando a Mãe reclama dele, e sempre reclama, ela diz para o Pai dizer alguma coisa e daí às vezes ele balbucia algo do tipo a Mãe tem razão, algo assim, o Asle diz e o Sigve diz que o Pai é um bom homem

Pensei em comprar umas garrafas de cerveja, o Sigve diz

E um pão, ele diz

e nesse instante o Sigve e o Asle entram na Cooperativa e o Sigve vai buscar as garrafas de cerveja e pega um pão e diz que eles podem tentar encontrar um cinzeiro para o Asle e vão à seção da Cooperativa onde vendem utilidades domésticas e o Asle vê um cinzeiro com tampa e uma pequena haste em cima que quando é pressionada deixa cair a cinza e as bitucas no fundo, e ao redor do cinzeiro tem uma espécie de faixa de couro marrom, e é esse que ele quer comprar, o Asle pensa e diz ao Sigve

Não é barato, ele diz

Vou comprar assim mesmo, o Asle diz

e pega o cinzeiro da prateleira e diz que burrice não venderem artigos de pintura na Cooperativa e o Sigve diz que não, nesse caso ele vai ter que tomar o ônibus até Stranda para ir à Loja de Tintas, mas o ônibus para Stranda passa de hora em hora, e lá também tem um hotel, o Hotel Stranda, e acontece de ele ir tomar umas cervejinhas e acabar jogando conversa fora com alguém, tem até um pintor vivendo por lá, um artista plástico, que costuma ir ao hotel com frequência e o Sigve costuma conversar com ele, é um jovem muito inteligente, mas não tem dinheiro e gosta de beber uma cervejinha, só que não tem dinheiro para mais do que um café e fica muito feliz quando o Sigve diz que vai pagar a conta da cerveja, e um dia o Sigve perguntou se ele estava com fome e ele disse que estava e o Sigve pagou um sanduíche de almôndegas para ele que agradeceu repetidamente dizendo que estava com muita fome, e o pintor, que por sinal também se chama Asle, não deve ser muito mais velho do que você, o Sigve diz

Muito estranho isso, ele diz

E ele lembra muito você, ele diz

É, o Asle diz

e o Sigve diz que o tal pintor, o que também se chama Asle e deve ter a mesma idade do Asle, ou ser uns poucos anos mais velho talvez, e lembra bastante o Asle, pois é, ele devorou o sanduíche quase numa bocada só e disse que foi a melhor refeição que já tinha feito na vida, de tão faminto que estava, o Sigve diz e eles vão ao caixa e o Sigve põe as garrafas de cerveja diante da mulher que está no caixa

Hoje de novo, ela diz

Não é tão frequente assim, o Sigve diz

Claro que é, ela diz

e digita o preço da cerveja na máquina registradora e o Sigve põe o pão diante dela e ela acrescenta esse valor e o Sigve pega a carteira e paga e então abre a maleta e põe as garrafas e o pão lá dentro e o Asle que tinha pensado por que o Sigve vai de um lado para o outro carregando essa maleta preta agora já sabe, ele pensa e o Asle põe o cinzeiro diante da mulher que está no caixa

Quer dizer que você vai comprar um cinzeiro, ela diz

Vou sim, o Asle diz

e ela digita o preço na registradora e o Asle pega a carteira e paga e abre a bolsa a tiracolo e põe o cinzeiro lá dentro e vê o Sigve se encaminhando para a porta

Até logo, a mulher do caixa diz

Até logo, o Asle diz

e vai atrás do Sigve e os dois saem e o Sigve diz que sempre leva a maleta consigo quando sai de manhã para o trabalho e na Movelaria dizem que não sabem por que ele leva uma maleta tão grande para o trabalho, deve ser só a marmita e o café, eles dizem e caem na gargalhada, mas podem rir o quanto quiserem, porque a razão pela qual ele sempre carrega essa maleta é para poder comprar umas garrafas de cerveja a caminho de casa, e outras coisinhas mais, o Sigve e diz e pergunta se o Asle não quer acompanhá-lo até em casa? daí eles podem tomar uma cervejinha e talvez comer uma fatia de pão, se ele estiver com vontade? e daí o Asle pode pegar a fotografia que vai usar como modelo para pintar a casa onde o Sigve mora de aluguel, ele diz e o Asle diz que quer muito ir, seria bom acompanhá-lo até a casa, ele diz e o Sigve diz que sendo assim vão direto para casa, não é tão longe, ele diz e os dois vão para a casa do Sigve e ele abre a porta e pede que o Asle entre e o Asle passa pelo corredor e o Sigve diz que a porta à direita é a do toalete, tempos atrás instalaram banheiro e chuveiro dentro de casa, e a porta da esquerda é a da cozinha, o Sigve diz e abre essa porta e entra e põe a maleta sobre a mesa da cozinha e abre outra porta e aponta e diz que ali é a sala e o Asle pode entrar e o Asle entra e lá ele vê uma mesa com quatro cadeiras ao redor no meio do aposento e sobre a mesa, numa das cabeceiras, está um tabuleiro de xadrez, e também tem uma grande estante bagunçada e abarrotada de livros, alguns de pé, outros deitados, outros inclinados, já outros amontoados num sofá encostado na parede e acima dele está a velha fotografia da casa que o Sigve mencionou, e tem ainda uma janela na parede estreita e diante dela há uma velha poltrona, e depois tem uma porta à direita e o Sigve chega com dois copos de cerveja e pede ao Asle que sente e faz um meneio de cabeça para a mesa e o Asle senta e o Sigve põe um copo diante do Asle e põe o outro do lado oposto da mesa, junto ao tabuleiro de xadrez, de frente para o Asle

Isso aqui é bem diferente de morar na cumeeira de uma casa de barcos, o Sigve diz

e o Asle não diz nada e o Sigve sai para a cozinha e reaparece com a garrafa de cerveja pela metade e a põe em cima da mesa entre os dois e senta e ergue o copo e diz saúde e o Asle ergue seu copo e diz saúde e os dois bebem, ele nunca achou que a cerveja pudesse ser tão saborosa, e mesmo que não fosse ela lhe faz muito bem, o acalma, bebendo cerveja a vida lhe parece boa, boa de um jeito que ele nunca tinha sentido antes, o Asle pensa e pega o pacote de tabaco e enrola um cigarro e o Sigve faz o mesmo e o cinzeiro já está sobre a mesa e o Asle acende seu cigarro e aproxima o fósforo do Sigve e acende o cigarro dele e os dois ficam ali calados um instante

Quer dizer que hoje você saiu de casa, o Sigve diz

Eu deveria ter cursado o Secundário também, ele diz

e aponta para os livros e diz que lê bastante, todo tipo de livro, sobre qualquer assunto, até poesia ele lê, e talvez seja o que mais gosta de ler, essa poesia moderna que dizem ser indecifrável, não que ele consiga entender, não da maneira de sempre, mas mesmo assim entende, de um outro jeito, é como se para isso não tivesse que usar o cérebro, nem a razão, o Sigve diz e dá um belo gole de cerveja

É como se essas poesias fossem tão incompreensíveis quanto a própria vida, ele diz

É, o Asle diz

e diz que não leu tanta coisa, só o que tinha que ler na escola e o Sigve diz que ele não sabe o que está perdendo, mas pode pegar um livro ou outro emprestado, que vai ter que ler e depois dizer o que acha que querem dizer, ele diz, mas terá que os devolver, porque vai levar dois dos livros que ele mais gosta, o Sigve diz e levanta e começa a rondar a estante

Nunca consigo achar o livro que estou procurando, ele diz

e o Asle fuma e bebe a cerveja

Achei pelo menos um deles, são contos, se é que podemos chamar assim, textos do Samuel Beckett, ele diz

e o Sigve entrega o livro ao Asle

Já ouviu falar dele? o Sigve diz

Não, o Asle diz

e o Sigve continua procurando

É, esse também é bom, são poemas do Georg Trakl, ele era austríaco, por isso escrevia em alemão, mas os poemas estão traduzidos, é claro, ele diz

e dele provavelmente você não deve ter ouvido falar também, o Sigve diz e o Asle balança a cabeça e o Sigve entrega mais esse livro para o Asle e ele diz que vai ler ambos e naturalmente devolvê-los ao Sigve, ele diz e o Sigve diz que comprou todos esses livros, mas nunca a preços normais, são muito caros, mas todos os anos as livrarias fazem um feirão de descontos, inclusive a Livraria de Aga, será que o Asle sabia que em Aga tem uma livraria? fica mais adiante, olhando da Cooperativa, ou da casa dele, a livraria fica escondida logo atrás da Igreja, e amanhã ou outro dia o Asle terá que ir até lá comprar seus livros didáticos, e lá, na Livraria de Aga, é onde de vez em quando o Sigve vai comprar livros, ele diz e fica calado e diz que foi quando se mudou para Bjørgvin que as coisas desandaram de vez, passou a encher a cara e andar com as companhias erradas, como se costuma dizer, embora na verdade fossem pessoas boas e não companhias erradas, só que ele terminou sendo demitido do emprego por excesso de faltas e também por ir ao trabalho sem estar totalmente sóbrio, isso também é verdade, o que resultou em mais bebedeira e em furtos e na condenação à prisão e nessa tremedeira maluca, sim, se o Asle não soubesse do que se tratava não seria ele a lhe contar, delirium tremens é como se chama em latim, uma condição que ele não deseja ao pior inimigo, e então ele teve que ser transferido da Penitenciária de Bjørgvin, em frente à Praça dos Peixes, para o Hospital, e quando se recuperou teve que voltar à Penitenciária e depois que cumpriu a pena comprou, de todas as coisas, uma maleta preta, essa que ainda usa, uma maleta de plástico preto com zíper, e três meias garrafas de aguardente e mais um jogo de xadrez completo e depois disso tomou o ônibus de volta para Barmen, foi nessa mesma noite que ele esbarrou no Asle e lhe contou toda a história, a mesma noite em que o Asle deixou a banda que tocava, naquela noite o Sigve deve ter falado além da conta, com toda a certeza, ele diz, e deve ter lhe dito que estava indo para algum lugar qualquer, e foi parar na casa dos pais completamente bêbado, deu o maior vexame, decerto ele deve ter comentado que teria que reencontrar os pais, o Sigve diz e teria que voltar para casa, pois não tinha para onde ir, não tinha onde morar, e era melhor morar na cumeeira de uma casa de barcos do que dormir ao relento

Disso eu lembro, o Asle diz

Você lembra sim, o Sigve diz

Eu falei demais naquela noite, ele diz

e o Asle diz que lembra que o Sigve disse que de alguma forma teria que rever os pais, e então passou ao Asle uma garrafa de aguardente e ele deu um golinho e o Sigve estapeou o próprio rosto e depois repetiu que teria que reencontrar os pais e então simplesmente saiu andando com a maleta preta numa das mãos e a garrafa de meio litro de aguardente na outra, o Asle diz e o Sigve diz que é verdade o que ele está dizendo, pois se lembra de tudo, ou pelo menos da maior parte, ele acha, o Sigve diz

Mas não quero falar sobre isso, ele diz

Está bem, o Asle diz

Faz muito tempo, o Sigve diz

Saí do prumo, no final já passava o dia inteiro bebendo, ele diz

e ele diz que agora só toma uns tragos em noites alternadas da semana e também nos fins de semana, mas nunca bebe de manhã, nunca, ele diz nem mesmo quando está livre pela manhã, porque quando alguém começa com isso é melhor ter cuidado, ele sabe bem como é, ele diz, por isso aconteça o que acontecer o Asle não deve começar a agir assim, ele pode beber à noite, mas nunca de manhã, o Sigve diz e o Asle termina a bebida e o Sigve volta a servir mais e diz que é impressionante como o Asle parece com o pintor que mora num dormitório em Stranda e o Asle pensa que está na hora de voltar ao dormitório, ele tem que desfazer as malas e se instalar confortavelmente, precisa ao menos montar o cavalete e dispor os apetrechos de pintura no lugar, fazer outras coisas também, tem que providenciar isso o quanto antes, e em seguida espera conseguir pegar no sono e diz que agora precisa ir para casa

Da próxima vez vamos tomar uma cervejinha no Hotel, o Sigve diz

Vamos, o Asle diz

E a sua carteira de identidade, a que recebeu pelo correio, podemos fazer alguma coisa com ela, como eu disse, o Sigve diz

Está com ela aí? ele diz

e o Asle assente e pega a carteira de dinheiro e de lá tira a identidade que entrega para o Sigve que a examina e diz que o nove ao final pode facilmente se tornar um quatro, pois foi escrito com uma esferográfica comum, e ele tem várias canetas, uma delas deve ter uma escrita idêntica, e com muito cuidado talvez ele possa raspar com uma agulha, com muito cuidado para que ninguém perceba, no alto do nove e de repente o Asle vai ter idade suficiente para comprar cerveja tanto na Cooperativa como no Hotel, e caso alguém desconfie, bem, ninguém dá a mínima para eles, não é culpa deles se a carteira de identidade foi falsificada, o Sigve diz

É, o Asle diz

e então o Sigve pega várias canetas e uma folha e uma borracha e uma agulha e rabisca na folha uma linha com cada uma das canetas esferográficas e escolhe uma delas e em seguida começa a raspar, devagar, bem devagarinho, com a agulha o semicírculo na parte superior do nove mal encostando a ponta da agulha no papel e então usa a borracha com cuidado, levanta a carteira de identidade e olha bem para ela e devolve ao lugar onde estava e pega a tal caneta e desenha por cima do traço para transformar o número num quatro e então o Sigve ergue a carteira de identidade e diz que ficou mesmo muito bom, ninguém terá como dizer que não é um quatro o que está escrito ali, isto é, a menos que examine com cuidado com uma lupa, mas ninguém num hotel ou loja vai fazer isso, então agora o Asle pode comprar quantas cervejas quiser, o Sigve diz

Muito obrigado, o Asle diz

e o Asle diz que agora precisa voltar ao dormitório

Preciso desfazer a mala, e pelo menos pôr o cavalete no lugar, ele diz

Vai dar tudo certo, o Sigve diz

Mas mais na frente, num dia qualquer, talvez possamos tomar uma cervejinha no Hotel, ele diz

e então o Sigve diz para o Asle não esquecer a foto da casa e vai tirá-la da parede

Dá para ver que a foto estava aqui faz muito tempo, o Sigve diz e diz que quando quiser o Asle só tem que bater na porta, e então eles irão ao Hotel, para ele está bem qualquer horário à tarde ou à noite, ele diz e o Asle diz que vai fazer isso

Obrigado pela cerveja, ele diz

Não tem de quê, o Sigve diz

e então o Sigve diz para ele não esquecer os livros e corre até a sala e pega os dois livros e os entrega ao Asle que abre a bolsa a tiracolo e os enfia lá dentro

O Asle que mora lá em Stranda tem uma bolsa de couro marrom igualzinha a essa, o Sigve diz

e o Asle fica sem saber por que o Sigve precisa o tempo inteiro falar desse Asle que diz conhecer, ou será que ele está só inventando? que está dizendo da boca para fora? o Asle pensa e ele e o Sigve se despedem e o Asle se vai e debaixo do braço direito leva a velha fotografia da casa que o Sigve aluga e o Asle pensa que deveria visitar a Avó, mas está com bafo de cerveja e ela irá perceber e não vai gostar nada disso, então melhor visitá-la amanhã de manhã, e hoje ele já esteve com ela, com os pais, e todo dia depois da escola ele irá visitar a Avó, ele pensa, mas a cerveja estava uma delícia, então talvez ele compre uma ou duas garrafas mais, o Asle pensa e entra na Cooperativa e pega uma garrafa de cerveja e vai ao caixa e a mulher que está no caixa pergunta se ele tem como comprovar que tem dezoito anos e já tem idade para comprar cerveja, é assim que ela diz, comprovar, o Asle pensa e pega a carteira e tira a identidade e a entrega e ela confere o documento e o devolve ao Asle e digita o preço na caixa registradora e o Asle paga e abre a bolsa a tiracolo e põe as garrafas lá dentro, junto do bloco de desenho e do cinzeiro e dos dois livros que o Sigve lhe emprestou, e então a mulher do caixa diz até logo e o Asle diz até logo e sai e atravessa a rua, vestindo sua jaqueta de veludo preto, com sua bolsa a tiracolo, com o cabelo castanho escorrendo pelas costas ele atravessa a rua e eu estou sentado junto à mesa redonda diante da janela olhando para o mesmo local sobre o mar, para o meu marco de referência, para as ondas acolá, e talvez tenha cochilado um pouco, eu penso e agora o fogo na lareira aparentemente se extinguiu e eu percebo que estou sentindo um pouco de frio e ainda não escureceu lá fora, mas fica sempre um pouco escuro nesta época do ano, e se fosse para fazer como de hábito eu já estaria pintando a essa altura, mas não sinto a menor vontade de pintar, uma atividade que sempre me encantou, desde menino era coisa que eu mais gostava de fazer, e agora, eu penso, vou acender de novo a lareira o bastante para aquecer um pouco a sala, eu penso, e não seria o caso de comer alguma coisa? eu penso, não seria o caso de providenciar uma fatia de pão, eu penso e ainda me sinto tão cansado, mas tão cansado, será que não deveria dormir um pouco? deitar um pouquinho no banco da sala? ou talvez ler um pouco antes disso? eu tenho vontade de ler, eu penso, faz tempo que venho sentindo essa vontade, pois a pintura tomou conta de mim, absorveu todo o meu tempo, o tal Sigve lá era de ler muito, mas morreu de repente numa manhã quando estava indo para o trabalho na Movelaria, ele simplesmente se estatelou no chão, e nem era tão velho, eu penso, e a Ales lia muito, lia tudo que podia, e nos últimos anos, depois que começou a pintar ícones passou a ler muito sobre arte iconográfica, mas também nos últimos anos de vida passou a ler muita literatura dos místicos cristãos medievais, em particular lia muito dos escritos do Mestre Eckhart, e dele também li algumas coisas, e talvez agora eu devesse ler mais do Mestre Eckhart, eu penso e penso que a Ales costumava dizer que algo do que o Mestre Eckhart escreveu eu expressava nas minhas pinturas, não diretamente, claro, mas mesmo assim era possível identificar alguns traços em comum, ela dizia e certamente nisso tinha razão e está frio, eu penso, por isso vou acender a lareira, eu penso e penso que a Ales sempre dizia que são os chamados cristãos, católicos e outros, que constantemente subvertem o nome de Deus, de novo e sempre, quem menos tomava o nome de Deus em vão eram os que nunca proferiam a palavra Deus, pois, como a Ales dizia, der Mensch kann nicht wissen, was Gott ist, conforme escreveu o Mestre Eckhart, a Ales dizia, e dizia que Was Gott für sich selbst ist, das kann niemand begreifen, ela dizia, sim, Gott ist keinem Dinge völlig nichts, Gott ist für sich selbst nicht völlig nichts, Gott ist nichts, was man in Worte fassen kann, Eckhart escreveu, a Ales dizia e dizia que quanto mais se dava conta de como os cristãos tomavam o nome de Deus em vão, mais convicta ficava de que se Deus fosse mesmo como eles imaginavam ela jamais acreditaria Nele, ela dizia, eu lembro de ela ter dito isso logo depois que nos conhecemos, eu penso e tenho lido muito pouco, mas alguns trechos da Bíblia leio aqui e ali, são passagens que têm me ensinado muito, em especial aquela que diz que o reino de Deus está dentro de vós, em nós, em mim, pois sempre sinto uma espécie de presença de Deus, eu penso, e a Ales dizia que o que eu sentia talvez fosse a presença do anjo que zela por mim? ou talvez fosse a proximidade do Espírito Santo? ela dizia, eu penso, mas tudo eram só palavras, e no fundo que diferença faria? eu penso, e penso também que é preciso interpretar a Bíblia, sim, metaforicamente, como uma imagem, como uma pintura, contendo sua própria verdade, pois a Bíblia é literatura, e de um ponto de vista puramente artístico a literatura e a pintura são a mesma coisa, eu penso, e a Bíblia deve ser interpretada à luz daquilo que é o espírito bíblico, uma vez que a palavra mata porém o Espírito dá a vida, conforme Paulo escreveu, eu penso, pois ainda que seja literatura a Bíblia também excede a literatura, eu penso, e eu mesmo estou beirando aquilo que é o limite do que é aceitável segundo a Igreja católica, eu penso, ou até já posso ter ultrapassado esse limite, pela maneira como penso, e mesmo assim encontrei meu lugar na Igreja, eu penso, e isso de me considerar um católico não tem a ver apenas com fé, mas é um modo de ser e estar na vida e no mundo que pode ser comparado ao de um artista, já que ser um pintor também é uma postura de vida, um modo de ser e estar no mundo, e para mim duas posturas distintas podem se conciliar, uma vez que ambas, por assim dizer, criam uma perspectiva de mundo diferente e apontam para algo mais, para algo que está no mundo, algo imanente como se diz, e para algo que aponta para além do mundo, que é transcendente, como se diz, e não se pode compreender de todo, eu penso, e então penso que o reino de Deus está dentro de mim, pois não existe um reino de Deus, eu penso, e isso fica evidente quando faço o sinal da cruz, eu penso e faço o sinal da cruz, que faço a torto e a direito, mas apenas quando estou sozinho, ou na igreja, e posso repeti-lo várias vezes por dia, quando uma dor me atormenta, e inclusive quando sou tomado por um sentimento de gratidão, também nessas horas, eu me benzo a torto e a direito e nisso existe um poder, é certo que existe e de nada adianta dizer de que tipo de poder se trata, não há palavras nesse poder, mas ele existe, esse poder, e é real, e tampouco adianta tentar entender porque é assim pois não há nada para entender, eu penso, e olho para os diversos rosários pendurados na parede estreita sobre o banco, pois tenho muitos rosários, e todos ganhei da Ales, e agora pendem num gancho acima da extremidade do banco aqueles que ganhei da Ales e os que pertenciam à Ales, só não está lá o que eu sempre levo comigo, e penso que também há uma força maravilhosa na eucaristia, sim, cada vez que o padre ergue o pão em consagração, como se diz, para transformá-lo em corpo de Cristo, emana da hóstia uma espécie de luz, sim, eu a vejo, eu a enxergo com os meus próprios olhos, uma luz tênue irradia da hóstia, mais forte ou mais sutil essa luz irradia da hóstia, como um halo em sua volta, e às vezes essa luz mal pode ser percebida, sim, como se estivesse envolta numa névoa, mas mesmo assim pode ser vista nessa névoa, ou na forma de halo em sua volta, não é para entender, mas aquilo que eu percebo para mim é real, se bem que pode ser que tudo não passe de uma impressão minha, mas e daí se for? eu penso e penso que a palavra, sim, a linguagem, tanto nos une como nos aparta de Deus, eu penso, e agora esfriou tanto que preciso acender a lareira, eu penso e levanto e o Brage cai no chão, pois esqueci que ele estava deitado dormindo no meu colo, e isso é terrível, eu penso e o Brage olha para mim com seu olhar canino e eu vou até lá e meto aparas e gravetos e uma acha de lenha na lareira e acendo o fogo que pega imediatamente e ponho mais uma acha de lenha ali dentro e fico observando a madeira arder e penso que nunca teria me tornado católico se não fosse pela Ales, mas também porque não podia continuar a beber como eu bebia, no final eu estava bebendo quase o dia inteiro, não era possível continuar assim, pois se fosse para pintar bem eu precisava estar sóbrio, mesmo bebendo só um pouco a concentração e a precisão que a pintura exigem desapareciam, portanto ou era a pintura ou a bebida, eu penso, e foi a missa que passou a ocupar o lugar que antes pertencia à bebida, esse vazio precisa ser preenchido, por assim dizer, eu penso e penso que no último período em que a Ales e eu moramos em Bjørgvin eu passava uma eternidade no Salão dos Drinques, e não foram poucas as vezes que a Ales foi me buscar lá, eu penso, porque nessa época acontecia de eu beber vinte e quatro horas por dia, e nunca me arrependi de ter me convertido, pois me tornar católico e não apenas sentir constantemente a presença de Deus, que eu já sentia antes de ser católico, só me fez bem, e a Ales enxergava tudo com muita clareza, eu que sempre tenho pensamentos um pouco turvos, eu penso, mas agora que percebo que perdi a vontade de pintar será que não deveria ler mais? pois a Ales lia, lia um livro atrás do outro, ficção ela lia em todas as línguas escandinavas, e não ficção também lia em inglês e alemão, nisso éramos parecidos, pois antes de abandonar o Secundário eu cursava o chamado currículo de idiomas, mas quando abandonei o Secundário e comecei a Escola de Belas Artes mal conseguia ler um livro em inglês ou em alemão, e certamente nunca em francês, mas inglês e alemão fui aprendendo a ler com o passar do tempo, pior foi com o francês, a única coisa que guardei do francês foram algumas expressões que sempre poderei usar quando precisar, e dali onde estou olhando para as chamas da lareira eu penso que sei tão pouco, eu por exemplo não faço ideia do motivo pelo qual sempre assino os meus quadros com um A maiúsculo no canto inferior direito da própria tela e depois pinto o título na face superior do caixilho, e sempre com uma grossa pincelada de tinta a óleo preta, por que faço justamente assim? eu penso e penso que todos os títulos estão em neonorueguês ou latim, e os em latim são sempre citações de algum trecho da missa latina, eu que prefiro que a missa seja celebrada em latim, eu penso e não posso ficar parado olhando para as chamas pela portinhola aberta da lareira, eu penso, e faz muito tempo que não como alguma coisa, de modo que mesmo sem sentir fome preciso providenciar uma fatia de pão, eu penso e fecho a portinhola da lareira e vou até a cozinha e vejo o presunto curado pendurado ali e quase já não há mais carne nele e penso que estou com fome e mesmo assim não tenho vontade de comer carne, eu penso, mas devo beber alguma coisa, eu penso e me sirvo de um bom copo de água fresca e bebo tudo num só gole e ainda me sinto cansado, então talvez eu devesse deitar um pouco no banco? eu penso e vou para a sala e deito no banco e estendo sobre mim a manta cinza, aquela que a Avó me deu quando a levaram para o Lar de Idosos, e desde então a levo comigo aonde quer que eu vá morar, e o Brage vem saltitando e se aninha entre os meus pés e eu fecho os olhos e vejo o Asle sentado numa carteira no fundo da sala e o Professor está lá na frente no púlpito dizendo que é ele quem vai lecionar as aulas de inglês, que é a disciplina principal, e de francês, e pela primeira vez todos vão começar a estudar, ele diz, e para saber um pouco mais sobre nós ele gostaria que lêssemos em voz alta um texto em inglês para ele, e trouxe um texto de sua própria autoria, como ele próprio faz questão de dizer, e está dividido em parágrafos, ele diz e então cada um de nós vai ler um parágrafo, e podemos começar pela direita, sim, com você, o Professor diz e olha para a garota que está sentada na primeira carteira à direita dele, e é bom que continuem a sentar nos mesmos lugares onde estão sentados agora, e primeiro vocês irão dizer seus nomes e em seguida ler o texto, todos vocês, o parágrafo correspondente, e ao mesmo tempo ele vai fazer uma lista com os nomes de cada aluno para memorizar os nossos nomes, são tantos os nomes para memorizar quando se é professor há tantos anos como ele é, o Professor diz e então entrega um maço de folhas de papel grampeadas para a garota que está sentada na primeira carteira da fileira à esquerda da fileira em que o Asle está sentado e ela diz seu nome e começa a ler e o Asle percebe que ela lê bem em inglês, pronuncia claramente as palavras, e diz as frases com fluência e depois ela termina e em seguida entrega a folha para o garoto sentado na carteira atrás dela e ele diz seu nome e vai lendo e se lê bem ou mal o Asle não é capaz de dizer porque não consegue ouvir, um medo se apossou dele, o maço de folhas vai passando de carteira em carteira e se aproximando cada vez mais dele e vai chegar às mãos dele e então ele terá que dizer como se chama e ler em voz alta e nunca sentiu um medo semelhante, e esse medo vai aumentando e aumentando quanto mais o maço de folhas vai se aproximando e um atrás do outro os alunos vão dizendo o próprio nome e lendo em voz alta o texto e nunca na vida o Asle sentiu tanto medo, é como se o corpo dele estivesse paralisado e o medo fosse uma estaca atravessando seu corpo e o imobilizando, e ele não vai dar conta, ele tem que escapar daquilo, ele não vai conseguir, o Asle pensa e respira ofegante e tem medo até de desabar da cadeira e suas mãos estão molhadas de suor e ele agarra forte a carteira e se inclina sobre ela e o cabelo cai sobre seu rosto e ele está completamente paralisado, isso não vai dar certo, ele tem que escapar dali, mas nem isso pode, ele pensa, porque não consegue, porque está paralisado, não consegue mover um músculo e a garota sentada na carteira à frente se vira e olha para ele e lhe entrega o maço de folhas grampeadas e o Asle recebe o maço e suas mãos tremem tanto que ele receia deixar o maço cair no chão mas consegue colocá-lo sobre a carteira e ali sentado começa a ler, palavra por palavra, a voz falhando, ele para, salta uma palavra e então ouve o Professor dizer obrigado e o Asle pega as folhas com as mãos trêmulas e se vira e entrega as folhas ainda tremendo à garota que está sentada na carteira atrás dele e ela rapidamente recebe os papéis e ele de novo se vira para a frente com o corpo inteiro tremendo e a garota de trás diz seu nome e começa a ler com a voz calma e é bom ouvi-la lendo, porque a voz dela é muito calma, e ela lê com fluência e tranquilidade, o Asle pensa e percebe que começa a se acalmar, é como se a voz da garota que está lendo agora o acalmasse, mas o que é que está acontecendo? ele pensa, e pensa que sempre terá medo de ler em voz alta e na escola sempre fazem leitura em voz alta, ele pensa e pensa que não pode ir à escola sentindo-se dessa maneira, por isso tem que deixar o Secundário, ele pensa, ou terá que falar com o Professor e lhe contar isso, contar que sente esse verdadeiro pavor de ler em voz alta e perguntar se pode ser dispensado da leitura, ele pensa, ou simplesmente irá abandonar o Secundário, e isso ele pode fazer, não precisa frequentar o Secundário, ninguém vai obrigá-lo, o primário foi uma obrigação, mas o Secundário não é, ele pensa, e o Professor diz que a aula está quase terminando, vai ter um intervalo, eles chegaram a ler metade do texto nesta aula de inglês, e o restante da classe vai se apresentar e fazer a leitura na aula seguinte, ele diz e o Asle pensa que a próxima aula hoje é de matemática e embora não saiba fazer contas e nunca tenha aprendido e nunca vá aprender a fazer contas e não tenha a mínima noção dessa coisa que chamam matemática pelo menos não terá que ler em voz alta, ele pensa, e em seguida a última aula será de história, uma disciplina de que o Asle sempre gostou, e nela tampouco será obrigado a ler em voz alta, portanto por hoje ele escapou, mas amanhã a aula será de francês e depois de norueguês e em francês ele não sabe dizer uma só palavra, logo nessa aula não terá que ler nada, o Asle pensa, mas na aula de norueguês talvez ele precise ler em voz alta e antes que essa aula comece ele terá que dizer ao Professor de norueguês que não consegue ler em voz alta, sente um verdadeiro pavor disso, um verdadeiro pavor de ouvir a própria voz lendo um texto, por isso deve ser dispensado ou irá abandonar o Secundário, isso ele terá que dizer, o Asle pensa e o Professor de norueguês é o mesmo de história, e foi o mesmo que na primeira aula escreveu na lousa o cronograma semanal das aulas, e os nomes dos respectivos professores, e quais livros os alunos deveriam providenciar, e ele usava umas roupas bem estranhas, uma calça cinza e uma jaqueta de veludo azul-acinzentado, e também cinto e suspensório, e tanto o cinto como o suspensório eram estreitos, e ambos ficavam bem aparentes, e a calça era larga, assim como também a jaqueta de veludo, e ele usava também uma gravata vermelha estreita, enquanto o Professor de inglês e francês limitava-se a usar calça e suéter, calça cinza e um suéter branco com listras azuis, e cá estou eu deitado no banco bem enrolado na manta cinza e abro os olhos e passo a mão no pelo do Brage e o trago para junto de mim, depois volto a fechar os olhos e vejo o Asle parado ali dizendo ao Beyer que não quer ir à vernissagem e o Beyer diz que justo quando ele está prestes a inaugurar a primeira exposição ele não vai comparecer à vernissagem? nesse caso, o Beyer diz, quadro nenhum vai acabar sendo vendido, ele diz, um pintor totalmente desconhecido, um estreante, alguém que está cursando ou que até outro dia ainda estava cursando a Escola de Belas Artes e não quer estar presente na própria vernissagem

Não estou acreditando, o Beyer diz

É evidente que você tem que estar na vernissagem, todos os pintores fazem isso, o Beyer diz

Nunca ouvi falar de um pintor que não fizesse assim, ele diz

e o Beyer diz que nunca teve que passar por nada parecido, é claro que o Asle tem que ir à vernissagem, ele diz, todos os pintores fazem isso, é assim e pronto, ele diz, é na vernissagem que o pintor encontra seu público, gente disposta a investir um bom dinheiro num quadro, e qual a surpresa se quisessem cumprimentar, ou pelo menos ver de perto, o artista de quem estão comprando a pintura? o Beyer diz e o Asle pede que cumprimente em seu nome todos os que forem à vernissagem e diz que tem aversão a esse tipo de reunião social

Não posso cumprimentar sozinho, você tem que estar junto, o Beyer diz

Mas não tenho coragem, o Asle diz

e o Beyer diz que o Asle passou pelo Secundário, que não concluiu, e pela Escola de Belas Artes, que também abandonou antes de terminar, ele diz, por isso não é exatamente uma novidade pra ele estar no meio de um monte de gente, o Beyer diz e o Asle diz que até consegue encontrar muitas pessoas desde que não tenha que dizer nada, pois tem pavor de falar em público, até na sala de aula, e um dia o Asle vai contar ao Beyer como era no Secundário antes de decidir abandonar o curso, ele diz e ouve o Beyer dizer, está bem então, artistas são um povo esquisito, em todo caso seria importante dar uma entrevista de estreia ao *Correio de Bjørgvin*, não é sempre que um jornal se interessa em fazer uma entrevista com um principiante, mas acontece, e já que os quadros são tão bons, bem, isso saltava aos olhos, ele deveria se convencer de que era preciso ser entrevistado, o Beyer diz e o Asle diz que então pode ser essa tal entrevista, ele diz e o Beyer diz que pelo menos isso, ele vai tentar marcar essa entrevista, que provavelmente será no Grand Kafé, ele diz, e o Asle diz que nunca esteve lá e não sabe onde fica, e o Beyer diz que se conseguir marcar a entrevista o Asle só terá que estar na Galeria Beyer com bastante antecedência que ele o acompanhará ao Grand Kafé, ele diz e o Asle agradece e eu fico deitado ali no banco e penso que não posso simplesmente ficar deitado assim, eu penso, mas agora já está quentinho na sala e eu fecho os olhos novamente e vejo o Asle parado na casa marrom olhando pela janela e ele pensa que já faz um tempo que foi entrevistado pelo *Correio de Bjørgvin* num artigo extenso publicado sob o título "Medo do público", mas veja só que coisa, foi o que o Asle pensou quando topou com o artigo, como é possível, ele pensou, o Asle pensa e vê um carro passando lá pela estrada, e esse carro, uma caminhonete compacta, ele costuma vê-la com frequência, o Asle pensa e pensa que o *Correio de Bjørgvin* foi o jornal que publicou uma foto enorme e medonha dele vestido numa jaqueta de veludo preto com um cachecol no pescoço e a bolsa de couro marrom no ombro e o rosto caído de modo que o cabelo meio comprido quase lhe encobria totalmente o rosto e a entrevista foi feita pelo tal jornalista, um bjørgvinense, e causou uma grande polêmica entre os críticos de arte ao especular sobre a real qualidade daquelas pinturas, e a questão, ele escreveu, é se a Galeria Beyer, que em geral merece todo o crédito possível, desta vez se equivocou, mas isso o tempo dirá, só resta ver se alguém estaria mesmo disposto a comprar aqueles quadros, o jornalista do *Correio de Bjørgvin* escreveu, o Asle pensa e pensa que nessa entrevista só deu respostas óbvias a perguntas idem e pensa que sobre a entrevista o Beyer disse veja bem, o Asle pensa, não existe um único jornalista honesto, essas pessoas só se tornam jornalistas porque não sabem fazer mais nada da vida, isso é uma verdade irrefutável, o Beyer disse, o Asle pensa e pensa que a vernissagem ocorreu mesmo sem a presença dele, e a resenha publicada no *Correio de Bjørgvin* não poderia ter sido pior, todas as pinturas deixavam transparecer a pura e simples falta de talento do autor, foram coisas assim que o jornal publicou, o Asle pensa e o Beyer disse que o resenhista um dia ainda iria se envergonhar dessas palavras, os críticos de arte só vêm piorando a cada ano, foi-se o tempo em que quem assinava as críticas de arte do *Correio de Bjørgvin* se chamava Anne Sofie

Grieg, ela nunca estudou história da arte, mas conhecia todos os grandes museus de arte europeus, e era uma pianista talentosa, e tinha olhos para discernir a arte boa da ruim, mas ou já estava muito velha ou não queria mais escrever, seja lá o que possa ter acontecido, de todo modo ela já não escrevia no *Correio de Bjørgvin*, quem tinha assumido o posto agora era um deslumbrado qualquer que tinha frequentado a Universidade e diante de si só enxergava conceitos e teorias e não a própria pintura, a arte, o Beyer disse, mas por sorte, sim, por pura sorte, a maioria das pessoas tinha outra opinião, pois todas as pinturas do Asle foram vendidas, e isso em apenas dois dias, apesar de o Asle não ter comparecido à vernissagem e apesar da terrível entrevista com direito a foto publicada no *Correio de Bjørgvin*, e a despeito da devastadora resenha, se é que se poderia chamar aquilo de resenha, o Beyer disse, o Asle pensa, e o Beyer disse que para falar a verdade ele tinha avisado de antemão a todos que haviam comprado ou costumavam comprar algum quadro com ele que se preparassem porque essa era a melhor ocasião para comprar um quadro, pois as pinturas em exposição tinham sido pintadas pelo artista mais talentoso com quem jamais havia deparado ao longo de sua extensa carreira, foi o que ele disse a cada um pessoalmente, o Beyer disse e, conforme foi dito, todos os trabalhos foram vendidos em dois dias, ele disse, o Asle pensa de onde está olhando pela janela e eu fico deitado no banco e a sala está bem aquecida agora e então digo Brage e ele olha para mim com seus olhos caninos e eu o acaricio no dorso e o cubro bem com a manta e fecho os olhos e vejo o Asle diante da porta da casinha onde o Sigve mora, ali entre a Cooperativa e o Lar de Idosos, e ele pensa que passou na Cooperativa e comprou duas garrafas de cerveja, e sob o braço ele leva a fotografia que lhe deu o Sigve, da velha casa onde ele mora, e o quadro que pintou da mesma casa, a pintura levou muito tempo para ser concluída, mas quando finalmente terminou não ficou exatamente como o Sigve queria, o Asle pensa, e pensa que a primeira coisa que fez quando terminou a aula do Secundário naquele dia, assim como na maioria dos dias, foi ir ao Lar de Idosos e ao quarto onde a Avó está, mas ela estava dormindo, e ele sentou numa cadeira que havia no quarto e reparou que o rosto, especialmente os lábios da Avó, estavam com um tom arroxeado e ela respirava apressada e irregularmente e então o Asle pensou que não iria acordar a Avó, em vez disso poderia retornar mais tarde, o Asle pensa e bate na porta da casa do Sigve e nada acontece e por isso ele bate de novo e mais forte dessa vez então ouve passos apressados se aproximando e é o Sigve quem abre a porta e espia e chega a franzir o cenho e diz mas então é você mas não parece muito contente de ver o Asle e então o Sigve diz que foi tirar um cochilo e pelo jeito pegou no sono, mas foi bom o Asle tê-lo acordado, caso continuasse dormindo não conseguiria dormir à noite, isso já aconteceu algumas vezes antes, o Sigve diz e diz para o Asle entrar e o Sigve fecha a porta e passa a chave e os dois vão para a sala

Quer dizer então que terminou mais um dia de escola, ele diz

Foi, o Asle diz

E correu tudo bem? o Sigve diz

Acho que sim, o Asle diz

Ainda bem, o Sigve diz

e ficam calados os dois e o Asle pensa que o Sigve pelo visto não percebeu que ele trouxe a fotografia e o quadro que pintou e o entrega ao Sigve e ele o examina e aparenta não ter achado nada de especial na pintura, ou pelo menos não comenta nada e o Sigve vai e põe a pintura no chão diante da estante e o Asle lhe entrega a fotografia e o Sigve a pendura de volta no lugar acima do sofá

Foi bom colocar a foto de volta no lugar, ele diz

Tinha me acostumado a ela, era como se faltasse algo quando a foto não estava aí, ele diz

Estava sentindo falta da foto, ele diz

e os dois calam e por fim o Sigve diz que vai pagar a refeição e a cerveja do Asle em troca da pintura, e o Asle diz que tinha certeza de que seria pago em dinheiro, porque foi assim que haviam combinado, fica um pouco desapontado mas não diz nada e o Sigve então pergunta se o Asle comeu alguma coisa e ele diz que só umas fatias de pão no dormitório e o Sigve diz que não costuma jantar todos os dias, para falar a verdade raramente o faz, quer dizer, uma ou duas vezes na semana talvez aconteça de ele cozinhar, ele sabe preparar alguma comida, se é que se pode chamar aquilo de comida, ele diz e ri, mas hoje não está com tanta fome, o Sigve diz e o Asle diz que nem ele, mas trouxe duas garrafas de cerveja, se o Sigve estiver com sede os dois podem tomar uma cervejinha, o Asle diz e o Sigve diz que um copo de cerveja sempre cai bem, ele diz e o Asle abre a bolsa a tiracolo

Até que é bonita essa sua bolsa, o Sigve diz

e diz que tem pensado muito nessa bolsa, por mais estranho que pareça, ele diz

É de couro legítimo como parece? ele diz

É, o Asle diz

Não foi barata, o Sigve diz

Comprei quando vendi a guitarra, o Asle diz

É mesmo, teve esse episódio, não foi um membro da banda que quebrou o dente de um outro? o Sigve diz

Sim, o Asle diz

Você precisa me contar direito essa história qualquer dia desses, o Sigve diz

e então diz que primeiro vão tomar uma cerveja e o Asle tira as duas garrafas da bolsa e as coloca sobre a mesinha de centro, ao lado do tabuleiro de xadrez

Uma garrafa para cada, ele diz

Delícia, o Sigve diz

e ele vai buscar o abridor e dois copos e o Asle senta e o Sigve põe um copo diante dele e outro do lado oposto da mesa, para si mesmo, e então o Sigve senta, eles se servem e ficam ali sentados cada um enrolando seu cigarro que é aceso e o Sigve diz que é bom que a velha fotografia da casa esteja de volta pendurada no devido lugar, pois ele sentiu falta da foto, já estava muito habituado a olhar para ela, o Sigve diz e o Asle diz que lamenta ter demorado tanto para pintar o quadro e pensa que o Sigve não ficou satisfeito com o resultado e os dois calam um instante

Acho que eu estava esperando uma pintura diferente, o Sigve diz

É, com mais cores, não só preto e branco, ele diz

É, quase só tem preto e branco, ele diz

e o Asle diz que ele parou de pintar casas e construções sob tempo bom no verão e pomares em flor e fiordes cristalinos, com picos nevados, ele não aguenta mais pintar paisagens banhadas de sol, ele diz, mas quando o Sigve pediu para que pintasse a casa onde mora ele não quis dizer não, o Asle diz, e pensa que depois que pintou a casa onde o Sigve mora nem cogitou a hipótese de que pudesse ser colorida, ele pensa e o Asle diz que pintou a casa em preto e branco, tal como está na foto

Acho que eu teria preferido uma pintura colorida, o Sigve diz

Achei que todas as pinturas fossem coloridas, ele diz

Mas a casa é branca, e o telhado é cinza, o telhado está coberto por lajotas de xisto cinza, o Asle diz

Mas os morros são verdes, e as árvores, você não reparou na enorme árvore ao lado da casa? o Sigve diz

E também tem o azul do céu, ele diz

e o Asle diz que, conforme disse, já pintou tantos quadros de casas de cores vivas sob o céu azul que não quer mais pintar nada disso e o Sigve diz que pretendia pendurar o quadro na parede, pois as cores iriam realçar o ambiente, já tem um pouco de cinza e preto ali, não é preciso mais, e os dias costumam ser preto e cinza o tempo inteiro, agora um sol, um sol raiando amarelo, e céu, céu azul, não é sempre que tem, ele diz e o Asle diz que está ciente de tudo isso, mas deixou de fazer pinturas assim, ele diz

Claro, você pode pintar do jeito que quiser, o Sigve diz

Mas pode deixar que eu pago esse quadro com comida e cerveja, já que afinal você fez a pintura, ele diz

e o Asle diz que preferia ser pago em dinheiro, e diz o que costuma receber por um quadro desses e o Sigve diz que o preço não é abusivo então tudo bem, ele diz erguendo o copo para o Asle e dizendo que os dois têm que brindar pela compra, pelo negócio, ele diz e brindam e bebem e o Sigve diz que a cerveja está mesmo uma delícia, de verdade, ele diz e diz que está feliz por finalmente ter conseguido um lugar para morar e um trabalho fixo, que já estava a ponto de enlouquecer, e o Asle sabe, pois tem viva na memória a ocasião em que ele chegou a Stranda no ônibus de Bjørgvin a caminho da casa dos pais, afinal qual alternativa lhe restava? e acabou esbarrando no Asle, o Sigve diz e estava sentindo uma enorme angústia por ter que voltar para a casa dos pais, por isso que, falando muito honestamente, ele estava bebendo até cair, e desceu do ônibus bem antes da parada mais próxima e ele e o Asle acabaram se cruzando e começaram a conversar e ele contou ao Asle coisas demais naquela noite, mas o Asle já devia saber que o pai dele era um soldado alemão na Noruega invadida, ele era o que costumavam chamar de alemãozinho, uma tremenda vergonha, mas para falar a verdade ninguém em Barmen o importunava por causa disso, ele nunca ouviu lhe dirigirem um só insulto que fosse, embora o assunto sempre estivesse rondando as conversas, estava implícito em tudo que lhe diziam, na maneira como as pessoas se dirigiam a ele e olhavam para ele, estava expresso no olhar e na fala das pessoas, ou será que tudo não passava de impressão sua? podia muito bem ser, mas ele era um alemãozinho e isso persistiu e o pai dele pelo jeito tinha sido fuzilado por gente que morava em Barmen e o corpo foi jogado no Fiorde num saco de aniagem com um monte de pedras dentro, pelo menos era isso que se comentava, e a mãe não queria tocar no assunto, queria que tudo fosse esquecido, porém algumas vezes, e em todas ele estava bêbado, ele a questionava e ela, como sempre, não queria lhe dizer nada e ele chegou ao ponto de a agarrar pelos ombros e lhe dar um safanão e ela disse aos prantos que o pai dele tinha sido fuzilado e jogado no Fiorde e nem os alemães sabiam o paradeiro dele e achavam que ele tinha fugido, desertado como traidor, algo assim ela disse

Mas agora não vamos mais falar sobre isso, o Sigve diz

Não, o Asle diz

e eles bebem e fumam e não demora para terem bebido a cerveja inteira acendendo um cigarro atrás do outro, mal terminavam de fumar e já enrolavam o próximo e o Sigve diz que ou vão à Cooperativa comprar mais cerveja ou ao Hotel tomar uma cervejinha lá, o Sigve diz, ou melhor, ele diz, podem tomar o Ônibus para Stranda e ir ao Hotel Stranda, como já tinham falado tanto, mas nunca tinham ido, pois certamente irão encontrar o outro Asle, o de mesmo Nome, o que parece com o Asle, embora seja um pouco mais velho, ou pode ser até que tenham a mesma idade, pelo que ele sabe, o Asle tem que o conhecer, o Sigve diz e se o sujeito de mesmo nome não estiver no Hotel

Stranda como de costume, ele que não tem dinheiro para cerveja e então bebe café, pois sim, se já não estiver ocupando sua mesa no Hotel Stranda estará no porão de uma casa na rua de cima, isso o outro Asle, o de mesmo Nome, vamos chamá-lo assim, já mostrou ao Sigve onde fica, ele diz e consulta o relógio e diz que se se apressarem vão conseguir pegar o ônibus para Stranda que passa em cinco minutos e o Asle pensa por que não, mas não entende como o Sigve não se constrange de ir ao Hotel Stranda, lá onde certa vez foi flagrado furtando e foi preso pela primeira vez, ou pelo menos foi essa a história que lhe contaram, mas não é o caso de perguntar ao Sigve se é verdade, e o tal do mesmo Nome, pode ser que não seja assim tão parecido com ele como o Sigve afirma, mas se também pinta quadros seria bom conhecê-lo, o Asle pensa e levanta e o Sigve recolhe os copos e as garrafas vazias e os leva para a cozinha e põe na bancada da cozinha e diz Ordnung muß sein e o Asle pendura a bolsa a tiracolo no ombro e vai atrás do Sigve e então o Sigve veste uma jaqueta qualquer, uma jaqueta forrada ao que parece, com um fecho de zíper, e fica com uma aparência estranha, a jaqueta é de um estranho matiz de azul, um tom que o Asle nunca gostaria de pintar, e o Sigve fecha o zíper e o Asle sai e o Sigve vai atrás e tranca a porta da frente e juntos eles caminham até a parada do ônibus e o Sigve diz que o Asle vai se admirar quando conhecer o de mesmo Nome, ele diz e lá adiante vem o ônibus e o Sigve estende a mão e eles embarcam no Ônibus e o Sigve paga a passagem e o Asle também paga e os dois vão para o fundo do ônibus e sentam

Sempre prefiro sentar aqui no fundo, o Sigve diz

Eu também, o Asle diz

No último assento que estiver vazio, ele diz

Sempre, e no fundo, se não estiver ocupado, o Sigve diz

e os dois ficam sentados lado a lado no assento de trás e só há mais uns poucos passageiros no ônibus, um casal idoso e uma senhora idosa, que estão sentados bem na frente e nem o Asle nem o Sigve dizem nada, apenas ficam sentados e o Asle acha que está se sentindo nervoso e o Sigve diz que o Asle parece inquieto, desde que chegou aparenta estar inquieto, ele diz, como se algo errado tivesse acontecido, ele diz e o Asle não responde e o Sigve diz que o Asle pareceu mais calmo depois que bebeu uma garrafa de cerveja, a cerveja lhe fez realmente bem, o Sigve diz, e se beber mais vai tornar a ficar calmo, o Sigve diz e o Asle pergunta como foi o dia do Sigve e ele diz que foi como todos os outros, só o primeiro dia, quando começou a trabalhar na Movelaria, foi ruim, ele diz, pois nesse dia teve que cumprimentar o Patrão e as pessoas que trabalhavam lá, logo ele que não gosta de falar com gente que não conhece, não, foi um troço constrangedor demais, o Sigve diz, ele não sabia fazer o trabalho que lhe disseram para fazer, era muito simples, só aparafusar os braços e as pernas numas cadeiras que eles fabricavam, mas até isso era preciso aprender, até isso requeria uma técnica, e a pessoa a quem ele estava substituindo e seria transferida para um cargo mais qualificado ensinou ao Sigve como fazer e zombou dele e mostrou ao Sigve onde colocar a perna da cadeira antes de aparafusá-la e onde colocar o braço da cadeira antes de aparafusá-lo e o que fazer com a cadeira pronta, e para onde levar as cadeiras prontas depois de ter concluído dez unidades, uma em cada mão, evidentemente sem esbarrar nas guarnições das portas ou onde quer que fosse, bem, todo trabalho tem suas exigências, o Sigve diz e no primeiro dia ele conseguiu cometer simplesmente todos os erros possíveis, mas no dia seguinte já fez tudo direitinho e o homem que o ensinou e agora passaria a ocupar uma posição mais importante na empresa disse que ele estava qualificado, agora podia fazer o trabalho sozinho, mas se precisasse perguntar alguma coisa era só perguntar, ele disse e se foi e o Sigve ficou lá parafusando pernas e braços em cadeiras, e já vinha fazendo isso há dois anos, dito assim parece ruim, mas para falar a verdade ele é feliz no trabalho, o Sigve diz, agora que consegue fazer as tarefas que precisam ser feitas meio que automaticamente e enquanto vai fazendo o trabalho pode pensar sobre o que quiser, ou até mesmo não pensar em nada e apenas descansar, quase cochilar, sendo bem sincero as pausas para as refeições eram a pior coisa que acontecia no trabalho, porque é óbvio que os demais empregados da Movelaria sabiam que ele era um alemãozinho, não que alguém tenha comentado alguma coisa com ele, mas ele tinha certeza de que sabiam, e com o passar do tempo ele deixou de frequentar o refeitório onde todos comiam, passou a sentar nas cadeiras que acabava de fazer e devorava os dois sanduíches que levava consigo todos os dias, sempre de queijo marrom, e bebia o café que também levava numa garrafa térmica, e dessa maneira evitava falar com as pessoas, só falava com o empregado que vinha lhe entregar a cadeira com o espaldar, e com o outro que vinha entregar os braços, e com o outro que vinha entregar as pernas ele trocava uma ou outra palavra, pelo menos foi assim de início, mas com o passar do tempo o primeiro sujeito só trazia a cadeira com o espaldar e o segundo só os braços e o terceiro só as pernas e nenhum deles dizia nada, era assim que corriam os dias, e ele estava feliz com isso, conseguia ficar em paz, e todo mês recebia seu salário, um salário até bom, não iria deixá-lo exatamente rico, mas para ele era mais do que suficiente, o Sigve diz e o Asle pergunta se não era meio enfadonho e o Sigve diz que não achava, e quando eventualmente sente algum tédio ele fica pensando no próximo lance da partida de xadrez

Partida de xadrez? o Asle diz

É, eu bem que vi um tabuleiro de xadrez na sua mesa, ele diz

Isso mesmo, o Sigve diz

Aprendi a jogar quando estava na prisão, ele diz

e diz que quando foi solto a primeira coisa que fez foi comprar uma maleta de plástico preto, essa mesma que carrega de um lado para outro todo santo dia, e um tabuleiro de xadrez com as peças, e como não tem ninguém com quem jogar ele começou a jogar uma modalidade que se chama xadrez postal, é assim, toda sexta-feira ele posta uma carta com um lance e toda quarta-feira recebe uma carta do adversário em que está anotado o lance seguinte, e essa troca de correspondências vai seguindo até algum deles vencer ou empatar, o Sigve diz e não sabe nada sobre o adversário, só o nome e o endereço, nem do nome consegue lembrar direito, muito menos do endereço, mas assim que recebe a carta com a jogada do oponente fica pensando em qual será o próximo lance, e antes de receber a resposta pensa muito em qual será o movimento do adversário, o Sigve diz além disso sempre está lendo um livro qualquer, ele diz, e de vez em quando se pega refletindo sobre o que está escrito, mas então vêm as lembranças da época em que ele teve essa tremedeira maluca, como já mencionou, e o tempo que passou na cadeia, embora tenham sido só duas vezes, as pessoas que digam o que quiserem, o Sigve diz e diz que a primeira vez foi quando estava bebendo com um sujeito, justo no Hotel Stranda, para onde estavam indo agora, eles queriam continuar a encher a cara mas os bares já estavam fechados e eles simplesmente arrombaram a porta e invadiram o Hotel Stranda à procura de bebida, talvez uma garrafa de aguardente, e claro que o Delegado chegou e eles foram conduzidos à Delegacia, mas a cela mesmo era só um quarto com uma cama e uma porta simples e eles empurraram a cama de modo a conseguir pressionar as costas contra a cabeceira e os pés na porta, pois o sujeito que bebia com ele era bem forte, e de tanto pressionar acabaram arrancando a porta do batente, arrombando aquela porta, e foi dessa forma que conseguiram fugir da Delegacia e chegaram à conclusão de que o melhor era ir para Bjørgvin e começaram a caminhar ao longo da rodovia que leva a Bjørgvin, mais cedo ou mais tarde iriam cruzar com algum ônibus, eles pensaram, e também tentaram pedir carona a todos os carros que passavam, mas os carros, os que raramente apareceram, pois isso foi no meio da noite, simplesmente passavam ao largo e eles continuaram caminhando sem parar e ficaram exaustos, e por isso sentaram num banquinho na beira da estrada e pelo jeito devem ter cochilado mas a cada carro que eventualmente passava um deles ficava de pé e ia até o acostamento e esticava a mão com o polegar para cima e todos os carros os ignoravam e o jeito era esperar o seguinte, era uma eternidade até o próximo carro surgir, mas nenhum carro parou e eles decidiram caminhar até a parada de ônibus mais próxima, onde finalmente chegaram, e dali retomaram a caminhada ao longo da rodovia, já estavam quase sóbrios e se sentiam péssimos, mas enfim um carro parou, e dois homens desceram, e não é que eram o Delegado e o Xerife e na verdade poderia ser qualquer um, ele pensou, agora tanto fazia

Aqui estão os fugitivos, o Delegado disse

Não chegaram tão longe, ele disse

e em seguida o Xerife algemou os dois, que foram colocados no carro, e o Delegado disse que agora seriam levados para a prisão de Bjørgvin, e seriam julgados e não sairiam de lá tão facilmente, pois de uma coisa ele tinha certeza e era de que aquele não era o primeiro crime que cometiam, ele disse e assim foram para uma prisão de verdade, cada um na sua cela, onde havia um banco e uma escrivaninha com gavetas e uma latrina onde poderiam cagar e mijar, e as janelas eram reforçadas com barras de ferro, e os dois foram condenados e mandados para a Penitenciária de Bjørgvin, o Sigve diz mas hoje em dia ele se arrepende de todas as bobagens em que se meteu na vida, dessa vergonha ele nunca vai se livrar, ele diz e exibe as mãos com tatuagens, três pontos entre o polegar e o indicador na mão direita, formando um triângulo conhecido como emblema da sentença, ele diz, e no mesmo lugar na mão esquerda ele tem um coração, uma cruz e uma âncora, que desatinos a gente não comete quando está bêbado, ele diz e o ônibus faz uma curva e para diante do Hotel Stranda e eles descem do ônibus e o Asle diz que agora vai cair bem uma bebidinha e o Sigve diz que vai mesmo, a questão é se vão encontrar o sujeito de mesmo Nome, ele diz, ele pode ir ver se ele está sentado lá dentro, e caso não esteja podem ir bater na porta do porão onde ele mora, o acesso ao porão é por uma porta independente, e ele sabe, como disse, onde fica, o Sigve diz e agora é só o Asle esperar e ele pode entrar no Hotel Stranda e ver se o sujeito de mesmo Nome está lá e o Asle fica ali, parado, em pé, vestindo sua jaqueta de veludo preto, com a bolsa de couro marrom pendurada no ombro, e um cachecol em volta do pescoço, e enrola um cigarro que acende e então o Sigve retorna e diz que sim, o sujeito de mesmo Nome está sentado lá, com o *Correio de Bjørgvin* e uma xícara de café na mesa, então eles podem entrar, o Sigve diz e o Asle sobe as escadas e o Sigve abre a porta e o Asle vai até a recepção, e junto da recepção está o restaurante, e o Sigve vai para lá e o Asle segue atrás dele e ali, numa mesa ao fundo, de costas para a parede, ao lado de uma janela, está sentado um sujeito de cabelos castanhos compridos, que pelo visto veste uma jaqueta de veludo preto, com um cachecol em volta do pescoço, o Asle vê e então o Sigve diz que devem se aproximar e cumprimentar o tal de mesmo Nome e o Asle vai até o de mesmo Nome, que ergue o rosto e o Asle acha que o homem sentado ali parece mesmo com ele, nisso o Sigve tinha razão, sim, ele pensa e o Sigve e o Asle vão até a mesa e o Sigve diz que acho que os dois ali tinham que se conhecer, porque são bem parecidos, ele diz e o de mesmo Nome levanta e estende a mão ao Asle e diz Asle e o Asle estende a própria mão e diz Asle e eles se cumprimentam

Quer dizer que nós dois nos chamamos Asle, o Asle diz

Pelo jeito sim, o de mesmo Nome diz

e então volta a sentar e o Asle senta na cadeira vizinha ao de mesmo Nome e olha para baixo e o Sigve diz que vieram tomar um copo de cerveja, ele diz e olha para o de mesmo Nome

Não tem dinheiro para uma cervejinha? o Sigve diz

É por isso que está bebendo café? ele diz

Até parece que você adivinhou, o de mesmo Nome diz

e o Sigve diz que não precisa ser adivinho para saber dessas coisas e pergunta ao de mesmo Nome como vão as vendas de quadros e o de mesmo Nome diz que já faz um tempo que não pinta quadros que as pessoas queiram comprar, só pinta os quadros que ele quer e sente vontade e acha que deve pintar, mas começou a fazer duas pinturas de veleiros na tempestade, *Barcos na tempestade* é o título, o mesmo título que dá a pinturas desse tipo, ele diz e já se deu conta de que vai terminá-las o mais rápido que puder, pois está precisando de dinheiro, e depois, como de costume, vai se aboletar na escada diante do Hotel Stranda e expor as pinturas no muro e ver se alguém não quer comprar seus trabalhos

Você ainda fica na escadaria do hotel vendendo quadros? o Sigve diz

Fico, o de mesmo Nome diz

Você disse que iria parar com isso, o Sigve diz

Certamente devo ter dito, o de mesmo Nome diz

e então calam

Mas preciso de dinheiro, ele diz

e então a mulher que estava na recepção vem caminhando na direção deles e o Sigve cochicha para o Asle que ela se chama Gunvor e é mulher do dono do Hotel Stranda e ela se aproxima e pergunta o que vão querer e o Sigve diz que vieram tomar um copo de cerveja com esse cidadão, ele diz e ela olha para o Asle e pergunta se ele pode mostrar a identidade e o Asle pega a carteira e tira a identidade e ela a examina e então diz três copos de cerveja então e devolve a identidade para o Asle e vira de costas e se vai

Jamais imaginaria que você tem dezoito anos, ou será que não tem, o de mesmo Nome diz

e o Sigve olha em volta e diz que o Asle não é maior de idade, não tem dezoito anos, mas eles deram um jeitinho na carteira de identidade dele e de repente ele completou dezoito anos e o de mesmo Nome diz que é assim mesmo, ele sabe como é, fez o mesmo com a própria identidade, ele diz, e não deu trabalho algum, parece até que só emitem essas carteiras para que as pessoas possam alterar a data de nascimento, ele diz

É, o Sigve diz

Se você fizer um trabalho bem-feito ninguém irá reparar em nada, ele diz

A não ser que use uma lupa, ele diz

e então ficam calados e o Sigve senta ao lado do Asle e olha para o de mesmo Nome e diz que o Asle está frequentando o Secundário de Aga

Então você é um secundarista, o de mesmo Nome diz

Mas ele também pinta quadros, o Sigve diz

Disso eu já suspeitava, o de mesmo Nome diz

Inclusive pintou um quadro de uma foto da casa onde eu moro, você até já esteve lá, usando uma foto como modelo, a foto que está pendurada na sala, em cima do sofá, o Sigve diz

Quer dizer que você faz esse tipo de pintura, o de mesmo Nome diz

Já fiz muito, mas cansei de pintar casas e construções com céu azul e fiorde azul e casas brancas e bétulas verdejantes e montanhas escurecidas com picos nevados e dei um fim a isso, portanto fiz o quadro da casa em preto e branco, o Asle diz

e o de mesmo Nome diz que fez a mesma coisa

Então você também pintava quadros das casas das pessoas? o Asle diz

Nem me fale, o de mesmo Nome diz

e o Asle pensa que não quer perguntar onde o de mesmo Nome nasceu, mas uma coisa é certa, de Barmen ou de Stranda é que ele não é, mas deve ser de algum outro lugar em Hardanger, o dialeto dele não deixa dúvidas, o Asle pensa, e pensa que prefere não saber de onde o de mesmo Nome vem, não faz diferença se ele não souber

Mas por fim não aguentava mais pintar essas casas felizes da terra da felicidade, essa mentira deslavada, o de mesmo Nome diz

E depois, ele diz

É, e depois passei a ganhar dinheiro pintando quadros de barcos enfrentando tempestades no mar, de preferência veleiros, mas também vapores e barcos mais modernos, digamos assim, de madeira, mas essas pinturas também não passam de mentiras, ele diz

Mentiras e fraudes, ele diz

e de novo ficam em silêncio

Mas a gente tem que viver de alguma coisa, um dinheirinho é preciso ganhar, ele diz

e diz, encarando o Asle, que já está para terminar os dois quadros e logo, logo vai se instalar nas escadas do Hotel Stranda, bem em frente, com as pinturas expostas no muro, como fez tantas vezes antes, e até que sempre vendeu as pinturas, mas não é aconselhável tentar vender muitas ao mesmo tempo, ele diz, o melhor é pôr uma ou duas à venda, nesse caso consegue apurar mais dinheiro, ele diz e diz que espera não ter enchido a cabeça do Asle de ideias, ele que trabalha no mesmo ramo, e arrumar mais um concorrente é tudo que ele não quer, ele diz e o Asle fica prestando atenção ao que ele diz e de repente começa a pensar em todas as pessoas que já sentaram ali para tomar cerveja, naquele hotel, naquelas mesmas mesas, e agora já partiram, agora jazem cada uma na sua sepultura e delas nada mais resta, e agora é ele quem está ocupando uma mesa do velho hotel, o Hotel Stranda, bebendo cerveja, e agora é a vez dele de estar na Terra, mas não há de demorar muito, quanto tempo precisamente ele não sabe ao certo, e será a sua vez de ir para debaixo da terra, descer ao fundo de uma cova, e o que será dele então? além de restos mortais cobertos de terra? nada mais restará, exceto talvez uns pedaços de ossos, até que estes também desapareçam, e já não restará nada de todos que beberam cerveja no velho Hotel Stranda, o Asle pensa, mas cada ser humano não é feito só de carne e osso, e cabelo e pele, também existe uma alma, ou um espírito, ou ambos, seja lá como se queira chamá-los, se é que há uma distinção entre alma e espírito, e assim como cada indivíduo aparenta ser único, isto é, quase, pelo menos a maioria aparenta, já que é quase impossível apontar a diferença entre ele e o de mesmo Nome, de verdade, mesmo assim cada indivíduo possui uma alma, ou talvez um espírito, e nesse caso é totalmente diferente dos demais, e sendo assim mesmo que ele e o de mesmo Nome tenham a mesma aparência exterior, as suas almas, ou espíritos, não haverão de ser tão semelhantes como seu aspecto físico, ele pensa

Você está perdido nos seus devaneios, o de mesmo Nome diz

Estava pensando em quê? ele diz

Eu estava pensando em todas as pessoas que um dia vieram aqui beber uma cerveja nesse velho hotel e já se foram, o Asle diz

É mesmo, o de mesmo Nome diz

O que eu tento pintar tem a ver com isso, ele diz

O mesmo vale para mim, o Asle diz

E isso não pode ser dito, isso que estamos falando agora, mas pode ser pintado, de alguma maneira pode ser mostrado, o de mesmo Nome diz

É, o Asle diz

e fazem silêncio e então vem a Gunvor trazendo uma bandeja com três garrafas de cerveja e três copos e põe uma garrafa e um copo diante de cada um deles e serve um pouco de cerveja em cada copo e diz bom proveito e o Sigve diz muito obrigado e diz que é ele quem vai pagar essa rodada, mas é possível que peçam mais cervejas por isso vai esperar um pouco para pedir a conta, ele diz e a Gunvor diz que tudo bem e se vai e então o Sigve diz que eles bem que poderiam mudar de assunto, porque a conversa está parecendo um serviço religioso, um pastor fazendo um sermão numa igreja

Vamos beber e ser felizes, ele diz

Enquanto ainda podemos, ele diz

e ergue o copo

Vamos, o de mesmo Nome diz

e também ergue o copo e então o Asle também ergue o seu e eles brindam e bebem e batem o copo com força sobre a mesa e cada um deles passa a enrolar um cigarro que cada um acende e então o Sigve diz que viver é bom, basta um pouco de bebida para a vida ficar boa, ele diz

É, o Asle diz

Caiu bem essa cerveja, ele diz
Me deixou mais calmo, ele diz
e o de mesmo Nome assente e ninguém diz nada
Agora está muito quieto, o de mesmo Nome diz
Não faz mal um pouco de silêncio, o Sigve diz

então o de mesmo Nome diz que uma conhecida se mudou para a casa dele, agora ambos estão morando no quartinho do porão, ela começou a trabalhar como camareira no Hotel Stranda, e de início foi morar sozinha num dos quartos do hotel, mas não gostou e por isso mudou para a casa dele, os dois decidiram pela mudança numa noite em que ele estava ali tomando uma cerveja e ela veio sentar ao lado, ele diz e agora ela vive comigo lá no Porão, ele diz e então diz que vai tentar entrar na Escola de Belas Artes de Bjørgvin, logo, logo ele vai pegar uns quadros seus e tomar o ônibus para Bjørgvin e levá-los para serem avaliados na Escola de Belas Artes, e começar a estudar lá, quem sabe até conseguir uma bolsa de estudos, o de mesmo Nome diz, é só terminar os dois quadros que está pintando e vendê-los e conseguir algum dinheiro para pagar a passagem do ônibus em que vai viajar até Bjørgvin e tentar ser admitido na Escola de Belas Artes, ele diz e o Asle diz que achava que era preciso antes ter cursado o Secundário para entrar na Escola de Belas Artes, é por isso que ele foi cursar o Secundário, não porque tivesse vontade, vontade mesmo ele tem é de ir para a Escola de Belas Artes, ele diz e o de mesmo Nome diz que é isso mesmo, mas é possível haver exceções a essa regra, caso o sujeito seja um excelente pintor não precisa ter frequentado o Secundário, ele diz e não tinha certeza de que era assim, ele diz, mas escreveu para a Escola de Belas Artes perguntando se era possível e recebeu a resposta e na carta dizia que era possível ser admitido na Escola de Belas Artes sem ter cursado o Secundário caso se tratasse de um pintor excepcional, ele diz, e o Asle como é que pode, talvez ele não precise passar por esse estorvo que é cursar o Secundário inteiro, pois os quadros que pinta são muito bons, disso ele tem certeza, ou talvez seja só uma impressão que tem, não são tão bons quanto ele pensa e nesse caso seria mais fácil entrar na Escola de Belas Artes depois do vestibular, portanto é melhor terminar o Secundário, ele pensa e se sente mais calmo agora, pois a cerveja levou embora o medo e o de mesmo Nome diz que a mulher que se mudou para a casa dele é alguns anos mais velha, se chama Liv e está grávida, os dois vão ter um filho, ele vai ser pai, mesmo sendo tão jovem, o de mesmo Nome diz e o Sigve diz que ele vai ser pai muito jovem e o de mesmo Nome diz que se tinha algo que não desejava na vida era justamente isso, mas do jeito que for será, e se conseguir uma vaga na Escola de Belas Artes e uma bolsa de estudos e alugar um lugar para morar em Bjørgvin tudo vai dar certo, ele diz, existem apartamentos para alugar por um preço razoável no prédio que se chama Residência Estudantil e talvez lá eles possam morar, ele diz e termina de beber a cerveja e o Sigve diz viva e deixe viver e tanto o Sigve como o Asle ainda estão com os copos cheios de cerveja e o de mesmo Nome diz que já está na hora de ir para a casa ver a Liv, ela deve estar esperando por ele, que avisou que ia só dar uma voltinha, ele diz e levanta e diz que precisa terminar logo de pintar esses barcos, e todos os quadros de barcos em mar revolto ele assina no canto inferior direito, lá ele escreve Helle Halle, mas tão discretamente que mal pode ser visto e sempre que o comprador pergunta como ele se chama ele diz Helle Halle, o de mesmo Nome diz e pendura a bolsa a tiracolo e se despede e vai embora e ficam o Sigve e o Asle sentados ali e o Sigve se muda para o outro lado da mesa onde o de mesmo Nome estava sentado e afasta para o canto da mesa a xícara de café vazia e o copo de cerveja vazio que o de mesmo Nome deixou e pega seu copo de cerveja e arrasta para perto de si e o Asle dá um gole na cerveja e olha através da janela para o Fiorde que está quase completamente imóvel, não completamente, mas quase, porque o vento encrespa algumas marolas no Fiorde, e cada uma dessas marolas é diferente, e todas as nuvens são diferentes, o Asle pensa, e também dariam uma bela pintura, em que as ondas não são só ondas e as nuvens não são só nuvens, exceto em quadros que retratam veleiros sob uma tempestade, conforme o de mesmo Nome diz, e deve ser justo por isso que ele acha esses quadros tão ruins, e os pinta a toque de caixa apenas para ganhar dinheiro, pois é esse tipo de pintura que as pessoas desejam comprar, o Asle pensa, e então pensa como é estranho que as pessoas queiram comprar quadros ruins e desprezem as boas pinturas, não, não dá para entender, o Asle pensa e então ouve o Sigve dizer que também quer beber, não apenas pensar ou sonhar ou o que quer que tenha vindo fazer ali e o Asle vê que o Sigve já esvaziou o copo e repara que o seu copo está ainda pela metade e por isso dá um bom gole na cerveja e o Sigve diz que assim que a Gunvor der na vista, pois ela costuma percorrer as mesas para saber se os clientes estão precisando de algo, eles vão pedir mais uma rodada, o Sigve diz, pois é, ele tem vindo tantas vezes ao Hotel Stranda que sabe até que a mulher que estava na recepção e agora vem até a mesa atendê-los se chama Gunvor, e o marido dela, o que é dono do hotel, se chama Stein, e o sobrenome de ambos é Stranda, porque o Hotel Stranda pertence à família há gerações, o Sigve diz e mal fecha a boca e o Asle vê a Gunvor chegando e o Sigve ergue a mão e ela vem imediatamente e o Sigve diz que quer pedir mais duas garrafas e a Gunvor diz que já vai providenciar e leva as garrafas vazias e a xícara de café vazia que o de mesmo Nome deixou e se vai e o Sigve diz que ela se chama Gunvor, sim, e foi agregada à família depois do casamento, em seguida faz-se silêncio e o Asle pensa que deve ter sido no Hotel Stranda que tempos atrás o Sigve fez um roubo e o Sigve confirma que ele mais o outro malandro arrombaram à procura de bebidas, mas ele já cumpriu sua pena e aparou as arestas que ainda tinha com a Gunvor e o marido dela, ele diz, e depois diz que naturalmente achou que o Asle fosse querer mais uma cerveja também, pelo menos a saideira e eu estou deitado no banco enrolado na manta cinza, aquela que cobria a Avó quando ela estava deitada no banco da Casa Velha depois que sofreu um derrame, o que eu levei comigo quando fui morar num dormitório em Aga, e depois sempre me acompanhou pela vida afora, eu penso e vejo que agora são apenas brasas que minguam na lareira, e a sala voltou a esfriar, então é melhor enfiar mais umas achas de lenha lá dentro, eu penso mas fico deitado, às vezes o simples ato de me pôr de pé requer um enorme esforço, eu penso e de repente ouço passos lá fora e vejo que a porta do corredor se abre e ali, no meio da sala, está o Åsleik brandindo, quase não consigo acreditar, um pernil de presunto de carneiro como se fosse atirá-lo na minha direção e penso que só posso ter cochilado um pouco

Você é muito velho para ficar pegando a estrada de ida e volta a Bjørgvin, o Åsleik diz

Você fica exausto depois, ele diz

Isso está acabando com você

Dá para ver como seus cabelos embranqueceram nesses poucos dias, ele diz

e o Åsleik diz que afinal, por que eu não levei os quadros comigo na segunda-feira quando dirigi duas vezes até Bjørgvin? ele diz, e por que tive que ir até lá ontem apenas para levá-los? o que está se passando comigo? o Åsleik diz e diz que agora eu preciso relaxar, e comer alguma coisa, pois por mais que esteja em boas condições físicas, e possa afirmar sem medo de errar que sou até um sujeito bem fornido, ele, que não é de mentir, pode garantir que cheguei a emagrecer nesses últimos dias e também reparou que restava pouca carne no presunto de carneiro que está lá pendurado na cozinha, por isso achou que era hora de me trazer um novo, mas não, não é sem segundas intenções, eu posso fazer como de costume, serrar os ossos do presunto em pedaços e preparar um caldo para cozinhar os bolinhos de batata e depois que o caldo apurar bem acrescentar salsichas defumadas de Voss e cenouras e rábano na panela, o Åsleik diz e por fim posso fritar um bacon e convidá-lo para comer, ele diz, como sempre tem sido, em algumas ocasiões ao longo do ano eu costumo convidá-lo para comer bolinhos de batata cozidos no caldo do presunto, o Åsleik diz, e pelas contas dele já não falta muito para a próxima vez já que não resta muito do pernil de cordeiro, que é como as pessoas da cidade costumam chamar, esse que agora está pendurado lá na cozinha, o Åsleik diz, mas primeiro será que eles não teriam que fazer as refeições típicas do Advento na casa um do outro, ele mesmo estava com uma vontade danada daquelas costeletas de carneiro defumadas que ontem pôs para demolhar e hoje pegou a Lancha e foi até a Baía fazer umas comprinhas, o mar ainda estava calmo e bonito e ele comprou rábanos, as batatas ele mesmo planta e colhe, e sempre me diz que pode me dar batatas, mas eu sempre recuso, e ele não entende o motivo, mas batatas eu não quero, só costeletas de carneiro e peixe em conserva e carne curada e um pouco de peixe seco, isso é tudo que de melhor ele tinha a oferecer, mas rábanos ele não cultiva e por isso tem que os comprar, se bem que o preço do rábano está pela hora da morte de modo que seria bom pensar em plantar rábanos para o próximo ano, o Åsleik diz e diz que está frio na minha sala e eu sento no banco e vejo que não há mais fogo na lareira e percebo como está frio na sala, mas claro que não me dei conta disso quando estava deitado dormindo, porque devo mesmo ter adormecido já que não ouvi o trator do Åsleik, eu penso e o Åsleik diz que hoje ele veio caminhando até em casa, é importante se exercitar um bocadinho, e não é um trajeto tão longo, mas é uma boa caminhada, ele diz, e o que foi mesmo que o Åsleik disse, que hoje deveríamos comer costeletas de carneiro? sim, costumamos receber um ao outro em casa durante o Advento para comer costeletas de carneiro e peixe em conserva, como também na véspera do Ano-Novo, de dois em dois anos durante o Advento costumo ir à casa do Åsleik comer costeletas de carneiro e ele vem até a minha para comer peixe em conserva e a cada ano alternamos, tem sido assim, e este ano foi a vez do Åsleik preparar as costeletas, mas sempre nos convidamos com bastante antecedência, de modo que agora foi inesperado, o Åsleik simplesmente enfiou na cabeça que hoje comeríamos costeletas de carneiro e me deixou sem alternativa, e justo hoje, e só porque o Åsleik está com esse desejo de comer costeletas de carneiro defumadas, mas eu não, pelo menos não agora que acabei de acordar, eu penso, para falar a verdade não estou com apetite para nada, eu penso, por isso acho que vou recusar o convite do Åsleik, ele pode ir comer suas costeletas sozinho, eu penso, mas isso não seria errado da minha parte? decerto que estarão deliciosas, as costeletas de carneiro que o Åsleik prepara são sempre uma delícia, sou capaz de comer uma banda das costeletas que costumo ganhar do Åsleik todo ano, posso até preparar uns bolinhos de batata para acompanhar, e duas cenouras, e por cima despejar margarina derretida, como acompanhamento fica tão bom quanto purê de rábano, talvez até melhor, eu penso e penso que sempre converso com o Åsleik sobre comida, pelo menos é a impressão que tenho, eu penso, é o típico assunto que conversam dois homens de meia-idade, um deles, o Åsleik, está quase careca e tem apenas esse cabelo ralo cobrindo-lhe os flancos da cabeça, e também essa barba grisalha comprida, e tanto o cabelo quanto a barba ele apara sozinho com uma tesoura, por isso anda sempre com essa aparência desmazelada, embora nem deva aparar cabelo e barba com tanta frequência, eu penso, e de minha parte não devo estar com aparência melhor, com esse meu cabelo comprido e grisalho, sempre preso com um elástico preto atrás da nuca, eu penso, e nem adianta muito, porque o meu cabelo é tão ralo no cocuruto que deixa aparente a calva, não adianta prender o cabelo atrás com um elástico preto que o couro cabeludo sempre vai estar à mostra, e minha barba também é grisalha, de início também comecei a aparar a barba com tesoura, foi quando tinha uma barba bem comprida, mas depois arrumei um barbeador elétrico e passei a usar a barba mais curta, bem curta até, e a aparo cerca de uma vez por semana, mesmo assim a minha aparência não melhora, não, o Åsleik e eu não somos exatamente bonitos, eu penso e então o Åsleik fica parado ali em frente à lareira olhando para mim e me diz para à noite ir à casa dele jantar, o Natal está chegando, e costumamos nos alternar fazendo refeições nas nossas casas durante o Advento, nossas ceias de Advento, ele diz, e se o convite de agora pareceu meio repentino mais tarde quando eu estiver desperto certamente estarei com apetite, ele diz e eu digo que provavelmente sim

Aliás, foi bom você ter me acordado, ou não conseguiria pegar no sono à noite, eu digo

Não faz bem dormir tanto durante o dia, o Åsleik diz

e eu digo que não, não posso passar os dias dormindo, e o Åsleik diz que me conhece há anos, e já se vão muitos, nunca me viu pegar a estrada de ida e volta para Bjørgvin para depois dirigir para Bjørgvin mais uma vez e voltar para casa no dia seguinte e um dia depois ir e voltar para Bjørgvin de novo, ele não sabe o que está acontecendo comigo, ele diz, o que me deu na cabeça? é óbvio que eu não preciso contar a ele, quer dizer, dessa última vez eu fui levar as pinturas para a exposição natalina de sempre, a que costuma inaugurar antes do Natal, e fazia sentido, e alguns dias atrás, isto é, na segunda-feira, fui só fazer umas compras em Bjørgvin, ele diz, mas por que peguei o carro e voltei no mesmo dia? e por que não levei os quadros comigo numa dessas viagens que fiz? não, isso ele não entende, e não parece que estou bem, não dou a impressão de estar saudável, o Åsleik diz, ou de estar cem por cento saudável pelo menos, a impressão é de que aconteceu algo que me afetou, e para ser sincero foi por isso que ele achou que hoje eu precisaria de uma refeição de sustança, o Åsleik diz, e achou que as costeletas de carneiro fossem me fazer bem, e também um pouco de carne curada suculenta, ele diz e novamente ergue o pernil de carneiro para mim e eu digo muito obrigado e fico ali sentado no banco e o Åsleik diz que voltaremos a falar à noite? por volta das sete horas? ele diz e eu digo sim, sim, muito obrigado, foi meio inesperado, mas vai ser uma delícia, eu digo e fico sentado ali no banco e o Åsleik diz que não estou nada conversador hoje e já está indo para casa, talvez nem tenha sido bom ter vindo me incomodar e me despertar do sono? ele diz e eu digo de novo que ele fez bem, pois se eu tivesse dormido mais não conseguiria pegar no sono à noite e não gosto de ficar deitado na cama sem dormir, a cabeça se inunda de pensamentos, eu digo e então não digo mais nada e o Åsleik diz que já está de saída para cuidar das costeletas que estão cozinhando no vapor, nunca aconteceu de deixar ressecarem demais, mas é preciso ficar de olho, e ele lembra que a mãe dele cuidava para que nunca faltasse água suficiente na panela, no fundo ela fazia isso para sentir o aroma delicioso das costeletas cozinhando, era mais por isso, o Åsleik diz, mas chega de ficar jogando conversa fora, ele já vai me deixar em paz

Nos falamos à noite, eu digo

Não vejo a hora de começar a comer, o Åsleik diz

Sim, mais tarde nos falamos, eu digo

Assim por volta das sete horas, ele diz

e então o Åsleik diz que vai deixar o presunto curado na mesa da cozinha para eu pendurá-lo depois e fica parado e eu sentado ali no banco olho para a mesa redonda com as duas cadeiras, uma era da Ales e a outra minha, e a cadeira da Ales continua ali e eu olho para a cadeira vazia dela, e agora será que a Ales não vem? eu penso, eu pensava nisso o tempo todo, e a cadeira continuava lá, vazia, e eu sem a coragem de tirá-la dali, se tirasse era como se estivesse profanando a memória da Ales de alguma forma, e é óbvio que eu não queria isso, mas o tempo inteiro fico pensando que a Ales já vai chegar, sim, vejo aquela cadeira vazia e penso que a Ales ainda vive e está para chegar, não, não é possível continuar pensando assim, eu penso, mas a cadeira continua em seu lugar, e certo dia o Åsleik esteve em casa e eu estava sentado na minha cadeira e ele sentou na cadeira vazia ao lado e eu tomei um susto, foi como se de repente eu tivesse tomado um choque e eu disse para o Åsleik levantar

Ponha-se já de pé, eu disse

e ele levantou imediatamente e olhou para mim apavorado

Eu não sabia, ele disse

e eu senti uma enorme vergonha

Desculpe, eu disse

Eu não sabia, ele repetiu

Não, eu disse

Mas é a cadeira da Ales, eu disse

e ficamos calados por um bom tempo até o Åsleik perguntar se não me fazia mal manter aquela cadeira ali, a cadeira onde a Ales costumava sentar, ele disse e eu disse não, mal não me faz, só não quero ninguém sentado nela, como se estivesse desrespeitando a memória da Ales, eu disse e o Åsleik disse que enquanto viveu a Ales costumava sentar naquela cadeira e eu na outra e ficávamos os dois ali sentados contemplando o mar e eu disse que era assim mesmo, mas isso foi enquanto a Ales viveu e nos fazia companhia na sala ou em qualquer outro aposento da casa, mas agora ela tinha partido, só ficou a cadeira dela, e eu mesmo nunca sentava ali, eu disse e o Åsleik perguntou se eu não queria que ele levasse a cadeira dali, talvez para o Salão? ele disse e eu disse que queria que a cadeira ficasse exatamente onde estava e o Åsleik novamente pediu desculpas

Não sabia que era assim, ele disse

Não, como você poderia saber, eu disse

Não, ele disse

e eu levanto do banco e vou sentar na minha cadeira ao lado da mesa redonda e olho para o Åsleik e digo que costumo sentar ali para contemplar o mar, ou estou de pé pintando ou deitado no banco ou sentado na minha cadeira olhando para o mar, para o mar do Bispado, é, eu digo, e já devo ter contado a ele que tenho um marco de referência, eu digo e o Åsleik abana a cabeça e eu digo que sempre miro o mesmo lugar no mar, meu ponto de fuga, eu digo e o Åsleik que precisa ir para casa e diz que em breve nos falamos e então diz que deixou o presunto de carneiro na mesa da cozinha e eu vejo o Åsleik sair pela cozinha e fechar a porta ao passar e penso que a água está sempre visível, até o mar consigo ver, o estuário em toda sua extensão, vejo o mar do Bispado e os promontórios e arrecifes ao longe, e as ilhas que protegem do mar aberto, e vejo o estreito entre as ilhas que se alarga e deixa entrever o próprio mar, até quando está escuro ou nevando muito ou chovendo a cântaros ou sob nevoeiro denso eu consigo divisar a água, as ondas, o mar, é inacreditável, eu penso sentado na cadeira junto à mesa redonda olhando para o meu marco de referência e mirando o ponto de fuga que costumo mirar quando olho na direção do mar e vejo o Asle no corredor do lado de fora da sala de aula esperando o Professor de inglês e francês chegar e lá vem o Professor chegando e hoje está vestindo aquela calça cinza e o suéter branco com listras azuis e debaixo do braço ele carrega alguns livros e quando se aproxima diz para o Asle você não vai entrar?

Mas eu, o Asle diz

Você sim, o Professor diz

Sabe eu, o Asle diz

Você o quê, o Professor diz

É que eu, o Asle diz

Pois é, eu, quer dizer, eu tenho medo de ler em voz alta, ele diz

Medo de ler em voz alta? o Professor diz

como se não acreditasse no que acabou de ouvir

É, o Asle diz

e o Professor olha para ele e o Asle percebe que ele não acreditou no que ouviu e o Asle diz que vai pedir para não ler em voz alta na sala e o Professor olha para ele e então diz que tem o hábito de pedir que cada aluno leia em voz alta, como ele já deve ter percebido, por isso vai parecer estranho caso ele se recuse, ele diz e o Asle percebe que o Professor não lhe deu crédito e então o Professor diz que vai procurar levar isso em consideração e o Asle não terá que ler muita coisa, talvez uma ou outra frase apenas, mas é importante que exercite a pronúncia, o Professor diz e pergunta se o Asle também deseja que ele não lhe faça perguntas? que não lhe pergunte se fez o dever de casa, estudou a lição? e o Asle diz que quanto a isso tudo bem e na voz do

Professor há um quê de ironia e o Asle diz que era só isso que queria dizer e o Professor diz que agora é hora de entrar, hoje ele não terá que ler nada, ele já tinha percebido que o Asle vacila e gagueja, mas a pronúncia dele é boa, é, o inglês dele até que é bom, por isso ele vai conseguir falar um bom inglês, vamos ver como será com o francês mas agora eles precisam entrar, o Professor diz e o Asle entra e leva no ombro a bolsa de couro marrom e vai ocupar a carteira no fundo da sala e na fila central e eu olho para o meu ponto de referência no mar, para as ondas, e levanto da cadeira e vou para a cozinha e sobre a mesa encontro um grande presunto de carneiro, o Åsleik é generoso, eu penso, ele gosta de presentear, tem orgulho da comida que sabe preparar, das costeletas de carneiro e do peixe em conserva, eu penso, mas foi uma surpresa o convite para comer as costeletas de carneiro logo mais, e a rigor não estou com apetite, não tenho fome de nada, mas mesmo assim a comida deve estar muito saborosa, eu penso e pego o novo presunto de carneiro que é bem pesado e o ponho de novo sobre a mesa e pego o presunto que está pendurado no gancho na parede, quase apenas osso, e o ponho na mesa da cozinha e então penduro a nova peça no lugar e olho para aquele presunto na mesa e penso que estou com fome, mas hoje não tenho vontade de comer e penso que em breve vou parti-lo inteiro e cozinhar um caldo com bolinhos de batata, mas isso terá que esperar, então vou só guardar o presunto no freezer que tenho no corredor, e mais tarde serrá-lo em pedaços, eu penso e vou até o corredor e vejo o telefone ali e é raro que ele toque, acontece de o Asle ligar, e agora eu tenho que ligar para o Hospital e perguntar como ele está, se posso visitá-lo, eu penso, mas isso terá de esperar, eu penso, e também acontece de o Beyer ligar de vez em quando, e também o Åsleik em alguma ocasião, mais para pedir que lhe compre alguma coisa de que precisa da próxima vez que for a Bjørgvin, por isso mesmo deixo um bloco de anotações e um lápis ao lado do telefone que tem sua própria mesinha no corredor e nele anoto o que o Åsleik me pede para comprar ou quando vamos nos encontrar, caso o Beyer e eu tenhamos marcado um encontro, e também acontece de eu ligar para o Asle de vez em quando, nesse caso costumamos combinar de nos encontrar no Salão dos Drinques e acontece de eu ligar para o Lar Hotel para reservar meu quarto de sempre, o quarto 407, e também nos encontramos, o Asle e eu no Salão dos Drinques para uma lauta refeição, regada a uns bons litros de cerveja e aguardente, que antigamente eu também costumava beber, mas isso foi quando nos mudamos para a casa marrom, a Ales e eu, para ser mais preciso e honesto nos mudamos de Bjørgvin para a casa marrom porque eu estava bebendo demais, foi um tempo de muita bebedeira e quase nada de pintura, e a Ales dizia que eu tinha que parar de beber, no que estava coberta de razão, e milagrosamente consegui largar a bebida, eu penso, mas não quero mais pensar nisso, eu penso, e primeiro parei de fumar, porque fumava o tempo todo, reconheço que acendia um cigarro no outro, e um dia me dei conta de que já tinha fumado tudo o que podia, por isso primeiro parei de fumar, e depois de beber, e depois disso quase nunca mais fui a um restaurante ou bar, só frequento cafés, exceto nas poucas ocasiões em que encontro o Asle no Salão dos Drinques, no Último Barco, como tem ocorrido, eu penso e quando nos encontramos lá o Asle já bebeu alguma coisa de antemão, e quando sinto que aquilo começa me incomodar digo que já está tarde, e costumo deitar cedo, por volta das nove horas, eu digo e o Asle diz que vai ficar um pouco mais no Salão dos Drinques, alguém tem que ser o último a abandonar o Último Barco, ele diz rindo e eu digo que ali nós dois já bebemos muito juntos e o Asle diz que foi mesmo mas isso foi antes de eu ter ido embora de Bjørgvin e a Ales ter me feito parar de beber, quem senão ela me fez largar a bebida? disso ele estava convencido, não importava o que eu dissesse, porque depois que a Ales e eu nos mudamos para Bjørgvin passamos a não beber mais juntos, acontecia de mesmo assim nos encontrarmos no Salão dos Drinques, mas então eu só bebia café e água, e também de quando em quando nos encontrávamos na Cafeteria, geralmente pela manhã depois de eu ter ido à missa na Igreja de São Paulo, eu penso e penso que preciso ligar para o Hospital e saber como está o Asle, será que vou poder visitá-lo? ou pelo menos buscar alguma coisa na casa dele, ou comprar algo de que talvez ele esteja precisando? eu penso e antes de concluir o pensamento lá vem o Brage para junto de mim me encarando com aqueles olhos caninos e eu pergunto se ele quer sair para passear um pouco e vou abrir a porta da frente e o Brage sai em disparada e eu deixo a porta aberta e penso que preciso ligar para o Hospital, pois ainda que as visitas ao Asle não estejam liberadas quem sabe eu possa buscar algo em casa de que ele esteja precisando? uns livros, talvez? porque ele sempre está lendo um livro qualquer, e assim posso deixar o livro ou o que quer que seja na recepção com a recepcionista ou quem quer que seja, eu penso, pois se eu leio pouco, e só agora comecei a ler a sério, o Asle sempre foi de ler, é inacreditável a quantidade de livros que ele lê, assim como a quantidade de bebida que ingere, a propósito, mas sim, eu preciso ligar para o Hospital, eu penso, mas não exatamente agora, estou muito cansado, e não vou poder dirigir até Bjørgvin hoje, então posso telefonar amanhã, pois nesse caso talvez possa dirigir de novo até Bjørgvin caso me deixem visitar o Asle, é bem possível que sim, eu penso e me sinto cansado e enfio os pés nas botas desamarradas que estão na soleira da porta da frente e saio e vejo os flocos de neve caindo, quer dizer que voltou a nevar agora, neva num dia e chove no outro, como sempre, eu penso e vejo o Brage ali fazendo seu serviço e correndo em volta enquanto floco atrás de floco de neve vai caindo e se depositando sobre o pelo dele e grito pelo Brage e ele imediatamente vem correndo e atravessa correndo o corredor e eu fecho a porta e penso que deveria pintar um pouco, e num instante uma espécie de treva me invade e eu penso que não suporto mais pintar, já fiz a minha parte, pintei tudo que me cabia, agora pus um fim na pintura, não quero mais pintar, eu penso, já chega, eu penso e entro na sala e vejo no cavalete aquela infeliz pintura das linhas que se cruzam, não, não suporto nem olhar para ela, não suporto nem mesmo tirar o quadro do cavalete e colocá-lo na pilha de pinturas que não estão exatamente concluídas, aquelas com as quais não estou totalmente satisfeito, simplesmente não suporto, eu penso e olho para o cavalete e penso que agora que estou vendo o cavalete não é como se, e sou assaltado por esse pensamento, não é como se Deus também estivesse presente nele, no cavalete? sim, não é como se Deus estivesse me observando desde o cavalete? eu penso, e só posso estar enlouquecendo de vez, eu penso, pois tenho a impressão de que Deus me observa de todas as coisas, eu penso e olho em volta, e é como se Deus estivesse em tudo que me rodeia, eu penso, é como se de cada coisa que existe Deus olhasse para mim, eu penso e penso que a mesa redonda em seu silêncio não está me dizendo que Deus está presente? e quanto às duas cadeiras? muito perceptivelmente daquela onde a Ales costumava sentar, é dela que sinto Deus me observar com atenção, eu penso e penso que é quando estou sozinho imerso na minha treva pessoal, na minha solidão, falando francamente se trata de solidão, e quando percebo quão tranquilo estou, é aí que Deus se faz mais presente, na sua ausência, e eu me recolho, quase como um monge, eu penso, e desato a rir, porque dificilmente poderia imaginar algo mais diferente de mim do que um monge, eu penso, ou talvez haja semelhanças, porque talvez essa vida um tanto monástica que levo tenha feito com que eu me recolhesse, eu penso, a essas pinturas sem palavras, a essa solidão, que dita assim chega até a soar mal, eu penso, mas me recolhi a essa prece sem palavras que é a pintura, talvez se possa chamá-la assim, mas não soa bem, eu penso, e também à serenidade que a pintura me traz quando me isolo de todo o resto, eu penso mas todas essas são palavras muito enganadoras, a verdade é que me enfurnei aqui pintando dia após dia, com toda a humildade que tenho em mim passo o tempo aqui pintando, pelo jeito terei de continuar aqui pintando, pois o que mais haverei de fazer? mas não quero mais pintar, eu penso, e se não quero não tenho mais que pintar, eu penso e então penso que Deus se esconde o tempo todo, é como se Ele Se revelasse ao Se esconder, na vida, nas coisas, em tudo que existe, e evidentemente também numa pintura, sim, pode ser que quanto mais Deus Se esconda mais Se revele, e vice-versa, e quanto mais Ele Se mostra, ou Se revela, numa coisa ou noutra, tanto mais Ele Se oculta, eu penso, é isso, Deus se mostra para através disso se ocultar, e é nessa ocultação que Deus está, e na ocultação de Deus, e somente nela, é que eu consigo me abstrair e esquecer de mim, e isso é insondável, não é algo possível de compreender, mas é quando alguém se dá conta de que não pode compreender Deus que finalmente O compreende, ou seria isso tão evidente que nem carece ser dito? nem mesmo cogitado? sim, é tão evidente quanto o fato de a fala de Deus ser o silêncio, eu penso, que na verdade é, embora isso também seja autoevidente, que em silêncio

Deus diz tudo que é, e esse silêncio foi primeiro rompido quando o Verbo veio ao mundo, quando Cristo veio ao mundo, só então a Palavra de Deus foi ouvida, mas é nisso mesmo que eu acredito? eu penso, isso faz sentido? eu penso, não, talvez não, mas talvez seja possível se esconder em Cristo, nas Suas palavras, e assim talvez a esperança resida no imenso silêncio de Deus? mas eu acredito nisso? não, talvez não, não nas palavras, mas a presença de Deus não prescinde de crença, pois quanto mais trevas há em mim mais próximo de Deus estou, é essa a minha verdade, eu penso e assim sempre pensarei mesmo que esse meu pensamento não me leve adiante, só a pintura me leva adiante, ou não? o que estou querendo dizer? eu penso, porque agora mesmo pensei que não quero, que não desejo mais pintar, eu penso e olho para a cadeira onde a Ales costumava sentar e penso que o silêncio eloquente da cadeira é real, é ridículo, mas eu levo muito a sério, sim, que a fala silenciosa de Deus se origina daquela cadeira, é da cadeira da Ales que Deus olha para mim e conversa comigo em silêncio, eu penso, pois em tudo que existe há um silêncio oculto, e é esse silêncio o âmago de toda a verdade, eu penso, e é esse o silêncio da criação divina, tal como a Ales dizia, pois Deus é uma luz incriada, ela dizia e segundo a minha própria experiência a escuridão é a luz de Deus, essa escuridão que pode estar tanto em volta como dentro de mim, sim, a escuridão que agora sinto que sou, pois na escuridão está um silêncio em que Deus se faz escutar, eu penso e olho para a cadeira onde costumo sentar, junto da mesa redonda, e volto a sentar nela e miro meu marco de referência e olho na direção do meu ponto de fuga, para as ondas, e penso que costumo sentar ali e ficar olhando para as ondas e fazendo uma prece silenciosa e assim estamos a Ales e eu próximos, e os meus pais, e a irmã Alida, e a Avó, e o Sigve, e sinto uma paz dentro de mim, e penso comigo que em todas as pessoas existe uma lacuna imensa, pois sempre estamos sentindo falta de alguma coisa, e achamos que é disso ou daquilo, de uma coisa ou de outra, mas a falta que sentimos é na verdade de Deus, uma vez que o ser humano não passa de uma prece infinita, uma prece que se manifesta nessa falta que sente, eu penso e então olho para a cadeira ao meu lado e vejo a Ales sentada ali e ela começa entoar baixinho uma cantiga, quase inaudivelmente ela canta Amazing grace How sweet the song That saved a wretch like me I once was lost But now am found Was blind but now I see e eu vejo a Ales levantar e desaparecer e enquanto ela desaparece eu a ouço de novo cantar baixinho quase inaudivelmente Amazing grace How sweet the song That saved a wretch like me I once was lost But now am found Was blind but now I see e seguro firme a borda da mesa e olho para o Brage que está ali olhando para mim com seus olhos caninos e penso que os cães sabem tantas coisas mas não podem dizer nada a respeito, ou dizem com seus olhos caninos, e dessa forma parecem com o verdadeiro artista, que tampouco pode dizer alguma coisa, não num sentido literal, o verdadeiro artista apenas pode dizer uma outra coisa e calar sobre aquilo que realmente queria dizer, e assim a arte e a fé e a silenciosa sabedoria de um cão são uma e a mesma coisa, não, agora já estou indo longe nos meus devaneios, eu penso, nunca fui lá um grande pensador, e o único idioma que domino, por assim dizer, é o idioma da pintura, eu penso, e todos os meus pensamentos vão se amontoando uns sobre os outros, sem obedecer a nenhuma ordem, mas todos meio que existem ao mesmo tempo, eu penso e olho para o Brage e penso que ele pode estar com sede ou fome, é bom pensar nisso, eu penso, porque estou tentando compreender o incompreensível, mas não dá, eu penso e levanto e vou até a cozinha e o Brage vem atrás de mim e eu vejo que não tem mais água na vasilha dele e encho a vasilha de água e ele lambe e lambe a água e eu fatio e esmigalho o pão e despejo na outra vasilha e a ponho em frente ao Brage, mas ele apenas fareja o pão e vai deitar na sala e eu penso que preciso logo arrumar algo mais para o Brage comer, eu penso e penso que já vou de novo sentar na minha cadeira e rezar para que o Asle fique logo bom, eu penso e vou para a sala e vejo a minha jaqueta de veludo preto pendurada no espaldar da cadeira onde costuma ficar e sempre foi assim, sempre pendurei a jaqueta de veludo no espaldar da cadeira, eu penso e penso que não me desfiz das roupas da Ales, elas estão bem dobradas dentro de umas caixas que levei para um dos quartinhos lá no sótão, o quarto onde guardo as minhas pinturas, e se algum dia a Ales conseguir ressuscitar dos mortos e voltar a entrar pela porta da sua velha casa não irá sentir falta de uma só peça de vestuário nem de nenhuma das suas coisas, eu cuidei muito bem de tudo, sim, é pura e simples insanidade, eu penso, mas não consegui doar ao Brechó as roupas da Ales nem outras coisas que lhe pertenciam, foi demais para mim, assim tudo ficou no mesmo lugar em que estava quando ela partiu, e assim permaneceu por um bom tempo, mas por fim reuni toda a roupa dela em caixas e as carreguei para o sótão e algum dia terei que tomar juízo e levar essas caixas no carro para Bjørgvin e as desembarcar no Brechó para que lhes deem outro fim, pois agora não têm serventia para ninguém, eu penso e penso que num dos quartinhos lá em cima está o retrato que pintei da Ales, encostado ao espaldar de uma cadeira, pois se trata de um dos quadros que não quero vender, e jamais venderei, é a única pintura que jamais será vendida, todas as outras posso até vender, como agora até cogitei fazer, mas o retrato da Ales ficará comigo, nem era preciso dizer, é claro, eu penso e quando me ocorreu vender todos os quadros a hipótese de vender o quadro da Ales seria tão absurda que nem mesmo a cogitei, eu penso, e agora o retrato está há tempos encostado a um espaldar de cadeira entre as duas claraboias estreitas, eu penso, faz anos talvez, eu penso e fico na sala olhando para a cadeira vazia onde a Ales costumava sentar e penso que ou devo tirar aquela cadeira dali ou o Åsleik poderá sentar nela, ou quem quer que venha me visitar, mas quem mais poderia ser? não me lembro de receber outra visita além do Åsleik, só ele e ninguém mais, eu penso, mas não quero que o Åsleik sente naquela cadeira, aliás não quero é que ninguém sente naquela cadeira, é para ela ficar ali vazia, eu penso, então talvez eu devesse perguntar se o Åsleik poderia carregar a cadeira para o Salão? onde todas as pinturas que a Ales pintou estão em seu lugar, tudo permanece igual ao dia em que ela foi internada no Lar de Idosos para nunca mais sair, eu penso e vou pedir ao Åsleik para pôr a cadeira diante daquela janela acolá, eu penso, mas não, como posso pensar assim, a cadeira da Ales tem que ficar onde sempre ficou e pronto, como posso pensar diferente, eu penso e vou sentar na minha cadeira e olho para o local de costume lá no mar do Bispado e diviso as ondas e vejo o Asle sentado no ônibus de Aga para Stranda pensando que até que as coisas estão indo no Secundário, pois apesar da demora ele por fim foi conversar com o Professor de norueguês e história, ele que era o responsável pela turma, e com o Professor de alemão, e ambos imediatamente perceberam como ele se sentia em relação àquela questão da leitura em voz alta e disseram que não pediriam mais que lesse em voz alta, mas, ambos disseram, se ele se sentisse em condições de ler era só levantar a mão e fazer um sinal qualquer de que estava confortável que iriam lhe pedir que lesse, só isso, eles disseram e o Asle foi só agradecimentos por ter sido compreendido, e ambos disseram que não foi difícil perceber a situação, e o Asle se deu conta de que as pessoas podem mesmo ser diferentes, porque os dois professores foram solidários, enquanto o Professor de inglês e francês não lhe deu crédito, e ficou achando que o Asle estava tentando lhe tapear, que o Asle queria se esquivar de fazer as lições ou algo assim, que não queria cumprir suas obrigações, enquanto os dois outros professores logo se deram conta do medo que o afligia, de modo que havia uma grande diferença separando uma pessoa da outra, foi o que ele aprendeu com esse episódio, o Asle pensa, e então pensa que todo dia quando termina a aula ele vai ver a Avó lá no Lar de Idosos, e por mais que ela não consiga mais falar, sim, as poucas palavras que ainda conseguia falar já não consegue mais, os dois pelo menos estavam juntos, e no olhar dela ainda pulsava a vida, e ela sorria caso ele dissesse algo engraçado, ele pensa, mas nos últimos dias ela mudou, seu rosto inteiro assumiu um tom arroxeado, principalmente os lábios, que há tempos tinham adquirido um tom arroxeado, estavam bem mais roxos agora, pois a Avó estava muito pálida, e quando hoje ele foi visitá-la o rosto dela estava quase cinzento, o Asle pensa sentado ali no banco do ônibus a caminho de Stranda, pois acabou a tinta a óleo branca e sem ela ele não pode ficar, sem a tinta a óleo branca ele não consegue pintar, ele pensa, embora de certo modo a pintura seja a arte das cores, para ele é impossível pintar sem fazer uso de muito branco, isso é uma coisa óbvia, deveria saltar aos olhos, se bem que ele também faz bastante uso do preto, o preto é essencial para fazer uma imagem realçar, e numa pintura tudo deve estar no lugar certo, a composição tem que ser harmônica, é preciso haver um equilíbrio na imagem, e para alcançar esse equilíbrio o preto é essencial, o Asle pensa e eu fico sentado junto à mesa e agora percebo claramente a Ales sentada na cadeira ao lado, e ela põe a mão sobre a minha e nos damos as mãos e ficamos sentados assim de mãos dadas e nenhum de nós diz nada e eu vejo o Asle sentado no ônibus a caminho de Stranda pensando que quando chegar irá direto à Loja de Tintas comprar uma bisnaga bem grande de tinta a óleo branca e depois pegar o mesmo ônibus em que veio para retornar a Aga, o mesmo ônibus que depois de quinze minutos em Stranda parte no sentido de Aga, o Asle pensa e o ônibus chega em Stranda e o Asle desembarca e segue direto para a Loja de Tintas, porque ele não dispõe de todo o tempo do mundo já que o ônibus vai partir para Aga em quinze minutos e ele quer tomar esse mesmo ônibus, o Asle pensa, ele precisa terminar logo essa pintura, e para avançar precisa de tinta a óleo branca, o Asle pensa e entra na Loja de Tintas e quem encontra diante das bisnagas de tinta a óleo senão o de mesmo Nome, com seu cabelo castanho comprido, sua jaqueta de veludo preto, sua bolsa de couro a tiracolo e seu cachecol em volta do pescoço, e o Asle pensa que é óbvio que os dois estejam vestidos da mesma forma hoje também, e evidentemente ele agora terá que cumprimentá-lo, já não bastou a primeira vez? o Asle pensa, mas também precisa comprar a tinta a óleo branca e não tem tempo a perder por isso não pode dar meia-volta para ir à Loja de Tintas depois que o de mesmo Nome tiver ido embora, o Asle pensa, agora terá que pegar uma bisnaga grande de tinta a óleo branca e voltar para casa, para o seu dormitório, e continuar pintando o quadro que já começou, o Asle pensa e vai direto à prateleira onde estão as tintas a óleo e o de mesmo Nome olha para ele

Não, mas é você, ele diz

Que bom ver você de novo, ele diz

e lhe estende a mão e o de mesmo Nome e o Asle se cumprimentam

Aconteceu muita coisa desde o nosso último encontro, o de mesmo Nome diz

e o Asle pensa que precisa dizer que está sem tempo e então vê as bisnagas de tinta a óleo branca e pega duas das grandes e o de mesmo Nome diz que é mesmo, sem o branco não dá

Pois é, muitas novidades, o de mesmo Nome diz

Eu, ele diz

Essa você precisa ouvir, ele diz

Consegui uma vaga na Escola de Belas Artes, o de mesmo Nome diz

Isso mesmo, peguei um ônibus para Bjørgvin e fui até a Escola de Belas Artes e mostrei meus trabalhos à primeira pessoa que encontrei pela frente e ele disse que eu tinha talento, que há muito tempo não via alguém tão talentoso pintando, de modo que mesmo sem ter feito o vestibular, e a propósito o que isso tem a ver com saber pintar? por isso ele estava quase certo de que o Reitor também me deixaria começar na Escola de Artes, o de mesmo Nome diz

e diz que em seguida foram ao Reitor e ele disse que já que as pinturas atestavam perfeitamente esse talento ele poderia naturalmente começar na Escola de Belas Artes sem ter prestado o vestibular e ele quis saber, o de mesmo Nome diz, se poderia começar imediatamente, já, e o Reitor disse que sempre haveria uma vaga para um artista exímio como ele, de modo que não haveria problemas, ele disse e o de mesmo Nome disse que morava em Stranda mas assim que possível arrumaria um lugar para morar ou em Bjørgvin ou nas redondezas de Bjørgvin para começar na Escola de Belas Artes o quanto antes e o Reitor perguntou se ele tinha dinheiro, e quanto a isso ele já não tinha nenhum, ele disse e o Reitor disse que agora como aluno da Escola de Belas Artes ele poderia tentar uma bolsa de estudos e então perguntou o nome e endereço e data de nascimento e pediu para ver a identidade dele, para verificar se o de mesmo Nome poderia começar na Escola de Belas Artes, e quando o Reitor viu a data de nascimento disse também que ele tinha idade suficiente para começar na Escola de Belas Artes imediatamente e depois assinou um certificado de que ele estava regularmente matriculado na Escola de Belas Artes porque suas pinturas atestavam seu grande talento e deu ao Asle um formulário e disse para preenchê-lo e anexar o certificado e fazer a solicitação da bolsa de estudos, que alunos da Escola de Belas Artes obtêm uma bolsa maior do que a média, o que era bastante razoável, o Reitor disse e em seguida apertou a mão do de mesmo Nome e foi muito bom ter entrado na Escola de Belas Artes, ele diz, porque a Liv, o Asle lembra bem que ele a mencionou, ela agora estava com uma barriga enorme, a barriga estava tão grande que dava a impressão de que estava prestes a estourar, e ela preferia dar à luz no Hospital e tinha dito que queria ir o quanto antes para a casa dos pais que moravam em Sartor, que a data do parto estava próxima, ela podia dar à luz a qualquer momento e ela tinha dito que poderia passar uns dias morando na casa dos pais até eles arrumarem um lugar para morar, de preferência em Bjørgvin, ela disse, e agora, sim, agora ele estava na verdade só olhando as bisnagas de tinta a óleo e não tinha pensado em comprar nada, porque estava empacotando tudo que tinha, tudo mesmo, e a Liv também estava empacotando tudo que lhe pertencia, conseguiu meter tudo na mala, enquanto ele teria um pouco mais de trabalho porque teria que transportar todos os quadros, assim como o cavalete e os pincéis e os demais apetrechos, é claro, mas roupas mesmo ele não tinha lá muitas, portanto a depender da boa vontade do motorista do ônibus tudo isso poderia ser transportado no compartimento de bagagem, ele diz

Parabéns pela vaga na Escola de Belas Artes, o Asle diz

E bem-vindo seja você também, o de mesmo Nome diz

Eu tenho esperança de poder entrar, o Asle diz

Você certamente irá, o de mesmo Nome diz

daí o Asle diz que está apressado, acabou de chegar no ônibus de Aga e estava no meio de uma pintura e notou que já não tinha mais tinta branca e queria tomar o mesmo ônibus de volta, ele diz e o de mesmo Nome diz que não quer atrapalhá-lo e impedir que alcance o ônibus, mas diz que nunca conversou com os pais da Liv, os que moram em Sartor, e nem ela lhes perguntou se eles se importavam que ela, ou eles, fossem para lá, nem que ela, quer dizer eles, fossem morar lá, e nem mesmo contou aos pais que estava grávida, e só uma única vez falou com os pais, e pelo telefone disse à mãe que em breve iria visitá-los, ela foi até a cabine telefônica que fica no centro de Stranda ligar para a mãe, e a mãe disse que ela era muito bem-vinda, que ficava feliz por rever a Liv, fazia tanto tempo que não a via, e tinha certeza de que o pai pensava da mesma forma, das três irmãs que moravam na casa a mais nova também havia se mudado agora no outono, essa também foi viver uma vida independente, tal como as outras duas irmãs tinham feito antes, de modo que havia bastante espaço na casa agora, e seria muito bom revê-la, a mãe tinha dito e emendou a conversa falando sobre todos os assuntos possíveis, da vizinha insuportável, do tio, irmão do pai, que foi morar nas ruas de Bjørgvin e assim por diante e a Liv não mencionou nada que estava grávida nem que o pai da criança iria junto, ele diz e o Asle foi se encaminhando para o caixa e o de mesmo Nome o acompanhou e o homem que está no caixa diz quer dizer que você pinta, é bom termos clientes como você, ele diz e o Asle diz que está apressado porque precisa tomar o ônibus para Aga e então o Asle paga e sai e o de mesmo Nome sai com ele e o de mesmo Nome diz que a única coisa que o aflige é ir para a casa dos pais da Liv lá em Sartor, já pensou se não o quiserem por lá? quem sabe o pai da Liv não o quisesse pintando ali porque poderia sujar o chão da casa ou algo parecido? ele pensa, ele diz, e isso de ele se tornar pai, tão jovem como era, sem ter nada na vida, um cavalete e uns pincéis e uns quadros e só, logo ele que achava que nunca iria casar ou ser pai porque não teria condições para isso, mas enfim dentro de pouco tempo seria pai, ele diz e por sorte o ônibus ainda está ali esperando o Asle pensa, e logo conseguirá se ver livre do de mesmo Nome, ele pensa

Lá está o ônibus, o de mesmo Nome diz

Que sorte a minha que vou conseguir pegá-lo, o Asle diz

Sorte mesmo, não é sempre que lá na Loja de Tintas eles têm bisnagas de tinta a óleo branca, pelo menos não das grandes, o de mesmo Nome diz

e diz que já teve ocasiões de ter que esperar quase duas semanas para conseguir tinta a óleo branca, não é inacreditável, parece até que a Loja de Tintas não queria que ele comprasse tinta a óleo branca, ele diz e o Asle diz que a porta do ônibus está aberta e ele precisa embarcar imediatamente e o de mesmo Nome diz que ele fique bem, e espera encontrá-lo na Escola de Belas Artes, ele diz e o Asle diz que isso é também o que ele deseja e eles se cumprimentam e o de mesmo Nome diz nos vemos na Escola de Belas Artes de Bjørgvin então, mais cedo ou mais tarde, e o Asle diz que depende de ele conseguir uma vaga lá e o de mesmo Nome diz que ele vai conseguir com certeza e o

Asle pensa como é que o de mesmo Nome pode estar tão certo de que ele vai conseguir entrar na Escola de Belas Artes também, sem sequer ter visto os quadros que ele pinta, ele deve estar falando assim só da boca para fora, o Asle pensa e entra no ônibus e diz ao Motorista do Ônibus que vai para Aga e o Motorista do Ônibus diz que pelo visto ele vai voltar para casa e o Asle não responde e paga a passagem e vai para o fundo do ônibus e senta no último assento e olha para fora e vê o de mesmo Nome parado e o ônibus dá a partida e começa a se mover e o de mesmo Nome ergue a mão e acena para ele e o Asle acena de volta e pensa que agora o de mesmo Nome conseguiu uma vaga na Escola de Belas Artes enquanto ele fica sofrendo no Secundário e tem medo de ir às aulas, sempre pensa que vai ser obrigado a ler em voz alta, pois o tal Professor de inglês e francês que pelo visto só tem uma calça cinza e um suéter branco com listras azuis, ou então tem várias calças e vários suéteres idênticos, agora raramente lhe pede para ler em voz alta, mas continua a pedir a outros alunos e o Asle percebe que ele o olha ameaçando pedir que leia, por isso vai começar a cabular a escola nos dias em que tem aulas de inglês, já que as aulas de francês não passam de palavras isoladas que o Asle não consegue nem pronunciar, não consegue emitir aqueles sons, assim como ninguém mais na sala, e o Professor de calça cinza e suéter branco com listras azuis se contorce e reclama gemendo e não se conforma e diz que aquilo lá não tem jeito, obviamente não tem jeito, são expressões recorrentes, obviamente não tem jeito, e vai demorar até que consigam ler em voz alta um texto em francês, quanto a isso ele não precisa temer, mas dois dias por semana, terça e quinta, ele tem dois períodos de inglês, e agora vai cabular esses dias, sempre pensou em fazer isso e mesmo assim foi à escola, só que agora vai faltar nesses dias, e seja o que Deus quiser, o Asle pensa sentado no ônibus e pensa que passa as tardes e noites inteiras das segundas e quartas apavorado com o dia seguinte, caso seja obrigado a ler na aula, e então costuma bater na porta da casa do Sigve, que sempre o recebe, por menos boa vontade que demonstre ele sempre o recebe em casa, e geralmente o Asle leva duas garrafas de cerveja ou eles vão ao Hotel e bebem um pouco por lá, e isso ajuda, mas antes ele vai visitar a Avó no Lar de Idosos, mas ela está cada dia pior, está cada vez mais imersa no seu próprio mundo com o rosto ficando mais cinza dia após dia e é cada vez mais comum ele chegar e ela estar dormindo e nesse caso ele a deixa dormir e mesmo quando ela está desperta ele não sabe ao certo se ela se apercebe da sua chegada, só raramente ela olha diretamente para ele, e já não fala mais nada, apenas assente ou balança a cabeça, o Asle pensa, mas sempre segura a mão dela, a mão fria, ele pensa sentado no ônibus e pensa que se o de mesmo Nome conseguiu entrar na Escola de Belas Artes sem ter feito o Secundário e sem prestar o vestibular, pode ser que ele também consiga, é só qualquer dia desses tomar um ônibus para Bjørgvin levando seus quadros e mostrá-los para tentar conseguir uma dessas vagas na Escola de Belas Artes, as mesmas para as quais já tinham feito exceções antes para alunos que não haviam concluído o Secundário e mesmo assim eram admitidos porque tinham um talento excepcional, e quando ele conseguir entrar na Escola de Belas Artes vai largar o Secundário no mesmo dia, o Asle pensa e vê o ônibus se aproximar da Sapataria onde mora e ele puxa a cordinha e o ônibus para e o Asle desce e vai direto para casa e sabe exatamente onde a pintura precisa de uma pincelada de tinta a óleo branca e é em três lugares, num deles é apenas um retoque para dar movimento e nos outros dois é mais uma leve demão, ele pensa, e pensa que amanhã é dia de inglês e ele não irá à escola, já estava decidido, e em breve irá tomar o ônibus para Bjørgvin levando os dois livros que o Sigve lhe emprestou há muito tempo, os quais ainda não leu, para ler no ônibus, ele nem chegou a abrir os livros, o Asle pensa, e então irá à Escola de Belas Artes mostrar algumas pinturas e tentar uma vaga embora não tenha feito o vestibular e se conseguir uma vaga vai deixar o Secundário, nesse caso seria um alívio e tanto, ele pensa e eu fico sentado olhando para o meu marco de referência no mar, meu ponto de fuga, onde as copas dos pinheiros ao longe alcançam o meio da vidraça da janela, que é dividida em duas partes e pode ser aberta para os dois lados, e cada metade da janela é dividida em três vidraças, e é bem no meio da janela da direita que devem estar as copas dos pinheiros, eu penso e olho para o meu marco de referência e para as ondas e vejo que o Asle foi buscar a velha mala que trouxe do sótão da

Casa Velha quando se mudou para o dormitório e o vejo escolher algumas pinturas e embalá-las da melhor forma que pode na manta cinza que a Avó lhe deu e enfiar tudo na mala e ele pensa que deveria ter ido visitar a Avó lá no Lar de Idosos, mas acha melhor ir à casa do Sigve e quem sabe os dois possam ir ao Hotel tomar uma cervejinha, ele pensa e veste a jaqueta de veludo preto e pendura a bolsa de couro marrom no ombro e pega um cachecol e vai direto para o Sigve, o Asle pensa, porque finalmente tomou uma decisão sobre a qual vem pensando há muito tempo, já a vinha protelando há muito tempo, ele pensa, mas agora vai tentar entrar na Escola de Belas Artes sem ter terminado o Secundário, se o de mesmo Nome conseguiu ele também vai conseguir, o Asle pensa a caminho da casinha do Sigve e bate na porta e ninguém atende então espera um pouco e ouve alguém lá dentro e novamente bate na porta e ouve passos se aproximando e a porta se abre e lá está o Sigve que não parece contente de ver o Asle

Ah, é você, o Sigve diz

e o Asle diz que precisa contar uma novidade e o Sigve pede que entre e o Asle diz que vai tentar entrar na Escola de Belas Artes de Bjørgvin sem terminar o Secundário, porque se o de mesmo Nome conseguiu entrar na Escola de Belas Artes sem terminar o Secundário só por causa dos quadros que pinta, ele também vai conseguir, então amanhã ele vai cabular a aula e viajar para Bjørgvin levando uns quadros para a Escola de Belas Artes para perguntar se podem lhe dar uma vaga sem ele ter terminado o Secundário ou prestado o vestibular, o Asle diz e parece que o Sigve não entendeu direito e o Asle repara que o quadro que pintou da casa do Sigve e há muito tempo estava encostado no chão em frente à estante de livros não está mais lá, então o Sigve deve tê-lo guardado em outro lugar, embora não houvesse nada de errado com a pintura, o Asle pensa e pensa que parece que o Sigve estava dormindo e o Asle o acordou e o Sigve diz que é uma ótima notícia e então diz que estava dormindo, tinha bebido todas ontem, mesmo assim foi trabalhar e passou o tempo inteiro montando braços e pernas de cadeiras, mas não foi um dia nada bom, ele diz e então o Asle diz que talvez pudessem tomar uma cervejinha no Hotel e o Sigve diz que depois do que bebeu ontem talvez nem devesse, mas na verdade até que uma cerveja agora cairia bem, ele diz, e o Asle diz que podem ir ao Hotel e o Sigve diz que sim, sem dúvida, e o Sigve diz que ontem perdeu as estribeiras, não sabe o que lhe deu na cabeça, mas estava irritado, sobretudo consigo mesmo, porque nunca foi de pôr a culpa nos outros, não, ele diz e então o Asle diz, e diz que refletiu bem antes de falar, que quer pedir desculpas ao Sigve por ter pintado aquele quadro da casa de um jeito que ele não gostou, mas na verdade ele já não fazia mais aquele tipo de pintura, já tinha pintado tudo que havia para pintar assim, porque não eram pinturas de verdade, eram mais uma espécie de trapaça, não eram arte coisa nenhuma, o Asle diz e diz que disse que pintaria um quadro da casa mais em consideração ao Sigve, afinal foi ele quem lhe pediu, e o Sigve diz que lhe pediu que pintasse o quadro mais por consideração a ele, e então os dois riem um pouco, e o Sigve diz ao Asle para ir na frente e ir pedindo uma bebida que em seguida ele irá ao Hotel, antes precisa recuperar um pouco as forças

Pois então vou primeiro visitar a Avó no Lar de Idosos, o Asle diz

É, você passa lá todos os dias, o Sigve diz

Ela vai sentir sua falta se você se mudar para Bjørgvin, ele diz

Não tinha pensado nisso, o Asle diz

e então o Asle vai para o Lar de Idosos ver a Avó e a vê deitada na cama dormindo, o rosto quase completamente cinza, e até um tanto arroxeado, e ele olha para a beira da cama e segura a mão dela que está fria e rígida e então diz alguma coisa mas a Avó não responde e ele ouve a respiração dela, e os intervalos entre cada inspiração e expiração são cada vez mais demorados e o Asle pensa que, uma vez que ele e a Mãe nunca se deram muito bem, a Avó foi a pessoa de quem esteve mais próximo na infância, sempre ela, se não fosse ela ele não faz ideia de como teria sido, o Asle pensa e pensa que vem visitá-la mesmo que ela não já não se dê conta disso, e pensa que está muito determinado, amanhã vai cabular a escola e pegar o ônibus para Bjørgvin, ele pensa e agora vai cair bem uma cerveja, ele pensa e vai para o Hotel e senta e pede uma cerveja e pensa que a Avó vai morrer hoje à noite, mais uma razão para dar adeus ao Secundário, por isso amanhã ele vai cabular aula e partir para Bjørgvin e para a Escola de Belas Artes e seja o que Deus quiser, ele pensa e eu estou sentado na minha cadeira olhando para o ponto fixo no meio do mar do Bispado, como tenho o hábito de fazer, e percebo a Ales sentada junto de mim segurando a minha mão e penso que de fato foi na noite anterior à minha ida para Bjørgvin levando meus quadros para tentar uma vaga na Escola de Belas Artes que minha Avó morreu, eu penso e então ouço a Ales dizer que a sua Avó agora está bem e sinto a Ales tão pertinho de mim, ela está sentada na cadeira ao lado e sinto nitidamente a mão dela na minha e olho para a cadeira e claro que não vejo ninguém e solto a mão da Ales e meio que passo o braço em volta dos ombros dela e olho para as ondas e vejo o Asle e a Liv, com um barrigão enorme, sentados no ônibus a caminho de Bjørgvin e eles parecem tão estranhos sentados ali, ela com uma jaqueta aberta, que a barriga não lhe deixa abotoar, e ele sentado ali com a bolsa de couro marrom no colo pensando que deixou para trás o dormitório que alugava no porão e a Liv pediu demissão do emprego no Hotel Stranda, por isso os dois já não têm mais nada que ver com Stranda e todas as suas posses, como se diz, estão embaladas e acomodadas no bagageiro do ônibus, e o Motorista do Ônibus não foi de causar problemas, foi até solícito e arrumou direitinho a bagagem deles lá no bagageiro, o Asle enfiou tudo que tinha em duas caixas que pegou na Cooperativa de Stranda e pôs os quadros numa velha mala, com as roupas e outras coisinhas, apetrechos de pintura, alguns livros, não muito mais do que já estava nas duas caixas e a Liv levava apenas uma mala grande e agora os dois estavam no ônibus e o Asle pensa que está nervoso de ir para a casa dos pais da Liv, o que eles vão dizer? ela não contou que estava grávida, não falou nada sobre ele, não disse aos pais que chegariam hoje, o que o pai e a mãe da Liv irão dizer? o Asle pensa e parece que a Liv está pensando na mesma coisa porque ela diz que deveria mesmo ter ligado para a mãe e avisado que estavam a caminho, e dito que está grávida e que o Asle estava indo junto, mas ficou constrangida de telefonar, ela diz, e agora, do jeito que está, os pais dela não têm alternativa a não ser recebê-los em casa, na casa onde ela cresceu lá em Sartor, cercada apenas de rochedos e urzes e de onde podem avistar o mar se subirem um morrote, no sopé do qual a casa está abrigada das intempéries, ele diz e o Asle diz que ele está pensando a mesma coisa e diz que quando chegarem a Bjørgvin vão ter que retirar tudo que está no bagageiro do ônibus e torcer para que o terminal de embarque para Sartor não fique longe de onde esse ônibus vai parar, já que é ele quem vai carregar tudo para o terminal, ele diz e a Liv diz que a mala ela consegue levar sozinha e o Asle diz que nesse caso pode carregar o resto em duas vezes, a primeira só levando as duas caixas com roupas e apetrechos de pintura, e depois o cavalete e os quadros na outra mala, numa só viagem ele não vai dar conta, mas em duas, sim, ele diz e a Liv diz que pelo que se lembra a distância entre a parada do ônibus de Stranda e o terminal de onde parte o ônibus para Sartor não é tão grande, vai dar tudo certo, pior mesmo vai ser quando chegarem a Sartor, é um trecho longo desde a parada do ônibus até a casa onde ela passou a infância, ela diz, não seria melhor se ela fosse na frente? carregando a própria mala, daí o Asle poderia ficar esperando lá mesmo, pois os pais veriam o estado em que ela se encontra e ao mesmo tempo ela explicaria que ele, o Asle, veio junto e está esperando lá na parada do ônibus com as coisas deles e talvez o pai, que trabalha numa peixaria e já deve ter chegado em casa do trabalho, pudesse ir com ela e ajudar a carregar as coisas até em casa? ela diz e o Asle diz que tudo bem assim e diz que ela tem que dizer logo que eles vão ficar morando lá uns tempos, até conseguirem encontrar um lugar para morar em Bjørgvin, que ele vai começar na Escola de Belas Artes lá, que talvez consiga alugar um apartamento na Residência Estudantil e a Liv diz que vai conversar com eles, ela diz e eu fico sentado junto da mesa redonda sem tirar os olhos do ponto no mar, além do mar do Bispado, e passo o braço em volta dos ombros da Ales e penso que deveria ter feito uma prece pelo Asle, e aprumo o corpo e peço para que Deus permita que o Asle se recupere, e caso não seja possível, que Ele o acolha e lhe dê paz, que o receba em Seu reino, na paz divina, na luz divina, eu rezo olhando para as ondas e vejo o Asle junto à mesa do Hotel e ele já terminou a cerveja e agora está sentado de olho na mulher que está na recepção e não é muito mais velha do que ele, pelo visto é a filha do dono do Hotel, conforme o Sigve já tinha falado, para pedir mais uma cerveja, aliás o Sigve já deve estar a caminho também, o Asle pensa e eu tiro o braço dos ombros da Ales e digo a ela que agora vou para a casa do Åsleik e a Ales diz que está sempre comigo, sempre está perto de mim, não importa aonde eu vá, ela diz e acho que posso então pegar o carro e ir até a casa do Åsleik, por mais que não esteja com tanta fome a comida deve estar deliciosa, faz muito tempo que não como costeletas de carneiro, e o Åsleik cozinha muito bem, eu penso e levanto da cadeira e o Brage cai no chão e eu nunca lembro que ele vem para o meu colo quando estou sentado na cadeira, eu penso e visto a jaqueta de veludo preto e penduro a bolsa no ombro e enrolo o cachecol no pescoço e saio de casa e a temperatura está amena, parou de nevar, só nevou um pouquinho, e eu escovo a neve do para-brisa do carro e até que não está tão frio, eu penso e sento no banco do carro e lentamente dirijo para a casa do Åsleik, o caminho não é longo, é só um trechinho, e a estrada é sinuosa e está coberta de neve e eu penso que vai ser bom comer as costeletas de carneiro na casa dele apesar de tudo, por mais que não esteja com fome a comida vai me abrir o apetite, eu penso e lentamente vou na direção da casa do Åsleik olhando para a estrada coberta de branco e vejo o Asle na Escola de Belas Artes hesitando e gaguejando e ele tirou da velha mala os quadros que estavam enrolados na manta cinza que ganhou da Avó e os mostra ao professor de pintura que o cumprimentou e se apresentou como Eiliv Pedersen e diz que por ele o Asle pode ser admitido sem ter concluído o Secundário e prestado o vestibular, mas quem tem palavra final é o Reitor, ele diz, mas vai encaminhá-lo ao Reitor, ele diz e eles vão falar com o Reitor e ele diz ao Asle que será que não foi ele, ele diz, será que não foi ele que recentemente esteve ali mostrando seus quadros? e o Asle diz que não e o Eiliv Pedersen diz que tinha pensado justamente isso, ele também, é que um jovem esteve ali tentando uma vaga não faz tanto tempo e eles dois se parecem demais, até as pinturas também são muito parecidas, o Eiliv Pedersen diz e o Reitor pergunta se pode ver a identidade do Asle e depois diz que tendo ele a idade que tem e pintando tão bem assim pode ficar com a vaga, está decidido, o Reitor diz e dá os parabéns ao Asle e diz que ele agora pode dizer que é, ou em breve será, um aluno da Escola de Belas Artes de Bjørgvin, mas ele podia jurar que o Asle já tinha estado ali e conseguido aquela vaga, ele diz, mas decerto foi só um sósia do Asle, ele diz, ou quem sabe é coisa dele que já está tão velho que fica confundindo as coisas? seja como for, o certo é que o Asle pinta tão bem que seria um grande equívoco não poder ingressar na Escola de Belas Artes só porque ainda não prestou o vestibular, é exatamente por causa de estudantes como ele que existe essa possibilidade, o Reitor diz e o Eiliv Pedersen diz que está de pleno acordo e o Asle se sente tão aliviado que parece até que vai flutuar, agora ele vai sair do Secundário assim que puder, ele pensa e pensa que se conseguir uma bolsa para frequentar a Escola de Belas Artes o Pai não vai precisar mais enviar dinheiro todo mês, o Pai que se esfalfa de trabalhar, e é tão mal pago pelas frutas que vende, e ainda que consiga vender os barcos que faz, os botes de Barmen, como se chamam, antes também fazia barcos a remo de extremidades afuniladas, mas nos últimos anos tem feito a maioria deles com a popa achatada, de modo a permitir a instalação de um motor, é assim que as pessoas preferem agora, o Pai diz, até porque não é muito o que ele ganha com esses barcos, já que a maioria agora só quer comprar barcos de plástico, mais fáceis de manter, e a demanda por barcos iguais aos que o Pai faz tem caído, por outro lado há cada vez menos gente que ainda sabe fazer barcos de madeira e assim o Pai vai vendendo seus barquinhos, e dessa ninharia que consegue apurar ainda tem que separar um pouco para dar ao Asle todo mês, o Asle pensa, mas agora, agora que vai em breve receber a bolsa de estudos o Pai não vai mais precisar repartir o pouco que ganha trabalhando de sol a sol, e o Asle vai se haver bem com o dinheiro que receber como bolsista, além do quê tem um bocadinho guardado e é sempre comedido com os gastos, o Asle pensa e pensa que não consegue acreditar que vai se ver livre daquela calça cinza e daquele suéter branco com listras azuis, é agora que ele vai dar no pé daquele Secundário que lhe meteu pavor, se é que se pode chamar assim, do qual nunca vai se ver livre, ele pensa, e vai publicar um anúncio nos classificados do *Correio de Bjørgvin* e assim que conseguir um lugar para morar vai se mudar de Aga para Bjørgvin, o Asle pensa e eu vou dirigindo devagar de olho na estrada coberta de branco e então, de repente, vejo um cervo correndo pela estrada e paro o carro, é comum avistar cervos por ali, porque há muitos cervos vivendo por Dylgja, e especialmente quando escurece é que eles costumam atravessar a pista em disparada, bem diante dos carros, eu penso, e foi por pura sorte que não o atropelei, eu penso, parei o carro mas deixei o motor funcionando com os faróis acesos, e olho para aquela estrada coberta de branco e vejo o Asle a caminho do dormitório que aluga na Sapataria pensando que tudo está correndo muito bem, foi só pôr um anúncio nos classificados no *Correio de Bjørgvin* que dois dias depois chegou uma carta, escrita por uma senhora idosa que vivia sozinha, ela escreveu, e era professora, ou melhor dizendo professora aposentada, mas continuava lecionando caso algum professor estivesse adoentado ou algo assim, ela escreveu e sempre hospedou gente em casa, por muitos anos foi um estudante de Hardanger, o curso inteiro ele morou ali, e agora ela queria muito receber outro estudante que viesse de Hardanger para estudar em Bjørgvin, por isso caso ele quisesse dar uma olhada no quarto que estava à disposição, era no quinto andar de um prédio de apartamentos, o valor do aluguel não haveria de ser um problema, a única obrigação que ele teria seria descer o lixo uma vez por semana e eventualmente ajudá-la a subir com algo que não conseguisse carregar sozinha, e seria bom também se pudesse trocar alguma lâmpada que eventualmente queimasse, ela escreveu e escreveu o número do telefone e nesse mesmo dia o Asle pega a carta e vai à cabine telefônica que fica ao lado da Cooperativa ligar para ela e eles combinam de se encontrar no imóvel no dia seguinte, e o Asle diz que vai tomar o ônibus que parte de Aga para Bjørgvin de manhã cedo para voltar à tarde ou à noite, e ela que é de Bjørgvin e fala aquele dialeto característico diz que é melhor que ele chegue às três horas, e o Asle diz que vai dar tudo certo, e então ela diz que mora na Rua da Universidade, nº 7, e no interfone está escrito Herdis Åsen, ela diz e a Rua da Universidade vai desde o centro até a Universidade e o apartamento fica no quinto andar e o prédio não tem elevador, é preciso subir uns lances de escada, ela diz, e sendo assim estamos acertados, ela diz e caso não consiga encontrar o endereço o Asle tem o telefone dela e pode ligar que eles darão um jeito, ela diz, e então diz que enquanto estiver morando lá o Asle pode usar o telefone dela, desde que ele não seja de telefonar muito, e não fiquem telefonando para ele, ela diz e eu penso que não posso ficar sentado assim no carro olhando para a estrada coberta de branco e vejo o Asle sentado no ônibus a caminho de Bjørgvin, sentado vestindo aquela jaqueta de veludo preto e no assento ao lado está a bolsa de couro a tiracolo e ele pensa que não conhece Bjørgvin direito, até já esteve por lá umas poucas vezes, ele pensa, mas não se lembra de nada, ele pensa e eu fico sentado no meu carro olhando para a estrada coberta de branco e vejo o Asle levantar e perguntar ao Motorista do Ônibus onde fica a Rua da Universidade e ele responde que não sabe, mas a julgar pelo nome essa rua não deve ficar longe da Universidade, e se esse é o endereço que ele procura é só sair pela porta da Rodoviária e pegar a direita e seguir reto até chegar a um largo, e dali, da Praça dos Peixes como se chama, ele tem que virar à esquerda e subir uma ladeira na direção de uma igreja e atrás dessa igreja é onde fica a Universidade, logo a Rua da Universidade só pode ficar ali, ele diz e o Asle agradece a informação e vai fazer como lhe disse o Motorista do Ônibus e chega a esse largo e avista uma igreja num outeiro e segue na direção da igreja e então depara com uma placa que diz Rua da Universidade e caminha até um portão onde está escrito 7 e consulta o relógio e ainda é meio-dia, mas o combinado era que chegasse às três, de modo que ele tem tempo de sobra, mas o que irá fazer agora? ele pensa, pois não pode ficar parado na calçada diante da porta durante três horas, ele pensa, por isso retorna pelo mesmo caminho por onde veio, pois reparou que havia um café na própria Rodoviária, em cima de uma porta ele viu um letreiro em que se lia Café da Rodoviária, o Asle pensa, ao lado havia um quiosque com jornais à venda, nesse caso poderia muito bem ir ao quiosque comprar um jornal e depois ir ao Café da Rodoviária tomar um café, ou talvez uma cerveja, o Asle pensa e volta fazendo o mesmo percurso, não tem problemas para se orientar, e no quiosque ele compra o *Correio de Bjørgvin* e entra pela porta em cima da qual está o letreiro Café da Rodoviária e vai até o balcão e diz que quer muito um copo de cerveja e a mulher atrás do balcão diz e você lá tem idade para comprar bebida, se quiser uma cerveja vai ter que mostrar o documento de identidade, ela diz e o Asle e pega a carteira e tira a identidade e a mulher atrás do balcão confere e devolve o documento a ele e em seguida lhe serve uma caneca de meio litro de cerveja e o Asle paga e vai sentar diante de uma janela, já que o Café da Rodoviária está completamente vazio, mas não vai demorar para chegar alguém, o Asle pensa e espia pela janela do Café da Rodoviária e lá fora é intenso o fluxo de transeuntes, jovens e velhos, e passa uma rua bem diante da Rodoviária e são duas vias com carros indo de um lado ao outro, tem uma vida frenética lá fora, o Asle pensa e em seguida abre o *Correio de Bjørgvin* e começa a folhear o jornal e avança até as páginas intituladas Cultura e lá estão várias resenhas de livros, e também uma resenha sobre uma exposição que o pintor Eiliv Pedersen inaugurou na Galeria Beyer, deve ter sido esse com quem o Asle conversou quando foi à Escola de Belas Artes mostrar seus quadros, o que deu o parecer favorável à admissão dele na Escola de Belas Artes, aquele que o levou para mostrar suas pinturas ao Reitor, o Asle pensa e a mulher que assina a resenha se chama Anne Sofie Grieg e ela escreveu que essa é talvez a melhor exposição que o Eiliv Pedersen jamais fez, o Eiliv Pedersen que já não exibia seus quadros havia muito tempo, provavelmente por causa do trabalho como professor da Escola de Belas Artes, onde assume praticamente sozinho a responsabilidade pelos cursos de Pintura e isso lhe ocupa quase todo o tempo, na verdade é uma pena que um pintor tão exímio como ele, de um talento invulgar, e quem tiver olhos para ver a exposição não terá dúvidas disso, tenha que empregar a maior parte do seu tempo lecionando em vez de pintando, e diante da oportunidade de ver uma mostra dos trabalhos do Eiliv Pedersen todos deviam aproveitar para ir à Galeria Beyer, segundo a crítica de arte que, portanto, se chama Anne Sofie Grieg e o Asle ergue o rosto e agora vê que algumas mesas à frente está sentada sozinha uma garota, que não estava lá quando ele chegou, quando ele sentou, mas agora está ela ali pertinho, e os dois trocam olhares, e foi como se os olhares de ambos demorassem um no outro, e nem os olhos dela nem os dele se desviam, ela tinha olhos negros, muito brilhantes, e também um cabelo negro e escuro, e sem saber bem por que os dois ficam sentados ali se olhando nos olhos, sentindo que estavam fazendo a coisa certa, mas por fim o Asle acha que já passaram tempo bastante entreolhando-se nos olhos e dá um gole na cerveja e a vê bebericando o café e espia o jornal, toma mais um pouco da cerveja, que ainda está gelada e saborosa, e retoma a resenha escrita pela Anne Sofie Grieg sobre a exposição de pinturas do Eiliv Pedersen e lá está que a Galeria Beyer fica aberta todos os dias das dez às sete, inclusive nos finais de semana, e portanto as pessoas não devem perder essa chance de ver os trabalhos do Eiliv Pedersen, um dos pintores mais proeminentes da Noruega, um artista que está longe de ter o reconhecimento que merece, um absurdo completo, o Museu de Belas Artes de Bjørgvin possui um único quadro de autoria do Eiliv Pedersen, e o que dizer do Museu de Belas Artes da Noruega? já não é hora de tomar uma atitude e adquirir um, ou de preferência vários, quadros dele? ela escreveu, e quem de resto estiver pensando em comprar um quadro deve aproveitar esta ocasião única, ela escreveu e o Asle repara o tempo inteiro no olhar da garota sentada ali próximo e isso é bom, ele se sente bem por estar sendo olhado por ela, o Asle pensa, mas prefere não erguer o rosto, por mais que tenha sido agradável cruzar com o olhar da garota, encará-la nos olhos, ele pensa e essa exposição, nesse lugar que se chama Galeria Beyer, ele deveria muito visitar, mas será que sabe onde fica essa tal Galeria Beyer? diz aqui Rua Alta, nº 1, mas claro que ele não sabe onde fica, o Asle pensa, então jamais conseguirá ver a exposição do Eiliv Pedersen, o dos quadros com muito cinza e branco, que gosta de pintar uma mulher sentada junto a uma janela, como menciona a resenha da Anne Sofie Grieg, ele que pinta quadros evocando a magnitude do silêncio, conforme a Anne Sofie Grieg também escreveu, o Asle pensa e bebe a cerveja e pensa que sempre é muito bom tomar uma cervejinha, isso o acalma e a vida se torna mais suportável, ele pensa e ergue o olho e volta a cruzar o olhar com aqueles olhos negros da garota sentada algumas mesas à frente, próximo dele, a do cabelo negro comprido, e torna a ler o jornal e espia o relógio, o que ganhou de presente de confirmação da Avó e vê que já é uma hora, por isso ainda tem muito tempo pela frente antes de se deslocar para Rua da Universidade, nº 7 e conhecer o dormitório que possivelmente irá alugar, e não lembra do nome da proprietária, mas o apartamento ficava no quinto andar e ele trouxe a carta que ela lhe enviou, e lá está o nome que ele esqueceu, mas acha que era Herdis Åsen, o Asle pensa e tira a carta do bolso da jaqueta de veludo preto e sim, sim lá está Herdis Åsen na assinatura da carta e vê que também está escrito Rua da Universidade, nº 7 e enfia a carta de volta no bolso e dá um gole na cerveja e vê que o copo está pela metade, um pouco mais da metade, e vê que a garota sentada ali a umas duas mesas de distância levanta e o Asle olha para o jornal e ela se aproxima da mesa dele

Prazer em conhecer você, ela diz

e ri e o Asle levanta

Igualmente, ele diz

e eles estendem as mãos e ficam parados e se cumprimentam

Meu nome é Asle, ele diz

E eu sou a Ales, ela diz

Não é possível, você só pode estar brincando? ele diz

Não, não, eu me chamo Ales mesmo, ela diz

É quase o mesmo nome, o Asle diz

Sim, é estranho mesmo, ela diz

É, o Asle diz

e ela diz que é mesmo estranho e então pergunta o que o Asle está fazendo em Bjørgvin e ele diz que veio ver um dormitório, porque vai começar na Escola de Belas Artes, ele diz e os dois ainda estão ali dando-se as mãos e a Ales diz que também veio fazer isso, se conseguir uma vaga, porque está no último ano do Secundário, na Escola da Catedral, ela diz, mas como o Asle pode perceber ela não vai às aulas todos os dias, acontece de cabular a escola, simplesmente não suporta aquilo lá, nunca gostou, mas a mãe dela, a mãe Judit, é como ela se chama, acha que ela tem que concluir o Secundário, ela diz e o Asle assente e diz que ele abandonou, ou vai abandonar, o Secundário para começar na Escola de Belas Artes e então diz que veio à Escola de Belas Artes mostrar os quadros que pinta e pediu para estudar lá mesmo sem ter feito o vestibular, só por causa dos quadros que sabe pintar, e um professor os examinou, ele diz e depois esse professor levou os quadros para o Reitor que disse que ele seria admitido, fazia tempo que ele não via um talento tão notável, o Reitor que falou, o Asle diz sentindo uma pontinha de vergonha e a Ales diz que o professor só pode ser o Eiliv Pedersen, porque é ele quem leciona pintura a óleo, num curso que se chama Pintura, e existe outro que se chama Desenho, e ela mesma estava pensando em cursar os dois, por isso vai se candidatar a ambos, ela diz e o Asle diz que ele em breve vai se mudar para Bjørgvin, assim que conseguir alugar um dormitório, ele diz e a Ales diz que sabe muito bem como é estar farta de ir ao Secundário, que ela mesma também está, mas a formatura será agora na primavera, e apesar das notas baixas em quase todas as disciplinas, ela acha que os desenhos e quadros que faz não são lá tão ruins, ou pelo menos serão bons o suficiente para que ela talvez seja admitida na Escola de Belas Artes depois de terminar o Secundário e prestar o vestibular, ela diz, embora fácil como foi para ele certamente não será, ela terá que se submeter ao processo de admissão, pode ser que consiga uma vaga, pode ser que não consiga, ela diz e o Asle pergunta como é o processo de admissão e a Ales diz que primeiro são dois dias desenhando modelos vivos, por falar nisso será que ele sabe qual é a diferença entre um croqui e um esboço? ela pergunta, e o Asle abana a cabeça e diz que não tem ideia e a Ales diz que quando se desenha um croqui desenha-se o corpo inteiro, e o modelo precisa ficar imóvel na mesma posição, com pausas no meio do processo, enquanto num esboço o modelo fica pouco tempo parado na posição, talvez uns dez ou vinte segundos, e nesse intervalo é preciso fazer o desenho, os traços principais, digamos assim, a Ales diz, e se pode desenhar a lápis ou carvão, quer dizer, na prova de admissão, mas ela não é tão boa assim no desenho, só acha que o resultado costuma ficar melhor quando desenha a carvão e depois passa uma borracha limpa-tipos, que não só apaga o traço do carvão, mas também espalha um pouquinho do preto em volta, e ela acha que isso pode até melhorar um desenho ruim

Borracha limpa-tipos? o Asle diz

É, uma borracha que se usa para retocar desenhos a carvão, ela diz

Não conhecia? ela diz

Não, o Asle diz

Sempre desenhei só com lápis e nunca uso borracha, por alguma razão, e assim o erro existe e permanece, porque muitas vezes é esse erro que conserta as coisas no final, ele diz e a Ales diz que a folha do desenho, a da prova de admissão, tem meio metro de largura e um metro e meio de comprimento e nela você tem que desenhar uma pessoa inteira, alguém que esteja posando ali, dos pés à cabeça você tem que desenhar aquele ou aquela modelo, e isso vai ser difícil para ela, que não é boa de desenhar, ela até pediu à mãe que posasse para ela, mas a coisa terminou na maior bagunça com as duas às gargalhadas, e então quando for se candidatar a uma vaga na Escola de Belas Artes ela terá que entregar de três a cinco imagens de próprio punho, desenhos, pinturas, aquarelas, isso é ela quem decide, mas é obrigatório entregar pelo menos uma pintura, e uma dessas imagens tem que ser uma natureza-morta, ela diz e até que está bem satisfeita com duas aquarelas que pintou, e então, bem, então é preciso esperar alguns dias para a decisão ser anunciada e saber quem irá ou não ocupar as vagas, e os nomes dos que foram aprovados estarão numa lista afixada no flanelógrafo bem no corredor da entrada da escola, e o pior de tudo é não saber quanto tempo vai se arrastar esse processo todo, ela acha que costuma durar uma semana, se bem que o anúncio pode sair antes, por isso é preciso ficar de olho na tal lista o tempo inteiro, é isso, é assim mesmo, a Ales diz e diz que não será admitida na Escola de Belas Artes da mesma maneira que ele foi, ele que não precisou passar pela peneira da admissão, só os casos excepcionais conseguem uma vaga dessa maneira, de preferência gente excepcionalmente talentosa, que por alguma razão nem teve que prestar vestibular, e a idade também é outro fator que conta, a Ales diz e o Asle pensa que também foi porque ele, ou melhor, o Sigve falsificou o documento de identidade que ele pôde entrar na Escola de Belas Artes e não, como ele tinha pensado antes, porque seus quadros eram bons o bastante, ele pensa e os dois largam as mãos e a Ales passa os braços em volta do Asle e o abraça

Seu cabelo é tão bonito, ela diz

O seu também, o Asle diz

O seu é castanho e o meu é preto, a Ales diz

e diz que ela costuma prender o cabelo num rabo de cavalo ou numa trança, e era assim que estava quando chegou ao Café da Rodoviária, mas assim que o viu soltou o cabelo e o deixou cair livremente, ela diz, e o Asle vê que o cabelo dela é escuro, tem mais ou menos o comprimento do dele, e enquanto os olhos dele são azuis os dela são negros

Posso sentar? a Ales diz

Claro que sim, o Asle diz

e então a Ales senta e o Asle diz que ele acabou de ler a crítica de uma exposição que um pintor chamado Eiliv Pedersen está fazendo na Galeria Beyer, e diz que acha que é o mesmo Eiliv Pedersen a quem ele mostrou suas pinturas e a Ales diz que só pode ser, é uma bela exposição e ela não sabe ao certo se aprecia as pinturas do Pedersen, mas uma coisa é preciso reconhecer, ele continua moderando a força das cores, em tudo que pinta se vê um amplo espectro que vai do cinza ao branco, nos seus trabalhos quase não se pode falar de cores propriamente, elas se fundem umas nas outras, não há uma transição clara e nítida entre elas, é como se tudo se fundisse, a Ales diz e o Asle diz que gostaria de ir a essa exposição, mas não conhece nada de Bjørgvin e precisa estar na casa da mulher de quem talvez alugue o dormitório às três horas e ela pergunta onde é e ele diz que é na Rua da Universidade e então ela diz que tem tempo de sobra para eles irem juntos à Galeria Beyer ver a exposição do Eiliv Pedersen e ela pode acompanhá-lo à Rua da Universidade depois, ela diz e o Asle diz que sim, ele quer muito ir, se não for inconveniente, e ela diz mas é claro que não é, não tem problema nenhum ir outra vez à exposição, ela diz, pois ela esteve lá no dia seguinte à vernissagem com a mãe Judit, ela diz

É bem capaz de você e eu termos o Eiliv Pedersen como professor de pintura, ela diz

Isto é, você pelo menos, e eu caso entre mesmo na Escola de Belas Artes, ela diz

De qualquer forma, a exposição está muito bem recomendada no *Correio de Bjørgvin*, o Asle diz

e entrega a ela o jornal e ela lê e diz que é realmente uma crítica muito positiva, e a Anne Sofie Grieg sabe do que está falando, ela não tem formação superior, era uma dona de casa, mas com o marido, que é advogado, viajou por muitas metrópoles europeias visitando os principais museus de arte, e também gosta muito de ler, sim, a mãe dela e a Anne Sofie Grieg são amigas e costumam sempre se encontrar, e na casa da Anne Sofie Grieg tem uma quantidade inacreditável de livros de arte, ela já esteve lá com a mãe Judit algumas vezes, ela diz e em seguida eles levantam e o Asle pendura a bolsa de couro marrom no ombro e a Ales diz que é uma bela bolsa e o segura pela mão

Pois agora somos namorados, pelo menos um pouquinho, ela diz

e então os dois saem do Café da Rodoviária e vão caminhando pela rua da frente, a mesma por onde o Asle veio, e então a Ales vira à direita e eles atravessam uma série de becos e o Asle não faz ideia de onde estão

Agora somos namorados, a Ales diz

Somos, o Asle diz

Você já teve uma namorada? ela pergunta

Não, o Asle diz

Nem eu, a Ales diz

Mas agora eu tenho namorado, ela diz

e estou sentado no meu carro, e tenho certeza de que em breve um cervo surgirá saltando sobre a estrada, que vou poder ver um ou mais cervos iluminados pelo facho de luz do farol, eu penso, mas não posso só ficar sentado assim, pois o Åsleik está me esperando, eu penso e logo vejo um cervo bem na beira da estrada e o cervo fica ali me olhando e eu olho o cervo nos olhos e ele me olha nos olhos e eu apenas fico sentado no meu carro e o cervo apenas fica parado na beira da estrada e nós nos olhamos nos olhos e então o cervo se vira lentamente e desaparece na escuridão e eu ponho meu carro em marcha e olho para a estrada coberta de branco e vejo o Asle sentado numa sala e a Liv ao seu lado e a mãe da Liv vem trazendo uma bandeja com sanduíches e a deixa na mesinha de centro em frente a eles e ela diz para o pai da Liv também sentar e o Asle pensa que eles não podem morar na casa dos pais da Liv, porque é até possível que a mãe da Liv tenha aceitado, mas o pai da Liv não está gostando nada disso, ele não dirigiu uma só palavra ao Asle e desde que eles chegaram não deu as boas-vindas a ele e sequer o cumprimentou, e agora o pai diz que não está com fome e acha que já vai se recolher, foi um dia longo e cansativo no trabalho e ele está cansado, ele diz e então diz boa noite e o Asle acha que eles precisam ir embora para algum lugar, mas para onde? bem, haveria algum lugar onde pudessem ficar? ele pensa, mas eles se não têm dinheiro, sim, não têm absolutamente nada na vida, ele pensa, de modo que serão obrigados a morar na casa dos pais da Liv por um tempo, mas depois, e não falta muito, que ele começar a receber a bolsa de estudos e também tiver direito a um apartamento na Residência Estudantil, já que eles têm um filho, é bem possível, de todo modo o Asle já deu entrada na papelada de um desses apartamentos mas há uma lista de espera, por isso ele não sabe ao certo, mas seja como for ele precisa encontrar outro lugar para morar, a Liv pode muito bem ficar morando com os pais até eles encontrarem esse lugar, ele pensa e eu estou sentado no meu carro olhando para a estrada coberta de branco e dirigindo devagar e agora avisto a serventia do sítio do Åsleik e sigo por ela e a luz dos faróis agora ilumina a casa do Åsleik e olhe só se não é o Åsleik quem eu avisto ali parado no pátio, ao lado do trator, sim, o Åsleik já está ali me esperando, eu penso, apesar do frio que faz aqui fora, e seja como for as costeletas de carneiro vão estar deliciosas, eu penso, e me fez bem ter dormido algumas horas mais cedo, realmente, já me sinto com outro ânimo eu penso e chego no pátio do Åsleik

Até que enfim, ele diz

Estou atrasado? eu digo

Sim, e eu estou morrendo de fome, ele diz

e o Åsleik diz que a carne ficou cozinhando no vapor durante horas mas não faz mal, só deixa a carne mais suculenta, carne de borrega e não de carneiro, ele diz, mas o purê de rábano está pronto há horas, e ficou bom, e o segredo para preparar um bom purê de rábano é simples, é só cortar o rábano em pedacinhos e cozinhá-los no próprio sumo, bem mais tempo que o necessário para deixar os pedaços bem tenros e poder esmagá-los bem esmagadinhos, naturalmente é preciso esgotar toda a água do cozimento, e o pouco de água que restar deve evaporar completamente para depois se acrescentar a manteiga, uma quantidade obscena de manteiga, naturalmente tudo isso precisa ser bem misturado e por fim temperado com um pouco de sal e talvez uma pitada de pimenta-do-reino, o Åsleik diz e eu digo que até aí também sei, eu digo e percebo que o Åsleik ficou um pouco melindrado e ele diz para entrarmos, está muito frio para ficarmos ali fora, e eu digo que fiquei espantado quando vi o Åsleik aqui no pátio e ele diz que estava esperando por mim, seu estômago estava roncando de fome, e porque a fome já era enorme foi que ele veio aqui fora ver se eu já estava chegando, e finalmente cheguei, e também faz muito tempo que as batatas já estão prontas, mas ficaram abafadas na panela tampada debaixo de um montão de panos de cozinha, por isso ainda devem estar bem quentes, e também caso não estejam não tem problema, o Åsleik diz e eu digo que certamente vão estar uma delícia e o Åsleik diz que a Irmã telefonou hoje e disse que ontem me viu na Cafeteria, mas não teve coragem de falar comigo embora desejasse muito, ela foi até Bjørgvin fazer compras de Natal, e depois ficou esperando o catamarã para voltar para casa, primeiro tomou o catamarã até o Fiorde de Dentro e em seguida o ônibus para Øygna, sim, eu sei bem como é, daí ela me viu entrando na Cafeteria e pensou em me contar que a casa dela está abarrotada de quadros que eu pintei, mas não teve coragem, ela falou e então tornou a perguntar se eu não concordava em passar o Natal com eles

Sim, talvez, eu digo

Está falando sério? o Åsleik diz

Não é só da boca para fora? ele diz

Antigamente você sempre dizia não, ele diz

Sim, eu digo

e o Åsleik diz que seria bom demais se eu embarcasse com ele na Lancha e nós dois fôssemos para Øygna, lá tem uma baía com um bom atracadouro, ele diz, e seria um prazer para ele e a Irmã se eu os fizesse companhia, ele diz

Sim, acho que este ano irei, como já falei, eu digo

Eu vejo você falar mas não acredito no que os meus ouvidos ouvem, o Åsleik diz

e diz que já perdeu as contas de quantas vezes me convidou, e nunca aceitei, e eu penso que nem mesmo eu sei, mas sim, por que este ano quero passar o Natal com o Åsleik na casa da Irmã, quer dizer que foi ela quem eu vi sentada lá na Cafeteria, lá dentro, rente à porta, ela que tinha uma mala e algumas sacolas ao redor e era idêntica à tal Guro que morava na Rua Estreita, eu penso e este ano já disse que quero ir com o Åsleik passar o Natal na casa da Irmã dele em Øygna, eu penso e penso que não tenho mais vontade de pintar quadros, já pintei o que tinha que pintar, eu penso, e agora vou tentar vender todos os quadros que tenho porque já fiz a minha parte, já dei o meu recado, eu penso e o Åsleik pede que eu entre e eu descalço os sapatos e os deixo na entrada, não tinha nem amarrado os cadarços das botas, e vou até a sala de estar e tudo está como antes, não acho que o Åsleik tenha mudado alguma coisa desde que os pais morreram, as almofadas, os quadros, tudo, tudo está como sempre esteve, eu penso e percebo que sinto nisso uma sensação de segurança que deve ser a mesma que o Åsleik deve sentir, e decerto por esse motivo não muda nada de lugar, eu penso, e a grande mesa no meio da sala está bem posta, com o mais fino serviço de jantar, e também uma toalha, sobre a mesa há uma jarra com água e uma garrafa de cerveja e outra de aguardente, e na frente do lugar onde o Åsleik costuma sentar, com vista para o corredor, estão dois copos, um de cerveja e um de aguardente, e no lado oposto ao Åsleik está apenas um copo grande comum, e ao lado dele a jarra de água, e o Åsleik diz para eu ocupar meu lugar que ele vai aquecer um pouco o purê de rábano, é rapidinho, ele diz e o Åsleik vai até a cozinha e volta e diz que é muita consideração da minha parte eu passar o Natal com ele e a Irmã em Øygna, além do quê vai ser muito divertido ir para Øygna a bordo da Lancha, sendo muito sincero ele nunca gostou de estar a sós a bordo, e sempre está, isso porque não conhece ninguém para lhe fazer companhia, para não mencionar que é muito mais agradável, e também mais seguro, viajar em dois e não sozinho, o Åsleik diz e não deixa de ser uma coincidência que a Irmã e eu tenhamos nos encontrado, nós que nunca tínhamos nos visto antes, não que ele soubesse, o Åsleik diz

Não, nunca fui apresentado à sua irmã, eu digo

e digo que reparei numa pessoa que estava na primeira mesa da Cafeteria, bem próximo à porta, junto da janela, uma de cabelos louros meio compridos rodeada por uma mala e algumas sacolas, eu digo e o Åsleik diz que só podia ser a Irmã, já que ela tem cabelos louros meio compridos, e se chama Guro, sim, ele diz, e essas sacolas deviam estar lá, numa delas tinha vinho e aguardente, porque a Irmã, sim, a Guro, gosta de tomar sua bebidinha, talvez até passe do ponto, não, mas ela não é de beber sempre, não tem esse hábito morando onde mora, e tendo o pouco dinheiro que tem, ele diz, mas sempre que surge uma ocasião ela não faz mesura, o Åsleik diz e vai para a cozinha e retorna com uma travessa de batatas numa das mãos e na outra traz o purê de rábano e dá meia-volta e vem trazendo uma imensa travessa abarrotada de costeletas de carneiro defumadas, bem carnudas, e a sala inteira recende a esse aroma delicioso e o Åsleik põe a travessa na mesa

Faça bom proveito, ele diz

e aponta com ambas as mãos para a travessa e eu imediatamente me sirvo de três costeletas de bom tamanho e nisso o Åsleik abre a garrafa de cerveja e se serve e abre a garrafa de aguardente, que já está pela metade, e diz que não tocou naquela garrafa desde a refeição de costeletas do ano passado, e serve uma dose e eu pego a jarra de água e encho meu copo até a borda

Você está perdendo muita coisa, o Åsleik diz

e ergue o copo de aguardente na minha direção

Já bebi a minha cota e mais um pouco, eu digo

e o Åsleik diz que é bem possível, ele diz, e então se serve, e também pega três belas costeletas e me entrega a travessa de batatas e eu me sirvo e lhe devolvo e enquanto o Åsleik se serve das batatas eu me sirvo do purê de rábano e em seguida repasso a travessa ao Åsleik e ele olha para mim e ergue o copo de cerveja

Saúde, o Åsleik diz

Sim, saúde, eu digo

e ergo meu copo d'água e brindamos e bebemos, ele a cerveja e eu a água, e ele beberica sua aguardente e eu dou uma mordida na carne de carneiro tenra e cozida à perfeição e francamente o sabor é indescritível, eu penso e digo que em matéria de comida o Åsleik é um verdadeiro mestre, ah se é, eu digo e o Åsleik diz que as costeletas preparadas pela Irmã são ainda melhores, eu tenho que provar por mim mesmo e depois voltaremos a conversar, o Åsleik diz e então comemos devagar e em silêncio até o Åsleik dizer que é um pouco estranho que eu tenha morado em Dylgja por tantos anos e nunca tenha esbarrado com a Irmã dele exceto ontem e ainda assim só porque ambos por puro acaso estavam de passagem pela Cafeteria

Não, não tem muita gente morando aqui nessas paragens, eu digo

Justamente isso, o Åsleik diz

e então diz que agora pelo menos eu já vi a Irmã que tem tantos quadros meus pendurados nas paredes de casa que é quase como se fosse uma espécie de exposição permanente

É, eu digo

É, e a Irmã se chama Guro embora eu sempre a chame só de Irmã, ele diz

Guro então, eu digo

Então estamos combinados mesmo que este ano iremos de Lancha passar o Natal na casa da Irmã? o Åsleik diz

Sim, eu digo

Temos que brindar a isso, ele diz

e o Åsleik ergue seu copo com aguardente e eu o meu com água e brindamos e de repente me dá uma coisa, uma espécie de medo, sou como que assaltado por esse medo, a tal angústia que tomava conta de mim quando tinha que ler em voz alta no Secundário e digo que preciso voltar para casa, eu digo e o Åsleik me olha incrédulo

Mas para que tanta pressa, ele diz

É mesmo, eu digo

e já estou de pé e digo obrigado pela refeição maravilhosa, estava realmente incrível, eu digo

Mas por que você precisa ir tão de repente? o Åsleik diz

e não sei o que dizer e só digo que me dei conta de uma coisa e que voltaremos a falar em breve e vou para o meu carro e percebo que o medo diminuiu e dou a partida no carro e penso que tenho que recitar uma Ave-Maria em silêncio, isso costuma ajudar quando esse medo se apossa de mim, mas acontece, não tão frequentemente, e nunca por um motivo específico, e então eu rezo uma Ave-Maria e isso costuma ajudar, eu penso e sentado no meu carro pego o meu rosário debaixo do suéter e penso, será que creio mesmo nisso, não, acho que não, eu penso e seguro firme a cruz entre o polegar e o indicador e digo para mim mesmo Ave Maria Gratia plena Dominus tecum Benedicta tu in mulieribus et benedictus fructus ventris tui Iesus Sancta Maria Mater Dei Ora pro nobis peccatoribus nunc et in hora mortis nostræ e movo o polegar e o indicador para a conta adjacente acima e digo dentro de mim Pater noster Qui es in cælis Sanctificetur nomen tuum Adveniat regnum tuum Fiat voluntas tua sicut in cælo et in terra Panem nostrum quotidianum da nobis hodie et dimitte nobis debita nostra sicut et nos dimittimus debitoribus nostris Et ne nos inducas in tentationem sed libera nos a malo e movo o polegar e o indicador de volta para a cruz logo abaixo e digo Pai Nosso que estais nos céus Santificado seja o Vosso nome Venha a nós o Vosso reino Seja feita a Vossa vontade assim na Terra como no céu O pão nosso de cada dia nos dai hoje perdoai as nossas ofensas assim como nós perdoamos a quem nos tem ofendido Não nos deixeis cair em tentação, mas livrai-nos do mal e seguro a cruz de madeira marrom entre o polegar e o indicador e digo então, repetidas vezes, dentro de mim enquanto inspiro profundamente Senhor e enquanto expiro lentamente Jesus e enquanto inspiro profundamente Cristo e enquanto expiro lentamente Tende piedade e enquanto inspiro profundamente De mim

Um novo nome

Nur Narr! Nur Dichter!

Friedrich Nietzsche

VI

E ENTÃO ME PERCEBO DE PÉ olhando para o quadro com as duas linhas que se cruzam, mais ou menos no meio, uma marrom e uma lilás, e reparo que pintei as linhas lentamente numa espessa demão de tinta a óleo, que escorreu, e bem ali na interseção das linhas lilás e marrom a cor se misturou lindamente e eu penso que já não tenho mais condições de ficar olhando para esse quadro, que há muito tempo está no cavalete, umas duas semanas talvez, sendo assim ou vou cobri-lo de tinta branca ou levá-lo para o sótão, para o quartinho onde guardo as pinturas que não quero vender, mas venho pensando nisso dia após dia, eu penso e assim que retiro o quadro do cavalete me dou conta de que durante toda a minha vida, sim, desde que eu era garoto, passei a maior parte do tempo pintando, sempre óleo sobre tela, mas agora não tenho mais a menor vontade de pintar, todo o prazer que a pintura me proporcionava se foi, eu penso e já faz umas duas semanas que não pinto nada, o bloco de desenho sequer tirei da bolsa de couro marrom que estava pendurada acima dos quadros que deixei empilhados ali, entre a porta do corredor e a porta do quarto, e penso que quero me livrar desse quadro e do cavalete, das bisnagas de tinta a óleo, de tudo, sim, quero me livrar de tudo aquilo que está sobre a mesa da sala, tudo que tiver a ver com pintura nesse aposento que fez as vezes de ateliê e sala, e vem sendo assim desde que a Ales e eu nos mudamos para cá há muito tempo, porque está me fazendo sofrer, e preciso me ver livre de tudo isso, tirar da minha frente, e não sei o que aconteceu comigo, mas alguma coisa aconteceu, alguma coisa, e o que quer que tenha sido não importa, eu penso e ouço o Åsleik enchendo a boca para dizer cruz de Santo André, pondo aquela ênfase horrível na expressão, como se fosse para atestar que domina um assunto e por isso fala assim, cheio de orgulho, simplório como ele é, o Åsleik, sim, é esse o termo correto, simplório, eu penso e penso que disse que quero ir para Øygna com ele e passar o Natal com a Irmã, como ele a chama, com a que se chama Guro, e para mim é melhor que seja assim, pois se ficar em casa vou passar o tempo inteiro deitado na cama, sem nem levantar, quer dizer, vou levantar apenas para beber água caso esteja com sede e comer alguma coisa caso me dê fome, fora isso vou ficar deitado na cama do quarto com as luzes apagadas na maior escuridão possível, e em seguida tentarei dormir, e depois tentarei não pensar em nada, quero deixar tudo vazio, sim, vazio e quieto, sim, quieto e escuro, pois o que me mais faz falta agora é o silêncio, que tudo esteja em silêncio, que um silêncio caia sobre mim como neve me encobrindo, que um silêncio desabe sobre tudo que existe, e também sobre mim, sim, que uma neve silenciosa caia sobre mim e me cubra, me deixe invisível, deixe tudo invisível, faça tudo desaparecer, eu penso e todos os pensamentos têm que desaparecer, que todas as imagens acumuladas na minha mente me atormentando desapareçam e haja o vazio, só o vazio, e eu me transforme num silencioso nada, num silencioso escuro, e talvez aquilo que me ocorre agora seja a paz de Deus, ou será que não? será que não tem nada a ver com aquilo que chamamos de Deus? eu penso, se é que é possível falar de Deus, se é que faz algum sentido, uma vez que Deus apenas é, e não se pode dizer nada sobre Ele? eu penso e penso que a oração, rezar o rosário como costumo, ainda me faz bem, assim como ir à missa, mas a distância até Bjørgvin é longa, ao menos para ir e voltar no mesmo dia, me exaure, eu penso, e já passei noites demais no Lar Hotel, eu penso, mas todos os anos vou à missa no dia de Natal, e é o que faria este ano se não fosse acompanhar o Åsleik na ceia de Natal na casa da Irmã, portanto este ano nada de missa de Natal, eu penso parado ali diante do cavalete e vou até a janela e mesmo no escuro consigo divisar a serventia que mandei construir até a rodovia e vejo o mar, apenas o mar, e os arrecifes e as ilhotas, o mar do Bispado, sim, e mais ao longe, lá sim eu avisto o mar aberto, o próprio estuário, mesmo no escuro consigo enxergar bem e penso que preciso retirar esse quadro dali, preciso removê-lo, não quero mais olhar para ele, não o quero mais na sala, preciso tirá-lo dali, eu penso e então vou ao cavalete e seguro o caixilho e ergo o quadro do cavalete e o ponho na pilha onde estão os quadros inacabados, sob o gancho onde pende a minha bolsa de couro marrom, entre a porta do quarto e a do corredor, logo acima da pilha das pinturas com as quais ainda não estou satisfeito, e olho para a parede ao lado da porta da cozinha e lá não está mais nenhum quadro porque semanas atrás levei todos para Bjørgvin, para a Galeria Beyer, eu penso e vejo o Brage ali na porta da cozinha me encarando, é como se ele se compadecesse de mim, eu penso, é como se o Brage quisesse me consolar mas não soubesse como, e eu olho para aqueles olhos caninos, e é como se tudo soubessem, como se para eles nada estivesse oculto, eu penso, e o Brage me acompanha o tempo inteiro, se eu deitar no banco ele vem deitar junto de mim, e assim que vou para o quarto e deito na cama à noite ele me acompanha e pula na cama, não, a vida não seria a mesma sem o cachorro, sem o Brage, eu penso, mas assim que o Asle se recuperar vou ter que o devolver, eu penso e então terei um cão só meu, com certeza terei, eu penso, porque nunca tive um cachorro por mais que tenha pensado tanto em ter um, foram muitas as vezes que pensei em ter um cachorro, e também um barco, um bote típico de Barmen, mas tudo ficou só na intenção

Mas você hein Brage, eu digo

e imediatamente ele começa a abanar o rabo, e eu penso que é hora de ele tomar um ar lá fora

Está na hora de você ir passear um pouquinho, Brage, eu digo

e eu vou abrir a porta de casa e o Brage sai em disparada pela neve, mas agora não está nevando, e esfriou bastante, está bem frio e a noite está clara e eu vejo estrelas brilhando intensamente no céu, e vejo a lua, grande e redonda e amarela, eu penso e penso que da lua, das estrelas, é Deus quem brilha, de certo modo, embora Ele não seja nada, e não tenha um como, e tampouco um porquê, pois Deus não tem um porquê, assim como a lua, como as estrelas, a lua apenas existe, as estrelas apenas existem, uma flor apenas existe, assim como um cervo, pois tanto a lua como as estrelas como as flores e os cervos só são o que são, mas têm o seu porquê ao contrário de Deus, eu penso e estou congelando, e hoje é sexta-feira e é noite e amanhã é antevéspera de Natal e este ano vou passar o Natal com o Åsleik na casa da irmã dele lá em Øygna, e todos os anos depois que o Rabequeiro largou a Irmã o Åsleik vem me fazendo esse convite, pois quando ela e o Rabequeiro moravam juntos o Åsleik não passava o Natal na casa da Irmã, e provavelmente ao longo de uns dez anos eu disse que preferia passar o Natal sozinho, mas este ano não tenho vontade de estar sozinho, para falar a verdade não tenho vontade de nada, vontade de pintar pelo menos eu não tenho, o que é espantoso, eu penso e grito pelo Brage e ele vem trotando e entramos no corredor e ele se sacode, sacode a neve do corpo e eu fecho a porta da casa e entro no cômodo que serve como sala e ateliê e em breve será apenas sala e sinto que estou cansado, deveria ter ido dormir, eu penso e então vou e sento na minha cadeira ao lado da mesa redonda e no escuro olho para o meu ponto de fuga, para o local no meio do mar do Bispado e vejo as ondas e vejo o Asle sair do dormitório na Rua da Universidade, nº 7, na casa da Herdis Åsen, e ir para a Escola de Belas Artes e ele pensa que todos os dias fica desenhando modelos, durante três horas, croquis como se fala, e além disso são duas horas por semana de aulas de história da arte, e talvez seja disso que ele tire mais proveito, sim, o titular da cadeira, o professor Christie, leciona história da arte na Universidade de Bjørgvin, e o que fica retido na memória não é tanto o que ele diz mas os slides de obras de arte que exibe, o Asle pensa, e o professor Christie diz que é evidente que os grandes artistas fazem diferença, eles trazem, com sua marca, com sua própria arte, algo novo para o mundo, uma nova maneira de ver que ainda não era conhecida, e uma vez que tal artista tenha concluído sua obra o mundo parece diferente, o professor Christie disse, mas foram os slides de pinturas que ele exibiu o que mais impressionou o Asle, e os livros que indicou estavam disponíveis para empréstimo na biblioteca da Escola de Belas Artes, ali existe uma grande biblioteca, mas a lista de espera era longa demais, ele pôs o nome na lista de espera de um livro de pinturas do Lars Hertervig, por exemplo, e teve que esperar três meses e pôde ficar com o livro apenas um mês, o Asle pensa, daí ele encontrou um livrinho com quadros do Lars Hertervig numa livraria em Bjørgvin e acabou comprando o livro, cabia no bolso interno da jaqueta de veludo e foi ali mesmo que passou a carregá-lo para todos os lugares e admirava as pinturas quando lhe convinha, quando sentava no banco de um parque, ou quando estava sozinho na Cafeteria ou no Salão dos Drinques, e também havia o Museu de Belas Artes de Bjørgvin, era lá onde o Asle absorvia todas as informações que podia, pois para ser honesto ele nunca tinha visto pinturas de verdade antes de se mudar para Bjørgvin, e no primeiro dia da Escola de Belas Artes os alunos foram orientados, inclusive foi o Eiliv Pedersen quem falou, que deveriam visitar o Museu de Belas Artes de Bjørgvin sempre que tivessem a oportunidade, e lá deveriam se demorar por horas, horas a fio que fosse, admirando a mesma pintura, mas caso fosse a primeira vez que visitavam era recomendável que conhecessem a coleção inteira o quanto antes, ele disse, para depois escolher uma pintura e conhecê-la a fundo, de preferência fazendo esboços dela, podiam até fazer um esboço que dialogasse com a própria pintura, foi o que o Eiliv Pedersen disse, o Asle pensa e se tivessem mesmo talento quem sabe um dia o Museu de Belas Artes de Bjørgvin poderia adquirir um ou vários quadros deles, seria uma imensa honra, ele disse, uma honra comparável a participar do Festival de Artes de Bjørgvin ou ter um ou mais trabalhos adquiridos pelo Museu de Belas Artes da Noruega, em Oslo, ele disse, o Asle pensa e pensa que já se daria por satisfeito caso pudesse pintar quadros e ganhar apenas o suficiente para viver disso, ele pensa e eu sento ali diante de mesa redonda e olho para a escuridão e embora esteja tudo escuro consigo enxergar o mar, avistar as ondas, lá no meu ponto no meio do mar do Bispado, consigo ver o mar como se fosse dia claro, ver as ondas, e esta noite o mar até que está calmo, eu penso ali sentado observando meu local de sempre no mar, quase no meio do mar do Bispado fica o meu ponto de fuga, eu penso e penso que hoje à noite o Åsleik virá comer bacalhau em conserva aqui em casa, e não estou com a mínima vontade nenhuma de receber visita, aliás não tenho disposição para fazer coisa nenhuma, nem mesmo ficar sentado ali na minha cadeira, eu penso, se bem que em algum lugar eu preciso estar, e alguma coisa eu preciso fazer, e amanhã é antevéspera e depois é a própria véspera de Natal, e eu já disse que vou passar o Natal com o Åsleik na casa da Irmã, e amanhã ou na tarde da véspera do Natal vamos embarcar na Lancha para ir a Øygna, foi assim que combinamos, eu penso e olho para o meu ponto de fuga, para as ondas, e ali mesmo vejo o Asle e a Ales caminhando, de mãos dadas

Mal consigo acreditar que nos conhecemos, a Ales diz

É, o Asle diz

Quem diria, ela diz

Não é mesmo, ele diz

e eles vão em frente, de mãos dadas

E começamos a namorar no instante em que nos vimos, a Ales diz

Sim, no Café da Rodoviária, ela diz

É, ele diz

Simplesmente aconteceu, ela diz

e o Asle ri e a Ales sente como é bom o toque da mão do Asle na sua e ele não sabe direito o que está acontecendo nem o que aconteceu, ele pensa, porque estava sentado bem ali no Café da Rodoviária e de repente lá estava a Ales, ela surgiu do nada e lá estava sentada e os olhares de ambos se cruzaram, ele pensa e a Ales diz que é muito estranho, porque ela nunca tinha ido àquele café, sim, ao Café da Rodoviária, cuja reputação não é nada boa, ela diz, e hoje lá ela estava pela primeira vez na vida, é verdade, e por que tinha que ir ao Café da Rodoviária justo hoje, e por que o Asle tinha que estar sentado lá justo hoje, não, ela não sabe dizer, ou sabe, porque foi o desígnio de Deus, ela diz e o Asle ouve o que ela diz mas está mais concentrado no prazer que sente ao sentir o calor daquela mão e eles vão dar numa rua larga e a Ales diz que essa é a Rua Alta e ali, na Rua Alta, nº 1, e ela aponta, naquele casarão branco, ali é a Galeria Beyer que sem dúvida é a maior e mais importante galeria de Bjørgvin, e ela foi a todas as exposições desde que era pequena, a mãe Judit gosta de ir a exposições, ela é austríaca, nasceu numa cidadezinha nas cercanias de Viena, um vilarejo com o belíssimo nome de Hainburg an der Donau, enquanto o pai era um norueguês comum da costa oeste, de um lugar chamado Dylgja, onde quase não mora ninguém, é lá mesmo onde ainda mora a irmã dele, a velha Alise, numa velha casa branquinha e velhinha ela diz e o Asle diz que já ouviu esse nome Dylgja antes mas não sabe onde fica e a Ales diz que lá é muito bonito, é um lugar às margens do mar do Bispado, onde o fiorde do Bispado deságua antes de ir morrer no oceano, ela diz e então diz que o pai dela era um bom homem, e ele, um menino provinciano como sempre costumava se referir a si mesmo, especialmente depois que bebia um pouco, sim, ele, o menino que cresceu num povoado, era médico, e foi durante a temporada de estudos de medicina na Áustria que a mãe Judit e o pai dela se conheceram, e depois que ele concluiu o curso eles se mudaram para a Noruega e vieram para Bjørgvin e logo começaram os dois a trabalhar no Hospital de Bjørgvin, onde a mãe Judit ainda trabalha, sim, ela é enfermeira, a Ales diz e, como o pai dela costumava dizer, formar-se médico não era nada mal para um garoto de Dylgja mas, a Ales diz, ano passado ele morreu de repente, e nem era tão velho, e certamente foi porque bebia demais, ele bebia tanto que morreu disso, a Ales diz, mas não quer falar disso, e não quer pensar nisso agora, não hoje quando ela e o Asle se conheceram, ela diz e o Asle olha o relógio e pergunta se já não era o caso de irem se encaminhando na direção da Rua da Universidade, nº 1, ele não quer se atrasar, ele diz, a mulher que quer alugar o dormitório e ele combinaram de se encontrar às três horas, ele diz e a Ales diz que claro que podem ir andando, mas eles têm tempo de sobra, ela diz e eles vão percorrendo a rua chamada Rua Alta e a Ales quase o arrasta por um beco e diz que se chama Rua Estreita e o Asle vê que está escrito Rua Estreita numa placa, e ela é mesmo muito estreita

É uma das ruelas mais estreitas de Bjørgvin, ela diz

e o Asle não diz nada e eles vão de mãos dadas descendo a Rua Estreita e a Ales para de repente e abraça o Asle e pressiona os lábios nos dele e assim eles ficam roçando as línguas um na boca do outro e então de repente se soltam e dão as mãos e descem a Rua Estreita e a Ales diz que se dobrarem à direita e cruzarem aquela outra rua poderão avistar o Lar Hotel, que é onde muitas pessoas que vêm das aldeias e povoados visitar Bjørgvin se hospedam, e no térreo fica a Cafeteria, um dos cafés mais legais de Bjørgvin, aonde ela mesma vai com frequência e fica lá sentada desenhando, ela diz, e prefere escolher uma mesa que não chame a atenção e fica desenhando uma ou outra pessoa ao redor, a Ales diz, e depois diz que o Asle teve muita sorte de conseguir uma vaga na Escola de Belas Artes, e então diz que hoje eles não vão dobrar à direita, na direção da Cafeteria, isso podem fazer noutro dia, e sendo assim dobrarão à esquerda e chegarão ao fim da rua onde podem avistar a Praça dos Peixes, e quando tiverem chegado ao fim dessa rua é só dobrar à direita e estarão na Rua da Universidade, a Ales diz e diz que ele se chama Asle e ela se chama Ales, mas é tudo que sabem um do outro, quase isso, ele diz, então quem sabe apenas pudessem sentar e ficar juntos, algo assim, a Ales diz e os dois chegam à Praça dos Peixes e ela aponta para um banco próximo à orla, com vista para a Baía, e eles vão sentar no banco e o Asle segura a bolsa no colo e abre e tira o bloco de desenho e então escreve o endereço onde mora em Aga, e escreve Rua da Universidade, nº 7, e diz que já precisam ir caminhando para o número 7 da Rua da Universidade e a Ales diz que se não lhe falha a memória ele tinha dito número 1 em vez disso e o Asle diz que trouxe no bolso da jaqueta a carta da proprietária que quer alugar o imóvel então é só conferir, ele diz e então tira a carta e lá está Rua da Universidade, nº 7, ele diz e diz que a mulher de quem quer alugar o dormitório se chama Herdis Åsen e a Ales diz que ficou com ciúmes só de ouvi-lo dizer o nome dela e o Asle diz que é uma senhora idosa e a Ales pergunta como ele pode saber, e o Asle diz que sabe porque já falou com ela pelo telefone, e percebeu pela voz dela que se tratava de uma senhora idosa de Bjørgvin e ele diz que a tal Herdis Åsen disse que por anos hospedou no dormitório de casa um estudante de Hardanger, mas agora ele tinha concluído os estudos, ela disse, e acrescentou que queria que o próximo locatário do dormitório também fosse um estudante de Hardanger, o Asle diz e então rasga a página onde escreveu o endereço e a entrega para a Ales e dá a ela o bloco de desenho e o lápis e ela escreve seu nome e endereço e um número de telefone e diz que é ali onde ela mora com a mãe Judit, pois as duas moram sozinhas num apartamento não muito longe da Cafeteria, e é por isso que ela costuma sentar lá para fazer seus desenhos sossegada, como tinha pensado em fazer hoje aliás, mas decidiu antes dar uma volta e passou em frente à Rodoviária e viu a placa Café da Rodoviária e pensou que ali nunca tinha estado, e talvez fosse interessante dar uma olhada como era, ela pensou, pois já tinha ouvido falar muito do café, ela diz e felizmente ela acabou indo e os dois se conheceram e agora trocariam correspondências, sim, até que o Asle se mude para Bjørgvin, e ele diz que não vai demorar muito, caso ele consiga mesmo alugar o dormitório na casa da tal Herdis Åsen ele vai largar o Secundário imediatamente e encerrar o aluguel do dormitório em Aga e trazer tudo que possui no bagageiro do ônibus, e então pode muito bem tomar um táxi da Rodoviária até o dormitório na Rua da Universidade, ele diz, e a Ales diz que pode ajudá-lo na mudança, quando for a hora, ela diz, e o Asle pega o bloco de desenho e o lápis que a Ales lhe entrega de volta

Sim, esse é o telefone da minha mãe, mas claro que você pode ligar para esse número, ela diz

e o Asle diz que não tem telefone em casa, mas a mulher de quem ele vai alugar o dormitório disse que tinha um telefone que o Asle poderia usar, caso não ficassem ligando para ele o tempo inteiro e ele não fosse de passar o tempo inteiro telefonando, foi isso que ela falou, e ele até nem achava que fosse precisar desse telefone mas já que tinha o número da Ales poderia dar a ela esse número também, pelo menos para ela, o Asle diz e a Ales diz que é ótimo, é bom que eles possam se falar por telefone, ela diz e então entrega a folha ao Asle e ele anota o número do telefone que a Herdis Åsen escreveu na carta e devolve a folha à Ales e ela diz que é hora de ir andando se ele não quiser se atrasar para o compromisso com a tal Herdis Åsen, lá na Rua da Universidade, nº 7 ela diz e o Asle põe o bloco de desenho e o lápis de volta na bolsa de couro e então a Ales e o Asle atravessam a Praça dos Peixes de mãos dadas e entram numa rua que o Asle não conhece

Foi incrível termos nos conhecido hoje, a Ales diz

Estou tão feliz, sim, muito feliz, ela diz

Foi um desígnio de Deus, ela diz

e o Asle não diz nada mas sente bem o calor emanando da mão da Ales, e como as mãos de ambos se encaixam bem, tipo isso, tudo é como se estivesse no seu devido lugar, e tudo é tão simples, e nada parece embaraçoso ou errado ou difícil, pois tudo é como devia ser, o Asle pensa à medida que ele e a Ales caminham sem dizer nada até a Ales apontar e dizer que é, ali, naquele jardim, é ali que a tal Herdis Åsen mora, e o Asle diz que é no quinto andar e a Ales diz que pode subir com ele e então o Asle experimenta a porta da rua e ela está aberta e a Ales diz que vai ver porque ele estava para chegar a tal Herdis Åsen deixou a porta aberta, ela diz e eu estou sentado diante da janela olhando para o ponto de costume no meio do mar do Bispado, o local para onde sempre olho, meu ponto de fuga, para as ondas lá longe e penso que é como se o tempo simplesmente tivesse estacionado, de um jeito que nunca tinha sentido antes, e olho para a cadeira vazia onde a Ales costumava sentar, a cadeira que era dela, e a cadeira está vazia, e mesmo assim a Ales está sentada ali, eu penso, pois agora sinto muito nitidamente a presença da Ales sentada ali, como sempre ocorre, eu penso e olho novamente para o mar, para o mar do Bispado, para o meu ponto lá longe e percebo nitidamente que a Ales está sentada ao meu lado e penso que faz anos que a Ales morreu, ela me deixou muito cedo, não foram muitos os anos que passamos juntos, e filhos, não, não tivemos filhos, por isso agora sou sozinho, e faz muitos anos que meus pais morreram, primeiro a Mãe, e não muito tempo depois morreu o Pai, e a irmã Alida morreu quando eu era um garotinho, eu penso, e morreu de repente, deitou na cama e morreu, eu penso e não quero pensar nisso, e penso que deveria ter ligado para o Hospital e perguntado como vão as coisas com o Asle, mas agora está muito tarde, agora é noite e já liguei muitas vezes, e a resposta que me dão é a mesma, que ele precisa de descanso e não pode receber visitas, eu penso, de modo que é melhor ligar amanhã, na antevéspera de Natal, eu penso, pois quase todos os dias nessas duas últimas semanas eu liguei e perguntei se poderia ir visitar o Asle e a recepcionista que me atendeu no Hospital sempre diz que é melhor ele não receber visitas, pois os médicos dizem que ele precisa repousar, e não vai ser bom para ele receber visitas, ela diz e quando pergunto como ele está ela sempre diz que não tem novidades, ela diz que ele está do mesmo jeito, eu penso, mas o Asle tem filhos, eu penso, são o Garotinho que já é adulto e agora mora em Oslo, o filho que ele teve com a Liv já é homem feito, e também o Menino e a Filha, ambos do segundo casamento com a Siv, mas a mãe os levou embora quando se mudou para morar com um homem no condado de Trøndelag, e esses dois filhos ainda não são adultos, eu penso e penso que esta noite o Åsleik vai vir em casa jantar bacalhau em conserva, este ano é a minha vez de preparar esse prato, que durante o Advento vamos alternando entre bacalhau em conserva e costeletas de carneiro defumadas, num ano eu preparo bacalhau em conserva o Åsleik prepara costeletas de carneiro, e no ano seguinte trocamos, e também comemos costeletas de carneiro na véspera do Ano-Novo, um ano na casa do Åsleik e o outro na minha, e este ano sou eu que vou preparar as costeletas na véspera do Ano-Novo e costumava me animar para essas refeições, mas este ano as costeletas que comi na casa do Åsleik não estavam lá tão saborosas, e agora sinto que preparar a comida me parece um estorvo, como se eu tivesse desaprendido a descascar as batatas e as cenouras, cortar o bacon, mas é o que eu tenho que fazer, eu penso e olho para o relógio e imediatamente penso na Ales, pois esse relógio eu ganhei de presente de Natal dela, eu penso, sim, antes eu usava um relógio que ganhei da Avó de presente de confirmação, e depois ganhei esse relógio da Ales e é o que venho usando desde então, eu penso e percebo que o Åsleik vai chegar a qualquer momento, é melhor então pôr a mesa e colocar os legumes para cozinhar, eu penso e levanto e saio da janela e olho para o cavalete vazio e sou inundado por uma felicidade e então vou até a cozinha e pego os pratos e facas e garfos e ponho a mesa como de costume, e ao lado do prato do Åsleik ponho um copo de cerveja e um de aguardente e ao lado do meu prato ponho apenas um copo comum para água e penso que posso muito bem já pôr as batatas para cozinhar, eu penso e descasco as batatas e as cenouras e ponho as batatas numa panela com água e sal e ligo o fogão e ele é rápido, não vai demorar para a água começar a ferver e ponho a boca do fogão no mínimo, mesmo assim a água ferve mais do que o necessário, mas é assim mesmo, não faz mal, eu penso, e ponho as cenouras na panela e posso fritar o bacon já, eu penso e corto pedacinhos do bacon que disponho na frigideira e acendo a boca do fogão e não demora para a frigideira começar a estalar, é uma boa e velha frigideira de ferro que já estava ali quando a Ales e eu mudamos para a casa, sim, como muitas outras coisas que já estavam ali, e como outras tantas que estavam na casa acabaram ficando, eu penso e acho que andei me sentindo muito sem ânimo hoje, mas o cheirinho bom do bacon me reanimou, e claro que sinto que estou com fome, pois não devo ter comido nada hoje, eu penso, e o bacalhau em conserva é apesar de tudo uma das coisas mais deliciosas que já comi, talvez a mais deliciosa, eu acho, e vejo as postas grossas de peixe ali e os ponho numa grande panela, e adiciono bastante sal à água, e acendo a boca do fogão no máximo, mas as postas de peixe só vou pôr na água quando o Åsleik chegar, é preciso ter muito cuidado ao preparar essa receita, é preciso ficar de olho no peixe o tempo inteiro, ele não pode cozinhar demais e ficar empapado, também não pode cozinhar de menos, ou resultará duro e intragável, eu penso, nem o bacon pode ficar ali fritando por toda a eternidade, é preciso prestar atenção, eu penso e desligo o fogo da frigideira e me concentro agora remexendo o bacon e por fim afasto a frigideira de lado para uma boca fria e é quando se ouve o barulho e o arrastar do trator do Åsleik e eu vou até o corredor e fico parado na porta de entrada e o Brage vem e se põe ao meu lado e eu vejo o trator do Åsleik contornar a pista e estacionar e vejo o Åsleik descer da cabine e vir caminhando na minha direção

A comida está quase pronta, eu digo

Vai ser bom forrar o estômago, o Åsleik diz

Estou morrendo de fome, ele diz

e entramos e o Åsleik tira as botas e o macacão térmico e o gorro de pele com tapa-orelhas e segue para a sala e vou atrás e ele diz de novo está bem frio aqui na sala e vai até a lareira e diz que as brasas ainda estão ardendo e põe uma acha de lenha lá dentro e vou para a cozinha e vejo que a água está fervendo e ponho pedaço por pedaço de peixe na água fervente e o Åsleik vem para a cozinha e diz que esqueceu a aguardente e a cerveja no trator por isso vai lá fora buscar as garrafas

Que aqui na sua casa certamente não tem, ele diz

Eu já bebi a minha cota, eu digo

Está bem, o Åsleik diz

e sai e eu já pus todos os pedaços de peixe na água fervente e fico de olho neles e o Åsleik entra na cozinha e diz que a Irmã ficou mesmo muito contente quando soube que iríamos passar o Natal com ela este ano, ficou incrivelmente feliz, ele diz e eu digo para ele ir se servindo das bebidas

Como você pode ver a mesa já está posta, eu digo

E a comida já está saindo, eu digo

e o Åsleik pede um abridor e eu pego um e lhe dou e ele abre a garrafa de cerveja e vai sentar no banco que fica na mesa da cozinha, junto da parede, e serve a cerveja e a aguardente e beberica a aguardente e então diz que sim, é verdade, a Irmã vai ficar muito feliz por eu passar o Natal com eles este ano, não, nisso ele jamais poderia acreditar, ele diz e eu vou pegar a comida para servir na mesa e sento na cabeceira e nós nos servimos e nenhum de nós diz nada

Pelo visto você não está no seu melhor hoje, diz o Åsleik

Não, estou me sentindo um pouco cansado, eu digo

Antevéspera de Natal é assim mesmo, como dizíamos quando éramos crianças, ele diz

Você também falava assim, ele diz

e eu digo que é verdade

Aquele burburinho que antecede o Natal, ele diz

e então ficamos ali sentados comendo sem dizer nada e o Åsleik bebe a cerveja e beberica a aguardente e eu penso que talvez o Åsleik possa me ajudar a levar os quadros e apetrechos de pintura para o sótão, que agora não quero nem tenho mais ânimo de pintar, nem sequer isso, e por que de repente me dei conta de que não quero mais pintar é algo que nem eu mesmo sei dizer, e eu penso que posso perguntar ao Åsleik se ele quer me ajudar a carregar o cavalete e os quadros que estão ali entre a porta do quarto e a porta da sala para o sótão, para o quartinho onde guardo as pinturas que não desejo vender

A comida está mesmo uma delícia, o Åsleik diz

e não digo nada e comemos e a comida não me parece nada de mais e eu vejo que o Åsleik terminou de beber a cerveja

Estava muito boa, ele diz

e então termina de beber a aguardente num só gole, e eu não digo nada

Obrigado pela refeição, o Åsleik diz

Estava muito boa, ele diz

e ficamos os dois sentados ali sem dizer nada

Você não está muito falador hoje, o Åsleik diz

e eu não digo nada e ficamos ali calados e por fim o Åsleik diz que já está na hora de ir embora e me deixar dormir que eu estou cansado e eu digo obrigado por ter vindo e nos vemos amanhã, na antevéspera de Natal, pela manhã ou à tarde, o melhor é partirmos assim que estiver claro, por isso se eu aparecer na casa dele por volta de umas nove estaria bom, o Åsleik diz, mas o melhor seria se ele me ligasse quando fosse a hora de ir, ele diz e então diz de novo obrigado pela comida, estava realmente deliciosa e então ele pega a garrafa de aguardente e deixa a garrafa vazia de cerveja no lugar e eu digo que nos veremos de novo em breve e vejo o Åsleik indo pelo corredor e levanto e começo a tirar a mesa e penso que mal o Åsleik chegou e já foi embora, eu penso e então ouço o ruído do motor do trator dele e vou sentar na minha cadeira em frente à mesa redonda e fico olhando para o mar, para o mar do Bispado, para o meu ponto lá longe e penso por que fico aqui sentado mirando o meu ponto fixo, as ondas lá longe, por mais que esteja escuro, e de noite, eu devia era ter ido deitar, eu penso e penso que não entendo, assim como não entendo quando desperto no meio da noite e sempre é como se a Ales estivesse deitada na cama ao meu lado, sempre, eu acordo e leva um tempo para eu me dar conta de que ela não está lá, mas não é verdade, porque ela está mesmo lá, nós estamos deitados juntinhos exatamente como quando ela ainda era viva, eu penso e penso que não sei de nada, mas tudo me parece sem sentido, sim, a única coisa que faz sentido é aquilo que aparenta não ter, como o fato de Jesus Cristo ter sido crucificado, morrido e ressuscitado, e com isso a morte, que surgiu no mundo quando o mundo se fez mundo como o conhecemos, com seu infinito ciclo de vida e morte, deixou de ser uma verdade para nós, é óbvio que ainda se morre nesse mundo aparente, no mundo que sempre existiu desde essa incompreensível coisa chamada pecado original, e o corpo se vai, ou apodrece na terra ou arde numa fogueira, não importa como, aquilo que é aparente se vai, mas a alma é elevada pelo espírito, ressuscita em e com Deus porque Jesus Cristo, o Filho de Deus, aboliu esse antigo mundo, e as pessoas tomam isso ao pé da letra, como se Deus fosse uma espécie de pai humano e Jesus Cristo uma espécie de filho de um pai humano e não chega a surpreender que alguém ache isso uma bobagem, pois é óbvio que Deus como pai e Jesus Cristo como filho e o Espírito Santo como a força criadora e mediadora entre os dois se trata de uma metáfora, uma tentativa de expressar esse arranjo em palavras, e não importa se na verdade é assim, desde que toque o coração, a alma, porque o espírito, o Espírito, é real, assim como o pecado original, seja lá o que for, é também apenas um modo de dizer que houve uma ruptura entre Deus e os seres humanos quando a morte veio ao mundo, e qual teria sido a causa disso não se pode saber, certum est quia impossibile est, mas, sim, eu penso e repenso, e não compreendo o que penso, e não sei o que acredito ou deixo de acreditar, mas para mim Deus está próximo, e ao mesmo tempo distante, tão perto e tão longe, e com Jesus Cristo é possível se acercar de Deus bem mais do que O imaginando como um ente sem traços humanos, sim, concebendo Deus como um ser humano com quem é possível conversar, e conviver como se fosse qualquer outra pessoa, pois é, como agora mesmo pude conviver com o Åsleik, eu penso, pois depois que conheci a Ales e ela me levou para a Igreja de São Paulo, sim, eu penso e penso que não quero mais pensar na Ales e penso que é incontestável que não se pode chegar à fé através da razão, a fé é uma graça, uma bênção, como já se disse, e só quem tem fé sabe o que é uma graça, quem não a tem não sabe o que é, nem a graça nem a bênção, não sabe que tudo é uma dádiva, eu penso, mas isso são só palavras, e as palavras mentem o tempo inteiro, eu jamais creio em palavras, nem mesmo naquilo em que eu mesmo penso com palavras, eu penso e penso que só as minhas pinturas, quando as pinto bem, são capazes de transmitir uma mensagem, uma mensagem irrelevante, do pouco que percebo e sei, e assim não é nem transmitido pela imagem em si nem pelas cores, as formas, quer dizer, por tudo aquilo que de alguma maneira a pintura contém e expressa, mas justamente por essa combinação única de forma e conteúdo, como um espírito, e nessa unidade, nesse espírito, é tão invisível quanto a imagem, quanto a pintura, é visível, e é esse espírito que é de fato a imagem, portanto o que é mesmo real na imagem não é nem a matéria nem a alma, são ambas que ao mesmo tempo se fundem naquilo que eu imagino ser o espírito, talvez por isso as boas pinturas, isto é, todas as boas pinturas, tenham algo a ver com aquilo que alguns cristãos costumam chamar de Espírito Santo, pois toda boa arte possui um espírito, a boa poesia, a boa música, e aquilo que a torna boa não é o aspecto material, a matéria, e tampouco o conteúdo, a ideia, o pensamento, não, o que a torna boa é exatamente a combinação de matéria e forma e alma, que se transforma em espírito, eu penso, não, agora não estou pensando claramente, eu penso e quantas vezes já não pensei isso, eu penso, pois já que há um espírito nelas as pinturas talvez possam ser comparadas a uma prece, a pintura é uma oração, as pinturas que eu pinto são oração, confissão e penitência, e assim também são os bons poemas, toda a boa arte pode ser apreciada assim uma vez que toda boa arte conduz, em última análise, à mesma coisa, eu penso e penso que esses pensamentos são tão insensatos quanto os demais pensamentos que me ocorrem, eu penso e cá estou eu olhando pela janela, no escuro, para o meu ponto de fuga no meio do mar do Bispado, para as ondas e vejo o Asle sentado no Salão dos Drinques levando sua caneca de cerveja à boca e dizendo saúde e a Siv ergue seu copo e eles brindam e então o Asle diz que existem muitos cafés e restaurantes e bares em Bjørgvin, mas ele gosta mais do Salão dos Drinques do que, por exemplo, do Café dos Artistas, pois no Salão dos Drinques se vive de verdade enquanto no Café dos Artistas só há ambição, é como se todos ali estivessem numa busca desenfreada por algo, a atmosfera do lugar é a de uma carência de algo que na verdade não faz falta, mas está ali, rígido e paralisado, mundano e sem transcendência, o Asle diz e assim todos aparentam ser amigos e até agem como se fossem, mas na verdade estão competindo entre si, por mais que não pareça, e todos pretendem ser sua própria persona, querem ser originais ou sei lá o quê, e por isso todos se parecem entre si e ninguém se parece consigo mesmo, todos são epígonos, como se diz, o Asle diz, pois naquilo que deveriam ser originais não passam de imitações, e isso é justamente uma definição de cultura, provavelmente, ele diz, a cultura é provavelmente uma pessoa copiando a outra, todas vestindo terno e gravata, por exemplo, enquanto na arte a pessoa parece com si mesma, e apenas com si mesma, o Asle diz e no Salão dos Drinques ninguém se parece com ninguém, além do fato de que estão ali bebendo e fumando e a maioria é ou já foi marinheiro, mas é como se a vida no mar os tivesse forçado a ser as pessoas que se tornaram, a ser eles mesmos, o Asle diz e a Siv diz que também não é preciso exagerar e segura a mão dele e os dois ficam ali sentados de mãos dadas

Logo você que é casado e tudo mais

Até pai você é, ela diz

e o Asle não sabe como responder e a Siv diz que não pode manter as coisas como estão por mais tempo, ou ele deixa a tal Liv ou os dois têm que pôr um fim a isso, ela diz e o Asle se sente dividido e confuso e não sabe o que dizer nem o que fazer então ele diz que vai tentar alugar um dormitório e a Siv diz que os dois podem morar juntos, ela mesma alugou um apartamento e lá os dois podem viver juntos e o filho pode vir visitá-lo, talvez seja muito caro para ela arcar com o aluguel sozinha mas se os dois dividirem as despesas tudo vai correr bem, esses estipêndios que os artistas recebem mal dão para sobreviver, ela diz e o Asle sente como o amor que sente pela Siv o está deixando louco e não suporta voltar para casa, para os braços da Liv e do filho, e agir como se nada estivesse acontecendo, e a Siv diz que não gosta do Salão dos Drinques e o Asle diz que é um local mais para velhos marujos e não para moças e a Siv diz que eles podem ir para o apartamento que ela alugou e diz que pode preparar um jantar para eles e tem vinho e cerveja em casa, a Siv diz e o Asle diz que vai só tomar a saideira e eles podem ir, e a Siv diz que ele pode beber a cerveja que sobrou na caneca dela também, e então pergunta o que a Liv faz e o Asle diz que ela tem dado plantões num lar de idosos, mas agora anda dizendo que quer prestar o exame para começar na Escola de Enfermagem

Se ela conseguir é porque é esperta, a Siv diz

É, o Asle diz

e bebe sua caneca de cerveja e a Siv dá um gole na sua e a põe na mesa em frente ao Asle e cada um enrola seu cigarro e eles ficam ali fumando e a Siv diz que começou a ter dúvidas se deveria prosseguir na Escola de Belas Artes, depois que viu do que os outros eram capazes, bem, o que ela sabia fazer era tão pouco, e o Asle pergunta o que ela vai fazer então e ela diz que se interessa por literatura, e sempre gostou de idiomas, então talvez pudesse entrar na Universidade, ela diz, e estudar literatura, ou idiomas, ela diz, mas nesse caso teria que viver como professora, e se tem uma coisa que não quer da vida é ser professora, de modo que ela não sabe, a Siv diz e apaga seu cigarro e então diz que agora está na hora de ir, agora os dois vão para o apartamento que ela alugou, ela diz e ela teve sorte, ela diz, de alugar esse apartamento, mas a despesa ficou muito alta por mais que seus pais fossem compreensivos e lhe dessem dinheiro todos mês, ela diz e o Asle termina a caneca da Siv e eles levantam e vão embora juntos

Não vai segurar a minha mão? a Siv diz

Claro que vou, o Asle diz

e fico sentado na minha cadeira olhando para o meu ponto lá no mar do Bispado, e apesar do escuro vejo o mar nitidamente, enxergo as ondas, e hoje à noite não estão tão altas, eu penso e então levanto e olho para o cavalete vazio e vou até ele e aprumo o corpo e olho para o cavalete onde agora não há quadro nenhum, e nem me lembro da última vez que não havia uma tela esticada no caixilho presa ali e olho para o cavalete vazio e vejo o Asle atravessando a rua em frente ao Salão dos Drinques, vestindo sua jaqueta de veludo preto, com a bolsa de couro marrom a tiracolo, e ele segura a mão da Siv e pensa que ele e a Liv são casados, casados mesmo, sim, eles se casaram no Cartório, a Liv estava lá com ele e com as testemunhas, e Liv escolheu a irmã como madrinha e o Asle pensou em pedir a um amigo de infância, o Tor, que fosse o padrinho, e ele concordou apesar de os dois não terem se falado desde a época da escola, sim, desde que o Asle terminou o nono ano e se mudou para Stranda, como ele não tinha mais ninguém a quem pudesse convidar ligou para o Tor e foi uma ótima conversa, foi tudo como antes, e o Tor contou que depois de terminar o secundário ele cursou um ano na Faculdade de Agronomia de Utvik e tinha assumido a fazenda do pai que já estava mal de saúde, ele não sabia exatamente o que o molestava, mas era sempre uma coisinha outra, por isso Tor virou fazendeiro e passou a cuidar de três vacas e uma centena de ovelhas, era mais um pastor de ovelhas, e gostava do que fazia, o Tor disse, sim, muito melhor ser pastor do que ir para a escola, e rico jamais ficaria, mas tinha seu ganha-pão e vivia bem, ele disse e o Asle disse que seria um casamento bem simples, uma cerimônia civil, pois enquanto os colegas fizeram a confirmação ele se desligou da Igreja da Noruega, por esse motivo não seria um casamento religioso, o Asle disse e o Tor disse que o Asle foi o primeiro no povoado a não se confirmar, e ninguém além dele por ali tinha um cabelo tão comprido, o Tor disse e o Asle disse que era motivo de orgulho, um verdadeiro feito seu, sim, isso de não se confirmar e ter se desligado da Igreja da Noruega, e ele tampouco se arrepende de ter largado a escola secundária, de início foi duro, não parava de levar broncas em casa, não do Pai, mas a Mãe não parava de lhe dar bronca, mas depois ele conseguiu alugar um quartinho num porão em Stranda e foi quando as coisas se resolveram, e para ganhar algum dinheiro e poder viver e comprar os insumos e poder pintar ele começou a pintar quadros intitulados *Barco na tempestade* que expunha diante das escadarias do Hotel Stranda para vender, preferencialmente quadros de veleiros desafiando uma tormenta, e não é que ele conseguia vendê-los, foi dessa forma que conseguiu dinheiro para sobreviver e conheceu uma mulher que se chamava Liv e trabalhava como camareira no Hotel Stranda e ficou grávida e eles tiveram um filho e agora iriam se casar, foi a Mãe que insistiu que se casassem e eles acabaram concordando já que a Mãe tinha dito que ela e o Pai arcariam com as despesas do casamento, e, bem, ele já tinha começado a estudar na Escola de Belas Artes de Bjørgvin, pois conseguiu uma vaga lá, e só por causa das pinturas, e também ele e a Liv conseguiram um apartamento na Residência Estudantil, foi justamente por causa do filho que conseguiram esse apartamento, e agora iriam se casar no Cartório e ele precisava de um padrinho e ficaria muito feliz e agradecido caso o Tor considerasse esse pedido, pois ele ficou até aflito de ligar assim do nada e perguntar mas o Tor disse que claro que poderia ser o padrinho mas não ia a Bjørgvin desde que era criança e não saberia chegar no endereço, ele disse e o Asle disse que era só tomar o ônibus até a Rodoviária que iria buscá-lo lá e quando fosse a hora de voltar para casa o Asle o levaria de volta à Rodoviária, não era preciso se preocupar, ele disse, e o Asle disse que durante a cerimônia no Cartório o filho deles ficaria sob os cuidados de um vizinho na Residência Estudantil, ele disse e depois a comemoração seria no Grand Kafé, numa sala reservada, somente os quatro, seria uma ceia com tudo incluído e depois eles iriam para casa, para o apartamento na Residência Estudantil, e o Tor poderia pernoitar lá, e a Liv tinha convidado a irmã para ser a madrinha e ela aceitou, portanto seriam quatro pessoas, o Asle disse no telefonema e disse a data do casamento e o Tor veio para Bjørgvin vestindo seu paletó mais fino e o Asle comprou paletó e gravata no Brechó na Enseada dos Veleiros, aliás foi lá que ele passou a comprar todas as roupas depois que se mudou para Bjørgvin, e a Liv pegou emprestado o vestido de noiva da irmã, ficou quase perfeito, e então o Asle comprou para ela um buquê mas primeiro todos tomaram um táxi para ir a um estúdio fotográfico, porque queriam uma daquelas fotos de casamento bem típicas de lembrança, o porquê ele não sabe, mas foi assim, o Asle pensa, e de lá prosseguiram para o Cartório e se casaram e depois tomaram um táxi para o Grand Kafé e sentaram na sala reservada, onde foi servida a ceia completa e beberam muito vinho e a Liv começou a dizer que o Asle só casou com ela porque foi praticamente obrigado, para atender a um desejo dos pais, e porque eles já tinham um filho e ele disse que, bem, enfim estavam casados e ela continuou tagarelando sem parar e depois ainda beberam café com conhaque e o Asle que tinha recebido dinheiro dos pais para as despesas pagou pelo aluguel da sala e pela excelente comida e pela ótima bebida, depois os quatro tomaram um táxi para a Residência Estudantil, ele e a Liv, e o Tor e a irmã da Liv, e quando desceram do táxi a Liv deu um grito bem alto que ecoou na escuridão e atirou o buquê no rosto do Asle que conseguiu apanhá-lo antes que caísse no chão em plena chuva e eles seguiram apressados para dentro do bloco de apartamentos na Residência Estudantil e o Asle foi carregando o buquê e a Liv estava quase urrando enquanto a irmã tentava consolá-la e o Tor e o Asle foram caminhando juntos atrás da Liv e da irmã e ficaram esperando enquanto a Liv e a irmã subiam de elevador e depois entraram no elevador e quando chegaram no apartamento a Liv estava deitada no sofá e a irmã dela olhou para eles balançando a cabeça e o Asle pôs o buquê sobre a mesa da cozinha e disse que agora eram um casal, ele e a Liv, e a irmã da Liv disse para ela que agora ela estava casada e a Liv disse grande merda, se casar é assim preferia não ter casado, porque o Asle não se importava nada com ela, hoje ela tinha percebido como nunca antes, justo no dia do casamento, ela disse e a irmã dela disse que não estava entendendo o que ela queria dizer, tudo tinha corrido tão bem e a foto do casamento ficaria ótima e então a Liv levantou e pegou o buquê de cima da mesa e o jogou no chão e a irmã dela foi e apanhou o buquê e disse que agora ela precisava se acalmar, a melhor coisa a fazer seria ir dormir, ela disse, e ela iria ajudá-la a tirar o vestido de noiva e as duas foram para o quarto e o Asle ficou ouvindo a Liv chorar e a irmã consolá-la e então disse que tinha comprado uma garrafa de aguardente e serviu uma boa dose para o Tor e outra boa dose para si mesmo e disse que era bom que acrescentassem um pouco de água ao copo, já que a aguardente era bem forte, o quão forte seria o próprio Tor quem iria dosar, o Asle disse e abriu a torneira e pôs um pouco de água no próprio copo, provou, e pôs mais um pouco de água no copo e o Tor fez o mesmo e então os dois voltaram para a sala e sentaram e o Tor disse que era um belo apartamento e o Asle disse que os dois tinham tido sorte de alugar um apartamento na Residência Estudantil, não era uma exorbitância, mas mesmo assim era caro, embora ele tivesse conseguido um estipêndio para artistas e a Liv também dava alguns plantões num lar de idosos então eles conseguiam viver confortavelmente, e o casamento tinha sido pago pelos pais, porque a Mãe o azucrinou tanto dizendo que os dois precisavam se casar que por fim ele concordou, disse que tudo bem e nisso o Tor pergunta se ele tinha pedido a Liv em casamento e o Asle diz que não, jamais, que simplesmente aconteceu assim, pois tudo iria continuar como antes, ele disse e o Tor disse que depois de ir a esse casamento ele tinha perdido a vontade de casar e os dois desataram a rir e as gargalhadas não cessavam até que por fim o Asle conseguiu parar de rir e disse que nem todos os casamentos tinham de ser necessariamente desse jeito e o Tor disse tomara que não, mas tinha a certeza de que aquele ali era, ele disse e os dois ficaram sentados em silêncio um instante até o Asle perguntar se o Tor já queria ir dormir, eles tinham deixado um edredom e um travesseiro sob o assento do sofá-cama onde estavam sentados, ele disse e o Tor disse que na verdade estava bem cansado, e achou que já tinha bebido o suficiente, ele disse e então os dois ficaram de pé e o Asle abriu o sofá e o Tor disse que sim, era mesmo um sofá-cama e ficou ali segurando o copo na mão e bebericando a aguardente enquanto o Asle foi fazendo a cama e do quarto de dormir agora ecoavam apenas soluços e então a irmã da Liv veio até eles e disse que o marido deveria já estar lá fora esperando por ela e disse que era uma pena que a Liv tivesse bebido tanto e perdido a cabeça, ela disse, mas amanhã estaria melhor, ela disse, ou pelo menos depois de amanhã, ela disse e riu e o Asle disse que agradecia muito por ela ter sido madrinha da Liv e a irmã da Liv disse que não havia por que agradecer e lhe deu os parabéns por ser um homem casado e disse que o marido dela já devia estar esperando há muito tempo, além disso a viagem de carro até Sartor seria demorada, ela disse, por isso já estava de saída e o Asle acompanhou a irmã da Liv pelo corredor e eles se despediram e ele voltou ao apartamento e quando entrou na sala lá estava o Tor só de cuecas com as roupas dobradas na poltrona e o Tor disse que estava cansado e bebeu o resto da aguardente e deixou o copo na bancada da cozinha e o Asle disse que ele mesmo iria acompanhá-lo até a Rodoviária no dia seguinte pela manhã e o Tor disse que ficava muito grato por isso e o Asle então disse que agradecia muito pela ajuda, por ele ter sido padrinho, e o Tor disse que não havia por que agradecer, mas foi um casamento e tanto, o Tor disse e o Asle entornou a aguardente que ainda restava no copo e os dois se deram boa noite e o Asle entrou no quarto de fininho e viu a Liv estirada na cama, sobre as cobertas, ainda com o vestido de noiva, e deixou a porta entreaberta e a luz do corredor acesa e tirou as roupas e as colocou sobre uma cadeira e devagarinho fechou a porta e lentamente com o máximo de cautela subiu na cama e deitou de lado e pensou que foi uma grande burrice, isso de terem se casado, ele e a Liv, mas pelo menos foi divertido rever o Tor e conversar um pouco com ele, o Asle pensou e ainda ficou pensando como será que tudo isso vai terminar? não, ele não sabia, ele pensou, o Asle pensa enquanto cruza a rua vestindo sua jaqueta de veludo preto, com a bolsa de couro marrom a tiracolo segurando a mão da Siv e pensa que na noite de núpcias ficou deitado visualizando diante de si imagens e viu seis diferentes imagens que teria que pintar para que sumissem, as imagens que haviam se impregnado em sua mente e agora iam passando uma após a outra diante dos seus olhos, era uma imagem das mãos do Tor e depois uma imagem apenas de uma das mãos do Tor, ambas de quando ele foi buscar o Tor na Rodoviária, e depois uma da Liv curvando o corpo para ajustar o vestido de noiva, e mais uma do rosto do fotógrafo olhando para eles antes de fazer a foto e uma do rosto do garçom olhando para a mesa antes de servir as entradas e depois uma da irmã da Liv segurando o braço da Liv depois que ela atirou o buquê nele, essas imagens estão como que pintadas na testa dele, como se a testa dele fosse uma tela, o Asle pensa, e bem que tentou apagá-las pintando, mas não conseguiu, ele pensa ali atravessando uma rua vestindo sua jaqueta de veludo preto, com a bolsa de couro marrom a tiracolo, segurando a mão da Siv sem que nenhum deles diga nada e eu fico sentado na minha cadeira olhando no escuro para o meu ponto de fuga lá no mar do Bispado, e o mar está tão nítido, eu estou enxergando as ondas, só não entendo por que consigo ver o mar, sim, as ondas, estando tão escuro assim, eu penso e amanhã é antevéspera de Natal e depois é véspera de Natal e então vou acompanhar o Åsleik para celebrar o Natal com ele e a Irmã lá em Øygna, eu penso, e não tenho a menor disposição para isso, mas eu já confirmei, sim, eu disse que iria, eu penso e penso que é como se todas as minhas forças se esvaíssem e sinto que preciso ir deitar, estou me sentindo exausto, é como se não tivesse forças nem para ir caminhando até a cama, eu penso ali sentado na cadeira olhando para o meu ponto de fuga no meio do mar do Bispado e vejo as ondas e vejo o Asle e a Siv de mãos dadas atravessando uma rua de Bjørgvin e depois subindo uma escada e a Siv abre a porta do apartamento que alugou e o Asle entra e fecha a porta ao passar e então a Siv o abraça forte e eles se beijam demoradamente e a Siv diz então que pode não ser essa maravilha toda mas ao menos é um lugarzinho para morar, ela diz e em seguida eles entram num cômodo que é tanto um ateliê como uma sala, e o chão está quase todo forrado de desenhos e pinturas

Eu prefiro pintar no chão, a Siv diz

Olhe só, o Asle diz

Vou tentar fazer assim também, ele diz

Nunca fez? a Siv diz

Não, não, nunca, o Asle diz

e a Siv diz que ele precisa experimentar, é uma superfície totalmente diferente, que se pode pintar com pinceladas grossas sem que a tinta escorra, e o próprio suporte da imagem fica bem mais firme, ela diz e o Asle diz que sim, claro, e então o Asle deita no sofá e a Siv vem deitar ao lado dele

Agora somos só você e eu, a Siv diz

Sim, o Asle diz

e os dois ficam ali deitados abraçados e a Siv diz que está um pouco frio e ela ainda não mostrou a ele o quarto e então os dois levantam e vão até lá e há um colchão no chão e o Asle deita nele e a Siv diz que o quarto está um pouco frio e pega um cobertor e cobre o Asle e ele fica deitado pensando que terá que se separar da Liv, e também do Garotinho, e dói demais pensar que terá que ficar longe dele, mas eles irão se ver, pelo menos uma vez por semana irão se encontrar, o Asle pensa e então diz que precisa ir para casa, e a Siv diz que não suporta a ideia de que ele vai voltar para casa e para ela e diz que agora a casa dele é aqui e ele pode, quer dizer, ele tem que vir morar com ela o quanto antes, ali tem espaço de sobra para eles dois, ela diz, e ela vai deixar tudo bem arrumadinho, o lugar está uma verdadeira bagunça, mas ele vai pintar na sala e ela pode pintar no quarto e eles podem fazer da cozinha uma espécie de espaço compartilhado ela diz, e diz que dito assim soa até ridículo, ela percebe como isso que acabou de dizer soa estúpido, ela diz e o Asle levanta e vai se vestir e diz que agora tem que ir e a Siv diz que eles voltarão a se falar amanhã e diz que vai sentir saudades e passa o tempo inteiro pensando nele, não faz outra coisa, apenas pensa nele, não consegue pensar em mais nada, ela diz e a ideia de que ele irá para casa e para uma outra mulher a deixa maluca, a Siv diz e o Asle diz que vai voltar para ela, se mudar para a casa dela, e a Siv diz que ele e a Liv são casados e ele diz que precisa se divorciar e ela diz que vai levar tempo, primeiro eles precisam se separar fisicamente e só depois de passado um ano ou quase isso ele poderá se separar no papel, a Siv diz e o Asle diz que vai falar com a Liv ainda hoje à noite, que ele conheceu outra, e dito assim soa tão ridículo, ele diz, conhecer outra, dito assim é ridículo, a Siv diz e eles não precisam perder tempo falando sobre isso, vai ser um problema não importa o que disserem, tudo precisa só acontecer, ela diz e então pergunta quando eles voltarão a se ver e o Asle diz que terá que ser amanhã na Escola de Belas Artes e ela diz que não, vai querer vê-lo ainda hoje, caso ele não venha vê-la ainda hoje estará tudo terminado, a Siv diz e o Asle diz que precisa ir e a Siv pergunta se ele não quer que ela prepare alguma coisa para ele comer e o Asle fica constrangido e a Siv diz que comprou comida para dois

Parece bom, ele diz

Não vai ficar tão bom assim, a Siv diz

É uma comida muito simples, ela diz

Eu gosto de comida simples, o Asle diz

e a Siv diz que sabe, e por isso comprou bisteca de porco, pois sabe que ele gosta, que várias vezes quando comeram juntos num café ele pediu bisteca de porco, ela diz e o Asle diz que foi muita gentileza dela e então ela diz que vai começar a cozinhar e Asle pode ficar desenhando o que quiser e então o Asle vai pegar o bloco de desenho na bolsa de couro marrom que está no corredor e depois deita no sofá e fica ali deitado olhando para o lápis e para a folha branca no bloco e então desenha o rosto de um bebê chorando, o desenha de vários ângulos, e quer que seja só um desenho, só um esboço, mas não é o que acontece afinal, os desenhos se tornam reais, transmitem algo real e ele não gosta nada disso e agora quer desenhar outra coisa e começa a desenhar um barco com traços elaborados, de pranchas de madeira, uma embarcação à moda antiga, é um bote típico de Barmen que ele desenha, só o barco, e um par de remos cruzados sobre os bancos, um belo barco, e agora sente o aroma da carne frita que vem da cozinha e então a Siv aparece no vão da porta e pergunta se ele quer uma garrafa de cerveja

Eu providenciei tudo, ela diz

Quero sim, obrigado, o Asle diz

e a Siv volta para a cozinha e retorna com uma garrafinha de cerveja e um copo e o Asle põe o bloco de desenho de lado

Não quer que eu veja o que você desenhou? a Siv diz

e o Asle não responde e pega a garrafa e o copo e se serve e prova a cerveja e põe a garrafa na mesinha de centro e a Siv diz que aquela mesa é feia de doer, mas estava quase de graça no Brechó, tanto a mesa como o sofá, ela diz

Ainda por cima deixei cair um bocado de tinta nela, ela diz

e sobre a mesa estão bisnagas de tinta a óleo e pincéis e o Asle dá um gole na cerveja e a Siv diz que tem que ir cuidar da comida para não queimar as bistecas e volta para a cozinha e o Asle pensa que ainda não esteve ali, na cozinha, e bebe mais um pouco da cerveja e desenha o esboço de um grande barco vazio e aberto em mar revolto e pensa que ficou parecido com os quadros que pintava para vender e ganhar um dinheirinho quando vivia lá em Stranda e nisso vem a Siv pela porta dizer que a comida está pronta e eles terão que comer na sala, ela diz, porque a cozinha é tão minúscula que não tem espaço para sentar, ela diz e o Asle fica em pé e vai até o vão da porta e vê a pia estreita com dois armários embaixo e um fogão e acima do fogão está um armário e também uma janela e a Siv tira um prato do armário e põe uma bisteca no prato e uma espécie de gororoba avermelhada que ele jamais tinha visto antes e ele pergunta o que é e a Siv diz você não sabe o que é? sim, é um ensopado de cenoura isso aqui, era muito comum na minha casa quando eu era criança, ela diz e então acrescenta umas batatas ao prato e pergunta se ele quer manteiga derretida sobre as batatas e ele responde que sim e a Siv pega uma colher e despeja a manteiga sobre as batatas e dá a ele faca e garfo e o Asle vai para a sala e abre espaço na mesinha para o prato dele e para o prato da Siv e então chega a Siv trazendo seu prato e diz bom apetite e o Asle prova e a comida está deliciosa, e o ensopado de cenoura é meio adocicado e combina perfeitamente com a bisteca frita, e eles ficam calados

Está uma delícia, o Asle diz

É só uma comidinha simples, a Siv diz

e em silêncio eles terminam de comer e o Asle pensa como estava mesmo faminto, mas agora, agora é preciso voltar para a casa e para a Liv, que deve estar esperando por ele

Espero que tenha ficado bom, a Siv diz

Estava muito bom, o Asle diz

e então agradece pela comida e diz que precisa ir e a Siv pergunta se ele vai voltar à noite e ele diz que pode ser, e ela diz só pode ser, e o Asle vai embora e cá estou eu sentado na minha cadeira olhando para o mar, para o meu ponto de fuga, com o rosto voltado para a frente, o tempo inteiro olhando para o mar, para as ondas lá em algum lugar no meio do mar do Bispado e penso que deveria ter ligado para saber como estão as coisas com o Asle, mas não consigo saber de nada, eu ligo e tudo que me dizem é que ele está na mesma e precisa de descanso e o melhor é que não receba visitas agora, a mulher que atende o telefone sempre diz isso, é sempre uma mulher que atende o telefone, mas são vozes diferentes a cada vez, eu penso, e uma delas disse que os três filhos dele estiveram por lá e o viram mas ele quase não mantinha contato com os filhos depois dos dois divórcios, exceto um mínimo contato com o Garotinho, como ele chama, o que mora em Oslo, filho do primeiro casamento, mas com a Filha e o Menino ele quase não falava mais, logo depois da separação ainda via a Filha e o Menino nos finais de semana a cada quinze dias, mas então a Siv, a mãe, arrumou um novo marido e mudou-se levando a Filha e o Menino lá para as bandas de Trøndelag, e também as duas mulheres com quem ele foi casado foram visitá-lo, ela disse e disse que ele tinha piorado depois que uma das ex-esposas foi visitá-lo, e isso talvez ela nem devesse ter mencionado, ela disse, mas como sabe que ele e eu somos próximos acabou me fazendo essa confidência, ela disse, mas não devo dizer a ninguém que ela me contou, ela disse e acho que mesmo assim vou ligar para o Hospital e levanto e vou até o corredor e tiro o fone do gancho e disco o número do Hospital e digo, como sempre, a cada vez, que sou um amigo próximo do Asle e gostaria muito de visitá-lo, pois será que ele não está precisando de alguma coisa? eu digo, sim, eu até já fui na casa dele buscar o cachorro, um encarregado do Hospital me acompanhou e abriu a porta do apartamento dele, então talvez eu pudesse ir lá buscar algo para ele? eu digo e digo que fui eu quem o levou para a internação, e agora estou com o cachorro dele, eu digo e olho para baixo e vejo que o Brage está sentadinho ali mesmo olhando para mim com aquele olhar canino e ela diz que vai ver o que pode fazer e fico ali segurando o telefone e então depois de um instante a voz retorna e diz que o Asle não está em condições de receber visitas, e lamenta, infelizmente, ela diz e eu pergunto se posso voltar a telefonar amanhã e ela diz que é claro que posso e eu digo obrigado e ela diz não há de quê e eu ponho o fone no gancho e vou para a sala e vejo o cavalete vazio e vou até a mesa redonda e ponho a jaqueta de veludo preto, porque está frio demais aqui dentro, eu penso, mas não tenho disposição para acender a lareira, e nem mesmo o aquecedor elétrico eu liguei, eu penso e volto para o corredor e visto meu sobretudo preto comprido, e um cachecol, e então vou pegar a manta cinza que está sobre o banco, e a enrolo em volta dos ombros, a manta que cobria a Avó quando ela estava deitada no banco na Casa Velha sem poder falar nem andar, a que me deu quando a puseram sobre uma maca e a carregaram para dentro de uma ambulância, eu penso, essa manta me acompanhou, em todos os lugares onde eu morei ela veio comigo, eu penso e volto a sentar na minha cadeira junto da mesa redonda e me enrolo bem na manta e vou acostumando o olhar e fico ali sentado mirando as ondas e vejo o Asle em pé embalando o Garotinho nos braços e a Liv aos prantos no sofá e então o Asle leva o Garotinho para o quarto e o deita na cama e então tira um bloco de desenho da bolsa de couro que está no corredor e senta na beira da cama e começa a desenhar uma garota de uns vinte anos deitada no chão e é difícil dizer se ela está viva ou morta e ele desenha uma garota sentada num sofá aos prantos e o tempo inteiro fica ouvindo o choro incessante da Liv e o Asle fecha os olhos e visualiza diante de si o nada e então vê três novas imagens que para sempre estarão fixadas na sua mente, uma é a de uma garota que parece mais morta do que viva estirada no chão, depois é o de uma garota que está sentada num sofá e não para de chorar e a última é a imagem de um menininho ainda bebê deitado numa cama de casal com braços e pernas esticados também num choro inconsolável e o Asle pensa que precisa pintar essas imagens para que desapareçam dali, mas talvez não consiga, pois são muitas as imagens que simplesmente permanecem, ele pensa e então vê as botas pretas do Avô na chuva, essa imagem que sempre aflora, ele não consegue se livrar dela, não importa quantas vezes já tenha tentado pintar uma bota na chuva essa imagem não vai embora, o Asle pensa e na verdade ele nunca conseguirá se livrar dessas imagens, é só um desejo que ele alenta, ou tem a vã esperança que conseguirá, pois uma vez que uma imagem se fixa ela permanece fixada, quando as imagens mais doloridas vêm à tona ele acaba sofrendo menos se já tentou pintá-las, é como se elas ressurgissem mais desbotadas, ele pensa e pensa que está cansado, pois acha que não dormiu nada à noite, ou talvez tenha dormido um pouco, ele pensa e eu penso que foi bom que chegou em casa a tempo, se tivesse chegado mais tarde talvez a Liv estivesse morta a essa altura, pois a levou para o Hospital e lá fizeram uma lavagem estomacal para expelir o remédio que ela tinha ingerido, ele pensa, mas o Garotinho está são e salvo e dormiu a noite inteira, ele pensa e ouve a Liv chorando sem parar e pega o Garotinho e vai até a sala e fica ali e volta a balançar o Garotinho de um lado para o outro e olha para a Liv sentada no sofá aos prantos e o Asle pergunta se ela quer algo, porque alguma coisa ele tinha que dizer, ele pensa e a Liv simplesmente abana a cabeça e o Asle senta ao lado dela e põe o braço em torno dos ombros dela e ela não o quer ali e então se contorce um pouco para tirar aquele braço dos ombros e o Asle recolhe o braço e pergunta onde a Liv conseguiu aquele remédio e ela não responde, apenas chora sem parar e o Asle fica de pé e volta a embalar o Garotinho de um lado para o outro e pensa que não tirou a jaqueta de veludo preto depois que voltou para casa ontem à noite, chegou a dormir com ela, ele pensa e a Liv só chora e o Asle embala o Garotinho de um lado para o outro e a Liv só chora e bem que agora já devia parar com essa choradeira, ele pensa, ela não disse uma palavra desde que voltou do Hospital, simplesmente sentou no sofá e desatou a chorar sem parar e o Asle pergunta de novo onde ela conseguiu o remédio

Com a minha mãe, a Liv diz

Com a sua mãe? o Asle diz

Você roubou o remédio da sua mãe? ele diz

e a Liv não responde

Eu fui pegando o remédio da minha mãe, ela diz

e a Liv só chora e o Asle percebe que ela tenta parar, mas as lágrimas continuam rolando pelo rosto

Durante muito tempo, ela diz

e o Asle embala o Garotinho de um lado para o outro e pensa que a Liv durante muito tempo foi surrupiando o remédio da mãe, sempre que ia visitá-la lá em Sartor, quem sabe até desde a primeira vez, ela vinha pegando o remédio às escondidas e ele não percebeu, não notou nada, nadinha, ele pensa, pois estava preocupado apenas em desenhar e pintar, em apagar da cabeça essas imagens, o Asle pensa e pensa que quando o Garotinho nasceu ele tinha acabado de começar na Escola de Belas Artes e nessa época eles moravam na casa dos pais da Liv lá em Sartor e depois foram morar no apartamento na Residência Estudantil, ele pensa e olha para o cavalete ali na sala, e na mesinha de centro rente ao sofá estão seus apetrechos de pintura, e nas paredes, da sala, do corredor e do quarto estão pendurados quadros que ele já terminou ou ainda está pintando e no sofá a Liv está sentada chorando desconsoladamente e o Asle embala o Garotinho de um lado para o outro e pensa que a Liv não pode ficar ali chorando daquele jeito, ele precisa tomar uma providência, ele pensa e eu estou sentado aqui olhando para o meu ponto de fuga lá no meio do mar do Bispado, para as ondas lá longe e penso que hoje o Åsleik veio jantar bacalhau em conserva em casa, e eu sempre me empolgo quando sei que a refeição será essa, mas hoje estava muito cansado, ou sei lá o que era, mas o Åsleik foi compreensivo e acho que gostou da comida apesar de não termos trocado lá muitas palavras, eu penso e olho para o mar, para o meu ponto de fuga, para as ondas ao longe, e penso que hoje achei que nada mais fazia sentido para mim, e pintar, não, pintar já não consigo mais, prefiro carregar essas imagens na cabeça do jeito que der, eu penso e olho para o meu ponto de fuga, para as ondas, e vejo o Asle em pé segurando o Garotinho nos braços e o embalando de um lado para o outro e olho para o meu ponto de fuga no meio do mar do Bispado e fecho os olhos e sinto que a Ales agora está próxima, e então sinto que ela pega a minha mão e ficamos ali sentados de mãos dadas, é tão bom sentir o toque da mão da Ales, eu penso e penso que às vezes pode ser difícil saber se é Deus quem está presente ali, ou será a Ales, ou será que não faz diferença? eu penso e penso que certa vez li um poema que dizia que Deus são meus amigos que morreram, era assim que estava escrito, e há nisso um pouco de verdade, eu penso e olho para o meu ponto de fuga, para as ondas e vejo o Asle diante do portão aberto na Rua da Universidade, nº 7 e junto dele está a Ales e de repente é como se algo a afetasse, o Asle repara, e a Ales diz que precisa ir andando, caso a conversa com a tal Herdis Åsen for demorar talvez ela não possa esperar por ele, mas eles vão voltar a se ver com certeza, porque de hoje em diante são um casal, a Ales e o Asle, ela diz, e vai começar a escrever cartas para ele ainda hoje, isso ela promete, a Ales diz e o Asle apenas olha para ela e então a Ales se inclina sobre ele e o abraça forte e o Asle a abraça forte e eles se soltam e então a Ales diz que agora precisa ir andando, ela diz, daí o Asle pode conhecer o dormitório em paz e sem pressa que eles logo mais voltarão a se encontrar, ela diz, agora é hora de ele ir alugar esse dormitório com a tal Herdis Åsen ou seja lá como ela se chama, ela diz e a Ales diz que tomara que seja uma senhorinha bem feia, ela diz e o Asle diz que senhorinha tem certeza que ela é, a julgar pela voz dela no telefone mas pela caligrafia na carta que ele recebeu não parece ser tão velha assim, ele diz e então a Ales passa os braços ao redor dele e lhe dá um rápido beijo na boca e então diz que está só brincando

Imagine só que você e eu nos conhecemos hoje, ela diz

E será assim para o resto das nossas vidas, ela diz

Pode ser que tenha sido coisa do destino, ela diz

Ou pode ser que tenha sido puro acaso, ela diz

e ela diz que tem coisas que parecem decididas pelo destino enquanto outras, não, essas são fruto do acaso, mas mesmo sendo por acaso aconteceu, por isso cabe a eles, a ela e a ele, tornar esse acontecimento, esse encontro, o mais belo possível, a Ales diz e o Asle diz que não pode se atrasar muito para o compromisso com a tal Herdis Åsen e a Ales diz que ele pode ir andando conhecer esse dormitório e resolver logo essa questão, ela diz, e é melhor se ele for sozinho, ela diz, ou então vai acabar não alugando o dormitório porque a tal Herdis Åsen vai achar que ele fica o tempo inteiro recebendo mulheres em casa e não vai gostar nada disso, que a tal Herdis Åsen deve ser dessas, a Ales diz

Mulheres, é, o Asle diz

Agora tenho que ir, a Ales diz

e diz que tem coisas para fazer, ela diz, por isso precisa ir, ela diz, e diz que duvida que ele irá mesmo morar naquele dormitório ali, na casa da tal Herdis Åsen, se for o caso não será por muito tempo, a Ales diz e o Asle não entende o que ela quer dizer e então fica olhando para a Ales parada ali e abre o portão e entra e sobe os lances de escadas que se bifurcam em cada piso, e em cada piso existem duas portas, uma para a esquerda, uma para a direita, e no prédio inteiro são doze apartamentos contando o térreo, e numa das coberturas ali mora a Herdis Åsen de quem ele poderá alugar o dormitório caso ela o aceite como inquilino, o Asle pensa e toca a campainha e logo abaixo tem uma placa escrito Herdis Åsen e um instante depois ouvem-se passos e a porta se abre e uma senhorinha, talvez dos seus setenta anos, abre a porta e olha para ele, e ela usa óculos, e seu cabelo é bem curto, e ela tem o rosto bem enrugado, e o apartamento recende a cigarro

Não posso crer no que estou vendo, a Herdis Åsen diz

e diz para o Asle entrar e ele passa para o hall de entrada e ela lhe estende a mão, e seus dedos são compridos, finos, e ela usa diversos anéis, e as unhas são pintadas de um vermelho escuro e o Asle lhe estende a mão e eles se cumprimentam e ele sente que a mão dela é fria e ela fica ali parada um bom tempo apertando a mão dele para então soltar a mão e o Asle pensa que já deve estar tudo certo para que ele alugue o dormitório da Herdis Åsen porque ela vai a uma porta próximo à porta de entrada e abre e pede que ele entre no quarto e lá está uma cama e uma escrivaninha e uma estante de livros e um guarda-roupa e também uma cômoda, e sobre esta tem um fogão de campanha de uma boca, um porta-pão, uma tábua de corte e uma espécie de pia para lavar a louça, e na parede está pendurada uma toalha de cozinha e toda a mobília é antiga e sofisticada, móveis finos e urbanos, o Asle pensa, e vê que a cama está impecavelmente arrumada e a Herdis Åsen diz que é isso que ela tem para oferecer, ela diz, e então volta para o hall de entrada e o Asle a acompanha e ela lhe mostra um banheiro com o toalete e outro com o chuveiro, e diz que como toma banho de manhã seria bom se ele pudesse tomar banho à noite, e no banheiro com o chuveiro também fica a lava-roupas e depois ela vai explicar como funciona, as roupas dela costumam ser lavadas às sextas, e depois ela as pendura para secar no varal ali, ela diz e aponta para uns fios pendurados de parede a parede sob o teto, logo acima da cabeça deles, por isso seria bom se ele pudesse lavar as roupas dele às segundas, por exemplo, ela diz sim, sim, ela diz e então abre uma porta e a Herdis Åsen diz para ele a acompanhar e entra numa sala, também mobiliada com móveis antigos e urbanos e sofisticados, sofá e mesinha de centro, mesa de jantar com cadeiras, aparador, e nas paredes estão pendurados quadros bem próximos uns dos outros, e o Asle logo vê que são bons quadros, mas não sabe dizer quem os pintou, e ela diz que gosta de arte, por isso teve condições de comprar algumas pinturas, ou melhor, achou por bem comprá-las, e não foram poucas ao longo dos anos, e foram bem mais do que as que estão penduradas, algumas estão empilhadas no guarda-roupa do quarto dela, a Herdis Åsen diz e o Asle vê que na sala há uma pesada estante de livros, a Herdis Åsen diz que era professora assistente de norueguês e de alemão mas agora está aposentada, mesmo assim acontece de dar aulas, caso precisem de uma professora substituta, ela diz, e o pai dela lecionava neonorueguês na Universidade de Bjørgvin, e embora ela tenha crescido em Bjørgvin sempre gostou de falar neonorueguês e dialetos rurais derivados do neonorueguês, por isso sempre teve inquilinos da região de Hardanger, o anterior morou ali durante toda a temporada de estudos, e agora, a exemplo dos inquilinos anteriores, ele tinha se tornado professor de escola num lugarejo qualquer, a Herdis Åsen diz e diz que todos os demais inquilinos que teve eram homens e universitários, todos filólogos, e agora estão lecionando em escolas pelo país inteiro, e um deles até se tornou professor de literatura nórdica na Universidade de Oslo, a Herdis Åsen diz e vai até a cozinha e diz que preferia manter a cozinha exclusivamente para ela, mas há um refeitório na Escola de

Belas Artes onde o Asle pode fazer as refeições, certo? e pão e frios e leite e essas coisas ele pode guardar no próprio dormitório, ela não sabe se ele reparou, mas na cômoda havia um porta-pão e uma tábua de corte e uma pia para lavar a louça, e no armário embaixo estão guardadas algumas panelas e uma frigideira e pratos e xícaras e canecas, tudo que é preciso para preparar um lanche, mas todos os inquilinos anteriores comiam no refeitório da Universidade, será que ele não poderia fazer assim também? e se não houver refeitório na Escola de Belas Artes? já que ele vai para a Escola de Belas Artes terá direito a frequentar o Refeitório da Universidade, ela diz, do contrário há uns cafés bem razoáveis em Bjørgvin, e os inquilinos anteriores do dormitório costumavam ir à Cafeteria, lá a comida é barata, embora o preço certamente tenha aumentado nos últimos anos, ela diz, e lá mesmo ela nunca esteve, quando resolve comer fora ela sempre vai ao Grand Kafé, os preços lhe convêm e a comida é boa, além disso servem vinhos bons que não são tão caros, ela diz, e um vinho para acompanhar a refeição é de lei, todo dia ela bebe uma taça de vinho ao comer, quer dizer, pode até nem comer nada, mas o vinho, uma tacinha, ela bebe todos os dias, pelo menos uma, a Herdis Åsen diz enquanto volta para a sala e diz que tem uma pequena biblioteca e aponta para a estante, ela herdou milhares de livros do pai, mas a maioria acabou vendendo para o Sebo Holberg ali perto da Praça dos Peixes, se ele gostar mesmo de livros pode dar uma passadinha lá um dia, ela diz, mas, como ele está vendo, alguns livros ela manteve, sobretudo os de neonorueguês e de literatura alemã que a interessavam, um hábito de infância, ela diz, de modo que os clássicos neonoruegueses e alguns dos poetas neonoruegueses contemporâneos estão ali na estante, assim como os clássicos alemães, que de literatura alemã contemporânea ela conhece pouco, mas alguns dos mais célebres autores alemães contemporâneos também estão na estante, e claro que já leu a maioria dos títulos ali, ela diz, pois tem o hábito de ler, mas agora para cada exemplar que entra é outro que sai, e então ou ela dá esse livro a alguém ou o põe de lado, e quando acumula uma boa pilha desses livros ela os leva para o Sebo Holberg lá na Praça dos Peixes e a quantia que recebe por eles não é quase nada, mas não tem problema, ela consegue viver bem do dinheiro da aposentadoria, e também recebe por essas aulas que dá como professora substituta, ela diz, e também tem a renda do aluguel do dormitório, ela diz olhando para o Asle, então é isso, mas é bom que ele saiba que o dormitório não é alugado por causa do dinheiro, de forma alguma, ela diz e então a Herdis Åsen abre mais uma porta e pede ao Asle para entrar e bem na sua frente o Asle vê uma cama com dossel cor-de-rosa, alta e bastante larga e ao lado da cama está uma cadeira de espaldar alto, com dragões entalhados na extremidade dos braços

A cama e a cadeira foram herança dos meus pais, a Herdis Åsen diz

e já com cigarro aceso oferece o maço de cigarros ao Asle e pergunta se ele fuma e ele diz que sim, e o Asle pega um cigarro e diz obrigado e a Herdis Åsen acende o isqueiro e o entrega ao Asle e ele dá uma bela tragada no cigarro para acendê-lo e ela diz que ele deve fumar tabaco de enrolar, não é, é o Asle diz que é, e a Herdis Åsen pega um cinzeiro da mesinha de cabeceira numa das extremidades da cama, numa delas está a cadeira de espaldar alto e na outra a mesinha, também ela é cor-de-rosa, e primeiro bate a cinza do próprio cigarro para então dar o cinzeiro ao Asle que bate a cinza do seu cigarro, e depois ela pergunta quando ele pretende se mudar e o Asle diz que não sabe ao certo, na verdade será assim que possível, ele diz e a Herdis Åsen pergunta se ele vai começar na Escola de Belas Artes imediatamente e o Asle diz que sim e ela pergunta se agora ele não está cursando o secundário, e o Asle diz que ele estuda no Secundário de Aga, sim, mas não está gostando e por isso tentou uma vaga na Escola de Belas Artes antes mesmo de ter concluído o Secundário e conseguiu a vaga por causa das pinturas que levou para mostrar

Você deve ser talentoso, a Herdis Åsen diz

Quanto a isso já não sei, o Asle diz

Sabe sim, ela diz

Que seja então, ele diz

e ela diz que mesmo assim não seria melhor se ele tivesse terminado o secundário e prestado o vestibular? pois viver como artista, viver da própria arte, vendendo pinturas, não é tão trivial, ela diz, embora agora houvesse galerias em todas as grandes cidades da Noruega, e embora a Galeria Beyer esteja vendendo quadros aos montes, ela diz, o Beyer é criterioso em relação aos artistas que expõe na galeria, sim, é mais difícil expor na Galeria Beyer do que entrar na Escola de Belas Artes, ela diz e eles voltam à sala e a Herdis Åsen diz que todos os quadros, especialmente os antigos, de molduras grossas, sim, ele pode facilmente identificar quais são os antigos e quais são os novos, ela comprou do Beyer, ele era da família, tinha sido casado com a irmã dela, portanto a bem da verdade eles eram cunhados, mas, pois é, a irmã tinha morrido há muitos anos, o Beyer agora era viúvo, a Herdis Åsen diz e enquanto solteira costumava, quando a irmã era viva, passar as férias com eles, viajando pelas metrópoles da Europa, por isso tinha visitado vários museus, mas na maioria das vezes eles iam mesmo era para a Itália, para Roma, que o Beyer adora Roma, e se o Asle tem mesmo talento e pintar bons quadros ela faz questão de apresentá-lo ao Beyer numa noite qualquer, ela pode convidá-lo para jantar e ele pode ver os quadros do Asle e se eles fossem exibidos na Galeria Beyer seria um feito e tanto, honestamente falando, é preciso que levas e levas de alunos concluam a Escola de Belas Artes para o Beyer finalmente decidir se algum deles é bom o bastante para estrear uma mostra própria na galeria, a Herdis Åsen diz e apaga a bituca do cigarro e o Asle faz o mesmo e diz que se ela estiver realmente à procura de um inquilino ele deseja muito alugar o dormitório, desde que não tenha problema caso ele resolva pintar no quarto, ele diz e a Herdis Åsen diz que está tudo certo, mas ele terá que telefonar avisando antes de vir de vez com a mudança, ela diz e o Asle diz que fará isso é claro e eu fico ali sentado na minha cadeira olhando para o mar, em vez de ficar de pé diante do cavalete olhando para uma pintura agora fico sentado e apenas contemplo o mar, as ondas, eu penso e não sinto nada, nenhuma compulsão de pintar mais, e de novo penso que devo ligar para o Hospital para ver como está o Asle, se posso já ir visitá-lo, pois já faz duas semanas que ele está internado no Hospital e deveria ao menos estar recuperado o bastante para receber visitas, mas eu acabei de ligar, logo não posso ligar de novo tão cedo, eu penso, se ao menos eu tivesse como me convencer disso, eu penso mas agora se eu ligar provavelmente vão me dizer que é melhor para o Asle que eu não vá visitá-lo, por isso melhor seria se eu fosse para Bjørgvin no dia de Natal, mas não posso, porque este ano vou com o Åsleik passar o Natal na casa da Irmã, como pude esquecer, eu penso, e faz muito tempo que não vou à missa, eu penso e sinto uma necessidade de ir à missa novamente e receber o perdão, receber a comunhão, no Dia de Natal eu costumava dirigir até Bjørgvin só para assistir à missa, embora eu prefira ir às missas ordinárias dos demais dias eu vou à missa solene nessa data, mas o espírito das missas ordinárias é todo outro, há menos fiéis presentes ao contrário da missa solene de domingo, quando a Igreja de São Paulo fica quase lotada, e os cânticos, sim, o coral, e a melodia do órgão, tudo isso é lindo demais, mas para mim aquela serenidade das palavras do padre e a réplica dos fiéis presentes fazem as melhores missas, e quando os poucos presentes, umas cinco talvez seis pessoas, levantam para receber a comunhão vem aquele maravilhoso sentimento de expiação, uma paz, sim, que recai sobre tudo que existe, eu penso, talvez até o desejo de pintar reacenda em mim depois que eu for à missa e sentar quieto para fazer uma prece enquanto a hóstia, o corpo transfigurado de Cristo, se desfaz na minha boca e eu me torno parte do corpo místico de Cristo, me integro à comunidade sagrada, e nessa condição me volto a Deus, em silêncio, e então sempre rezo por aqueles que conheci e já morreram, especialmente pela Ales, e depois rezo pelos vivos que conheço e podem estar precisando de uma oração, e seria muito bom, enquanto a hóstia se dissolve na minha boca, rezar também pelo Asle, pedir para que ele se recupere ou, se for melhor, pedir para que Deus o leve Consigo e permita que o Asle descanse em paz, na paz de Deus e na luz de Deus, porque a este mundo o Asle nunca se adaptou, e seus quadros falam de algo maior do que a vida com uma voz clara e silenciosa, e é esse o caso de todas as boas pinturas, eu penso olhando para o meu ponto de fuga, para as ondas e vejo o Asle deitado na cama tremendo, o corpo dele estremece todo, e o Médico diz que não sabe por que o tremor não cessa, é estranho que nem os espasmos tenham cedido, já estão durando muito, sim, dias, semanas, o Médico diz e já lhe administraram todos os remédios possíveis, e até ajudou, na maior parte do tempo ele dorme, o Médico diz e eu vejo que o Asle está recebendo nutrição intravenosa, como chamam, e está urinando por meio de um catéter, como chamam, eu vejo e o Asle só fica ali deitado e quando acorda seus pensamentos são turvos e ele acha que pode muito bem morrer e pôr um fim àquilo, ele já fez o que tinha que fazer, o Asle pensa e então mergulha num torpor e os tremores voltam a tomar conta do seu corpo e ele pensa que ela veio ali dizer que ele não suporta mais e o Médico fala e ela diz que quer se separar e um quartinho cheio de apetrechos de pintura e ele pensa que na verdade não precisa de mais espaço, sim mesmo depois que o filho deles nasceu sim o apartamento na Residência Estudantil sim antes de ele nascer o pai da Liv e foi bom mudar e ela fica deitada ali e mal está respirando e a Siv e morar na Residência Estudantil e pintar e o Garotinho e a Liv deitada no chão e um copo de aguardente diluída com água, beber tudo de uma só vez e a Siv surgindo na sala e ela não suporta mais olhar para ele ali pintando lecionar buscar o filho pintar e mais aguardente e ela está exausta a ponto de desabar a qualquer momento pintar e ela não suporta nem pensar e aquela gente de Bjørgvin as pessoas de Bjørgvin e ela larga o braço dele e nunca foi apaixonada e nunca jamais e o pincel a cozinha e a bebida e ela já foi pegar o Menino no jardim da infância e comprou papel higiênico comida o jantar vai ser carne um copo de aguardente não ela não suporta mais e pão leite e o Menino e a Filha dormindo de manhã um conjugado de dois quartos a oprime ele só exige e não quer saber de nada e nunca volta e nunca foi paixão silêncio o amor que se foi e eles nunca deveriam ter ido morar juntos e ela caminha pela rua e o cabelo preto comprido dela balançando os flancos da capa de chuva comprida tremulando e esse apartamento maior e o Menino e a Filha e uma porta batendo de novo e cenouras cozidas e um purê de batatas tão bom que ninguém mais sabe fazer igual e ele nunca fez nada em casa e a Mamãe vai querer comer logo Papai e pratos e facas e garfos eu quero me separar olho para o chão e fico ali refletindo ele também deve estar e então ele também tem que aprender a ir buscar uma criança num jardim de infância e as pessoas e meia garrafa de aguardente ir fazer compras e a herança antecipada da mãe deu a ela um suporte econômico e moral e aquele amor que ele nunca sentiu e nunca se importou ele só fica ali e então uma capa de chuva preta e a porta se abre e ela vai até a janela com aquele cabelo balançando os flancos da capa de chuva preta tremulando o sofá os movimentos do corpo dela a capa de chuva tremulando bebida e ele não vale nada e não devia ter encontrado ninguém viver sozinho morrer ele que decida ir até o mar as ondas e o Menino e a Filha bebida e restou pouco na garrafa sair para dar uma volta fazer a divisão dos bens e agora está decidido enfim não dizer nada e ir ao Salão dos Drinques e ir deitar na cama os flancos da capa de chuva tremulando o cabelo e o Médico dizendo será que esses tremores não vão ceder logo e a Enfermeira dizendo que é muito estranho isso, sim, de ele ficar deitado assim tremendo e tremendo sem parar e o Médico dizendo será que esses espasmos não vão ceder logo e eu levanto e penso que preciso ligar para o Hospital e saber como estão as coisas com o Asle e vou ao corredor e tiro o fone do gancho e o prendo entre a cabeça e o ombro e vejo o número do Hospital escrito num bilhete que está na mesinha onde fica o telefone e penso que estou telefonando todos os dias há muito tempo, e acabei de ligar agorinha mesmo, o que está acontecendo comigo? eu penso e a resposta que me dão é a mesma, não posso ligar para o Hospital agora, eu penso e acho melhor dirigir até Bjørgvin no dia de Natal e ir à missa de Natal pela manhã, como costumo fazer, mas esse ano não posso, porque vou com o Åsleik para Øygna passar o Natal na casa da Irmã, eu penso, mas quem sabe eu não possa dirigir até Bjørgvin depois de voltar para casa na Lancha do Åsleik? pois o combinado era de ir para Øygna de Lancha assim que o sol de inverno despontasse na véspera de Natal, já mais próximo do meio-dia, e voltar de Øygna para Dylgja no dia de Natal, o mais cedo possível, e depois de chegar em casa eu posso ir até o Hospital e dar um alô para o Asle, quando souberem o quanto dirigi eles terão que liberar a visita, eu penso, e quem sabe talvez haja uma missa noturna de Natal a que eu possa ir? eu penso e vou sentar na minha cadeira diante da mesa redonda e olho para a janela para o meu local de sempre lá no mar do Bispado e penso que é a minha própria escuridão que fico aqui sentado encarando e é por isso que consigo enxergar o mar, as ondas, apesar do escuro e eu olho para o meu ponto de fuga, para as ondas, eu penso e vejo o Asle descendo apressado as escadas da Rua da Universidade, nº 7 e ele está aliviado e feliz, porque não apenas conseguiu uma vaga na escola de Belas Artes, agora conseguiu até um dormitório, num bairro central de Bjørgvin, e a uma curta distância da Escola de Belas Artes, pelo menos foi o que disse a Herdis Åsen quando ele estava de saída agradecendo por ter alugado o dormitório e a Herdis Åsen disse também que não via a hora de ele se mudar, o único, sim, o único favor que ela iria lhe pedir era para que carregasse o lixo lá para baixo, o dele e o dela, toda quarta-feira à noite era preciso fazer isso, ela disse e o Asle disse que claro que faria assim, e então eles se despediram e o Asle desceu apressado as escadas pensando que se demorou bastante na casa da Herdis Åsen, era como se ela não quisesse deixá-lo ir embora, e a Ales tinha dito que precisava ir andando, tinha um compromisso qualquer, mas não disse o que era, ele pensa, e ele tampouco teve a chance de perguntar, e ele desce apressado as escadas porque agora talvez possa encontrar a Ales de novo, ele pensa, mas ela foi embora assim que ele subiu para ver o dormitório, alegando que tinha um compromisso, só isso, e iria lhe escrever, o Asle pensa e pensa que como se demorou muito na casa da Herdis Åsen ela só pode ter ido embora, ele pensa e desce apressado as escadas e abre o portão da Rua da Universidade, nº 7 e sai e a Ales não está mais lá, ela disse mesmo que tinha um compromisso, e mencionou que não poderia esperar caso ele fosse demorar, não foi o que ela disse? mas para onde ela foi? e por que foi embora? por que ela se foi? o Asle pensa, pois a Ales não está ali, em nenhum lugar, por que ele teve que demorar tanto? por que ficou tanto tempo na casa da Herdis Åsen? se bem que ele não podia simplesmente ir embora, podia? ela só queria lhe mostrar o apartamento e o dormitório e assim que terminou ele desceu, o Asle pensa, e é mesmo verdade que ele e a Ales se conheceram hoje? que esbarraram um no outro lá no Café da Rodoviária? e começaram a namorar? ou será só coisa da imaginação dele? mas não é possível, não pode ser possível, o Asle pensa e pensa que a Ales lhe deu seu endereço e tateia o bolso da jaqueta de veludo preto e tira um bilhete em que a Ales escreveu nome e endereço e número do telefone, ela que morava com a mãe, de modo que será fácil encontrá-las, mas será que eles se despediram? será que a Ales não disse que estaria esperando por ele? e nada da Ales por ali, o Asle pensa e consulta o relógio e ainda serão duas horas de espera pelo ônibus para Aga na Rodoviária, e, não, ele não entende por que a Ales não está ali por perto, será que ela mudou de ideia e o abandonou? o que está acontecendo? ele pensa e eu olho para o meu ponto de fuga lá no mar do Bispado, para as ondas e vejo o Asle entrando no quiosque lá na Rodoviária pensando em comprar o *Diário do Norte* e depois ir ao Café da Rodoviária tomar uma caneca de cerveja e ficar ali sentado, porque vai demorar, serão quase duas horas de espera pelo ônibus para Aga, mas ele vai beber o meio litro de cerveja bem devagar e também vai ler o jornal e se der vontade pode até fazer um ou outro desenho, hoje foram inúmeras as imagens que ficaram gravadas, tantas que ele chega a sentir um peso e uma confusão na cabeça só de pensar em quantas imagens ficaram gravadas na mente hoje e é como se cada uma pesasse uma tonelada, o Asle pensa e então entra no quiosque e compra o *Diário do Norte* e vai ao Café da Rodoviária e vê que está quase vazio, mas diante de uma janela no fundo do café, com as costas para a parede está sentada uma mulher de cabelos louros meio compridos, que parece ser alguns anos mais velha do que o Asle e está sentada ali olhando para fora, e diante dela há uma taça de vinho, e então, no lado oposto do café, sentado com seu cabelo escuro e comprido, está o sujeito que parece com o Asle, ele que sempre anda com uma jaqueta de veludo preto e uma bolsa de couro marrom a tiracolo, e faz pinturas, exatamente como o Asle, ele que o Asle encontrou no Hotel Stranda quando ele e o Sigve estiveram por lá, ele com quem o Asle esbarrou na Loja de Tintas, ele também está sentado diante de uma janela, de costas para a loura de cabelos meio compridos e diante dele está uma caneca de meio litro de cerveja e o Asle pensa que é estranho ele estar sentado ali, porque foi ele quem meteu na cabeça do Asle a ideia de tentar uma vaga na Escola de Belas Artes só por causa dos quadros que ele tinha pintado, sem ainda ter prestado o vestibular, o Asle pensa e tem a impressão de que não gostou de vê-lo sentado ali, embora não saiba bem por que, e o Asle pensa que espera que o tal de mesmo Nome, porque ele também se chama Asle, não tenha percebido a presença dele, mas é claro que irá reparar, o Asle pensa e então vai ao balcão e diz que gostaria de beber uma caneca de meio litro de cerveja e o homem atrás do balcão, que não pode ser muito mais velho do que o Asle, o encara desconfiado e serve a cerveja e o Asle paga e percebe que a loura de cabelos meio compridos está de olho nele que em vez de retribuir o olhar fica olhando fixamente para frente e depois vira o rosto na direção do de mesmo Nome e vê que ele está sentado com um bloco de desenho diante de si profundamente concentrado no desenho que está fazendo e o Asle vai e senta junto à janela duas mesas distante da loura de cabelo meio comprido de costas para ela e de modo a deixar o de mesmo Nome de costas para ele, e então dá um gole na cerveja e fica observando pela janela o vaivém de pessoas na Rodoviária, algumas carregando malas e sacolas, algumas de mãos vazias, algumas caminhando sem dificuldades, algumas mancando, uma ou outra de bengala, e então vê um homem arrumando o cabelo grisalho e comprido num rabo de cavalo, vestindo uma jaqueta preta de veludo, igualzinho ao Asle, levando a tiracolo uma bolsa de couro marrom, segurando uma bengala, e o Asle não sabe por que a imagem desse homem fica registrada, mas o fato é que agora está gravada em sua mente, é como se ele tivesse uma câmera fotográfica na cabeça, o Asle pensa, não, não pode pensar assim, mas é assim mesmo, sim, de certo modo, e essa câmera fotográfica automaticamente tira fotos de quando em quando e são essas fotos que ficam armazenadas na sua cabeça, é como se fossem coladas num álbum de fotografias ali e surgissem de quando em quando, e ele as pode ver muito nitidamente diante dos próprios olhos, e quando uma foto assim vem à tona é como se todos os acontecimentos em volta, no mundo real, desaparecessem e ele só enxergasse essa imagem, mas por que essas imagens ficam impregnadas assim? não, isso ele não sabe, e não faz ideia por que essas imagens de repente surgem na sua cabeça, por que com ele é assim afinal? e é para se livrar dessas imagens que ele pinta, na verdade é só por isso, porque há sempre uma imagem assim que ele, bem, que ele acaba pintando, ou melhor, ele tenta se ver livre dessas imagens pintando algo semelhante, o Asle pensa, e é porque querem dizer algo para ele a razão pela qual essas imagens ficam impregnadas na sua cabeça, e é justo o que essa imagem quer dizer que ele tenta retratar para apagá-la dali, e dessa maneira uma dada imagem acaba se transformando nele mesmo, em algo que ele consegue compreender e ao compreender ela já não o atormenta mais, ou pelo menos já não atormenta tanto, o Asle pensa e ergue a caneca e dá um bom gole na cerveja e pensa que pelo menos duas ou três imagens já ficaram gravadas desde que ele entrou no Café da Rodoviária e olha para as costas do de mesmo Nome e vê a porta do Café da Rodoviária se abrindo e uma mulher de cabelos pretos e compridos entrando e imediatamente ela vai abordar o de mesmo Nome e ele levanta e eles se abraçam e se beijam e o de mesmo Nome diz que bom ver você de novo Siv e ela diz é bom rever você Asle, porque dessa maneira não dá mais, ela diz, eu passo o dia inteiro sentindo sua falta, ela diz e senta de frente para o de mesmo Nome e ele diz que também sente a falta dela e é tão bom ver você Siv, ele diz

Assim não dá mais, a Siv diz

e o de mesmo Nome diz que logo vai contar à Liv sobre eles dois, embora ela já deva estar sabendo, de todo modo não foi por causa deles dois que ela quis se matar, pois fazia muito tempo, ela mesma disse, que ela estava surrupiando os remédios da mãe, ele diz e não é possível alguém se matar e largar sozinho no chão um menino de um ano de idade chorando a plenos pulmões, ele diz

Não dá para acreditar, ele diz

E é claro que eu acho que a culpa é minha, ele diz

e a mulher que se chama Siv diz que não é culpa dele, ele cuidou da Liv da melhor maneira que pôde, eles se conheceram quando ele morava num dormitório em Stranda e ela engravidou, ela diz, mas será que ele não gostava dela? nunca foi apaixonado por ela? ou ao menos sentiu tesão por ela? mas que merda, que merda, que merda, a Siv diz e dá até a impressão de que está se preparando para ir embora e o de mesmo Nome diz que ela precisa se acalmar, porque ele é só dela agora, mas também precisa pensar no Garotinho, ele diz, a Liv já está melhor, e agora pode tomar conta do filho, por isso em breve, não vai demorar, ele vai contar a ela sobre eles dois, o de mesmo Nome diz e o Asle pensa por que o de mesmo Nome e a mulher que se chama Siv estão numa mesa no Café da Rodoviária falando alto desse jeito e incomodando as pessoas com um assunto que não é da conta de mais ninguém? um assunto que só diz respeito a eles dois? por que importunar os outros com isso? o Asle pensa e ergue o rosto e olha para trás e seu olhar cruza com o da loura dos cabelos meio compridos, ela está sentada o encarando, e o Asle vira o rosto imediatamente e olha para a mesa e começa a folhear o jornal e termina de folhear o jornal e nada lhe chama a atenção, então volta aos obituários e os lê, e fica impressionado com a quantidade de pessoas que morreram, tanto velhas como jovens, de todas as partes do oeste da Noruega, o Asle pensa e não consegue entender, pessoas nascem, pessoas morrem, durante uns poucos anos lutam para sobreviver, de uma forma ou de outra, e então morrem, do nada elas vieram, simplesmente nasceram, e ao nada retornam, simplesmente desaparecem, é esse breve intervalo de anos que chamamos de vida, uma vida, uma vida humana, o Asle pensa e vê que o de mesmo Nome levantou e a mulher que estava sentada em frente a ele também levantou, e em seguida o de mesmo Nome enfiou o bloco de desenho e o lápis na bolsa e a pendurou no ombro e o Asle olha para o jornal, para a página dos obituários e então ouve uma voz dizendo veja só mas é você e o Asle olha para cima e vê o de mesmo Nome parado ali olhando para ele

Há quanto tempo, o Asle diz

Sim, lembra daquele dia no Hotel Stranda? o de mesmo Nome diz

Lembro, o Asle diz

E nos falamos da última vez na Loja de Tintas lá em Stranda, o de mesmo Nome diz

e ficam calados e o Asle vê que a mulher que se chama Siv foi até a porta do Café da Rodoviária e estacou

Comigo aconteceu um pouco de tudo, o de mesmo Nome diz

É, o Asle diz

e ele acha inacreditável como os dois são parecidos, mas isso o de mesmo Nome não dá a impressão de perceber, ou não se importa com isso, para ele o que importa é que os dois têm a mesma idade e vestem roupas idênticas e se parecem um pouco, o Asle pensa e o de mesmo Nome conta que talvez ele se recorde que ele tinha mencionado que estava para ser pai e o Asle assente e ele diz que já é pai, sim, de um menino que ainda vai completar um ano, ele diz e também começou na Escola de Belas Artes e ele e a Liv, sim, a mulher com quem ele vive se chama Liv, ele deve ter comentado sobre ela lá no Hotel Stranda, ou não? o de mesmo Nome diz, sim, primeiro eles se mudaram para

Sartor, para a casa dos pais dela, em seguida vieram para Bjørgvin, quando conseguiram um apartamento na Residência Estudantil, e agora é lá que moram, ele diz e a mulher que se chama Siv vem andando na direção do de mesmo Nome

Vamos, ela diz

e segura o braço do Nome e o Asle olha para ela e vê que ela aparenta estar aflita, triste e furiosa de uma só vez, ele pensa

Fique bem, o de mesmo Nome diz

E mande lembranças ao Hotel Stranda, ele diz

e o de mesmo Nome ri e diz para o Asle mandar lembranças para o amigo dele também, o das tatuagens, o que se chamava Sigve não era, o de mesmo Nome diz e olha para a Siv e aponta para a mão esquerda dele entre o polegar e o indicador e diz que o sujeito de quem está falando tinha um coração, uma âncora e uma cruz tatuados entre o polegar e o indicador de uma mão, e na outra, ele diz, e aponta para o polegar e o indicador da outra mão, aqui ele tinha tatuado três pontos em forma de triângulo

A marca dos presidiários, ele diz

Caso você não saiba, ele diz

e a Siv abana a cabeça e puxa o de mesmo Nome pelo braço

Agora temos que ir, ela diz

Vamos, até logo, o de mesmo Nome diz

Até logo, o Asle diz

e ele vê a Siv quase arrastando o de mesmo Nome na direção da porta e o Asle a ouve dizendo algo sobre ele não precisar contar esses detalhes às pessoas e depois dizer algo sobre deixar as pessoas assustadas e o Asle se vira e olha para trás e vê que a loura de cabelos meio compridos continua sentada ali o encarando e então torna a virar o rosto e lê os obituários no jornal e pensa por que ela fica olhando desse jeito, ele pensa e tira o pacote de tabaco e enrola um cigarro e acende e dá uma bela tragada e sente uma espécie de bem-estar se espalhar pelo corpo, ele pensa e fecha o jornal e bebe a cerveja e olha o relógio e vê que falta mais ou menos uma hora para o ônibus partir, e acha melhor ir andando para a plataforma de onde o ônibus para Aga vai partir e não havia nada de interessante para ler no *Diário do Norte*, por isso vai deixar o jornal em cima da mesa, o Asle pensa e levanta e põe a bolsa de couro marrom no ombro e pensa que não vai nem espiar na direção da loura de cabelos meio compridos e sai pela porta e estou sentado na minha cadeira junto à mesa redonda e fecho os olhos, apenas continuo sentado ali, e penso que tudo parece não ter direção, nem sentido, mas que discurso mais desconexo é esse? direção? sentido? não é nada disso porque credibile est quia ineptum est, é assim, ou certum est quia impossibile est, era assim que se dizia e ainda é, e está tão frio que não tenho coragem sequer de tirar a roupa e ir deitar, continuo sentado na minha cadeira, junto à mesa redonda, vestindo meu sobretudo preto e enrolado na manta cinza eu fico aqui com o Brage deitado no meu colo e penso que Deus está tão distante que ninguém é capaz de dizer nada sobre Ele e por isso todas as representações que fazem de Deus são falhas, e ao mesmo tempo está tão perto que não conseguimos notá-Lo, porque Ele é o próprio fundamento de uma pessoa, ou o abismo, como se queira chamar, eu penso e costumo pensar na imagem mais íntima que trago em mim, uma imagem que é a um só tempo boa e má ou como se queira chamar, ou penso também na brilhante escuridão de Deus que há em mim, uma treva que também é iluminada, um nada que não é coisa alguma, eu penso e penso que viemos de Deus e a Deus retornaremos, e agora acho que é hora de parar de pensar essas coisas, não leva a lugar nenhum, eu penso e penso que vou deitar no banco e levanto e o Brage escorrega para o chão, sim, mais esta vez, de novo, eu penso e penso que estou muito cansado, mas muito cansado, e deito no banco e estendo a manta cinza sobre mim e o Brage pula e se aninha entre os meus pés e eu percebo como é bom tê-lo deitado comigo e pego o rosário que sempre carrego em volta do pescoço, aquele que a Ales me deu tempos atrás, com contas e cruz de madeira, e agora vou rezar o terço como sempre faço e não é por outra razão, mas porque ele me acalma, me dá paz, eu penso e sempre rezo de olhos fechados, em silêncio, para mim mesmo, primeiro me persigno e depois rezo o Credo dos Apóstolos segurando a cruz, e então o Pai Nosso segurando a primeira conta, depois três vezes a Ave-Maria à medida que vou segurando as três contas seguintes, depois Glória ao Pai, a Doxologia Menor, como se diz, no vão antes da próxima conta quando rezo o Pai-Nosso outra vez e daí rezo a Doxologia, como se diz, o Pai-Nosso na primeira conta acima da cruz e por fim recito o Salve-Rainha segurando a cruz, vou alternando entre latim e neonorueguês mas o Salve-Rainha sempre rezo em latim, pois é impossível traduzir esse texto, só seria possível recriá-lo, eu penso e finalmente costumo fazer o sinal da cruz e faço o sinal da cruz e começo a recitar o Credo em silêncio dentro de mim e digo Creio em Deus-Pai Todo-Poderoso e penso que na verdade não acredito no que estou dizendo, ou só acredito numa certa interpretação, por isso não posso dizer que acredito, mas me faz bem pensar que também os apóstolos proferiram essas palavras, sim, os primeiros cristão, ditos os humildes, eu penso, e caso Deus não seja onipotente, em vez disso seja impotente, ainda assim Ele está presente em tudo que é e acontece, é assim que tem que ser se for para Deus limitar a Si mesmo e conceder à humanidade o livre-arbítrio, uma vez que Deus é amor e o amor é inconcebível sem o livre-arbítrio, Ele não é onipotente, e o mesmo vale para a natureza, se Deus criou as leis são elas que regem a natureza, eu penso e caso Deus não houvesse imposto limites a Si mesmo, por qualquer razão que fosse, ainda assim Ele não seria onipotente, como se poderia supor, eu penso, pois essa suposição não é possível, mas de uma coisa estou certo, quanto maiores a dúvida e o sofrimento, maior a proximidade de Deus, eu penso e Criador do céu e da terra e são palavras simples, são palavras que qualquer um pode entender, por isso mesmo essas são palavras que fazem sentido para qualquer pessoa, mas caso alguém se atenha ao sentido literal delas, qualquer que seja a extensão do seu significado, tornam-se palavras sem sentido, era o que sucedia a mim mesmo tempos atrás, pois parecia que as pessoas com quem eu convivia acreditavam literalmente no sentido dessas palavras, naquilo que elas representavam num senso estrito, num Deus como um pai que habitava algum lugar no céu e detinha um poder infinito que exercia para exterminar milhões de judeus, eu penso, mas quem concebe um Deus assim simplesmente incorre em pecado, pois perverte o nome de Deus, ou talvez não, talvez sejam apenas pessoas que nem se dão conta disso, e não quero julgá-las, não julgues para não seres julgado, como está nas Escrituras, mas não consigo porque acho que comete blasfêmia quem pensa assim, e aqueles que creem num Deus como fui ensinado a crer na minha infância em Barmen, esses creem num falso deus, esses simplesmente subvertem o conceito de Deus, e que Deus possa perdoá-los, e Ele o há de fazer, pois a misericórdia divina é tão abundante que seria um equívoco crê-la como algo singular, uma graça particular, eu penso, mas como posso saber? eu penso, e seria igualmente errado dizer de um Deus Todo-Poderoso, sim, onipotente, ou como se poderia explicar que Deus se fez homem e partilhou da nossa condição de impotência? é essa a tolice que pregamos, conforme Paulo escreveu, eu penso e digo para mim mesmo E em Jesus Cristo seu único Filho Nosso Senhor Que foi concebido pelo poder do Espírito Santo Nasceu da Virgem Maria Padeceu sob Pôncio Pilatos Foi crucificado morto e sepultado desceu à mansão dos mortos Ressuscitou ao terceiro dia Subiu aos céus Está sentado à direita de Deus Pai todo-poderoso Donde há de vir julgar os vivos e os mortos e penso que quando Jesus Cristo em sua absoluta fraqueza morreu na cruz foi o próprio Deus quem morreu, pois o Pai e eu somos um, como está nas Escrituras, sim, era uma referência ao antigo Deus, quem morreu foi o Deus da vingança a quem se refere o Antigo Testamento, com Jesus Cristo padecendo na cruz sucumbia o Deus da vingança, e com a ressurreição de Jesus Cristo também ressuscitava Deus, e com Sua ausência da criação renovou-se a conexão entre Deus e os homens, não neste mundo, mas como uma negação deste mundo, como uma antítese a este mundo o bom Deus agora estava presente na humanidade, sim, como uma escuridão luminosa na intimidade mais profunda dos seres humanos, é assim que o Espírito Santo talvez possa ser concebido, eu penso e digo dentro de mim, Creio no Espírito Santo Na santa Igreja Católica Na comunhão dos santos Na remissão dos pecados Na ressurreição da carne, e penso que sobre tudo isso, tudo isso, os cristãos, os humildes, refletiram e ponderaram por mais de dois milênios, sobre como um Deus pode ser ao mesmo tempo onipotente, onisciente e ser o amor, e acho que é equivocado pensar assim, porque em certo sentido Deus não é nada, ele é um nada escuro e luminoso, um vácuo, um vazio, e ao mesmo tempo também está em tudo o que é, ele é o ser e o estar, uma ausência que é presença, porque Deus está dentro e fora da criação, algo além do Criador, além de Deus, eu penso, todo o espaço contido no nosso pequeno globo onde os humanos existem está lá, num certo sentido, para que Deus possa existir, porque sem os humanos Deus não seria Deus, mas outra coisa, eu penso, e quando aquilo que conhecemos como nossa terra, o local em que estamos, não mais existir, nada mais estará em seu lugar, nada, esse nada que é Deus, pois Ele é a eternidade, e a eternidade não pode ser alguma coisa, é limitada, é contida no espaço, portanto Deus é todo o passado, todo o presente, todo o futuro além do tempo e espaço, e por isso Deus abrange de eternidade a eternidade, e tudo sabe, é onisciente, por isso tudo que acontece é de certo modo determinado enquanto existir na eternidade divina, na mente de Deus, até mesmo as ações de livre-arbítrio estão todas contidas no tudo e no nada divinos, e quando a Sua criação deixar de existir o que estará em seu lugar é o nada, o vazio, assim será com tudo que existe, com cada indivíduo, quando essa criatura, esse indivíduo único, se vai da criação ele passa a existir na escuridão luminosa de Deus, no Seu nada, pois tudo vem do nada e ao nada voltará, tudo vem de Deus, que portanto está próximo, muito próximo, na medida que está no íntimo de cada ser humano, sim, ele é o alicerce, o abismo, a razão e a desrazão, sim, o reflexo mais profundo de cada ser humano, como se fosse um nada preenchido, como se fosse uma escuridão luminosa, eu penso, e foi assim que tudo surgiu, para que Deus pudesse existir na medida que está em cada ser humano, pois Deus existe na alma e a alma existe em Deus, como o Mestre Eckhart escreveu, e ninguém mais além dele tornou a fé mais compreensível, mais incompreensivelmente compreensível, ninguém mais abriu para mim as portas do Reino de Deus do que o Mestre Eckhart, se não fosse por ele eu nunca teria encontrado palavras para expressar a proximidade de Deus, para essa proximidade com que Deus silenciosamente se acerca de mim, sim, e de todas as pessoas, quer estejam cientes ou não, e naturalmente o Mestre Eckhart tem razão quando diz que se pode encontrar Deus tanto no interior de um celeiro como de uma igreja, e tem razão quando diz que muitos dos que não creem em Deus em verdade são aqueles que mais acreditam, enquanto aqueles que fazem de tudo para demonstrar que acreditam em Deus em verdade acreditam em algo bem diferente de Deus, acreditam num falso deus, posto que acreditam nas boas ações, na penitência e no jejum, nos sacramentos, na liturgia, acreditam até que esta ou aquela conduta de vida os aproxima de Deus, sim, pois os exaltados serão humilhados, os humilhados serão exaltados, os últimos serão os primeiros, tal como está nas Escrituras, mas apesar de tudo, tanto a oração como a missa, e boa parte da Eucaristia, pode nos aproximar de Deus, nos aproximar da eternidade e do nada, nos aproximar da escuridão luminosa que existe no íntimo de cada um, é o que eu verdadeiramente experimento cada vez que vou à missa e vejo o halo ao redor da hóstia, ou o brilho que emana dela, a luz que se acende quando ocorre a transubstanciação, durante a consagração, eu penso e penso e penso, e nada do que penso é particularmente uma demonstração de sabedoria, eu penso e penso por que existe um lago? e o mar? e o céu? e por que eu existo? por que o algo existe e não o nada? eu penso, e um dia tudo passou a existir, e um dia tudo deixará de existir, não apenas eu, pois tanto eu como as minhas pinturas desaparecerão, como é ridículo supor que alguma obra não irá ter um fim e se transformar em nada, mesmo as pinturas mais valiosas da Terra um dia desaparecerão, assim como quem as pintou há muito já se foi, e também a grande poesia desaparecerá, para sempre desaparecerá, por fim nada restará e o Reino de Deus terá chegado, sim, Deixai vir o Reino de Deus, eu penso, agora, porém, agora o Reino de Deus se encontra dentro de cada indivíduo, e a existência de Deus, Sua escuridão e luz incriadas, Seu nada, silenciosamente também diz que existe, desde o mar, do céu, das grandes pinturas, sim, da mesa redonda junto de mim Deus fala em silêncio, e das duas cadeiras junto à mesa, sim, Deus olha para mim também dessa mesa, das cadeiras, eu penso, pois, sim, Nah ist und schwer zu fassen der Gott Wo aber Gefahr ist wächst das Rettende auch, eu penso e penso que não leva a lugar algum pensar do modo como penso, meus pensamentos são demasiado vagos, estou tão cansado que os pensamentos simplesmente fluem e fluem e transformam algo que de outra forma seria simples e claro em algo complicado e confuso, eu penso, mas não, eu sempre penso dessa forma, estando cansado ou não, e penso da maneira mais clara que posso, mas não sou lá um grande pensador, e disso provavelmente resultarão palavras sem nexo nem sentido, eu penso, e apenas tento expressar com palavras aquilo que sei, por convicção e experiência, eu penso e penso que Jesus Cristo retornará para julgar os vivos e os mortos, e de novo acho que são só palavras, palavras, pois Jesus Cristo retorna o tempo inteiro, em todo e qualquer agora, em todo e qualquer instante, e julga, tanto na vida quanto na morte, ao transformar toda dor que existe num nada, enquanto toda a bondade, todo o amor, tudo que existe de e em Deus permanece existindo, eu penso e então digo para mim mesmo Creio na comunhão dos santos e penso que sim, eu creio numa comunhão de todas as pessoas que se viram libertas da sua maldade, que se transformaram no seu próprio nada, que se tornaram parte do Deus que trazem dentro de si, todas as pessoas que viveram e agora estão mortas perfazem uma comunhão, uma comunhão dos santos, pois o mal lhes foi extirpado e transformado num nada, sim, pode-se até pensar que ardeu no inferno, lá o mal foi consumido, mas não o ser humano! porque o ser humano é muito mais do que o mal, é uma criação à imagem e semelhança de Deus! eu penso, e no que o mal se transforma em nada, num vazio, de certa forma é também eliminado do tempo e do espaço, o mal e o bem se unem no Reino de Deus, eu penso, e lá vêm de novo essas palavras inúteis, essas palavras que fazem as pessoas se afastarem de Deus, e ao mesmo tempo as conectam com Deus de uma maneira insondável e digo para mim mesmo Na ressurreição da carne Na vida eterna e acho que o que quero dizer é que uma pessoa não é corpo e alma, o espírito é a conexão entre corpo e alma, precisamente essa conexão, essa união indissociável entre o que se costuma chamar de forma e o que se costuma chamar de conteúdo é o que faz a boa pintura, ou o que faz a boa poesia, e o que faz a boa música, sim, quando não se pode discernir uma coisa da outra, quando já não se pode distinguir a forma do conteúdo, é justo quando esses dois elementos se encontram que o espírito da obra de arte se torna único, e isso é universal, eu penso e é esse o ser que ressurge quando a carne é ressurrecta, como um corpo transfigurado, como um corpo espiritual, de acordo com o que Paulo escreveu, e isso ocorre tão logo alguém morre, abandona o tempo e o espaço, e não num instante futuro qualquer, pois o tempo, com o seu antes, agora e depois, é parte desse mundo mau e decadente, tal como o espaço, com suas proximidades, suas distâncias, mas quando as pessoas morrem e deixam o espaço, deixam o tempo, é ao encontro de Deus que elas vão, numa condição inteiramente particular e inteiramente universal a um só tempo, como algo indiviso, não heterogêneo, não fragmentado, é assim que eu penso e penso como posso ter certeza? não tenho como saber se é da maneira como estou dizendo que é, pode ser que seja totalmente diferente, mas é até aí que a minha concepção alcança, ou pelo menos tenta alcançar, pode ser que seja que ninguém mais compreenda essa minha hipótese e a verdade se encontre no indizível, uma vez que desaparece e se vai quando alguém tenta verbalizá-la, pois não farás para ti uma imagem de Deus, segundo está nas Escrituras, e é justo isso o que estou fazendo agora, e é justo isso que não faço quando estou pintando e tento me expressar na pintura, nesse caso retrato uma imagem de algo inteiramente diferente, e que pode ser de Deus, mas não posso pensar desse jeito, eu penso e fecho os olhos e estou tão cansado mas tão cansado e peço a Deus que perdoe meus pecados, porque Deus está perto quer rezemos ou não, e de certa maneira a oração afasta as pessoas de Deus, conforme o Mestre Eckhart escreveu, isso porque o homem em sim mesmo é uma oração, na ausência que sente, eu penso e penso que agora chega e chamo o Brage e ele que estava deitado nas minhas pernas salta de pé e olha para mim e seus olhos brilham no escuro

Não sei é de nada, eu hein, eu digo

e o Brage me encara com seus olhinhos brilhantes, seus olhos caninos, e então fecho os meus olhos

Brage, seu menino, eu digo

e acho que até consigo elaborar meus pensamentos, mas todos eles foram melhor formulados pelo Mestre Eckhart, aquele From Whom God Hid Nothing, como já se disse sobre ele, e se não fosse por seus escritos, e também pela Ales, eu jamais teria me convertido ao catolicismo, isso é certo, eu penso, mas será que naquela ocasião eu estava mais perto de Deus do que estou agora? será que eu não estava mais próximo de Deus antes de me converter ao catolicismo? eu penso

Você é muito bonzinho, Brage, eu digo

e acho que estou cansado mas não consigo dormir e acho que não estou nada bem, estou me sentindo tão fraco e cansado agora que já não sei o que ainda serei capaz de fazer na vida, certamente não quero pintar mais quadros, o que pintei está pintado e pronto, eu penso, mas o que haverei de fazer se não estiver mais disposto a pintar? eu penso, pois quem mais senão o Åsleik terei para conversar? sim, é verdade que converso com o Beyer umas poucas vezes por ano, mas exceto por eles não tenho contato com mais ninguém, e em Dylgja não mora muita gente, e mudar de Dylgja para mim está fora de cogitação, foi em Dylgja que eu vivi a minha vida, e a minha vida foi a que eu vivi com a Ales, o antes e o depois é como se não contassem, é como se não fossem a minha vida, eu penso e faço mais um sinal da cruz, e afinal quantas vezes faço o sinal da cruz por dia? sei lá, mas cada vez é uma dor que me consome, sim, quando faço o sinal da cruz e penso que agora, sem saber exatamente por que, acabou-se o meu desejo de pintar, é como se eu já tivesse pintado tudo que tinha para pintar, depois que o Asle foi internado no Hospital e não consigo visitá-lo foi que perdi a vontade de pintar, e aquele quadro medonho, aquele das duas linhas que se cruzam, felizmente já não está mais no cavalete, eu o tirei de lá e o pus no final da pilha onde ficam os quadros inacabados, com a moldura voltada para fora, eu penso e acho que agora já deve ser manhã, eu penso e fecho os olhos e vejo o Asle sentado no ônibus a caminho de Bjørgvin e ele pensa que todos os seus pertences couberam e estão embalados em duas caixas que conseguiu na Cooperativa, e as roupas de cama enfiou no mesmo saco de juta que a Mãe as colocou quando ele se mudou para Aga, e na velha mala que estava no sótão da Casa Velha ele pôs os apetrechos de pintura e tudo mais enquanto o cavalete coube no bagageiro do ônibus com destino a Bjørgvin e o Asle pensa que quando foi alugar o dormitório ele conheceu a Ales, absolutamente por acaso os dois se encontraram lá no Café da Rodoviária, e assim que se conheceram já começaram a namorar, e desde então trocaram cartas todos os dias, assim que recebia uma carta da Ales ele escrevia de volta para ela, e assim que ela recebia uma carta dele lhe escrevia de volta imediatamente, o Asle pensa e quando chegar a Bjørgvin a Ales vai estar lá na plataforma esperando, ela escreveu dizendo isso, e os dois vão tomar um táxi para a Rua da Universidade, nº 7, embora seja caro eles não teriam como carregar tudo, por mais que o percurso da Rodoviária à Rua da Universidade, nº 7 não seja tão longo, a Ales escreveu, e agora o Asle está sentado no ônibus e tudo que possui está no bagageiro do ônibus e ele pensa em como teve sorte, não só conseguiu uma vaga na Escola de Belas Artes sem ter prestado o vestibular e sem precisar cursar os três anos do Secundário, mas também conseguiu alugar um dormitório em Bjørgvin não tão distante da Escola de Belas Artes, por isso mesmo pôde largar o Secundário, e o dia em que isso se concretizou foi um grande dia para ele, o Asle pensa, sim, até já tinha vivido outros dias felizes antes, mas o maior deles foi mesmo o dia em que ele conheceu a Ales, e depois o dia em que entrou para a Escola de Belas Artes, e depois esse agora, quando foi até o Reitor comunicar que deixaria o Secundário, o Asle pensa e eu fico deitado no banco vestido com o sobretudo preto, enrolado na manta cinza, e faz um frio enorme na sala, mas não estou a fim de acender a lareira, e estou muito cansado mas não consigo dormir, eu penso e hoje à noite o Åsleik veio comer bacalhau em conserva aqui em casa, e agora já deve ser tarde da noite, é bem capaz que já seja antevéspera de Natal, eu penso, e o bacalhau em conserva foi preparado de acordo com a receita, mas ainda assim o sabor não me agradou, eu penso e fico deitado de olhos fechados e vejo o Asle saindo da Sapataria e indo até a porta da casa da Proprietária e tocando a campainha e ela abre e diz mas olhe só é o Asle e o Asle diz que precisa dizer que vai se mudar para Bjørgvin para começar na Escola de Belas Artes, e que conseguiu um dormitório em Bjørgvin, por isso está ali para encerrar o contrato de aluguel do dormitório, e a Proprietária diz que lamenta que ele vá embora, foi ótimo tê-lo como inquilino na Sapataria, é realmente uma pena, ela diz, mas se ele tem mesmo que ir para Bjørgvin então assim será, ela diz e então pergunta se pode lhe oferecer um café com pães doces e o Asle não tem como não aceitar, ele pensa e a Proprietária pede que o Asle entre e ele deixa os sapatos no corredor e vai para a sala e a Proprietária pede que sente no sofá e caminha com dificuldade até a cozinha e retorna com uma toalha de mesa florida e cuidadosamente a estende sobre a mesinha de centro e volta para a cozinha e retorna trazendo pãezinhos numa bandeja florida, tanto a toalha como a bandeja têm a mesma estampa de flores, e em seguida ela vai para a cozinha buscar um bule e serve o café, primeiro para o Asle e depois para si mesma, e depois diz por favor se sirva e o Asle pega um pãozinho, é o jeito, por mais que não goste, e dá uma dentada e mastiga e mastiga e leva a xícara de café à boca e dá um gole

Aceita leite e açúcar? a Proprietária diz

Tinha esquecido de perguntar, ela diz

Talvez um pouquinho de leite, o Asle diz

Como eu mesma não uso acabo esquecendo de perguntar, ela diz

Prefiro tomar o café puro, ela diz

e então a Proprietária vai até a cozinha e volta com uma jarrinha de leite que põe em frente ao Asle e ele despeja um pouco de leite na xícara e os dois ficam em silêncio um instante para então a Proprietária dizer que é curioso, alguns decididamente querem leite no café, outros querem açúcar, outros querem os dois enquanto outros não querem nada, ela diz

É, o Asle diz

A gente é diferente, ele diz

e voltam a fazer silêncio e a Proprietária diz que não sabe por que não alugou o quartinho no sótão da Sapataria antes, simplesmente não tinha lhe ocorrido, ela nunca se deu conta de que poderia alugar aquele dormitório, porque a Sapataria era uma espécie de domínio exclusivo do marido, seu bom marido, que tinha partido há muito tempo, de modo que ela não tinha nada a ver com aquele imóvel, era assim quando seu estimado marido estava vivo, e assim continuou sendo depois que ele partiu, mas agora, depois do primeiro inquilino, ela pretendia continuar alugando o dormitório, isso era certo, porque de uma estranha maneira era como se ela tivesse companhia só de saber que havia um jovem morando lá no sótão da Sapataria, isso lhe dava uma sensação de segurança, de uma maneira muito estranha era como se ela achasse que o marido ainda estava vivo, apesar de ter morrido há muito tempo, ela diz, e ela inclusive zela pelo túmulo dele da melhor maneira que pode, enquanto estiver viva aquele túmulo será muito bem cuidado, a Proprietária diz e quando chegar sua hora ela estará na mesma sepultura que ele, e, sim, isso também lhe dá uma sensação de segurança, pois é, a morte perde um pouco de importância só de pensar que ela também dormirá eternamente no mesmo túmulo onde o jaz marido, ela diz, que todo o resto, essa história de ressurreição da carne, essas coisas, não, ela mesma não acredita em nada disso, mas saber que será sepultada na mesma sepultura do marido, isso sim a deixa segura e confiante, a Proprietária diz e o Asle conseguiu comer quase todo o pãozinho e beber o café

Já é amanhã que você vai tomar o ônibus para Bjørgvin? a Proprietária então diz

e o Asle assente e diz que amanhã mesmo partirá para Bjørgvin

Então você deve estar bastante ocupado, a Proprietária diz

Fazendo as malas, arrumando tudo, e limpando, porque você sabe que tem que deixar tudo bem limpo quando sair, ela diz

e diz também que ela até que poderia fazer isso sozinha, mas o corpo anda tão rígido e dolorido que não consegue nem mais dar conta da faxina na própria casa, ela diz, porque isso, deixar a casa arrumada e limpa sempre foi da maior importância para ela, ela não é de não se incomodar com isso, que não é desleixada coisa nenhuma, ela diz e é como se seu tom de voz traísse uma certa irritação

Não sou uma pessoa desleixada, ela diz

e o Asle não sabe o que dizer, porque não tem como dizer algo como você não é desleixada, porque desleixada ela é de certa maneira, ele pensa, e então não diz nada e mastiga o resto do pãozinho e a Proprietária levanta a bandeja e diz para ele se servir de mais um pãozinho e o Asle diz, não, não, muito obrigado

Estou bem satisfeito, ele diz

Um pouco mais de café você aceita? ela diz

e o Asle abana a cabeça e diz que tem que terminar de fazer as malas e deixar tudo pronto pois amanhã vai tomar o ônibus para Bjørgvin, ele diz

Eu compreendo, a Proprietária diz

e o Asle percebe uma ponta de mágoa na voz dela e então ela diz que ele pode levar uns pãezinhos para fazer um lanche na viagem, a

Proprietária diz e diz que estranhamente foi fazer compras na Cooperativa hoje e comprou um saco de pães, por que será que fez isso? pois sim, é como se ela soubesse que hoje iria receber visitas, mas ela não teria como saber, ela diz, e então levanta e pega a bandeja florida com os pães e vai para a cozinha e depois volta com um saco de papel e o entrega ao Asle e ele diz obrigado, obrigado e a Proprietária diz que gostaria que ele ficasse morando ali mais tempo, mas já que conseguiu uma vaga na Escola de Belas Artes lá em Bjørgvin era o jeito ele ir embora, ela diz e o Asle lhe estende a mão e ele e a Proprietária se cumprimentam e ele diz que gostaria muito de agradecer por tudo, também pelo café com pãezinhos, ele diz e a Proprietária diz que não há de quê e ele gira o corpo ao sair pela porta e vê que a Proprietária ergue a mão e acena e ele ergue a mão e acena de volta e então se afasta da casa e pensa que foi bom ter vindo resolver isso agora, mas o que diabos vai fazer com tantos pãezinhos? ele não gosta de pãezinhos, e seria uma pena jogá-los no lixo, ele pensa e já quase terminou de empacotar tudo, em duas caixas que conseguiu na Cooperativa ele enfiou todas as suas posses, e também pôs os quadros na velha mala, a que pertencia à Avó e ele foi buscar no sótão da Casa Velha quando se mudou para o dormitório, e entre as pinturas ele acomodou a manta cinza que ganhou da Avó, ele pensa e agora ele tem que ir até o Sigve devolver os dois livros que pegou emprestado há muito tempo, não pode esquecer disso, sendo bem franco ele mal abriu os livros, sequer lembra o nome dos autores, mas de cada um leu algumas páginas, e os pãezinhos, sim, quem sabe o Sigve goste de pães e possa ficar com eles? o Asle pensa e põe os dois livros e o saquinho de pães na bolsa a tiracolo e pensa que hoje também tem que ir visitar a Avó, ele pensa, hoje terá que fazer isso mesmo sem ela notar que ele está ali a seu lado, é por isso mesmo que cada vez menos ele tem ido visitá-la, o Asle pensa e vai até a casa do Sigve e bate na porta, pela última vez ele está batendo na porta da casa do Sigve, o Asle pensa e o Sigve abre e o Asle pergunta se o Sigve gosta de pães doces e ele responde que pergunta essa agora, mas sim ele gosta sim e então o Asle diz que não gosta de pães doces, por isso se o Sigve quiser pode ficar com esses pãezinhos, ele diz e o Asle tira o saco de pães da bolsa a tiracolo, foi a Proprietária quem lhe deu os pães, ele diz e entrega o saco ao Sigve e ele diz obrigado, muito obrigado, ele diz

Mas entre um instante, o Sigve diz

e o Asle entra e fecha a porta ao passar

E amanhã você vai embora, o Sigve diz

Vou, o Asle diz

e então fazem silêncio e o Sigve põe o saco de pãezinhos na bancada da cozinha e diz que provavelmente viverá nessa velha casa pelo resto da vida, mas ainda não pagou ao Asle pela pintura, ele diz e pega algumas cédulas de dinheiro e as entrega ao Asle e diz obrigado por ter pintado a minha casa e sobrevém um silêncio constrangedor, é como se o Sigve tivesse se arrependido de mencionar a pintura, que aliás não está visível em nenhum lugar da casa já que o Sigve nunca a pendurou na parede, mas o que ele terá feito com ela? o Asle pensa, será que está debaixo do sofá? ele pensa, ou será que ele a jogou fora? ele pensa, mas vai ver o Sigve só achou a pintura muito escura e triste, porque francamente era mesmo uma pintura triste, mas era uma boa pintura, talvez uma das melhores que ele já tinha pintado, e em preto e branco, sim, apenas preto e branco e cinza com uns detalhes azuis nuns poucos lugares, o Asle pensa e não acha que o Sigve tenha jogado a pintura fora

Obrigado, o Asle diz

Imagine, o Sigve diz

e ele diz que como amanhã o Asle vai se mudar para Bjørgvin seria demais se eles fossem ao Hotel tomar uma cervejinha de despedida, mas por sinal tem umas garrafas de cerveja em casa, ele diz e então o Sigve vai pegar dois copos e uma garrafa de cerveja que abre e entrega para o Asle que serve o copo do Sigve e o seu e depois põe a garrafa na mesa e eles bebem e o Asle olha para o tabuleiro de xadrez, ali na cabeceira da mesa, com as peças em tal e tal posição e o Asle pensa que não entende como o Sigve pode passar tanto tempo da vida pensando em qual vai ser a jogada seguinte, mas ele bem que precisa ocupar a cabeça com algo assim em vez de ocupá-la com outras coisas, o Asle pensa, mas ele nem sabe jogar xadrez, ele pensa

Vou sentir saudades suas, o Sigve diz

É um jeito muito incerto esse de viver, ganhar a vida pintando quadros, ele diz

e o Asle diz que tudo que ele quer é pintar, tudo mais vai se ajustar como for possível, ele diz

É mais uma vocação do que um ganha-pão, o Sigve diz

e os dois calam então o Sigve diz que talvez pudessem se ver em Bjørgvin um dia, pois quando ele tem folga acontece de viajar para lá, e assim que desce do ônibus na Rodoviária a primeira coisa que faz é ir para um lugar que se chama Café da Rodoviária tomar uma ou duas ou três canecas de cerveja e depois dar uma volta pela Praça dos Peixes e comprar uma garrafa de aguardente e sentar num banco da Praça dos Peixes e tomar uns traguinhos às escondidas e ficar ali, só olhando as pessoas, os barcos, e depois espiar na direção da Penitenciária só para sentir como é bom não estar mais preso lá dentro, e talvez também ir até o Salão dos Drinques, onde servem boa cerveja e comida a preços razoáveis, lá o Asle tem que ir, o Sigve diz e o Asle diz que tem que ir ver a Avó e o Sigve diz que sabe como é, ele precisa se despedir dela, ela vai sentir a falta do Asle, que a visita com frequência, ele diz mas depois que ele visitar a Avó eles podem tomar uma cerveja de despedida no Hotel, ele diz, porque ele já está de saída para o Hotel, ele diz e então o Asle diz que não pode esquecer, ele trouxe os dois livros que pegou emprestado, ele diz e diz que leu um pouquinho de cada, e gostou do que leu, mas foi muito pouco, era muita coisa para fazer, o Asle diz e tira os livros da bolsa a tiracolo e os entrega ao Sigve e diz obrigado por ter me emprestado e o Sigve diz que ficou feliz em saber que o Asle tinha lido um pouco dos livros e então o Sigve diz que vai ser difícil para a Avó agora que o Asle não vai mais poder visitá-la e o Asle diz que já não pode conversar com a Avó, ela passa o tempo todo deitada, já não deve nem se dar conta de que ele está ali, que ele chegou, mas ainda assim ele costuma falar algumas palavras e segurar na mão dela, ele diz e o Sigve diz que é melhor assim e o Asle se despede e diz que eles voltarão a se encontrar no Hotel depois que ele tiver visitado a Avó e o Sigve diz que sim e então o Asle vai até o Lar de Idosos e ao quarto onde a Avó está e bate na porta e como sempre ninguém responde e abre a porta e vê que a cama está vazia, e acha tudo muito estranho, ele pensa e fica parado um instante e olha para a cama vazia e então uma funcionária do Lar de Idosos se aproxima e diz que sente muito, mas a avó dele morreu hoje, hoje cedo, por volta das oito da manhã, ela diz e o Asle apenas assente com a cabeça e então vai embora caminhando devagar e pensa que agora a Avó se foi, agora sua melhor amiga partiu para sempre, ele pensa e pensa que não tem vontade de ir para o Hotel beber cerveja com o Sigve, mas terá que ir assim mesmo, que um compromisso é um compromisso, ele pensa e entra no Hotel e vê o Sigve sentado lá com seu copo de cerveja e o Asle diz que a Avó morreu e ele acha melhor voltar para o dormitório e o Sigve diz que lamenta muito saber, por mais que a Avó dele estivesse velha e doente ela sempre seria a Avó dele, e é sempre triste quando um ente querido se vai, o Sigve diz e o Asle diz que não sabe o que dizer mas quer voltar para o dormitório, ele diz e o Sigve diz que compreende que o Asle queira ficar sozinho agora que a Avó dele morreu, ele diz e então o Sigve diz que vai sentir saudades do Asle, a vida em Aga melhorou muito depois que o Asle se mudou para cá, ele diz, antes disso ele não tinha ninguém com quem conversar e beber cerveja, ele diz, e agora tudo voltaria a ser como era antes, ele diz, sim, agora ele vai voltar a beber sua cervejinha e fumar seu cigarrinho sozinho, o Sigve diz e o Asle diz de novo que já está de saída para o dormitório e o Sigve diz que vai ficar sozinho na mesa com seu copo de cerveja refletindo bem sobre qual será o lance seguinte da partida de xadrez que terá que enviar logo mais pelo correio, ele diz e então diz que eles voltarão a se ver, onde quer que seja, quem sabe em Bjørgvin, ele diz

Já estou indo então, o Asle diz

Foi muito triste saber da sua Avó, o Sigve diz

e levanta e o Sigve e o Asle se cumprimentam e se despedem e então o Asle volta para o dormitório sentindo-se cansado e triste e pensa de novo e de novo que sua Avó está morta, para sempre se foi, ele pensa e pensa que vai deitar imediatamente, e deita, mas não consegue dormir, porque o tempo inteiro fica pensando na Avó jazendo fria e morta no Lar de Idosos e pensa que dentro de uma semana terá que viajar para Barmen para o sepultamento dela, que deverá ser enterrada ao lado da cova do Avô, o Asle pensa, e pensa que amanhã terá que acordar bem cedo, ele pensa, que o ônibus já parte às oito da manhã, e ele terá que fazer duas viagens a pé para carregar tudo até a parada de ônibus, ele pensa, por isso pôs o despertador para tocar às sete, ele pensa, e nem se despiu das roupas da rua, o Asle pensa e então levanta e se despe e põe o despertador para as sete e pensa que vai pegar a manta que a Avó lhe deu quando estava sendo levada para o Lar de Idosos e se enrolar bem nela e se dá conta de que não é possível, pois a manta já está na mala, protegendo as pinturas que estão na mala, o Asle pensa e eu fico deitado no banco, com o Brage juntinho de mim, e já deve ser quase manhã, e eu deveria ter acendido a lareira, eu penso, mas estou tão cansado que nem me importo com isso, eu penso e fecho os olhos e vejo o Asle sentar na cama e o despertador toca e ele desliga o despertador e salta de pé e veste as roupas, e ele pensa que as malas estão feitas, ele até já carregou tudo lá para baixo, agora só sobrou a roupa de cama, que precisa ser enrolada e enfiada no saco de juta, ele pensa, o saco que está ali em cima da mesa bem dobradinho, e caso a Proprietária não abra a porta quando ele tocar a campainha para devolver as chaves ele simplesmente vai deixá-las na caixa de correio dela, o Asle pensa, ele não dispõe de todo o tempo do mundo, ele pensa, e enrola o edredom e a colcha e enfia tudo no saco e lá também enfia o despertador e olha para o fogão de campanha que ganhou do pai e pensa que vai deixá-lo ali, não pode se dar o luxo de levá-lo, nem poderá usá-lo no dormitório que agora vai alugar da Herdis Åsen, o Asle pensa e apaga então a luz e passa a chave na porta e pensa que ontem a Avó morreu, de repente se dá conta disso, e sente uma saudade apertar no peito e desce as escadas e sai e põe o saco diante da porta da Sapataria e vai buscar as outras coisas e as deixa no mesmo lugar, depois passa a chave na porta e pensa que tem que fazer tudo como tinha planejado, mesmo que a Avó tenha morrido e vai até a porta da casa da Proprietária e fica ali esperando e então ouve passos e a porta se abre

Vim só, o Asle diz e entrega as chaves

Vim só entregar isso, ele diz

Sim, muito obrigada, a Proprietária diz

e os dois calam

Boa sorte e tudo de bom em Bjørgvin, ela diz

Já estive em Bjørgvin, mas faz muitos anos, ela diz

Foi quando eu era jovem, quase uma garotinha, ela diz

e o Asle apenas fica parado onde está

Muito obrigado, ele diz

Foi uma alegria ter você como inquilino da Sapataria, a Proprietária diz

e o Asle lhe dá a mão e eles se cumprimentam e o Asle vai embora e ouve a Proprietária girando a chave e primeiro apanha as caixas, as duas, que estão bem pesadas, e é uma luta carregá-las até a parada de ônibus, depois vai buscar o cavalete e o saco que são bem mais fáceis de carregar e por fim pega a mala e então fica ali esperando na parada de ônibus cercado de todas as suas posses e bagagens e receando não haver espaço suficiente para tudo aquilo no bagageiro do ônibus e o tempo inteiro pensa que a Avó está morta, ontem ela morreu e agora jaz fria e sem vida no Lar de Idosos, ele pensa e o ônibus chega e o Asle faz um sinal com a mão e o ônibus para e o Motorista do Ônibus desce e diz que ele está trazendo um bocado de bagagem, isso aqui é um ônibus, não um caminhão, nem um carreto de mudança, ele diz, mas vamos tentar, ele diz, e esperar que outros passageiros não apareçam tão carregados hoje, ele diz e então os dois carregam as caixas e o saco e a mala e o cavalete para o bagageiro vazio e o Motorista do Ônibus embarca e o Asle vai atrás dele e diz que vai para Bjørgvin e o Motorista do Ônibus diz que então ele está de mudança para Bjørgvin, quase todos os jovens dos povoados hoje em dia estão debandando para Bjørgvin, e ele não sabe o que lá tem de melhor do que qualquer outro lugar no povoado, o Motorista do Ônibus diz e o Asle não diz nada e vai como de costume para a traseira do ônibus, para o assento de trás, e só tem mais um passageiro, uma senhora idosa, que está sentada bem na frente, e ela até parece um pouco com a Avó, ele pensa, mas agora a Avó está morta, para sempre se foi, ele pensa e o Ônibus começa a se movimentar e ele olha para a Sapataria e o Asle pensa que esqueceu de fazer a faxina do dormitório, como a Proprietária tinha lhe pedido para fazer, isso é péssimo, ele pensa, mas agora é tarde, ele pensa e então olha na direção do Fiorde, e para a Ilha dos Enforcados que fica no meio do Fiorde, e vê as casas surgindo em sequência à medida que vai passando ao largo, em seguida há um longo trecho sem casas, nem uma só, e o Asle olha para o Fiorde e para a Ilha dos Enforcados ao longe e fica admirando o Fiorde, as montanhas do outro lado, montanhas atrás de montanhas, uma sucessão de montanhas se erguendo umas sobre as outras e no topo da mais alta ele vê a neve branca encobrindo o cume, e mais além um céu que hoje está de um azul suave e quase não se veem nuvens, ele pensa, e é como se o céu fosse a Avó dele, ele pensa, mas não, o céu é a Ales, ele pensa, porque a Ales está acima da sua Avó morta, o Asle pensa e sente que essa é sua terra, sua paisagem, e sempre será, porque ele tem infinitas imagens dessa paisagem gravadas na memória, algumas são imagens da paisagem em si, mas a maioria é de rostos, ou de expressões que num detalhe podem ser percebidas, num rosto, num movimento, num olhar, no que quer que seja, as botas pretas do Avô na chuva, no contorno de um barco a remo na praia, numa pesada laje de ardósia no teto de uma casa de barcos, ele pensa e todas essas imagens são bem nítidas, e ele pode vislumbrá-las uma a uma, e todas lhe dizem algo mais do que o que de fato são, não dá para entender, o Asle pensa, e como são incômodas essas imagens, ele pensa, mas é um alívio pintá-las, pois ele sempre retrata as imagens que tem na mente, mas nunca da maneira como estão, ele as recria, ele faz a voz silenciosa da imagem que tem na cabeça se expressar mais claramente, ele a faz dizer exatamente o que ela quer dizer, mas de uma maneira mais nítida, porque uma pintura é uma voz silenciosa que fala, e essa voz expressa um silêncio que ao mesmo tempo aproxima, não, agora ele está exagerando nesses devaneios, o Asle pensa e fecha os olhos e ouve o ruído do motor e o Motorista do Ônibus acelerando e diminuindo a marcha pela estrada sinuosa, aos solavancos, e às vezes ele para, depois de ter desviado para o acostamento, e deixa passar um carro, algum carro que viesse atrás ou em sentido contrário, o Asle pensa, e pensa de novo e mais uma vez que agora a Avó está morta, agora jaz ali sozinha, fria e sem vida no Lar de Idosos, ele pensa e então pensa na Ales, porque é ela quem está no céu acima de tudo que existe, ele pensa, até mesmo acima da finada Avó a Ales tem seu lugar no céu, o Asle pensa e não sabe direito o que vai acontecer, como será a vida, mas sabe que quer pintar quadros, e sabe que quer imprimir nas imagens o silêncio, sim, a serena voz do silêncio, para que as imagens possam falar nessa mudez, ele pensa, para ele é uma obrigação, porque é a única forma de conviver com todas aquelas imagens armazenadas na mente, e só hoje já foram pelo menos cinco, ou dez delas, ele já perdeu a conta, seus pertences largados no piso do térreo da Sapataria, os braços da proprietária surgindo pelo vão da porta, o rosto dela com alguma imagem superposta, algo que surgiu, ficou ali, desapareceu, tudo ao mesmo tempo, e também as outras imagens, o movimento do corpo do Motorista do Ônibus embarcando as bagagens, não, ele não aguenta mais ver essas imagens que ficaram armazenadas na sua cabeça hoje, o Asle pensa e fecha os olhos e vê a Avó deitada ali na cama do Lar de Idosos com o rosto cinza e arroxeado, os lábios bem azulados, e ele segurando a mão dela e percebendo como ela está apática e ontem a Avó morreu, ele pensa e sente um luto, é esse o nome que se dá, se bem que luto maior ele talvez tenha sentido quando levaram a Avó de casa, da Casa Velha, onde ela morou a vida inteira, para o Lar de Idosos, quando ela lhe deu aquela manta cinza, o Asle pensa e pensa que não vai contar à Ales que a Avó dele morreu ontem, ou melhor, vai contar mas não será hoje, ele pensa e reclina no assento de trás e fica quase deitado, e então deve ter pegado no sono, porque sente um solavanco e senta e vê que o ônibus está estacionando numa plataforma na Rodoviária de Bjørgvin e o Asle olha pela janela e vê a Ales lá fora, mas ela não consegue vê-lo, pois está no lado oposto ao assento dele no ônibus e o Asle desembarca e vai ao encontro da Ales e então ela o vê e eles se aproximam e se abraçam e a sensação é de que nunca estiveram longe um do outro, de certa forma é assim que eles se sentem, e se sentem seguros de estar juntos no mesmo lugar novamente, o Asle pensa e então os lábios de ambos se tocam, ali mesmo na plataforma, e os dois ficam se beijando e isso parece certo, é como se eles não quisessem se soltar mais, apenas ficam ali se beijando e se beijando como se o tempo não existisse, o Asle pensa e então pensa que não podem ficar assim se beijando em plena luz do dia no meio da Rodoviária, ele pensa e cá estou eu deitado e já deve estar amanhecendo, eu penso, e hoje é antevéspera de Natal já vou ter que levantar, mas ainda está escuro demais, e a sala está muito fria, eu penso e fecho os olhos e vejo a Ales e o Asle parados em frente ao número 7 da Rua da Universidade e o Asle vai e abre o portão da rua e ela fica ali com a mala numa das mãos e com a outra segura a porta e diz que sabia que o portão não estava trancado e o Asle carrega o cavalete e as duas caixas e o saco para dentro e põe tudo no chão diante da caixa de correio e a Ales diz que foi bom terem tomado um táxi, era muita coisa para carregar, por mais que não fosse uma mudança assim tão grande, e por mais que a distância desde a Rodoviária não fosse tão grande, e apesar de a corrida do táxi não ter sido exatamente barata, ela diz e diz que é melhor subirem com tudo em duas vezes e o Asle começa a subir as escadas levando as duas caixas e a Ales vai atrás dele com a mala e eles não dizem nada e então cruzam com um senhor de sobretudo e chapéu e bengala que vem descendo com dificuldade e ele diz bom dia e a Ales e o Asle dizem bom dia e vão em frente e a Ales diz que era um bjørgvinense por excelência, um típico homem de Bjørgvin de tempos atrás, já não existem tantos como ele, mas quando ela era garotinha eles eram muitos, senhores que saíam por aí de chapéu ou de boné de marinheiro, ela diz e eles vão carregando as coisas de andar em andar e põem as coisas diante da porta onde se lê Herdis Åsen numa plaquinha e se dão as mãos e descem as escadas de mãos dadas e o Asle pega o cavalete com uma das mãos e o saco com a outra e a Ales diz que pode levar ou o cavalete ou o saco e o Asle diz não, ele quer carregar tudo sozinho, ele diz e então eles voltam a subir todos os degraus até o quinto andar e o Asle põe o saco no chão e a Ales diz que é melhor ficar esperando por ele lá fora e o Asle fica assustado

Não, você não pode ir embora, o Asle diz

Eu posso esperar lá fora, a Ales diz

Não, o Asle diz

e pensa em como foi da outra vez, a Ales já não estava mais lá quando ele saiu, e não quer que isso se repita hoje, ele pensa e pensa que não vai perguntar a Ales por que ela sumiu tão de repente da outra vez, seria um erro, ele pensa, e pensa na Avó, em como ela se foi para sempre, e vai contar a Ales, mas não hoje, ele pensa e o Asle toca a campainha e passos ecoam e a porta se abre e o Asle e a Herdis Åsen se entreolham e ela diz bem-vindo e estende a mão e ela e o Asle se cumprimentam e ele acha estranho a Herdis Åsen não ter reparado na Ales, é essa ao menos a impressão que ela dá, e é como se a Ales fizesse tudo a seu alcance para se diminuir e ficar invisível, ela chega a desaparecer, o Asle pensa e sente que a Ales não quer que ele chame a atenção da Herdis Åsen para a presença dela ali, ela prefere nem ser notada se possível e então ele vê que a Herdis Åsen olha para a Ales e não disfarça uma expressão de má vontade no semblante, como se tivesse deparado com algo horrível, mas a Herdis Åsen não diz uma só palavra, apenas desvia o olhar da Ales para o Asle e diz para ele trazer as coisas para dentro, não é uma mudança tão grande assim, ela diz e abre bem a porta e o Asle carrega as duas caixas e entra e a Herdis Åsen abre a outra porta rente à porta de entrada e diz que esse agora é o quarto dele, o dormitório dele, a casa dele por assim dizer, agora eles dois vão dividir um lar, é como se fosse assim, a Herdis Åsen diz e ri e o Asle vai lá fora e pega o cavalete e o saco e a Ales diz que vai descer e esperar lá fora, ela não se sentiu exatamente bem-vinda, ela diz e o Asle sente uma ponta de medo, sim, uma espécie de ansiedade, se recompõe e diz para ela não ir e a Ales diz nada disso, ela vai esperar lá fora, já decidiu, ela diz e então a Herdis Åsen surge pela porta e diz que não gosta de regras, não de regras em excesso, mas tem uma regra de ouro para todos os inquilinos que estiveram ali, e já se vão vários anos, e essa regra é que não podem receber garotas no quarto, ela diz e então a Herdis Åsen olha de esguelha para a Ales que está parada ali e olha para baixo e só então o Asle diz que essa é a Ales, namorada dele e a Herdis Åsen não diz nada e fica parada no vão da porta e a Ales diz que agora vai esperar lá fora e o Asle diz que vai descer o quanto antes e a Ales assente e então começa a descer as escadas e o Asle olha para ela e é invadido por um amor incompreensível e incapaz de ser contido e ouve a Herdis Åsen dizer para ele entrar e então o Asle passa ao corredor e a Herdis Åsen diz que quando ele veio da outra vez eles dois estiveram no dormitório e ela explicou o que ele podia e não podia fazer, e não queria ter que repetir, mas ele tinha que lembrar de descer com os sacos de lixo nas tardes ou noites das quartas-feiras, isso é o mais importante, além de não receber garotas no quarto, bem, isso ela tinha esquecido de dizer da outra vez, na verdade até presumiu que nem seria necessário, do contrário o apartamento iria virar o quê? a Herdis Åsen diz, seria como se, ela diz e se interrompe bruscamente e o Asle não diz nada e pois bem, aqui, não vá perder as chaves, a Herdis Åsen diz segurando um molho de chaves e pega uma chave e diz que é da porta da frente e depois segura outra chave e diz que é do portão da rua, depois segura uma terceira chave e diz que é do quarto dele, mas nenhum dos outros inquilinos chegou a usar, eles deixavam a porta destrancada, a de uma coisa ele podia ter certeza, ela não era de ir bisbilhotar lá dentro, no quarto dele, ela diz e o Asle assente e vai para o quarto, para o seu dormitório, e diz que trouxe as roupas de cama no saco e a Herdis Åsen ri e diz, está certo, está certo, em algum lugar você tinha que trazê-las, mas por que justo num saco de juta? ela diz e diz que teve um tempinho de sobra e diz que preparou um bolo e gostaria de servir bolo e café e depois uma taça de vinho para dar as boas-vindas pela mudança, ela diz, claro, depois que a poeira assentasse e ele estivesse mais à vontade em casa, eles poderiam comemorar um pouco, a Herdis Åsen diz e o Asle diz obrigado, muito obrigado, mas a namorada dele está lá fora esperando, ele diz

Então você tem uma namorada? a Herdis Åsen diz

Tenho, o Asle diz

e a Herdis Åsen balança a cabeça e diz que passou a vida inteira evitando esse tipo de situação, viveu todos os seus dias na solteirice e se tinha algum orgulho na vida era justamente esse, ela diz, e não faz mal, o bolo pode esperar de modo que mais tarde, à noite, se ele não for se demorar muito enfurnado em algum lugar com a tal namorada, ela estará ali para lhe desejar as boas-vindas, ela diz, e na pior das hipóteses, se ele não conseguir despachar essa namoradinha, sim, e não vá se ofender pelo modo como ela fala, a recepção de boas-vindas pode ficar para amanhã, que o bolo não há de estragar até amanhã, a Herdis Åsen diz e lhe vira as costas e o Asle a vê caminhando pelo corredor e então sai pela porta do apartamento e pega a chave e tranca a porta e desce as escadas o mais rápido que pode, desce os degraus praticamente aos saltos, e pensa que tomara que a Ales esteja lá, que não tenha ido embora, ele não conseguia tirar da cabeça por que ela não o havia esperado da outra vez, mas nunca soube nem quer perguntar a Ales por que ela não o havia esperado, o Asle pensa e pensa que essa coisa de não permitir garotas no quarto foi uma regra que a Herdis Åsen inventou do nada quando viu a Ales, porque a impressão foi de que elas não simpatizaram uma com outra, não, nem a Herdis Åsen foi com a cara da Ales nem a Ales foi com a cara da Herdis Åsen, e certamente por não ter gostado da Ales foi que a Herdis Åsen veio com mais essa, a regra de ouro como ela disse, de não permitir receber garotas no quarto, o Asle pensa, e a Herdis Åsen não ficou exatamente ofendida quando ele disse que a Ales o estava esperando lá fora, mas decepcionada ficou um pouquinho, isso ele percebeu, o Asle pensa, e é claro que era uma pena ela ter feito um bolo e tudo mais, inclusive comprado um vinho, para ele simplesmente faltar à recepção de boas-vindas que ela havia planejado, o Asle pensa, mas pode muito bem comer bolo e tomar café e vinho com a Herdis Åsen amanhã, que agora o que ele mais quer é reencontrar a Ales, o Asle pensa e desce apressado as escadas e sai pelo portão e então vê a Ales parada ali na calçada e um alívio e uma felicidade recaem sobre ele e a Ales o encara firme e diz que ele não pode ficar morando muito tempo na casa da tal Herdis se ela não pode pôr os pés lá e o Asle diz que a Herdis Åsen não tinha mencionado nada a respeito quando ele veio conhecer o lugar, quando esteve ali para decidir se alugaria ou não o dormitório, ele diz e eu estou deitado no banco, e está escuro na sala, mas tenho certeza de que já é de manhã, e hoje é sábado e é antevéspera de Natal, eu penso e agora tenho que levantar, e não lembro de alguma vez antes ter vestido meu sobretudo preto e ido deitar no banco sem sequer ter tirado as roupas, apenas me cobrindo com a manta cinza e só, e penso que estou tão cansado, mas tão cansado, e mesmo assim é preciso levantar, por mais que tente não consigo dormir, eu penso e faz um frio enorme na sala e não tenho coragem de acender a lareira, mas estou vestindo meu sobretudo preto que protege bem do frio e o Brage está deitado pertinho de mim e eu nos cobri com a manta cinza e eu penso que estou tão cansado, tão cansado e fecho os olhos e vejo o Asle caminhando pelo corredor da Residência Estudantil e ele pensa que disse à Siv que voltariam a se falar amanhã e se despediu e a Siv não respondeu e então foi o mais rápido que pôde sem correr para o ponto do ônibus e então tomou o ônibus para a Residência Estudantil, o Asle pensa e caminha pelo corredor até chegar ao apartamento que ele e a Liv alugam na Residência Estudantil e ouve o choro incessante de um bebê e avança pelo corredor e o choro vai aumentando e ele abre a porta do apartamento que ele e a Liv alugam na Residência Estudantil e é o Garotinho quem está chorando e ele entra no quarto e vê o Garotinho deitado sozinho no meio da cama de casal com os braços e as pernas esticados de lado e o Asle o pega no colo e acaricia as costas do Garotinho e o choro vai diminuindo e então ele começa a dar voltas pelo quarto com o Garotinho no colo e vai até a sala e não consegue ver a Liv em lugar nenhum, será que ela simplesmente saiu e deixou o Garotinho sozinho? o Asle pensa, mas ela não faria uma coisa dessas, não? ele pensa e não consegue entender por que a Liv não está em casa e o Garotinho estava chorando daquele jeito e o Asle vai até o banheiro e lá no chão está deitada a Liv e o Asle se agacha e a sacode e ela não reage e o Asle aproxima a mão da boca da Liv para conferir se ela está respirando e está, sim, mas a respiração mal se pode sentir e o Garotinho urra a plenos pulmões e o Asle fica apavorado mas o que pode fazer? e ele volta a sacudir a Liv pelos ombros e ela não desperta, e ele tenta abrir as pálpebras dela que voltam a fechar e ele pega um copo de água fria e joga a água no rosto dela e ela fica ali deitada como se nada tivesse acontecido e então ele repara numa caixa de remédios vazia na bancada da pia e pensa que a Liv tomou todos os comprimidos da caixa e pensa que precisa chamar uma ambulância, imediatamente, já, e o Garotinho chora sem parar e o Asle o acaricia nas costas e diz se acalme agora, o papai está aqui, não chore não precisa mais chorar, o Asle diz e diz a si mesmo que tem que manter a calma e eu fico deitado no banco pensando que agora já é manhã, sim, com certeza, e hoje é antevéspera de Natal, eu penso, melhor então levantar, mas antes de levantar quero rezar e faço o sinal da cruz e pego o rosário, aquele ganhei da Ales e desde então uso em volta do pescoço, sob o suéter, eu penso, e seguro a cruz de madeira marrom entre o polegar e o indicador e digo para mim mesmo Pater noster Qui es in cælis Sanctificetur nomen tuum Adveniat regnum tuum Fiat voluntas tua sicut in cælo et in terra Panem nostrum cotidianum da nobis hodie et dimitte nobis debita nostra sicut et nos dimittimus debitoribus nostris Et ne nos inducas in tentationem sed libera nos a malo e movo o polegar e o indicador para a primeira conta acima da cruz e digo Pai Nosso que estais no céu Santificado seja o Vosso nome venha a nós o Vosso Reino Seja feita a Vossa vontade Assim na Terra como no céu O pão nosso de cada diz nos dai hoje Perdoai as nossas ofensas assim como nós perdoamos a quem nos tem ofendido e Não nos deixeis cair em tentação mas livrai-nos do mal e volto a mover o polegar e o indicador para baixo e segurando a cruz de madeira entre o polegar e o indicador eu digo e repito para mim enquanto inspiro profundamente Senhor e quando expiro devagar Jesus e enquanto inspiro profundamente Cristo e enquanto expiro lentamente Tende piedade e enquanto inspiro profundamente De mim

VII

E ENTÃO ME PERCEBO DE PÉ olhando para a primeira tela da pilha de quadros com os caixilhos voltados para fora, e já amanheceu e eu levantei e acendi a luz da sala, mas ainda estou vestindo o sobretudo preto, e junto de mim está o Brage e penso que hoje é sábado e é antevéspera de Natal e fico olhando para o caixilho da tela mais ao fundo e nela está escrito *Cruz de Santo André* pintado com pinceladas grossas, pastosas, como se diz, e de novo penso que não quero que fiquem ali na sala essas pinturas que não considero terminadas, pois a rigor elas estão prontas, mais prontas do que isso jamais ficarão, estão terminadas do jeito que imaginei que ficariam, eu penso e penso que não tenho mais vontade de pintar, a simples ideia de pintar me causa aversão e não sei o que mudou tão abruptamente em mim, pois antes eu sentia uma compulsão por pintar, não apenas porque era o meu ganha-pão, mas também para me ver livre das imagens todas que ficam gravadas na minha mente, eu penso e percebo que as imagens continuam ali na minha cabeça, mas também percebo que começam a esmaecer, estão como que lentamente se fundindo numa imagem que não precisa nem vai e nem pode ser pintada, sim, as imagens estão se agrupando num silêncio, um silêncio tranquilo, eu penso e sinto uma espécie de paz em todo o corpo, é estranho como tudo pode de repente se transformar, eu penso e penso que quero carregar a pilha de quadros que considero inacabados, mas que na verdade já terminei de pintar, para o sótão e colocá-los junto das outras pinturas que guardei num dos quartinhos lá em cima, as pinturas que de vez em quando subo para admirar quando me dá esse bloqueio e não consigo mais pintar, e assim sempre deixo uma dessas pinturas à mostra, encostada no espaldar de uma cadeira entre as duas claraboias estreitas que há no telhado das águas-furtadas, eu penso e vejo que são cinco os quadros que achei que não estavam terminados, e todos são grandes, ou são dos maiores, porque costumo fazer duas pilhas, uma dos quadros maiores e outra dos menores, e depois penduro a minha bolsa a tiracolo entre ambas as pilhas, ali no gancho onde costumo pendurá-la, mas agora só há uma pilha de quadros sob a bolsa a tiracolo, e então ponho os quadros debaixo do braço e subo ao sótão e olho para o retrato da Ales que está encostado no espaldar da cadeira entre as duas claraboias do telhado, e entro no quartinho e ponho os quadros no chão, encostados nos outros quadros empilhados ali, e agora ao todo são nove quadros lá, todos com os caixilhos voltados para fora, portanto eram apenas quatro quadros além do retrato da Ales que guardei e não quis vender, eu penso, dois dos quais estão entre os primeiros que pintei, eu penso, logo são nove quadros que posso vender, suficientes para mais uma exposição, mas só uma, eu penso, e o retrato da Ales é o único que quero manter comigo, eu penso e penso que me comprometi em fazer uma exposição no próximo semestre na Galeria Kleinheinrich, em Oslo, mas para esta o Beyer já tem os quadros necessários, os que não conseguiu vender em Bjørgvin, e por mais estranho que possa parecer vários deles estão entre os melhores que jamais pintei, eu acho, e o Beyer também, e também está prevista uma exposição em Nidaros, na Galeria Huysmann, e sobre esta já vínhamos falando há anos, pois é, praticamente desde que conheci o Beyer, eu penso, e para ela o Beyer selecionou os quadros que não foram vendidos nem em Bjørgvin nem em Oslo, e para ser bem sincero estão entre os melhores quadros que já pintei, e se for assim as pinturas que guardei no sótão vão acabar servindo para a próxima e derradeira exposição que farei na Galeria Beyer, eu penso, e ponto final, minha exposição do próximo ano na Galeria Beyer será a última, e as pinturas de minha autoria que Beyer terá à disposição depois disso serão as que não foram vendidas nem em Oslo nem em

Nidaros ou que não serão vendidas na exposição do ano que vem na Galeria Beyer, eu penso, portanto haverá nada menos do que três exposições no ano que vem, eu penso, e, eu penso, quer dizer, eu também posso entregar agora mesmo ao Beyer todas as pinturas que tenho comigo, ele me ligou há alguns dias e disse que este ano vendemos muito bem, quando ligou restavam apenas três quadros à venda, ele disse, e a expectativa era de que fossem todos vendidos antes de a galeria fechar na véspera de Natal, ou senão entre o Natal e o Ano-Novo, logo eu tinha apurado um bom dinheiro, ele disse, e provavelmente as três exposições que me restam vão me render mais algum, eu penso e venho levando uma vida frugal e economizando o que posso, de fome não vou morrer mesmo se parar de pintar, eu penso e penso que venho pagando rigorosamente a anuidade da Associação dos Artistas da Noruega, e eles até oferecem estipêndios, eu que nunca fui de querer pedir, porque nunca precisei, mas talvez também possa me habilitar e dar entrada num estipêndio, já que nunca solicitei e portanto nunca recebi nenhum estipêndio antes, isto é, além da bolsa de estudos que recebia quando frequentava a Escola de Belas Artes, eu penso, e há outras possibilidades também, quero dizer que também existem estipêndios destinados a artistas veteranos que façam jus, e é justamente isso que me tornei, um artista veterano, pelo menos, se sou ou não merecedor de prebendas as opiniões variam, mas os filiados à Associação dos Artistas da Noruega acham que sim, não, acho que não, deve haver quem diga que não mereço nada disso, que eu sou uma fraude e passei a vida inteira pintando quadros só por fins pecuniários, eu receio que seja assim que vejam a mim enquanto pintor, mesmo assim posso solicitar o estipêndio da Associação dos Artistas da Noruega, vale a pena tentar, e também sou membro de uma associação chamada Artistas da Costa Oeste, e acredito que eles possam oferecer estipêndios de menor valor, nesse caso também posso me candidatar, eu penso e já não faltam muitos anos para eu me aposentar, e falando muito francamente já não vejo a hora de receber um dinheiro todo mês quer tenha produzido alguma coisa ou não, é verdade que provavelmente receberei um salário mínimo, mas para mim é mais do que suficiente, eu penso, pois se parar de pintar e não tiver mais que comprar os insumos que preciso para pintar não serão muitas as minhas despesas, e poder contar com uma renda fixa no final de mês virá muito a calhar, verdade seja dita eu nunca passei por nada semelhante na vida, eu pintava quadros para vender e era assim que ganhava as coroas que preciso para viver, eu penso, e já tenho tudo que preciso, casa própria, um bom carro, comprado há cerca de cinco anos apenas, é o carro que vou dirigir enquanto viver, ou enquanto ainda conseguir dirigir, eu penso e é bom pensar que não vou mais pintar, que acabou, que já fiz a minha parte, pintei o que queria pintar, e pintando fui vivendo, entra ano e sai ano, e na realidade durante todo esse tempo só pintei o mesmo quadro, e quanto mais eu me aproximasse da imagem que tenho dentro de mim melhor saía a pintura, até mesmo esses quadros que deixei inacabados estão prontos a seu modo, justo porque não estão acabados, porque não parece certo concluir algo acabado, uma vez que na minha imagem interior as pinturas sempre apontam para além de si mesmas, há uma espécie de ânsia espreitando em todos os quadros, e ao mesmo tempo aquilo que os quadros anseiam está contido neles, eu penso e fico parado olhando para o quadro da Ales, não foram muitos os retratos que pintei, só esse da Ales e mais um outro, eu penso, pois na época em que morei na casa da Herdis Åsen pintei um retrato dela e fui regiamente pago por isso, combinamos que eu ficaria isento do aluguel durante seis meses em troca da pintura, e como eu me mudei de lá depois de algumas semanas acabei recebendo o dinheiro em espécie em vez disso, e olhe que o quadro da Herdis Åsen não ficou nada ruim, é verdade que ficou um pouco rebuscado, porém o retrato que pintei da Ales saiu como ela era, como era com sua luz, eu penso e é ele o único quadro que quero manter comigo, não porque seja um quadro de minha autoria, mas porque é uma imagem fiel da Ales, eu penso, porque pintei somente esse retrato da Ales e só o fiz depois de ter pintado o retrato da Herdis Åsen e a Ales não gostou de eu ter pintado o retrato da Herdis Åsen e não o dela, eu penso e fico olhando para o retrato da Ales e vou sentar na cadeira que fica a poucos metros da outra cadeira em cujo espaldar deixo as pinturas encostadas e fico contemplando o retrato da Ales e vejo o Asle descendo apressado a escada do dormitório que alugou na Rua da Universidade, nº 7 e ele pensa que talvez tenha sido uma pena a Herdis Åsen fazer um bolo, e preparar essa recepção de boas-vindas, e então ele simplesmente sair, mas a Ales está lá, não está, esperando do outro lado do portão e a única coisa que o Asle quer é ver a Ales, estar ao lado dela, ele pensa e sai pelo portão mas não encontra a Ales em lugar algum, para onde quer que vire o rosto ele não a vê, e um desespero toma conta dele e ele pensa que não, ela não pode ter ido embora, não dessa vez, de novo não, não é possível, o Asle pensa mas então ouve a Ales gritar Asle e a vê sentada num banco mais adiante na Rua da Universidade, numa espécie de pracinha, e o Asle se apressa para encontrar a Ales e senta ao lado dela e ela passa o braço em volta dos ombros dele e diz que ali, naquele dormitório, não pode ficar morando, com aquela proprietária é impossível, não era difícil perceber que ela não a suportava, a Ales diz, a impressão que ficou é que ela tinha feito algo de errado ainda que as duas nunca tivessem se visto, pelo menos que ela lembrasse, a Ales diz, não, ela jamais a viu antes, ela diz, e depois ela aparentava ser um bocado desmazelada, beberrona, uma vitalina, sendo bem franca, a Ales diz e o Asle se surpreendeu, porque nunca tinha pensado assim da Herdis Åsen, em vez disso a considerava uma senhora muito refinada, que até gostava muito de beber, e decerto fumava demasiadamente, sempre com um cinzeiro numa mão e um cigarro na outra, tragando profundamente, ele pensa e a Ales diz aquele fedor, de longe ela recendia a álcool, e perfume, e a fumaça escapando pelo corredor da porta do apartamento dela, ela diz, não, ali ele não pode continuar morando, mas ela, sim, talvez ela possa conseguir outro lugar para ele morar, a Ales diz e põe a outra mão na barriga do Asle e ele passa o braço em torno dos ombros dela e eles ficam ali se abraçando e a Ales encosta a boca no ouvido dele e sussurra para ele

O Asle e a Ales, ela sussurra

e ele sussurra no ouvido dela

A Ales e o Asle, ele sussurra

e ela diz que é estranho eles terem nomes tão parecidos, as letras são as mesmas, é só trocá-las de lugar

Inclusive nenhum desses dois nomes é comum, ela diz

Pelo menos Ales não é, a Ales diz

e diz que Asle é até mais comum do que Ales, mas ela mesma não conhece ninguém mais que se chame Asle nem Ales, portanto ambos os nomes são bastante incomuns, ela diz e o Asle diz que também não conhece ninguém mais chamado Ales ou Asle e eu fico sentado olhando para o retrato que pintei da Ales e penso que hoje mesmo posso pôr no carro todas as pinturas que tenho e estão prontas e levá-las para a Galeria Beyer, que mesmo aquelas que considerei inacabadas na verdade já estão prontas, mas do retrato da Ales eu não vou me desfazer, eu penso e olho para o retrato da Ales e vejo a Ales e o Asle caminhando por uma rua e a Ales diz que a rua se chama Canônica e aponta e diz que ali fica a Igreja de São Paulo, nela eu costumo ir bastante, que a mãe Judit é uma cristã fervorosa, sim, católica, assim como ela, a Ales diz, como ele já sabe bem, ela diz e depois eles têm que ir à igreja, talvez até mesmo hoje, ela diz e então a Ales de repente lhe dá um beijo no rosto e então diz olhe só, ali é a Rodoviária e lá está a placa que diz Café da Rodoviária, ela diz e aponta para a placa e diz que lembra bem e ri e o Asle diz que se tem algo que não esquece é disso, ele diz, sim, ele lembra muito bem, ele diz e a Ales diz que eles têm que voltar lá um dia, mas agora quer muito ir à Rua da Cordilheira, pois é lá que ela mora, com a mãe Judit, na Rua da Cordilheira, nº 29, a vida inteira ela morou ali, a Ales diz e não é uma caminhada longa, ela diz e o Asle sente um medo tomando conta dele e a Ales pergunta se ele não quer ir até a Rua da Cordilheira

Não quer conhecer onde eu moro? a Ales diz

Claro que quero, o Asle diz

Mas, ele diz

Como assim mas? ela diz

Estou um pouco nervoso de conhecer a mãe Judit, ele diz

e o Asle diz que ele, e não sabe bem por que, mas ele não quer encontrar a mãe Judit, não exatamente hoje, hoje já aconteceu muita coisa, ele diz e a Ales diz que eles não precisam entrar em casa se ele não quiser, podem fazer isso outro dia, e aí ele será apresentado à mãe Judit, e poderá conhecer as pinturas e desenhos que ela faz, a Ales diz e está muito animada para ver as pinturas dele também, ela diz

Elas estão dentro da mala velha, o Asle diz

E se não fosse por causa da tal Herdis Åsen eu poderia vê-las hoje mesmo, a Ales diz

É, o Asle diz

e ele e a Ales seguem em frente e a Ales diz que ele não pode ficar morando no dormitório da casa da tal Herdis Åsen e o Asle pensa que poderia ter trazido a mala para mostrar as pinturas à Ales, mas não lhe ocorreu essa ideia, ele pensa

Eu posso trazer a mala com as pinturas aqui fora, ele diz

Isso é muita estupidez, a Ales diz

e então diz que ali, logo ali, ali começa a Rua da Cordilheira e aponta e então eles começam a subir a Rua da Cordilheira e o Asle solta a mão da Ales e ela diz que ele não precisa ter medo de que a mãe dela os veja, ela está trabalhando, por isso ele pode segurar a mão dela sem medo, ela diz e o Asle segura a mão dela e então ela aperta bem a mão dele e de mãos dadas eles vão subindo a Rua da Cordilheira e a Ales aponta para uma bela casa branca de madeira, igual a tantas casas em Bjørgvin, o casario típico bjørgvinense, como se diz, e diz que é lá que mora, ele lembra do endereço, não? ela diz

Rua da Cordilheira, nº 29, o Asle diz

Nada mal, a Ales diz

e o Asle diz que não, nada mal mesmo, e a Ales diz que ele não precisa entrar com ela em casa hoje, mesmo que a mãe Judit não esteja lá, mas em breve ele tem que vir ver as pinturas e desenhos e conhecer a mãe dela, a mãe Judit, ela diz

Mas hoje não, o Asle diz

Vamos esperar mais um pouco, ele diz

Certo, a Ales diz

e eles seguem em frente e a Ales diz que agora podem ir até o Museu de Belas Artes de Bjørgvin, lá tem muitas pinturas bonitas para ver, ela diz, mas quem sabe eles possam fazer isso outro dia, porque agora estão bem próximos da Galeria Beyer, é só subir a próxima rua, cujo nome é Rua Íngreme, e então chegarão à Rua Alta e é lá que fica a Galeria Beyer, que sem sombra de dúvidas é a principal galeria de Bjørgvin, e agora está em cartaz uma exposição das pinturas do Eiliv Pedersen, pois é, ele inclusive leu a resenha da Anne Sofie Grieg sobre essa exposição no *Correio de Bjørgvin* lá no Café da Rodoviária, sim, na primeira vez que eles se encontraram, e única vez que tinham se visto pessoalmente até o dia de hoje, a Ales diz e diz que foi mesmo uma excelente resenha e o Asle diz que queria mesmo ver as pinturas do Eiliv Pedersen, por isso nada melhor do que irem à Galeria Beyer agora, ele diz e a Ales diz que a resenha tinha sido muito positiva, quase laudatória para o gosto dela, tinha um quê de gratuito aquele texto, e ele, o Eiliv Pedersen, seria o professor de pintura do Asle na Escola de Belas Artes, ela diz, e acha, e ele que não a interprete mal, que se trata de um excelente pintor, ele é sem dúvida o melhor pintor vivo e em atividade em Bjørgvin, um verdadeiro farol, e a Galeria Beyer é sem dúvida a melhor galeria de Bjørgvin, ela diz, e certamente é uma das mais importantes galerias de toda a Noruega, sim, além de ser artista convidado no Festival de Artes de Bjørgvin e ter sua mostra no Festival, expor na Galeria Beyer talvez seja a maior façanha de um artista, de qualquer lugar do país, a Ales diz e acha que ela mesma jamais irá expor lá, mas talvez o Asle um dia consiga, ela acha, ou melhor, tem quase certeza, ela simplesmente tem essa convicção, a Ales diz, e acontece de o Beyer em pessoa estar na galeria, se tiverem sorte eles poderão até encontrá-lo hoje, ela diz, e desde quando era garotinha ela ia com os pais visitar a Galeria Beyer porque os pais dela eram amigos do Beyer, ele é viúvo e como mora sozinho até costumava passar o Natal na casa deles, e quando a mãe Judit e a Ales iam para a vigília de Natal na Igreja de São Paulo o Beyer e o Pai ficavam em casa tomando sua aguardente, era assim mesmo, a Ales diz, e só quando a mãe Judit e ela voltavam para casa o Beyer ia embora cuidar da sua vida e das suas obras de arte, como ele dizia, pois nenhuma outra crença, nenhuma outra religião além da arte ele tinha, era assim que o Beyer costumava falar, a Ales diz e diz que tem certeza de que viu todas as exposições da Galeria Beyer desde que tinha uns sete anos de idade, ela diz, e em casa elas têm várias pinturas do Eiliv Pedersen, a Ales diz enquanto ela e o Asle caminham de mãos dadas e então ela diz que não falta muito para chegarem na Galeria Beyer, até o prédio agora podem ver e ela aponta para a frente na direção de uma grande construção de madeira branca, com um grande estacionamento em frente, e com grandes vitrines voltadas para a rua

O Beyer mora no andar de cima, a Ales diz

E a galeria fica no térreo, ela diz

Ele mora sozinho, desde que ficou viúvo ele mora só, ela diz

e então a Ales e o Asle vão de mãos dadas para a Galeria Beyer e a Ales abre a porta e eles entram e ficam ali de mãos dadas e o Asle repara num homem sentado atrás de uma pesada e antiga escrivaninha marrom no fundo do salão e a Ales sussurra que é o Beyer mesmo e o Asle pensa que não é, mas sim, é ele! por incrível que pareça quem está sentado ali é o mesmo homem que comprou várias pinturas suas quando ainda era garoto e expôs na Casa da Juventude de Barmen, o Asle pensa e ele quase não mudou nada depois de tantos anos, ele pensa e o Beyer olha para eles e fica em pé e vem caminhando em direção à Ales e diz que é muito bom recebê-la novamente na exposição do Eiliv Pedersen, e que bacana que ela arrumou um namorado, ele diz e a Ales diz sim e então o Beyer olha para o Asle e diz acho que estou reconhecendo você, sim, já vi você antes, sim, agora lembrei, o Beyer diz, ora se não é o garoto que há alguns anos fez aquela exposição na Casa da Juventude de Barmen, de quem eu comprei cinco quadros, agora ele lembra! mas é você mesmo! o Beyer diz e estende a mão e o Asle e o Beyer se cumprimentam e o Beyer pergunta se o Asle já começou na Escola de Belas Artes e o Asle diz que está para começar e o Beyer diz que ele tinha que seguir esse caminho, aquelas cinco telas que ele comprou já atestavam um imenso talento e para falar a verdade ele as pendurou na parede de casa, todas elas, o Beyer diz e diz que eles dois vão ficar em contato, pode ter certeza disso, ele diz e então volta a estender a mão ao Asle e eles se cumprimentam e o Beyer mantém a mão dele apertada por um bom tempo e diz para eles irem admirar as pinturas, uma a uma e nem a Ales nem o Asle dizem nada e o Beyer volta ao seu lugar atrás da escrivaninha e a Ales e o Asle vão de pintura em pintura e o Asle pensa que as obras do Eiliv Pedersen são de um outro nível, um nível que não costuma enxergar em outros pintores, e fica se perguntando como é possível, e isso de quase não usar cores, talvez um pouco de azul ou verde, ou vermelho-claro, fora isso é só cinza e branco e preto, é isso, um tom esmaecido de preto está presente em muitas das telas, o Asle pensa e a Ales pergunta se ele gosta do que está vendo e ele diz que sim, são obras muito boas mesmo, ele diz e a Ales diz que são, ela também gosta delas, mas é como se houvesse uma ausência naquelas imagens, e essa ausência não lhe agrada, ela diz e eles vão na direção da porta e então o Beyer diz em voz alta em breve nos falaremos, em breve nos falaremos, não, esperem um pouco, ele grita e vem caminhando até eles e diz à Ales que foi muito bom ela ter vindo de novo ver a exposição do Eiliv Pedersen, pois é, ele que raramente expõe, mas uma das primeiras mostras realizadas na galeria, o Beyer diz, foi justamente de telas de autoria do Eiliv Pedersen, ele diz e olha para o Asle e diz que lembra muito bem, ele diz, quão difícil foi vender um só quadro, as pessoas que adquiriam obras de arte em Bjørgvin naquele tempo eram muito aferradas às tradições quando julgavam o que seria ou não uma boa pintura, mas acabaram abrindo os olhos para o Eiliv Pedersen afinal e por isso depois de alguns anos todos os quadros da exposição inaugural foram vendidos, e agora os quadros foram vendidos no primeiro dia, mas como sempre ele deu a preferência a alguns compradores, pois os melhores compradores e colecionadores têm direito a apreciar os trabalhos com antecedência, é preciso tratar bem os bons clientes, o Beyer diz, e eles, um seleto grupo de clientes, que também são amigos, ele faz questão de deixar bem claro, puderam visitar a exposição na véspera da vernissagem e já no fim da noite mais da metade dos quadros tinha sido vendida e os demais quadros foram arrematados logo no dia seguinte, olhe só que boa surpresa, ele nunca tinha passado por nada parecido, o Beyer diz e a Ales diz que já que o Asle vai começar na Escola de Belas Artes, no curso de Pintura, ela teve a ideia de mostrar a ele a exposição do homem que será seu professor, ela diz

O Eiliv Pedersen será o melhor professor que você já teve, o Beyer diz

E que bom reencontrar você, ele diz

e então o Beyer diz que gostaria de dar uma olhada nas pinturas que o Asle anda fazendo quando for conveniente e o Asle agradece e diz que tem alguns quadros terminados numa mala velha que trouxe para Bjørgvin e o Beyer começa a rir e a Ales diz que o Asle entrou na Escola de Belas Artes sem ter prestado o vestibular, ela diz, e isso por causa das pinturas, ela diz e o Asle assente e o Beyer lembra muito bem, ele diz, o tanto que sofreu durante o secundário, por isso é fácil compreender por que o Asle quis largar o secundário, e os quadros que o Asle pintou só podem ser bons, do contrário ele não teria entrado na Escola de Belas Artes só por causa deles, o Beyer diz e diz que deve ter sido o Eiliv Pedersen quem achou que o Asle poderia começar na Escola de Belas Artes, mas o Asle não deve lembrar direito do nome da pessoa a quem mostrou os quadros, o Beyer diz, e então eles devem ter ido ao Reitor e daí o Eiliv Pedersen deu seu parecer favorável e coube ao Reitor tomar a decisão final, o Beyer diz e o Asle diz que foi assim mesmo

De todo modo é muito bom ver você de novo, o Beyer diz

Só que agora não vou mais ficar incomodando vocês, ele diz

e então o Beyer diz que gostaria muito de ver os quadros do Asle e o Asle diz que fica muito grato, e diz que um dia pode trazer a mala até a galeria e o Beyer ri e diz para ele fazer isso e a Ales diz que sim, é mesmo, ela e o Asle um dia podem voltar com a mala de quadros e o Beyer diz que devem vir mesmo que ele está falando sério

É incrível ver você de novo, o Beyer diz

Os anos passam rápido demais, ele diz

Da última vez que nos vimos você era um garoto, agora cresceu tanto que está parecendo um homem feito, ele diz

e então o Beyer se despede e diz que devem voltar o quanto antes para mostrar os quadros do Asle e em seguida o Beyer volta para o seu lugar atrás da escrivaninha e o Asle fica parado admirando uma tela

Acho que podemos ir, a Ales diz

Só quero dar mais uma olhadinha nos quadros, o Asle diz

e então a Ales e o Asle vão de novo admirar um quadro e a porta se abre e entra uma mulher loura de cabelos meio compridos e é como se a Ales sentisse um presságio e ela puxa discretamente o Asle pela mão e eles vão até a porta e saem e a Ales diz que algo a incomoda naquela lá, a loura de cabelos meio compridos, ela esbarra com ela demais, além do quê ela olhou de um jeito para o Asle, um olhar apaixonado, descaradamente, ela percebeu muito bem, a Ales diz e o Asle diz que nem reparou e a Ales diz que decerto porque ele estava muito absorto admirando as pinturas e ele diz que gostou muito do trabalho do Eiliv

Pedersen, nunca tinha visto nada parecido, pinturas muito bem executadas, ele diz, e é incrível a quantidade de tons de cinza que existe, ele diz, em todos os quadros o cinza dominava, com um pouco de preto aqui e ali, e umas pinceladas em vermelho-claro, quase ao acaso, em movimentos precisos, eram pinturas excelentes, quase todas de uma mulher sentada diante de uma janela, mesmo assim cada uma preservando sua individualidade, com seu próprio valor, e cada uma tinha esse elemento invisível que se revelava nelas, mas de um modo único em cada imagem

Fico imaginando quem é ela, a Ales diz

Pinturas excepcionais, o Asle diz

Sempre encontro essa mulher, a Ales diz

Não consigo entender, ela diz

E nunca fui com a cara dela, ainda mais olhando para você assim desse jeito, ela diz

Tenho sorte de ter o Eiliv Pedersen como professor, o Asle diz e a Ales e o Asle atravessam a Rua Alta e o Asle diz que os quadros eram absurdamente caros, e mesmo assim todos estavam vendidos, ele diz e o Asle diz que afinal já tinha conhecido o Beyer e diz que é uma história boba, mas quando era garoto organizou uma mostra na Casa da Juventude de Barmen, sim, foi em Barmen que ele cresceu antes de se mudar para Aga para cursar o Secundário, e então o Beyer passou por ali e parou e entrou e viu as pinturas e então comprou cinco delas, e depois vieram uns parentes ou amigos que adquiriram as outras, ele diz, mas não sabia que o comprador de quem ele nem lembrava o nome tinha uma galeria em Bjørgvin, talvez ele nem tenha dito como se chamava naquela ocasião, esse pensamento sempre o afligiu e ele quase não conseguiu acreditar quando viu o homem que tinha comprado cinco quadros seus sentado atrás daquela escrivaninha, ele diz e a Ales diz que isso de ter comprado os quadros dele, isso mesmo, o Beyer jamais teria feito essa compra caso não tivesse gostado de verdade das pinturas, ela diz, e não foi ele mesmo quem disse que tinha pendurado os quadros nas paredes de casa, ela diz, isso também quer dizer alguma coisa, ela diz e diz que cada uma das telas do Eiliv Pedersen foram vendidas, é sempre assim na Galeria Beyer, o Beyer quase sempre vende todas as pinturas que expõe, quer dizer, ele conseguiria vender qualquer coisa, ela diz, mas é preciso que se diga, e é verdade, ela sabe muito bem, ela diz, que um quadro com a etiqueta Vendido embaixo não está de fato vendido, a etiqueta está ali só para que as pessoas que visitam a galeria pensem que existe um grande interesse por aquelas pinturas, porque no dia seguinte a etiqueta de Vendido não está mais lá e foi parar debaixo de outro quadro, ela mesma já viu isso acontecer várias vezes, porque costuma ir à mesma exposição mais de uma vez, a Ales diz, mas por que ela está contando isso agora, a Ales diz e então diz que não sabe porque sempre se sente tão mal quando encontra a loura de cabelos meio compridos, a que entrou na galeria, ela diz e eles viram à esquerda e o Asle vê uma placa em que se lê Rua Estreita e a Ales diz que lembra bem que eles desceram por essa ruela da outra vez em que ele esteve em Bjørgvin, sim, quando eles se conheceram, ela diz e diz que o Asle certamente vai gostar de dar uma passadinha na Cafeteria, vários artistas vão lá durante o dia, mas nunca à noite, já que eles não servem nem vinho nem cerveja na Cafeteria, e também muita gente do interior passa por lá, pessoas que estão esperando para tomar o catamarã ou no sentido norte ou no sentido sul e o Asle diz que gostaria muito de ir à Cafeteria, e diz que realmente essa rua é muito estreita e a Ales diz que não é por acaso que se chama Rua Estreita, ela diz e quando terminam de descer a Rua Estreita a Ales aponta para a esquina da direita e diz que ali, logo depois da rua transversal, ali fica o Lar Hotel, e no térreo, com vista para o Cais, é lá que fica a Cafeteria, por isso já estão quase chegando, ela diz e de mãos dadas a Ales e o Asle vão até a Cafeteria, que está completamente vazia, e a Ales encontra uma mesa nos fundos, no cantinho da janela, com vista para o Cais e o Asle põe sua bolsa de couro a tiracolo numa cadeira junto da mesa e eles vão ao balcão e a Ales diz que quer uma xícara de café preto e o Asle serve o café para os dois e pinga um pouco de leite na própria xícara e então diz que está com um pouco de fome e por isso vai querer comer alguma coisa, talvez um sanduíche aberto de almôndegas, ele diz e a Ales diz que não está com fome e o Asle diz para a mulher no caixa que gostaria de um sanduíche aberto de almôndegas

Perfeitamente, ela diz

Já está saindo, pode levar faca e garfo para a mesa, ela diz

e o Asle paga e a Ales já se encaminhou para a mesa que escolheram e o Asle pega faca, garfo e um guardanapo e vai atrás dela e a Ales senta de costas para o salão para poder olhar diretamente para a parede ou, com o canto do olho, para o Cais e diz que prefere ficar sentada assim, nessa mesa, de costas para os demais clientes, quando há gente no salão, que permanece vazio, mas logo vai estar cheio de gente, porque está chegando a hora do jantar e as pessoas vêm comer na Cafeteria, há quem venha todos os dias pois a cozinha aqui é sempre ótima, a Ales diz e o Asle diz que pelo visto virá bastante à Cafeteria

Também acho, a Ales diz

Imaginei que sim, ela diz

e diz que acha que gostaria de morar longe de Bjørgvin e, se eles tiverem filhos, ela diz e se interrompe e seu rosto enrubesce e ela diz que bem se um dia vier a ser mãe e sorri e então os dois ficam sentados ali e a Ales estica o braço sobre a mesa na direção do Asle e ele a segura pela mão e assim os dois ficam um instante enquanto vão bebericando o café e a Ales diz que acha tão bom ficar sentada na Cafeteria admirando o Cais, os pesqueiros que atracam e zarpam, o vaivém de pessoas para embarcar nos catamarãs caso estejam atracados, apenas ficar sentada ali olhando, e costuma chover com frequência, mas não hoje, vai ver por isso o Asle se mudou para Bjørgvin justo hoje, a Ales diz e diz que hoje é um dia como poucos, um daqueles dias em que algo acontece, algo muito importante, porque é muito estranho, os dias passam, é como se o tempo apenas seguisse seu curso, mas então algo acontece, e quando acontece o tempo parece que passa mais devagar, e esse tempo que passa mais devagar não desaparece, mas permanece, é como se ele se tornasse um marco por assim dizer, por isso na verdade existem dois tipos de tempo, um tempo que simplesmente passa e só é importante para que o cotidiano siga seu rumo, e esse outro tempo, o tempo real, que consiste numa sucessão de eventos, eventos de maior ou menor importância, mas todos com algo que sobressai, para bem ou para mal, e esse tempo, o tempo real, é uma somatória de eventos, e esse é o tempo que subsiste, a Ales diz e diz que a mãe Judit disse algo parecido, é, ela divide o tempo dessa forma, ela diz, porque ela e a mãe Judit conversam muito e sobre todas as coisas, a Ales diz e o Asle pensa que ontem a Avó morreu, mas não quer contar isso à Ales, agora não, ele pensa e a Ales diz que está falando pelos cotovelos agora e o Asle diz que acha que compreendeu o que ela está querendo dizer e então a Ales faz o sinal da cruz sentada na cadeira e o Asle nunca tinha visto alguém fazer o sinal da cruz e a Ales diz que agora os dois são namorados

É, o Asle diz

A Ales e o Asle, ele diz

O Asle e a Ales, ela diz

e o Asle ergue o rosto e vê a mulher do caixa se aproximando da mesa deles trazendo um sanduíche de almôndegas e ela lhe entrega o prato e ele começa a comer imediatamente e diz que está muito bom, e estava mesmo com fome, ele diz e a Ales diz que as almôndegas da Cafeteria são deliciosas, eles sabem cozinhar direitinho, ela diz e o Asle pergunta se ela quer provar um pouquinho e ela diz que não e agradece e depois ele come em silêncio e olha para frente e vê a loura de cabelos meio compridos, a que estava na Galeria Beyer, entrando pela porta da Cafeteria e ela tira o cachecol e o pendura no espaldar de uma cadeira de uma mesa rente à janela alguns metros dali e a Ales pergunta o que foi e diz que ele nem precisa dizer porque ela já sabe o que é e então a Ales se vira e diz ao Asle que ela já sabia, lá está ela o encarando, que merda, aquela lá, a Ales diz e o Asle rapidamente termina de comer o sanduíche de almôndegas e de beber o resto do café e diz que percebeu que a Ales já quer ir embora e ela diz que sim e eles levantam e o Asle põe a bolsa de couro no ombro e eles se encaminham para a porta e o Asle repara que a loura de cabelos meio compridos não tira o olho dele mas ele não olha de volta e então eles saem pela porta e a Ales diz que claro que ela tinha que aparecer, e claro que tinha que ficar olhando para ele com aquele olhar curioso e apaixonado, ela diz e o Asle diz que nem olhou para ela e a Ales diz que claro que não por que ele teria que olhar e então os dois ficam parados diante do Lar Hotel e a Ales pergunta se ele quer que ela o acompanhe de volta ao dormitório e o Asle diz que se for para voltar ao dormitório ela terá mesmo que acompanhá-lo, do contrário ele irá se perder, ele diz e então a Ales passa os braços em volta dele e lá ficam a Ales e o Asle diante do Lar Hotel se abraçando e eu fico sentado na cadeira olhando para o retrato da Ales que está encostado no espaldar da cadeira e penso que não posso pegar o carro e levar os quadros para o Beyer hoje, porque hoje é antevéspera de Natal e amanhã na véspera do Natal o Åsleik e eu vamos embarcar na Lancha dele para Øygna, um pouco antes do Fiorde de Dentro, por isso tenho que começar a fazer as malas e deixar tudo pronto, mas o cachorro, o que será do cachorro? o que fazer com o Brage? nisso ainda não tinha pensado, mas é óbvio que o cão tem que ir junto, não pode ficar sozinho em casa, não dá, eu penso e levanto e desço as escadas e entro na sala e vejo o Brage deitado ali no banco e chamo por ele e ele vem esbaforido até mim e penso que até ele envelheceu, o cachorro, em volta do focinho os pelos estão bem grisalhos, em alguns lugares pelo corpo também, tão velhinho ele ficou que chega a dormir de pé, eu penso e o acaricio no dorso e penso que seria bom ir acendendo logo a lareira, para aquecer a sala, até o aquecedor elétrico está desligado, mesmo com esse frio todo, eu penso e também preciso tirar logo esse sobretudo preto e pendurá-lo no lugar de sempre, e penso que dormi no banco essa noite, com sobretudo, não, não é possível, não lembro de já ter feito assim antes, eu penso e também preciso fazer as malas, eu penso, se bem que não é muita coisa que vou levar, mas preciso de uma roupa decente para a ceia de Natal, paletó e gravata, eu penso, e vou ao quarto e tiro a mala do maleiro, a mesma que levei comigo de casa quando mudei para o dormitório e pertenceu à minha avó, foi dentro dela que levei as pinturas quando fui tentar a vaga na Escola de Belas Artes, e quando mudei para Bjørgvin, e depois quando fui mostrar as pinturas ao Beyer foi nessa mesma mala que as transportei, eu penso e pego a mala no maleiro no alto do guarda-roupa e a deixo aberta em cima da cama e vou dobrando paletó e camisa branca e gravata dentro da mala, depois ponho lá os meus sapatos sociais que estão guardados numa sacola preta, e mais que isso não preciso levar, eu penso, quer dizer, o livro que estou lendo preciso levar, e de novo estou lendo o Mestre Eckhart e o livro que estou lendo se chama *Einheit mit Gott*, uma leitura que acabei de começar e vale muito a pena embora dos escritos do Mestre Eckhart eu depreenda muito pouco, assim como depreendo muito pouco da minha própria existência, mas é um autor que venho lendo e relendo tanto ao longo de todos esses anos que até já perdi a conta das vezes, e a propósito dele talvez eu devesse ler de novo *From Whom God Hid Nothing*, eu penso, se bem que posso levar ambos os livros, e além desses dois livros levarei somente pasta e escova de dente, mas isso eu posso enfiar na mala amanhã, hoje ainda nem escovei os dentes, eu penso e fecho a mala e a carrego para a sala e a deixo entre as portas do corredor e do quarto, no lugar onde antes eu empilhava as pinturas inacabadas, debaixo do gancho onde penduro a minha bolsa de couro marrom a tiracolo, e fico olhando para a minha cadeira à esquerda da mesa redonda e olho para a cadeira da Ales e a vejo sentada ali, eu penso e vou sentar na minha cadeira e olho para o ponto fixo na direção do mar, para o meu ponto de fuga, as copas dos pinheiros lá embaixo da casa devem alcançar a metade da vidraça da janela, a parte direita, pois a janela é dividida em duas e pode ser aberta de ambos os lados, e cada parte da janela é dividida em três vidraças, e é no meio da vidraça da direita que devem estar as copas dos pinheiros, essa é a minha mirada, e olho para o meu ponto no mar do Bispado e percebo a Ales sentada em sua cadeira junto à minha e ela me estende a mão e eu seguro a mão dela e fico olhando para o meu ponto lá no meio do mar, para as ondas, e vejo a Ales e o Asle, de mãos dadas, a caminho da Igreja de São Paulo, foi a Ales quem disse para irem à igreja, eles tinham que ir, ela disse, a vida dela está muito ligada à igreja, àquela igreja, e nem se trata uma igreja imponente e bonita, não é nenhuma catedral, é mais uma igrejinha um tanto obscura, mas são tão poucos os católicos em Bjørgvin, sim, na Noruega inteira, que não havia nem necessidade nem dinheiro para construir uma igreja maior, a Ales diz e diz que nessa igreja foi batizada e fez a primeira comunhão

Isso significa estar diante do altar pela primeira vez, ela diz

Sim, a primeira eucaristia, ela diz

Nunca estive numa cerimônia de primeira comunhão, o Asle diz

e a Ales diz que bem ali, olhe, ali, sim, está o Café da Rodoviária, ela diz, e naquele dia, como ela já falou, foi a primeira vez que ela esteve por lá, várias vezes antes ela tinha passado em frente e sempre quis saber como era, porque o Café da Rodoviária não tem exatamente uma boa reputação, dizem as más línguas que mulheres vão lá vender o próprio corpo e essas coisas, mas à noite, a Ales diz, e ela, justamente naquele dia, justamente quando o Asle também estava lá pela primeira vez, entrou no Café da Rodoviária e quem diria que eles fossem se encontrar, não, não foi só uma coincidência, era para ser, foi um desígnio de Deus, foi a providência, a Ales diz e o Asle ouve o que a Ales diz e talvez seja capaz de entender o que ela quer dizer, mas ainda não consegue aceitar bem isso, apesar de estranhamente ter começado a sentir uma espécie de presença divina depois que conheceu a Ales, mas para isso não é necessário nenhuma igreja, nenhuma primeira comunhão, nenhum deus feito homem e crucificado e morto e ressuscitado e subido aos céus pelo Deus que Ele mesmo era, pois Ele era Deus, bem, uma parte de Deus, não carecia nenhum outro Deus para erguê-lo aos céus, o Asle pensa e diz que um dia eles precisam ir juntos a uma missa, e a Ales diz que irão, sim, mas agora mesmo não tem nenhuma missa na Igreja de São Paulo, mesmo assim ela quer muito que entrem para conhecer o local, pois a igreja está sempre aberta, ela diz e eles sobem a escadaria da Igreja de São Paulo e a Ales solta a mão do Asle e abre a porta da igreja e o Asle entra e está bem escuro na igreja e no fundo, no canto esquerdo, debaixo de uma estátua da Virgem Maria com o Menino Jesus no colo estão várias velas ardendo e no centro da igreja tem uma luzinha vermelha acesa, atrás do altar, no alto de um armário, e à direita da porta está uma bacia com água e tem outra parecida à esquerda e a Ales diz baixinho que tem água benta naquelas bacias e a Ales vai até a bacia da direita e molha os dois dedos da mão direita na água e lentamente leva os dedos à testa e depois ao peito e depois ao ombro esquerdo e por fim ao direito e então olha para a luz vermelha e ajoelha e levanta e fica olhando para a luz vermelha diante do altar

Tem uma coisa ali, ela diz

e então ela inclina a cabeça e segura a mão do Asle e o conduz pela penumbra para debaixo de uma escada que deve levar a uma galeria ou algo assim, o Asle pensa e então ela ajoelha o Asle fica parado em pé e sente que foi tomado por algo, sim, algo toma conta dele e o arrebata de uma tal maneira e ele se entrega a esse arrebatamento, e todo o resto está em completo silêncio, e esse silêncio é como se fosse preenchido por algo, e esse algo que preenche o silêncio também o preenche, o Asle pensa e então é como se já não pensasse mais e ele apenas fica ali nesse silêncio e no final já não consegue sentir mais nada, ele apenas está ali naquele silêncio, ele é o silêncio, ele pensa e a Ales levanta e olha para ele e depois vai acender duas velas no pedestal da estátua da Virgem Maria com o Menino Jesus e depois enfia os dois dedos na bacia de água benta e faz o sinal da cruz e o Asle também mergulha os dois dedos da mão direita na bacia de água benta e então a Ales segura a mão dele e a leva à testa, ao peito, ao ombro esquerdo e ao ombro direito e então sai pela porta e de novo se persigna e o Asle repete o gesto mas não tem certeza se fez direito mas mesmo assim sente o poder e que o sinal da cruz lhe traz e então a Ales o segura pela mão e eles vão embora e a Ales fecha a porta depois que passam

Agora estamos casados, a Ales diz

e o Asle assente

De verdade, estamos sim, ela diz

e o Asle assente e a Ales diz que agora pode acompanhá-lo até o dormitório na Rua da Universidade, não é uma caminhada tão longa, é só seguir um pouco mais pela Rua Canônica, onde fica a Igreja de São Paulo, que a Rua da Universidade será a primeira à esquerda, a Ales diz e então a Ales e o Asle vão de mãos dadas embora da Igreja de São Paulo e a Ales diz que eles voltarão a se ver amanhã, mas amanhã ela tem que ir à escola, não pode cabular as aulas todos os dias, ela precisa terminar o secundário e prestar o vestibular se quiser ter alguma chance de garantir a vaga na Escola de Belas Artes, então é isso, amanhã depois da escola eles podem se encontrar no portão da casa onde ele mora, a Ales diz e o Asle diz que prefere que eles se encontrem na Cafeteria e a Ales diz que ele não vai conseguir encontrar o caminho sozinho, mas pode perguntar às pessoas, e se por acaso estiver completamente perdido sempre pode tomar um táxi, mas ele terá que descobrir o caminho de qualquer maneira, pelo menos até a Escola de Belas Artes e à Cafeteria, a Ales diz sorrindo

Vou dar o meu melhor, o Asle diz

Então nos vemos amanhã na Cafeteria umas três horas? o Asle diz

e a Ales e o Asle ficam diante do portão no número 7 da Rua da Universidade e se abraçam e a boca da Ales encontra sua boca e sua língua e eles se beijam longamente e se afastam e a Ales diz que não queria de jeito nenhum que ele fosse para a casa da tal Herdis Åsen ou sei lá como ela se chama, mas ele tem que ir, o dormitório e as coisas dele estão lá, mas logo, logo eles vão encontrar outro dormitório para ele, ou, sim, que tal se pudessem ir morar juntos? ela diz, para isso ela não é tão católica assim, ela diz, e ri um pouco, e na verdade então eles agora estão casados, diante de Deus agora são um casal, ela diz e se afasta e vai embora e o Asle fica parado olhando para ela e quando já está bem distante ela para e se vira e ergue a mão e acena e ele também ergue a mão e acena e então lhe joga um beijo e ele também lhe joga um beijo e a vê desaparecer contornando a esquina por onde acabaram de passar e então fica diante da porta do número 7 da Rua da Universidade e abre a porta e entra e tranca a porta ao passar, pois acha que a Herdis Åsen lhe pediu para fazer assim, ou talvez não tenha pedido, ele não se recorda bem, o Asle pensa e sobe as escadas degrau por degrau e ao chegar no quinto andar vê que está escrito Borch na porta diante da qual está escrito Herdis Åsen e abre a porta e se ouvem passos e ele vê a Herdis Åsen caminhando em sua direção, vestindo um robe branco, calçando pantufas cor-de-rosa, segurando um cigarro numa das mãos e na outra o cinzeiro e ela diz que bom que ele chegou, demorou um tempão com aquela mulher, ela diz

E não esqueça que é proibido trazer mulheres para o quarto, a Herdis Åsen diz

Certo, o Asle diz

Até pensei que você voltaria mais tarde, ela diz

e o Asle não se deu conta do tempo passar e a Herdis Åsen diz que não está tarde para um café com bolo, afinal ela fez o bolo para a chegada dele, porque ele veio morar com ela, para comemorar, o bolo era para ser uma recepção de boas-vindas, seria uma pena não o comer, ainda mais por causa daquela mulher, a Herdis Åsen diz e diz que o bolo pode esperar até amanhã, mas está mais gostoso hoje, recém-assado, ela diz e o Asle descalça os sapatos e põe a bolsa de couro marrom no chão e a Herdis Åsen diz que ele pode deixar sapatos e bolsa no corredor agora, mas ela prefere que guarde sapatos e bolsa no dormitório, mas agora venha, a Herdis Åsen diz e vai abrir a porta da sala e o Asle a acompanha e a mesa redonda da sala está posta para dois, pratos, facas, canecas de café e taças de vinho, e ele vê que a garrafa de vinho sobre a mesa está quase vazia, e só resta um pouco de vinho na taça, e ele vê a Herdis Åsen apagar o cigarro e deixar o cinzeiro na mesa e depois pegar a taça e beber um pouco do vinho

Adoro vinho branco, a Herdis Åsen diz

E este aqui é excelente, ela diz

Barato não foi, ela diz

e então a Herdis Åsen diz que pensou que os dois pudessem passar um tempinho juntos para comemorar a chegada dele, mas por causa daquela mulher as coisas não saíram do jeito que ela tinha planejado, a Herdis Åsen diz e pergunta se ele gostaria de um pouco de vinho e o Asle diz sim obrigado e então a Herdis Åsen serve o vinho na taça vazia e ele levanta a taça e dá um gole e o vinho é uma delícia e deixa um gostinho persistente no fundo da boca

Não é bom esse vinho? diz a Herdis Åsen

É sim, o Asle diz

e então ela diz que eles devem fazer um brinde, brindar à chegada dele em casa, ela diz e eles aproximam uma taça da outra e dizem saúde e então a Herdis Åsen diz que seria melhor ele não segurar a taça pelo bojo, mas pela haste, assim como ela está fazendo e então o Asle põe a taça na mesa e a segura pela haste e então eles brindam outra vez e a Herdis Åsen diz para ele sentar

Sente no sofá, ela diz

e o Asle vai sentar no sofá e a Herdis Åsen vai até a cozinha e volta trazendo uma bandeja com um bolo, logo para o Asle que nunca foi de gostar de bolo, independentemente do tipo, ele não gosta de bolo nenhum, e aquele bolo ali é enorme

O café está pronto, já podemos comer, a Herdis Åsen diz

e pergunta se ele costuma tomar o café com açúcar e leite e o Asle diz que gostaria de um pouco de leite no café e a Herdis Åsen diz que ela também e então vai até a cozinha e retorna com uma jarrinha que põe na mesa

Pode vir sentar, ela diz

e o Asle vai sentar no lugar de onde pegou a taça e a Herdis Åsen serve o café para ele e para si mesma e devolve o bule de café à mesa e então lhe entrega a jarrinha com o leite e ele verte um pouco de leite no café e passa a jarrinha à Herdis Åsen e ela pinga um pouco de leite no café e diz para ele se servir do bolo e o Asle fica ali sentado meio sem jeito e então ela pede para ele lhe entregar seu prato e serve um pedaço grande do bolo no prato e o devolve ao Asle

Tomara que esteja gostoso, ela diz

e o Asle o recebe e como há um garfo sobre a mesa ele se dá conta de que deveria comer o bolo com o garfo, coisa a que não está acostumado, porque nas poucas vezes que comeu bolo na vida sempre o fez com uma colher, e ele dá uma garfada e sente um gosto de bolo, nada além disso, nem gostoso está e ele mastiga e mastiga, depois dá um golinho no café para engolir o bolo e misturado com o café o bolo fica mais saboroso

Então quer dizer que você vai se casar, a Herdis Åsen

e o Asle sabe muito bem que se o pedaço de bolo ficar em pé no prato em que for servido a pessoa que o comer irá se casar, e ele vê que seu pedaço de bolo está em pé, ele pensa

Só espero que não seja com aquelazinha de hoje mais cedo, a Herdis Åsen diz

Aquela lá não é mulher para você, ela diz

Logo de cara vi que vocês dois não foram feitos um para o outro, ela diz

e então ela levanta o prato e seu pedaço de bolo está deitado no prato

Não, eu nunca me casei

E é melhor que tenha sido assim, ela diz

e então a Herdis Åsen come um pedacinho e pergunta se o Asle gostou e ele diz que sim, sim, está muito bom e mastiga e mastiga e engole o bolo com o café

Pode comer mais, tem bastante bolo aqui como você pode ver, a Herdis Åsen diz e o Asle não diz nada e a Herdis Åsen comeu todo o seu pedaço de bolo e diz que o bolo não estava nada mau, ele que não faça cerimônia e coma o quanto quiser, ela diz e então ergue a taça e diz que acha que tanto o vinho branco como o café combinam bem com o bolo, de preferência juntos, ela diz e o Asle diz que já comeu quase metade do pedaço de bolo e dá mais uma garfada e fica mastigando e engole com o vinho, sim, ele esvazia a taça e a Herdis Åsen diz que pelo visto terá que abrir mais uma garrafa de vinho e já que é assim sai levando a garrafa vazia para a cozinha e o Asle ouve uma rolha sendo aberta e em seguida a Herdis Åsen volta trazendo uma nova garrafa e diz que esse é um vinho razoável, fácil de beber, ela diz e serve a taça dele e diz que ele comeu tão pouco e o Asle diz que não está com muita fome

Ou é porque você não gosta de bolo? a Herdis Åsen diz

Não sou muito de bolo, mas até que estava bom, o Asle diz

Em todo caso você sabe ser gentil, a Herdis Åsen diz

e então se serve de mais uma dose de vinho e ergue a taça para o Asle que também ergue a sua e ela diz que está feliz pela casa finalmente ter um homem de novo, ela se sente melhor quando não está sozinha naquela residência tão grande, ela diz, e não importa se ele não gostar de bolo, homens não costumam gostar, a Herdis Åsen diz e diz que amanhã terá que ir à escola dar aulas no lugar de uma professora e o bolo vai fazer sucesso na sala dos professores, ela diz, aliás foi mais para celebrar a chegada dele que ela tinha feito o bolo, e além disso ela gosta de cozinhar, principalmente bolos, ela nunca foi muito de se importar em fazer tarefas domésticas, não sabe nem tricotar, fazer crochê ela nunca nem tentou, mas de cozinhar, especialmente bolos, ela sempre gostou, a Herdis Åsen diz e agora o Asle se quiser pode pegar sua taça e voltar para o sofá que ela vai levar o bolo para a cozinha, esse bolo que foi um fracasso, ela diz gargalhando, e a louça e o resto das coisas, a Herdis Åsen diz e o Asle vai sentar no sofá e bebe o vinho e já sente um pouco os efeitos do álcool e olha em volta da sala, toda decorada com quadros, grandes e pequenos, e percebe que pelo menos dois só podem ter sido pintados pelo Eiliv Pedersen, além deles há várias pinturas do nacional-romantismo norueguês, e um retrato da Herdis Åsen quando jovem, e também tem a velha e pesada estante marrom junto de um armário no mesmo estilo da estante, no qual não reparou da outra vez, o Asle pensa, e tanto a estante quanto o armário aparentam datar da época que se chama art nouveau, ou jugendstil, como dizem, o Asle pensa e bebe o vinho e realmente como é bom aquele vinho, o primeiro era nitidamente melhor, mas também esse é muito bom de beber, quer dizer, ele não bebeu tantos vinhos assim na vida, mas se era para beber vinho e se pudesse escolher ele sempre escolheria vinho tinto, sim, tinto é melhor do que branco, quanto a isso não há dúvida, ele pensa e a Herdis Åsen retorna e pega sua taça e bebe todo o vinho e serve mais uma dose

Só agora estou vendo que sua taça está vazia, mas que tipo de anfitriã eu sou, ela diz

e então serve outra taça ao Asle e põe a garrafa na mesinha de centro e senta no sofá ao lado do Asle

Estou vendo que você tem quadros do Eiliv Pedersen, o Asle diz

Ah, você o conhece, a Herdis Åsen diz

Não teria como não, ela diz

Pois é, agora mesmo me ocorreu, ela diz

e então a Herdis Åsen conta que quando era jovem conhecia muito bem o Eiliv Pedersen, bem até demais ela poderia dizer, esses quadros foi ele em pessoa quem lhe deu, como presentes, e embora sejam de um jovem Eiliv Pedersen são pinturas que têm a sua marca registrada, ela inclusive esteve recentemente na exposição dele, a que está em cartaz agora na Galeria Beyer, e lá o Asle não pode deixar de ir, a Herdis Åsen diz e aponta para o retrato dela quando jovem

Aquele ali é de quando eu era bonita, ela diz

e os dois calam e a Herdis Åsen acende um cigarro e pergunta se o Asle pode pegar o cinzeiro que está na mesa de jantar, ela diz e ele vai e para e olha para o retrato da Herdis Åsen jovem, e é o retrato de uma bela mulher, muito bem executado, ele pensa e a Herdis Åsen diz que o autor era um jovem artista que um dia o pintou, e os dois calam e a Herdis Åsen diz que precisou ficar posando durante uma eternidade, pelo menos foi a impressão que teve, ela diz e dá uma risada curta e o Asle pega o pacote de fumo e enrola um cigarro

Eu não sabia, você também é fumante, a Herdis Åsen diz

e o Asle diz que começou a fumar ainda na escola primária, e já gostou desde a primeira vez que tragou, na companhia de um amigo que tinha surrupiado um maço de cigarros do avô e os dois foram para uma casa de barcos e lá ele fumou pela primeira vez e gostou de fumar já na primeira tragada, enquanto o amigo passou mal e sentiu náuseas e vomitou e disse que nunca mais voltaria a fumar e lhe deu o maço de cigarros e a caixa de fósforos, sim, aquele formigamento gostoso que se sente ao fumar, e uma paz que vai se espalhando por todo o corpo, o Asle diz e a Herdis Åsen diz que com ela não foi assim, ela lembra muito bem da primeira vez que fumou, ela lembra tão bem quanto do primeiro beijo, ela diz e ri, mas essas coisas, beijos e tal, não era assunto para ficarem conversando ali, ela diz e dá uma risada curta e então diz que ainda eram jovens e estavam caminhando pela rua, e alguém do grupo tinha conseguido pôr as mãos num pacote de tabaco, provavelmente tinha sido furtado de alguém, ela não sabe ao certo, mas todos os jovens acabaram enrolando algo parecido com um cigarro, e não foi nada fácil, desperdiçaram vários papéis de seda até finalmente conseguirem, e se não lhe falha a memória acabaram ficando sem papel de seda, mas ela por fim fumou assim mesmo e para dizer a verdade até vomitou, foi um baita vexame, ela não conseguiu se conter, vomitou, e demorou muito para voltar a fumar outra vez, um cigarro de maço, não desses de enrolar, e correu tudo bem, e foi quando foi estudar em Berlim, ela estudou alemão, e todos esses anos vem lecionando alemão e norueguês, como já cansou de dizer, a Herdis Åsen diz e bebe o vinho e continua fumando seu cigarrinho, e diz que depois da temporada em Berlim ela passou a fumar de verdade, mas nunca cigarros de enrolar, só cigarros já prontos, ela diz, e fuma demais, ela tenta se limitar a um maço de vinte cigarros por dia, mas geralmente já abre um outro maço, e é um exagero, ela diz e apaga o cigarro e os dois bebem vinho

E não é difícil exagerar um pouco no vinho também, ela diz
e os dois calam
Eu sou sozinha, ela diz
e os dois voltam a calar
Assim é que é, ela diz

e então diz que não, não tem por que reclamar, ela vive bem, da melhor maneira que pode, ela diz e aliás, sim, essa ideia lhe ocorreu agorinha, será que o Asle não pintaria um retrato dela? e o Asle acha que não quer, mas precisa dizer que sim já que ela está pedindo

Posso pintar sim, ele diz

É claro que eu vou pagar, ela diz

e diz que talvez já pudessem começar amanhã, se o Asle quiser e tiver tempo e ele pergunta de que tamanho será a tela e ela diz que não precisa ser tão grande, mas talvez o Asle pudesse retratá-la reclinada na cama de dossel cor-de-rosa, pois é naquela cama onde ela se sente mais à vontade, a Herdis Åsen diz e levanta levando sua taça de vinho e vai para o quarto e diz para o Asle acompanhá-la e ele apaga o cigarro e levanta e vai atrás dela e então a Herdis Åsen deita na cama, vestindo o robe branco, com as pantufas cor-de-rosa nos pés, e segurando a taça na mão, uma cama de dossel cor-de-rosa, com várias almofadas, ela fica reclinada na cama e pede ao Asle que sente na cadeira próximo da cama, a de espaldar bem alto, e a Herdis Åsen termina de beber a taça e pergunta se o Asle pode ir buscar a garrafa e lhe servir um pouco mais de vinho e o Asle diz que sim e põe sua taça no chão e vai buscar a garrafa que já está quase vazia e despeja o que ainda restou do vinho na taça da Herdis Åsen

Mais uma garrafa vazia, ela diz

Acho que vou ter que comprar mais vinho amanhã, ela diz

e o Asle pega a taça do chão e bebe e diz que está muito agradecido pelo bolo

Não há de quê, a Herdis Åsen diz

E pelo café, ele diz

E pelo vinho, ele diz

e o Asle diz que já está na hora de ir deitar, foi um dia longo, ele diz e a Herdis Åsen diz que deve ter sido mesmo, mas ele precisa ter em mente o que ela disse, que é proibido trazer mulheres para o quarto, ela diz e o Asle diz que já entendeu, e a Herdis Åsen diz que deve estar sendo muito ranheta e o Asle não diz nada e ela diz que deve ter bebido demais, ela diz e dá a taça de vinho vazia para o Asle e ele a segura e ela diz que seria bom se ele pudesse levar a garrafa e as taças para a cozinha e o Asle diz que fará isso e então fica parado com a garrafa vazia numa das mãos e as duas taças na outra e diz boa noite e a Herdis Åsen diz que por ela já podem começar a pintar o retrato amanhã mesmo, e o ideal seria se ela pudesse posar no dormitório dele, mas ela prefere que ele a retrate deitada na cama, que é menos cansativo ficar deitada do que sentada, ela diz e o Asle diz que vai dar tudo certo e então a Herdis Åsen diz que vai se aprontar e se maquiar para ficar bem bonita, ela não quer parecer descuidada na pintura, ela diz

Vou dar o meu melhor, o Asle diz

E vou me empetecar o quanto puder, a Herdis Åsen diz

Mas não é fácil ficar bonita, não quando se está tão velha como eu, ela diz

Tão cheia de rugas, ela diz

Dizem que as fumantes têm mais rugas do que as mulheres que não fumam, ela diz

Eu pelo menos tenho as minhas, ela diz

e o Asle diz boa noite e a Herdis Åsen diz boa noite e o Asle vai e põe a garrafa vazia e as duas taças na cozinha e volta para o corredor e apanha os sapatos e a bolsa a tiracolo e depois entra no dormitório e deixa os sapatos e a bolsa a tiracolo no chão e fica olhando para a cama e faz o sinal da cruz, só que não lembra direito como fazer, e tenta várias vezes até acertar enfim, ele supõe, e de novo leva a mão lentamente à testa, ao peito, ao ombro esquerdo e ao direito e percebe algo acontecer com ele, que é tomado por uma força, ou algo parecido, ou como será que se pode explicar, mas alguma coisa é, e alguma coisa que não estava ali da primeira vez que ele se persignou, o Asle pensa e se despe e põe as roupas na cadeira diante da escrivaninha e se joga na cama e sente aquele bem estar proporcionado pelo vinho e fecha os olhos e respira regular e profundamente e pensa que amanhã ele e a Ales vão se encontrar na Cafeteria às três horas, ele pensa e eu fico aqui sentado na minha cadeira olhando para o meu ponto fixo no mar, para o meu ponto de fuga, para as ondas, e ainda estou vestindo o meu sobretudo preto, e ainda não acendi a lareira, e o Brage está deitado aqui no meu colo, e agora tenho logo que acender a lareira e tirar esse sobretudo preto, eu penso e olho para as ondas e vejo o Asle entrar na Cafeteria e de início ele não vê ninguém por lá e então repara na loura de cabelos meio compridos sentada perto da porta e ela está olhando para o Cais e para a Baía e o Asle pensa que ela sempre vai estar lá, e a Ales não vai gostar nada disso, o Asle pensa e se serve de uma xícara de café da garrafa térmica e adiciona um pouco de leite na xícara e vai ao caixa pagar e depois vai à mesa mais recuada nos fundos e põe a xícara de café na mesa e a bolsa a tiracolo numa cadeira e senta com as costas voltadas para a loura de cabelos meio compridos e percebe nitidamente que ela está de olho nele, e junto dela há uma mala e algumas sacolas, de modo que pode ser que ela esteja à espera do catamarã, nesse caso ela deve morar ao sul ou ao norte de Bjørgvin, pois um barco parte rumo ao sul e outro rumo ao norte, o Asle pensa e pega o pacote de tabaco e enrola um cigarro e acende e sente o gosto bom do cigarro misturado ao café, ele ainda não comeu nada hoje, mas não está com fome, não gosta de comer nada de manhã, é só no meio do dia que ele sente vontade de comer alguma coisa, às vezes já de noite, ele pensa, ele não entende essas pessoas que comem bastante logo depois que despertam, nunca foi disso, quer dizer, só quando era criancinha, mas depois não lembra mais de ter feito assim, a primeira coisa que faz quando acorda é acender um cigarro, depois mais um, e talvez tomar uma xícara de café, o Asle pensa e olha para o relógio ainda são duas e meia, ele está adiantado, ele sempre se adianta aos compromissos, normalmente sim, mas quando ia para a escola primária ele nunca se adiantava, nesse caso sempre chegava era atrasado, sempre, o Asle pensa e bebe o café e fuma e ouve passos e ele se vira e vê a Ales se aproximando e ele levanta e vai até ela e eles se encontram e se abraçam e se beijam e ele percebe que tanto a mulher no caixa como a loura de cabelos meio compridos estão olhando para eles e a Ales diz que ele chegou mais cedo e o Asle diz que sempre faz assim, e já se serviu de uma xícara de café, e será que ela não gostaria de comer ou beber alguma coisa, ele pergunta e a Ales diz que adoraria uma xícara de café, ela diz e o Asle vai pegar uma xícara de café mas a Ales rapidamente vai em sua direção e diz que não, ela não quer nada, porque eles têm que ir embora já, sim, por causa daquela lá, a que não tira os olhos dele, a que sempre está por perto, parece até que eles não conseguem se livrar dela, a Ales diz e portanto é melhor ir embora já, tomara que ela não venha atrás deles, a Ales diz e o Asle põe a xícara no lugar e vai buscar o pacote de tabaco e a Ales diz para ele acabar de fumar o cigarro que ficou no cinzeiro e terminar de beber o café, é óbvio, e o Asle apaga o cigarro e o enfia no pacote de tabaco e em pé termina de beber o café num só gole e a Ales diz para ele não se apressar, não foi essa a intenção, ela diz, longe disso, se bem que aquela lá, a loura de cabelos meio compridos, lá está ela de novo, ela diz e o Asle pendura a bolsa de couro no ombro e segura na mão da Ales e eles vão na direção da porta e o Asle não olha para a mulher sentada no cantinho, a loura de cabelos meio compridos, ele abre a porta da frente com a mão livre e a Ales sai e ele sai e a porta se fecha ao passarem e a Ales diz que o dia está tão lindo que eles podem passear pelo Cais, lá tem muitos bancos onde podem sentar, ela diz, e tem muita coisa para contar, ela diz e eles vão e encontram um banco e sentam e ficam sentados admirando a Baía, o mar está um verdadeiro espelho e as casas do outro lado da Baía ficam refletidas no mar

Não é sempre que o mar está assim tão calmo, o Asle diz

Não mesmo, quase nunca está, a Ales diz

E as casas do outro lado ficam refletidas no mar, ela diz

e também diz que deve ser por causa deles que o mar está assim tão calmo e o Asle não diz nada e então eles ouvem o ronco de um motor e o Asle vê que um dos catamarãs está zarpando do cais e as marolas deixadas pela popa do barco agitam o mar calmo e as casas refletidas se dissolvem e desaparecem e a Ales diz que agora precisa dizer uma coisa e o Asle pega o pacote de tabaco e tira o cigarro fumado pela metade, sim, agora preste atenção, a Ales diz

Hoje você tem que ir conhecer a mãe Judit, ela diz

A mãe Judit? o Asle diz

e fica ao mesmo tempo surpreso e assustado, pois foi tudo muito de repente, tudo está acontecendo rápido demais, e ele percebe que não está conseguindo dar conta

Saindo daqui vamos lá em casa para você conhecer a mãe Judit, a Ales diz

Mas é tão urgente assim? o Asle diz

É, a Ales diz

e ficam calados, e então o Asle diz que aquele catamarã que acabou de zarpar está indo para o sul, e o outro que ainda está atracado irá para o norte, ele diz e percebe como isso que acabou de dizer não faz sentido, é como se tivesse dizendo apenas por dizer e a Ales diz sim e então diz que ele tem que ser apresentado à mãe Judit já que os dois estão casados, porque estão mesmo, quer dizer de certo modo sim, ela diz

É mesmo, o Asle diz

Exatamente, a Ales diz

e então diz que eles se casaram ontem quando estiveram na Igreja de São Paulo, portanto perante Deus estão casados e o Asle pensa que talvez estejam, bem, eles se casaram lá na igreja sim e ele pensa que não é sempre tão fácil entender o que a Ales quer dizer, ele pode até concordar, mas acha tudo muito estranho, ficar sentado ali admirando o mar, a Baía, e ouvindo a Ales dizer que eles estão casados perante Deus e hoje ele terá que conhecer a mãe Judit

E você lembra que nós moramos na Rua da Cordilheira, a Ales diz

e diz que o Asle tem que conhecer a mãe Judit porque eles dois agora irão morar juntos, e o Asle presta atenção no que a Ales diz e não entende, como assim morar juntos? dividindo o mesmo teto? mas ele acabou de se mudar para a casa da Herdis Åsen, ele pensa

Porque você não pode continuar morando na casa daquela tal Herdis Åsen, a Ales diz

Mas está tudo bem, o Asle diz

Não, a Ales diz

Não, não está nada bem, ela diz

por isso mesmo ela conseguiu arranjar um pequeno apartamento para eles dois, na verdade foi a mãe Judit quem veio em seu socorro, porque uma amiga da mãe Judit tem uma casa na Encosta e essa casa tem um apartamento no porão e a mãe Judit antes tinha dito que ela era muito jovem para morar sozinha, e depois pensou que ela não poderia ir viver com um homem que havia acabado de conhecer, assim não dá, a mãe Judit tinha dito, mas daí a Ales disse que tinha certeza de que estava fazendo a coisa certa, estava absolutamente decidida e a mãe Judit olhou para ela e se fechou em copas, porque a mãe Judit é dessas que do nada cala e fica em silêncio, as outras pessoas podem até achar estranho, mas ela estava tão acostumada com esse comportamento da mãe Judit que quase não estranhava mais, aliás até ela mesma tinha começado a agir assim, adentrar, ou melhor dizendo, mergulhar num silêncio sem palavras, quer dizer, nem sempre mas às vezes, ela diz

Eu entendo, o Asle diz

e depois desse silêncio da mãe Judit, e talvez também dela mesma, a mãe Judit disse que o que a Ales tinha dito era o certo, e depois disse também que uma amiga tinha uma casa na Encosta com um apartamento no porão que agora estava vazio, tinha servido de residência para a filha que estudava em Bjørgvin, mas depois casou e se mudou para Oslo, já se vão muitos anos, e desde então a amiga nunca chegou a alugar o imóvel, que ficou vazio, mas sempre comentava que não podia mais perder tempo e alugar logo aquele porão, mas ficava só nessa conversa, ela tinha receio até de publicar um classificado num jornal, assim como receber eventuais interessados em conhecer o local, ter que tratar com essas pessoas, e também receava ter gente estranha morando em casa, por qualquer que fosse o motivo o certo era que a tal amiga nunca chegou a alugar esse apartamento do porão, que fica numa casa muito bem localizada, com vista privilegiada para o centro de Bjørgvin, até mesmo o Fiorde da Cidade se pode ver de lá, era um belo apartamentozinho de dois cômodos, com uma sala bastante espaçosa, e uma cozinha bem pequena, a mãe Judit falou e então disse que a Ales talvez pudesse alugá-lo, faria muito bem a ela viver sozinha, só não estava convencida se morar com um homem seria o mais correto, e um homem que tinha acabado de conhecer e não sabia bem quem era, ela estava tão apaixonada que não conseguia raciocinar direito, ela disse e a Ales disse que estava decidida, e então a mãe Judit disse que telefonaria para a amiga para perguntar se a Ales, quer dizer, se eles dois poderiam alugar o apartamento no porão

Você sabe o que a amiga faz da vida, o Asle diz

Ela trabalha com a minha mãe, a Ales diz

Ela também é enfermeira, ela diz

E também é viúva, ela diz

Ela, como eu disse, tem uma filha, que vive em Oslo, mas é bem mais velha do que eu, ela diz

e diz que os pais dela eram já mais velhos quando ela nasceu, mas isso ela já mencionou, a Ales diz e diz para o Asle prestar bem atenção agora e diz que a mãe Judit ligou para a amiga dela, que por sinal se chama Hjørdis

É um nome muito parecido com Herdis, o Asle diz

Sim, sim, a Ales diz

Pois bem, daí a amiga disse à mãe Judit que seria ótimo alugar o imóvel para ela, ela se sentiria mais segura assim, porque não era bom viver sozinha numa casa tão grande, foi o que ela falou, ela diz

Sendo assim a mãe Judit disse que eu, quer dizer, que você e eu mudaríamos para lá juntos e então a tal amiga, a Hjørdis, deu uma boa risada e disse que seria uma ótima ideia, estava fazendo falta um homem na casa, uma casa antiga assim sempre dava trabalho, ela estava pensando em vender a casa justamente por isso, ela falou, a Ales diz

Mas eu, o Asle diz

Não precisa fazer nada, a Ales diz

Eu sou muito desengonçado, sabe, o Asle diz

Não tem problema, a Ales diz

e diz que talvez eles possam limpar a neve da frente da casa no inverno, se nevar, porque não é sempre que neva em Bjørgvin, não é tão frequente assim, mas foi a amiga, a Hjørdis, quem mencionou essa coisa de limpar a neve, por isso ela trouxe o assunto à tona, a Ales diz e diz que agora que encontrou um lugar eles poderiam se mudar o quanto antes, ela diz e o Asle ouve passos e se vira e vê a loura de cabelos meio compridos caminhando pelo Cais levando uma mala numa mão e sacolas na outra e a Ales também se vira e diz que de novo, não lhe entra na cabeça, por que aquela mulher sempre tem que estar ali? ela diz e eles olham para ela e a veem embarcando no catamarã que está no atracadouro

Pelo jeito ela não mora em Bjørgvin, o Asle diz

E isso é bom, a Ales diz e levanta

Só não consigo entender por que tenho que encontrar com ela com tanta frequência, ela diz

É, o Asle diz

Vamos lá, vamos conhecer a mãe Judit, a Ales diz

E em seguida vamos conhecer o apartamento, e se a amiga não estiver em casa pelo menos podemos ver o lado de fora da casa

Podemos, o Asle diz

Pois então vamos, a Ales diz

e eles levantam e de mãos dadas vão pelo Cais e eu fico sentado olhando para o meu local de sempre no meio do mar, para as ondas e enquanto vejo a Ales e o Asle caminhando pelo Cais penso que não foram muitos os anos que a Ales e eu passamos juntos, mas sou grato pelo pouco que durou, eu penso e a Ales está sentada ao meu lado e nos damos as mãos e a sinto bem próximo de mim, eu penso, e ainda não tirei esse sobretudo preto do corpo, e ainda não acendi o fogo na lareira, que maluquice, eu penso e olho para o meu ponto de fuga no meio do mar, para as ondas lá longe e fico aqui sentado segurando a mão da Ales e passamos um bom tempo sentados assim de mãos dadas até a Ales soltar a minha mão e eu olhar para as ondas e ver o Asle parado ali, de paletó preto, camisa branca e gravata lilás, a Ales com um vestido branco, e a mãe Judit com um vestido lilás, e a Ales e a mãe Judit estão sentadas cada uma em sua cadeira ladeando o altar, e no outro lado do altar está a mulher de quem a Ales e o Asle estão alugando o apartamento, a amiga da mãe Judit, e diante do Asle está o padre Brochmann vestindo uma batina branca, e atrás do Asle está um amigo da mãe Judit, o Asle não o conhece, mas ele tem a mesma idade da mãe Judit, é médico do Hospital e é católico, converteu-se à Igreja Católica, e ele mantém a mão apoiada sobre o ombro direito do Asle, e o Asle pensa que não sabia quem convidar para ser seu padrinho quando decidiu se converter e ser crismado, ele não conhecia nenhum católico a quem pedir, por isso a mãe Judit falou que poderia perguntar a um conhecido e ele disse que aceitaria ser padrinho e agora está atrás do Asle apoiando a mão sobre o ombro direito dele e diante do Asle está o padre Brochmann e o Asle pensa que foi a Mãe Judit quem aconselhou o Asle a procurar o padre Brochmann quando ele manifestou a intenção de se converter à Igreja Católica, foi a mãe Judit quem fez o primeiro contato com o padre Brochmann, ele é alemão mas viveu praticamente a vida inteira na Noruega, o Asle pensa e ele e o padre Brochmann se encontraram algumas vezes, o Asle pensa e ele disse que a Ales queria muito que ele se convertesse, desde que fosse por vontade própria, ele disse também que foi a Ales quem o levou à missa, e eles também costumavam vir à igreja apenas para ficarem sentados ali no banco e uma vez viram uma mulher ajoelhada rezando profundamente e essa imagem, da mulher ajoelhada em profunda oração, e aquela contrição e aquela força, ou seja lá como se possa chamar, que emanavam dela o deixaram impressionado, o Asle disse ao padre Brochmann, e o Asle pensa que essa imagem às vezes se sobrepõe às demais que estão gravadas em sua mente, ele pensa e se põe ali a falar silenciosamente com ele, o Asle pensa sentado em seu lugar diante do padre Brochmann, e o Asle pensa que disse ao padre Brochmann que aquela mulher ajoelhada, sozinha na Igreja de São Paulo, em plena manhã de segunda-feira, por volta das dez e meia, o deixou tão impressionado que foi determinante para sua decisão de se converter, ele disse ao padre Brochmann e também disse ao padre Brochmann, o Asle pensa, que tudo o mais relacionado à missa, o sinal da cruz quando se entra na igreja, ou se vai embora da igreja, o sinal da cruz quando o padre inicia e termina a missa, e também, bem no final, quando o padre diz Ide em paz, sim, tudo isso o deixou muito impressionado, e lhe transmitiu uma certa paz, o Asle disse, ele pensa ali diante do padre Brochmann, e também tem o silêncio quando o vinho e o pão são consagrados, e ver a Ales e as outras pessoas, que não costumam ser muitas, de pé numa fila se aproximando serenamente do altar para aceitar o Corpo e o Sangue de Cristo e saindo cabisbaixas pela nave depois de terem recebido a hóstia, com as mãos em prece, para em seguida voltarem a sentar nos seus lugares com as mãos postas em oração, algumas de joelhos, algumas sentadas com a cabeça abaixada, mas todas em profunda contrição, e depois o grande silêncio tomando conta da igreja, sim, o Asle gostaria, se possível, de fazer parte desse contexto, dessa comunidade, ele disse, ele pensa ali sentado diante do padre Brochmann, por isso se fosse possível ele gostaria de ser recebido na Igreja Católica, sim, tornar-se parte da comunidade católica, o Asle disse, ele pensa, e então ele e o padre

Brochmann se encontraram algumas vezes para falar de fé, do que significava ser católico, e assim o padre Brochmann escreveu ao Bispo de Oslo e o recomendou a aceitar o Asle na Igreja Católica, o Asle pensa e agora lá está ele em frente ao padre Brochmann e agora, justo agora, o padre Brochmann faz com o óleo da crisma o sinal da cruz na testa do Asle, e essa cruz fica impregnada nele, na sua testa, e no seu corpo inteiro, o Asle pensa, e é essa a cruz que de agora em diante determinará quem ele é, uma cruz feita com o óleo da crisma, o Asle pensa e então vai sentar ao lado da Ales e o homem que estava com a mão sobre o ombro do Asle vai sentar ao lado da mãe Judit e depois o padre Brochmann diz Este é o meu corpo e ergue a hóstia e ergue o cálice e diz Este é o meu sangue e em seguida o padre Brochmann se aproxima deles e o Asle lhe estende as mãos cruzadas, a esquerda sobre a direita, como um trono, da maneira como a Ales e o padre Brochmann lhe disseram para fazer, e o padre Brochmann põe a hóstia na palma da mão dele e o Asle diz amém e leva a hóstia à boca e une as mãos em prece e curva a cabeça e fecha os olhos e numa prece silenciosa e sem palavras ele fica ali sentindo uma paz que se espalha por todo o corpo, o Asle pensa, e então, por último, depois de um demorado silêncio, o padre Brochmann toma a palavra e faz uma oração e finalmente diz Ide em paz e todos respondem Deus seja louvado e então levantam e estão felizes e tomam um táxi para a casa da mãe Judit que deixou no forno um assado de cordeiro e também convidou o Beyer para a comemoração, e ele veio, e eles comeram e beberaram vinho tinto e então o padre Brochmann tem que ir já que vai celebrar a missa noturna, ele diz e o Beyer diz ao Asle que talvez seja hora de pensar numa exposição e o Asle não diz nada e então a Ales diz que o Asle conseguiu expor um quadro na Mostra de Belas Artes da Costa Oeste da Noruega e um outro na Mostra de Outono e o Beyer diz que quer muito ver logo esses novos trabalhos do Asle, de preferência hoje mesmo, ele está ansioso, o Beyer diz e eu fico sentado na minha cadeira ao lado da mesa redonda e olho para as ondas lá no mar do Bispado e vejo a Ales e o Asle ao lado do Beyer subindo a Encosta

É um apartamento pequeno, a Ales diz

E está bem bagunçado lá dentro, ela diz

Não tem problema, o Beyer diz

e eles entram no apartamento e a Ales novamente pede desculpas pela bagunça, porque lá está uma bagunça de telas e cavaletes e bisnagas de tinta a óleo e um sofá puído e é como se nada estivesse no lugar e a Ales pergunta se o Beyer aceita uma xícara de café e ele diz não, não, hoje ele já foi muito bem tratado mas agora quer ver as pinturas, tanto as dela como as do Asle, ele diz e a Ales diz que não quer lhe mostrar nada, porque quando está trabalhando numa coisa, sim, numa coisa só dela, sozinha, o trabalho todo pode ser posto a perder, ou a pintura pode não progredir caso seja exibida para alguém e o Beyer diz que entende, mas as pinturas do Asle ele tem que ver, é para isso que vieram ali, para ver os quadros, foi para isso que ele se esfalfou subindo a Encosta, ele um homem já idoso, ele diz e eles entram na sala e o Asle vai pegando quadro após quadro, nove obras acabadas estão na sala, e também há outros num quartinho no porão, ele diz e o Beyer diz que não tem mais nenhuma dúvida, o Asle tem que estrear como pintor e a exposição de estreia deve ser na primavera, porque assim ele poderá, o Beyer diz, dizer que o Asle expôs tanto na Mostra de Belas Artes da Costa Oeste da Noruega como na Mostra de Outono, mas do contrário ele já teria exposto os quadros do Asle até antes, teria feito uma exposição do Asle imediatamente, pois sobra talento naqueles quadros, isso ele pode ver, e sabe imediatamente se um artista tem talento, e é esse talento que importa, é uma verdadeira dádiva, uma bênção como diria um católico, e ele tem que admitir que se há algo que o faz acreditar, acreditar em algo maior, algo maior que a vida, sim, só pode ser quando percebe o talento numa pintura, nas pinturas do Asle esse talento salta aos olhos e ele jamais tinha visto algo parecido, ele diz, é um talento tão evidente que o Asle irá encontrar muita oposição pela frente, um grande talento sempre despertará muita oposição, pois deixa as pessoas assustadas e irritadas, eis o porquê das resenhas negativas, mas por alguma razão quem adquire essas pinturas pensa diferente, as pessoas compram aquilo que apreciam, e acham que vale o dinheiro que pagam, e são as pinturas que exibem esse talento as que são compradas, com raras exceções, o Beyer diz, pelo menos na galeria dele é assim, ele diz, e o Beyer pergunta se pode ver também as pinturas que estão no quartinho no porão agora mesmo e por isso o Asle e o Beyer, ambos vestindo terno preto e gravata, descem a velha e íngreme escada para o porão e com a luz que havia lá embaixo o Asle mostra as pinturas que estão ali, e o Beyer diz que devem ser suficientes para duas exposições, e serão mesmo duas, mas com um intervalo de seis meses entre cada uma, e agora que ele viu essas outras pinturas mudou um pouco de opinião, ele gostaria que o Asle expusesse no período que antecede o Natal, ele vai fazer o possível para inaugurar uma exposição durante o Advento, o Beyer diz, que é o melhor período para vender, ele diz e diz que está confiante que as pinturas do Asle venderão muito bem e o Asle não sabe direito o que dizer e por isso não diz nada

Se estiver tudo bem por você, naturalmente, o Beyer diz

Claro, o Asle diz

e pensa que tinha até pensado que cedo ou tarde teria que expor as pinturas, fazer uma mostra inaugural, mas tinha para si que só seria possível depois de concluir a Escola de Belas Artes, pois era o mais comum, mas até seu professor de pintura, o Eiliv Pedersen, tinha dito ao Asle que ele pintava tão bem que já podia estrear, ele pensa e nessa hora o Beyer diz que o Eiliv Pedersen havia comentado sobre um aluno que era tão bom que já estava pronto para expor, e só pode ser o Asle, ainda que ele não tenha mencionado o nome do aluno, e o Beyer não pensou mais no assunto, ele diz, mas agora, hoje, agora estava decidido que o Asle faria uma exposição de Natal ainda este ano e mais uma no próximo, o Beyer diz e olha para o Asle que fica ali olhando para baixo e então o Beyer diz que tem garrafas vazias demais naquele porão e o Asle não sabe o que dizer e então ele diz para o Asle não beber demais, ele já viu o álcool destruir a carreira de muitos talentos, em geral eram os maiores talentos que a bebida prejudicava, se não arruinasse o talento arruinava a pessoa, por isso ele que tome cuidado com a bebida, o Beyer diz e o Asle não sabe o que dizer, porque deve estar bebendo demais mesmo, até a Ales comenta, é meia garrafa de aguardente consumida todos os dias, mas ele só começa a beber depois das cinco da tarde, e nunca pinta depois de ter bebido, ele pensa, mas o Beyer tem razão, e a Ales também, porque quando o relógio bate as cinco é como se anunciasse que é hora de beber, virou um hábito, e os dias que ele passa sem beber não são muitos e a vontade de tomar uma dose aumenta, o Asle pensa e então o Beyer começa a subir as escadas e o Asle vai atrás e quando chegam no alto o Beyer diz que de fato viu pinturas suficientes para duas exposições portanto serão duas as exposições, a primeira este ano antes do Natal e a segunda antes do Natal do próximo ano, ele diz e eu fico aqui olhando para o mar, para o meu local de sempre lá longe no mar do Bispado, para as ondas e penso que hoje é sábado e é antevéspera de Natal e ontem o Åsleik veio jantar bacalhau em conserva, e a comida ficou boa, até que ficou, eu que não estava na minha melhor forma, eu penso, e é uma loucura que até agora, o dia já avançando, ainda não tenha acendido a lareira e esteja aqui envergando o meu sobretudo preto, até dormi com ele no banco essa noite, mas o que tem de errado comigo afinal? eu penso, e amanhã estarei com o Åsleik comemorando o Natal na casa da Irmã, mas não quero ir de jeito nenhum, só que já disse a ele que lhe faria companhia para celebrar o Natal na casa da Irmã, por isso tenho que ir, eu penso, e como se não bastasse isso tenho que ligar para o Hospital e saber se posso visitar o Asle, eu penso e olho para o meu ponto de fuga no meio do mar do Bispado, sempre, e fico de olho no meu ponto de fuga e vejo as ondas e vejo o Asle de pé olhando para um quadro que está no cavalete, e ele pensa que foi só se mudar para a casa da Herdis Åsen que a Ales arranjou um apartamento no porão de uma casa na Encosta, ou foi a mãe Judit quem providenciou tudo com uma amiga, o Asle pensa e pensa que está com receio de dizer a Herdis Åsen que ele vai embora, ele pensa e eu fico sentado olhando para o meu ponto de fuga, e agora já nem isso consigo fazer, apenas fico aqui sentado com o olhar perdido no nada, eu penso e olho para as ondas e vejo o Asle em pé no corredor da casa da Herdis Åsen

É uma pena que você esteja indo embora justo agora que acabou de chegar, ela diz

e o Asle diz que lamenta muito, mas, bem, a namorada dele, sim, ela já a conheceu, e ele vão morar juntos num apartamento no porão de uma casa na Encosta, ele diz

Foi uma estadia muito curta a sua, por assim dizer, a Herdis Åsen diz e então diz que ela ficou muito triste com a partida do Asle, eles se deram muito bem, ela diz, e o que será do retrato dela que ele iria pintar? ela diz

Sim, tenho que pintar esse retrato também, o Asle diz

Assim que bati os olhos naquela garota achei que as coisas terminariam desse jeito, a Herdis Åsen diz

e diz que foi aquela garota a responsável por ele se mudar e o Asle está frente a frente com a Herdis Åsen e olha para baixo

Foi ou não foi, a Herdis Åsen diz

e o Asle não responde

O problema não é você, mas aquela garota, ela diz

e a Herdis Åsen diz que decerto o Asle gostaria de trazê-la para o dormitório, claro que sim, ela tinha certeza, por isso que disse que a única proibição era trazer mulheres para o quarto, mas ela não era nenhuma santarrona e tomou a decisão naquele exato instante, porque naturalmente os inquilinos anteriores trouxeram mulheres para o dormitório, era normal, mas ela simplesmente não foi com a cara daquela garota que estava ali na porta quando ele chegou de mudança e por isso impôs essa regra, a Herdis Åsen diz e o Asle diz que, como vai se mudar em breve, se ela quiser mesmo que ele pinte um retrato seu é melhor que seja agora, ele diz

Agora? a Herdis Åsen diz

Sim, ou antes da mudança, ele diz

E quando será a mudança? ela diz

Não vai demorar muito, o Asle diz

e a Herdis Åsen diz então para começarem já, ele pode se preparar, ela quer ser retratada na cama, com uma taça de vinho na mão, ela diz e o Asle vai para o dormitório e traz a tela que ele mesmo já esticou no caixilho e estava pensando em usar, e então coloca os apetrechos de pintura que vai precisar numa caixa que veio na mudança e guardou dentro do armário com as roupas, e pega também o cavalete e vai para o corredor e pensa que é melhor ficar esperando ali, porque não pode entrar na sala da casa da Herdis Åsen sem cerimônia, e muito menos no quarto dela, claro que não, ele pensa e fica ali esperando com a tela esticada no caixilho numa mão, com o cavalete na outra e a caixa com apetrechos de pintura no chão a seus pés e ele pensa que ela já vai voltar, ele pensa e então a Herdis Åsen surge pelo corredor, com os lábios vermelhíssimos, e as pálpebras nigérrimas, e de alguma maneira ela conseguiu disfarçar todas as rugas do rosto, e está metida num vestido vermelho, com o maior decote que um vestido poderia ter, totalmente colado ao corpo dela e bastante curto e o Asle não gosta nada da maneira como ela se apresenta, ele pensa

Pois então vamos começar, a Herdis Åsen diz

e entra na sala e depois no quarto, e o Asle segue atrás e ela vai até a mesa de cabeceira e pega uma taça de haste longa que encheu de vinho e então deita na cama, fica deitada de lado com uma perna sobre a outra e um braço repousando e o outro segurando a longa e estreita taça de vinho diante de si, insinuando entregá-la a alguém, e o Asle pergunta se ela prefere que ele a retrate de corpo inteiro ou só o rosto e ela diz para ele fazer como preferir e o Asle acha que vai pintar a cabeça e o tronco, o rosto e a longa taça de vinho dão um equilíbrio ao conjunto e ele começa a pintar e daí a Herdis Åsen passa a contar sobre os homens que estiveram interessados nela, e não acabou ainda, ainda existem homens que lhe enviam flores e a convidam para jantar nos restaurantes mais sofisticados, nem ache que não, ela diz e o Asle não diz nada e ela vai discorrendo sobre cada um desses homens e ele fica prestando atenção e na mente dele já se formou a imagem daquele rosto, do tronco com seus pequenos seios presos firmemente atrás do sutiã, os quais o decote do vestido vermelho deixa entrever o quanto pode, e também o braço dobrado que faz menção de oferecer a longa e estreita taça de vinho, e o Asle acha que há algo inapelavelmente humano na imagem que vê diante de si, sim, uma feiura tão bela que será capaz realçar a imagem que está retratando, deixá-la belíssima, porque a imagem da Herdis Åsen que ele acabou de ver no hall de entrada ficou gravada nele, ele pensa, portanto o que está pintando, por assim dizer, é tanto a imagem interna que ficou gravada antes como a imagem que tem diante de si agora e de vez em quando o Asle dá umas olhadelas na direção da Herdis Åsen, mas apenas para parecer simpático, ele pensa e também a retrata mais jovem do que de fato é, ela está parecendo até uma mulher de menos de quarenta anos, sim, bem mais jovem, o Asle pensa e vai pintando rápido e sem dificuldades o retrato, e o próprio Asle acha que o resultado ficou bom, e depois pinta com tinta preta um A no canto inferior direito, que se mistura com a tinta a óleo ainda fresca, tal como ele costuma fazer, e depois diz que agora ela pode vir ver a obra pronta, se quiser

Já terminou tudo, a Herdis Åsen diz

Acho que sim, o Asle diz

Rápido assim não sei se ficou bom mesmo, a Herdis Åsen diz e levanta e vem e apruma o corpo para contemplar o quadro e o Asle percebe que ela ficou mais do que satisfeita, ficou genuinamente feliz, exultante até, ao ver aquele retrato, e isso também deixa o Asle feliz e a Herdis Åsen diz que já que o Asle pintou um retrato tão bonito ficará isento do aluguel, até porque mal morou no dormitório, e evidentemente será pago pela pintura também e ela pergunta quanto ele quer pelo trabalho e o Asle diz um valor e a Herdis Åsen diz que é muito pouco e vai pegar a carteira e lhe dá o dobro do que foi pedido e diz que o quadro precisa ficar secando por um tempo e o Asle diz que é necessário e a Herdis Åsen diz que vai pendurar o quadro ao lado da cama, é ali que ele vai ficar, e ela pergunta se o Asle pode ajudá-la a pendurá-lo para que o quadro fique ali secando, com óleo sobre tela é assim, ela diz e o Asle diz que pode, ela deve ter um martelo e um prego guardados em algum lugar, ele diz e a Herdis Åsen diz que tem, sim, e o Asle diz que vai se mudar amanhã

É tão urgente assim, a Herdis Åsen diz

Nós combinamos assim, eu e a Ales, é esse o nome dela, sim, a mulher com quem eu vou morar, ele diz

e em seguida vira o quadro e pinta com uma grossa pincelada de tinta preta o nome *Herdis Åsen* na face superior do caixilho e põe o quadro no chão encostado à parede onde a Herdis Åsen disse que o queria pendurado e recolhe todos os apetrechos de pintura dentro da caixa e fecha o cavalete e a Herdis Åsen fica admirando o retrato e diz que ele foi muito galante, porque na realidade ela não é tão bela assim, e o quadro estranhamente tem um quê de nobreza, ela diz e o Asle diz que se ela for buscar martelo e pregos eles podem encontrar o lugar certo para pendurá-lo e a Herdis Åsen sai e o Asle fica olhando para o retrato, e está bem satisfeito com o que vê, não saiu apenas um belo retrato mas também uma bela pintura, ele pensa e agora a Herdis Åsen retorna com martelo e pregos e o Asle segura o quadro e pergunta se fica bem assim, e a Herdis Åsen diz que é ali mesmo que o quadro deve ficar, ela diz e então o Asle pega o martelo e o prego e bate o prego na parede e então levanta e pendura o quadro no local e a Herdis Åsen diz que está muito satisfeita com a pintura e fica extremamente agradecida, ela diz e eu fico sentado ali olhando para o mar, para as ondas, para o meu local de sempre no meio do mar do Bispado e fecho e torno a abrir os olhos e penso que isso de não acender a lareira, e nem mesmo ligar o aquecedor elétrico, e não tirar o sobretudo do corpo e até mesmo dormir vestido nele ali no banco, não, isso é a mais pura decadência, eu penso e penso que deveria ter ligado para o Hospital e perguntado se poderia visitar o Asle, perguntado como estão as coisas com ele, mas já fiz isso, e não faz muito tempo, ou será que não liguei? eu penso e não estou totalmente convencido se liguei ou não, deve ser porque já telefonei tantas vezes, e cada vez me dão a resposta de sempre, que o Asle precisa descansar, e é melhor se eu não for visitá-lo, eu penso, e penso que nesse caso o Asle terá que passar o Natal internado e talvez seja melhor assim, do contrário ele ficaria sozinho em casa, como costuma ficar durante o Natal, e isso não o incomoda tanto, ele disse, é como se fosse um dia qualquer, nem parece que é véspera de Natal, mas é difícil deixar de pensar nessas coisas, ele disse, porque tudo em volta faz lembrar que é Natal, ele disse, e no Natal não se deve ficar só, é como se fosse uma regra fixa e imutável para todas as pessoas, ele disse e eu acaricio o dorso do Brage e cruzo minhas mãos de um jeito que meus polegares fazem uma cruz, sim, uma cruz de Santo André como o Åsleik fica repetindo, cruz de Santo André, cruz de Santo André, mas agora só quero ficar quieto, eu penso e inspiro calmamente e digo Pai Nosso que estais no céu, Pater noster qui es in cælis e penso o que estou querendo dizer com isso? por que fico dizendo essas palavras? a quem estou me dirigindo? eu penso e são apenas palavras, sim, uma linguagem figurativa, como dizem, que remete a algo diferente do literal, pois é óbvio que Deus não é pai de ninguém, eu penso, mas quando digo essas palavras sinto nítida, sim, muito nítida, essa presença, sim, a presença de Deus, e da Ales também, eu penso e penso que é essa presença indizível a que me refiro, a este Deus que está perto de mim e dentro de mim, eu penso e penso no Mestre Eckhart que disse que sem o ser humano não existiria Deus, e sem Deus não existiriam os seres humanos, porque eu, e todos, e tudo, provêm de Deus, e caso Deus não houvesse eu e tudo o mais não haveria conforme o Mestre Eckhart escreveu, eu penso, e Deus não está em lugar algum, porque está além de tudo que é, e ao mesmo tempo Ele está em tudo que é, e o lugar onde Ele se encontra se diz céu, porque as pessoas olharam para cima e não teriam alternativa, os humanos, para encontrar uma palavra para designar onde Deus, que não está em lugar algum, poderia estar, então que fosse no céu, sim, Pai Nosso que estais no céu, Pater noster qui es in cælis e, sim, além do tempo e do espaço, além da criação, e em tudo que foi criado, e aqui bem dentro de mim, e das outras pessoas, de todas as pessoas, também reside o incriado, aquilo que nunca nasceu e por essa razão não pode morrer ou, dito de outra forma, volta a nascer e renascer o tempo inteiro, eu penso, sim, o Mestre Eckhart escreveu que é Jesus Cristo quem nasce e renasce no interior da alma, no alicerce e no abismo, na razão e na desrazão, e assim sendo ressuscitamos dos mortos o tempo inteiro, eu penso e tento ficar completamente imóvel, em silêncio escutando o silêncio, digo Santificado seja o Vosso nome Sanctificetur nomen tuum e uma bênção recai sobre tudo, tudo é santificado, tudo é inteiro, tudo é sagrado e digo Venha a nós o Vosso Reino Adveniat regnum tuum e que isso aconteça, e acontecerá, e acontece justo agora, que o Reino de Deus está entre nós, e está dentro de nós, tal como antes era apenas o Reino de Deus o Reino de Deus voltará a ser, e assim a criação não estará mais dissociada do Criador, mas unida a Ele num amor incriado, mas neste caso Deus não desaparecerá então? tudo desaparecerá? tudo se transformará em nada? eu penso e penso que não é assim, mas se pode especular dessa forma, e tentar interpretar, sim, querer dizer algo sobre Deus, sim, sobre o Reino de Deus, é quase sempre como tomar o nome de Deus em vão, então Deus que me perdoe, pois só o silêncio pode dizer algo sobre Deus, sobre o Reino de Deus, pois Ele se oculta no silêncio, eu penso, e também no amor, eu penso e sinto que a Ales está perto de mim e então ela passa o braço em volta dos meus ombros Seja feita a Vossa vontade Fiat voluntas tua e a vontade de Deus é amor, paz e amor, e tento me livrar das palavras, me livrar das imagens, e penso em como é certo rezar para que a vontade de Deus prevaleça, sim, Assim na terra como no céu Sicut in cælo et in terra e sinto que isso basta, quer dizer exatamente aquilo que diz, e mesmo assim não consigo dizê-la, eu penso, sim, Fiat voluntas tua sicut in cælo et in terra e penso que foi assim que Jesus Cristo ensinou seus apóstolos a rezar, e com isso também a mim, e com o Filho do Homem se pode falar, ele foi o Deus que se fez humano e morreu, para partilhar do nosso sofrimento, da nossa morte, e ressuscitou, e desapareceu no Reino de Deus, e como Ele todas as pessoas, todas, sim, absolutamente todas, que já viveram, todas que vivem agora, todas que um dia viverão, sim, todas são de Deus e advêm de Deus e a Deus retornarão, ao Reino de Deus, algo que não faz sentido, é pura tolice, mas é a tolice que pregamos, como Paulo escreveu, eu penso, e talvez Deus esteja mais próximo dos pobres de espírito, aqueles que nem sequer pensam em Deus, pois são eles que herdarão Seu Reino, conforme está nas Escrituras, eu penso e sempre penso nessas palavras, sim, essas palavras que só fazem sentido quando se contradizem, e quase tudo que penso o Mestre Eckhart já pensou melhor antes de mim, eu penso, mas não será cada indivíduo um aglomerado de contradições, sim, um paradoxo, como se diz, coincidentia oppositorum, como se diz, com seu corpo e sua alma, tal como Cristo era tanto homem como Deus, sim, Jesus Cristo é o próprio paradoxo que contém esse paradoxo que são todos os seres humanos, eu penso, assim como a cruz é o símbolo do paradoxo, eu penso e penso que já que a fé é paradoxal, uma contradição em si mesma, como se diz, jamais pode ser alcançada pela razão, que obedece à lógica comum do A e do não A, como se diz, que nunca podem ser verdadeiros simultaneamente, enquanto na fé isso é possível, três é igual a um, na Santíssima Trindade, conforme é o Deus trinitário, como se diz, eu penso, e são sempre esses pensamentos, esses pensamentos que não levam a lugar algum, eu penso, e digo O pão nosso de cada dia nos dai hoje Panem nostrum cotidianum da nobis hodie e Perdoai-nos as nossas ofensas, assim como nós perdoamos a quem nos tem ofendido Et dimitte nobis debita nostra sicut et nos dimittimus debtoribus nostris E não nos deixeis cair em tentação Et ne nos inducas in tentationem Mas livrai-nos do mal Sed libera nos a malo eu penso e digo Amém e então a Ales tira o braço dos meus ombros e segura a minha mão e eu penso que hoje é sábado e é antevéspera de Natal e amanhã o Åsleik e eu vamos embarcar na Lancha dele para Øygna e de manhã o Åsleik vai me telefonar para dizer a melhor hora de partir, eu penso e penso que já é Natal de novo, já chegou o Natal, e os anos passam cada vez mais rápido, eu penso, já chegou o Natal, já chegou o Natal, eu penso e penso que pela primeira vez irei com o Åsleik passar o Natal na casa da Irmã, na casa daquela que se chama Guro, quantas vezes o Åsleik já não me convidou para passar o Natal na casa da Irmã, mas este ano eu disse que iria, e não sei bem por quê, eu penso, seja como for amanhã o Åsleik e eu vamos de Lancha para a casa onde a Irmã mora lá em Øygna, no coração do fiorde do Bispado, numa pequena enseada, não muito distante do fiorde de Dentro, eu penso e preciso levar um presente de Natal para a Irmã, eu penso, mas o que poderia ser? eu penso, estou tão velho que esqueci até algo tão óbvio como a obrigação de levar um presente de Natal para a Irmã, para a que se chama Guro, logo na primeira vez que vou passar o Natal com ela e o Åsleik, eu penso, mas não comprei nada que possa lhe dar como presente de Natal então acho que vai ser um quadro também, já que tenho quadros de sobra, todos aqueles que estão no quartinho do sótão, só que preciso deles para expor, então o que mais poderia ser? eu penso e penso que por menos que tenha vontade vou pintar uma tela para dar a ela, pintar um quadro às pressas, porque um quadro pode ser pintado rapidamente, mas também posso pintá-lo indefinidamente até me dar por satisfeito com ele ou então passar uma camada de tinta branca por cima, isso mesmo, mas agora preciso pintar esse quadro de última hora para dar de presente de Natal à Irmã, eu penso, e vai ser um quadro pequeno, e não posso pintar camadas grossas do contrário a tinta não estará seca até amanhã de manhã quando zarparemos na Lancha do Åsleik pelo fiorde do Bispado na direção de Øygna, não, a tinta não estará seca até lá, mas terá de secar até a véspera de Natal, e não tenho disposição para pintar nada, só de pensar já me bate uma vontade de permanecer deitado como estou, eu penso e solto a mão da Ales e levanto e o Brage cai no chão e de novo esqueci que ele estava dormindo no meu colo, mas será que nunca vou aprender, eu penso e subo até o sótão e pego a menor tela que já deixei esticada no caixilho e desço e a prendo no cavalete, mas o que será que posso pintar? acho que pode ser uma espécie de retrato de um rosto feminino, vou pintar o rosto da tal Guro que cuidou do cachorro naquela noite, eu penso e então chamo o Brage e ele vem até mim e eu o acaricio no dorso, bagunço bem o seu pelo, e tenho várias imagens da tal Guro gravadas na minha mente, uma das que ficou na memória foi quando ela levou a taça de vinho à boca lá no Comidas e Bebidas e essa será a imagem que vou pintar, e pego a paleta e penso que vou pintar a imagem em diversos tons de cinza e acrescentar um detalhe em vermelho-claro e mais um detalhezinho só em azul, eu penso e pinto o mais rápido que consigo e vejo que o resultado ficou bom, um rosto distorcido, um rosto marcado pela a dor e pela tristeza, mas mesmo assim ainda mantém uma certa esperança, eu penso e vejo que pintei com camadas mais espessas do que tinha imaginado, e isso não é bom, porque hoje é antevéspera de Natal e o quadro não estará seco até amanhã cedo, mas deve estar seco o bastante para poder levá-lo comigo na Lancha, eu penso, nesse caso ficará secando a bordo e só será embrulhado antes do desembarque, eu penso, e o processo da pintura em si até que decorreu bem, mas agora não quero mais pintar nada, pelo menos não por um bom tempo, talvez nunca mais, eu penso e penso que posso muito bem levar todas as bisnagas de tinta a óleo, sim, todos os apetrechos de pintura para o Salão, lá onde a Ales costumava ficar pintando, e onde estão os livros, mas não, vou fazer isso, pois esse cômodo deve ficar do jeito que a Ales o deixou, eu penso, mas hoje é o dia de me desfazer de coisas, o dia de fazer mudanças e descartar aquilo que já não uso, eu penso e vou até a cozinha e pego algumas sacolas no armário debaixo da pia e ponho as bisnagas de tinta a óleo e todos os apetrechos de pintura que estão na sala de estar nessas sacolas e subo para o sótão e as deixo no quartinho onde guardo meus apetrechos de pintura, ripas de madeira, bisnagas de tinta a óleo, pincéis, espátulas, terebintina, trapos, raspadores, guardei tudo lá e desço novamente para a sala e tiro o quadro que acabei de pintar do cavalete e o deixo encostado junto à porta da cozinha e fecho o cavalete que também carrego para o sótão e deixo no quartinho e penso que está tudo pronto, eu penso e penso que já fiz a mala e estou pronto para viajar, e a mala está onde eu costumava deixar as pinturas inacabadas, entre a porta do quarto e a porta da sala, abaixo do gancho onde penduro a minha bolsa de couro marrom a tiracolo, e o quadro que darei de presente de Natal à Irmã, a tal que se chama Guro, este está secando junto à porta da cozinha, e deve ficar secando também a bordo da Lancha, porque usei muita tinta a óleo em pinceladas grossas, então o jeito é levar um pouco de papel e barbante na mala e embrulhar o quadro ainda na Lancha, antes de atracarmos no ancoradouro e o Åsleik e eu começarmos a subir a trilha que leva à casa da Irmã, eu penso e vou até o armário do corredor, o que fica embaixo da escada, lá onde guardo um rolo de papel pardo, que desenrolo e rasgo um pedaço e então pego um bom pedaço de barbante e um pincel atômico preto e vou até a sala e abro a mala e a estendo no chão e ponho o papel pardo, o barbante e o pincel atômico preto dentro da mala, em cima do paletó, depois fecho a mala e a coloco de volta encostada na parede, bem embaixo do gancho onde a minha bolsa de couro está pendurada, a velha e boa mala que vem me acompanhando durante todos esses anos, eu penso e vou sentar na minha cadeira ao lado da mesa redonda e mais uma vez olho para a cadeira vazia do lado e vejo a Ales sentada ali e a seguro pela mão e olho para o meu ponto de fuga e para as ondas e vejo o Asle em pé rente à janela de uma velha casa marrom olhando lá fora e ele vê que já começou a escurecer e eu fico sentado ali observando as ondas e vejo o Asle e a Ales de pé olhando para a casa marrom comprida e estreita e assentada sobre um sólido arrimo de alvenaria

Está bem descascada a pintura, o Asle diz

Está mesmo, a Ales diz

e então diz que também fica bonita assim, mas é verdade que faz tempo que a casa não é pintada, ela diz

Está a bem dizer caindo aos pedaços, ela diz

Mas talvez lá dentro esteja em melhores condições, o Asle diz

e diz que não sabe como é que puderam deixar de alugar uma casa tão bonita para que chegasse a esse ponto, precisando urgente de reformas, ele diz e eu fico olhando para o meu ponto de fuga no meio do mar do Bispado e penso que continuo sem fazer nada só de olho no mar, e é tão bom sentir a mão da Ales, eu penso e ainda não acendi a lareira, eu penso e olho para as ondas e vejo o Asle em pé olhando pela janela da casa marrom, e ele vê que lentamente começou a escurecer e pensa que mais uma vez foi o Beyer que veio em seu socorro, porque ele tinha dito ao Beyer que ele e a Ales estavam pensando em morar num lugar mais espaçoso, o apartamento de apenas dois cômodos no porão ficou muito apertado uma vez que os dois estavam morando e trabalhando ali, e então o Beyer os ajudou a alugar essa casa, o Asle pensa e fica parado ali olhando pela janela as árvores do outro lado da estrada, agora que as folhas se tingiram dessas cores tão bonitas, mas ele não quer pensar nas cores, só quer ficar admirando as cores e vê-las escurecendo quanto mais o dia escurece, o Asle pensa e pensa que por incrível que pareça todas as pinturas da sua exposição de estreia foram vendidas, ele não consegue acreditar, o Beyer disse e então disse que como a Ales tinha comentado que eles queriam morar longe de Bjørgvin ele assuntou com um conhecido que tinha uma casa que a Ales e o Asle poderiam alugar, a casa onde esse sujeito tinha passado a infância, alguns quilômetros ao norte de Bjørgvin, a casa tinha sido a residência da mãe até uns anos atrás mas desde que ela morreu estava desocupada, e o tal conhecido que mora em Bjørgvin e trabalha como médico no Hospital, sim, o Sande, esse é o nome dele, além de tudo é um dos seus melhores clientes, o Beyer disse e foi assim que a Ales e o Asle alugaram a velha casa, e depois se mudaram para lá, alguns quilômetros ao norte de Bjørgvin, o Asle pensa diante da janela de onde está olhando e vê um carro passando pela estrada, uma caminhonete, e esse carro ele já viu várias vezes, o Asle pensa e pensa que o Sande, o médico de quem ele alugou a casa, disse que podiam fazer com ela o que quisessem, o Asle pensa e pensa que ele e a Ales pegaram a chave da casa marrom e dirigiram até lá e abriram a porta e sentiram o cheiro abafado já no corredor da entrada e abriram a porta da direita e encontraram uma pequena cozinha, com fogão e geladeira, e armários velhos, e uma mesa velha com cadeiras velhas, ele pensa e depois havia uma porta para uma sala de estar e a sala de estar não tinha nada além de um sofá, uma mesinha de centro e uma poltrona, e também uma mesa com seis cadeiras, e anexo à sala de estar havia um cômodo maior com uma cama de casal com um edredom e travesseiro sem as roupas de cama e naquele quarto havia uma porta para o corredor e desse corredor uma escada levava até o sótão e lá em cima havia um pequeno átrio com uma porta à esquerda e outra à direita e dentro de cada um daqueles quartos havia uma cama e então a Ales e o Asle desceram as escadas novamente e desabaram no sofá e ficaram olhando para a mudança empilhada no meio da sala, algumas caixas eles até deixaram no corredor, mas a maior parte levaram para a sala, e agora estava ali tudo empilhado, e tanto a Ales como ele estavam exaustos, o Asle pensa, por isso deitaram no sofá e ficaram ali abraçados, ele pensa e então a Ales disse que queria sair da Escola de Belas Artes e o Asle perguntou por que e ela disse que achava que não sabia pintar direito e o Asle disse que achava que ela pintava bem e a Ales disse que é justamente isso, ela pintava direitinho, sabia pintar, mas era apenas boa, qualquer coisa que pintasse ficava apenas boa, era apenas uma boa pintura sem nada que chamasse a atenção em particular, ela disse, mas o essencial, o que realmente era necessário, não estava lá, sim, o que tornaria aquele trabalho uma verdadeira obra de arte estava faltando, aquele elemento que transcendia a pintura e a transformava noutra coisa além de uma mera pintura, a Ales disse e o Asle perguntou se ela tinha certeza de que queria sair e ele disse que se ela saísse da Escola de Belas Artes ele também sairia, ele disse, porque achava que não estava aprendendo mais nada de novo, e era um estorvo ficar ali nas aulas de Pintura pintando com os outros alunos, ele disse e então a Ales disse que se fosse assim os dois sairiam juntos, porque ela também tinha certeza de que o Asle já sabia tudo que precisava saber para pintar como bem entendesse, e na verdade para isso era necessário apenas e tão somente uma coisa, e isso, o que quer que fosse, ele tinha de sobra, ela disse, enquanto ela já não tinha, a Ales disse e o Asle não disse nada, e a Ales disse que ele continuasse pintando, ela por sua vez achava que o mais adequado era começar a cursar a Universidade, ela queria estudar história da arte, especialmente iconografia, e então iria começar a pintar ícones, pois uma vez que pudesse entender bem o que era um ícone, e a maneira como tinha sido pintado, estava convencida de que pintar ícones era a coisa mais certa a fazer, a sensação que tinha é que se tratava quase de uma vocação, se é que podia usar um termo tão forte, ela disse e o Asle disse para ela refletir melhor sobre isso e a Ales disse que não sabia se ele já tinha reparado, ele que passava tanto tempo imerso em seu próprio mundo, mas ela tinha lido vários livros sobre ícones nos últimos tempos, tanto historiográficos como também manuais de pintura iconográfica, e chegou à conclusão de que ninguém na Noruega pintava ícones, pelo menos ninguém que ela conhecesse, ninguém que fosse da Noruega, além disso os insumos para esse tipo de pintura tinham que ser importados, ela disse e o Asle disse que sempre gostou de ícones e a Ales disse que ela sabe que quer pintar ícones, não pinturas, agora ela vai ser uma iconógrafa e não uma artista plástica, ela está tão certa disso quanto estava quando disse que eles dois tinham sido feitos um para o outro, ela disse e o Asle disse que vai apoiá-la incondicionalmente não importa o que ela decida fazer, ele disse e a Ales disse que tinha ficado um pouco apreensiva em lhe contar, mas agora que finalmente contou não estava mais preocupada em ir conversar com o Reitor e avisar que deixaria o curso, e na Universidade a história da arte era uma disciplina eletiva e ela poderia começar a frequentar as aulas imediatamente, inclusive um dos professores de lá também era especialista em iconografia, ela disse, sua tese de doutorado foi sobre ícones, e ele costuma ir à missa, o Asle certamente já deve tê-lo visto por lá, ele tem um cabelo grisalho comprido e uma barba grisalha comprida, ela disse, e o Asle disse que já tinha reparado num homem de barba e cabelos e grisalhos e compridos, ele disse e disse que sendo assim está decidido, tanto ele como ela vão deixar a Escola de Belas Artes e ela vai começar a estudar e aprender a pintar ícones, será melhor assim, enquanto ele vai continuar pintando seus quadros, o Asle disse e depois disse que já na segunda-feira eles podem ir ao Reitor da Escola de Belas Artes comunicar que estão deixando o curso, ele disse, o Asle pensa ali diante da janela reparando que lá fora está cada vez mais escuro e pensa que lá estão ele e a Ales diante da porta da sala do Reitor da Escola de Belas Artes e batem e ele vem abrir e primeiro foi a Ales quem disse que estava ali para dizer que queria deixar a Escola de Belas Artes, não eram quadros que ela queria pintar, mas ícones, ela disse e a princípio queria começar estudando história da arte na Universidade, foi o que ela disse, e o Reitor assentiu e disse que ninguém melhor que ela mesma para saber o que fazer da vida, e por isso acatava a decisão, ele disse e a Ales agradeceu e então o Asle disse que também queria deixar o curso, preferia empregar o tempo que tinha pintando, ele disse e o Reitor disse que compreendia que o Asle pensasse assim, não lhe restava alternativa a não ser também aceitar essa decisão, ele disse e a Ales e o Asle apertaram a mão do Reitor e agradeceram por tudo e o Reitor lhes desejou boa sorte e eles saíram da sala do Reitor e o Asle disse que queria falar com o Eiliv Pedersen e agradecer pelos ensinamentos que recebeu e a Ales disse que iria direto para a Universidade se matricular no curso de história da arte e cada um tomou seu rumo, porque a Ales saiu da Escola de Belas Artes na direção da Universidade e o Asle foi para a sala de Pintura onde todos os alunos estavam pintando, e na verdade era isso o que mais o incomodava, ficar ali pintando com todos os outros, isso o deixava transtornado, simplesmente arruinava seus quadros, o Asle achava e ele viu o Eiliv Pedersen ali dizendo algo para os outros alunos de Pintura e esperou que terminasse e foi até o Eiliv Pedersen e disse que estava saindo da Escola de Belas Artes e o Eiliv Pedersen disse que entendia, pois o Asle pintava tão bem que ele mesmo já não tinha mais o que lhe ensinar, ele disse, antes pelo o contrário, ele disse e o Asle não sabia o que dizer mas achou que isso não era verdade e então disse que só queria agradecer pelas aulas, ele tinha aprendido muito com o Eiliv Pedersen, sobretudo com os quadros que ele pintava, poder admirá-los tinha sido muito importante para ele, o Asle disse e o Eiliv Pedersen disse mais uma vez que sabia que o Asle chegaria aonde chegou, isto é, até ali a Escola de Belas Artes ainda pôde orientá-lo, mas tudo o que restava agora era o árduo e incessante trabalho de pintar quadro atrás de quadro, o importante era só pintar e continuar pintando sem dar a mínima para a opinião de críticos e daqueles que se dizem conhecedores de arte, mas o Asle certamente já sabia disso ainda mais depois de ter exposto na Galeria Beyer, o importante era não se importar com as críticas, ou então só dar ouvidos às críticas de quem soubesse pintar, sim, só de quem pintasse quadros acima da média, pois na verdade só quem dominasse a arte da pintura é que seria capaz de discernir os quadros bons dos ruins, só uns poucos mortais comuns entendiam de arte o suficiente para opinar sobre a qualidade de uma pintura, qualidade, é disso que se trata, o Eiliv Pedersen disse e também disse que ao ter optado pela arte o Asle tinha optado também por levar uma vida difícil, mas nesse caso parecia ter feito a opção certa, o Eiliv Pedersen disse e estendeu a mão para o Asle e o Asle estendeu a mão para o Eiliv Pedersen e eles se cumprimentam e depois o Eiliv Pedersen disse que desejava tudo de bom ao Asle, o Asle pensa ali ao lado da janela da casa marrom olhando lá fora e pensa que está escurecendo, mas lentamente, e como é bonito contemplar a folhagem, com todas os seus matizes, sim, o outono é a sua estação preferida, o Asle pensa e vê a caminhonete de novo passando na estrada e eu fico sentado na minha cadeira ao lado da mesa redonda e olho para o meu ponto de fuga no meio do mar do Bispado, para as ondas lá, eu seguro a mão da Ales e olho para a cadeira vazia onde a Ales costumava sentar, nós dois costumávamos sentar assim, ficávamos ali sentados sem dizer nada, eu penso, e é bom segurar a mão da Ales, eu penso e olho para as ondas e vejo a Ales parada diante da janela

Você está aqui há muito tempo, a Ales diz

e vai até a janela e segura na mão do Asle e os dois ficam ali de mãos dadas olhando pela janela e então a Ales pergunta se não é o caso de irem dar uma volta lá fora, antes que a noite caia por completo, ela diz e o Asle diz que eles têm mesmo que fazer isso, ele diz e os dois saem pelo corredor e o Asle veste seu longo sobretudo preto e a Ales tira de uma caixa um cachecol e lhe dá e diz que é bom usar esse cachecol e então o Asle pendura no ombro a bolsa de couro marrom e a Ales diz que sem essa bolsa você não põe o pé fora da porta, ela diz e eles saem e vão, de mãos dadas, caminhar pela margem da rodovia

Olhe ali, um parquinho, a Ales diz

É mesmo, o Asle diz

É estranho, não tem casas aqui perto, ela diz

Com balanço e gangorra e caixa de areia, ela diz

e a Ales pergunta se não é o caso de descerem até o parquinho e o Asle diz que eles têm que fazer isso, tem uma trilha que vai dar no parquinho e se prolonga subindo um morro e termina lá no alto

Vai ver tem residências com crianças do outro lado do morro, o Asle diz

Só pode, a Ales diz

e ela e o Asle descem pela trilha e entram no parquinho

Está bem escuro, por mais que ainda seja de tarde, mas a noite não vai demorar a cair, o Asle diz

É, a Ales diz

e então vai até o balanço e senta e pede ao Asle que a empurre e ele vai e segura a corda que suspende o assento de madeira em que a Ales está sentada e lentamente a puxa para trás, depois a solta e a segura e a solta

De novo, mais rápido, a Ales diz

e o Asle a segura e empurra com mais força

Mais forte, a Ales diz

e o Asle a empurra ainda mais forte

De novo, mais rápido, a Ales diz

e é como se ela gritasse e o Asle empurra o mais forte que pode e a Ales sobe o mais alto que o balanço permite e a Ales grita e ele larga o balanço e o Asle vai para trás e então ele vê um homem se aproximando pela trilha, vestindo um longo sobretudo preto, e tem os cabelos grisalhos presos num rabo de cavalo e a Ales diz que foi muito divertido, ela diz, foi como voltar a ser criança, ela diz

Ali é a gangorra, ela diz

E ali é caixa de areia, ela diz

e o balanço vai diminuindo o ritmo até a Ales interromper o movimento com os pés e o Asle se aproxima e põe as mãos sobre os ombros dela

Sou muito infantil, a Ales diz

e o Asle não diz nada e eu fico sentado na minha cadeira junto da mesa redonda e olho para o meu ponto de fuga lá no mar, para as ondas, para as infinitas ondas, eu penso e penso que quero ir à missa, e deveria ter dirigido até Bjørgvin para ir à missa no Dia de Natal, como costumo fazer, mas este ano não será possível, já que por alguma razão inexplicável eu disse que passaria o Natal com o Åsleik e a Irmã, a que se chama Guro, e o que está dito está dito, promessa é promessa, eu penso e então penso que, veja bem, agora que decidi parar de pintar posso dirigir até Bjørgvin ainda hoje e levar as nove pinturas que ainda tenho comigo para vender na próxima exposição da Galeria Beyer, eu penso, e nesse caso posso também ir à missa e depois, quer dizer, já perdi as contas de quantas vezes telefonei para tentar visitar o Asle, mas a resposta é sempre a mesma, que ele não pode receber visitas, mas se eu comparecer pessoalmente ao Hospital e disser que estou ali para visitá-lo talvez me deixem vê-lo, eu penso, assim tenho três coisas para fazer em Bjørgvin, levar os quadros, ir à missa e ir ao Hospital para saber se posso visitar o Asle, eu penso, e nesse caso poderei pernoitar no Lar Hotel e voltar para casa cedinho no dia seguinte, ainda de madrugada, a tempo de embarcar com o Åsleik de manhã, assim que clarear, na Lancha dele para ir passar o Natal na casa da Irmã, e eu penso que o Beyer vai ficar surpreso de me ver chegando com mais pinturas agora, por isso talvez seja melhor ligar antes, mas caso ele não esteja na galeria talvez eu mesmo possa carregar as pinturas para dentro da Galeria Beyer, e se a sala anexa, sim, o Banco, estiver trancada é só deixar as pinturas noutro lugar, talvez atrás da escrivaninha, mas de todo modo terei que falar com o Beyer, eu penso e a Ales solta a minha mão e eu levanto e saio pelo corredor e procuro o número do Beyer na agenda telefônica, que para falar a verdade não é sempre que ligo para ele, e tiro o fone do gancho e disco o número e ouço a voz do Beyer dizendo alô e digo

Sou eu, eu digo

Mas é você, o Beyer diz

Que surpresa, ele diz

Não é sempre que esse sujeito me liga, ele diz

e diz que se estou ligando para saber o resultado das vendas tudo que ele pode dizer é que não poderia ter sido melhor, porque todos os quadros foram vendidos, sendo assim ele bem que poderia fechar a Galeria Beyer para o feriado do Natal, mas como já tinha anunciado que abriria as portas hoje, na antevéspera, e também amanhã, na véspera do Natal, pois sempre tem alguém que deixa para comprar os presentes na última hora, geralmente pessoas com muito dinheiro e pouco tempo, o Beyer diz e ri e ensaia engatar aquele discurso típico das pessoas de Bjørgvin e eu digo para ele me ouvir um instante

Pois não, o Beyer diz

Gostaria de levar nove telas para você hoje, eu digo

e o telefone fica mudo

Ainda tenho nove comigo, quatro delas eu não queria vender, por diversos motivos que nem mesmo eu sei explicar, mas acho que já comentei com você a respeito, eu digo

e o Beyer diz que não lembra, mas ficou muito interessado, ele diz, e eu digo que tinha separado as quatro pinturas para burilar posteriormente e agora considero todas terminadas

Mas é tão urgente assim, o Beyer diz

É, eu digo

e acho que não cabe agora dizer que não vou mais pintar quadros, o Beyer é capaz de retrucar dizendo que não passa de um capricho, claro que vou pintar mais quadros, estou só cansado e de saco cheio, ele vai dizer e o Beyer diz que, apesar da surpresa, ele estará sempre à disposição para me encontrar e receber os meus quadros, e então, ele diz, então talvez até possa recolher alguns dos que já foram vendidos e pendurar esses que pretendo levar agora, porque os quadros que guardou no Banco já foram prometidos ao Kleinheinrich para a exposição em Oslo, ou ao Huysmann para a exposição em Nidaros, mas ele ficou realmente tentado a ver esses outros quadros e pendurá-los, isso ele tem que admitir, e aí veremos se serão vendidos antes do Natal, ele diz e o Beyer ficou realmente entusiasmado e ele diz que o melhor então é que eu chegue o quanto antes, e eu digo que tinha pensado em reservar esses quadros para a exposição do próximo ano, e o Beyer diz que provavelmente teremos quadros suficientes para a exposição do próximo ano, e eu digo que então vou enrolar as pinturas em cobertores e levá-las para o carro e pegar a estrada para Bjørgvin agora mesmo e o Beyer diz que estará esperando por mim na galeria mesmo que eu chegue depois do horário de encerramento, já que ele abrirá as portas amanhã, em plena véspera de Natal, por mais que este ano caia num domingo, mas é o dia do ano em que costuma vender mais quadros, ele diz, e eu digo que fico muito grato e digo que nos veremos em breve e ponho o fone no gancho e penso que de toda forma seria bom ligar para o Lar Hotel e saber se eles têm quartos disponíveis e procuro o telefone na agenda e disco o número e pergunto se eles têm algum quarto vago e digo que o 407 é o meu quarto no Lar Hotel e o Homem de Bjørgvin, pela voz eu sei que é ele, diz que está ciente, sim, ele sabe que quero ficar no menor quarto que eles têm, ele diz, quase sempre é o Homem de Bjørgvin quem fica na recepção, e costumamos trocar uma e outra palavra sobre o tempo e o clima e minha data de chegada e de partida, e o Homem de Bjørgvin diz que um quarto estará à minha disposição, como sempre, e o quarto 407 está de fato vago, ele diz, por isso posso ficar no quarto em que costumo ficar, ele diz e eu digo então que vou reservar o quarto e o Homem de Bjørgvin diz que sou muito bem-vindo e desligo o telefone e subo até o quartinho do sótão e pego os cobertores que uso para embalar os quadros e vou ao outro quartinho onde deixo os quadros guardados e embalo cada um em seu cobertor e os carrego todos para baixo e amarro os sapatos e saio de casa e os acomodo no bagageiro do carro e sinto uma sensação boa ao tirar todos aqueles quadros de casa, portanto a única pintura que restou é o retrato da Ales, ele ainda está encostado no espaldar da cadeira no quarto do sótão, e além dele tem o retrato da Guro que está secando próximo à porta da cozinha, mas esse só vai ser retirado dali amanhã cedinho, eu penso e entro em casa e chamo o Brage e ele acorda e olha para mim com seu olhar canino e eu digo venha e ele vem e fica junto de mim e então eu penduro a bolsa marrom de couro no ombro e penso que é muita maluquice mesmo, essa noite dormi no banco com as roupas do corpo, e hoje nem mesmo o sobretudo tirei, e agora já vou dirigir para Bjørgvin de novo, eu penso, e debaixo do sobretudo estou vestindo minha jaqueta de veludo preto, também dormi com ela, eu penso e saio para a cozinha e o Brage vem atrás de mim e bebe toda a água que está lá e eu sirvo mais uma vasilha de água e ele bebe mais um pouquinho

Você estava mesmo com sede, hein Brage, eu digo

e penso que ele precisa comer alguma coisa também, e corto uma fatia de pão e esmigalho e ponho os pedacinhos na tigela e o Brage vai e fareja o pão, mas não come nada e eu acho que ele não deve estar com fome então, e vou até a porta do corredor e digo para o Brage vir e muito a contragosto ele vem atrás de mim e desligo a luz da cozinha e do corredor e saio e o Brage dá uma voltinha pelo pátio e então ergue a pata direita traseira e mija um jato grosso e demorado e depois se agacha e fica ali como se fosse cagar e pelo visto tem alguma dificuldade, mas finalmente se agacha e faz força várias vezes e enfim consegue e então eu abro a porta de trás do carro e o Brage pula e se acomoda no assento traseiro e fecho a porta e sento no banco do motorista e dou a partida no carro e faz dias que não neva e a estrada está bem desobstruída, a única neve que restou pelo caminho está seca e sólida, e se for assim dirigir não será um problema e penso que vai ser muito bom me ver livre dessas pinturas, finalmente, finalmente me desfazer delas, e também será muito bom ir à missa hoje à noite, eu penso, além disso dar um alô para o Asle, eu penso e dirijo e não penso em nada, talvez seja o que mais gosto de fazer ao volante, deixar para trás os pensamentos e me concentrar apenas em dirigir, mergulhar numa espécie de torpor e conseguir relevar tudo mais, eu penso e vejo os flocos de neve se acumulando no para-brisa um a um e me aproximo do parquinho e avisto duas pessoas de mãos dadas caminhando pela estrada na minha direção e penso que são os mesmos que vi da outra vez quando estava voltando de Bjørgvin não muito tempo atrás, um homem de cabelo castanho meio comprido e uma mulher de cabelo preto comprido, e o Asle pensa que lá vem de novo aquele carro, uma caminhonete, a mesma que já viu várias vezes, ele não é de ficar reparando em carros, mas neste especificamente ele reparou

Já vi esse carro passando várias vezes, o Asle diz

Não sou de ficar prestando atenção nessas coisas, a Ales diz e eu penso que não está tão longe do parquinho e da serventia da estrada e não estou me sentindo cansado, e o jovem casal vai para o acostamento e interrompe a caminhada e fica parado ali, e eu vejo que ele passou os braços em volta dela e os flocos de neve vão se acumulando sobre os dois e agora não falta muito para passar diante da velha casa que a Ales e eu alugamos, primeiro passo pelo parquinho e depois pela serventia e então cruzo com a velha casa marrom, eu penso, e acho que ninguém morou ali desde que saímos da casa e mudamos para a velha casinha em Dylgja, eu penso, e a casa foi se deteriorando cada vez mais e não gosto de ver aquela velha e boa casa abandonada em ruínas e por isso não quero nem olhar para ela, eu penso e olho para os dois no acostamento e a neve vai cobrindo o cabelo castanho e meio comprido dele e o cabelo preto e comprido dela e passo por eles e me aproximo do parquinho e não quero olhar na direção dele nem da serventia da estrada e chego na altura da casa marrom e mesmo assim espio na direção da casa que agora está bem mais deteriorada do que na época que moramos nela, está mesmo caindo aos pedaços, até mesmo as telhas estão caindo do teto, e não gosto nem de olhar para a casa, e quase nunca olho, eu penso e vejo um jovem de cabelo castanho meio comprido olhando pela janela e olho para a frente e tento não pensar em nada, ou pensar apenas que estou indo para a Galeria Beyer levando as pinturas para entregar ao Beyer, e então vou tomar um táxi para o Hospital e visitar o Asle, e se não me deixarem entrar aí já não sei, eu penso, e depois que eu visitar o Asle vou tomar um táxi para a Igreja de São Paulo e tudo bem se chegar antes da hora, nesse caso vou sentar num banco da igreja e ficar ouvindo o silêncio, pois no silêncio é quando Deus está mais próximo, eu penso e depois assistir à missa, aliás faz bastante tempo que fiz minha última comunhão, eu penso e depois irei para o Lar Hotel, e sei muito bem como fazer para ir da Igreja de São Paulo para o Lar Hotel, já percorri esse trecho muitas e muitas vezes, quanto a isso não haverá problemas, era só o que faltava, eu penso e dirijo e me entorpeço e fico concentrado apenas no volante e antes que me dê conta já cheguei na Galeria Beyer e enquanto estou estacionando o carro o Beyer já surge pela porta e acena para mim e vem me receber e me estende a mão e nos cumprimentamos e ele diz que não, por essa ele não estava esperando, mas que ótimo que seja assim, conforme disse antes, pois ele, conforme disse antes, vendeu todos os quadros na exposição natalina, ele diz, e muito provavelmente venderá alguns dos que estou trazendo agora amanhã mesmo, justo na véspera de Natal, ele diz e eu abro a porta do bagageiro e o Brage começa a latir e eu digo pssst, silêncio já, e o Beyer pergunta se agora tenho um cachorro e eu digo que estou só tomando conta dele e o Beyer diz que eu tantas vezes disse que estava pensando em ter um cão, sobretudo depois que enviuvei, ele diz, mas nunca aconteceu, o Beyer diz e pergunta se gosto de cuidar de cachorros e eu digo que gosto, e ele pergunta se estou pensando em ter mesmo um cão e eu digo que acho que sim e então o Beyer diz que a porta do Banco já está aberta

E o dr. Sande, você deve lembrar dele, o Beyer diz

Sim, o médico de quem você alugou a casa, ele diz

Pois é, este ano ele comprou três quadros, ele diz

Três quadros, ele diz

e eu não digo nada

Mas por que essa decisão tão repentina, de vir até aqui e trazer mais telas para mim, o Beyer diz

e eu não respondo

Muito bem se não quiser dizer não precisa dizer, ele diz

Aliás, você nunca foi muito de falar mesmo, ele diz

e não digo nada e então o Beyer e eu começamos e levar as pinturas para dentro e as deixamos no Banco para que ele possa avaliá-las hoje à noite, depois que a galeria fechar, ele diz e não precisamos de muito tempo para levar todas as pinturas para dentro e fico ali segurando os cobertores e o Beyer pergunta o que vou fazer e eu digo que primeiro vou à Cafeteria comer alguma coisa e o Beyer diz que é bom mesmo, aliás como sempre faço, e eu percebo que ele dá a impressão de querer encompridar a conversa perguntando por que eu tinha que trazer esses quadros justo agora, por que diabos tive que ir até Bjørgvin hoje, bem que ele tenta disfarçar, mas não consegue se conter

Está de caso com alguma mulher? ele diz meio que cochichando para mim

Como você vive sozinho, talvez essa seja uma boa hora, ele diz

e eu abano a cabeça e penso que talvez o Beyer tenha um pouco de razão no que diz, porque a tal Guro, a que vive na Rua Estreita, não, não é exatamente um caso, como o Beyer diz, mas pode ser um pouco isso também, eu penso, mas jurei fidelidade eterna à Ales e essa promessa vai durar todo o tempo da minha existência humana

Seja como for, não é da minha conta, o Beyer diz

e então eu digo Feliz Natal e o Beyer diz Feliz Natal e ele diz que não se recorda de que as minhas pinturas tenham vendido tão rápido assim antes, ele diz, e diz que vendendo quadros fácil assim é uma maravilha ser galerista, ele diz e vai abrir as portas amanhã na véspera do Natal, ainda que seja domingo, é possível até que não seja nem permitido por lei, pelo que ele sabe, mas vai abrir assim mesmo, ele diz porque a véspera do Natal, ele diz, é o dia do ano em que mais vende quadros, sempre um ou outro bjørgvinense mais abastado vem comprar algum presente de última hora para dar à esposa, ele diz e eu não digo nada

Agora não vou mais aporrinhar você, o Beyer diz

e abre a porta para mim e eu saio e penso que agora é só, como fiz tantas vezes antes, cruzar a Rua Alta e depois virar à esquerda e descer a Rua Estreita e passar em frente ao prédio onde a tal Guro mora num apartamento no térreo e penso que seria péssimo se, como o Beyer disse, eu estivesse tendo um caso, e só poderia ser com a Guro, eu penso, e vestindo o longo sobretudo preto, com a bolsa de couro no ombro, atravesso a Rua Alta e depois dobro à esquerda e começo a descer a Rua Estreita e imediatamente sinto um cheiro de queimado e vejo que as janelas estão quebradas e o madeirame está chamuscado num apartamento ali, no térreo, e penso será que foi o apartamento da Guro que pegou fogo? pois parece que foi mesmo, e eu paro e fico olhando para as janelas quebradas e para a madeira chamuscada e vejo que é como se as cinzas e o pretume quase gritassem em contraste com o branco, que ficou manchado em vários locais, e o forte cheiro de queimado toma conta do lugar e eu penso que deve ser mesmo o apartamento da Guro que queimou, e essa fedentina de fumaça, tudo em volta recende a queimado, nada mais e só pode ter sido o apartamento da Guro que pegou fogo, eu penso, porque a Guro fumava sem parar, enrolava um cigarro, fumava, apagava, enrolava mais um, fumava, apagava, enrolava outro, fumava o tempo inteiro, eu penso e deve ter acendido um cigarro na cama e deu início ao incêndio, eu penso, e como isso é terrível, eu penso e vejo um ancião de Bjørgvin subindo pela Rua Estreita e digo com licença, mas vi que houve um incêndio aqui

Uma coisa terrível, ele diz

e balança a cabeça

É, eu digo

Uma pessoa morrer num incêndio, ele diz

Morreu alguém? eu digo

Uma mulher, de meia-idade, ele diz

Morava naquele apartamento há anos, ele diz

E deve ter morrido sufocada pela fumaça, ele diz

O nome dela era Guro? eu digo

Era, ele diz

e ficamos ali olhando para a casa incendiada

Essas coisas acontecem, ele diz

É, eu digo

em seguida ele me deseja Feliz Natal e eu digo obrigado e igualmente e ele segue seu caminho e fico parado olhando para o apartamento incendiado e penso que a Guro está morta, sim, é muito triste, é sempre triste quando alguém se vai para sempre, mas agora a Guro está com Deus, na paz de Deus, na luz de Deus, eu penso, disso tenho certeza, por isso nesse sentido não posso estar tão triste, não que a Guro frequentasse a igreja ou fosse o que chamam tão inutilmente de cristã praticante, seja lá o que isso queira dizer, decerto ela podia ser considerada uma pessoa de fé, e tinha muito de Deus em si, e agora está com Deus, o mesmo Deus que trazia no seu eu mais profundo, não é algo possível de compreender, mas é assim, eu penso, agora a Guro é parte de Deus e ao mesmo tempo também é ela mesma, eu penso e faço o sinal da cruz em frente ao apartamento incendiado e sigo descendo a Rua Estreita e penso que agora são poucos os que se consideram incluídos, mas muitos dos que estão excluídos estão incluídos, os últimos serão os primeiros, como está nas Escrituras, eu penso e então sigo na direção do Lar Hotel e penso que agora é só fazer o check-in e então pedir ao Homem de Bjørgvin, pois certamente é ele quem está na recepção, para chamar um táxi para mim, e entro e me encaminho à recepção e é claro que lá está o Homem de Bjørgvin

Aqui está você de novo, ele diz

Não faz muito tempo desde a última vez, ele diz

E reservou o quarto 407, ele diz

Pelo menos foi assim que acertamos pelo telefone, ele diz e eu assinto e o Homem de Bjørgvin levanta e pega uma chave no gancho da parede atrás de si e me entrega a chave e eu digo obrigado e então pergunto se o Homem de Bjørgvin pode chamar um táxi para mim e ele diz claro e telefona e diz que o táxi virá imediatamente e eu devolvo a chave ao Homem de Bjørgvin e ele a pendura de volta no gancho lá atrás e eu saio e fico ali pensando em nada, sinto apenas um vazio, e até mesmo em frente ao Lar Hotel se sente o cheiro de queimado, então avisto o táxi chegando e entro pela porta de trás e digo que quero ir ao Hospital e o Motorista do Táxi pergunta se estou indo visitar alguém e respondo apenas que sim e ele diz que deve ser difícil estar internado no Hospital em pleno Natal e eu digo sim e ele fica em silêncio e para diante do Hospital e eu pago a corrida e entro no Hospital e vou direto para a recepção e pergunto se posso ver o Asle, sou amigo dele, e a mulher que está lá diz que sente muitíssimo, mas ele faleceu essa noite, ele morreu dormindo, pacificamente, ela diz e eu dou meia-volta e o táxi ainda está lá e peço para o Motorista do Táxi me levar para a Igreja de São Paulo e ele diz sem problemas e me dou conta de que não estou conseguindo pensar claramente, não estou triste, mas não estou sentindo nada, exceto um vazio, uma escuridão vazia, eu penso e o Motorista do Táxi para diante da Igreja de São Paulo e eu pago a corrida e entro na igreja, mergulho as pontas dos dedos na bacia de água benta, faço o sinal da cruz e vou até a antepenúltima fileira de bancos à esquerda, ajoelho e sento na extremidade e penso que sempre ocupo aquele mesmo lugar, era lá que a Ales sempre sentava, e lá sempre sentávamos nós dois juntos, eu penso e inclino a cabeça e junto as mãos em prece e vão chegando pessoas na Igreja de

São Paulo, todos entram em silêncio, e todos ajoelham ou inclinam a cabeça antes de sentar, e eu tento ficar o mais quieto que posso e lá estou eu na Igreja de São Paulo sentado na extremidade do banco da antepenúltima fileira à esquerda e percebo que a Ales, por mais que tenha falecido há muito tempo, está sentada ao meu lado, como fazia antes, e eu seguro e aperto a mão dela e fecho os olhos e agora só quero ficar em silêncio inspirando e expirando tranquilamente e então retomo o raciocínio e me dou conta de que o Asle morreu, e a Guro morreu, e eu vou seguindo o curso normal da missa, e hoje a missa é em latim e é o padre Brochmann quem está celebrando e aquelas palavras familiares me reconfortam naquilo que querem dizer, desprovidas do sentido prático que têm, em vez disso elas contêm em si uma espécie de silêncio e preenchem esse silêncio de significado, com a presença de Deus, e a reunião daquelas pessoas ali dentro na igreja, cerca de uma dezena apenas, se converte numa luminosa unidade, elas ficam de pé e pronunciam as lindas palavras Kyrie eleison Christe eleison, primeiro o padre Brochmann, depois a congregação, repetindo três vezes, e agora a congregação está ali reunida e reza o Pater noster e quando eu e os demais ajoelhamos diante da transubstanciação, na consagração, quando o padre Brochmann in persona diz Christi Accipite et manducate ex hoc omnes Hoc est enim corpus meum quod pro vobis tradetur e ergue a hóstia tornada o corpo de Cristo, todo Ele, transfigurada em Seu corpo espiritual, transformada no corpo místico de Cristo, e no instante em que ocorre a transubstanciação eu vejo um halo envolver a hóstia, e quando o padre Brochmann diz Accipite et bibite ex eo omnes Hic est enim calix sanguinis mei novi et æterni testamenti qui pro vobis et pro multis effundetur in remissionem peccatorum Hoc facite in meam commemorationem e ergue o cálice e o vinho que é transformado no sangue de Cristo, em tudo que Cristo é, em todo o Seu corpo espiritual transfigurado, uno com Deus, eu vislumbro um raio de luz emanando do cálice quando ocorre a transubstanciação, na consagração, e sinto um profundo sentimento de verdade quando é recitado o Mysterium fidei e a fé, a esperança e o amor preenchem a igreja onde todos se encontram e o padre Brochmann recita a Oração pela Paz com as palavras que Cristo proferiu Pacem relinquo vobis Pacem meam do vobis e o padre Brochmann diz Pax Domini sit semper vobiscum e sinto como é bom ouvir que o padre Brochmann está rezando para que eu, eu, o Asle, receba a paz de Deus e sei que não vai demorar para eu poder me encaminhar ao altar e em seguida o padre Brochmann pôr a hóstia na minha mão esquerda cruzada sobre a direita enquanto diz Corpus Christi e eu direi Amém e porei a hóstia na boca e com as mãos unidas diante do peito voltarei ao meu lugar, na extremidade de antepenúltima fileira da esquerda, e então unirei as mãos em prece e curvarei a cabeça e fecharei os olhos e enquanto a hóstia, o corpo de Cristo, se dissolve na minha boca, reunirei todas as minhas preces para que Deus receba tanto a Guro como o Asle, que eles possam encontrar a paz em Deus, descansar na luz de Deus, fazer parte do Reino de Deus, fico pensando assim e então dou graças pela vida e por ter conhecido você Asle e dou graças por ter conhecido você Guro e então digo que por tudo sou grato e rezo para que os quadros que pintei sejam para o proveito alheio, e me recolho ao meu silêncio interior e então o padre Brochmann começa a rezar uma oração e todos levantam e por último ele diz em norueguês Ide em paz e eu sento e fecho os olhos e um a um os fiéis vão saindo da igreja e mais uma vez eu peço para que a Guro e o Asle estejam na paz de Deus, que possam fazer parte do Reino de Deus, da luz de Deus, depois eu levanto, flexiono o joelho, e vou molhar as pontas dos dedos na bacia de água benta e me persignar e então saio da Igreja de São Paulo e começo a minha caminhada até o Lar Hotel e penso que vou dormir assim que chegar, me sinto tão cansado que não vai ser difícil pegar no sono, eu penso e então amanhã, ainda de madrugada, vou voltar para Dylgja, porque amanhã eu e o Åsleik embarcaremos na Lancha dele para Øygna, no coração do fiorde do Bispado, não muito longe do fiorde de Dentro, quase no limite do fiorde do Bispado, para celebrar o Natal na casa da Irmã, como o Åsleik sempre a chama, embora o nome dela seja Guro, eu penso e então me dou conta de que o Brage está sozinho no carro, e precisa tomar um pouco de ar, beber um pouco de água, mas acho que ele aguenta esperar mais umas horas, a noite será breve, que agora não tenho a menor disposição para subir a Rua Estreita e deparar com as janelas quebradas e a parede queimada do que um dia foi o apartamento da Guro, além disso tem esse cheiro de queimado, eu penso e vou direto para o Lar Hotel e assim que chego no Lar Hotel me limito a fazer um sinal para a mulher que está na recepção, que a essa altura o Homem de Bjørgvin já deve ter ido para casa, eu nem lembro de já ter visto a mulher que está ali, digo apenas 407 obrigado e ela levanta e tira a chave do gancho e me entrega e digo obrigado e vou pegar o elevador para o quarto andar e me dirijo ao quarto 407 e acendo a luz e o quarto está aquecido e aconchegante, é bom chegar num quarto quentinho depois de ter enfrentado o frio na igreja, e enfrentado o frio do percurso entre a Igreja de São Paulo e o Lar Hotel, eu penso e tiro a bolsa do ombro e a deixo cair no chão e penduro o sobretudo preto no cabide, esse que estou vestindo há mais de um dia inteiro, porque a noite passada dormi de sobretudo deitado no banco da minha casa em Dylgja, depois tiro a jaqueta de veludo preto, e essa está comigo há mais tempo ainda, eu penso e a penduro no espaldar da cadeira ali ao lado da escrivaninha e então apanho a bolsa de couro a tiracolo do chão e a deixo em cima da cadeira para em seguida tirar o cachecol e o suéter e a calça e colocá-los na cadeira e deitar na cama e ah como é bom deitar numa cama com lençóis novos e limpinhos, eu penso, como algo tão simples pode ser tão bom, eu penso e então apago a luz e seguro a cruz na extremidade do rosário que tenho em volta do pescoço, esse que a Ales me deu, com contas marrons e uma cruz de madeira marrom, e enquanto seguro a cruz recito a Ave-Maria e digo para mim mesmo Ave Maria Gratia plena Dominus tecum Benedicta tu in mulieribus et benedictus fructus ventris tui Iesus Sancta Maria Mater Dei Ora pro nobis peccatoribus nunc et in hora mortis nostræ e então inspiro e expiro lentamente e mergulho num sono e durmo, acordo, e penso que ontem à noite estava tão cansado que apaguei, e dormi um sono profundo e tranquilo, eu penso, e hoje é domingo, a própria véspera do Natal, eu penso e acho que seria bom tomar um banho, que estou imundo, por isso levanto e tomo um banho e seco meu cabelo grisalho comprido com o secador e junto o cabelo num rabo de cavalo e me visto e penso que deveria ter trazido uma muda de roupas limpas, mas essas só vestirei logo mais, porque como hoje é véspera de Natal vou vestir minha melhor roupa, eu penso e então visto a jaqueta de veludo preto e ponho a bolsa de couro no ombro e ponho o sobretudo preto dobrado sobre o braço e desço pelo elevador e entro na Cafeteria que de manhã funciona como salão de refeições para os hóspedes do Lar Hotel e me sirvo de café com um pouco de leite, mas não tenho vontade de comer nada e vou devolver a chave à mulher que está na recepção e pago a conta e nós dois desejamos Feliz Natal um ao outro e então visto o sobretudo preto e vou embora e não olho para o apartamento incendiado da Guro, apenas sigo adiante e atravesso a Rua Alta e ali defronte à Galeria Beyer está o meu carro e abro a porta e nesse instante o Brage desperta e salta de pé e abana a cauda e eu abro a porta de trás e o deixo sair e o Brage fica correndo em volta do estacionamento e se alivia e eu chamo o Brage e ele vem imediatamente e entra pela porta de trás que deixei aberta e deita no banco de trás e dou a partida no carro e dirijo pelo caminho de sempre para sair do centro de Bjørgvin, o caminho que o Beyer me ensinou muito tempo atrás, e sigo na direção norte e me aproximo da Enseada dos Veleiros e não quero olhar para o prédio onde o Asle morava em seu apartamento e passo em frente ao prédio e sigo rumo ao norte e olho para a estrada coberta de branco e é uma manhã fria e limpa com as estrelas ainda luzindo no céu e uma lua quase cheia e eu penso que não vou olhar para casa onde a Ales e eu moramos de aluguel, eu penso e vou seguindo rumo ao norte no sentido de Dylgja e penso que agora, agora só quero dirigir e esvaziar a mente, não pensar em nada, nem no Asle, nem na Guro, eu penso e não vou nem olhar para a serventia da estrada, nem para o parquinho, eu penso e penso que não me surpreenderia se o Åsleik já tiver telefonado para dizer que já era hora de partirmos, para eu ficar pronto, pois nessa época do ano são tão poucas as horas de luz do dia que temos que aproveitá-las ao máximo, eu penso e sigo no volante sem pensar em nada e olho para a casa marrom e vejo um jovem de cabelo castanho meio comprido parado diante da janela e então vem uma jovem de cabelo longo e escuro ficar a seu lado e ali eles ficam admirando a paisagem e o Asle pensa que lá vem aquele carro de novo, a caminhonete pequena, ele pensa e eu penso que agora não devo olhar para aquele casal ali na janela, eu penso e olho para a estrada coberta de branco à minha frente e sigo meu caminho e já cheguei ao fiorde de Dentro e a Øygna, e agora o dia está quase claro, eu penso e penso que não quero olhar na direção da casa da Irmã, a que se chama Guro, e mantenho o foco na estrada coberta de branco e lentamente sigo meu caminho e então chego a Dylgja e passo diante da casa do Åsleik e depois entro na serventia da minha casa e estaciono o carro no pátio e abro a porta de trás e deixo o Brage sair e ele como sempre está a postos para sair em disparada pela neve e levantar a patinha e depois que deixou uma mancha amarela e feia no chão nevado ele se agacha para cagar, e eu fico parado olhando para ele e abro a porta e grito Brage e ele vem correndo e eu entro na cozinha e ouço o telefone tocar e vou até o corredor e tiro o fone do gancho e é o Åsleik e ele pergunta por onde eu andei? ou será que dormi demais? será que esqueci que hoje é véspera de Natal e vamos na Lancha dele para Øygna passar o Natal na casa da Irmã? ele diz e eu digo que não esqueci e o Åsleik diz que telefonou várias vezes, porque já precisamos ir, o combinado foi que zarparíamos com o raiar do sol, ele diz, a viagem pelo fiorde do Bispado é longa e não vai demorar a escurecer, precisamos zarpar enquanto ainda está claro, sim, como combinamos, por isso eu tenho que ir à casa dele imediatamente, navegar no escuro não é nada agradável, muito menos atracar o barco no ancoradouro, o Åsleik diz e eu digo que já estou a caminho

Imediatamente, hein, o Åsleik diz

Certo, eu digo

Mas por que você não atendia esse telefone? ele diz

e não digo nada, mas que bom que atendi afinal, o Åsleik diz, porque ele tinha dito que precisávamos partir bem cedo, tínhamos que zarpar assim que o dia clareasse, ele tinha dito e eu digo sim, sim, eu lembro que ele falou, eu digo, e é claro que é assim que faremos, é muito melhor estar a bordo da Lancha enquanto ainda está claro, eu digo

É, o Åsleik diz

Pois então venha já, ele diz

e pelo tom de voz percebo que ele ficou um pouquinho chateado, e mais uma vez digo que já estou indo e o Åsleik diz que está pronto e é melhor partirmos o quanto antes, ele diz e eu digo que vou desligar o telefone e entrar no carro e ir até a casa dele agora mesmo e então o Åsleik diz que vai estar na Lancha me esperando para zarparmos em seguida, ele diz, que não nos restam muitas horas de luz nessa época do ano, conforme ele já disse e eu deveria saber muito bem, ele diz e eu digo que estou indo e já nos veremos e ponho o fone no gancho e vou para a sala e passo a mão no quadro que pintei para a Irmã e ele está quase seco e o levo comigo e pego a mala que está entre a porta do quarto e a porta do corredor e então grito chamando o Brage e ele vem correndo e eu saio de casa e o Brage vem atrás de mim e eu fecho a porta e penso que ninguém em Dylgja tranca a porta de onde mora, é costume em Dylgja deixar a porta de casa destrancada, eu penso e vou para o meu carro e então ponho a mala no bagageiro e ponho a pintura que ainda não está totalmente seca em cima da mala e então abro a porta de trás e o Brage salta para dentro e eu sento no carro e começo a dirigir para o sítio do Åsleik, e de lá uma vereda desce até a casa de barcos e a doca e é por ela que eu sigo e estaciono o carro próximo à casa de barcos e avisto o Åsleik de pé no convés da sua Lancha, naturalmente tinha que ser um barco assim, com a casa do leme avançada na proa e o convés recuado na popa, e eu pego a minha bolsa de couro e saio do carro e ouço o estampido do motor da Lancha e penduro a bolsa de couro no ombro e abro o bagageiro e tiro o quadro e a mala

Você nunca tira esse sobretudo preto, o Åsleik diz

Nem essa bolsa do ombro, ele diz

e fecho a porta do bagageiro e o Åsleik grita que sabia, tinha certeza de que eu daria as caras com essa bolsa de couro marrom a tiracolo e com esse sobretudo preto e esse cachecol enrolado no pescoço e debaixo do sobretudo só posso estar vestindo aquela jaqueta de veludo preto também, ele diz, e tudo bem assim, mas trazer uma mala a bordo, por mais antiga e bonita que seja, é indício de mau agouro, será que eu não sabia disso, o Åsleik diz, a bordo de um barco malas e mulheres prenunciam azar, ele achava que eu soubesse, a gente só embarca levando um surrão de marinheiro, em navios grandes antigamente só se embarcavam baús, o Åsleik diz, e o surrão dele já está bem acomodado na extremidade da cabine rente à proa, ele diz e eu vou na direção da Lancha do Åsleik e o motor faz vrum vrum e eu vejo uma nuvem de fumaça preta emanando da popa e entrego a mala ao Åsleik e ele diz que já que eu não sabia, ou fiz questão de ignorar, agora teremos de contar com a sorte, mais vale um pouco de sorte do que juízo de sobra, ele diz e então eu lhe entrego o quadro e digo para ter cuidado, pois a pintura ainda não está bem seca e precisa ficar com a tela para cima e ele pega o quadro e diz que é um retrato bem bonito esse que eu pintei da Irmã e a Guro vai ficar bem feliz, e é mesmo incrível que tenha ficado assim tão parecido, porque eu a vi apenas uma vez, um dia desses na Cafeteria, o Åsleik diz e eu digo que achei que precisava levar um presente de Natal para a Irmã e não consegui comprar nada e em vez disso pensei em pintar um quadro para ela, eu digo e digo que não sei se ficou bonito ou feio, e digo que acho que o rosto que pintei parece e ao mesmo tempo não parece com a Irmã, eu digo, pois nunca a conheci, estranhamente não fomos apresentados, pelo menos não até pouco tempo atrás quando a vi de relance na Cafeteria, eu digo, só pode ter sido a Irmã que vi, eu digo e o Åsleik diz que o certo é que pintei um retrato da Irmã, por isso ele está convencido de que foi ela mesma quem eu vi sentada lá na Cafeteria, com mala e sacolas de compras, ele diz e eu digo que não sei se ela vai gostar do retrato, mas o mais importante é levar um presentinho de Natal para ela, eu digo e o Åsleik diz que a Irmã vai ficar muito feliz de ganhar esse quadro, ele diz e eu digo que trouxe na mala papel para embalar o quadro e o Åsleik diz que o rosto no retrato é idêntico ao da Irmã, é inacreditável que eu tenha conseguido retratá-la tão perfeitamente se a vi uma única vez lá na Cafeteria, ele diz e então põe o quadro em cima da caixa quadrada que está em cima do motor e vejo que o quadro fica vibrando um pouco por causa da vibração do motor e então o Åsleik diz de novo que o retrato está idêntico à Irmã, se é mesmo verdade que só a vi naquela ocasião ele não faz ideia de como foi possível, como eu consegui fazer aquela pintura, porque fotografia dela ele mesmo nunca me mostrou, pois nem ele tem fotos dela, ele diz e nesse momento é que eu ouço o latido do Brage

Não podemos esquecer o cachorro, o Åsleik diz

Sim, o Brage, ele diz

Seria um problemão, eu digo

e vou abrir a porta de trás do carro e o Brage salta para fora e eu bato a porta e vou indo na direção da Lancha e o Brage vem no meu encalço e olha assustado para a lancha e então eu o pego nos braços e o entrego ao Åsleik e o Brage fica ganindo e choramingando e ganindo e o Åsleik o segura e põe no convés e o Brage imediatamente deita no chão e fica ali tremendo e levanta a cara e olha assustado para mim com seu olhar canino

Esse parece que não é de gostar de barcos, o Åsleik diz

Fica aí tremendo todo e choraminga tão baixo que quase não se ouve, ele diz

e eu solto as amarras da proa e jogo a corda para o Åsleik e ele a enrola bem direitinho e recolhe a defensa dianteira e a proa imediatamente começa a derivar para longe do cais e o Åsleik diz que tivemos sorte, a corrente está a nosso favor, de modo que a travessia pelo fiorde do Bispado será muito mais rápida do que se rumássemos contra a corrente, nesse caso o percurso pode durar até o dobro do tempo, o Åsleik diz e eu solto as amarras da popa e enrolo a corda enquanto me aproximo na Lancha segurando a corda bem firme para que a amurada continue bem rente ao cais e o Åsleik também mantém a Lancha firme junto ao cais com a ajuda de um croque e então eu primeiro ponho o pé na amurada e depois no convés e o Åsleik dá um empurrão com o croque e é quando a Lancha se lança definitivamente ao mar e já estamos a cerca de um metro da doca e o Åsleik recolhe a defensa traseira e entra na casa do leme e acerta o curso para o meio do fiorde do Bispado e eu apanho a mala e o quadro e entro na casa do leme e o Åsleik diz de novo uma mala no barco, parece até que estou num navio de cruzeiro, é, é como se estivesse a bordo de uma embarcação de luxo, um desses navios que vêm veranear pelo fiorde do Bispado, ele diz, e diz que sempre quis saber como seria estar a bordo de um navio assim, e como seria estar na ponte e manobrar uma embarcação dessas, atracar no cais só pode ser muito difícil, e é preciso ser muito cauteloso em relação à rota, o mar está cheio de arrecifes e rochedos, é muito complicado, o Åsleik diz, sim, ele que passou a vida inteira navegando por essas paragens sabe muito bem onde se encontram, e não foram poucos os recifes e rochedos que encontrou pela frente e não constavam em mapa nenhum, ele diz, se bem que os pilotos só percorriam rotas que eram bem conhecidas e navegadas, que em todos esses tempos houve navios de cruzeiro singrando pelo fiorde do Bispado, por isso eles deviam ter suas rotas fixas, e por isso mesmo tudo sempre sucedia sem problemas, ele nunca ouviu falar de um só navio de cruzeiro que houvesse se chocado contra nenhum obstáculo, o Åsleik diz e eu entro na cabine e o Brage vem se arrastando atrás de mim tentando se mover o mínimo que pode e assim que chega na cabine deita num cantinho perto da porta da casa do leme e ponho minha mala o mais próximo da proa junto do surrão de marinheiro do Åsleik e ponho o quadro em cima da mala e então tiro a bolsa de couro do ombro e a deixo no chão do convés e depois saio da cabine e vou me juntar ao Åsleik na casa do leme e ele diz que o tempo não podia estar melhor, ou quase, um pouco de marolas sempre vai haver, mas já que estamos a favor da corrente a Lancha vai mais rápido e a travessia será mais tranquila, o Åsleik diz e diz que sim, vai ser, sim, ele diz

Está com medo, o Åsleik diz

Tem medo do mar? ele diz

Não, eu digo

Você parece um pouco assustado, ele diz

Não diria que estou assustado, eu digo

Só um pouquinho nervoso, o Åsleik diz

É, eu digo

e então calamos e o Åsleik senta na cadeira atrás do timão e apoia uma das mãos no timão e diz que não gosto de subir a bordo de barcos, e eu digo que praticamente cresci dentro de um barco e o Åsleik diz que sabe muito bem disso, era só raciocinar direito, porque eu cresci em Hardanger, nas margens do fiorde de Hardanger, ele diz e eu digo que durante a minha infância inteira convivi de perto com barcos, botes tradicionais de Barmen, eu digo, e o Åsleik diz que ele deve estar mesmo ficando velho, pois lhe contei essa história várias vezes, ele diz e diz que várias vezes mencionei que queria comprar um barco para mim, mas acabo nunca comprando, ele diz e eu penso que agora que parei de pintar vou providenciar um barco para mim, preciso de algo para me manter ocupado então vou arrumar um barquinho para mim, um desses botes de Barmen com a popa achatada e um motor

Acho que vou comprar um barco para mim, eu digo

Já ouvi isso antes, o Åsleik diz

e diz que desde que me conhece me ouve dizer que vou arranjar um barco e um cachorro, disse até que é isso que é preciso para uma pessoa viver bem, isso mesmo, um barco e um cachorro, ele diz e voltamos a ficar em silêncio e eu sento, ali dentro tem uma cadeira imediatamente atrás do leme, a bombordo, e outra a estibordo, e no meio delas está a porta que conduz à cabine e pode ser presa a estibordo com um gancho, e atrás do Åsleik tem um fogareiro elétrico e eu olho para ele e o Åsleik diz que é bom ter esse fogareiro ali, para fazer um café, fritar ovos e bacon, botar algo quentinho na barriga é sempre bom, faz muito frio no mar, mas ele tem um aquecedor portátil e caso a temperatura despenque é só ligar, e diz que o aquecedor está bem preso no convés atrás de mim e eu me viro e reparo nele e o Åsleik diz que tal ligar o aquecedor um pouco? ele diz e pergunta se posso assumir o barco e eu vou e seguro o timão e é um timão pequeno, com canas, e o Åsleik aponta para uma ilhota bem no meio do fiorde mais além e diz para eu manter o curso nessa direção, ele diz e eu sento diante do timão e solto o timão e imediatamente a Lancha aponta para a terra e eu corrijo o curso novamente na direção da ilhota no meio do fiorde mais adiante

Logo, logo vai ficar quentinho aqui, o Åsleik diz

e eu o vejo entrar na cabine e depois sair trazendo uma garrafa de cerveja e ele vai e abre uma gaveta debaixo do fogareiro e tira um abridor e abre a garrafa e então senta na cadeira a bombordo e fica ali sentado um bom tempo levando a garrafa à boca e bebendo

Não é sempre que não estou no comando, nem lembro quando foi a última vez, acho que meu pai ainda era vivo, o Åsleik diz

e digo que não pode ser, porque ele e eu já estivemos juntos no mar várias vezes, fomos à Baía fazer compras várias vezes, eu digo e o Åsleik diz que é mesmo, ele é que anda meio esquecido, ele diz

Mas de todo modo faz muito tempo, ele diz

Faz, eu digo

Talvez dez anos, pelo menos, ele diz

Algo assim, eu digo

e o Åsleik diz que sempre esteve no timão ao longo desses dez anos pelo menos, por isso agora era uma sensação muito boa poder sentar e ser apenas um passageiro, já que agora um passageiro era o que ele era mesmo sendo o dono da Lancha, o Åsleik diz e eu digo que faz muito tempo que não punha as mãos num timão, mas está indo muito bem, eu digo e o Åsleik dá um gole na cerveja

A cerveja está ótima, ele diz

Quase não bebo cerveja em casa, mas na Lancha eu costumo beber, ele diz

e ficamos calados

Acho que tem a ver com o fato de que sempre tive um pouco de medo de estar num barco, sempre tive um pouco de medo do mar, o Åsleik diz

e eu não digo nada

É, deve ser isso, o Åsleik diz

Não é por gostar que eu navego tanto, é porque sou obrigado, ele diz

Para ganhar a vida, ele diz

e ficamos calados um instante

E deve ter a ver com o fato de o meu pai ter perdido a vida no mar, ele diz

É, eu digo

e ficamos calados um instante

Nunca encontraram o corpo, o Åsleik diz

Não, eu digo

e de novo calamos

Quer saber, melhor é fazer que nem você e ficar aí pintando quadros, só que para isso é preciso talento, é preciso como que ter nascido abençoado, o Åsleik diz

Mas bênção é coisa que vem de Deus e Nele eu não acredito, ele diz

e eu não digo nada

Não, nunca acreditei, o Åsleik diz

Em Deus, quero dizer, ele diz

e calamos e o Åsleik diz que sobre as coisas mais grandiosas, sobre o mar e o céu, sobre a vida e a morte, ninguém pode afirmar nada com certeza, ele diz e bebe a cerveja e diz que é como se tudo fosse uma escuridão desconhecida, nós viemos de uma escuridão desconhecida e voltaremos a uma escuridão desconhecida, é assim, não se pode dizer mais nada a respeito, se alguém já era algo nessa escuridão antes de nascer, e se nela será algo depois que morrer, ninguém tem como dizer ou ter certeza de nada, para ele tudo é um maravilhamento, respostas mesmo ele não tem, o Åsleik diz e termina de beber a garrafa de cerveja e levanta e vai até o convés e eu me viro e olho pela janela da popa da casa do leme e vejo o Åsleik atirando a garrafa vazia no mar e então ele se firma com as pernas bem abertas e abre a braguilha da calça e põe o pinto para fora e começa a mijar no mar e o jato de urina descreve um arco perfeito e de repente penso no garoto que morreu afogado quando eu era pequeno, ele se chamava Bård, morava na fazenda vizinha, daí caiu do bote que pertencia à família, um bote típico de Barmen, com dois remos, ele afundou no Fiorde e não sabia nadar e não deve ter conseguido subir de volta a bordo, não chegou a sobreviver à infância, eu penso e começo a pensar na irmã Alida, ela também falecida há muito tempo, tanto a Ales como a Irmã já morreram, e a irmã Alida morreu tão de repente, eu penso, e na noite passada morreu o Asle e não suporto nem pensar nisso, simplesmente não suporto, e também a tal Guro, a que morava na Rua Estreita e morreu naquele incêndio, eu penso e é um pensamento terrível, eu penso e vejo o Åsleik voltando e ele vai até a frente da cabine e traz mais uma garrafa de cerveja e abre e diz que se é Natal tem que ter bebida, é um costume antigo esse, no passado as pessoas diziam que Natal era época de beber, a mudança na trajetória do sol era motivo de festa, a luz retornando ao céu, a grama verdejando novamente, isso mesmo, a primavera que não tardaria a chegar, e tinha que chegar, o inverno tinha que acabar logo, era o que as pessoas provavelmente estavam pensando e por isso bebiam e iam festejar nas casas, às vezes percorrendo enormes distâncias, para estarem juntas, para beber no Natal, era desse jeito, e da mesma maneira durante o verão, quando o sol novamente mudava de trajetória, a véspera do solstício de verão também era motivo de bebedeira, as pessoas enchiam a cara até a madrugada do dia seguinte, o costume nesses cantos era esse, até durante a juventude dele ainda se fazia assim, e na véspera do solstício de verão se acendiam tantas fogueiras que em cada pontão do fiorde do Bispado se via um clarão, ele diz, era como se as pessoas saudassem umas às outras acendendo fogueiras nessa data, e também dançavam e bebiam, e para isso era preciso um rabequeiro, em cada grotão havia um, ou pelo menos em cada vilarejo, cada aldeia que se prezasse tinha que ter pelo menos um sapateiro, um ferreiro e um rabequeiro, o Åsleik diz, era desse jeito, ele diz e eu fico ali mantendo o curso na direção da ilhota no meio do fiorde e o Åsleik diz que é bom ter companhia, antes de o Pai ter desaparecido no mar eram ele e o Pai que estavam a bordo da Lancha, sempre eles dois, mas depois que o Pai se foi e encontraram a Lancha abandonada à deriva, ele ficou sozinho, exceto nessas ocasiões que eu o acompanhei, a pessoa é feita para a outra, como já disseram, o Åsleik diz e eu mantenho o curso para a ilhota no meio do fiorde e então o Åsleik diz que no passado aquela mesma ilhota era um lugar de execução, por isso se chama Ilha dos Enforcados, várias bruxas acusadas de ter pacto com o diabo foram queimadas lá, vários devotos do diabo também, ele diz, foi há muito tempo, mas ele lembra que o Avô dele lhe contou, o Åsleik diz e ficamos calados e eu fico sentado de olho na ilhota lá no meio do fiorde, que portanto se chama Ilha dos Enforcados, inclusive é esse o mesmo nome de uma ilhota próximo de Aga, eu penso e olho para as ondas e vejo a Ales parada ali de vestido branco, era um vestido de noiva branco que ela queria, o Asle pensa e ele comprou um paletó preto e sapatos sociais pretos no Brechó da Enseada dos Veleiros, onde a Ales e ele compravam boa parte do que precisavam, xícaras, louças, roupas, quase tudo que precisavam era comprado lá

Você fica bem de paletó, a Ales diz

Pois é, o que seria de nós sem esse Brechó, o Asle diz

e sorri brevemente

É verdade, a Ales diz

e eu olho para a ilhota, para a Ilha dos Enforcados, lá no meio do fiorde, essa que teria servido como lugar de execução, e penso que é mesmo uma boa coisa esse Brechó lá na Enseada dos Veleiros, sempre que posso quando vou a Bjørgvin dou uma passadinha por lá, fica bem na Enseada dos Veleiros, um pouco ao norte do centro da cidade de Bjørgvin, eu penso e penso que foi lá que comprei paletó preto e camisa branca e gravata e sapatos sociais para o nosso casamento, e são exatamente esse mesmo paletó, essa mesma camisa, essa mesma gravata e esses mesmos sapatos que agora estão dentro da velha mala que está lá na proa do barco, e foi lá que a Ales comprou seu lindo vestido de noiva branco, e ele ainda está no guarda-roupa que lhe pertencia na casa lá em Dylgja, eu penso e olho para as ondas e vejo a Ales ali em seu vestido de noiva branco e ela está segurando um buquê de flores brancas que tanto queria, por mais caro que fosse, a Ales disse, o Asle pensa, e agora lá está a Ales em seu vestido de noiva branco com o buquê branco nas mãos e eles tomaram um táxi para a Igreja de São Paulo, onde seria realizada a cerimônia, e é o padre Brochmann, o mesmo que mais tarde crismaria o Asle, e antes crismou a Ales, que celebraria a bênção, e a madrinha será a mãe Judit, ela será a madrinha da Ales, e o Beyer será o padrinho do Asle, o Asle pensa e ele tinha dito que eles não precisavam se casar, que morar junto, como se diz, não é um pecado capital, porque eles viviam um para o outro, e eram casados perante Deus, e ele até disse que na verdade fazia muito tempo que se casaram, aconteceu naquele dia lá mesmo na Igreja de São Paulo, na penumbra sob a escada e a Ales disse que pelo visto é a mãe Judit quem mais quer que eles se casem formalmente, vocês podiam se casar, a mãe Judit disse mais de uma vez, a Ales disse, mas casar para ela mesma não era tão importante, ela disse, quer dizer, formalmente, uma vez que eles estavam informalmente casados havia muito tempo, tanto um para o outro como diante de Deus, ela disse e o Asle disse que eles poderiam se casar formalmente já que era tão importante para a mãe Judit, ele pensa e agora estão a Ales e o Asle ali na Igreja de São Paulo, ele, o Asle, de paletó preto e ela, a Ales, de vestido de noiva branco e o Asle cortou o cabelo e o penteou para trás deixando as orelhas à mostra e a Ales arrumou o cabelo num coque sobre a cabeça e eu ouço o Åsleik dizer que faz muito tempo que deixei de beber

Pois é, era muita bebida, muita bebedeira, eu digo

Foi quando vocês se mudaram para Dylgja, ele diz

Não, foi antes, eu digo

Mas você não deve querer falar sobre isso, o Åsleik diz

e eu penso que não, na verdade posso falar sobre o que quer que seja, eu penso

Eu bebia demais, eu digo

E se não tivesse parado as coisas poderiam ter acabado mal, eu digo

Nos últimos tempos eu só bebia, não pintava, não fazia outra coisa senão beber, eu digo

e digo que o pai da Ales, minha amada, morreu de tanto beber, e foi a Ales quem me fez parar, e para isso alugamos uma casa ao norte de Bjørgvin, sim, foi também por esse motivo, sim, assumimos a casa que pertencia à tia da Ales, a velha Alise, eu digo e o Åsleik diz que lembra muito bem da velha Alise, era sempre um prazer conversar com ela, ele diz e bebe a cerveja e diz que cerveja, isso mesmo, cerveja e aguardente são verdadeiras dádivas dessa vida, ele mesmo nunca teve dificuldades em ser comedido, até se excede na bebida de vez em quando, é natural, mas nessas ocasiões jamais bebe no dia seguinte, só de pensar em beber já lhe revira o estômago, ele diz

Pouco antes de parar de beber eu bebia o dia inteiro, de manhã, de tarde e de noite, até mesmo de madrugada, eu digo

Assim não dá, o Åsleik diz

Não dá mesmo, eu digo

e digo que tive até o que chamam de delirium tremens, comecei a delirar e meu corpo inteiro começou a tremer, ele já deve ter ouvido falar disso, eu digo

Já, o Åsleik diz

E eu só tremia e tremia e tinha alucinações fortíssimas, via as cores nítidas e as criaturas mais estranhas, e não sabia direito nem onde eu estava, eu digo

Tem gente que morre por causa disso, o Åsleik diz

Eu não parava de tremer um segundo, eu digo

e ficamos em silêncio e o Åsleik diz que entende muito bem por que eu larguei a bebida de vez, ele diz

Mas por que você bebia tanto? o Åsleik diz

Era como se não fosse eu, no final era o álcool quem mandava em mim, eu digo e digo que não tenho nada contra quem bebe, mas não sinto vontade de beber cerveja, vinho ou destilados, nada disso, pelo contrário, e fico feliz de ver os outros bebendo e perceber que de alguma forma estão se sentindo bem, jamais serei nenhum santarrão, nada disso, eu digo

Você ia acabar morrendo de tanto beber, o Åsleik diz

Acho que sim, eu digo

e ficamos calados e digo que depois de ficar dias acamado com essa tremedeira maluca enxergando todo tipo de cores dentro de mim eu vi uma coisa branca e me agarrei a essa brancura e ali, em plena tremedeira maluca, delirando, durante o delirium tremens, eu decidi, agarrado naquela coisa branca, e disse para mim mesmo que não iria mais beber, e foi assim que nunca mais bebi, eu digo e o Åsleik diz que tem um pouco de aguardente na garrafa e quer tomar uma dose, ele diz e então o Åsleik vai até a cabine e volta com um garrafa com um restinho de líquido no fundo, e ele diz que todo Natal ganha de presente da Irmã uma garrafa de aguardente, da Guro, essa que finalmente irei conhecer, e já não era sem tempo, e um pouquinho dessa bebida já é consumido na ceia de Natal, pois eles costumam trocar presentes antes da refeição, se bem que são apenas dois presentes, o quadro que ele dá a Irmã e a aguardente que a Irmã dá a ele, e o que sobra na garrafa ele leva para casa, mas ele não pode dizer que é um beberrão, porque mesmo depois de um ano ainda tem um pouquinho na garrafa, e assim têm sido todos os anos, ele costuma levar a garrafa do ano anterior quando vem jantar na minha casa e já no barco a caminho da casa da Irmã é que ele bebe o restante, o Åsleik diz e tira a rolha e dá um gole na boca da garrafa

Está uma delícia, ele diz

E desceu bem, ele diz

e então o Åsleik bebe um pouco da cerveja e diz que agora que estamos mais perto da Ilha dos Enforcados devo acertar o curso para um pontão lá ao longe, ele diz e aponta, e eu giro o leme e lentamente navegamos na direção do pontão

Não é exatamente um catamarã isso aqui, o Åsleik diz

Mas vai chegar no destino, ele diz

e o Åsleik diz que a travessia até a casa da Irmã não é a mais demorada do mundo, mas agora estamos arrostando um pouco de corrente lateral, e posso sentir que a Lancha começou a jogar

É mesmo, eu digo

Então por isso vamos chegar um pouco mais tarde, eu digo

Exatamente, o Åsleik diz

e ficamos calados

Você também fumava? o Åsleik diz

Fumava, eu digo

Mas também parou, o Åsleik diz

Sim, quando nos mudamos para Dylgja, eu digo

E por que parou? o Åsleik diz

e digo que a Ales não fumava, e mesmo que ela nunca tenha se queixado percebi que ela não gostava, eu digo, e também eu fumava demais, incomodava não só a ela mas até a mim, eu chegava a levantar de noite só para fumar, eu digo

Você era mesmo um fumante inveterado, o Åsleik diz

Era, eu digo

Não foi difícil largar o cigarro? o Åsleik diz

Na verdade, não, eu digo

Parei de fumar e logo comecei a usar rapé, eu digo

e ficamos calados

Eu nunca fumei, o Åsleik diz

Nunca nem traguei um cigarro, ele diz

e digo que foi a Ales quem me fez parar de beber e fumar, e o Åsleik diz sim e ficamos calados e eu olho para as ondas e vejo a Ales e o Asle parados diante da Igreja de São Paulo, e agora estão casados, ninguém neste mundo poderá separar o que Deus uniu, o padre Brochmann disse, o Asle pensa e o Beyer já foi providenciar dois táxis, agora eles irão para a casa da Rua da Cordilheira, nº 29 e vai ter festa, com muita comida, que está quase pronta, porque o cordeiro está assando no forno bem baixo e garrafas do melhor vinho tinto também estão à espera, não saiu nada barato, a mãe Judit disse, o Asle pensa e a mãe Judit diz também que não é sempre que a filha única dela resolve casar, ela diz

É um dia especial, o padre Brochmann diz
e a Ales e o Asle ficam ali de mãos dadas, ambos sentindo muito frio
Vai ser bom finalmente poder entrar em casa, o Asle diz
Sim, muito, a Ales diz
e o Asle abraça forte a Ales e lhe esfrega as costas e ela diz que está bom, muito bom assim e eu vejo o Åsleik erguer a garrafa de aguardente e tomar um belo gole e então ir até o convés e atirar a garrafa ao mar e o ouço dizer tchau e então ele volta segurando a garrafa de cerveja e diz que agora pode assumir o leme da Lancha, eu posso ir descansar um pouco na cabine se quiser, ele diz
E pode embrulhar o quadro que vai dar para a Irmã, se já estiver seco, ele diz
e eu levanto da cadeira e o Åsleik assume o leme segurando-o com uma das mãos enquanto segura a garrafa de cerveja com a outra e fico parado ao lado dele e conto que quando era jovem um garoto da vizinhança, o nome dele era Bård, se afogou depois de arrastar o barquinho que pertencia à família até a praia e subir a bordo e se aventurar pelo Fiorde e cair no mar sem saber nadar e não conseguir subir de volta a bordo do barco, eu digo, um menino tão novo que não tinha nem começado na escola ainda, eu digo
Muitas vidas já foram perdidas no mar, o Åsleik diz
Eu sempre me lembro desse episódio, eu digo
Uma coisa dessas a gente nunca esquece, o Åsleik diz
Não, eu digo
e ficamos calados e vou até a cabine e vejo o Brage deitado ali no cantinho, o mesmo onde ele se aninhou assim que zarpamos, e agora ele levanta e vai deitar no chão rente à proa e se enrola todo e me dá a impressão de que está tremendo um pouco também, eu penso e tateio o quadro que está quase seco, ou pelo menos seco o bastante para ser embrulhado se eu não pressionar a tela e não economizar papel e deixar o embrulho bem folgado, eu penso e pego o quadro e o coloco sobre o catre e abro a mala e tiro o papel, o pedaço de barbante e o pincel atômico preto e com cuidado embrulho o quadro no papel pardo e depois escrevo Para a Guro e mais abaixo Feliz Natal e mais abaixo Do Asle e então amarro o barbante em volta do embrulho e guardo o

que sobrou de papel e barbante e o pincel atômico preto de volta no lugar e fecho a mala e ponho o quadro embalado em cima da mala, que está atrás do surrão do Åsleik e penso que tinha pensado em guardar o quadro também na mala, mas é melhor levá-lo na mão, já que a pintura ainda não está totalmente seca e na pior das hipóteses o papel pode grudar na tela, eu penso, se bem que se eu chegar carregando o quadro na mão a Irmã, a Guro, certamente vai perceber que estou levando um presente para ela, e se for assim acho que deveria pôr o quadro dentro da mala mesmo, eu penso, mas acho que apesar de tudo é melhor estragar a surpresa do que dar a ela uma pintura manchada, eu penso e deixo o quadro deitado em cima da mala lá onde está e deito no catre da cabine e fecho os olhos e vejo a Ales parada diante do Asle dizendo que gostaria de mudar para a velha casa em Dylgja, onde mora a irmã do pai, a velha Alise, e já está decidido que ela vai herdar a casa, não existem outros herdeiros, ela diz e diz que eles poderiam se mudar agora mesmo, que a velha Alise ficará muito feliz em ter mais pessoas morando na casa, ela está velha e cansada, era bem mais velha que o pai, e precisa de ajuda com muitas coisas, e eles podem ocupar os dois quartos no sótão, ambos têm águas-furtadas, e então a velha Alise continuará morando no andar de baixo e eles dividirão a cozinha, e o banheiro e o chuveiro, que o pai instalou dentro de casa, pois quando ele era criança o banheiro era externo, e quando eles tinham que tomar banho a mãe esquentava a água e eles se banhavam numa tina, o Pai contou, a Ales diz e o Asle diz que não gostaria de dividir a casa com ninguém, é muito inconveniente, ele diz e eu ouço o Åsleik gritar perguntando se está tudo bem e eu respondo de olhos fechados que está tudo bem, só quis deitar um pouco e fico ali deitado de olhos fechados e vejo a Ales e o Asle sentados no carro da mãe Judit, na frente vai a Ales ao lado da mãe Judit e atrás está o Asle e ele pensa que agora estão a caminho de Dylgja para o enterro da velha Alise e em seguida vão dar uma olhada na casa onde a velha Alise vivia e para onde a Ales quer se mudar e ouço o Åsleik dizer que só falta eu adormecer de vez agora e respondo que estou só descansando um pouco e vejo o Asle parado olhando para a casa onde a velha Alise morava, é uma bela casinha antiga, toda caiada de branco, na beira de uma ravina com vista para o fiorde do Bispado e vejo a Ales vindo segurar o Asle pela mão e os dois entrando na casa acompanhados pela mãe Judit e o Asle diz que tudo na casa está do jeito que estava quando a velha Alise morou ali, ela que morou naquela casa enquanto viveu, mas teve um derrame e não pôde mais morar sozinha e por isso a levaram para o Lar de Idosos da Baía, e depois não demorou muito tempo para ela falecer, a Ales diz e quantos lenços de trajes folclóricos a velha Alise não teria bordado, e quantas toalhas e trilhos de mesa no ponto típico de Hardanger, não, quem é que saberia, era assim que ela ganhava seu sustento como podia, a Ales diz e o Asle diz que é uma bela casinha antiga, e não está em condições piores do que a casa onde moram de aluguel atualmente, ele diz

Isso quer dizer que você está pensando em vir morar aqui, a Ales diz

Sim, o Asle diz

Não consigo imaginar um lugar melhor para viver e trabalhar, ele diz

e aí a mãe Judit diz que está decidido, sim, eles virão morar na velha casa branca e a Ales diz que em breve vai prestar o exame intermediário em história da arte, sobre a importância dos ícones na tradição cristã norueguesa, ou melhor dizendo sobre a ausência dos ícones nessa tradição, daí eles poderiam se mudar para Dylgja em seguida, ela diz e eu ouço o Åsleik gritar perguntando se posso assumir o barco um instante e eu levanto e saio pela porta da cabine e vou para a casa do leme e o Åsleik já está no corredor segurando o timão com uma só mão

Preciso muito mijar, ele diz

Além do quê, não tem mais nada na garrafa, ele diz

e o Åsleik me mostra a garrafa de cerveja vazia e larga o timão e eu o seguro e vejo que ainda falta um bom pedaço até o pontão para onde estamos nos dirigindo e o Åsleik diz que quando ele está sozinho na Lancha costuma deixar o timão solto quando vai até o convés mijar e eu sento na cadeira atrás do timão e percebo que a Ales está ao meu lado e digo a ela que vivíamos bem naquele tempo, naqueles anos, conseguimos morar na casa lá em Dylgja, foram só uns poucos anos, eu digo e a Ales não diz nada e eu olho para o pontão e ajusto o curso e a Ales fica perto de mim dizendo que não vai demorar para estarmos reunidos novamente e eu digo que estou morando sozinho na casa há muito tempo, sim, há anos, eu digo e ela diz que eu fiz a mudança assim que terminou o funeral da velha Alise enquanto ela se preparava para prestar o exame intermediário em história da arte, sobre a iconografia na Noruega, e além de toda a bibliografia obrigatória ela tinha lido tudo que encontrou sobre arte iconográfica, e logo depois que deixou a Escola de Belas Artes mandou importar da Suécia tudo que precisava para pintar ícones e só assim pôde começar a pintá-los propriamente, como eu devo lembrar bem, a Ales diz, e não demorou para terminar de pintar o primeiro ícone, ela diz e eu ouço o Åsleik dizer que já que estou ali falando sozinho ele vai assumir o leme novamente, ele diz

Estou falando sozinho? eu digo

Está, o Åsleik diz

e diz que estamos chegando

Essa viagem até que demorou, eu digo

Quanto mais você faz esse trajeto, mais curto ele parece, o Åsleik diz

É sempre assim, eu digo

A primeira vez que você percorre uma estrada é sempre a mais demorada, o Åsleik diz

A mesma coisa vale para o barco, ele diz

e eu entro na cabine e deito de novo no catre e fecho os olhos e vejo a Ales sentada no Salão na casa branca em Dylgja trabalhando num ícone e o Asle pensa que agora estão prestes a completar o primeiro ano morando em Dylgja e pensa que ninguém ensinou a Ales a pintar ícones, ela aprendeu tudo sozinha nos livros que leu, ele pensa e a Ales olha para ele

Como está indo, o Asle diz

Até que bem, ela diz

O ícone em que estou trabalhando agora é o de João na caverna de Patmos, e acho que vai ficar muito bonito, sim, não tem como não ficar, a Ales diz

É mesmo, o Asle diz

Mas você não sente falta de voltar a pintar quadros, ele diz

Não, a Ales diz

Agora só quero pintar ícones e pronto, ela diz

e então ela diz que é bom que ele pinte quadros para vender, pois como fará para vender esses seus ícones, ela não faz a menor ideia, a Ales diz e o Asle diz que ela vai acabar conseguindo vendê-los, sim, não carece ter pressa nenhuma para isso, ele diz

Você acha, a Ales diz

Tenho certeza absoluta, ele diz

Podemos por exemplo pôr um cartaz no quadro de avisos na entrada da Igreja de São Paulo dizendo que você está vendendo ícones, ele diz

e a Ales diz que nunca imaginou que esses ícones fossem tão bons a ponto de poder vendê-los, ela diz e eu ouço o grito do Åsleik dizendo que tem que mijar de novo, a bexiga dele não é mesmo tão grande assim, então por favor segure aqui o timão, ele diz e vou até a casa do leme e assumo o timão e o Åsleik sai e o ouço gritar que sabe como é quando a gente começa a mijar é como se fosse esvaziar tudo de uma vez, ele grita e então retorna e senta na cadeira a bombordo

Acho que já bebi o suficiente, ele diz

Agora não vou mais beber, só na hora das costeletas de carneiro, ele diz

e diz que o estômago ronca só de pensar, pois as costeletas de carneiro que a Irmã prepara são absolutamente deliciosas, eu não perco por esperar, ele diz, o Natal tem que ter suas alegrias, não é mesmo, ele diz e fica sentado em silêncio

Tem novidades daquele seu amigo, o de mesmo Nome, o que também se chama Asle e está internado no Hospital, o Åsleik diz

e eu penso que não lembro de ter mencionado ao Åsleik que o Asle estava internado no Hospital, mas devo ter mencionado sim, minha memória é que anda mal, eu penso

Ele morreu, eu digo

e calamos

Quer dizer que ele morreu, o Åsleik diz

Morreu, eu digo

Morreu na noite da antevéspera de Natal, eu digo

e depois digo que dirigi até Bjørgvin

Foi, o Åsleik diz

Para visitar o seu amigo, o de mesmo Nome, no Hospital, ele diz

Foi, eu digo

E quando chegou ao Hospital lhe disseram que ele tinha morrido, o Åsleik diz

e eu assinto e o Åsleik diz que deve ser muito triste para mim, para nós dois, porque eu e o tal de mesmo Nome éramos bons amigos, até onde ele sabia, ele diz

Foi, eu digo

Por isso é muito bom que você não vá passar esse Natal sozinho em casa, o Åsleik diz

e eu não respondo, e ficamos um longo tempo em silêncio

Então você foi e voltou de Bjørgvin hoje de novo, o Åsleik diz

Não, eu pernoitei no Lar Hotel, eu digo

Você dirigiu até Bjørgvin ontem e depois veio dirigindo para casa hoje cedinho, o Åsleik diz

Foi, eu digo

Então foi por isso que não atendeu o telefone, ele diz

Assim que abri a porta ouvi o telefone tocando e atendi, eu digo

e ficamos calados e então o Åsleik suspira e diz que já tinha ligado várias vezes e não foi sem razão que ficou um pouco preocupado comigo, chegou a achar que pudesse ter acontecido alguma coisa, porque eu sempre atendo o telefone quando ele liga, ele diz e diz que até cogitou pegar o trator e ir até a minha casa e ficamos em silêncio até o Åsleik enfim dizer que, bem, devo estar mesmo triste pela morte do de mesmo Nome, o de mesmo Nome e eu nos conhecíamos há tanto tempo, pelo muito que ele sabia, ele diz, que eu não sou de falar muito, ele não sabe nem se os meus pais ainda estão vivos ou já morreram, ele diz

Já morreram, eu digo

e o Åsleik não diz nada e então ficamos os dois calados e finalmente ele diz que quando passarmos o pontão ele assumirá a Lancha, pois então é só desviar na direção de uma baía e lá no fundo tem uma doca onde podemos atracar, porque a casa da Irmã fica próximo à orla mas está no alto de uma ravina, como eu já devo ter visto várias vezes, claro, por isso a propriedade inclui uma casa de barcos e um píer, porém na casa de barcos mesmo faz uma eternidade que ninguém põe o pé, é verdade, ele já espiou e lá dentro tem dois velhos botes de Barmen, e dão a impressão de estar em excelente estado, basta cuidar bem deles, passar um impermeabilizante e esperar alguns dias para que a madeira absorva o óleo que vão estar em perfeitas condições de uso, o certo é que faz muito tempo que não vão ao mar, porque o Rabequeiro, aquele que deu no pé, aquele que veio do leste da Noruega, não tinha o menor interesse no mar e em barcos, mas também pudera, vindo de onde vinha, do interior, dos cafundós de Telemark, o Åsleik diz e então calamos e eu penso que poderia comprar um dos botes da Irmã e um dia posso vir aqui impermeabilizar o barco e deixá-lo novo em folha

Eu devia era ter um barco, eu digo

Um desses que pertencem à Irmã provavelmente pode ser seu, o Åsleik diz

Mas eu gostaria de um com motor de popa, eu digo

E o Åsleik diz que mesmo que uma das extremidades não seja achatada é possível dar um jeito de adaptar um motorzinho de popa no barco, ele

É, eu digo

e o Åsleik diz que pode me ajudar a passar um impermeabilizante e deixar o barco novo em folha, e depois pode usar a Lancha para rebocá-lo até Dylgja, ele diz e eu digo que vou pensar no assunto e o Åsleik diz que durante todos esses anos eu disse que devia ter um barco, mas nunca providenciei um, sim, eu vivia dizendo que queria um barco e um cachorro e agora que o de mesmo Nome morreu provavelmente vou ficar com o cachorro que pertencia a ele, o Åsleik diz e eu digo que sim e o Åsleik diz que sendo assim um cachorro pelo menos eu já arrumei, agora só falta o barco, ele diz e ficamos em silêncio

É muito triste o que aconteceu com o de mesmo Nome, o Åsleik diz

Imagino que o sepultamento seja entre o Natal e o Ano-Novo, ele diz e de novo ficamos calados

Ele era católico também? o Åsleik diz

Não, eu digo

e de novo calamos e eu digo que ele não tinha religião e provavelmente não haverá uma cerimônia de sepultamento, eu digo

Ele tinha família, o Åsleik diz

Uma filha e um filho, a Filha e o Menino, como ele chamava, e também o Garotinho, como ele chamava, embora já seja um adulto, eu digo

Ele era separado, o Åsleik diz

Duas vezes, eu digo

E morava sozinho, o Åsleik diz

Isso, eu digo

E bebeu até morrer, o Åsleik diz

Foi isso mesmo, eu digo

e penso que nunca conheci nenhum dos filhos do Asle, e nem sequer tenho endereço e telefone deles, eu penso e olho para o pontão e como vou saber quando ele será enterrado? e onde? eu penso, pois quero muito estar presente, nesse caso preciso conseguir o telefone do Garotinho, eu penso e então contornamos o pontão e o Åsleik diz que agora pode assumir o leme, e quando estivemos perto de atracar terei que ajudá-lo, é muito mais fácil atracar quando são duas pessoas, ele diz e eu vejo uma casa de barcos e uma doca diante de nós e o Åsleik assume o controle do barco e eu sento na cadeira a bombordo e olho para as marolas na orla e vejo o Asle sentado diante de uma porta numa ala do Hospital esperando pela Ales

Já estamos quase lá, o Åsleik diz

e vejo o Asle sentado segurando a mão da Ales e ela está deitada numa cama do Hospital, é incrível como emagreceu tanto, ele pensa, e a Ales está dormindo e ele percebe que está quase aos prantos e então gentilmente põe a mão dela sobre o edredom e levanta e vai até diante da janela, é um dia frio de outono, de céu azul e claro, e então ele sente como se fosse uma luz quente vindo em sua direção e essa luz o atravessa e ele vê a luz subindo como um raio, como uma espécie de coluna dourada e cintilante que irradia luz pelo céu azul e ele não entende o que está vendo e vê que a luz se dissipa e se espalha em infinitas centelhas pelo céu azul e o Asle se vira e vai até a Ales e a segura pela mão e ela está sem vida e ele põe a mão dela de volta onde estava e aproxima sua mão da boca da Ales e não sente nenhuma respiração e lhe dá um beijo no rosto e puxa aquela cordinha que deve ser puxada em caso de emergência e volta a segurar a mão sem vida da Ales e uma enfermeira chega e não sente o pulso da Ales e então diz que finalmente ela descansou, agora ela não está mais sentido dores, ela diz e diz que precisa chamar um médico e o médico vem e confirma que a Ales está morta, eu penso e enxugo as lágrimas dos olhos com o dorso das mãos e o Åsleik percebe que alguma coisa está acontecendo e diz que já vamos atracar e sinto que a Ales está bem aqui, pertinho de mim, ela está sentada no meu colo com os braços em volta das minhas costas e então nos beijamos e ela descansa abraçada a mim e eu sei que a Ales agora está descansando em Deus, assim como eu também descanso em Deus, e é Nele que descansamos juntos, e nunca pensei em estar com outra mulher depois que a Ales se foi, eu penso e a Ales diz que seríamos apenas nós dois, só isso, como ela mesma já sabia, e já disse da primeira vez que nos vimos lá no Café da Rodoviária, ela diz e então o Åsleik diz que eu preciso ter um barco, ele diz, e agora é hora de irmos para o convés e eu só preciso fazer como que ele me disser, sim, a primeira providência é pôr as defensas a estibordo, e se o arrasto das correntes estiver muito forte pode ser difícil se aproximar da Doca por isso seria bom se eu pegasse o croque e ficasse a postos para puxar a Lancha para perto da Doca se for necessário e depois tenho que levar a corda da popa até a Doca e amarrá-la ao cabeço que está na extremidade da Doca, o Åsleik diz e então ele irá até a proa arremessar a outra corda para eu amarrá-la bem firme no cabeço que fica mais recuado na Doca, o Åsleik diz, em dois é mais fácil, pior é fazer tudo isso sozinho, ele diz e eu penduro a minha bolsa no ombro e saio para o convés e empunho o croque e apanho a corda que está ali bem enroladinha no chão do convés e o Åsleik grita que primeiro eu preciso pôr as defensas no lugar e eu solto a corda e encaixo a defensa que está na popa e depois me equilibro na amurada enquanto seguro firme no corrimão do teto da casa do leme e então ponho a defensa que está no chão do convés da proa e retorno para onde estava inicialmente e de novo apanho o croque e a corda e o Åsleik grita que vai tentar manobrar a Lancha para o mais próximo da Doca, mas nós já derivamos um pouco para longe, por isso tenho que ser rápido e puxar a Lancha para bem perto da Doca com o croque assim que for possível e depois numa passada saltar na Doca, que não deve estar escorregadia, aquilo acumulado ali deve ser só neve seca, o Åsleik diz e engrena a ré na Lancha, vira na direção da Doca, recua mais um pouco, vira na direção da Doca e quando estamos coisa de um metro da Doca o Åsleik reverte o motor a toda força e a Lancha dá um solavanco para frente e ele põe o motor no neutro e eu consigo alcançar a borda do ancoradouro com o croque e arrasto a Lancha para junto da Doca e pego a corda e subo na Doca e vejo o cabeço despontando acima da neve e amarro a corda com um duplo nó de marinheiro, como se diz, em seguida me apresso até o fundo da Doca e o Åsleik já está no convés, na proa, e joga a corda para mim e eu puxo a Lancha para perto da Doca e amarro a corda ao cabeço com outros dois nós de marinheiro e então vejo o Åsleik em pé no convés, na proa, e ele diz melhor que isso, impossível, ele diz e agora é só deixar o motor no neutro para resfriar um instante, ele diz e cuidadosamente caminha até a popa pela amurada enquanto segura firme o corrimão do teto da casa do leme

Melhor que isso, impossível, ele repete

Porque atracar pode ser bem difícil, ele diz

Pelo menos quando se está sozinho, ele diz

Mas o pior mesmo é quando tem tempestade e vendaval, ele diz

e então o Åsleik desaparece dentro da casa do leme para ressurgir trazendo o surrão que me entrega e eu o seguro e depois voltar para a casa do leme e voltar com o quadro que pintei para ele presentear à Irmã e ele está embrulhado com papel de presente decorado com gnomos e anjos e sei lá mais o quê, com uma fita vermelha envolvendo o embrulho e um bilhetinho dizendo Para minha querida irmã Guro Feliz Natal Do seu irmão Åsleik e ele me entrega o quadro e eu recebo e ponho no chão junto ao surrão e depois o Åsleik entra na casa do leme e desliga o motor que morre com uns derradeiros vrum vrums e o Åsleik sai da casa do leme e é como se fizesse menção de subir na Doca

E a minha mala, eu digo

E o quadro, o meu presente, eu digo

E o Brage, eu digo

A mala, é mesmo, o Åsleik diz

com um quê de desprezo na voz e vai pegar o quadro que vou dar de presente de Natal à Irmã e me entrega

Você não caprichou nadinha na embalagem, ele diz

e eu recebo o quadro e não digo nada e o coloco em frente ao quadro do Åsleik e ele ergue a minha velha mala e a equilibra sobre a amurada e eu ponho a mala no chão da Doca e então o Brage surge correndo no convés e o Åsleik diz é, tem você também, não podemos esquecer de você, ele diz e então apanha o cão e o entrega para mim e eu pego o Brage, e Deus meu como ele treme, eu penso e o ponho no chão da Doca e ali ele fica com o rabo entre as pernas daí pego a minha mala e a minha pintura e vou caminhando pela Doca com o Brage nos calcanhares e ouço o Åsleik dizer que sou uma visão e tanto com esse meu longo sobretudo preto, e essa minha bolsa de couro marrom a tiracolo, e esse meu cabelo grisalho preso num rabo de cavalo, enquanto o restante do cabelo mal dá para cobrir o meu cocuruto, e ainda por cima com esse cachorro se arrastando atrás de mim, ele diz e chego na terra firme e paro e me viro e então vejo o Åsleik pôr um pé na amurada e descer para a Doca e depois segurar bem na amurada e assentar o outro pé na terra firme

Meu corpo está muito rígido, ele diz

e o Åsleik pega seu surrão e seu quadro e lentamente vai caminhando com as pernas abertas e rígidas pela Doca e então para e olha para a casa da Irmã, é uma casinha cinza, com velas acesas em todas as janelas

Pois é, já é Natal de novo, o Åsleik diz

É mesmo, eu digo

Você não gosta do Natal, ele diz

Não, nunca gostei do Natal nem quando era garoto, eu digo

Nem eu, o Åsleik diz

e então começamos a subir uma vereda encoberta pela neve na direção da rodovia e do outro lado da via tem uma trilha levando à casa cinza onde a Irmã mora, e a casa parece estar muito dilapidada, a pintura deveria ter sido refeita há anos, eu penso e então a Irmã surge pelo canto da casa vestindo um suéter natalino e ela acena para nós e o Åsleik mostra o quadro que está trazendo e eu mostro o meu

Bem-vindos à fazenda, a Irmã grita

Pois é, mais um Natal na casa da Guro, o Åsleik grita

e ela não responde e eu reparo no cabelo louro meio comprido dela e vejo que ela segura um cigarro aceso na mão e dá uma tragada demorada no cigarro e tenho a impressão de que ela se parece tanto com a Guro que morava na Rua Estreita que não seria capaz de diferenciar uma da outra, até diria que se trata da mesma pessoa, estou me referindo à Guro que morreu num incêndio há pouco, eu penso, e o Asle está morto, eu penso, e não devo mais pensar nisso, eu penso e então chegamos na casa e a Guro me cumprimenta e eu digo que não tínhamos sido apresentados antes e ela diz que talvez não, mas ela já me conhecia, tinha visto fotos minhas no *Correio de Bjørgvin* várias vezes e também me viu na Cafeteria, em Bjørgvin

Costumo ir lá quando vou a Bjørgvin, eu digo

Eu também, ela diz

Nunca vou a Bjørgvin sem dar uma passadinha na Cafeteria, ela diz

E foi lá que eu vi você, não faz muito tempo, ela diz

É mesmo, eu digo

e diz que tenta ganhar a vida bordando toalhas de mesa, grandes e pequenas, e trilhos, curtos e compridos, ao estilo de Hardanger, e também corpetes para trajes folclóricos em ponto-cruz, ela diz, e tem dado certo, ela ganha o suficiente para sobreviver, o bastante para escapar da pobreza, ela diz, e quando termina de bordar toalhas, trilhos e corpetes ela toma o ônibus até Bjørgvin e deixa tudo na Casa das Prendas, e sempre costuma comprar o que não encontra no Mercadinho do fiorde de Dentro, onde sempre faz as compras do dia a dia, e costuma dar certo, é só um quilômetro a pé até lá, ela diz, não é tão longe, vou lá mais para comprar tabaco e papel de seda, a conta não sai tão alta, ela diz e ri

Pois sim, Feliz Natal, o Åsleik diz

Feliz Natal, é mesmo, a Guro diz

Feliz Natal, eu digo

e ela diz para entrarmos, a casa é espaçosa, ela diz, ela costuma dormir no quarto anexo à sala de estar, mas tem dois quartos no sótão, e ela já deixou um arrumado para o Åsleik, ela diz

Você vai ficar no quarto de sempre, ela diz

e o Åsleik assente

E também deixei a cama do outro quarto lá em cima arrumada para você, ela diz

e olha para mim e depois diz aos risos que a casa está abarrotada de quadros que eu pintei, ela perdeu a conta dos natais que o Åsleik a presenteou com quadros meus, e pelo que lhe consta os meus quadros são vendidos por bons preços, e se for assim ela já deve ter ficado rica só por causa das minhas pinturas, e se não estiver errada este ano o acervo vai ganhar duas novas aquisições, e pelo visto é um quadro dos grandes, e ela gosta tanto das minhas pinturas, elas lhe dão uma espécie de paz, ela diz, por isso não vai se desfazer de nenhuma delas a menos que seja necessário, ela diz e eu digo que andei pensando sobre ela ter tantos quadros meus, deve ser a pessoa que mais tem quadros meus, e para falar a verdade os melhores quadros que pinto são os menores, e ela deve saber que o irmão dela, o Åsleik, entende bem de arte, ele é quem escolhe as pinturas, e sempre escolhe as que eu considero as melhores, eu digo, e estou ansioso para rever as pinturas, eu digo e ela diz que vai me mostrar onde está cada uma caso eu queira, mas agora precisamos entrar, ela diz e abre a porta e eu entro para o corredor carregando a mala e o quadro embalado em papel pardo e nos meus calcanhares vem o Brage serelepe

E você tem um cachorro, ela diz

Parece que sim, eu digo

e vejo que o corredor está decorado com vários dos quadros que pintei, reconheço todos eles, uma mistura de obras novas e antigas, e foram cuidadosamente pendurados na parede e vejo uma escada íngreme que leva ao sótão e na parede da escada também estão pendurados quadros meus

Você pode ver por si mesmo, a Guro diz

Tenho trabalhos seus por toda parte, ela diz

e o presente eu posso deixar no pé da árvore de Natal, ela diz e eu assinto e lhe entrego o embrulho e ela então abre a porta da cozinha e se vai e sinto o aroma delicioso das costeletas de carneiro defumadas e me viro e vejo o Åsleik entrando pelo corredor trazendo seu surrão e o quadro embalado em papel de presente natalino decorado com anjos e gnomos e sei lá mais o quê e ele diz ah que coisa boa, não tem nada melhor do que esse cheiro, o Åsleik diz e a Guro retorna e o Åsleik entrega a ela o quadro embrulhado

Um presente maior este ano, ele diz

Provavelmente é para deixar os presentes debaixo da árvore, como de costume, ele diz

e a Guro pega o quadro e de novo some cozinha adentro

Não tem comida melhor do que essa, o Åsleik diz

e a Guro surge no corredor e diz que seria bom me mostrar logo o quarto onde vou dormir, ela diz

Ei, Guro, o Åsleik diz

Que foi, ela diz

Tem dois barcos lá na casa de barcos, não é, dois botes de Barmen, certo, e desde que conheço o Asle ele vem dizendo que gostaria de ter um barco, então fiquei pensando se poderia ser um desses, ele diz

e a Guro diz que se eu quiser é só pegar um desses barcos, se depender dela até os dois, mas provavelmente vão afundar assim que forem lançados ao mar, ela diz

Não estou bem certo, eu digo

Se quer mesmo um barco? o Åsleik pergunta

É, eu digo

Está bem, ele diz

Mas você vive falando nesse assunto, ele diz

É, eu digo

e ficamos calados

Mas se quiser um dos barcos, ou os dois, pode levar, a Guro diz

E eu ajudo a reformar e rebocar o barco até Dylgja, o Åsleik diz

e digo que não tenho certeza e o Åsleik diz que se eu não quiser um barco tudo bem, não tem problema, ele diz e eu pergunto se a Guro tem quadros na sala e diz que tanto na sala como no quarto onde dorme, junto da sala, ela pendurou quadros e pergunto se posso vê-los agora e ela diz claro e então o Åsleik diz que vai levar o surrão para o quarto onde vai dormir no sótão e começa a subir as escadas e eu ponho a mala no chão e entro na cozinha atrás da Guro, é uma cozinha pequena, e nela há um caldeirão com vapor escapando, e além dele há outras duas panelas de comida pronta, numa devem estar as batatas e na outra o rábano cortado em cubos, eu penso e a Guro pega uma taça de vinho tinto que está na bancada da cozinha e vamos para a sala e no canto está um aquecedor e o ambiente está quentinho e confortável e o Brage vai e deita diante do aquecedor e a Guro diz que não sabia que eu tinha um cachorro, o Åsleik nunca tinha mencionado, mas ela gosta de cães por isso não tem problema, ela diz e eu vejo que a sala é revestida com um painel de madeira marrom e em todas as paredes estão pendurados quadros que pintei e no meio da sala tem um pinheirinho retorcido com quatro presentes em volta e eu não demoro a ir de parede em parede espiando cada uma das pinturas que estão lá enquanto a Guro bebe-rica seu vinho e depois abre a porta do quarto

Por favor entre, ela diz

e ri e eu entro no quarto dela onde mal há espaço para a cama e a mesa de cabeceira e o guarda-roupa, e lá também as paredes estão cobertas de quadros meus, e fico com a impressão de que aquilo é um exagero e saio pela porta

Os anos passam rápido, por isso são tantos quadros assim, a Guro diz

É verdade, eu digo

e ela pergunta se quero que ela me mostre o quarto onde vou dormir e digo sim obrigado e então ela começa a subir os degraus com a taça de vinho na mão e eu pego a mala e vou atrás dela e até nas paredes ao longo da escada tem quadros pendurados, intercalados de meio em meio metro, e são todos bons quadros, eu penso e chego no sótão e vejo que no átrio não tem uma só pintura e a Guro aponta para uma porta e diz que é ali que vou dormir e abre a porta e eu entro num quartinho pintado de branco e vejo que também ali não tem nenhuma pintura nas paredes

Pendurei todos os quadros ou no andar de baixo ou ao longo da escada, a Guro diz

e então diz que não tem uma só pintura no sótão, não nesse quarto, nem no quarto do Åsleik nem no átrio, pois é, como eu pude ver, ela diz e diz que não sabe por que, mas sempre foi assim, ela diz e bebe um pouco do vinho e eu vejo que num canto há uma cama com uma mesinha de cabeceira e ao lado dessa mesinha há uma cadeira, e ponho a mala no chão e tiro a bolsa do ombro e a deixo em cima da cadeira e tiro o sobretudo e o ponho também na cadeira e a Guro diz que eu poderia ter pendurado o sobretudo no corredor lá embaixo e eu digo que tudo bem deixá-lo na cadeira ali e então fico parado ali vestido com a minha jaqueta de veludo e a Guro diz que a comida vai já ser servida, as costeletas de carneiro estão a caminho, ela diz e diz que já tomou umas tacinhas de vinho, ela gosta de tomar um vinhozinho de vez em quando, ela diz, pelo menos quando é Natal, mas eu decerto não aceito uma taça, porque pelo que o Åsleik disse eu não bebo, ela diz e eu digo que faz tempo que não ponho na boca uma só gota de cerveja, vinho ou aguardente

Você bebia demais, ela diz

Bebia, eu digo

e ela diz para eu me sentir em casa e me acomodar da melhor forma possível e sai e fecha porta e eu percebo que estou cansado, parece até que o chão está balançando um pouco, é, do jeito como balançava a Lancha, e eu deito na cama, com sapatos nos pés e ainda vestindo a jaqueta de veludo preto, e estico bem as pernas e ponho as mãos dobradas atrás da nuca e descanso a cabeça no travesseiro e percebo como a Ales está próxima, e o Asle, e também como está próxima a Guro que morava na Rua Estreita e ouço baterem na porta e digo pode entrar e vejo a Guro entrar com uma taça cheia de vinho na mão

Tenho que fazer um pouco de sala para uma visita tão simpática, ela diz

e ri e senta na beira da cama e diz que durante muitos anos viveu com um homem, ele era do leste da Noruega, não morava ali de graça, mas sempre ganhou pouco dinheiro, tocava rabeca, e era habilidoso, cuidava bem da casa, pintava as paredes e consertava as coisas, até do jardim cuidava bem, enquanto ele viveu ali estava tudo em ordem, por assim dizer, mas depois que ele foi embora as coisas foram desandando cada vez mais, a Guro diz e bebe um pouco de vinho e põe a outra mão sobre a minha barriga

Quer dizer que você é viúvo, ela diz

e eu assinto com a cabeça

E faz muito tempo isso, ela diz

e volto a assentir e ficamos em silêncio e ela devagar move a mão em direção à braguilha da minha calça

Faz, eu digo

Mas a minha esposa e eu ainda somos casados, eu digo

Não é possível continuar casado com alguém que já morreu, a Guro diz e esfrega a mão na braguilha da minha calça e abre o zíper e eu afasto a mão dela e vejo que o rosto dela corou e ela diz que ela tem que descer para cuidar da comida e também quer fumar um cigarro, ela fuma o tempo todo, fuma demais, ela diz e eu vejo a mulher que se chama Guro sair e fechar a porta ao passar e penso que a fala e o andar dela são idênticos aos da Guro que morreu recentemente no incêndio lá da Rua Estreita, e eu deveria ir ao enterro dela, mas não vai dar, porque não sei quando nem onde será esse enterro, não sei nem a quem perguntar, eu penso e deito de lado e pego o meu rosário, o que a Ales um dia me deu, com contas marrons e uma cruz de madeira, e penso que agora deveria dormir um pouco, cochilar um pouco, eu penso e fecho os olhos e vejo o Asle sentado num sótão de uma edícula e ele está lendo um livro, e está a bordo de um barco com o Pai, e está sentado no banco de um ônibus pensando que um amigo morreu, ele acabou de receber a notícia e eu vejo o Asle deitado numa cama lendo um livro, desenhando, pintando, bebendo cerveja, fumando, e então ele vê o Garotinho dando os primeiros passos pelo chão e o Asle vai caminhando pela rua, bebendo cerveja, ela está nua e deitada ali na cama e ele não sabe o que fazer, ele toca nela e sente vontade de deitar sobre ela e deita e não tem coragem de penetrá-la algo o detém ele não se atreve porque à medida que se aproxima um medo toma conta dele e ele recua e ela fica ali sentada e o nome dela é Liv e ele deita sobre ela e então está sentado diante de uma escrivaninha e fica ali e fuma enrola um cigarro livros um professor está falando e pede aos alunos que providenciem bisnagas de tinta a óleo e o Åsleik diz cruz de Santo André e chega trazendo peixe seco o rosto dela tão iluminado como se fosse o de um anjo roman-fleuve outros alunos estudantes de Pintura garotas garotos coincidentia oppositorum fumar cerveja beber cerveja conversar e depois apenas ir ali e ficar esperando e então, finalmente, finalmente ele nasceu, finalmente veio a este mundo, para a luz, e assim e o Asle se tornou pai, ele é jovem, muito jovem, mas já se tornou pai com esse seu cabelo castanho comprido e todos os outros que são muito melhores do que ele que não vale nada e ela só quer estar com os outros todos juntos todos eles e acabou e ele tem vontade de deitar e adormecer na neve porque a caminhada é muito longa acariciar e acariciar o dorso do Brage e ele está tão cansado tão bêbado ele vê as estrelas e então estão ele e o Pai num barco pescando e os livros a Lancha os desenhos as pinturas, as leituras e desejar um cachorro e um barco um bote de Barmen, eu penso e pintar apenas pintar só isso e cerveja aguardente e o prazer daquele estupor o rosto da Ales os olhos dela e a mão dela na minha Pintura e o melhor primeiro nada de mais então a Liv melhor e melhor e a irmã Alida que morreu a Ales e ele Desenho o garoto vizinho que se afogou a Liv e o Bård Pintura e ele não tinha nem começado na escola ainda e eu bebo e ela me diz para não beber toda noite um porre toda noite e ele treme e o corpo chacoalha e é como ficar preso aos próprios medos as visões de que podem existir cores que acontecem dentro dele e ele não bebe mais pinturas dinheiro falta de dinheiro vender quadros dá dinheiro não tem dinheiro mostras exposições comprar tinta coisas bisnagas de tinta a óleo telas sempre tinta a óleo e telas sempre telas caixilhos ripas molduras tachas a tela ela e a mulher que chega e senta à mesa e eles engatam uma conversa e ela foi às exposições dele na casa dela deitados juntinhos beijando-se o único filho deles beijá-la eles tiram as roupas ele a penetra eles ficam deitados juntinhos conversar ir para casa ela está caída o filho está dormindo ir para casa ela está caída lá ela está caída no chão e mal consegue respirar ambulância filho chorando o Garotinho chorando uivando ambulância ele e o filho ela lhe escreve cartas e ele está pensando em ter um cachorro e também um barco um bote de Barmen choro e mais choro e eles se encontram beijam comem juntos ele senta e bebe barco e cachorro é para ter e ela vem sentar junto exposições pinturas a óleo e tela molduras encontrar um lugar para morar e o Åsleik diz que um dos botes na casa de barcos está disponível e aqueles barcos pranchas de madeira sem lugar para ir pinturas os outros aguardente um calor que se sente cerveja e a Ales o calor dela o sinal da cruz na minha testa o óleo da crisma para todo o sempre e mais um copo de cerveja e a mão dela na minha braguilha conversar sobre qualquer coisa álcool risadas ela entra e é Natal costeletas de carneiro verão os pais dela a casa aquela casinha branca silêncio e a bebida os cigarros e depois nem bebida e nem mais cigarros e o Pai que nunca fala nada pintar jamais desistir continuar pintando digam o que disserem aqueles olhos escuros filhos muitos filhos a pintura olhe ali a casa ele está sentado bebendo as crianças a casa deles deveria ter sido pintada olhos caninos bisnagas de tinta a óleo dias noites não conseguir dormir e ele está ali deitado tremendo todo e os espasmos a tremedeira ele chacoalha todo e o homem sentado ali fica em pé e eu sento lá e depois deito no chão e fico deitado ali na neve com o corpo se contraindo inteiro e eu olho para o quadro sem filhos não teve filhos as duas linhas que se cruzam uma marrom e uma lilás o Åsleik o seu anjo da guarda Ales a sua mão e não tem mais o que fazer nessa pintura por isso vou tirá-la dali uma boa pintura talvez desaparecer na pintura caso ele se transforme em algo lá atrás e eu fico em pé e vou até a pintura o halo em torno da hóstia as nuvens cinzentas nuvens as centelhas que irradiam do cálice e então eu tiro o quadro do cavalete e o ponho de volta no cavalete os quadros que pintei e ainda não estão terminados mudanças bolsa de couro a tiracolo pendurada no alto ou quase sempre com frequência e ele cutuca o ombro do homem deitado ali na cama e ele apenas fica deitado e ele aproxima a mão da boca dele e não sente a respiração e toma o pulso dele e sai e agora tenho que dormir um pouco e não quero saber que horas são, eu penso, mas estou tão inquieto, não sei o que é e vejo o rosto da Ales, e ele é o céu inteiro e no céu está o rosto da Avó e ela está perto tão perto e não consigo dormir e seguro a cruz marrom do meu rosário com o polegar e o indicador e penso que eu, aquilo que sou eu em mim, nunca irá morrer pois nunca nasceu, pois ich bin ungeboren, conforme o Mestre Eckhart escreveu e eu vejo as palavras diante de mim und nach der Weise meiner Ungeborenheit kann ich niemals sterben, nach der Weise meiner Ungeborenheit bin ich ewig gewesen und bin ich jetzt und werde ich ewig bleiben, eu penso pois in jenem Sein Gottes nämlich wo Gott über allem Sein und über aller

Unterschiedenheit ist, dort war ich selber e inspiro profundamente e expiro profundamente e digo dentro de mim kyrie e expiro e eleison e inspiro e christe e expiro e eleison e inspiro e movo o polegar para cima para a primeira conta e digo dentro de mim Pai Nosso Que estais no céu Santificado seja o Vosso nome Venha a nós o Vosso Reino Seja feita a Vossa vontade assim na terra como no céu O pão nosso de cada dia nos dai hoje Perdoai as nossas ofensas assim como nós perdoamos a quem nos tem ofendido e Não nos deixeis cair em tentação mas livrai-nos do mal e então fico deitado inspirando e expirando profundamente e penso que nunca deveria ter vindo com o Åsleik passar o Natal na casa da Irmã, na casa da tal Guro, a outra Guro, eu penso e então percebo a Ales deitada ao meu lado e ela deita e me abraça e eu movo o polegar e o indicador de volta para a cruz e digo dentro de mim Pater noster qui es in cælis Sanctificetur nomen tuum Adveniat regnum tuum Fiat voluntas tua sicut in cælo et in terra Panem nostrum cotidianum da nobis hodie Et dimitte nobis debita nostra sicut et nos dimittimus debitoribus nostris Et ne nos inducas in tentationem sed libera nos a malo e seguro firme a cruz e pego a primeira conta que fica entre a cruz e as três contas seguintes e digo dentro de mim Pai Nosso Que estais no céu Santificado seja o Vosso nome Venha a nós o Vosso Reino Seja feita a Vossa vontade assim na terra como no céu O pão nosso de cada dia nos dai hoje Perdoai as nossas ofensas assim como nós perdoamos a quem nos tem ofendido e Não nos deixeis cair em tentação mas livrai-nos do mal e movo o polegar e o indicador para a primeira das três contas na sequência e digo dentro de mim Ave Maria Gratia plena Dominus tecum Benedicta tu in mulieribus et benedictus fructus ventris tui Iesus Sancta Maria Mater Dei Ora pro nobis peccatoribus nunc et in hora mortis nostræ e lentamente inspiro e expiro e movo o polegar para a segunda conta acima e digo dentro de mim Ave Maria cheia de graça o Senhor é Convosco bendita sois Vós entre as mulheres e bendito é o fruto do Vosso ventre Jesus Santa Maria Mãe de Deus rogai por nós pecadores agora e na hora da nossa morte e respiro profundamente e penso que, sim, não há nada maior do que isso porque eu não me importei com os outros e lentamente eu inspiro e expiro e movo o polegar e o indicador para a terceira conta acima e digo para mim mesmo Ave Maria Gratia plena Dominus tecum Benedicta tu in mulieribus et benedictus fructus ventris tui Iesus Sancta Maria Mater Dei e uma esfera de luz azul dispara na minha testa e explode e atordoado eu digo para mim Ora pro nobis peccatoribus nunc et in hora

NORLA
Norwegian
Literature
Abroad

Esta tradução foi publicada com o apoio financeiro da NORLA, Norwegian Literature Abroad.

FSC
www.fsc.org
MISTO
Papel | Apoiando o manejo florestal responsável
FSC® C011095

A marca FSC® é a garantia de que a madeira utilizada na fabricação do papel deste livro provém de florestas gerenciadas de maneira ambientalmente correta, socialmente justa e economicamente viável e de outras fontes de origem controlada.

Título original: *Septologien*

DIRETORAS EDITORIAIS Fernanda Diamant e Rita Mattar
EDITORA Juliana de A. Rodrigues
ASSISTENTE EDITORIAL Millena Machado
PREPARAÇÃO Mariana Donner
REVISÃO Fernanda Marão, Denise Camargo, Allanis Carolina Ferreira e Camila Saraiva
DIRETORA DE ARTE Julia Monteiro
CAPA Denise Yui
PROJETO GRÁFICO Alles Blau
EDITORAÇÃO ELETRÔNICA Página Viva

CIP-BRASIL. CATALOGAÇÃO NA PUBLICAÇÃO
SINDICATO NACIONAL DOS EDITORES DE LIVROS, RJ

F855h

Fosse, Jon, 1959-
Heptalogia / Jon Fosse ; tradução do norueguês Leonardo Pinto Silva. — 1. ed. — São Paulo : Fósforo, 2025.

Tradução de: Septologien
ISBN: 978-65-6000-148-0

1. Romance norueguês. I. Silva, Leonardo Pinto. II. Título.

CDD: 839.823
25-100348.0 CDU: 82-3(481)

Meri Gleice Rodrigues de Souza — Bibliotecária — CRB-7/6439

Editora Fósforo
Rua 24 de Maio, 270/276, 10º andar, salas 1 e 2 — República
01041-001 — São Paulo, SP, Brasil — Tel: (11) 3224.2055
contato@fosforoeditora.com.br / www.fosforoeditora.com.br

Este livro foi composto em GT Alpina e
GT Flexa e impresso pela Ipsis em papel
Avena 70 g/m² para a Editora Fósforo
em outubro de 2025.